NADINE
DORRIES

DZIECI
z Lovely Lane

Przełożyła
Magda Witkowska

Prószyński i S-ka

Tytuł oryginału
THE CHILDREN OF LOVELY LANE

Projekt okładki
Madeline Meckiffe

Zdjęcie na okładce
© Colin Thomas, Mary Evans; Peter Higginbotham Collection

Redaktor prowadzący
Magdalena Gołdanowska

Redakcja
Joanna Habiera

Korekta
Katarzyna Kusojć
Bożena Hulewicz

Łamanie
Ewa Wójcik

ISBN 978-83-8169-230-4

Warszawa 2020

Wydawca
Prószyński Media Sp. z o.o.
02-697 Warszawa, ul. Rzymowskiego 28
www.proszynski.pl

Druk i oprawa
ABEDIK S.A.

Moim dzieciom
– moim trzem niesamowicie bystrym, niezależnym, silnym, dobrym i pięknym córkom: Philippie, Jennifer i Cassandrze

Rozdział 1

Emily Haycock trzymała w drżących dłoniach list, który doktor Gaskell położył pod jej nieobecność na jej biurku zaledwie pół godziny wcześniej. Elegancka niebieska koperta wyróżniała się pośród pozostałych dokumentów, więc Emily zwróciła na nią uwagę, jeszcze zanim zdążyła zdjąć pelerynę. To była pierwsza rzecz, która przykuła jej wzrok po wejściu do środka. Jako dyrektorka szkoły pielęgniarstwa St Angelus siostra Haycock miała do swojej dyspozycji mieszkanie na pierwszym piętrze, nad głównym wejściem do szpitala. Pielęgniarskiego uniformu już nie nosiła, ale nadal chętnie korzystała z grubej peleryny z podszewką, bo w każdej chwili można ją było jednym ruchem zarzucić na ramiona. A Emily wiecznie się gdzieś spieszyła.

Emily, pewnego dnia, pewnie niedługo, przejdę na emeryturę. Chciałbym odchodzić ze świadomością, że St Angelus pozostawiam w dobrych rękach. We właściwych rękach. Nowe kierownictwo NHS wysoko postawiło nam poprzeczkę, a w przyszłości z pewnością czekają nas kolejne wyzwania. Szpital musi się przystosować do nowego, szybko zmieniającego się świata. Bardzo bym się cieszył, gdyby to Pani objęła stanowisko drugiej przełożonej pielęgniarek. Wtedy mogłaby Pani sprawnie przejąć stery, gdy nasza siostra przełożona dojdzie do tych samych wniosków co i ja w kwestii swojej wieloletniej pracy na tym prestiżowym stanowisku. Nadszedł czas, aby powierzyć naszych pacjentów i wszystkich pracowników St Angelus w ręce nowego pokolenia.

Emily opadła na krzesło i ciężko westchnęła. Sama siebie tym westchnieniem zaskoczyła. Urodziła się i wychowała w Liverpoolu. Trzydziestkę miała już za sobą, podobnie jak wiele szczebli kariery pielęgniarskiej w St Angelus. Przez lata zdołała zaskarbić sobie powszechny szacunek, ponieważ nigdy nie wahała się w razie potrzeby sprzeciwić przełożonej pielęgniarek. Była powszechnie lubiana, również przez samą siostrę przełożoną, choć ta pewnie niechętnie by się do tego otwarcie przyznała. Z początku nie układało się między nimi najlepiej, ale gdy przełożona w końcu uwierzyła, że Emily nie ma zamiaru wygryzać jej ze stanowiska – w każdym razie w najbliższej przyszłości – łagodniej odnosiła się do młodszej koleżanki.

Doktor Gaskell był w ich szpitalu lekarzem o najdłuższym stażu. Emily nie miała pojęcia, że to dzięki jego protekcji trafiła do St Angelus i że on potem przez cały czas uważnie śledził jej losy. Wiele lat temu leczył matkę Emily, gdy ta zapadła na gruźlicę. Zwrócił wtedy uwagę na rozsądną młodą dziewczynę z wyrazem troski na twarzy, która wpatrywała się w niego szeroko otwartymi oczami, jakby pytając: „Czy mama wkrótce wydobrzeje?". Gdy pewnego dnia pani Haycock nie stawiła się na umówione prześwietlenie i po skierowanie do sanatorium, doktor Gaskell zaczął rozpytywać, co się stało. Wtedy dowiedział się, że jego pacjentka znalazła się wśród licznych ofiar bomby, która spadła prosto na George Street w trakcie najstraszliwszego ze wszystkich w czasie całej wojny nalotów na Liverpool. Z całej rodziny Haycocków przeżyła tylko ta Emily, która tak mu zapadła w pamięć, i jej ojczym.

Potem doktor Gaskell zobaczył Emily, gdy zgłosiła się do szpitala na rozmowę kwalifikacyjną. Rozpoznał najpierw nazwisko, a potem twarz córki swojej nieżyjącej pacjentki. Gdy usiadła przed komisją, w której on pełnił funkcję przewodniczącego, nagle coś go tknęło. Biła od niej jakaś taka wrażliwość. Trudno było mu sobie wyobrazić, co ta dziewczyna przeszła. Uznał, że St Angelus może jej to wynagrodzić, tym bardziej że to bardzo zdolna młoda kobieta. To jego przeważający głos zdecydował o tym, że Emily dostała stanowisko w szpitalu. Dla niego samego była to jedna z rzadkich chwil czystej i niczym nieskalanej satysfakcji. Doktor Gaskell miał poczucie, że niejako pośrednio wypełnił swoje zobowiązanie wobec niegdysiejszej pacjentki. Udało mu się pomóc. Nigdy żadnej świadomej decyzji w tym względzie nie podjął, ale od tej chwili był dla Emily jak anioł stróż.

Emily została oddziałową, a teraz odpowiadała za początkujące pielęgniarki w okresie ich trzyletniego szkolenia w szpitalu. Uwielbiała tę pracę. Kilkakrotnie zrezygnowała z możliwości ubiegania się o pracę drugiej przełożonej pielęgniarek w innych szpitalach w Liverpoolu. Wolała zostać w miejscu, które poznała jako dziecko – w szpitalu położonym między Dock Road i Lovely Lane.

Emily schowała list od doktora Gaskella do torebki. Gdy akurat nikt nie patrzył, wyjmowała go potem jeszcze wielokrotnie, żeby ponownie przeczytać. W głębi serca wiedziała, że powinna postąpić zgodnie z jego sugestią. Niczego zresztą bardziej nie pragnęła. To był kolejny i ostatni krok w kierunku spełnienia jej marzenia, to znaczy objęcia stanowiska przełożonej pielęgniarek w St Angelus. Ale najpierw chciała doprowadzić obecną grupę pielęgniarek do końca stażu. Uważała to za swój obowiązek. Poza tym nie była jeszcze gotowa na objęcie tak wysokiego stanowiska. Nie chciała się jeszcze godzić z tym, co powszechnie uznawano za oczywiste – że przełożone pielęgniarek to stare panny. Obejmując stanowisko przełożonej pielęgniarek, przekreśla się szanse na własne zamążpójście. A przecież ona była jeszcze – ciągle jeszcze – zbyt młoda, żeby przypieczętować swój los. Ciągle jeszcze mogłaby urodzić dziecko. Musiałaby się jednak dość szybko zdecydować, a jakoś nic nie wskazywało na to, aby w najbliższym czasie coś takiego miało się wydarzyć. Czekała więc na ten dzień, w którym znajdzie w sobie dość siły, aby przyznać się przed sobą, że oto jest starą panną, koniec i kropka. Wtedy dopiero zamierzała zrobić kolejny krok po drabinie pielęgniarskiej kariery.

Po kilku tygodniach zdecydowała się w końcu powiedzieć o tym liście Biddy. Biddy Kennedy była gospodynią w szkole pielęgniarek, a dla Emily także przyszywaną matką, mentorką i przyjaciółką – odkąd się tylko zorientowała, że w tych wszystkich trzech sferach brakuje jej wsparcia.

– Skoro zarząd ogłosił nabór, to chyba powinna siostra zgłosić swoją kandydaturę? – stwierdziła Biddy, pochłonięta polerowaniem telefonu na biurku Emily.

Emily kończyła właśnie przeglądać podania dziewcząt chętnych rozpocząć szkolenie pielęgniarskie w ramach nowego kursu. Za chwilę miała przejść do robienia notatek na swój następny wykład. Na szczycie kartki zdołała na razie napisać tylko tytuł: „Układ chłonny". Te dwa słowa czekały na nią cierpliwie już od dwóch dni. Były jak wyzwanie. Emily wiedziała jednak, że nie będzie się w stanie skupić, dopóki Biddy nie skończy i nie wyjdzie.

– Tak pani powiem, Biddy, że nabór ze stycznia pięćdziesiątego drugiego roku jest chyba najlepszy ze wszystkich, które przyjęliśmy, odkąd ja tu zaczęłam pracować – powiedziała, unosząc wzrok znad kartek i opadając na oparcie krzesła. – O siostrze Tanner złego słowa nikt nawet nie powie. Cieszy się takim uznaniem, że przełożona pielęgniarek chce ją przydzielić do nagłych wypadków. Kto by pomyślał? Przecież z początku tak jej było ciężko!

– Niech się siostra nie wykręca – powiedziała Biddy niby karcącym tonem, ale przy tym z uśmiechem na twarzy. – Wszyscy doskonale wiedzą, że ma siostra słabość do siostry Tanner i pielęgniarek z Lovely Lane. Czasem ktoś mógłby pomyśleć, że kocha je siostra jak własne córki. Pierwszy rok mają za sobą, wiedzą już, co i jak. Żadna z nich się nie ucieszy, jeśli się dowie, że siostra rezygnuje z własnej kariery tylko po to, żeby im pomagać.

Emily odłożyła pióro. No to teraz się zacznie, pomyślała. Przyjdzie mi się nasłuchać. Doskonale wiedziała, że Biddy sobie nie odpuści, postanowiła więc poważnie z nią porozmawiać.

– Wiem, wszystko wiem, Biddy, ale jestem przywiązana do tej grupy. Nie raz nadstawiałam za nie karku. Wie pani przecież, że Dana Brogan to pierwsza dziewczyna z zachodniej Irlandii, która dostała się na kurs dla dyplomowanych pielęgniarek? Wie pani również, że wcześniej nie było w tym szpitalu pielęgniarki z tak silnym portowym akcentem? To wszystko dzięki mnie. Czuję się za te dziewczyny odpowiedzialna. Nie mogę ich opuszczać.

Biddy uniosła brwi, ale nic nie powiedziała.

– Pracuję na tym stanowisku dopiero od kilku lat. Chciałabym osiągnąć coś naprawdę ważnego, zanim odejdę. Potrzebuję pewnie jeszcze ze dwóch lat, co najmniej. Gdy pewnego dnia siostry Tanner, Brogan, Baker i Harper ustawią się przede mną w równym rzędzie, a ja im poprzypinam do fartuchów pinezkę z logo szpitala St Angelus, to wtedy będę mogła zacząć myśleć o czymś innym. To będzie dla mnie dowód, że udało mi się dokonać czegoś istotnego.

– Może i ma siostra rację. Mam tylko nadzieję, że wszystko się ułoży po siostry myśli i że potem siostra nie będzie przez całe życie tej decyzji żałować. Proszę sobie tylko wyobrazić, co będzie, jeśli na stanowisko zastępczyni siostry przełożonej przyjmą jeszcze gorszą jędzę niż ona sama. Sama przecież siostra pamięta, ile czasu musiało minąć, zanim w końcu zaczęła siostrę normalnie traktować.

Emily zasiadała w komisji weryfikacyjnej, która opiniowała podania wszystkich kandydatów ubiegających się o pracę na stanowisku medycznym w St Angelus, od studentów począwszy, a na konsultantach skończywszy. Przewodniczącym tej komisji był doktor Gaskell. Gdy tylko się dowiedział, że Emily nie zamierza się ubiegać o stanowisko zastępczyni przełożonej pielęgniarek, to właśnie jej powierzył selekcję zgłoszeń i wybór potencjalnych kandydatek.

– Staramy się wybrać odpowiednie kandydatki – powiedziała do Biddy. – Szukamy kogoś, kto nie tkwi w starych przedwojennych schematach z lat trzydziestych. Szpital potrzebuje nowoczesnej zastępczyni przełożonej pielęgniarek i właśnie kogoś takiego szukamy. Kogoś życzliwego i błyskotliwego, kto się nie boi zmian i kto będzie konsekwentnie dążyć do zniesienia zakazu pracy dla zamężnych pielęgniarek. Bo to przecież dyskryminacja w najczystszej postaci i trzeba wreszcie położyć temu kres. No i kogoś takiego właśnie szukamy, Biddy.

Biddy uniosła kubek z długopisami i zaczęła z wielkim zapałem wycierać i bez tego lśniące czystością biurko. Gdy skończyła, uśmiechnęła się szeroko do Emily.

– A siostra wie, że właśnie opisała siebie, prawda? – rzuciła.

Emily celowo puściła tę uwagę mimo uszu. Próbowała teraz ratować sytuację.

– Wypracowałam nową metodę, która ma nam pomóc znaleźć idealną kandydatkę – powiedziała. – Powierzono mi wstępną selekcję podań. Nie wiem, jak to się stało, że przełożona pielęgniarek się na to zgodziła, ale się zgodziła. We wszystkich wnioskach o przyjęcie do pracy było mniej więcej to samo. Wszystkie pielęgniarki mają podobne wykształcenie i doświadczenie, niemal wszystkie służyły w wojsku, niemal wszystkie należały do korpusu pielęgniarek imienia królowej Aleksandry. Moim zdaniem to trochę kłopot, że ciągle jeszcze żyjemy w tak silnym cieniu wojny. Starałam się wybierać kandydatki, które mają przyjemnie brzmiące nazwiska.

Emily wydawała się być z siebie dość zadowolona.

Biddy tymczasem się wyprostowała, uniosła brwi i spojrzała na nią z niedowierzaniem. Powolnym ruchem odłożyła na widełki słuchawkę telefonu, którą przed chwilą wycierała. Przeciągnęła jeszcze po niej ostatni raz, na co aparat zareagował buntowniczym odgłosem dzwonka.

– Czyli jeśli dobrze rozumiem – zaczęła jakby z zaskoczeniem w głosie – siostry rola w procesie wyboru nowej zastępczyni pielęgniarki przełożonej sprowadza się do tego, żeby wskazała siostra kilka kandydatek o przyjemnie brzmiących nazwiskach?

Przeszła przez pokój i raz jeszcze przeciągnęła ścierką po parapecie, a potem schowała ją do kieszeni fartucha. Potem odwróciła się i spojrzała Emily prosto w oczy. Kątem oka dostrzegła grupę pielęgniarek, które właśnie szły od strony Lovely Lane i za chwilę miały rozpocząć pracę na nowych oddziałach. Ich różowe fartuchy ładnie się prezentowały na tle poczerniałych od sadzy ceglanych ścian szpitala. Z przodu szła Pammy Tanner, jak zwykle trajkocząca i roześmiana. Wykrochmalony czepek chwiał się jej na głowie tak mocno, że lada moment mógł spaść i skąpać się w porannej mgle.

– Idą twoje dziewczyny – powiedziała do Emily, delikatnie tylko przechylając głowę w stronę okna. – Z tej siostry Tanner to liverpoolka pełną gębą, nie ma co. Potrzebuje dziesięciu słów, żeby wyrazić to, co by się spokojnie dało powiedzieć jednym. No i mówi całą sobą, wiecznie wszędzie jej pełno. Zauważyła siostra?

Biddy zamyśliła się na chwilę nad poranną świeżością młodych pielęgniarek. Wiedziała, że za dziewięć godzin będą zmęczonym krokiem stąpać w dół po schodach, a droga powrotna do domu pielęgniarek na Lovely Lane zajmie im dwukrotnie więcej czasu niż ten poranny spacer. Odprowadziła dziewczyny wzrokiem po schodach do wejścia do głównego budynku szpitala i spojrzała ponownie na Emily.

– Gdyby siostra to samo kryterium ładnego nazwiska zastosowała w odniesieniu do kandydatek na pielęgniarki, to sióstr Tanner i Brogan by tu dzisiaj pewnie nie było. Czyż nie mam racji?

– A cóż innego mogłam zrobić?! – wykrzyknęła Emily. – Na jakiej podstawie miałabym dokonywać wyboru? Przez to, że do pracy w szpitalach dopuszcza się tylko stare panny, wszystkie czterdziestolatki mają identyczne życiorysy. Nie ma tam nic nadzwyczajnego.

Biddy pokiwała głową ze zdumieniem.

– Miejmy tylko nadzieję, że siostra sama sobie w ten sposób nie narobi koło pióra! – rzuciła ze śmiechem.

– Bez obaw. One wszystkie służyły w korpusie pielęgniarek. Wszystkie były w wojsku. Wszystkie pracowały w szpitalach polowych. Wszystkie są niezamężne i wszystkie mają od ośmiu do dziesięciu lat doświadczenia zawodowego.

Emily wypowiedziała te słowa z udawanym tylko oburzeniem. Biddy, z którą łączyła ją szczególna więź, zwięźle ujęła w słowa cały absurd jej dalece niemerytorycznej metody selekcji kandydatek. Emily nie mogła nie przyznać jej racji, poczuła się trochę postawiona pod ścianą. Postanowiła zmienić temat.

– Wie pani co, a może bym się tak napiła herbaty i do tego przegryzła grzankę z bekonem – zaproponowała. – A na później chętnie bym sobie wzięła porcję tego tortu czekoladowego, który wczoraj tak pachniał z kuchni. Tego zapachu się chyba nie da z niczym pomylić. Taki tort na pewno poprawiłby nam obu humor. – Emily doskonale wiedziała, że Biddy zawsze chętnie rozmawia o jedzeniu.

– Bekon już pachnie – powiedziała Biddy. – I proszę sobie wyobrazić, że naprawdę mamy w kuchni czekoladę! Kucharka twierdzi, że po raz pierwszy od czterdziestego roku. Czyli od trzynastu lat. Wyobraża to sobie siostra? To już trzynaście lat, odkąd nam zabrakło czekolady!

– Czyli dobrze rozpoznałam zapach! – ucieszyła się Emily. – Czekoladę to z kilometra bym wyczuła. Niech mi pani wierzy, że jak tylko kucharka otworzyła wczoraj puszkę, to ja od razu wiedziałam, co się święci. Mimo że byłam w sali wykładowej.

– Szkoda, że nie widziała siostra miny Toma, jednego z pomocników portiera. To on ją przyniósł – powiedziała Biddy. – Aż się ślinił. Wszystkich to ucieszyło, nie ma co. Ale, ale… Siostra zamawiała przecież filiżankę herbaty i grzankę z bekonem, prawda? – Wypowiedziawszy te słowa, Biddy na chwilę przypomniała sobie o służbowej zależności między nią a Emily. Zwykle szybko jednak o tym zapominała i myślała o niej raczej jako o swojej podopiecznej.

Po drodze Biddy odchyliła pokrywę pojemnika na węgiel i dorzuciła nieco do kominka. Zamknęła za sobą drzwi, pozostawiając Emily z własnymi myślami, po czym z uśmiechem na twarzy zbiegła schodami do kuchni.

– Co się tak cieszysz? – Madge Jones, operatorka centralki telefonicznej, opierała się o zlew, w którym stała filiżanka. Przyglądała się, jak drobna kucharka rodem z Chin piecze najlepszy biszkopt, jaki kiedykolwiek w życiu jadła.

– Wprost nie do wiary, jakim wzięciem cieszy się ta nasza kuchnia, odkąd się tu pojawiła czekolada – powiedziała Biddy, witając Madge uśmiechem. W hierarchii szpitalnego personelu pozamedycznego Madge plasowała się dość wysoko, mniej więcej na tym samym poziomie co główny portier Dessie Horton. Podobnie jak Dessie, ona również wykonywała pracę, przy której każdy inny człowiek by zwariował.

– Przyszłam tylko na chwilę, żeby się podelektować tym zapachem, Biddy – powiedziała Madge. – Tylko sobie nie myśl, że złapałaś szczęście za nogi czy coś. Takie same puszki trafiają dziś do wszystkich innych kuchni. Mogę sobie iść powąchać czekoladę gdzie indziej.

Obie kobiety się roześmiały.

– A co nowego? – zapytała Biddy, jednocześnie przygotowując tacę i smarując masłem dwie kromki zwartego białego chleba.

Madge podeszła bliżej, żeby nikt inny w kuchni jej nie usłyszał.

– Ciekawy telefon odebrałam… Zostałam na linii, żeby posłuchać. Oczywiście za często tego nie robię, wiadomo, względy prywatności.

Madge mocno zaciągnęła się papierosem, a Biddy tylko energicznie skinęła głową. Jej mina w żadnym razie nie zdradzała tego, co sobie w tej chwili myślała: Jasne, ty paskudna kłamczucho. Wiadomo przecież, że całymi dniami podsłuchujesz rozmowy. Biddy oczywiście nie mogła tego powiedzieć na głos. Madge często im pomagała i należało się z nią umiejętnie obchodzić. Lubiła czuć się ważna, więc lepiej było nie podważać prawdziwości jej słów.

Madge odłożyła papierosa do popielniczki, którą trzymała w dłoni, a potem powiedziała:

– Otóż dzwonił doktor Gaskell. Rozmawiał z jednym z lekarzy z regionalnego komitetu do spraw walki z gruźlicą w Manchesterze. Ze zdenerwowaniem opowiadał mu, że panna Haycock nie zgłosiła swojej kandydatury na drugą przełożoną pielęgniarek. Rzekomo napisał do niej list, w którym jednoznacznie dał jej do zrozumienia, że jeśli tylko złoży podanie, to tę posadę dostanie. Podobno zamierza ją namawiać, żeby zmieniła zdanie. – Tu Madge rzuciła nerwowe spojrzenie w stronę kucharki, a potem gestem zasugerowała, że należy tę informację zachować w tajemnicy.

Ona i Biddy miały niepisaną umowę. Informacje przekazywane przez Madge miały pozostać w wąskim kręgu wtajemniczonych. Jego uczestnicy mieli świadomość, że informacje, zwłaszcza te nie do końca jawne, mogą być w praktyce bardzo przydatne.

– No, to będzie rozczarowany, bo ona nie zamierza składać podania – odparła Biddy rzeczowo. – Zamierza za to czuwać nad siostrą Tanner, bo myśli, że te młode pielęgniarki sobie bez niej nie poradzą. Wydaje jej się, że jest aniołem stróżem tej małej. Ani myśli z tej roli rezygnować, dopóki dziewczyna nie zakończy szkolenia. Ani ja, ani doktor Gaskell, ani chyba nikt inny nie zdołamy jej nakłonić do zmiany zdania. To uparta babka i tu nie ma o czym dyskutować.

– Biddy, przecież wiesz, że to nie stanowiska jej potrzeba. Jej brakuje miłości.

Biddy podeszła do rusztu i długozębnym widelcem zdjęła z niego trzy ociekające tłuszczem plastry bekonu, które zaraz potem położyła na chlebie.

– A ty myślisz, że ja tego nie wiem? Tylko że ona nigdy nikogo nie pozna. Całymi dniami pracuje, po nocach zresztą też. Jeśli już robi sobie przerwę, to tylko po to, żeby odwiedzić ojczyma w domu weterana przy Dock Road. Cóż to jest za życie? Przecież wśród podstarzałych i schorowanych weteranów miłości raczej nie znajdzie? Musiałaby poznać mężczyznę w swoim wieku, bo dopóki to się nie stanie, Kupidyn na pewno nie dotrze ze swoją strzałą do tego jej mieszkanka. Nie ma szans.

– Tylko że prosto w twarz jej tego przecież nie powiesz. – Madge opłukała swoją filiżankę pod bieżącą wodą, z ukosa posyłając Biddy złośliwy uśmiech.

– Pewnie, że jej mówiłam. Dobrze się rozumiemy. Czasem mi się wydaje, że ona poza mną nie ma zupełnie nikogo. Ja w każdym razie nikogo nie widziałam.

– Dajże spokój, a co z tym nowym konsultantem z ginekologii? Z synem doktora Gaskella?

Pan Oliver Gaskell pracował na ginekologii już od ponad pół roku, ale pewnie musiałoby minąć jeszcze z pięć lat, żeby Madge – która sama zatrudniła się w szpitalu jeszcze przed wojną – przestała o nim mówić, że jest nowy.

– Ach, z nim to akurat wiązałam wielkie nadzieje – powiedziała Biddy. – On zresztą był wyraźnie zainteresowany. Tylko że ona nawet nie chce rozmawiać o jakimkolwiek romansowaniu. Jak tylko o nim wspominam, ona się od razu zamyka w sobie i zmienia temat. Ot i już.

Biddy nie wiedziała, że Emily swego czasu wykazała żywe zainteresowanie osobą Olivera Gaskella, a nawet raz się z nim umówiła na randkę. Potem go jednak przyuważyła, jak podczas balu lekarza tańczy wolny taniec z siostrą Tanner, trzyma ją w objęciach nieco zbyt blisko siebie i całuje we włosy. W tej jednej chwili wszystkie jej nadzieje na romans prysły jak bańka mydlana. U Emily nikt nie dostaje drugiej szansy, tym bardziej ktoś, za kim tak szalała jej protegowana Pammy Tanner. Zresztą w głębi duszy Emily i tak wiedziała, że Oliver i ona nie są sobie pisani.

Madge założyła ręce na piersiach ukrytych za czerwonym dzierganym bliźniakiem. Z uwagą przyglądała się świeżej warstwie jaskrawoczerwonego lakieru na swoich paznokciach. Farbowane na blond włosy owijały jej się pod brodą. Biddy, nie po raz pierwszy zresztą, zwróciła uwagę na nadzwyczajną urodę koleżanki, która przecież była już po pięćdziesiątce. W przeciwieństwie do niej Madge nie musiała się wspomagać lokówką ani przejmować haluksami. Zawsze świetnie się prezentowała. Uwielbiała jaskrawe kolory, nosiła pończochy ze szwem i buty na wysokim obcasie, a usta malowała zawsze najnowszą szminką z oferty Woolworths. W żadnym razie nie była „zwyczajna", tym bardziej że błyskotliwości jej nie brakowało, a do tego wykonywała pracę, z którą nikt inny by sobie nie poradził.

– Chyba znam kogoś, kto czuje do niej coś więcej niż tylko lekką miętę – powiedziała Madge, odrywając wzrok od paznokci i przenosząc go na Biddy.

– A któż to taki? – zapytała Biddy, wyraźnie zainteresowana. – Znam go?

– Ależ oczywiście, że znasz. To Dessie. Jak ma okazję o niej mówić, to gęba mu się nie zamyka. Zresztą, idź się sama przekonać. Zapytaj go, jaka będzie pogoda dzisiaj po południu, a już on na pewno znajdzie jakiś sposób na to, aby o niej wspomnieć przy okazji.

Biddy się uśmiechnęła. Madge miała wypracowany telefoniczny głos, co budziło powszechny podziw. Wyraźnie wymawiała samogłoski i starannie akcentowała końcówki wyrazów, roztaczając wokół siebie aurę wyższości i wszechwiedzy. Dość skutecznie ukrywała w ten sposób swój walijski akcent. W Liverpoolu Irlandczycy lepiej dogadywali się z Chińczykami niż z Walijczykami, co do tego nikt nie miał wątpliwości. Chociaż, jak Biddy często tłumaczyła swojej przyjaciółce Elsie, ci ostatni – czyli Walijczycy – wcale nie byli tacy źli, może z wyjątkiem tych uprzedzonych do przybyszów z Zielonej Wyspy.

Biddy założyła ręce na obfitych piersiach i spojrzała na nią z zadumą.

– Dessie, no proszę! Na to bym nigdy nie wpadła!

Dessie był przecież jej bliskim przyjacielem.

– Cóż, trudno się dziwić. To dlatego, że ty i Dessie tak dobrze się znacie. Człowiek czasem nie dostrzega tego, co się dzieje tuż pod jego nosem. On się w niej kocha od lat. Tyle że, moim zdaniem, jej by nawet do głowy nie przyszło, żeby dać mu szansę. Za długo się znają. Dlatego pomyślałam, że może mogłabyś coś w tej sprawie zdziałać. Coś tam zaczarować, upichcić jakiś magiczny napój, zadbać o to, żeby się znaleźli w tym samym pokoju. Mogłabyś zrobić coś, co by jej pozwoliło zobaczyć w nim nie tylko głównego portiera, z którym pracują w jednym szpitalu, ale też… No wiesz…

– Kogo? – Biddy ściągnęła brwi.

– Oj, Biddy, mężczyznę, z którym można by chcieć… Jezu! Biddy, no wiesz, iść do łóżka, wskoczyć pod kołdrę, rozerwać się trochę.

Biddy aż prychnęła. Przed chwilą włożyła sobie do ust okruchy tortu, które spadły z blachy na stół, i teraz o mało co się nimi nie udławiła. Aż jej łzy stanęły w oczach. Spojrzała na Madge.

– Litości! Właśnie do mnie dotarło, że myślę o niej jak o własnej córce! Na samą myśl o Dessiem i mojej szefowej aż mi włosy stają dęba. Weź ty już wracaj może do tej swojej centralki!

Madge tylko się uśmiechnęła i wymaszerowała z kuchni, stukając w podłogę cienkimi obcasami.

– Zastanów się! – rzuciła jeszcze na odchodnym. – Dwoje samotnych ludzi. Dwoje uroczych ludzi, Biddy. Sama dobrze wiesz, że to by mogło się udać.

Emily zmarszczyła brwi i spojrzała w kierunku zamkniętych drzwi. Słyszała odgłosy kroków Biddy, która po drewnianych stopniach schodziła do kuchni. Sama doskonale wiedziała, że raczej słabo poradziła sobie z selekcją kandydatek. Nie chciała dodatkowo rozczarować doktora Gaskella. Bo raz już przecież go rozczarowała, gdy nie złożyła podania.

Na parapecie jej okna wylądowała mewa, która chwilę wcześniej z charakterystycznym krzykiem przyleciała znad rzeki Mersey. Głośny stuk jej głowy o szybę poderwał Emily z krzesła. W tym samym momencie węgiel w palenisku w końcu osiągnął właściwą temperaturę i rozbłysnął jasnym płomieniem.

– Głupi ptak! – powiedziała Emily do mewy, która się odwróciła i zajrzała do środka. Spojrzała najpierw na kartki na biurku Emily, potem na jej twarz, a po chwili znów na blat stołu. Pielęgniarka się uśmiechnęła. Uniosła pióro i jeden z arkuszy, na który miała nanieść ocenę. Zaraz potem kartka wylądowała z powrotem na stercie.

„Siostra w ten sposób sama robi sobie koło pióra!", przypomniała jej się przestroga Biddy. Mocno ją te słowa ubodły. Emily po raz pierwszy zwątpiła w słuszność własnej decyzji. Nigdy by tego otwarcie nie przyznała, ale w praktyce jakoś tak wychodziło na to, że Biddy zawsze miała rację.

Emily nie miała pojęcia o niechęci, z jaką przełożona pielęgniarek przyjęła decyzję doktora Gaskella, który właśnie dyrektorce szkoły powierzył wstępną selekcję podań. Doktor Gaskell tymczasem musiał się sporo natrudzić, żeby w ogóle przekonać siostrę przełożoną do utworzenia stanowiska drugiej przełożonej. W tym celu odwołał się do swojego gasnącego już uroku osobistego. Kilka tygodni wcześniej specjalnie umówił się z przełożoną pielęgniarek na spotkanie, żeby z nią ten temat omówić. Przełożona pielęgniarek nie miała zastępczyni od czasów wojny, odkąd siostra April odeszła do korpusu pielęgniarek, a potem została oddelegowana do pracy w szpitalach polowych. To było w czterdziestym pierwszym roku, dwanaście lat temu. Od tamtej pory nikt o niej nie słyszał. Niektórzy twierdzili, że przełożona pielęgniarek czeka na jej powrót. Że ciągle jeszcze liczy na to, że panna April pojawi się na schodach, przekroczy próg szpitala i wszystkich zaskoczy. Ona jednak nie dawała znaku życia. Listy wysyłane do jej rodziny wracały nieotwarte, a telefonów nikt nie odbierał.

Gdy w czterdziestym siódmym nadal nie było o niej żadnych wieści, przełożona pielęgniarek zaczęła się poważnie martwić. „Spróbuję się czegoś dowiedzieć", uspokajał ją doktor Gaskell. Od zawsze należał do zarządu szpitala. Nikt, nawet przełożona pielęgniarek, nie pamiętał czasów, kiedy tak nie było. „Mam nadal sporo kontaktów w służbach medycznych armii, siostro. Ktoś na pewno zapamiętał pielęgniarkę o tak charakterystycznym nazwisku".

Ostatecznie jednak całe to jego rozpytywanie nic nie dało, nadszedł więc czas, aby na stanowisko drugiej przełożonej powołać kogoś innego. Doktor Gaskell bardzo starannie dobierał słowa.

– St Angelus rozrasta się w takim tempie, że nam trudno nadążyć. Któż by pomyślał, że znajdzie się tylu brawurowych młodych kierowców samochodów i motocykli. Tylko wczoraj wieczorem w wypadku zginęło dwóch chłopców.

Siostra przełożona westchnęła.

– Ja się temu pomysłowi nie sprzeciwiam – odparła. – Po prostu, no cóż, liczyłam na to, że siostra April do nas wróci. Bardzo lubiła pracę w St Angelus...

Te ostatnie słowa wypowiadała już drżącym głosem. Z zażenowaniem odwróciła głowę, by ukryć łzy.

– Wiem, siostro, ale minęło już naprawdę dużo czasu.

Przełożona pielęgniarek nie mogła zaprzeczyć. Zaiste, sporo już czasu upłynęło, z czego wszyscy doskonale zdawali sobie sprawę. Ludzie każdego dnia coraz dalej odsuwali od siebie myśli o wojnie. Dawali się porwać ekscytacji wszystkim tym, co miał im do zaoferowania pokój, w szczególności zaś nadzieją na dostatnie życie. Wielu nie chciało wspominać wojny, gdyż to było dla nich po prostu zbyt bolesne. W Liverpoolu każdy kogoś stracił albo znał kogoś, kogo wojna mocno doświadczyła.

– Zresztą, nie tylko o samochody i motocykle chodzi. Kolejni żołnierze wracają z wojska, przez co nasze porodówki pękają w szwach. Polityka NHS zmusza nas do pracy ponad siły. Jest pani przecież wykończona. Pracuje pani po dwanaście godzin dziennie przez siedem dni w tygodniu. Do Florence Nightingale dużo pani oczywiście nie brakuje, ale trochę jednak tak.

Doktor Gaskell się uśmiechnął, a przełożona pielęgniarek w końcu ustąpiła.

– Ma pan rację, doktorze. Już prawie pół roku minęło, odkąd ostatnio odwiedziłam matkę. Muszę kiedyś wsiąść w pociąg i pojechać do niej do Lytham St Annes. Ma już prawie dziewięćdziesiąt lat. Nie powinnam zwlekać zbyt długo.

– Czyli postanowione! Zatrudnimy drugą przełożoną pielęgniarek. Poproszę siostrę Haycock o wstępną selekcję podań, żeby zostało ich osiem. No, to już wszystko, co chciałem zaproponować. Pani mi teraz poda ze sto różnych powodów, dla których moja decyzja jest niesłuszna. Tak to przecież funkcjonuje w tym szpitalu już od lat, prawda?

Na nic się zdały uśmiech i udawana skromność. Na siostrze przełożonej nie robiło to żadnego wrażenia.

– Doktorze Gaskell – oburzyła się. – Przecież to ja mam z tą osobą współpracować najbliżej. To musi być ktoś, z kim potrafimy się dogadać. Ktoś, kto nie wzbudzi moich zastrzeżeń.

– Czyli ktoś taki jak ja? – zażartował doktor Gaskell, unosząc pytająco krzaczaste siwe brwi.

Przełożona pielęgniarek znowu nie dała się zwieść.

– Zamierzamy powierzyć tej osobie szereg bardzo ważnych zadań, na które ja po prostu nie mam czasu. Poza tym musimy mieć pewność, że to będzie ktoś kompetentny. Nie mogę przekazać połowy moich obowiązków osobie, której nie mogę w stu procentach zaufać. To ja mam z nią na co dzień współpracować, nie zarząd. Będzie nadzorowała wdrażanie najróżniejszych zmian…

– Tak, dokładnie tak, siostro przełożona. I właśnie dlatego powinniśmy zdać się w tej kwestii na siostrę Haycock. – Doktor Gaskell nie wspomniał o tym, jak bardzo jest rozczarowany, że Emily nie skorzystała z jego propozycji i czym prędzej nie wysunęła swojej kandydatury. – Niechże się pani zgodzi. Pani i ja jesteśmy jeszcze ze starej szkoły. Nowe pokolenie lekarzy i pielęgniarek dowiodło w czasie wojny, że dobrze sobie radzi. Teraz wrócili do kraju i do swoich obowiązków. No i okazuje się, że mają zupełnie inne podejście. Na różne kwestie zapatrują się inaczej niż my. Łatwiej im nadążyć za tym nowym światem, o którym wszyscy ciągle mówią.

Przenieśli się do saloniku i zasiedli przed kominkiem, który gospodyni przełożonej pielęgniarek, Elsie O'Brien, w oczekiwaniu na wizytę starego doktora wypełniła drewnem po brzegi.

Doktor Gaskell, który całe życie poświęcił leczeniu gruźlicy, nie znosił przesiadywania w chłodzie. On i przełożona pielęgniarek siadywali przy tym kominku od wielu, wielu lat. Ilu, tego żadne z nich nawet nie chciało pamiętać. Siedzieli w ciszy, którą przerywało tylko miarowe tykanie stojącego zegara, należącego niegdyś do matki siostry przełożonej.

Przełożona pielęgniarek umieściła ciężar ciała na krawędzi fotela, nogi schowała pod siedziskiem, a dłonie położyła na kolanach. Wpatrywała się w tańczące płomienie. Doktor Gaskell poznał ją jako młodą kobietę, ale teraz po raz pierwszy w życiu dostrzegł w jej profilu wyraźne ślady upływu czasu. Zaczął się zastanawiać, kiedy tak bardzo się postarzała. Czy wtedy, w czasie wojny, gdy siostra April zaciągnęła się do korpusu pielęgniarek? Czy może wtedy, gdy zakochała się w siostrze Antrobus, która okazała się być kompletnym przeciwieństwem siostry April, a przy tym okrutną kobietą, która robi, co chce, i niczym się nie przejmuje? Miała silną osobowość i wielkie ambicje. Przełożona pielęgniarek bardzo się na niej zawiodła, a dodatkowo jeszcze najadła wstydu przed całym szpitalem. Gdy w końcu siostra Tanner postanowiła stawić odpór siostrze Antrobus, przeniesiono ją z ginekologii na oddział nagłych wypadków, gdzie – jak zakładała przełożona pielęgniarek – nie miała już okazji spędzać zbyt wiele czasu z jednym pacjentem.

Przełożona pielęgniarek mocno przeżywała to, że na kilka tygodni stała się obiektem szalejących po całym szpitalu plotek, ostatecznie jednak zniosła to upokorzenie z godnością. Doktor Gaskell przypuszczał, że zapewne właśnie wtedy przegrała walkę z wiekiem – przez złamane serce i zranioną drwinami dumę. Nagle zrobiło mu się jej strasznie żal. W całym szpitalu chyba tylko on jeden zdawał sobie sprawę, że przełożona pielęgniarek darzyła siostrę April miłością. Przypuszczalnie zauważył to, jeszcze zanim ona zdała sobie z tego sprawę. On sam był zakochany w swojej żonie, którą uwielbiał i którą nie przestawał się zachwycać. To była kobieta, która dała mu syna i niezmiennie wspierała go w walce z gruźlicą, bez słowa skargi na to, jak wiele uwagi poświęca swojej pracy; towarzyszyła mu w myślach przez cały czas. To samo uczucie, które on żywił do swojej żony, dostrzegł też w oczach przełożonej pielęgniarek, gdy ta miała okazję pracować ramię w ramię ze swoją zastępczynią. W tych samych oczach zobaczył też tamtego dnia rozpacz, gdy siostra April po raz ostatni przekraczała próg szpitala. Potem widział, jak przełożona pielęgniarek usycha z tęsknoty. Współczuł jej tym bardziej, że nikomu o swojej miłości nie mogła opowiedzieć. Musiała ją na zawsze zachować w tajemnicy, a cierpienie przeżywać w milczeniu. Ileż siły ją to kosztowało! A potem zadurzyła się w siostrze Antrobus, która ją tak skompromitowała!

Doktor Gaskell przemówił teraz łagodniejszym tonem, jakby stał przy łóżku pacjenta.

– Proszę posłuchać – powiedział. – Pani i ja jesteśmy z innej epoki. Ten cały NHS wszystko zmieni. Nam trudno to zaakceptować, ale przecież pani wie, że nawet tych resztek samodzielności, które nam dziś pozostały, kiedyś będziemy się musieli wyrzec. Poprosiłem siostrę Haycock, żeby tym procesem pokierowała, z myślą o szpitalu, ale też z myślą o pani, Margaret. A tak szczerze mówiąc, również z myślą o sobie. Musimy podążać z duchem czasu.

Przełożona pielęgniarek gwałtownie uniosła głowę. Doktor Gaskell ostatni raz zwrócił się do niej po imieniu, gdy ją informował, że nie udało mu się nic ustalić na temat siostry April.

– Zostajemy w komisji rekrutacyjnej i zachowujemy głos, choć przedstawicielki zarządu szpitali okręgu liverpoolskiego pewnie uzyskają większość. Lepiej będzie, jeśli to siostra Haycock przygotuje listę kandydatek. Ona potrafi bardziej obiektywnie ocenić, kogo nam potrzeba. A tak zmieniając temat, ma pani jeszcze buteleczkę tej swojej sherry?

Przełożona pielęgniarek odpowiedziała mu uśmiechem. Doktor Gaskell zawsze potrafił z nią rozmawiać. Spośród wszystkich lekarzy w szpitalu tylko on jeden cieszył się jej autentycznym uznaniem. Podała mu kieliszek sherry, przy okazji spoglądając w twarz porytą zmarszczkami i otoczoną siwizną. On nigdy nie mówił, ile ma lat, ale dla wszystkich było oczywiste, że siedemdziesiąte urodziny obchodził już jakiś czas temu.

– Ile czasu nam jeszcze zostało? – zapytała, siadając z powrotem w fotelu.

– Nie mam pojęcia, ale gdy nasza godzina wybije, na pewno się zorientujemy. Przy odrobinie szczęścia wypadnie w tym samym dniu dla nas obojga i odejdziemy razem. A szpital będzie działał dalej... Tak to już jest, że im człowiek starszy, tym jego wkład bardziej blednie w świetle zasług ludzi młodszych i bardziej rzutkich.

– Kiedyż to pan nabył tyle życiowej mądrości? – zapytała przełożona pielęgniarek. W jej głosie dało się usłyszeć jakby nutę irytacji, która jednak szybko zniknęła, bo przecież lekarz miał rację. – Czasem dochodzę do wniosku, że toczę zupełnie niepotrzebne boje w różnych sprawach – stwierdziła. – Kiedyś było inaczej. Teraz jest trochę tak, jakbym potrzebowała udowodnić, że postawię na swoim. Tyle sił mi na to schodzi...

Doktor Gaskell próbował zmienić temat.

– A jak się czuje pani matka?

Matka przełożonej pielęgniarek mieszkała w Lytham St Annes, w jednym z najlepszych domów opieki. Pensjonariuszom zapewniano tam niemal hotelowe warunki, ale przełożona pielęgniarek musiała sprzedać swój rodzinny dom, żeby ten pobyt sfinansować. Zapewne próbowała zagłuszyć wyrzuty sumienia, które dręczyły ją dlatego, że poświęciła swoje życie, żeby opiekować się innymi, zamiast otoczyć troską własną matkę. Zgromadziła trochę oszczędności, trochę pieniędzy zostało jej też ze sprzedaży domu, ale po przejściu na emeryturę nie miała już dokąd pójść i nikogo, kto mógłby się nią zająć. Doktor Gaskell miał żonę i rodzinę. Siostra przełożona domyślała się więc, że jego przyszłość będzie wyglądać zgoła inaczej.

Gdy tak popijali razem sherry przy kominku, przełożona pielęgniarek z nadzieją rozmyślała o tym, że być może ten dzień, w którym przyjdzie jej się zmierzyć z emeryturą, biedą i samotnością, nigdy nie nastanie.

Na podwórzu Dessie Horton przywołał właśnie jednego ze swoich pomocników, który spiesznym krokiem szedł w kierunku szkoły pielęgniarstwa z metalowym wiadrem w ręce i rozsypywał po drodze węgielki.

– A ty dokąd się z tym wybierasz, Tom? – zapytał.

– Do Biddy. Prosiła, żebym doniósł węgla do gabinetu siostry Haycock. Właśnie tam idę.

– Wiesz co, Tom? Ja się tym zajmę.

Tom odstawił wiadro na bruk, poprawił czapkę i podrapał się po głowie, a potem spojrzał na Dessiego.

– Dessie, ale to jest moje zajęcie.

– Wiem, chłopcze, ale chciałbym, żebyś już wrócił na portiernię. Jake ma listę oddziałów, na które trzeba zanieść butle z tlenem. To ważniejsze niż węgiel.

Tom popędził w kierunku portierni z poczuciem ulgi, że w żaden sposób Dessiego ani nie zdenerwował, ani nie uraził. Podobnie jak wszyscy pomocnicy portiera, był wobec Dessiego lojalny. Dessie, wdowiec po czterdziestce, własnych dzieci nie miał, ale wszystkich swoich chłopaków traktował jak rodzonych synów, oni zaś darzyli go wielkim szacunkiem i ciepłymi uczuciami.

Na dźwięk otwierających się drzwi Emily uniosła głowę.

– O, witaj, Dessie. Cóż za niespodzianka! A gdzie Tom? Mam nadzieję, że nie jest chory?

– Nie, nic z tych rzeczy. Jake go potrzebuje. Skończył nam się tlen. Dzisiaj chyba na wszystkich oddziałach dużo się dzieje, na nagłych wypadkach też. Przełożona pielęgniarek mówi, że to przez smog, że ludziom się przez to ciężko oddycha.

Emily odwróciła głowę i wyjrzała przez okno na żółte kłęby dymu na tle ciemnoszarego nieba.

– Rzeczywiście duży dziś smog. Cóż to się dzieje, Dessie? Podobno zima ma być w tym roku sroga. Zapowiadają spore opady śniegu.

Przez krótką chwilę Dessie milczał. Nie wiedział, co powiedzieć. Z każdą sekundą było tylko gorzej. Kiedyś przyglądał jej się z daleka, gdy przechodziła przez bramę w drodze do szkoły pielęgniarskiej. Była tak uroczo nieświadoma swojego wpływu na mężczyzn. Nawet Jake, zastępca Dessiego, człowiek szczęśliwie żonaty z Marthą, tracił zupełnie głowę, gdy siostra Haycock spojrzała na niego tymi swoimi przenikliwymi niebieskimi oczami. Pielęgniarki ją uwielbiały, dla nich była bohaterką. Zawsze ich broniła, zawsze je wspierała i zawsze dbała o ich interesy, przy okazji realizując też swoje plany. Determinacji i pasji z pewnością jej nie brakowało, ale prawdę mówiąc, była to istota samotna i wrażliwa. Dessiemu zawsze pękało serce, gdy widział, jak wieczorami wychodzi w odwiedziny do swojego schorowanego ojczyma Alfa. Znał jej historię, podobnie zresztą jak inni. Cała jej rodzina – matka i bracia – zginęli od bomby na George Street. Przeżył tylko Alf – dlatego że wybiegł z domu, żeby jej szukać.

Dopełniwszy formalności związanych z powitaniem, Emily wróciła do przeglądania dokumentów leżących na jej biurku. Dessie miał zamiar coś dodać, ale ostatecznie zmienił zdanie i tylko przesypał węgiel do pojemnika stojącego przy kominku. Wyprostował się i raz jeszcze na nią spojrzał. Serce waliło mu w piersi jak oszalałe, jak zawsze zresztą w ostatnich dniach na jej widok. Raz po raz znajdował pretekst, żeby zajrzeć do jej mieszkania, nawet jeśli jej akurat nie było. W zupełności wystarczała mu myśl, że przez chwilę będzie mógł oddychać tym samym powietrzem co ona.

Emily przeczytała coś, co wywołało uśmiech na jej twarzy, a potem mlasnęła i podniosła z biurka wieczne pióro. Zaczęła pisać, zupełnie nie zwracając uwagi na Dessiego. On wykorzystał okazję, żeby przez dłuższą chwilę przyglądać się kobiecie, o której ostatnio myślał niemal bez ustanku.

Uwielbiał jej loki, które zawsze starannie zaczesywała, ale które niezmiennie uciekały spod wsuwek i jeszcze przed lunchem znajdowały drogę na wolność. Uwielbiał jej drobny krok, jej wrażliwość, jej uśmiech i to, jak się chowała pod pielęgniarską peleryną, z którą za nic w świecie nie chciała się rozstać. Nie było chyba na świecie mężczyzny, który by się nie chciał zamienić miejscami z tą peleryną. Który by nie chciał otulić jej filigranowego ciała, który by jej nie chciał wziąć w objęcia. Patrzył przez chwilę, jak pisze, a potem wycofał się w kierunku drzwi i zamknął je za sobą możliwie cicho, by jej nie przeszkadzać. Raz jeszcze spojrzał na nią przez szybę nad mosiężną klamką. Ona nawet nie zauważyła, że wyszedł, ale jemu to nie przeszkadzało. Najważniejsze, że zna jego imię, że mu podziękowała za węgiel i popatrzyła w oczy. To wystarczy, żeby jakoś przeżyć tydzień, a może nawet więcej.

„Nieźle cię wzięło, Dessie", powiedział sam do siebie, zeskakując po drewnianych schodach po dwa stopnie naraz. Nie zauważył Biddy, która stała na półpiętrze z tacą w rękach.

Uśmiechnęła się do niego, gdy mijał ją z pustym wiadrem w dłoni i opuszczoną głową.

– Zaniosłeś węgiel do gabinetu siostry Haycock? – zapytała.

Dessie zatrzymał się w połowie schodów.

– Zgadłaś, Biddy. Dorzuciłem do ognia, a resztę do wiadra, z którego teraz aż się przesypuje. Będzie jej ciepło i miło.

– Tak, jasne. W sali wykładowej też by się przydał węgiel. Dwadzieścia dwie pielęgniarki zamarzają tam na kość.

– Jasne, Biddy. Zaraz wyślę Toma na górę.

Biddy uśmiechnęła się wymownie.

– A, no proszę, czyli tam się nie wybierasz osobiście? – Spóźniła się jednak z tą uwagą, bo drzwi zdążyły już zatrzasnąć się za nim z hukiem. – No cóż – wymamrotała. – Wychodzi na to, że Madge ma rację.

Emily podeszła do okna i podciągnęła je ku górze. Mewa wciąż spacerowała po odległej krawędzi szerokiego gzymsu z czerwonego piaskowca, nerwowo zerkając w jej kierunku. Emily położyła na zewnętrznym parapecie pół wyschniętego ciasteczka z mąki ararutowej.

– No masz, durne ptaszysko – powiedziała. – To dla ciebie. – Ptak spojrzał na ciasteczko, a potem na Emily. – Smacznego – dodała pielęgniarka. – Tylko się pospiesz, bo lada moment lunie deszcz.

Właśnie chowała głowę z powrotem do środka, gdy zobaczyła Dessiego, który spiesznym krokiem szedł przez dziedziniec. Jeden z chłopaków podbiegł do niego i przejął z jego rąk puste wiadro na węgiel. Uwagę Emily zwróciło to, jak czule Dessie najpierw przesunął czapkę chłopaka na tył głowy, a potem ponownie na dawne miejsce. Usłyszała też, jak chłopak wykrzykuje ze śmiechem: „Auć, Dessie!".

Drżąc lekko z zimna, zamknęła okno, po czym wzrokiem odprowadziła Dessiego do portierni.

Do pokoju weszła Biddy. Postawiła tacę na biurku.

– No, to się nazywa napalić w piecu! Przyniosłam też filiżankę dla siebie, poczęstuję się z twojego dzbanka – powiedziała do Emily, która wciąż jeszcze stała do niej plecami i patrzyła przez okno.

Biddy podała jej filiżankę i wtedy zobaczyła, że Dessie znika za rogiem. Spojrzała na Emily i doszła do wniosku, że to na niego patrzyła pielęgniarka.

– Co się właściwie stało z żoną Dessiego? – zapytała Emily.

Biddy postanowiła skłamać – powiedzieć jej to, co powiedziano Dessiemu – ponieważ jednak wiedziała, że przyjdzie jej to z trudem, postanowiła ograniczyć relację do minimum.

– W porcie wybuchła bomba. Tego samego wieczoru.

Emily spojrzała na Biddy i wzięła od niej filiżankę wraz ze spodeczkiem. Więcej wyjaśnień nie potrzebowała. Dokładnie wiedziała, co Biddy chce przez to powiedzieć. Dessie stracił żonę tego samego wieczoru, kiedy zginęła i jej rodzina. Oboje dużo wycierpieli, ale podobnie jak wszyscy mieszkańcy Liverpoolu, którzy stracili bliskich podczas wojny, woleli cierpieć w milczeniu.

– To aż dziwne, że on nikogo nie ma, że się nie zaręczył ani nic… To przecież uroczy człowiek. Spodziewałabym się, że jakaś zmyślna i zaradna kobieta szybko go usidli.

– Dessie nikogo nie ma. Długo był w żałobie, a teraz myśli tylko o swoich chłopakach oraz ich rodzinach. To taki nasz lokalny bohater, przynajmniej na Dock Road.

Emily skinęła głową, bo o tym to akurat dobrze wiedziała. Miała zamiar podejść do biurka, ale ku swemu zaskoczeniu stwierdziła, że Biddy stoi tuż obok niej przy oknie.

– Matko Boska! – wykrzyknęła Biddy. – Nie do wiary! Ptak nam przyniósł ciasteczko i położył na parapecie!

Rozdział 2

W domu Amy Curran zdecydowanie nie brakowało niczego, co można dostać za pieniądze. Było tam aż za dużo krzeseł. Za dużo stoliczków, a na nich za dużo obrusów z frędzelkami i za dużo ozdobnych lampek. Na ścianach wisiały liczne obrazki i krucyfiksy, a parapet od brzegu do brzegu zastawiono ozdobami. W porównaniu z okolicznymi mieszkańcami rodzice Amy byli zamożni. Jej ojciec pracował w zakładzie przetwórstwa złomu i juty państwa McConaghy, należącym do jego szwagierki i jej męża, a że był z nimi od początku i w dużej mierze przyczynił się do rozkręcenia biznesu, teraz mógł liczyć na pięcioprocentowy udział w zyskach.

– Marne pięć procent! Beze mnie by tego wszystkiego nie było – skarżył się żonie każdego ranka, mniej więcej na dziesięć minut przed tym, jak musiał nałożyć czapkę i kurtkę, wziąć kanapki zawinięte w pergamin i wilgotny muślin, a następnie przemierzyć na rowerze dwie mile dzielące go od miejsca pracy. – Sukces McConaghych to efekt mojej ciężkiej pracy. To ja dogadzałem kontrahentom, to ja im kupowałem guinnessa w piątkowe wieczory. Twoja siostra i jej mąż nie mają zielonego pojęcia o tej robocie. To wszystko kręci się wyłącznie dlatego, że mają mnie w fabryce i Lily Lancashire w biurze.

Te same słowa skargi płynęły z jego ust co rano, więc Amy znała je na pamięć. Nie rozumiała tylko, na co on właściwie narzeka.

– Nie jestem w stanie nic zjeść. Strasznie mi dziś dokucza żołądek – odpowiadała matka, podając mu śniadanie.

Ojciec Amy, niezmiennie puszczając tę uwagę mimo uszu, popijał herbatę i kontynuował swój wywód.

– Lily doliczy się każdego pensa, który do nas wpływa i który wydajemy. Nie ma na świecie uczciwszego człowieka. Biedaczka przychodzi do pracy w łachmanach, ale czy może liczyć na podwyżkę? Ależ skąd!

– Chyba pójdę dziś znowu do lekarza. Powiem mu, że to coś poważnego. Muszę też poprosić o inny syrop na kaszel, bo ten nie działa – odpowiadała jego żona, kontynuując codzienną rozmowę, którą tych dwoje ludzi żyjących w zupełnie innych światach regularnie prowadziło przy śniadaniu.

Amy przysłuchiwała się tym ciągłym narzekaniom, myśląc sobie, że te pięć procent to najwyraźniej wcale nie jest tak mało. Wystarczało przecież na to, żeby matka mogła ją każdej soboty zabrać do miasta i kupić nowe stroje. Nikt w okolicy nie miał tylu pięknych ubrań, z czego Amy doskonale zdawała sobie sprawę. Ona miała wszystko. Jej toaletka uginała się pod ciężarem lakierów do paznokci i pomadek do ust, wieża z pudełek z butami sięgała niemal do sufitu, a na drzwiach szafy wisiała dumnie na wieszaku zupełnie nowa etola z lisów. Amy uwielbiała wszystkie swoje rzeczy, a czas płynął jej od środy do środy, bo wtedy miała wizytę u fryzjerki i manikiurzystki. W drodze powrotnej z salonu piękności zawsze przyciągała zazdrosne spojrzenia przechodniów, tym bardziej że często szła obwieszona brązowymi papierowymi torbami albo niosła pudełka opatrzone logo najlepszych sklepów w mieście. W dniu swoich dwudziestych pierwszych urodzin miała zamiar tak przedefilować w matczynym futrze z norek.

Amy miała tylko jedną przyjaciółkę, Dodo. Dodo pracowała jako sekretarka na oddziale nagłych wypadków w szpitalu St Angelus. Na chrzcie dostała imię Doreen, ale Amy się nie podobało, więc nazywała ją Dodo. Amy była jedynaczką z tych, co zawsze dostają to, czego zapragną. Przez osiemnaście lat nikt jej nigdy niczego nie odmówił, dlaczego więc z imieniem Doreen miałoby być inaczej? Amy traktowała ją trochę jak porcelanowe lalki, którymi bawiła się w dzieciństwie. Doskonale wiedziała, jak reagować na choćby najbardziej subtelny sprzeciw.

– Słuchaj, jeśli chcesz się ze mną przyjaźnić, proszę bardzo, ale na to imię się nie zgadzam. Doreen? Okropnie brzmi. Z takim imieniem nie masz żadnych szans na poderwanie chłopaka. Tak to mogłaby się nazywać jedna z przyjaciółek mojej mamy z klubu matron.

Doreen posmutniała. Lubiła swoje imię.

– Amy, głuptasie, przecież ja nie mogę zmienić imienia. Jestem i zawsze będę Doreen O'Prey.

– Coś ty, Dodo, wypróbuj ten – powiedziała Amy, podając jej buteleczkę gęstego różowego lakieru do paznokci.

Doreen się rozchmurzyła. Nikt w jej rodzinie nie miał buteleczki z lakierem.

– Wiesz co, Dodo? Chyba najwyższy czas, żebyśmy zaczęły razem wychodzić na miasto. Do diaska, mamy po osiemnaście lat, a ciągle jesteśmy dziewicami. To nienormalne!

Doreen omal nie wypuściła lakieru z rąk.

– Amy, cicho, nie można mówić takich rzeczy. Teraz będziesz się musiała z tego wyspowiadać.

– Ani mi się śni, do cholery! – odparła Amy, która po raz pierwszy używała tego przekleństwa, ale była z siebie całkiem zadowolona. Siedziała z przyjaciółką w swoim pokoju i śmiała się do rozpuku. – Do cholery, kurwa! No proszę! Czyż to nie fajne?

Doreen zbladła, jakby miała za chwilę zemdleć.

– No dobrze, już dobrze, Dodo. Nie wariuj. Już nie będę. Słuchaj, musisz po prostu pożyczyć ode mnie kilka ładnych ciuchów. Oczywiście tylko pożyczyć, na stałe ci ich nie dam. Jak pójdziesz na miasto dobrze ubrana, to znajdziesz sobie fajnego chłopaka, nie jakiegoś tam dokera. Jeśli nie chcesz, nie musisz z nim iść do łóżka, ale ja się już nie mogę doczekać. Ciekawa jestem, o co tyle krzyku. Nie będziemy się pokazywać w Grapes Inn, Dodo. Jesteśmy dziewczynami z klasą. Idziemy na miasto.

Amy udało się, choć niezupełnie bez trudu, przekonać swojego ojca, aby porozmawiał z ojcem Dodo w sprawie tego ich wspólnego wyjścia.

– Tato, ja tu całkiem zwiędnę, tak ciągle siedząc z mamą. Ona bez przerwy opowiada o tym, jaka to jest chora. Można z nią porozmawiać tylko o reumatyzmie. Proszę cię, tatku.

Amy wiedziała, jak z nim rozmawiać. Sam, gdy tylko miał okazję, wyrywał się wieczorem z domu, by uciec przed hipochondrią żony. Nałożył więc czapkę i poszedł zapukać do drzwi domu Dodo, aby wyjaśnić jej ojcu, jaki to dobry pomysły, żeby dziewczęta wybrały się w sobotę wieczorem na miasto. Obiecał, że nic złego ich nie spotka, a on pokryje wszystkie wydatki.

Tak oto Doreen na potrzeby spotkań z Amy została Dodo, bo w swoim nowym wcieleniu mogła liczyć na to, że od czasu do czasu dostanie przechodzony płaszczyk z podartą podszewką albo parę butów ze złamanym obcasem, który będzie mogła sobie naprawić i nosić. Zaczęły też wychodzić na miasto i Doreen szybko doszła do wniosku, że Amy chyba wie, co mówi, bo już za pierwszym razem poznała uroczego komiwojażera z Middlesbrough. Spodobał jej się od razu, gdy tylko podszedł do niej z winem wiśniowym w jednej ręce i papierosem w drugiej.

Doreen nigdy wcześniej nie piła alkoholu, pierwszy raz wzięła też do ust papierosa.

– Nie wiem, co robić – wyznała zakłopotana, gdy odpalił go i włożył jej między palce.

– To się naucz, Dodo, i to już! – syknęła Amy, tylko potęgując zażenowanie koleżanki.

Doreen wolałaby, żeby Amy zachowała te swoje mądrości dla Bena – faceta, który się nią zainteresował. Zaciągnęła się i od razu zakrztusiła. Prawie się spaliła ze wstydu, gdy Amy głośno się roześmiała i powiedziała do obu mężczyzn:

– Patrzcie tylko na nią. Zupełnie zielona. Dodo, nie wylej mi tego wina na sukienkę, bo się nie wypłacisz za czyszczenie.

Doreen zrobiło się potwornie głupio. Wcale by się nie obraziła, gdyby ziemia się teraz rozstąpiła i ją pochłonęła. Amy taka już po prostu była. Gdyby tylko Doreen potrafiła zebrać się na odwagę i powiedzieć jej, żeby się wypchała tą swoją sukienką! Gdyby tylko potrafiła po prostu wyjść i wrócić do domu! Ponieważ jednak jej ojciec, z powodu obrażeń odniesionych na wojnie, nie był w stanie pracować, Doreen oddawała matce wszystko, co zarobiła, do ostatniego pensa, więc to była jej jedyna okazja, żeby gdzieś wyskoczyć i trochę się rozerwać.

Amy wiedziała, że Doreen nie ma pieniędzy, więc płaciła za bilety na autobus i za pierwsze drinki w barze w hotelu Grand, a Dodo była jej za to wdzięczna. Nie miała innego wyjścia.

– Co sprzedajesz? – zwróciła się Dodo do swojego adoratora, starając się nie zwracać uwagi na kąśliwe żarty Amy.

– Odkurzacze – odparł mężczyzna, napełniając jej przy tym kieliszek. – Droga Dodo, dzięki mnie jak nikt inny będziesz zorientowana w urządzeniach usprawniających prace domowe. W pierwszej kolejności trafią właśnie w twoje ręce, zaraz po przyjeździe z Ameryki.

Dodo, która nigdy jeszcze nie widziała odkurzacza, zrobiła na to odpowiednio wielkie oczy. Może Amy miała rację? Może tu czeka na nią lepsze życie?

W czwarty z kolei sobotni wieczór Amy zaczęła się nudzić odwiedzinami w zadymionych barach z głośną muzyką. Nie nudził jej natomiast nowo poznany mężczyzna, który kupował jej drinka za drinkiem. Wiedziała o nim tylko tyle, że ma na imię Ben. Nazwiska jej nie podał, nie powiedział też, gdzie mieszka. Pewnego razu, w barze Adelphi, postanowiła sama się tego dowiedzieć. Gdy Ben udał się do toalety, ona wsunęła rękę do kieszeni jego marynarki i wyjęła portfel. Znalazła tam wszystko, czego szukała. Nazwisko i adres czym prędzej zapamiętała, z podziwem rzuciła okiem na gruby plik dziesięciofuntowych banknotów, po czym szybko odłożyła portfel na miejsce.

Doreen właśnie się do niej nachyliła, żeby coś powiedzieć.

– Amy, w przyszłą sobotę raczej z tobą nie idę. Ten cały Bob wcale nie jest taki miły, a poza tym mam już dość jego gadania o odkurzaczach i żelazkach. Będziesz musiała sobie znaleźć kogoś innego, kto z tobą pojedzie. Ja wybiorę się pograć w bingo z mamą i jej koleżankami.

Dodo przez cały dzień zbierała się na odwagę, żeby to wyznać Amy. Teraz zaschło jej w gardle i ręce trzęsły jej się z wysiłku.

Amy odwróciła się do koleżanki i odezwała tak wrednym tonem, że Doreen aż łzy stanęły w oczach.

– No cóż, rób, co chcesz, ale potem nie przychodź do mnie z płaczem, że nie masz żadnej przyzwoitej sukienki. Idź sobie grać w bingo w tych swoich szmatach, ale do mnie już nie przychodź, ty niewdzięcznico.

Doreen poczuła taki ucisk w gardle, że nie była w stanie się odezwać. Pobiegła w kierunku drzwi, aby tam poczekać na mężczyznę, z którym wkrótce miała nadzieję przestać się spotykać. Doreen obiecała Bobowi, że pozwoli mu odwieźć się do domu autobusem. Cóż zresztą miała zrobić? Amy się na nią zdenerwowała, a ona nie miała przecież pieniędzy na autobus. Inaczej natychmiast pobiegłaby na najbliższy przystanek i wróciłaby do domu sama, żeby mieć ich wszystkich z głowy.

Zamknęła oczy. Cóż z tego, że będzie chodzić w łachmanach? Całe to wychodzenie na miasto, spotykanie się z mężczyznami, chodzenie po barach i przeklinanie to nie dla niej. Doreen jest inna. I ma tego dość. Może jest biedna, ale ma dość własnego rozumu, żeby się zorientować, że w taki sposób można sobie tylko zszargać reputację. A Doreen to przecież porządna dziewczyna. Rodzina darzy ją szacunkiem. Tatko jest z niej dumny, że dostała pracę w szpitalu. To przyjaciel tatka, Dessie, jej tę posadę załatwił. Walczyli razem na wojnie, a kiedy ojciec zaczął mieć problemy z płucami i musiał w końcu przyjąć do wiadomości, że nie da rady pracować, Dessie od razu do nich przyszedł i zapytał, jak może pomóc. Doreen z początku było ciężko. Zaczynała na najniższych stanowiskach, ale teraz pracowała już na oddziale nagłych wypadków, gdzie rejestrowała pacjentów. Bardzo lubiła swoją pracę. Ludzie przychodzili do niej do domu, by opowiadać jej o swoich dolegliwościach. Doreen nagle sobie uświadomiła, że Amy zmierza drogą, której ona sama nigdy by dla siebie nie wybrała.

Amy tymczasem patrzyła, jak Dodo biegnie do wyjścia z Adelphi. Spodziewała się, że koleżanka lada moment zmieni zdanie i zawróci. Nic takiego się jednak nie stało. Dodo stanęła przy drzwiach plecami do Amy. „Wal się, Dodo", mruknęła Amy, opróżniając kieliszek musującego wina gruszkowego. Była pewna, że Dodo wróci, a na razie przecież miała mnóstwo innych rzeczy na głowie. Jej rodzice wyjechali tego ranka do Abersoch, dokąd co roku udawali się na wakacje. Ona została sama w domu i mogła robić wszystko, czego dusza zapragnie. W czerwonym płaszczyku i czerwonych butach czuła się jak kolorowy ptak, który rzuca wyzwanie życiu.

Ben wyszedł z toalety i zmierzał w jej kierunku, po drodze zapinając rozporek. Ubierał się lepiej niż Bob. Amy nie miała wątpliwości, że to facet z forsą.

– Gdzie Dodo? – zapytał, zapalając papierosa.

– Zmyła się wcześniej. Powiedziała, że Bob ją odwiezie autobusem.

– Trochę z niej jeszcze dzieciuch. Nie to co ty, co, Amy? Z ciebie to już prawdziwa kobieta.

Ben nachylił się do niej, a potem pocałował ją w ucho i dmuchnął dymem prosto w twarz.

– Moi rodzice wyjechali. Chciałbyś pojechać do mnie? – zapytała szeptem.

Uniósł głowę, a w jego oczach błysnął entuzjazm.

– Czy bym chciał? Pewnie, że tak. Moim zdaniem to bardzo dobry pomysł.

Wcześniej w soboty Ben odprowadzał Amy na autobus. Pierwszego wieczoru pożegnał ją pocałunkiem. Tydzień później wsunął jej rękę do stanika, rozpalając w niej ogień odwagi i fascynacji. Całował ją po szyi i karku, aż w końcu wyszeptał: „Unieś spódnicę, Amy", ale ona nie zdążyła zareagować, bo przystanek nagle zalało światło z reflektorów autobusu, którego wcześniej nawet nie usłyszeli.

Amy chciała, żeby Ben jak najszybciej uczynił kolejny krok. Wiedziała, że nie powinna tego robić i że gdyby ojciec ją teraz zobaczył, pewnie by dostał zawału, ale jej to w ogóle nie obchodziło. Nudziła się. Za wszelką cenę chciała zdobyć coś, czego się nie da kupić za pieniądze. Po dziurki w nosie miała już ubrań, butów i torebek, nawet Dodo już ją znudziła. Cóż z tego, że zmieniła jej imię!

– Może jeśli pozwolę Benowi pójść na całość, to on się ze mną ożeni – powiedziała tamtego południa do Doreen.

– Nikt tego przed ślubem nie robi – odparła jej zdumiona Doreen.

Rankiem tego samego dnia jej rodzice w końcu wyjechali na swoje coroczne wakacje. Amy przebierała nogami z niecierpliwości. Do Abersoch wybierali się nowym samochodem, kupionym z tych marnych pięciu procent.

– Mój woreczek żółciowy znowu daje o sobie znać – narzekała matka. – Mam wątpliwości, czy w takim stanie powinnam wyjeżdżać daleko od St Angelus. A jeśli mi ten woreczek pęknie albo coś w tym stylu i trzeba będzie zawieźć mnie do szpitala?

Matka Amy narzekała na woreczek żółciowy, odkąd jej lekarz pierwszego kontaktu – starając się za wszelką cenę jakoś wytłumaczyć jej liczne bóle i dolegliwości – poinformował ją o istnieniu tegoż narządu, często uznawanego za przyczynę niedomagań białych kobiet po pięćdziesiątce i z nadwagą.

– Czy ten woreczek może pęknąć? – dopytywał zatroskanym tonem jej mąż.

– Nie, tatku, oczywiście, że nie – odparła Amy, zamykając bagażnik, do którego właśnie włożyła nową skórzaną walizkę matki. – Pytałam Dodo, zapewniła mnie, że nie ma takiej opcji. – Amy oczywiście nikogo o nic nie pytała, ale zamierzała zrobić wszystko, żeby matka nie odebrała ojcu urlopu, który mu się słusznie należał po roku ciężkiej pracy. – Poza tym w Abersoch jest przecież szpital, prawda?

– Nie wiem – odpowiedziała zaniepokojona matka. – Czy my to sprawdziliśmy?

Jej mąż zdjął czapkę z głowy, przeciągnął ręką po ciemnych włosach i się zawahał. Jego żona była skrajną hipochondryczką i cierpiała najpewniej na wszystkie choroby znane medycynie, a pewnie także i na kilka innych. Jakimś cudem jednak zawsze zdrowiała w środy, kiedy to miała wizytę w salonie piękności, i w soboty, żeby iść na zakupy. We wszystkie inne dni należało liczyć się z możliwością, że jej siostra wezwie ją do fabryki, żeby pomogła mężowi zarabiać na jego pięć procent. Odkąd Amy skończyła czternaście lat, ta wizja pojawiła się już wiele razy. Tak się złożyło, że w tym samym czasie matka zaczęła uskarżać się na najróżniejsze tajemnicze choroby i jej stan szybko się pogarszał.

– Z pewnością jest tam szpital i lekarz, a świeże morskie powietrze Abersoch natychmiast postawi cię na nogi.

Matka Amy spojrzała na męża z lekką pogardą.

– Ciebie zupełnie nie obchodzi, jak ja się czuję – wymamrotała, gdy Amy pomagała jej zająć miejsce po stronie pasażera, a potem zamknęła za nią drzwi.

– Na pewno sobie poradzisz, królowo? – zapytał ojciec swoją córkę, zanim otworzył drzwi po stronie kierowcy. Amy była jego oczkiem w głowie. Kochał ją całym sercem i rozpieszczał, jak tylko potrafił. Dla niego była chodzącym ideałem.

– Tatku! – odparła Amy, wskazując na nadchodzącą Doreen. – Dodo będzie cały czas ze mną. Urządzimy sobie babski wieczór w piżamach, zrobimy jakieś fajne fryzury i pomalujemy paznokcie.

Ojciec pocałował ją w czubek głowy, a potem z szerokim uśmiechem siadł za kierownicą i uruchomił silnik. Amy wiedziała, że bardzo chce się już znaleźć w Abersoch i na czternaście dni zapomnieć o fabryce i swojej szwagierce, pani

McConaghy, która nigdy nie pozwalała mu mówić do siebie po imieniu. Wyobrażał sobie, jak przemierza długą plażę i przysiada gdzieś na ławeczce z dala od mielącej jęzorem matki, jak się wsłuchuje w szum morza i odzyskuje wewnętrzny spokój.

Amy i Dodo stały i machały za odjeżdżającym samochodem.

– Słuchaj, mamy tylko sześć godzin, żeby się przygotować – stwierdziła Amy, gdy auto zniknęło za rogiem. – Do roboty!

Tamto popołudnie upłynęło im na licznych zabiegach fryzjerskich i kosmetycznych, poza tym przymierzyły chyba wszystko, co Amy miała w szafie.

– Amy, a czy nie powinnyśmy tego trochę posprzątać? – zapytała Dodo.

– Dodo, przecież wiesz, że my mamy od tego kobietę. Przyjdzie w poniedziałek i posprząta. Jeśli posprzątamy, nie będzie miała co robić. Przecież poza tym w domu jest czysto.

Dodo rozejrzała się wokół bez przekonania. Takiego bałaganu jeszcze nie widziała. Przeszło jej przez myśl, że Amy od wyjazdu rodziców zachowuje się trochę dziko – ma w oczach szalony blask i prawie skacze z radości.

– Wiesz, Dodo, dziś wieczorem zamierzam tu przyprowadzić Bena – powiedziała, siadając przy toaletce. Przeciągnęła szczotką po włosach chyba ze sto razy.

– Co takiego? Do tego bałaganu? – Dodo nie wierzyła własnym uszom. – Amy, co ty wyprawiasz? Przecież nic nie wiesz o tym facecie! Spotkaliście się tylko trzy razy w życiu.

– Zdaję sobie z tego sprawę, ale to prawdziwy dżentelmen. Słuchaj, Dodo, gdybyś miała trochę więcej klasy, też byś go polubiła. Ale ty sobie znalazłaś jakiegoś sprzedawcę odkurzaczy. Strasznie to przyziemne, a poza tym on pewnie ma żonę. Swoją drogą to niesamowicie ekscytujące, prawda? Jak myślisz, Dodo, jak to jest całować się z żonatym mężczyzną? Pozwól się pocałować dzisiaj wieczorem, a potem mi opowiesz. Jeśli się zgodzisz, dam ci kredkę do oczu.

Dodo trzymała w ręce szczotkę do włosów. W tej chwili miała ochotę przywalić nią Amy w głowę.

– Nie, nic z tego. Ja nie jestem z tych. Ty, Amy, też nie powinnaś czegoś takiego robić.

Amy się roześmiała.

– Strasznie staroświecka z ciebie osoba, Dodo! No, ale cóż… Ja się zamierzam dobrze bawić. Przez cały wieczór będę pić wino gruszkowe, a potem przyjadę tu z Benem i przeżyję najlepszą noc w moim życiu.

Oto nastał ten moment i Amy z podnieceniem zarzucała na ramiona czerwony płaszczyk, żeby wyjść z Adelphi i wcielić w życie swój plan o nocy pod znakiem namiętności. Ben zbiegł po schodach do drzwi baru i poprosił odźwiernego o wezwanie taksówki.

– Dzisiaj nie jedziemy autobusem, Amy. Zamierzam potraktować moją damę, jak należy.

Amy odpowiedziała mu szerokim uśmiechem. Poczuła się wyjątkowa. Miała na sobie etolę z lisów i nowy kapelusz. Doskonale wiedziała, że w tym stroju prezentuje się bardzo elegancko i wygląda na zdecydowanie więcej niż osiemnaście lat. Zastanawiała się, czy przyznać się Benowi, że jest dziewicą, ale ostatecznie zmieniła zdanie. Obawiała się, że uznałby ją za dzieciucha i zniechęcił się brakiem doświadczenia. Postanowiła udawać do końca, po cichu licząc na to, że jej sekret być może nigdy nie wyjdzie na jaw.

– Szkoda, że ta twoja przyjaciółka Dodo wyszła dziś wcześniej.

Amy na chwilę straciła rezon.

– E tam. Dodo to jeszcze dzieciuch. Jeśli wróci do domu po dziesiątej, jej rodzice się wściekną. Ze mną jest inaczej, wiesz, Ben? Ja sama o sobie decyduję.

Dla lepszego efektu dmuchnęła mu w twarz dymem papierosowym. Wydawało jej się, że odniosła oczekiwany efekt. Dzisiaj była niczym Rita Hayworth, tylko w ładniejszej wersji.

Gdy dotarli do domu, Amy nie zdążyła nawet włączyć światła w korytarzu. Klucze spadły na kokosową wycieraczkę z monogramem, a Ben kopniakiem zamknął drzwi i rzucił się do rozpinania guzików jej płaszcza. Zdjął jej z ramion lisy i rzucił na schody. Etola upadła smutno na elegancki wzorzysty dywan.

– Ostrożnie – powiedziała Amy, z trudem łapiąc oddech.

Ben był wszędzie. Bardzo mu się spieszyło. Amy inaczej to sobie wyobrażała. Poczuła jego dłonie na swojej bluzce i usłyszała trzask strzelających guzików. Zaraz potem jego palce znalazły się na krawędzi jedwabnych majtek importowanych z Francji. Amy nie miała pojęcia, jak się zachowywać i co zrobić z rękami.

– Ben! – zawołała. – Ben, możemy iść do kuchni, na sofę. Chcesz się czegoś napić? Mój tatko ma whisky.

Ben na chwilę ją puścił. Spojrzał jej przez ramię w głąb korytarza, jakby zastanawiając się nad propozycją.

– Gdzie? – zapytał gardłowym, nieznanym Amy głosem, w którym pobrzmiewało zniecierpliwienie.

Amy chciała go odrobinę pokokietować, ale nic z tego nie wyszło. Potykając się, podeszła do kuchennych drzwi i je otworzyła. Dosłownie chwilę później znalazła się na sofie. Ben leżał na niej. Nie nadążała za rozwojem wypadków.

On tak mocno przyciskał ją do kanapy, że ledwo mogła oddychać. Zdawała sobie sprawę, że od pasa w dół jest już naga – wprawne dłonie Bena zdążyły już zdjąć z niej większość ubrań.

– Jestem dziewicą – wykrztusiła.

Nie miała zamiaru mu tego mówić, ale chciała zyskać na czasie, a nic innego nie przyszło jej do głowy. Chciała na chwilę go zatrzymać, złapać oddech i zastanowić się nad tym, co się dzieje.

Gdzieś na zewnątrz usłyszała krzyk. Czy to był krzyk? Wsparła ciało na łokciu, ale Ben zaraz powalił ją z powrotem na sofę.

– A panienka dokąd się wybiera?

Ben właściwie się już nie uśmiechał, tylko łypał na nią pożądliwie. W jego oddechu czuć było whisky i dym papierosowy. Krzyk rozległ się ponownie. Głos brzmiał, jakby należał do Dodo. Czyżby to była Dodo?

– Ben, słyszałeś to?

Amy jeszcze nigdy nie słyszała takiego krzyku. Dobiegał z zewnątrz i niósł się w głąb domu. Chciała się podnieść, otworzyć drzwi i zobaczyć, co się dzieje, ale nie była w stanie, bo usta Bena znów przylgnęły łapczywie do jej twarzy. Poczuła, że cała sztywnieje. To nie tak miało być!

Zastanawiała się, co poszło źle. A może to tak właśnie powinno wyglądać? Amy wyobrażała sobie, że jej pierwszy raz będzie jednak wyglądać inaczej. On się poruszył, a wtedy zdołała złapać oddech.

– Ben, poczekaj! – zawołała.

Uniósł głowę i spojrzał na nią z góry.

– Co jest? – rzucił szorstko. – Coś nie tak?

– Ja tego chcę – wyszeptała Amy. – Naprawdę tego chcę. Tylko że jeszcze nigdy tego nie robiłam.

– Słuchaj, wszystko będzie dobrze. To nie boli. Kocham cię, Amy, naprawdę cię kocham. Jesteś niesamowitą kobietą. Naprawdę piękną. W całym Liverpoolu nie ma drugiej tak pięknej jak ty, wiesz?

Amy trochę się rozluźniła. Nazwał ją kobietą. Kocha ją. Uważa, że jest piękna. Nagle się zrobiło jakby lepiej. Dokładnie wtedy, zupełnie bez ostrzeżenia, wcisnął się w nią z całej siły. Amy zawyła z bólu.

Bardzo bolało. On był niecierpliwy, wbijał palce w ciało Amy. Na siłę odsunął jej nogę na bok. Nie usłyszał, gdy prosiła, by na chwilę się zatrzymał i dał jej czas na przyzwyczajenie się do tego nieprzyjemnego uczucia, na oswojenie się z tym bólem. Bezrefleksyjnie dążył do celu, aż w końcu wbił w nią kości biodrowe i legł na niej całym ciężarem ud. Było za późno, żeby cokolwiek powiedzieć. Amy straciła z nim kontakt, tak zapamiętał się w pożądaniu. Potem nagle wydał z siebie zwierzęcy okrzyk i znieruchomiał. Po kilku sekundach było po wszystkim. W pierwszej chwili pomyślała: To już? Odwróciła twarz i spojrzała na jego profil. Dyszał ciężko, oczy miał szeroko otwarte, a usta rozchylone w szerokim uśmiechu. Poczuła odrazę i zamarła z przerażenia. Wtedy usłyszała, jak zamykają się frontowe drzwi.

– Mówiłam ci, że źle się czuję, ale ty mnie nie chciałeś słuchać. Naprawdę sądzisz, że celowo zwymiotowałam zupę? Jeszcze nigdy w życiu nie byłam w równie paskudnym hotelu, a przecież pamiętasz ten, w którym spędzaliśmy nasz miesiąc miodowy! W tym pokoju człowiek nawet walizki nie odważyłby się zostawić, o żadnym nocowaniu nie mogło być mowy. Cóż za bajzel! A co to ma znaczyć? Czy to etola naszej Amy?

Ben zniknął. Wycofał się w mgnieniu oka, podciągnął spodnie, rzucił okiem na drzwi i czym prędzej czmychnął tylnym wyjściem. W pomieszczeniu rozbłysło światło i ojciec Amy wszedł prosto na swoją rozebraną córkę. Potrzebował chwili, żeby pojąć, co się stało, a potem od razu rzucił się w pogoń.

Amy błyskawicznie wymyśliła wymówkę.

– To włamywacz, mamo – powiedziała, zbierając ubrania i doprowadzając się do porządku. – Włamał się do naszego domu.

– Naprawdę? Przez zaryglowane kuchenne drzwi? Czyżby? I jeszcze postanowił porozrzucać twoje ubrania po całym korytarzu? Dziwne…

Słysząc chłód w głosie matki, Amy w jednej chwili się zorientowała, że teraz w jej życiu wiele się zmieni.

Ben tymczasem wdrapał się na płot. Spodnie miał opuszczone do kolan, ale był młodszy i szybszy od ojca Amy, więc uciekł mu bez trudu. Starszy pan tymczasem wrzeszczał za nim tak głośno, że pobudził sąsiadów. Bena nie złapał, znalazł za to Doreen, która leżała przy wejściu z zakrwawioną głową.

Jednej nocy Amy straciła więc dziewictwo, dobre imię, najlepszą i jedyną przyjaciółkę, zaufanie rodziców i Bena. Wtedy jeszcze nie zdawała sobie sprawy, że odtąd będzie musiała radzić sobie nie tylko z gniewem rodziców, ale też z czymś znacznie bardziej kłopotliwym, a w perspektywie również niebezpiecznym.

Doreen doszła do wniosku, że pewnie jest w pracy. Oczy miała zamknięte, nie wiedziała, co się z nią dzieje. Leżała na plecach. Tylko cóż ona właściwie robi w pozycji leżącej, skoro jest w pracy? Próbowała się podnieść i prawie jej się udało. Usłyszała kroki, a potem szepty. Głos należał chyba do przełożonej pielęgniarek.

– Jej rodzice wiedzą?

– Tak, oni ją tu przynieśli. Są w poczekalni, z policją. Znaleziono ją kilka metrów od domu.

To pewnie przełożona nocnej zmiany, pomyślała Doreen.

– Dobry wieczór… – próbowała się przywitać.

Doreen nie pracowała w nocy, cóż więc robiła w St Angelus? Z siostrą z nocnej zmiany zdarzało jej się rozmawiać tylko rano, podczas zdawania dyżuru. Zastanawiała się też, co przełożona pielęgniarek robi na oddziale nagłych wypadków. Siostra przełożona zawsze uprzedzała ją telefonicznie o swoim przybyciu. Dobrze się dogadywały. Doreen zdawała sobie sprawę, że przełożona surowo traktuje pielęgniarki, ale do niej nie musiała się tak odnosić. Poznały się za pośrednictwem Dessiego, a potem przełożona pomogła Doreen dostać pracę na oddziale nagłych wypadków. Od tamtej pory Doreen robiła wszystko, żeby nie rozczarować ani przełożonej pielęgniarek, ani Dessiego. Starała się, żeby ani przez chwilę nie wątpili w to, czy słusznie okazali jej zaufanie.

– Chyba nie weźmie nam siostra za złe, że ją wezwaliśmy? – powiedział ktoś do przełożonej pielęgniarek. – Uznaliśmy, że powinna siostra wiedzieć, skoro to ktoś z personelu szpitala.

– Doreen, słyszysz mnie?

Doreen próbowała odpowiedzieć, ale gardło miała opuchnięte, a usta jakby czegoś pełne. Poczuła też na języku metaliczny smak, od którego zrobiło jej się niedobrze. To była krew. Ktoś najwyraźniej mocno krwawił. Pracowała na oddziale nagłych wypadków, więc przywykła do tego zapachu. Tym razem jednak był wyjątkowo wyczuwalny, tak intensywny, że zbierało się jej na wymioty.

Nachyliła się i wypluła treść, która cofnęła jej się z żołądka.

– Wszystko będzie dobrze, moja droga, jestem z tobą.

Poczuła na plecach czyjąś rękę. Ktoś ją przytrzymywał. Tylko kto? Próbowała przesunąć wzrok wzdłuż tej ręki, żeby dotrzeć do twarzy. Gdy otworzyła oczy – i zobaczyła białą emaliowaną nerkę – znów zebrało jej się na wymioty. Usłyszała dźwięczny stukot.

– Siostro, proszę liczyć te zęby!

Głos należał do przełożonej pielęgniarek. Jakie zęby?

– Musimy ją zabrać na salę operacyjną – zarządziła przełożona nocnej zmiany.

Doreen próbowała otworzyć oczy, ale powieki miała sklejone. Z całych sił starała się je rozdzielić, ale nie puściły. W przedniej części twarzy czuła tępy gniotący ból. Miała ochotę krzyczeć.

– Przyszedłem tak szybko, jak tylko mogłem. W jakim jest stanie? Siostro, proszę policzyć zęby, żebyśmy mieli pełny obraz sytuacji. Sprawdzimy zaraz, ilu brakuje.

Ten głos należał do doktora Mackintosha. Doktor Mackintosh przyszedł liczyć komuś zęby.

– Martwią mnie te wymioty. Kiedy się zaczęły? Zabierzmy ją na prześwietlenie.

– Została zgwałcona, doktorze. Stwierdziliśmy ranę krocza. Straciła bardzo dużo krwi i ma złamaną rękę, ale największym problemem jest chyba uraz głowy. Ktoś uderzył jej głową o ścianę.

Znów mówiła przełożona nocnej zmiany. Przecież ona o tej porze powinna się już zbierać do domu!

– Proszę spojrzeć na jej oczy. Ledwo zdołaliśmy je otworzyć, żeby zajrzeć w źrenice. Mocno oberwała pięściami, biedaczka. Cóż ona zrobiła, że coś takiego ją spotkało?

W głosie przełożonej pielęgniarek było słychać troskę. Najwyraźniej martwiła się o jakąś dziewczynę.

Chwilę później Doreen straciła przytomność, ale tuż przed tym zdążyła jeszcze usłyszeć krzyk. Wydawało jej się, że głos należał do przełożonej pielęgniarek, ale to przecież niemożliwe…

– Siostro, szybko! Zabieramy młodą damę na oddział. Proszę też powiedzieć policji, żeby zgłosili się rano, to przedstawię im kompletny raport. Teraz muszę się zająć tymi obrażeniami głowy i utrzymaniem jej przy życiu. To będzie długa noc.

Potem usłyszała jeszcze:

– To jedna z naszych, doktorze. Należy do rodziny St Angelus. Proszę się postarać!

O kogo mogło chodzić? O kim mówiła przełożona pielęgniarek?

Doreen próbowała unieść głowę. Usłyszała dzwonek telefonu i koniecznie chciała odebrać połączenie, ale wtedy oczy jej się zamknęły i zatonęła w ciemności.

Rozdział 3

Nic tak nie irytowało Lily Lancashire jak odgłosy dziecięcej zabawy.

Lily mieszkała w Clare Cottages, w budynku usytuowanym przy Old Dock Road nad brzegiem rzeki Mersey. Zawsze uważała, że ten, kto nadał taką ładną nazwę brzydkiej czterokondygnacyjnej kamienicy czynszowej z oblepionej sadzą czerwonej cegły, musiał być albo pijany, albo po prostu okrutny. „Zdecydowaliśmy się tu zamieszkać ze względu na tę uroczą nazwę”, mawiali sąsiedzi. „Cóż za ponury dowcip! Ktoś w administracji miał pewnie z tego ubaw po pachy”.

Określenie „administracja” odnosiło się do Liverpool Corporation, która przydzielała mieszkania w Clare Cottages. To na mocy decyzji tej właśnie instytucji do i tak już przepełnionego Clare Cottages przeniesiono mieszkańców ze zbombardowanych domów ze Scotland Road, gdzie swego czasu w jednym budynku mieszkały nawet po cztery duże rodziny.

Na warunki w Clare Cottages narzekali przede wszystkim ci, dla których dom był chlubą i dumą – którzy prali siateczkowe firanki i szorowali schody, którzy pożyczali sobie nawzajem wybielacz, jeśli im się akurat skończył. Matka Lily do tego grona nie należała, nad czym Lily bardzo ubolewała. Jej matka nie miała w zwyczaju wyskakiwać z łóżka skoro świt, żeby czym prędzej rozwiesić firanki. Nigdy nie pomagała sąsiadkom z piętra, gdy te znosiły po schodach wózek wypełniony mokrymi rzeczami. Nie zdarzało jej się też do nikogo wpadać z wizytą.

Lily żałowała, że jej matka nie bierze przykładu z pani McGuffy, która samozwańczo objęła stanowisko strażniczki podwórkowych sznurków na pranie. „Będę pilnować, żeby firanek nie pozwiewało!", wykrzykiwała przy dobrej pogodzie. „Tylko niech mi tu Billy zniesie krzesło i szlugi. Z tymi paskudnymi wrzodami na nogach jestem w stanie wdrapać się po schodach tylko raz w ciągu dnia". Siedziała więc cały dzień w kłębach sinego dymu, z twarzą zwróconą ku słońcu i gorącymi wałkami we włosach. Te same ciepłe promienie, które ją grzały w czubek głowy, topiły też papę na dachu szopy z kubłami na śmieci. Gdy tylko firanki wyschły, wzywała dzieciaki z sąsiedztwa, a potem rozsyłała je po domach z wybielonymi przez słońce i równo poskładanymi tkaninami, nakazując jednocześnie przynieść kolejną partię prania i filiżankę świeżej herbaty. Tuż obok jej krzesła na metalowym kuble stała wiecznie wyszczerbiona i brudna od brunatnego osadu filiżanka z fusami, w których pani McGuffy gasiła papierosa. Miała absolutnego fioła na punkcie czystości i zawsze głośno protestowała, gdy ktoś rzucił niedopałek na betonową posadzkę podwórka, gdzie suszyło się pranie. Cóż z tego, że wokół podwórka wznosiła się absolutnie najgorsza kamienica w całym Liverpoolu. „Spłucz, kochanie, proszę, ten niedopałek w zlewie, a potem nalej mi świeżej herbaty, dobrze?", prosiła dzieci, które akurat wysłała po dolewkę. Dzieciaki czasem zapominały, ale jej to nie przeszkadzało. Na mocną i słodką herbatę miała ochotę zawsze i wszędzie.

Rodziny zamieszkujące Clare Cottages dzieliły się na dwie grupy. Pierwszą stanowiły takie z matkami w typie pani McGuffy – w których dzieci i schody szorowało się regularnie i z zapałem. Te matki myły okna, piekły ciasteczka i co tydzień tego samego dnia zanosiły pranie do pralni. Te matki w sobotnie wieczory prowadziły dzieci do publicznej łaźni, a potem w niedzielę do kościoła. W ich rodzinach nikt nie miał wszy ani szkorbutu. Dzieci z tych rodzin nie potykały się o własne patykowate nóżki i nie tarły zapłakanych oczu. Nie miały wypadających z niedożywienia włosów ani brudu na stałe wtartego w skórę, rzadko też skarżyły się na chłód.

Dorośli z rodzin takich jak ta, w której wychowywała się Lily, zamiast na msze do St Chad's woleli iść się modlić przy barze w pubie Czerwony Admirał. Ich dzieci dorastały w domach, w których nie przywiązywało się wagi do porządku i czystości. Łaźnię odwiedzały rzadko, zwykle przed spodziewaną wizytą pracownika ośrodka pomocy społecznej albo gdy wszy było już tyle, że nie dało się wytrzymać. W tych domach jedzenie na ogół bywało, ale najwyżej raz dziennie. Nikt nie prosił tych matek o pożyczenie wybielacza. Firanki i pościele miały tam kolor smutnego zimowego nieba.

Tak zwane mieszkania były małe i ciasne, zawilgotniałe i zaniedbane. Zbudowano je z myślą o drugiej fali irlandzkich imigrantów, którzy uciekali przed biedą i bezrobociem, żeby w Liverpoolu budować nowe drogi. Gdy tylko pojawiły się plotki o nowych domach komunalnych, pół Dublina zjechało tutaj w poszukiwaniu zatrudnienia. Mieszkania znajdowały się na czterech kondygnacjach. Można było do nich dotrzeć kilkoma klatkami schodowymi i przez długie mroczne korytarze, na które wychodziły okna z kuchni. Każde z mieszkań miało kominek w głównym pomieszczeniu, bieżącą wodę w kuchni i komórkę na węgiel przy drzwiach. Toalety znajdowały się na półpiętrach, po jednej na dziesięć rodzin. Budynek miał także wybetonowany centralny dziedziniec, gdzie stały kubły na śmieci, gdzie się suszyło pranie i gdzie mogły się bawić dzieci. One skrzętnie zresztą z tej możliwości korzystały, żeby nie zawracać głowy matkom i uniknąć ciężkiej ręki ojca.

„Idziesz na dwór?", brzmiało standardowe zawołanie, które niosło się echem po całym korytarzu, gdy przemierzające go dzieciaki pukały do wszystkich drzwi po kolei. Potem wylewały się tłumnie na dziedziniec i zbierały w wąskiej uliczce biegnącej wzdłuż frontowej ściany budynku. Tam grały w piłkę, jeśli akurat pojawił się ktoś z piłką, a jeśli nie, to w kulki lub w hacele.

Już czteroletnie dziewczynki całymi dniami pchały wózki po korytarzach. Tam i z powrotem, tam i z powrotem. Zatrzymywały się tylko po to, żeby w czymś pomóc mniejszym od siebie maluchom, które bez spodni i bez pieluszek wędrowały krok w krok za nimi. Nie zdążyły nawet rozpocząć nauki w szkole, a już uczyły się roli matek. W Clare Cottages żyło się marnym życiem w kłębach dymu i pośród dziecięcego gwaru.

Te niekończące się, nieartykułowane wrzaski i okrzyki, nieustające odgłosy kroków i odbijanych piłek, płacz dzieci i skrzypienie wózków targanych w górę i w dół po schodach na co dzień wypełniały sypialnię Lily. A ona szczerze tego nienawidziła. „Proszę cię, Boże, daj mi chwilę spokoju", brzmiały słowa modlitwy, którą powtarzała, leżąc w swoim pokoju, otoczona zgiełkiem Clare Cottages.

Lily sypiała na materacu ze słomy i końskiego włosia, który dzieliła z młodszym bratem Joem i siostrą Katie. Czasami, gdy nocą nie mogła spać, próbowała się doliczyć, ile właściwie dzieci mieszka w Clare Cottages i generuje cały ten hałas. Dochodziła w tych rachunkach niemal do setki, przy czym każdy głos potrafiła odróżnić. Liczba dzieci rosła z dnia na dzień, o czym świadczyły rowery położone na schodach na parterze lub półpiętrze. Lily pracowała teraz w firmie McConaghy's, ale wcześniej podczas takich wizyt często wzywano ją do pomocy. Pod jej drzwiami pojawiał się na wpół nagi maluch z liścikiem typu: „Czy mogę pożyczyć waszą Lily na pół godziny? Przyszła położna". Liściki oczywiście nigdy nie pochodziły z tych mieszkań, w których matki dbały o czystość firanek. No i nigdy nie zdarzyło się Lily wrócić z takiej wizyty po pół godzinie.

Czasami można było odnieść wrażenie, że skoro zakonnice ze szkoły uznały, że jest bystra i mądra, nagle wszyscy w Liverpoolu postanowili powierzyć jej pieczę nad swoimi dziećmi, mimo że sama niedawno nauczyła się czytać. Siostra Therese nie raz już pukała do ich drzwi.

– Pani Lancashire, dziecko ma talent. Proszę nam pozwolić wysłać ją do internatu przy Zakonie Świętych Męczenników. To za miastem, w Hunt's Cross. Sądzę, że Lily w przyszłości mogłaby zostać nauczycielką. Świetnie sobie radzi z liczeniem i innymi rzeczami. Przecież pani jest katoliczką, prawda?

Matka Lily pozostawała nieugięta.

– Może i jestem, siostro, ale wyszłam za Anglika, a jak siostra doskonale wie, on nawet nie będzie chciał o tym słyszeć. A poza tym kto mi pomoże z dzieciakami, jeśli jej nie będzie?

Siostra Therese nie była zadowolona z odmowy.

– Ja pani pomogę. Proszę nam pozwolić rozwijać ten talent. To dar Boży. Niewykluczone, że ona ma powołanie od Pana. Pewnego dnia mogłaby sama na siebie zarabiać, i to bardzo przyzwoicie, a wtedy na pewno by zadbała o rodzoną matkę.

Lily dobrze wiedziała, że po tych słowach siostra Therese zaczyna się modlić w duchu, mając nadzieję, że Bóg w końcu jej wysłucha, a odpowiedź będzie po jej myśli.

Matka jednak bez zastanowienia rozwiewała jej nadzieje.

– Jej powołaniem jest zostać tutaj – odpowiadała. – Ma pomagać mi przy dzieciach. A poza tym musiałoby minąć wiele lat, zanim by zaczęła zarabiać jakiekolwiek sensowne pieniądze.

Mówiąc o opiece nad dziećmi, jej matka miała na myśli nie tylko własne, ale też wszystkie dzieci z tych domów, w których kobiety wolały spędzać czas w pubach niż w łaźni. Od tamtej rozmowy aż do dnia, w którym Lily rozpoczęła pracę w zakładzie przetwórczym, matki z ich piętra bez żenady obarczały swoim potomstwem młodą dziewczynę, która rzekomo – również w przekonaniu własnej rodzicielki – miała starą duszę. Ciągle ktoś do niej przychodził: „Popilnuj może dzieciaków, a ja sobie skoczę na bingo, co, Lily?". Czasem chodziło o wizytę u lekarza, kiedy indziej o zakupy, mszę, pub albo ośrodek pomocy społecznej. Czasem nawet padały takie słowa: „Lily, mam kłopot, stary poszedł na nockę, a mnie się wiadro przelewa. Szybko!". W ramionach Lily lądowało ryczące dziecko, którego matka pędziła do toalety na półpiętrze. Powodów były setki, a skutek taki, że mądra i poważna Lily przez całe dzieciństwo pełniła funkcję domyślnej niani dla wszystkich. Ona sama szczerze tego nie cierpiała!

Teraz, w zimowy poranek w pięćdziesiątym trzecim roku, musiała się zbierać do pracy. Wygrzebała się spod sterty starych wojskowych koców, pod którymi spała ze swoim młodszym bratem Joem. Starając się nie obudzić rodzeństwa, podeszła do wezgłowia posłania pod oknem.

Jej młodsza siostra Katie poruszyła się niespokojnie.

– Cii, Katie, jeszcze pięć minut – wyszeptała Lily.

Katie włożyła sobie kciuk do buzi, a wtedy ciężkie powieki opadły jej z powrotem. Uśmiechnęła się lekko przez sen, gdy Lily poprawiała jej kocyk.

Lily miała siedemnaście lat, ale żyła z poczuciem, że od zawsze sama opiekuje się dwójką młodszego rodzeństwa. Spała na brzegu materaca, żeby od razu zareagować, gdy brat lub siostra potrzebowali w nocy skorzystać z nocnika albo podczas choroby zrobiło im się niedobrze. Joe zawsze spał w środku, między Lily a Katie, której przypadło miejsce pod ścianą. Dziewczynka często na to narzekała.

– Lily, zamień się ze mną – prosiła w środku nocy. – Ta ściana jest zimna, ciągle mnie budzi.

– To niemożliwe, żeby cię ściana budziła – odpowiadała Lily.

– Właśnie że mnie budzi. Jak się przewracam, to jej dotykam nogą, a ona jest zimna jak lód. Proszę… – marudziła.

Zdarzało się, że siostra tak mocno grała Lily na nerwach, że dziewczyna z trudem powstrzymywała wybuch złości. Musiała się wtedy mocno gryźć w język, żeby nie powiedzieć Katie, że mogłaby bardziej pomagać.

Lily miała długie i gęste kasztanowe włosy, a Katie krótkie, cienkie i mysie. Lily obserwowała świat z dociekliwością w brązowych oczach, tęczówki Katie były w kolorze jasnego nieba. Lily miała jasną i mądrą twarz, na której rzadko gościł uśmiech, częściej zaś smutek. Katie była życzliwa i ufna, do nikogo nie potrafiła mieć pretensji. Nie potrafiła też skupić się na tyle długo, żeby sformułować jakąś własną myśl. Słabowita i chorowita, zawsze robiła, co jej kazano, w każdym razie dopóki wystarczyło sił. Jedno spojrzenie zdradzało, że pochodzą z dwóch różnych ojców. Lily swojego właściwie nie pamiętała. Odszedł od nich, gdy matka zaczęła pić. Lily wiedziała, że matka długo przesiadywała w oknie, czekając na jego powrót, ale nigdy się nie doczekała. Życzliwy, choć mało cierpliwy człowiek zostawił Lily na pastwę losu w rękach swojego następcy, jej nieokrzesanego ojczyma, który bez skrupułów okładał pasierbicę pięściami.

Lily gramoliła się na materac, żeby przez chwilę posłuchać oddechu Joego. Ostatnio bardzo mu się pogorszyło. Miał dopiero trzy lata, ale ataki męczyły go już coraz częściej. Powinien jak najwięcej wypoczywać, więc Lily starała się go nie obudzić. Wyjrzała przez zamarzniętą szybę okna bez zasłon i aż ją zatkało. Przez noc niepostrzeżenie spadł głęboki śnieg, a szkło pokryło się najpiękniejszymi mroźnymi wzorami, jakie kiedykolwiek widziała. Lily nigdy wcześniej nie zetknęła się z czymś, co by zasługiwało na miano pięknego. Ten zimowy ranek ją zaskoczył. W jej życiu nastała cisza. A w oknie czekało piękno. Na twarzy Lily zagościł uśmiech.

– Idź ty już do tej cholernej pracy!

Matka wpadła do pokoju i trzasnęła drzwiami z taką siłą, że Lily aż zatrzęsła się ze strachu. Wzory wymalowane przez mróz na szybie pochłonęły ją do tego stopnia, że nie usłyszała kroków na gołej podłodze.

– Wstawaj, no już! – warknęła matka.

Głosu matki Lily nienawidziła tak samo jak hałasu, który robiły dzieci.

– No dalej, wstawaj! W tym tygodniu potrzebujemy twoich pieniędzy jak nigdy. Tatko nic już nie ma. Zupełnie nic. Skurczybyk wszystko przepił. W ogóle o nas nie myśli. Nic go nie obchodzi, że jego dzieci muszą coś jeść. Wczoraj wieczorem zabrał pieniądze z chlebaka, zanim go zdążyłam złapać. Powiedz temu swojemu szefowi i tej jego cholernej skąpej żonie, że w tym tygodniu muszą ci zapłacić na czas, bo jak nie, to twoja mamuśka ich odwiedzi w ich eleganckim biurze i sobie z nimi pogada. Zrozumiałaś, królowo?

Co za hipokryzja! – myślała Lily, słuchając matki, która ciągle jeszcze bełkotała po wczorajszym wieczorze spędzonym w pubie w towarzystwie innych kobiet z ich budynku. Baby do późnej nocy siedziały w klubie dla dokerów, upijając się za pieniądze kogoś, kto miał lepszy refleks niż jej rodzicielka.

Lily miała jednak pełną świadomość, że akurat teraz matka próbuje być miła, że ma akurat dobry dzień. Cieszyła się, że głowa na tyle jej dokucza, że nie będzie się darła. Potrzebowała pieniędzy od Lily i strasznie ją irytowało, że brązowa koperta z tygodniówką pojawi się na kuchennym stole dopiero wieczorem. Pewnie nie miała już ani papierosów, ani jedzenia.

– Dobrze, mamo – wyszeptała Lily.

Jej słowa zawisły w powietrzu w postaci białej chmurki pary, a zęby zaczęły szczękać z zimna. Lily zaczęła rozplątywać kawałki materiału, którymi wieczorem związała długie warkocze. Zależało jej na tym, żeby w pracy wyglądać w miarę porządnie.

Drzwi do sypialni się zamknęły. Matka poszła do kuchni, żeby się wysikać do stojącego pod zlewem emaliowanego wiadra.

Lily oparła się rękami o ściany po obu stronach niewielkiego okna i dmuchnęła na szybę. Z zachwytem patrzyła, jak mroźny rysunek się topi. Chuchała na szybę coraz mocniej i mocniej, żeby znów stała się przezroczysta, gdy dobiegł ją odgłos moczu spadającego do blaszanego wiadra i dźwięk mamrotanych w oddali słów. Wydrapała paznokciem otwór na tyle duży, żeby coś dało się zobaczyć, i westchnęła. Clare Cottages i jego czarna od smogu okolica wyglądały tego dnia wyjątkowo pięknie. Sadza i brud zniknęły pod nieskazitelnie białym puchem. Dach łaźni stojącej przy końcu drogi wyglądał niemal magicznie.

Śnieg na boisku przy mieszczącej się nieopodal szkole St Chad's przypominał nietknięty ludzką ręką bielusieńki koc. Na kominach i śmietnikach leżały połyskujące w świetle poduszeczki. Najcudowniejszy był jednak spokój. I ta cisza. Brudy i osady, a nawet blacha falista osłaniająca teraz już nikomu niepotrzebne schrony przeciwlotnicze rozlokowane na betonowym dziedzińcu – to wszystko teraz zniknęło pod miękką warstwą dziewiczego śniegu. Lily podziwiała piękno tego krajobrazu i miała ochotę płakać z radości.

Spoglądając w niebo przesłonięte ciężkimi szarymi chmurami, myślała o tym, że chłód i śnieg przyniosły jej w prezencie coś wspaniałego. Dziś obudziła się w ciszy. Na ulicach nikogo nie było. Dzieci nie tupały po korytarzach, nie biegały w kółko po klatkach schodowych, nie zgromadziły się pod ścianą budynku. Przestrzeń wokół niej wypełniała rozkoszna cisza. Lily wsłuchiwała się w tę ciszę i uśmiechała do siebie jak rzadko kiedy.

– Do jasnej cholery, Lily, wstawaj! – zagrzmiał ponownie głos matki.

Stała przez chwilę w drzwiach, wsunęła koszulę w majtki, poprawiła spódnicę i powędrowała gdzieś w pantoflach, które przed chwilą zmoczyła.

Katie i Joe zaczęli się nerwowo wiercić.

Lily usłyszała, jak otwierają się drzwi wejściowe i jak matka drapie metalową szuflą po podłodze komórki na węgiel. Najwyraźniej tak zmarzła, że postanowiła sama donieść opału. Rzadko jej się to zdarzało. Lily wstrzymała oddech, bo nagle coś sobie uświadomiła. O nie! Czy ona aby tego nie znajdzie? Czy nie stłucze? Czy się nie wścieknie, że to przed nią schowałam?

– Czy ja też muszę już wstawać, Lily? – zapytała szeptem Katie, trzymając kciuk w pogotowiu, na wypadek odpowiedzi przeczącej.

Drzwi od komórki zamknęły się z trzaskiem, matka wróciła do mieszkania. Drzwiami wejściowymi też trzasnęła. Lily odetchnęła z ulgą. Tym razem jej się upiekło. Matka nie znalazła skrytki. Sądząc po odgłosach, właśnie dorzucała węgla do tlącego się ognia, który stanowił jedyne źródło ogrzewania w całym mieszkaniu. Węgiel poobijał się o ściany kominka, a potem wylądował w palenisku.

Normalnie o tej porze już by się odzywał portowy klakson i zaraz potem korytarz budziłby się do życia. Drzwi zaczęłyby się otwierać i zamykać, a korytarz wypełnił żarcikami, przekleństwami i narzekaniami mężczyzn – tych bardziej przedsiębiorczych i częściej trzeźwiejących niż ojczym Lily – wyruszających do pracy w dokach.

Ojczym Lily wiecznie się spóźniał i zawsze przeklinał matkę, gdy próbowała go budzić. Nigdy nie było mu dane porządnie odespać kaca, no, chyba że zaszył się pośród śmietników – co akurat, ku utrapieniu Lily, czasem mu się zdarzało. „Zwlekaj się z pieprzonego łóżka i zasuwaj do roboty", rozbrzmiewał w ich domu prywatny klakson w osobie matki Lily. Na żonę jednak nigdy ręki nie podniósł. Gniew i frustrację wyładowywał za to na Lily, która nieraz chodziła posiniaczona.

Wstrzymywała oddech w oczekiwaniu na tępy łoskot, który wydawało ciało ojczyma, gdy matka wyciągała go z łóżka na podłogę. Ta kobieta potrafiła wykrzesać z siebie niesamowitą siłę, zwłaszcza jeśli się wściekła z powodu przepitych pieniędzy na chleb, nieobecności w pracy albo jednej z wielu innych rzeczy, które działały jej na nerwy, gdy akurat była trzeźwa.

Tamtego ranka rodzice znów się pokłócili. Ich słowa, te same co zwykle, obudziły rodzeństwo Lily.

– Ty pieprzona krowo.

Zaraz potem drzwi mieszkania zamknęły się z trzaskiem za ojczymem, który ledwo ubrany, bez porannej herbaty ani czegoś na ząb wyszedł na dwór, aby dołączyć do mężczyzn zmierzających przez śnieg do doków. Tyle że dziś nie było statków. Klakson się nie odezwał. Nad rzeką wisiał tak gęsty smog, że statki musiały się wstrzymać z wejściem do portu. Gdyby tylko był na tyle przytomny, żeby zdać sobie sprawę…

Lily ściągnęła brwi. Tak oto jej krótka chwila tylko dla siebie dobiegła końca, zanim ona zdążyła się nią nacieszyć.

– Lily – odezwał się szeptem Joe. Był jeszcze bardzo mały, ale już zdążył poznać podstawową zasadę przetrwania: w domu Lancashire'ów najlepiej było nie rzucać się w oczy.

Lily powitała go uśmiechem.

– Tak, słoneczko? – Opadła na koce i przesunęła się do niego. Wyjęła brata spod okrycia i postawiła przy oknie. – Zobacz, Joe – powiedziała. – Śnieg napadał.

Malutki otwór w zamarzniętej szybie, który przed chwilą wychuchała i wydrapała Lily, znów zaczął zachodzić szronem.

– Lily, a możemy się pobawić w tym śniegu? – Joe patrzył na nią z taką radością i nadzieją w oczach, że serce omal jej nie pękło.

– Muszę iść do pracy, Joe. Ale powiem Katie, że ma się z tobą pobawić, jak wstanie. Albo powiem komuś z piętra.

Joe już się nie uśmiechał. Oboje doskonale wiedzieli, że Katie będzie w stanie zajmować się nim może dziesięć minut, ale potem zapomni o bracie, bo on nie będzie za nią nadążać i nie umie bawić się w to, co ona. Tak to już było z Katie, o wszystkim zapominała.

Lily nachyliła się i pocałowała chłopczyka w czoło. Bardzo ją martwił ten charkot w jego oddechu. Wydychał powietrze znacznie dłużej, niż wciągał je do płuc, a do tego każdy jego oddech kończył się złowrogim świstem. Policzki miał zdecydowanie zbyt różowe i zbyt ciepłe jak na temperaturę panującą w pokoju. Modląc się w duchu, żeby dzisiaj świsty nie trwały zbyt długo, Lily posadziła brata na nocniku i ponagliła Katie.

– Katie, kochana, no dalej. Już jestem spóźniona. Pomóż nam trochę i przygotuj się do wyjścia. Mam dla was mleko i chleb do zamaczania.

Pomogła siostrze wyciągnąć nogi z łóżka i zaczęła się ubierać.

Kiedy już wszyscy skorzystali z nocnika, jego zawartość trafiła do metalowego wiadra. Teraz Lily musiała zanieść to wiadro do toalety na półpiętrze i tam je opróżnić. Modliła się w duchu, żeby dzisiaj nie było kolejki i żeby mogła szybko się z tym uporać. Zaraz po powrocie z pracy będzie musiała powtórzyć tę przykrą czynność.

Wszyscy czekali na jej powrót, żeby coś zjeść. Matki często nie było, bo od dłuższego czasu przesiadywała z ojcem w pubie. Niekiedy zapominała uzupełnić zapasy, a wtedy Lily musiała uszczknąć trochę pieniędzy z puli przeznaczonej na czynsz i iść do sklepu na rogu, żeby tam, tuż przed zamknięciem, próbować coś wyżebrać.

– Mogłabym dostać ścinki z łopatki? – prosiła, płonąc rumieńcem ze wstydu. – A może będziecie wyrzucać jakieś warzywa i mogłabym je dostać?

Lily szczerze nie lubiła tego sklepu. Przeszkadzał jej cierpki zapach nieświeżych ziemniaków, które lada moment miały się popsuć. Niedobrze jej się od niego robiło. Poza tym było jej wstyd, że musi tak żebrać. Wiedziała, że właścicielka bezceremonialnie ją potem obgaduje. Dlatego starała się jak najrzadziej tam chodzić.

Jeśli brakowało pieniędzy na czynsz, Lily nie miała innego wyjścia, jak pukać do drzwi klasztoru i prosić o spotkanie z siostrą Therese. Oprócz ojca Brennana była to jedyna osoba, przed którą rodzice czuli respekt i którą Lily mogła poprosić o pomoc.

– Nie mam nawet pieniędzy na herbatę, a mały Joe ciągle płacze, siostro – opowiadała Lily zakonnicy. Po cóż miała cokolwiek ukrywać przed tą kobietą, która zrobiła dla jej siostry i małego Joego więcej niż ich własna matka.

– Matko Święta – padała zawsze ta sama odpowiedź. – Chodź ze mną.

Siostra Therese wyjmowała koszyk i pakowała do niego wszystko, co znalazła na stole w klasztornej kuchni. Lily wracała do domu z jedzeniem dla całej rodziny. Gdy następnego dnia zakonnica pukała do ich drzwi, rodzice czerwienili się ze wstydu i zrzucali winę jedno na drugie.

– Pani Lancashire, pani chyba wkrótce się przekona, że moja cierpliwość ma swoje granice. Musi się pani bardziej troszczyć o dzieci. Za dużo pani zrzuca na barki biednej Lily – mówiła karcącym tonem siostra Therese. – Ja naprawdę nie chcę tego robić, ale w końcu mnie pani zmusi, żebym poszła do opieki społecznej i opowiedziała, co się tutaj dzieje.

To zwykle pomagało na dzień lub dwa, czasem na trochę dłużej. Po powrocie z pracy na Lily czekał w domu gorący garnek z zupą gulaszową, którą wszyscy mogli najeść się do syta, czekał też szczęśliwy Joe.

– Proszę, kochana, herbata dla ciebie. – Mama witała ją jeszcze w drzwiach, jak gdyby właśnie tak postępowała na co dzień. Nagle to była zupełnie inna matka, która się naprawdę starała ze wszystkich sił.

Ojciec na dzień, a nawet dwa zapominał o barze. Sadzał sobie Joego na kolanach. Przez krótką chwilę Lily mogła cieszyć się nadzieją, że w końcu sytuacja się poprawi – że nie będzie musiała całe życie martwić się o rodziców i jeszcze dbać o to, żeby jej rodzeństwo nie wylądowało w domu dziecka przy Menlove Avenue albo u zakonnic.

Zapinając grube pończochy, Lily bacznie przyglądała się Joemu. Nie raz już mu się zdarzyło spaść z nocnika i rozlać całą zawartość na podłogę. Z rozczesywaniem włosów musiała sobie poradzić bez lustra i chociaż grzebień miał już tylko kilka zębów, sprawnie splotła włosy w kok. Na nocnik usiadła teraz Katie. Natychmiast wsunęła sobie kciuk do ust i wyglądała, jakby zasnęła.

– Katie, obudź się! – zawołała Lily. – Proszę cię, nie dzisiaj. Naprawdę muszę wcześniej wyjść. W tych warunkach będę szła do pracy całe wieki.

Ubrała się pospiesznie. Było tak zimno, że miała ochotę nie zdejmować podniszczonej nocnej koszuli z flaneli, żeby ją dodatkowo grzała pod ubraniem. Lily miała dwa zimowe stroje do pracy, o co zresztą musiała stoczyć w domu prawdziwe boje.

– Trzęsiesz się, Lily? – wyszeptał Joe ze świstem.

– Tak, strasznie mi zimno. Chodź już, wystarczy tego. Schowaj się z powrotem pod koce i nie wychodź, dopóki ogień w kominku porządnie się nie rozpali. Przyniosę ci ciepłego mleka. A ty masz tu czekać, słyszysz?

Joe szeroko się uśmiechnął i chętnie zanurkował z powrotem pod ciepły koc.

Lily otworzyła drzwi od ich sypialni i przeszła do pomieszczenia wypełnionego siwym dymem z ostatnich papierosów matki. W kuchni powitał ją radosny gwizd czajnika.

– Zrób herbatę – warknęła matka. – Z tych liści z wczoraj.

Lily zalała herbatę wrzątkiem, a potem wymknęła się do komórki na węgiel. Wróciła z butelką sterylizowanego mleka.

– A to skąd, u licha, wzięłaś? – zapytała matka, spoglądając z ukosa na Lily, która właśnie przelewała zawartość butelki do wyszorowanego wczoraj garnka. – Zostaw mi trochę do herbaty – dobiegł ją głos spomiędzy kłębów papierosowego dymu.

– Ech, przepraszam, mamo – rzuciła Lily, wytrząsając ostatnie krople do garnka. – Nie usłyszałam cię.

Matka zmrużyła oczy i ciężko westchnęła.

Lily oczywiście usłyszała prośbę – o czym matka zresztą doskonale wiedziała – ale mleko kupiła wczoraj w drodze do domu i skrzętnie ukryła w komórce na węgiel. Było dla Joe i Katie, i tylko dla nich. Nie dla matki, dla której w życiu liczył się tylko guinness. Westchnęła z ulgą, gdy stwierdziła, że nikt nie znalazł chleba, który wczoraj schowała w głębi szafki. Wkruszyła go do miseczek.

– Wydaje ci się, że taka z ciebie dobra istotka, co? – żachnęła się matka, gdy dzieci przyszły po swoje porcje, a Lily podała im łyżki. – Twój ojczym poszedł na cały dzień do pracy z pustym żołądkiem. Nie wiedziałam, że mamy cokolwiek do jedzenia. To on powinien dostać to mleko.

Lily spodziewała się, że ojczym za parę minut stanie z powrotem w drzwiach. Na pewno zdążył się zorientować, że tego ranka nikt inny do doków się nie wybiera. Sama też miała za chwilę wyjść głodna do pracy. Zdjęła płaszcz z gwoździa wbitego w drzwi, zarzuciła go na ramiona i zaczęła zapinać guziki. Materiał mocno pachniał dymem papierosowym i odsmażanym smalcem.

– Idę do pracy, mamo. Wrócę jak zwykle o wpół do siódmej. Mam po drodze zajrzeć do sklepu i kupić z wypłaty coś na kolację?

– Ani mi się waż. Przynieś wszystko. Dzieciom się kupi zapiekankę, jak przeliczę pieniądze.

Lily postanowiła kupić zapiekankę w drodze powrotnej, a potem udawać, że źle matkę zrozumiała. Wiedziała, że do jej powrotu dzieci nie dostaną już nic więcej do jedzenia, chyba że pani McGuffy z mieszkania obok da im po ciasteczku albo nawet dwa, co wcale tak rzadko się nie zdarzało.

Zawiązawszy szalik pod brodą, Lily nachyliła się i ucałowała Joego.

– Siedź dzisiaj przy ogniu, Joe. Za zimno jest, żebyś wychodził. A ty, Katie, wracaj ze szkoły prosto do domu. Bez ociągania. Od razu wracaj do brata. Słyszysz?

– Proszę, jak strojnie wyglądasz w tym eleganckim płaszczyku – znów docięła jej matka, zaciągając się papierosem. – Pewnie można by za niego całkiem sporo dostać, tak sobie myślę. – Płaszczyk z drugiej ręki zorganizowała swojej najzdolniejszej uczennicy siostra Therese. – Wydaje ci się, że w tym jesteś kimś, co? A ty wiesz, co mówią? Wiesz, damulko ty jedna? – Tu matka Lily nagle przerwała, żeby puścić bąka. – Od razu lepiej – powiedziała, zmieniając pozycję na krześle i zaciągając się papierosem. – Pierwszy szlug z rana zawsze tak na mnie działa. – Potem jak gdyby nigdy nic wróciła do przerwanej myśli: – Mówią, że duma kroczy przed upadkiem. I to właśnie pewnego dnia cię czeka, pannico. Polecisz prosto na ryj i tyle. Wspomnisz moje słowa. Już nie mogę się doczekać! Ktoś ci w końcu przytrze nosa, panieneczko Lileczko.

Lily wyszła na korytarz, wciągnęła w płuca kłująco zimne powietrze i cicho zamknęła za sobą drzwi. Pomyślała, że matka jej zazdrości. Że źle jej życzy. Że wręcz jej nienawidzi. Tak, właśnie tak: nienawidzi jej.

Zdecydowanie bardziej, niż Lily nienawidzi odgłosów dziecięcej zabawy.

Rozdział 4

Pracę dla Lily znalazła siostra Therese. Dokładnie wiedziała, na jakie argumenty należy się powołać w rozmowie z panem i panią McConaghy, aby osiągnąć zamierzony cel. Zastosowała technikę, z której korzystała wcześniej już nie raz. Co dzień dziękowała Bogu za stare, dobre katolickie poczucie winy i za to utrwalone w głowach wierzących przekonanie, że wizyta w konfesjonale zmywa z człowieka wszystkie grzechy – o ile zrobi się dokładnie to, co nakaże ksiądz.

Miała układ z ojcem Brennanem. „Mam ważną sprawę", mawiała często, a potem podpowiadała, jaką pokutę powinien nałożyć na tego czy innego zamożnego handlowca, on zaś spełniał jej prośbę. Siostra Therese była mistrzynią w dziedzinie kształtowania stosunków społecznych.

Państwo McConaghy byli właścicielami firmy, która z roku na rok prosperowała coraz lepiej. Firma robiła liny i druty – te pierwsze z surowej juty, która przypływała do portu, te drugie z metalowego złomu przetapianego w piecu hutniczym. W zakładach zatrudniano głównie Irlandczyków, którzy stale napływali do Liverpoolu. Chętni do pracy przybywali prosto z Emerald Isle, aby zaraz po przejściu portowych bram wkroczyć w buchające żarem trzewia fabryki.

McConaghy'owie zaglądali do kościoła St Chad's codziennie, a w niedziele nawet dwukrotnie, ale dla bliźniego nic chyba w życiu nie zrobili. Oboje nazbyt dobrze zdawali sobie z tego sprawę, a poczucie winy narastało w nich proporcjonalnie do wysokości salda w banku. Siostra Therese wiedziała, że dręczą ich wyrzuty sumienia. Zdradzało ich nerwowe drżenie ust podczas wykonywania znaku krzyża i pospieszne przyklękiwanie przed Matką Przenajświętszą przed zajęciem miejsca w ławce. Na pierwszy rzut oka było widać, że coś im nie daje spokoju. Z jednej strony bardzo się cieszyli, że fabryka przynosi takie dochody, z drugiej jednak drżeli o swój los po śmierci. Bali się, że na ich drodze do nieba stanie mur pięćdziesięciofuntowych banknotów, przez który nijak nie uda im się przedrzeć. Chcieli za wszelką cenę uniknąć wiecznego potępienia.

Ojciec Brennan zdążył im już zasugerować, co mogliby zrobić, aby sobie tę drogę do nieba utorować. „Dzielcie się zyskami", szeptał przez kraty konfesjonału. Bardzo skutecznie wzmacniał przy tym w swoich penitentach strach przed Bogiem. „Łatwiej jest wielbłądowi przejść przez ucho igielne, niż bogatemu wejść do królestwa niebieskiego", puentował swój wywód. Potem przekazywał pałeczkę w ręce siostry Therese. To ona miała podpowiedzieć, jak konkretnie można zalecenie księdza zrealizować.

Podsunęła im więc dziewczynę, którą scharakteryzowała jako „najmądrzejszą i najbystrzejszą, jaką kiedykolwiek uczyła, w zakresie rachunków godną konkurentkę dla Einsteina". Dla wzmocnienia efektu dopowiedziała jeszcze: „Do tego dziewczyna tak porządna, jak zapewne porządna byłaby wasza córka, gdyby dobry Bóg zechciał was obdarzyć własnym dzieckiem". To wystarczyło.

„Owszem, jest pół-Irlandką", nie mogła nie wspomnieć siostra Therese. „Jej matka jest z Dublina, i to z dość nieciekawej okolicy, ale dziewczyna jest bardzo religijna i uczciwa, a dobry Bóg na pewno spojrzałby życzliwym okiem na kogoś, kto by dla biednej poczciwej Lily znalazł jakąś przytulną posadę w biurze. Bóg przecież takich właśnie ludzi ceni najbardziej. Ojciec Brennan i ja wielokrotnie o tym rozmawialiśmy".

Potęga kapłańsko-zakonnego duetu znów zatriumfowała, co ojciec Brennan i siostra Therese uczcili szklaneczką irlandzkiej whisky.

– Tylko niech siostra dopilnuje, żeby dziewczynie zaproponowali godne warunki – przykazał ojciec Brennan. – Jakoś żadne z nich nie grzeszy życzliwością. Ona dodatkowo zgorzkniała przez to, że nie ma własnych dzieci. Ma tylko tę swoją siostrzenicę Amy. Świata poza nią nie widzi. A ta dziewczyna w ogóle nie chodzi do kościoła.

Siostra Therese dolała księdzu whisky. Irlandzkiego trunku nigdy na plebanii nie brakowało, bo co rusz ktoś wracał z ojczyzny do Liverpoolu i zaglądał na plebanię ze słowami podziękowania. Wcale nie tak rzadko się zdarzało, że gospodyni ojca Brennana znajdowała rano pod drzwiami sześć butelek mleka i dodatkowo jeszcze butelkę whisky. Księdzu spod drzwi nikt by się nie odważył niczego ukraść, nawet gdyby przymierał głodem.

– Pan Bóg oczywiście miał powód, że nie dał im dzieci. Moim zdaniem to właśnie oni mogliby pomóc Lily. Oboje potrzebują wybawienia. Jak tak dalej pójdzie, to chciwość przekreśli wkrótce ich szanse na szczęście w życiu wiecznym. Chyba wiem, jak im to dać do zrozumienia.

Siostra Therese zawsze mówiła szybciej po szklance whisky, więc ojciec Brennan, który cierpiał na lekki niedosłuch, czytał z ruchu jej warg, żeby nadążyć za tym potokiem słów.

Upił łyk whisky i się uśmiechnął.

– Nie wątpię, siostro. Jest siostra niezastąpiona! Proszę jednak zachować ostrożność, bo przecież ktoś się musi zatroszczyć o tego małego Joego. Oboje rodzice spędzili wczoraj cały dzień u Czerwonego Admirała. Wiem o tym od Sheili, która tam stoi za barem. Wspominała mi podczas mszy. Mówiła, że ktoś powinien mieć oko na te dzieci, a Joe jest niezdrów. Ponoć ma najsłabsze płuca spośród wszystkich mieszkańców Clare Cottages. Powiedziałem jej, że ma się nie martwić, że się tym zajmiemy. Bo się zajmiemy, prawda, siostro? Wszystkie te dzieci zostały przecież ochrzczone w wierze katolickiej, prawda?

– Tak, ojcze.

– W takim razie nie powinniśmy dopuszczać do sprawy administracji, nie uważa siostra? Gdyby trafiły pod ich kuratelę, nie mielibyśmy żadnego wpływu na ich losy. Jeśli więc zajdzie taka potrzeba, powinny trafić do nas. Na razie jednak za wcześnie na to. Zobaczmy, co da się zrobić. Proszę się nie krygować i korzystać ze względów państwa McConaghy. Oni i tak będą nam wdzięczni, że ich ratujemy przed piekłem.

Siostra Therese uniosła w górę szklankę, a potem ją opróżniła. Za smakiem whisky nigdy nie przepadała, lubiła za to uczucie ciepła rozchodzące się znad żołądka po całym ciele. Rumieńce też jej się podobały. Gdy więc dopiła pierwszą porcję, miała ochotę dolać sobie jeszcze odrobinę.

Ojciec Brennan właśnie kończył drugą szklankę i mówił już trochę niewyraźnie.

– Ach, wie siostra… Żeby tak dobry Bóg dał mi dość siły, tobym zamknął tego Czerwonego Admirała. Naprawdę! Ileż nieszczęścia przyniósł alkohol tutejszym rodzinom… To zło w najczystszej postaci.

– Prawda, ojcze – przytaknęła siostra Therese, spoglądając ze smutkiem na swoją pustą szklankę.

Nie było dnia, żeby pani McConaghy nie zastanawiała się, dlaczego nie dane im było z mężem zostać rodzicami. W głębi duszy podejrzewała, że to z powodu krociowych zysków, bo przecież zachłanność to straszliwy grzech. Miała też pełną świadomość, że grzeszy dumą, więc w czasie wolnym od pracy całymi godzinami klęczała przy swoim łóżku i modliła się o wybaczenie.

Siostra Therese zaczepiła ich w kościele, jak tylko odeszli od konfesjonału.

– Proszę odmówić sto zdrowasiek i posłuchać rady siostry Therese – zalecił jej ojciec Brennan, i proszę, oto ona we własnej osobie, stojąca przy drzwiach kościoła. Nawet gdyby pani McConaghy chciała tego spotkania uniknąć, nie dałaby rady. Najpewniej zakonnica czekała na nią, skoro ojciec Brennan przed chwilą wspominał o niej podczas spowiedzi.

Następnego dnia siostra Therese zjawiła się w fabryce państwa McConaghy i wspięła się po schodach prowadzących do biura.

– No proszę, proszę. Ależ to robi wrażenie! – powiedziała, jeszcze zanim na dobre przekroczyła próg. – Jaki ogromny zakład. Iluż ludzi tam na dole przy tym wielkim piecu. Oni wszyscy dla państwa pracują? Wszyscy?

Pół godziny później siedzieli we trójkę w gabinecie przed kominkiem. Siostra Therese negocjowała warunki zatrudnienia Lily.

– Sam Bóg wysłał do was Lily. Moim zdaniem to był jego pomysł. Zgodzą się państwo ze mną?

Pan i pani McConaghy skinęli głowami. Gdzieżby śmieli przeciwstawić się zakonnicy.

– Bo trzeba państwu wiedzieć, że są tacy ludzie, których Bóg naprawdę chce widzieć u swojego boku w niebie. O, naprawdę? Aż taki duży kawałek ciasta? Nie trzeba było.

Siostra bardzo zręcznie rozegrała sytuację. Ich pracownicy plotkowali między sobą, że brak potomstwa to cena, którą właściciele fabryki płacą za swój sukces. Państwo McConaghy doskonale wiedzieli, co ludzie o nich mówią. Przegryzając najpierw eklera z czekoladą, a potem jeszcze napoleonkę i popijając słodkości dwoma imbryczkami herbaty, siostra Therese potrafiła sprawić, że mogli na chwilę o tym zapomnieć. Oto w ich progu stanęło zbawienie. Na dodatek zupełnie nic ich to nie kosztowało. Wszystko wskazywało na to, że proces przebiegnie całkowicie bezboleśnie.

– Będziemy jej uczciwie płacić za uczciwą pracę, siostro. O to się siostra nie musi martwić – zapewniła pani McConaghy, starając się jasno określić sytuację.

– Na wszystkich świętych, toż ja się absolutnie nie martwię. Te wszystkie zmartwienia to nie mnie dręczą. Ja występuję jedynie w roli posłańca, w imieniu ojca Brennana. To on się martwi. Nie mam najmniejszych wątpliwości co do pani uczciwości, pani McConaghy. Przecież ja panią doskonale znam i wiem, że Lily codziennie z rana będzie się mogła raczyć takim pysznym ciastem jak to, którym ja dziś zostałam poczęstowana. Chyba się nie mylę?

Panią McConaghy zamurowało. Zdobyła się tylko na skinienie głową.

– Przypuszczam też, że niezależnie od wypłaty dziewczyna będzie mogła liczyć na pożywny lunch?

Pani McConaghy znów potulnie przytaknęła.

– Jakże jej tu będzie dobrze! – Siostra Therese rozglądała się po biurze. – A będzie mogła siadać tu, w tym wygodnym fotelu, przed kominkiem? – Wstała raptownie i stanęła za mocno już sfatygowanym, ale niezmiennie ulubionym obrotowym krzesłem pani McConaghy.

Problem siostry Therese polegał na tym, że nie potrafiła zadowolić się sukcesem i rozpoznać momentu, w którym należy zgarnąć wygraną ze stołu i się zmywać. Po prostu nie umiała się powstrzymać.

Pani McConaghy tymczasem z niepokojem podeszła do swojego ulubionego krzesła i usiłowała pohamować jej zapędy. Obawiała się, że jeśli tak dalej pójdzie, za chwilę zakonnica każe jej przepisać firmę na tę przybłędę.

– Prawdę powiedziawszy, siostro…

Nic więcej ponad te trzy słowa nie było jej dane powiedzieć, bo siostra Therese obwieściła nagle z jeszcze większym entuzjazmem:

– Wie pani, co zrobimy, pani McConaghy? Przyprowadzę tu ojca Brennana, żeby mógł się na własne oczy przekonać, jacy z was szczodrzy ludzie. Poproszę, żeby się pomodlił o wasze zbawienie i o pomyślność waszych interesów. Choć na to ostatnie chyba ostatnio nie narzekacie… – Przerwała na chwilę, a potem dodała konspiracyjnym szeptem: – Bo musicie wiedzieć, że ojciec Brennan jest z Bogiem Wszechmogącym w stałym i bezpośrednim kontakcie. Takim samym, jaki wy macie ze światem dzięki temu telefonowi na biurku.

Właściciele fabryki, oboje wyraźnie skonsternowani, przenieśli wzrok na czarny bakelitowy aparat stojący na biurku pani McConaghy. Nagle zobaczyli telefon w zupełnie nowym świetle.

– Zgodziliby się państwo na to?

– Jakże mielibyśmy się nie zgodzić? – odpowiedziała pytaniem pani McConaghy. – Bardzo byśmy się cieszyli z wizyty ojca Brennana, prawda? – Pani McConaghy spojrzała wyczekująco na męża.

– Ależ tak. Oczywiście, że tak.

W kolejnych tygodniach siostra Therese wielokrotnie mówiła innym zakonnicom z St Chad's, że pani McConaghy dotrzymała danego słowa i że z Bożą pomocą ona i ojciec Brennan zdołali zrealizować swój plan.

Tymczasem pan McConaghy wielokrotnie wspominał w rozmowach z żoną o urzekająco błyskotliwej zakonnicy. Gdyby nie absurdalność tego pomysłu, byłby skłonny ją podejrzewać, że rzuciła na nich jakiś urok.

Każdy mógł sobie mówić, co chciał, a tak naprawdę państwo McConaghy zapewnili Lily to wszystko, co obiecali jej zapewnić, ponieważ bali się tego telefonu na biurku ojca Brennana – który wprawdzie nie łączy się z żadną centralą, ale umożliwia bezpośrednie rozmowy z Niebem i dobrym Bogiem we własnej osobie.

Dwa dni po pierwszej wizycie siostra Therese pojawiła się ponownie, tym razem prowadząc pod rękę wychudzoną i przerażoną Lily. Pani McConaghy czym prędzej zaczęła wdrażać dziewczynę w tajniki księgowości, zapewniając jej przy tym regularne wypłaty wynagrodzenia, poranną słodką przekąskę i darmowy lunch. Tylko krzesło obrotowe właścicielka fabryki zachowała dla siebie.

Większość jedzenia Lily pakowała do koszyka, który trzymała w ukryciu pod biurkiem. Pod koniec pierwszego tygodnia, za trzy pensy z pierwszej wypłaty, kupiła na targu jaskraworóżowy, kwiecisty plastikowy pokrowiec na klatkę dla ptaków. Narzuciła ten pokrowiec na koszyk, wyciągając rączkę przez otwór, a zapięcie zaciągając u dołu pod plecioną obręczą. Nikt nie wiedział, że w drodze do pracy niosła w tym koszyku tylko sfatygowaną torebkę i chusteczkę. Co innego w drodze powrotnej… Każdy kawałek ciasta i każda przekąska, którą w ciągu dnia raczyła ją pani McConaghy, trafiała prosto do koszyka, a w nim do Joego i jego siostry.

Pokrowiec na klatkę dla ptaków miał już trzy lata, a Lily zdążyła zjeść zęby na tej pracy. Z biegiem kolejnych miesięcy i lat pani McConaghy przekazywała Lily swoje obowiązki, sama zaś pracowała coraz mniej, co bezpośrednio przekładało się na stale powiększający się obwód jej pasa. Młodą pracownicę z czasem bardzo polubiła, co pomogło jej stać się bardziej życzliwą osobą.

– A wiesz, Lily, że jesteś w tym księgowaniu równie skrupulatna jak ja – pochwaliła ją pewnego dnia, gdy Lily miała zostać dodatkową godzinę w pracy, żeby się uporać z wypłatami dla robotników.

Lily nic nie odpowiedziała. Doskonale pamiętała, że pierwsze tygodnie w nowej pracy upłynęły jej na poprawianiu najróżniejszych błędów pani McConaghy, co oczywiście skrzętnie trzymała w tajemnicy przed szefową. Teraz już było dla niej jasne, że tak naprawdę to ona tę firmę prowadzi. Rachunki się zgadzały: płatności spływały i wypływały, czas pracy był dokładnie odmierzony, a ludzie w porę otrzymywali tygodniówki. Firma przyjmowała kolejne dostawy i wystawiała czeki. Lily była dumna z tego, że dzięki jej pracy wszystko chodziło jak w zegarku.

Zauważyła też, że pani McConaghy jeżyła się za każdym razem, gdy ktoś chwalił jej pracę. „Jakie to szczęście, że ją pani znalazła! Ma pani teraz tyle czasu dla siebie", rzucił od niechcenia dostawca juty nie dalej jak wczoraj rano. A już szlag ją trafiał, gdy na odchodnym ten czy ów gość zwracał się bezpośrednio do Lily: „Gdyby nie ty, królowo, wszystko by się tu rozpadło jak domek z kart". Słysząc coś takiego, pani McConaghy chrząkała raczej mało uprzejmie, przesuwała hałaśliwie krzesło po podłodze, rzucała autorowi komentarza zjadliwe spojrzenie i uciekała do krainy własnych myśli. Tę opryskliwość zachowywała jednak dla innych, w żaden sposób nie dawała jej odczuć Lily.

Dziewczyna w takich sytuacjach próbowała dogadzać szefowej. Parzyła herbatę i biegła do cukierni Sayers po ciasteczka eccles. Była gotowa zrobić wszystko, aby poprawić humor pani McConaghy. Przede wszystkim jednak nigdy nie narzekała. Pani McConaghy na ogół okazywała jej dużo serca – i właśnie tego dowiadywała się o niej od Lily siostra Therese za każdym razem, gdy pytała o pracę.

– Czy należycie cię tam traktują? Są dla ciebie dobrzy? – Siostra Therese spoglądała Lily głęboko w oczy, bo niezmiennie wątpiła w ludzi, których do życzliwości wobec bliźniego było trzeba przymuszać.

Lily czym prędzej udzielała odpowiedzi twierdzącej. Doskonale wiedziała, że gdyby zawahała się choć przez chwilę, to siostra Therese od razu pobiegłaby do fabryki, żeby się na własne oczy przekonać, jak jej się tam pracuje.

– Dobrze, siostro, dobrze. Pani McConaghy jest dla mnie bardzo dobra. Już się do mnie przyzwyczaiła, a ja do niej. Wszystko się bardzo dobrze układa.

Lily miała niewiele powodów do radości, ale akurat ta myśl przywoływała uśmiech na jej twarz. Naprawdę było tak, jak mówiła. W pracy wszystko układało się znakomicie. To w domu ciągle się nie poprawiało. Poza tym Lily martwiła się o małego Joego, któremu z dnia na dzień oddychało się coraz trudniej. Klatka piersiowa sterczała mu jak u ptaka, ale na każdej wizycie lekarz mówił to samo: „Chłopiec woła, że chce do mamy. Ten świst to problem natury psychologicznej. Ustanie, jak tylko wasza matka przestanie się szwendać po barach i wreszcie się nim zajmie".

Lily brała Joego na ręce i szła do apteki po kolejną buteleczkę olejku kamforowego. Jak niby miała temu lekarzowi wytłumaczyć, że to ona była dla Joego jak matka? Że innej nie znał i innej nie wzywał. Z gabinetu zawsze wychodziła rozgoryczona. Kolejny lekarz nie potraktował ich poważnie. Czuła się bezradna. Zżymała się na myśl o tym, że nikt nie chce pomóc jej małemu bratu.

Rozdział 5

Ciekawe, kiedy mi ktoś zaproponuje herbatę, zastanawiała się panna Ava Van Gilder, po raz setny poprawiając złożone na kolanach rękawiczki. Siedzę na twardym drewnianym krześle, mam za sobą długą i niewygodną podróż w chłodzie, ale to chyba nikogo tutaj nie obchodzi.

Przyciągnęła do siebie torebkę i z dezaprobatą pociągnęła nosem, a potem wyprostowała plecy. Chciała być gotowa na wezwanie – aby móc w każdej chwili się poderwać i zrobić naprawdę dobre wrażenie, aby dostać tę posadę w St Angelus. Bardzo jej na tej pracy zależało, bo nie miała dokąd wracać.

To był zdecydowanie nie najlepszy poranek. Z powodu zasp jej pociąg dotarł na dworzec Lime Street z opóźnieniem. Noc spędziła w pensjonacie Crosby, a gdy rankiem szła przez ulice Liverpoolu, miała wrażenie, że wokół niej nie ma żywego ducha. Pieniędzy wystarczy jej tylko na dwa tygodnie, musiała więc koniecznie znaleźć jakąś pracę, najlepiej z zakwaterowaniem. Przede wszystkim jednak musiała zadbać o to, aby nikt się nie dowiedział o jej przeszłości. Na szczęście zaproszono mnie na rozmowę jako ostatnią kandydatkę tego dnia, pomyślała.

Nie chciałabym się spóźnić. Nigdy w życiu nigdzie się nie spóźniłam. Nie chciałabym tego zmieniać, zwłaszcza w takich okolicznościach.

W porównaniu z korytarzem, z którego wchodziło się do sali posiedzeń zarządu St Angelus, warunki w pociągu mogła uznać za luksusowe. Teraz siedziała w mroku i ciszy pośród ścian od połowy wyłożonych butelkowozielonymi kaflami, sięgającymi aż do łukowatego sklepienia. Poniżej linii lśniących czystością płytek znajdowała się część pokryta ciemnokremową olejną farbą, tu i ówdzie poplamioną na brązowo nikotyną. Było widać, że ten poziom konsekwentnie opiera się wysiłkom sprzątaczek.

Panna Van Gilder siedziała jak ptaszek na grzędzie, ze wzrokiem wbitym w podłogę. Delikatne ciało i ostro zakończony nos drżały od czasu do czasu. Dokładnie naprzeciwko znajdowały się podwójne drewniane drzwi prowadzące do sali posiedzeń szpitalnego zarządu. Przez szparę pod nimi wydostawały się ze środka stłumione głosy, które wzmacniały dodatkowo aurę tajemniczości. Nagle dał się słyszeć śmiech.

Śmiech? Skuliła się lekko, a oczy spojrzały znad okularów, świdrując z całą mocą drzwi. Dziwne, że ktoś się tam śmieje, pomyślała panna Van Gilder. Kościste ramiona po chwili się rozluźniły, a na jej twarzy wymalował się wyraz zaskoczenia. Wiedziała, że w środku siedzi inna kandydatka. Nagle uznała, że koniecznie musi się dowiedzieć, o czym tam rozmawiają. To i tak już za długo trwa, pomyślała. Siedzę tu już ponad trzy kwadranse. Uniosła głowę i zmarszczyła nos z dezaprobatą.

Z zewnątrz sufit tworzył imponującą i bogato zdobioną kopułę. Gdy wchodziła po schodach prowadzących do szpitala, zauważyła nad wejściem zegar. Teraz usłyszała, jak wybija trzecią. Ona tymczasem została zaproszona na rozmowę na drugą trzydzieści. Nie wiem, czy chcę pracować w szpitalu, w którym tak swobodnie podchodzi się do terminów, pomyślała. Wzdrygając się z niechęcią, przypomniała sobie jednak, że tak naprawdę nie ma wyboru. Nic innego jej nie pozostało.

Rozległ się stukot butów na parkiecie. Panna Van Gilder nie wiedziała, do kogo te buty należą i skąd dokładnie dochodzi ten dźwięk. Zimny dreszcz przebiegł jej po plecach. „Znaleźli mnie", wyszeptała wcale nie tak cicho, mocno zaciskając dłoń na rączce torebki. Wysunęła przed siebie nogi schowane dotąd pod krzesłem, gotowa w każdej chwili rzucić się do ucieczki. Kłykcie jej zbielały, oddech się skrócił, a wzrok skupił na miejscu, skąd zbliżały się kroki. Nad górną wargą wystąpiły jej kropelki potu, które czym prędzej otarła rękawiczką. Oblizała usta i była tylko o krok od tego, żeby zacząć się modlić.

Siedząc na drewnianym krześle pod potężną kopułą, czuła się jak okaz eksperymentalny, który ktoś zamknął pod szklanym kloszem. Blada poświata zachodzącego słońca roztaczała plamę światła na podłodze wokół niej.

No, to już po mnie, pomyślała. Nie ma już dla mnie ratunku. Z każdą chwilą kroki było słychać głośniej i wyraźniej. I chyba przyspieszały… Pewnie łzy stanęłyby jej w oczach, gdyby tylko wiedziała, co to łzy… Serce biło mocniej i głośniej. Ava Van Gilder byłaby skłonna przypuszczać, że ten, kto po nią idzie, na pewno już słyszy bicie jej serca.

– Może przyniosę ci herbatę, skarbie?

Oto stanęła przed nią postać, której kroki przed chwilą słyszała. Wyłoniła się zza rogu i zmierzała strzelistym korytarzem w jej kierunku.

– Pytałam, czy napije się pani herbaty, skarbie?

Głos należał do Elsie O'Brien, gospodyni przełożonej pielęgniarek, której mieszkanie znajdowało się z boku od głównego korytarza administracyjnego i którego okna wychodziły na główne wejście. Teraz pobrzmiewało w nim lekkie zniecierpliwienie.

Panna Van Gilder powoli wypuściła powietrze.

– Pewnie przyszła pani aż z Lime Street – domyśliła się Elsie. – Taka dziś pogoda, że ponoć tramwaje nie jeżdżą. Z daleka pani przyjechała?

Elsie, która wyraźnie oczekiwała konkretnej odpowiedzi, musiała zadowolić się zdawkową:

– Czarną, bez cukru. Dziękuję. To bardzo miłe z pani strony.

Panna Van Gilder zdołała w końcu uspokoić oddech. Czuła też, że stabilizuje jej się puls. Policzki odzyskały dawny kolor równie szybko, jak go przed chwilą straciły, ale ich właścicielka była u kresu sił.

– Wygląda pani mizernie, skarbie. Czy na pewno dobrze się pani czuje? – Elsie przyglądała jej się uważnie, jednocześnie z zainteresowaniem i zaskoczeniem.

Ava Van Gilder miała ochotę warknąć na tę przypadkową kobietę, która ośmiela się mówić do niej „skarbie". Najchętniej zapytałaby, co też ona sobie wyobraża. To nie był jednak dobry moment. Zachowaj spokój i bądź tak ujmująca, jak potrafisz, upominała się w duchu. Przynajmniej do momentu, w którym dostaniesz posadę. Nie masz wyjścia. Potrzebujesz tej pracy. Bądź ujmująca.

– Zapewniam, że nie musi sobie pani żałować – ciągnęła Elsie, która nie miała w zwyczaju dawać za wygraną.

– Niby czego? – Na nic upomnienia, panna Van Gilder jednak na nią warknęła.

Elsie mimo to się nie zraziła.

– Cukru i mleka. Cukru mamy pod dostatkiem. Szpitale zostały wyłączone z racjonowania cukru. Jeśli pani sobie życzy, mogę więc dorzucić dwie łyżeczki. Za to w kwestii mleka się z panią zgodzę. Przyzwyczaiłam się do czarnej herbaty w czasie wojny. Była mleczarnia przy George Street, ale ją zbombardowali. Wtedy krowy przeniosły się na zachód, podobnie jak reszta ulicy. Przywykłam do czarnej herbaty i z mlekiem już mi nie smakuje. Za to mlecznego stouta od czasu do czasu chętnie się napiję, a pani?

Elsie się uśmiechnęła, prezentując pannie Van Gilder kiepsko dopasowaną protezę, którą zakładała tylko do pracy i wyjmowała wieczorem po powrocie do domu. Kobieta z korytarza wpatrywała się w nią ze zdumieniem.

– Wszystkie kandydatki masz traktować przyjaźnie. – Takie zalecenie Elsie usłyszała od Biddy tego ranka przy śniadaniu. – Porozmawiaj z każdą przez chwilę, spróbuj jak najwięcej się o nich dowiedzieć. Nie zaszkodzi z wyprzedzeniem się zorientować, któż będzie u nas pracować jako druga przełożona pielęgniarek i z jakimi wyzwaniami przyjdzie nam się w związku z tym mierzyć.

Biddy przekazała te instrukcje Elsie, jeszcze zanim pierwsza kandydatka zgłosiła się na rozmowę. Dotychczas wszystko szło jak z płatka, dopiero panna Van Gilder okazała się oporna na jej zabiegi. Elsie liczyła na to, że dzięki tym swobodnym rozważaniom o mleku i czarnej herbacie zdoła przełamać lody i panna Van Gilder zdradzi jej coś o sobie. W końcu przyszła tutaj ubiegać się o drugie najważniejsze stanowisko w szpitalu. Dotychczasowe kandydatki zrobiły na Elsie dobre wrażenie. Kilka z nich, popijając herbatę i przekąszając drugą cytrynową markizę, opowiedziało jej niemal całą historię swojego życia.

Ploteczki stanowiły cenną walutę w St Angelus. Elsie doskonale zdawała sobie sprawę, że im więcej zna soczystych szczegółów, tym silniejszą ma pozycję wśród koleżanek. Kto znał więcej plotek, ten był górą. Wieczorem Elsie i Biddy miały się spotkać w szkole pielęgniarek z Branną McGinty, sprzątaczką z oddziału drugiego, oraz Madge z centralki, żeby przy herbacie – w trzech z czterech filiżanek zalanej dużą ilością mleka – i czekoladowym torcie porozmawiać o zaletach i wadach kandydatek. Taki był plan. Wszystko byłoby dobrze, gdyby ta ostatnia kandydatka nie postanowiła stanąć okoniem.

Decyzja o zatrudnieniu drugiej przełożonej pielęgniarek była wielkim wydarzeniem w St Angelus. W szpitalnej garkuchni przez cały tydzień nie mówiło się przy śniadaniu o niczym innym. Co chwila ktoś zaczepiał Elsie, żeby zapytać, kiedy jej zdaniem nowe stanowisko zostanie obsadzone. Czuła się bardzo ważna. Oto została strażnikiem najważniejszych tajemnic, które skrywał gabinet przełożonej pielęgniarek. Ludzie pytali jednak raczej z obawy niż z ciekawości, St Angelus bowiem otaczał opieką nie tylko chorych. Wokół szpitala funkcjonował rozległy czarny rynek, z którego żyło wiele okolicznych rodzin. Składał się na niego cały system wzajemnych zależności, który kształtował się przez wiele lat i opierał na wzajemnym zaufaniu między głównym portierem Dessiem a przełożoną pielęgniarek. Wszyscy się obawiali, że krucha równowaga tego systemu ulegnie zachwianiu. Dzięki Dessiemu powojenne wdowy otrzymywały jedzenie, węgiel i regularne tygodniówki. Nowa zastępczyni przełożonej pielęgniarek mogłaby zmienić dotychczasowy porządek rzeczy.

Elsie udała się do małej kuchni na tyłach sali posiedzeń zarządu, przynależącej również do mieszkania przełożonej pielęgniarek. Opinię na temat tej kobiety zdążyła sobie wyrobić, jeszcze zanim nalała jej herbaty. Kłopoty wyczuwała na kilometr. Pozostawało więc mieć nadzieję, że rozmowa kwalifikacyjna przebiegnie niepomyślnie, a najlepiej katastrofalnie. Przyszło jej do głowy, że może Branna mogłaby przynieść z oddziału coś, co by zadziałało na tyle szybko, żeby zwiększyć szanse na taki obrót spraw. Pobiegła więc do gabinetu przełożonej pielęgniarek, znajdującego się jedne drzwi w bok od korytarza administracyjnego. Podniosła słuchawkę i poprosiła Madge, żeby spróbowała namierzyć Brannę.

Szczęście jej najwyraźniej dopisywało, bo Branna siedziała właśnie obok Madge w centralce. Wpadła tam na herbatę, co zresztą zdarzało się jej coraz częściej, odkąd siostra Antrobus została przeniesiona z oddziału drugiego na oddział nagłych wypadków. Siostra Antrobus była postrachem całego szpitala. Wykazała się taką bezdusznością w stosunku do przełożonej pielęgniarek, tak bezlitośnie zagrała na jej uczuciach, że wszyscy przyzwoici pracownicy szpitala – czyli w praktyce niemal wszyscy – odwrócili się od niej bez chwili namysłu. Branna również. „Już nigdy nikomu nie dam się potraktować jak niewolnica", oznajmiła, gdy siostra Antrobus opuściła oddział ginekologiczny, aby odtąd zajmować się nagłymi przypadkami. „Koniec ze ślepym posłuszeństwem wobec pielęgniarek. Od dziś będzie inaczej". W praktyce oznaczało to, że Branna zaczęła regularnie zaglądać do centralki telefonicznej zlokalizowanej w sąsiedztwie oddziału drugiego. Podczas tych wizyt plotkowała z Madge, która przez sześć na siedem dni w tygodniu odpowiadała za obsługę połączeń. Z fascynacją obserwowała, jak Madge wpina i wypina różne kabelki, rozpoczyna i kończy rozmowy, no i oczywiście przysłuchuje się tej wymianie zdań. Jeśli Madge zdarzyło się akurat wyjść do toalety, Branna chyłkiem nakładała na uszy słuchawki, żeby też posłuchać. Oczywiście pospiesznie je zdejmowała, gdy tylko usłyszała kroki Madge.

– Do ciebie, Branno – powiedziała Madge, podając jej słuchawki.

– Do mnie? O Matko Boska, a kto wie, że tu jestem?

Poderwała się z krzesła tak nagle, że filiżanka, którą trzymała w dłoni, zatańczyła z brzękiem na spodku.

– Branna, to ja, Elsie. Królowo, czy może masz u siebie w torbie trochę syropu z senesu? Mam wrażenie, że przydałoby nam się coś szybko działającego. Na litość boską, ta tutaj zaraz idzie na rozmowę.

– O Jezu! Nic takiego nie mam. Nie mam nic na przeczyszczenie. Potrzebujesz czegoś działającego błyskawicznie, tak?

– Powiem ci, że jak ta jedna dostanie tę posadę, czeka nas katastrofa. Właśnie wlewam jej mleko do herbaty, chociaż prosiła o czarną. Trzeba takiej dać do wiwatu. Ale jeśli mnie mój nos nie zawodzi, to mleczko się zwarzy, jeszcze zanim wleci jej do gardła. Musimy koniecznie coś zrobić, żeby jej nie zatrudnili. Nie ma chwili do stracenia, Branno.

Elsie mówiła teraz podniesionym głosem. Zdążyła się już nasłuchać najróżniejszych historii o zastępczyni przełożonej pielęgniarek ze szpitala Narrowgreen – o tym, jak odliczała porcje wydawanych posiłków, jak wprowadziła codzienne rewizje toreb pracowników opuszczających kuchnię, jak kontrolowała stan zapasów węgla. Co tydzień pojawiały się nowe mrożące krew w żyłach doniesienia.

– Elsie, czyś ty zwariowała? Nie możemy truć kobiety, która czeka na rozmowę w sprawie pracy, tylko dlatego, że ci się nie spodobała! – odparła Branna.

– Nie chodzi o to, że mi się nie spodobała. Nie zrozumiałaś mnie, Branno. Tu chodzi o przeczucie. O coś, co widać w jej oczach. Coś piekielnego! Gęsiej skórki dostałam na jej widok.

Branna nie miała jednak nic do zaproponowania. Jej szafka świeciła pustkami.

– Ledwo tydzień temu zabrałam trochę środków na przeczyszczenie do domu. Dostałam je od przełożonej nocnej zmiany. Jezu, powiedziałam o tym tylko Hattie Lloyd, ale nagle się okazało, że u nas na ulicy każdy jest pozatykany. Następnego wieczoru nie miałam już ani kropelki. Bóg mi świadkiem, najpewniej wszystko poszło na sprzedaż.

Elsie przez chwilę milczała. Starała się jakoś przyswoić te informacje.

– A nie masz nic innego, co mogłoby wywołać u niej chwilowy dyskomfort? Na przykład żeby nie była w stanie słowa wykrztusić albo żeby krzyczała z bólu czy coś takiego?

Elsie w tym momencie miała wrażenie, że różaniec schowany w kieszeni jej fartucha pali ją w udo jak rozgrzane żelazo.

– Elsie, a czy tobie się wydaje, że ja się nazywam doktor Branna McGinty? Jestem tylko salową, nie żadną rozchwytywaną konsultantką. Zaraz mnie poprosisz, żebym ci zrobiła histerektomię. Jezu! Co ty, chcesz, żeby mnie zamknęli?

– Słuchaj, to naprawdę poważna sprawa – przekonywała Elsie. – Mam naprawdę silne przeczucie, a przecież wiesz, że te moje przeczucia zawsze się sprawdzają. Mój pęcherz nie kłamie, a pogonił mnie dziś już trzy razy. Ta kobieta nam się nie przysłuży. Wierz mi, że ona wygląda tak, jakby się nigdy w życiu nie uśmiechała. Znów muszę do ubikacji. Nerwy mam jak postronki. Widzimy się później przy herbacie.

Elsie podreptała do łazienki, po drodze rozmyślając o tym, że jeśli zarząd wybierze Avę Van Gilder, to ona i jej koleżanki nie będą miały nic na dobry początek tej znajomości. Nie udało jej się wydobyć od tej kobiety niczego, czego by się można uczepić. Po powrocie do kuchni z ciężkim sercem nasypała do herbaty trzy łyżeczki cukru, a potem dolała jeszcze mleka. Raz kozie śmierć, pomyślała. W życiu trzeba się wykazywać odwagą. A nuż się ta ponura kobieta trochę rozchmurzy?

Z sali posiedzeń zarządu dobiegł ją dźwięczny śmiech młodej kobiety. Uśmiechnęła się na myśl, że coś rozbawiło siostrę Haycock. Doskonale pamiętała, jak to kiedyś Biddy się zamartwiała, że siostra Haycock zbyt rzadko dostrzega wokół siebie powody do radości. Teraz najwyraźniej dostrzegła. Najpewniej przypadła jej do gustu ta kandydatka, z którą właśnie rozmawiał zarząd. Kobieta przyszła na spotkanie w żółtym stroju. Elsie nigdy jeszcze nie widziała, żeby się ktoś ubrał na żółto.

– Właśnie! Ta robi bardzo miłe wrażenie – szepnęła.

Zaraz potem pomyślała, że powinna zadzwonić do Biddy, jako że Biddy to dobra irlandzka katoliczka. Powszechnie wiadomo, że największe szanse na wysłuchanie mają właśnie modlitwy irlandzkie, dlatego że Irlandczycy najczęściej chodzą do kościoła i dlatego że Irlandia to przecież taki święty kraj. Elsie uznała, że warto poprosić Biddy, aby się pomodliła za tę kobietę w żółtym.

Blackie, piesek przełożonej pielęgniarek, kręcił się przez chwilę w swoim koszu ustawionym w kącie kuchni. Elsie miała go tam ukryć na czas wizyty gości z zarządu szpitali okręgu liverpoolskiego. Blackie był już starym zrzędą, a w szpitalnym mieszkaniu przełożonej pielęgniarek pojawił się dwanaście lat temu jako szczeniak. Tyle że to było jeszcze przed powstaniem NHS, za starych czasów.

– Tak, tak, Blackie, modlitwy Biddy są niezawodne. Wszystkie zostają wysłuchane, co do jednej. Ona dzięki temu nie ma sobie równych w bingo. Zaraz do niej dzwonię!

Elsie westchnęła, po czym ujęła w dłonie spodek i filiżankę i wyszła z ciepłej kuchni na spotkanie z kobietą, której już zdążyła nadać przydomek Krwawa Ava Wampirzyca.

– Proszę, pani herbata – powiedziała, podając jej filiżankę wraz ze spodkiem. – Jednak posłodziłam.

Panna Van Gilder się skrzywiła.

– Niech sobie pani nie żałuje. Pewnie lada chwila panią wezwą. Chyba nie dosłyszałam, jak pani mówiła, gdzie ostatnio pracowała… – Elsie przysiadła na krześle obok.

Panna Van Gilder gapiła się na Elsie jak na obrzydliwego robala, który właśnie wychynął z jabłka.

– Bo też niczego na ten temat nie powiedziałam – odparła. Mierzyła Elsie wzrokiem. Nie podziękowała za herbatę. Łatwo się było domyślić, co miała ochotę powiedzieć.

Elsie wstała nawet szybciej, niż usiadła. Bardzo źle się to wszystko układało.

– Gdyby pani potrzebowała, toaleta znajduje się w głębi korytarza. Sama właśnie przed chwilą tam byłam. Wytarłam klapę i wyłożyłam czysty ręcznik przy zlewie, więc nie musi się pani obawiać o warunki. A woda jest przyjemnie cieplutka...

Panna Van Gilder odezwała się ponownie dopiero po dłuższej chwili.

– Dziękuję – odparła półgębkiem, bez cienia grymasu na jasnej twarzy. Z całą pewnością się nie uśmiechnęła.

Jakże zaskoczona była Elsie, gdy chwilę później znowu otworzyła usta.

– A czy inne rozmowy też tak długo trwają? – zapytała zwięźle.

– Mniej więcej – padła odpowiedź. – Siostra Haycock zadaje mnóstwo pytań, chyba partiami. Jest bardzo skrupulatna, ale lubi też pogawędzić. Czasami się zdarza, że przegadają z Biddy cały dzień.

Panna Van Gilder ściągnęła brwi tak mocno, że połączyły jej się w środku.

– Cóż, ja uważam, że jeśli rozmowa trwa dłużej niż godzinę, to ktoś ma stanowczo za dużo do powiedzenia. Domyślam się, że w takim razie ta wasza siostra Haycock nie może przestać mówić.

Odstawiła spodek z filiżanką na krzesło obok, po czym wstała, wygładziła płaszcz i bez słowa pomaszerowała w kierunku toalety.

Nie zdając sobie z tego sprawy, popełniła właśnie swój pierwszy poważny błąd. Niesłusznie założyła, że w ogólnym rozrachunku, a ściślej rzecz biorąc, w hierarchicznej strukturze szpitala St Angelus Elsie O'Brien jest nikim. Że skoro parzy herbatę, sprząta i załatwia sprawunki, nie zasługuje na uprzejme traktowanie i nie trzeba zwracać się do niej grzecznie. Że jest zupełnie nieważna i nic nie może.

Panna Van Gilder nie miała pojęcia, że w tym szpitalu personel pomocniczy miał bardzo rozległą władzę i skrzętnie z niej korzystał. W St Angelus nic się nie mogło wydarzyć bez wiedzy, udziału bądź przyczynku Biddy, Branny, Elsie, Dessiego czy Madge z centralki. Elsie starała się jak najwięcej dowiedzieć na temat przyszłej zastępczyni przełożonej pielęgniarek, ponieważ ta wiedza była niezbędna do efektywnego sprawowania władzy i kontroli nad szpitalną rzeczywistością.

Ależ wścibskie babsko, pomyślała panna Van Gilder, oglądając się przez ramię na Elsie, która właśnie zniknęła w drugim końcu korytarza. Wprost niewiarygodne, że ktoś ośmiela się tak spoufalać. Aż dreszcz ją przeszedł na samą myśl. Gdy ona odbywała szkolenie pielęgniarskie w latach dwudziestych, personel pomocniczy znał swoje miejsce – i to było miejsce bardzo nieistotne. Ci ludzie mieli być niewidoczni, a gdy już musieli być widoczni, to zdecydowanie nie mieli prawa się odzywać. Jak dzieci!

Mam nadzieję, że będąc drugą przełożoną pielęgniarek, obejmę nadzór nad zatrudnieniem i pracą personelu pomocniczego, pomyślała, spoglądając na czysty ręcznik i leżący na nim świeży kawałek mydła. Tamta stąd zniknie w pierwszej kolejności.

Gdy tylko drzwi do łazienki się zamknęły, Elsie odwróciła się na pięcie. Panna Van Gilder zostawiła pod krzesłem torebkę. Elsie uznała, że to jej jedyna szansa. Jeśli ten plan się nie powiedzie, to nie będzie wiedziała nic, jeśli natomiast uda jej się go zrealizować, to pozostali podziękują jej za wszystkie pozyskane informacje. Ogarnął ją jednak niepokój. Czuła, że znów musi do łazienki. W powietrzu wyczuwała niebezpieczeństwo. „Zrób to!", szepnęła do siebie, cofając się po własnych śladach. „No dalej, zrób to!". Przez chwilę przemykała się jak wąż, ale zaraz potem dotarło do niej, że musi się pospieszyć, więc potruchtała w kierunku krzesła.

Przeżegnała się, a potem schyliła. Wydostała spod krzesła torbę i rozpięła sprzączkę. Torba otworzyła się na oścież. Jakże wielkie było jej rozczarowanie, gdy stwierdziła, że w środku prawie nic nie ma: portmonetka, grzebień, plik dokumentów. Z niepokojem zerknęła w kierunku łazienki. Wiedziała, że zanim drzwi się otworzą, powinna jeszcze usłyszeć brzęk łańcuszka od spłuczki. Jej uwagę przykuł bilet kolejowy wystający z bocznej kieszonki. Wyjęła go i stwierdziła, że opiewa na przejazd w jedną stronę, z Bournemouth. Zajrzała do kieszonki, ale biletu powrotnego nie znalazła. Kusiło ją, żeby wyjąć z pliku jeden z dokumentów, ale było już za późno, bo właśnie usłyszała spłuczkę. Sprawnym ruchem zamknęła torbę i odstawiła ją na miejsce, pod krzesło panny Van Gilder.

Dziesięć minut później niczego nieświadoma panna Van Gilder postawiła pustą już filiżankę na drewniane krzesło. Nigdy w życiu by się do tego nie przyznała, ale herbata była pyszna! Z rozrzewnieniem spojrzała na lekko roztopione brązowe granulki cukru przyklejone do brzegów filiżanki, którą uniosła jeszcze na krótką chwilę. Może znów powinna zacząć słodzić, skoro nie racjonuje się już cukru dla szpitali. Szybko jednak odepchnęła od siebie tę myśl i przywołała się do swojego ponurego porządku. Cukier powoli spłynął na dno i zanurkował w mało apetycznej kałuży.

Dokładnie w tym momencie rozległ się znajomy odgłos kroków Elsie, która wyłoniła się zza rogu i sięgnęła po filiżankę. Roześmiane głosy dobiegające z sali posiedzeń zarządu ucichły, teraz słuchać było już tylko szmer rozmów. Najwyraźniej spotkanie dobiegało końca.

Nagle w korytarzu rozległ się odgłos innych, pospiesznych kroków. W stronę sali posiedzeń zarządu zmierzała czerwona na twarzy i wyraźnie zaniepokojona studentka pielęgniarstwa.

Elsie wyszła jej naprzeciw, w każdej chwili gotowa do interwencji.

– A dokąd to? – zapytała, wyciągając rękę, żeby zatrzymać pielęgniarkę. Znała ją. To była dziewczyna z ostatniego naboru na kurs szkolenia wstępnego.

– Dokąd się pani wybiera, siostro Moran? – zapytała Elsie, która szczyciła się tym, że zna nazwiska wszystkich pielęgniarek w szpitalu. Skądinąd nie było to wielkie osiągnięcie, bo po egzaminie kończącym kurs wstępny pełna lista absolwentek trafiała na biurko przełożonej pielęgniarek, która następnie przydzielała je na oddziały. Na polecenie przełożonej Dessie powiesił na ścianie jej gabinetu dużą czarną tablicę, na której ona wypisywała te nazwiska i przesuwała je po całym szpitalu jak pionki po szachownicy. Może wyobrażała sobie siebie w roli dowódcy, który rozstawia swoje oddziały na polu bitwy St Angelus. Tak w każdym razie domniemywała Elsie.

– Siostra oddziałowa poleciła mi to zanieść do laboratorium patologicznego – wyjaśniła siostra Moran, wydobywając z papierowej torebki szklany słój z jakąś próbką.

Elsie wzdrygnęła się z niesmakiem.

– Proszę to schować. To nie miejsce na takie rzeczy – syknęła na widok pojemnika z moczem.

– Tylko że ja nie mogę nigdzie znaleźć tego laboratorium patologicznego. Doktor Davenport powiedział, że to na górze za szerokimi drewnianymi drzwiami.

– Tak powiedział? – upewniła się Elsie, w duchu obiecując sobie, że ją popamięta. To od niej dowiedział się tego dnia rano, gdzie się odbywają rozmowy w sprawie pracy. Teraz widziała go oczyma duszy, jak kroczy głównym korytarzem w stronę sali operacyjnej i zaśmiewa się pod nosem. – Proszę nie słuchać tego złośliwca – powiedziała. – Jezu! Przecież laboratorium patologiczne nie mieści się nawet w głównym budynku, tylko na zewnątrz. Proszę przejść przez dziedziniec, minąć portiernię, a potem magazyn z tlenem. Pracownia jest w drewnianej chatce obok kostnicy.

Pielęgniarka Moran wyglądała tak, jakby się miała za chwilę rozpłakać.

– No już, niechże się siostra pospieszy – powiedziała zniecierpliwiona Elsie, odwracając się, by wskazać pielęgniarce schody. – Siostra Haycock lada moment stamtąd wyjdzie.

Oczy młodej pielęgniarki szeroko się otworzyły. Tylko czekać na łzy.

– Niechże siostra już idzie. Wszystko będzie dobrze. Ona się o niczym nie dowie.

Chwilę później dziewczyny już nie było.

Panna Van Gilder już miała się odezwać, ale ostatecznie nie zdążyła, bo szerokie drewniane drzwi do sali posiedzeń nieoczekiwanie stanęły otworem.

Na korytarz wyszła Emily Haycock z życzliwym uśmiechem na twarzy. Uprzejmie szeptała coś do kandydatki, którą właśnie wyprowadzała ze spotkania. Drobne obcasiki jej butów stukały rytmicznie po drewnianej podłodze. Wspomniana kandydatka okazała się być elegancko ubraną młodą kobietą. Głowę miała zwróconą w stronę siostry Haycock i uważnie jej słuchała. Obie panie się uśmiechały.

Cóż, wydaje się zdecydowanie za młoda, pomyślała panna Van Gilder. Poza tym żadna szanująca się siostra oddziałowa z aspiracjami na drugą przełożoną pielęgniarek nie przyszłaby na rozmowę o pracę w jaskrawożółtym ubraniu. Coś takiego nakłada się przecież tylko w jednym celu, żeby zwrócić na siebie uwagę. Zapewne szuka męża, nie ona pierwsza zresztą. Panna Van Gilder odchrząknęła, by przyciągnąć wzrok siostry Haycock. Czas najwyższy, aby się przestała zajmować tym zmokłym żonkilem i wreszcie skupiła się na mnie, uznała.

Emily spojrzała w jej kierunku i przywitała ją uśmiechem. Zaraz potem jednak powietrze wypełnił radosny chichot i panna Van Gilder zaczęła tracić cierpliwość. Wzięła głęboki oddech, przełknęła ślinę i przygotowała się do powitania.

– Panna Ava Van Gilder? Dzień dobry pani. Jakże się pani miewa? Bardzo przepraszam, że musiała pani czekać – powiedziała Emily, podchodząc do niej na swoich stukających obcasach.

Panna Van Gilder wstała. Plecy miała proste, jakby kij połknęła. Torbę trzymała z przodu, a głowę niemal zupełnie sztywno w górze.

– Ava, ale nie jak Ava Gardner, tylko jak Arva – przedstawiła się, wyciągając dłoń.

Była to niska i szczupła kobieta, ale niewątpliwie budziła respekt. Wystarczyło raz spojrzeć w te przenikliwe i stalowe oczy, poczuć mocny uścisk jej dłoni i usłyszeć napięcie w głosie, aby wyzbyć się wszelkich nadziei na to, że ma się przed sobą troskliwą i życzliwą osobę.

Emily prawie odskoczyła od tej wypchniętej ku niej ręki, która sztywno i z wyczekiwaniem zawisła w powietrzu. Jej ramiona pokryły się gęsią skórką. Do tej chwili cieszyła się myślą, że w sumie sobie poradziła z dobieraniem kandydatek na podstawie brzmienia ich nazwisk. Aż sama była tym zaskoczona. Podczas pięciu poprzednich rozmów miała do czynienia z pielęgniarkami umiarkowanymi w poglądach. Każda z nich wydawała się nadawać na obsadzane stanowisko. Teraz instynkt jej podpowiadał, że już za chwilę sprawy mogą przybrać nie najlepszy obrót.

Zamrugała, bo nagle poczuła uścisk wilgotnej od potu, ale stanowczej dłoni, która potrząsała jej ręką jak dźwignią od pompy.

– Wolałabym jednak, żeby się do mnie zwracać panno Van Gilder – powiedziała. Zaraz potem, jak gdyby po chwili zastanowienia, jakby sobie przypomniała, że przyszła na rozmowę w sprawie pracy, dodała jeszcze z lekkim skrępowaniem: – Będę zobowiązana.

Emily czuła narastającą niechęć. Gdyby tylko mogła, zrobiłaby wszystko, co w jej mocy, żeby ta rozmowa jednak się nie odbyła. Na poczekaniu przyszło jej do głowy, że mogłaby udawać omdlenie. Rozpaczliwie szukała jakiegoś sposobu na to, aby zapobiec niepożądanemu rozwojowi wypadków. Przypomniały jej się te wszystkie drobne, ale jednak istotne reformy, które udało jej się przeprowadzić, a które teraz nagle stanęły pod znakiem zapytania.

Emily z całych sił starała się wyrwać St Angelus z przedwojennych schematów i uwolnić szpital od konwenansów rodem z lat trzydziestych, co w praktyce polegało między innymi na stopniowym odchodzeniu od skrajnego formalizmu we wzajemnych relacjach między pracownikami. Marzyło jej się zniesienie zakazu pracy dla zamężnych pielęgniarek i chciała doprowadzić do obsadzenia na stanowisku drugiej przełożonej pielęgniarek jak najlepszej kandydatki. Widziała w tej roli kogoś, kto by popierał jej postulaty i powoli urabiał przełożoną, która uparcie trwała przy swoim i ani myślała ustąpić. Emily potrzebowała sojusznika, który by jej pomógł przekonać siostrę przełożoną – a w razie jej zatwardziałego oporu po prostu ją przegłosować.

Bardzo jej zależało na tym, aby stanowisko drugiej przełożonej pielęgniarek objęła kobieta współczesna i postępowa. Aby to był ktoś, kto by podzielał jej zapatrywania. Potrzebowała poparcia tej nowej siostry, która przecież mogła wejść w przyszłości w skład zarządu szpitala. Panna Van Gilder ani trochę do tego opisu nie pasowała. Emily była zdruzgotana.

– Tak, tak, oczywiście – powiedziała. – Jak pani zapewne wie, w szpitalu nigdy nie zwracamy się do siebie po imieniu. Chociaż wśród pracowników najwyższego szczebla czasem nam się zdarza…

Spojrzała na niemal kruczoczarne włosy, zadarty nos, świdrujące spojrzenie jasnych oczu zza szkieł okularów i zaciśnięte usta – i urwała w pół zdania. Ciemne włosy panny Van Gilder wyraźnie kontrastowały z jasnością jej skóry. Można było odnieść wrażenie, że ona nigdy nie wystawiała twarzy na słońce.

Jedyną odpowiedzią na to ostatnie zdanie było surowe i zupełnie obojętne spojrzenie. Emily miała poczucie, jakby się nagle skurczyła. Wybrana przez nią kandydatka miała rzekomo czterdzieści pięć lat, ale wyglądała na bez mała sześćdziesiąt.

Poprzednia rozmówczyni Emily miała czterdzieści lat. Była błyskotliwa i postępowa. Emily od razu ją polubiła, a nawet pomyślała, że mogłyby się zaprzyjaźnić. Z podziwem patrzyła na jej modne ubranie i wręcz wstydziła się swojego skromnego bliźniaka w kolorze czekoladowym. Kobiety zaangażowane w pracę pielęgniarki kończą jako samotne stare panny. Emily znała wiele takich kobiet i za nic nie chciała dzielić ich losu. Pragnęła wywalczyć sobie inną przyszłość, ale czas płynął nieubłaganie.

– Cóż, to chyba zupełnie oczywiste, kto się najbardziej nadaje na to stanowisko – powiedziała przełożona pielęgniarek na zakończenie całego dnia rozmów. Panna Van Gilder zdążyła już wyjść, a Elsie przyniosła termos z herbatą i kanapki dla wszystkich członków zarządu.

O Boże, nie! – pomyślała Emily. Tylko nie panna Van Gilder. Boże, proszę, tylko nie to.

– Czy mają państwo jakieś pytania do panny Van Gilder? – zapytał doktor Gaskell jeszcze w trakcie rozmowy. Z jego twarzy trudno było coś wyczytać. Spojrzał na Emily pytająco, jakby chciał powiedzieć: „Coś ty narobiła?", a potem już nie nawiązywał z nią kontaktu wzrokowego.

– Tak, doktorze Gaskell, ja bym chciała o coś zapytać – odezwała się przełożona pielęgniarek, której twarz pojaśniała na sam widok panny Van Gilder.

Emily nie posiadała się z rozpaczy. Pytania zadawali kandydatkom na zmianę. Ona trochę zaszalała przy tej poprzedniej. Tak bardzo chciała zainteresować zarząd tą konkretną kandydaturą, że zadała kobiecie w żółtym stroju trochę za dużo pytań i trochę za bardzo przeciągnęła rozmowę.

– Jak proponowałaby pani zażegnać obecny kryzys z brakiem chętnych do wykonywania zawodu pielęgniarki? – zaczęła siostra przełożona, nachylając się nad kartką z ołówkiem w ręku, jak gdyby miała zamiar skrzętnie notować słowa panny Van Gilder. – Jak pani być może wie, liczba pacjentów szpitala St Angelus rośnie z dnia na dzień. Zarząd szpitali okręgu liverpoolskiego planuje budowę nowej sali operacyjnej oraz kilku nowych oddziałów. Na oddziale nagłych wypadków zajmujemy się obecnie ponad trzydziestoma pacjentami dziennie. St Angelus to jeden z najbardziej obleganych szpitali w regionie północno-zachodnim.

Panna Van Gilder nie zastanawiała się na odpowiedzią ani chwili.

– W St Angelus nie ma pielęgniarek kadetek, co mnie się osobiście wydaje dziwne. W szpitalach w Manchesterze pracuje cały kontyngent. W moim przekonaniu St Angelus kładzie zbyt duży nacisk na kształcenie w zakresie leczenia gruźlicy.

Doktor Gaskell aż się wyprostował na krześle i zaczął nerwowo porządkować dokumenty leżące przed nim na stole. Był głównym regionalnym specjalistą klinicznym do spraw leczenia gruźlicy, więc ta opinia zdecydowanie nie przypadła mu do gustu. Wystarczyło na niego spojrzeć, żeby stwierdzić, że najchętniej by tę rozmowę jak najszybciej zakończył. Niestety, przedstawiciele zarządu szpitali okręgu liverpoolskiego słuchali jak urzeczeni.

– Powinniśmy prowadzić rekrutację na możliwie szeroką skalę i pozyskiwać dziewczęta do korpusu kadetek prosto ze szkół – kontynuowała swój wywód panna Van Gilder. – Wtedy zaraz po ukończeniu siedemnastego roku życia mogłyby zacząć szkolenie pielęgniarskie. To by pozwoliło wyeliminować bariery, z którymi nowe pielęgniarki często zmagają się po rozpoczęciu pracy w szpitalu i przy pierwszych kontaktach z pacjentami. Takie dziewczyny byłyby świetnie przygotowane do pracy w zawodzie pielęgniarki i zupełnie by nie znały innego życia. Tylko w ten sposób możemy dać odpór temu nowoczesnemu wymysłowi, który zakłada, że można zatrudniać mężczyzn do wykonywania kobiecej pracy. Nie bardzo podoba mi się pomysł zatrudniania pielęgniarzy. Zawsze byłam temu przeciwna.

Doktor Gaskell w zdumieniu uniósł brwi. Zazwyczaj był statecznym i uprzejmym człowiekiem, ale chyba jeszcze nigdy nie spotkał kogoś, kto by go irytował tak bardzo jak panna Van Gilder. To z jego inicjatywy szpital St Angelus zaczął zatrudniać byłych sanitariuszy, zachęcając w ten sposób zwalnianych ze służby żołnierzy do podjęcia pracy i powrotu do społeczeństwa. Przełożona pielęgniarek i siostra Antrobus ostro się temu pomysłowi sprzeciwiały, ale on miał nadzieję zwiększyć w przyszłości liczebność tego typu personelu. Szpital St Angelus zapoczątkował ten trend i przyjmowano tu do pracy w charakterze pielęgniarzy żołnierzy zwalnianych ze służby w pięćdziesiątym drugim roku. Teraz podobne praktyki stosowano już we wszystkich szpitalach w całym kraju. Wszystkie te informacje doktor Gaskell zachował jednak dla siebie i tylko wymownie wpatrywał się w swoje dokumenty.

Panna Van Gilder trajkotała więc nieprzerwanie.

– Nie ulega najmniejszej wątpliwości, że ci mężczyźni dobrze się wywiązywali ze swoich zadań w czasie wojny, w szpitalach polowych, ale we współczesnych powojennych szpitalach brytyjskich nie ma dla nich miejsca.

Przełożona pielęgniarek promieniała. Dwaj pielęgniarze pełniący funkcje oddziałowych na oddziale chirurgii męskiej byli jej zmorą i utrapieniem – tacy nieformalni, niezorganizowani, nieposłuszni i jeszcze do tego stanowczo zbyt głośni! Zatrudnienie mężczyzn na stanowiska pielęgniarskie uznawała za jeden z najpoważniejszych błędów w całej dotychczasowej historii zarządu szpitala. Cóż jednak mogła zrobić? Nowo powstała NHS prężyła muskuły, a ona z każdym dniem traciła kontrolę nad swoim szpitalem. Zgadzała się w pełni z panną Van Gilder. Bardzo jej ta kobieta przypadła do gustu.

– Ja miałabym jeszcze tylko jedno pytanie, jeśli można, doktorze Gaskell? – Przełożona pielęgniarek spojrzała na niego z uśmiechem.

Doktor nerwowo kręcił się na krześle. Był wyraźnie niezadowolony.

– Oczywiście, ale powinniśmy zaraz kończyć. Dochodzi piąta – powiedział z nietypowym dla siebie zniecierpliwieniem.

Przełożona pielęgniarek odczytała jego aluzję, ale nie zamierzała dać się poganiać.

– Nie brakuje ostatnio lekkomyślnych i moim zdaniem całkowicie nierozsądnych głosów postulujących zniesienie zakazu wykonywania pracy przez pielęgniarki po zamążpójściu. Jaka jest pani opinia w tej konkretnej sprawie?

Emily zastanawiała się, czy przełożona pielęgniarek zdaje sobie sprawę, że w tym swoim pytaniu zawarła wyraźną sugestię co do własnego stanowiska na ten temat.

Panna Van Gilder również i tym razem odpowiedziała bez chwili zawahania.

– Trudno mi sobie wyobrazić cokolwiek gorszego niż zamężną kobietę przy łóżku niedomagającego pacjenta. Zamężne kobiety muszą się troszczyć o dom i swoich mężów. Zachodzą w ciążę. Zdążą się zmęczyć, jeszcze zanim przyjdą do pracy. Pielęgniarstwo to ciężka praca fizyczna, która potrafi wyczerpać dziewczynę do cna. Po całym dniu na oddziale już naprawdę na nic nie będą miały siły, a poza tym ja osobiście uważam za skrajnie niestosowne i niesmaczne, żeby pacjentami płci męskiej miała się zajmować kobieta w pełni świadoma swojej fizyczności. Moim zdaniem wielu pacjentom by to przeszkadzało.

Przełożona pielęgniarek z uznaniem skinęła głową.

Emily aż za dobrze wiedziała, co panna Arva-nie-Ava Van Gilder ma na myśli. Chodziło jej o to, że zamężne kobiety uprawiają seks, a ona nie chciała mieć z kimś takim do czynienia. Bo kobieta uprawiająca seks tylko by jej przypominała o tym, co ją samą w życiu omija.

Teraz Emily mogła już liczyć tylko na to, że panna Van Gilder jednak zasadniczo różni się od legendarnej siostry April, zarówno pod względem wyglądu, jak i sposobu bycia – i że to jakoś zniechęci przełożoną pielęgniarek. Siostra April odeszła z St Angelus dawno temu, w czterdziestym pierwszym roku, na cztery lata przed pojawieniem się tam Emily, ale jej nazwisko wciąż jeszcze krążyło po szpitalu. Mówiono o niej, że była życzliwa i nowoczesna. Wszyscy też wiedzieli, że przełożona pielęgniarek darzyła ją specjalnymi względami. Mówiono nawet, że swoim odejściem złamała serce przełożonej. Emily z obawą myślała o tym, że te plotki wcale nie muszą być wyssane z palca. Czasem zastanawiała się, czy siostra April przypadkiem nie odeszła ze szpitala St Angelus, żeby nie przysparzać już więcej cierpień swojej dobrej przyjaciółce, siostrze przełożonej. Jakkolwiek było, zdaniem Emily panna Van Gilder nigdy nie zastąpi przełożonej tamtej zaufanej współpracownicy.

Elsie przecierała ściereczką stolik, na którym stały kanapki i termos z herbatą. Chciała koniecznie zostać w sali do czasu ogłoszenia nominacji. Spojrzała przez ramię na członków komisji. Debata trwała dłużej, niż można się było spodziewać. Elsie musiała szukać kolejnych pretekstów, żeby jeszcze nie wychodzić.

Miejmy nadzieję, że nie wybiorą tej apodyktycznej Wampirzycy, pomyślała, spoglądając na Emily, która niespokojnym ruchem poprawiała sobie wsuwki we włosach. To by była katastrofa. Cóż, na Boga, myślała sobie siostra Haycock, zapraszając tę wiedźmę na rozmowę? Pozjadała wszystkie rozumy czy jak?

Doktor Gaskell uśmiechnął się do Elsie, zupełnie jakby czytał w jej myślach. Ona aż podskoczyła. W końcu odwzajemniła uśmiech, a potem zabrała się do wycierania nieistniejącej plamy z wózka i skrupulatnego wstawiania szklanek jedna w drugą.

Od trzydziestego pierwszego roku Elsie zawsze znajdowała jakiś pretekst, żeby znaleźć się w sali posiedzeń zarządu

St Angelus akurat wtedy, gdy zapadały tam decyzje kadrowe. Dzięki temu zawsze wiedziała wcześniej niż inni, kto lada moment dołączy do zespołu. Sądząc po zdecydowanym tonie głosu przełożonej pielęgniarek i entuzjastycznych wypowiedziach Emily, tym razem zapowiadało się na ostre starcie – bo przecież każda z nich optowała za inną kandydatką.

Zegar wybił piątą. Elsie niby przypadkiem upuściła na podłogę talerz z okruszkami.

– Rany, przepraszam – powiedziała przed siebie, po czym uklękła, żeby po sobie posprzątać. – Będę musiała iść po odkurzacz. Ale bałagan!

Nikt nie zwracał na nią uwagi, więc Elsie przyklękła na podłodze i zaczęła zbierać okruszki, aby po chwili wejść na czworakach pod stół i zniknąć wszystkim z oczu. Uczestnicy zebrania za chwilę o niej zapomną, a ona będzie wszystko dokładnie słyszeć. Znajdowała się przecież zaledwie kilka centymetrów od nóg pani Jolly z zarządu szpitali okręgu liverpoolskiego. Trudno jej było w związku z tym nie zwrócić uwagi na równiutko zawiązane sznurówki brązowych półbutów. Paskudny haluks, pomyślała Elsie, spoglądając na zdeformowaną stopę. Nic dziwnego, że kobieta się tak krzywi. To na pewno strasznie boli.

Elsie wciągnęła powietrze. Wokół stóp pani Jolly roztaczała się dziwna mieszanina zapachów skóry i potu. Elsie przyłożyła sobie dłoń do twarzy, bo zaczynało ją kręcić w nosie.

Emily tymczasem siedziała za stołem w napięciu. Z każdą chwilą coraz bardziej się bała, że to się wszystko źle skończy. Cieszyłby ją wybór każdej z pozostałych kandydatek. W tym momencie na stanowisku drugiej przełożonej pielęgniarek chętniej widziałaby już nawet okropną siostrę Antrobus.

Wiedziała, że zawsze może liczyć na poparcie doktora Gaskella, ale on jeszcze tego samego wieczoru musiał się stawić w Manchesterze na dorocznej kolacji regionalnego komitetu do spraw walki z gruźlicą. Przypomniał jej o tym, zanim zaczęły się rozmowy. „Emily, musimy się dzisiaj pospieszyć". Od kilku miesięcy miał w zwyczaju mówić do niej po imieniu. Ona uznawała, że w ten sposób daje jej do zrozumienia, co myśli na temat obyczajów panujących w szpitalu. Zapewne zgadzał się, że St Angelus nie nadąża za zmianami, które zachodzą właśnie w Liverpoolu, i że należałoby podjąć starania o to, aby relacje między członkami kadry miały nieco mniej formalny charakter. Wobec niej z kolei zachowywał się wręcz trochę jak ojciec. Emily miała nadzieję, że uda mu się zostać do końca zebrania.

Wybór miał się rozstrzygnąć głosami przedstawicieli zarządu szpitali okręgu liverpoolskiego. Od momentu powołania do życia NHS zawsze ktoś z tego organu uczestniczył w ważnych szpitalnych zebraniach. Teraz jednak po raz pierwszy jego przedstawicielki przeważały pod względem liczby głosów nad kadrą szpitala. Emily zastanawiała się, czy to aby nie był celowy zabieg. „Ciekawe", doktor Gaskell krótko skomentował skład komisji. Niezbyt optymistycznie to wyglądało. Do sali posiedzeń zarządu wmaszerowały cztery panie w tweedowych garniturkach, kapeluszach i rękawiczkach, z okularami na nosach i z torebkami w dłoniach. Już na pierwszy rzut oka było widać, że czują się ważne. Nikogo o nic nie pytając, pani Jolly zajęła miejsce u szczytu stołu.

– Niepokojące – wyszeptał doktor Gaskell do Emily. Zwykle to on tam siadał.

Pojawienie się tej grupki niedoszłych sióstr przełożonych było można odczytywać jako świadomie i celowo wysłany komunikat.

– Czyżby w ten mało subtelny sposób próbowano dać nam do zrozumienia, że to nie od nas zależy, kto tu będzie pracować? – odparła również szeptem Emily.

Doktor Gaskell uniósł filiżankę wraz ze spodkiem, aby upić łyk herbaty przyniesionej przez Elsie.

– Przerażające – powiedział. – St Angelus jest jak rodzina, ale w zarządzie szpitali okręgu liverpoolskiego nikt chyba nie zdaje sobie z tego sprawy.

Pani Jolly, wdowa po poległym na wojnie generale armii, niezbyt przychylnym okiem patrzyła na młodsze kandydatki prezentujące bardziej nowoczesne podejście. Mogła w tej kwestii liczyć na poparcie trzech pozostałych przedstawicielek zarządu szpitali, również wdów po oficerach. Zadając kolejne pytania, Emily nieraz musiała przekrzykiwać pokasływania, pociąganie nosem i chrząkanie w najróżniejszych postaciach. Próbują mnie zniechęcić, stwierdzała Emily. Rzuciła bojowe spojrzenie pani Jolly, na której jednak nie zrobiło to najmniejszego wrażenia. Emily poczuła się nieswojo.

W przerwie na lunch ona i doktor Gaskell usiedli z kanapkami w rogu pomieszczenia. Obserwowali przełożoną pielęgniarek, która zdawała się być w najlepszej komitywie z panią Jolly.

– Skąd oni wzięli te starsze panie? – zastanawiała się głośno Emily, wąchając kanapkę z pastą z łososia, którą właśnie podniosła z wózka Elsie. – Dlaczego zarząd szpitali przysłał tu akurat kogoś takiego?

– Nie mam pojęcia – odparł doktor Gaskell. – Podobno słuchają tego, kto jest skłonny sypnąć groszem na szpitale i kadry. Liverpoolska służba zdrowia to studnia bez dna, domyślam się więc, że wszelkie darowizny są przyjmowane z pocałowaniem ręki.

– Człowiek może mieć pieniądze, ale to jeszcze nie znaczy, że na czymś się zna. W szczególności na tym, jakie kwalifikacje powinna mieć nowa druga przełożona pielęgniarek.

– Cóż, pewnie po części w tym tkwi problem. Po wojnie brakuje mężczyzn i nie ma kto kierować NHS. Instytucja działa dopiero od pięciu lat, a przecież kobiet chętnych czy odpowiednio przeszkolonych do takiej pracy ciągle brakuje. Zarząd szpitali zwraca się więc do wdów po ludziach, których by widział na odpowiedzialnych stanowiskach. Jeśli tylko one chcą pracować, to je zatrudnia. I stąd się wzięła pani Jolly. Stanowisko dostała z uwagi na swój status, pozycję społeczną i szczodrość, a także przez wzgląd na zmarłego małżonka. Oczywiście trzeba pamiętać, że znaczna część tych kobiet bardzo nam pomogła w czasie wojny. Wielu z nich nie można odmówić kompetencji. Tyle że akurat nie w tej dziedzinie, nie w kwestii obsady stanowiska naszej drugiej przełożonej pielęgniarek.

Emily trudno było zapanować nad irytacją. Przecież przyszłość St Angelus jest ważniejsza niż niedobór mężczyzn czy środków finansowych.

– Ale dlaczego nie wysłali kogoś, kto by coś wiedział o szpitalach? Albo o pielęgniarstwie?

– To akurat dość łatwo wyjaśnić… Przecież zamężnym pielęgniarkom nie wolno pracować. Pani Jolly w czasie wojny zajmowała się łamaniem szyfrów. Do takiej pracy nie zatrudniano ludzi bezrozumnych. Tak się jednak składa, że wykonywały ją żony wysokiej rangi oficerów, a one generalnie mają takie, a nie inne spojrzenie na świat, no i wybiorą kogoś na swój wzór i podobieństwo. Dlatego to właśnie tobie powierzyłem zadanie przeprowadzenia wstępnej selekcji kandydatur. Miałem nadzieję, że wybierać będziemy tylko spośród ludzi takich jak ty.

Emily aż się słabo zrobiło. Przecież jeśli one wybiorą kogoś na swój wzór i podobieństwo, to na pewno będzie to panna Van Gilder.

– O Boże, cóż ja zrobiłam... – powiedziała, wzdychając.

– Popełniłaś błąd – odparł łagodnym tonem doktor Gaskell. – Nie martw się, Emily. Po latach pracy w szpitalu jedno mogę powiedzieć na pewno. To jest organizm, który żyje własnym życiem. Tu nic nie dzieje się bez powodu. Ostatecznie wszystko zawsze jakoś się układa. Musisz też pamiętać, moja droga, że dopiero poznałaś tę pannę Van Gilder. Pierwsze wrażenie zrobiła fatalne, ale z czasem na pewno będzie lepiej.

Popołudnie miało się już ku końcowi. Cztery panie z zarządu szpitali okręgu liverpoolskiego zakończyły dyskusję, którą od pewnego czasu prowadziły szeptem we własnym gronie. Emily była strzępkiem nerwów. Pomyślała sobie, że przecież nie mogły rozstrzygnąć kwestii obsadzenia tego stanowiska między sobą. Na pewno nie narzucą szpitalowi kogoś, na kogo przełożona pielęgniarek, doktor Gaskell i ona sama się nie godzą (a w każdym razie ona i doktor Gaskell, bo przełożona i panna Van Gilder najwyraźniej przypadły sobie do gustu). To chyba niemożliwe? Przecież w takich sprawach decyzje powinny zapadać jednogłośnie!

Pani Jolly kilkakrotnie odchrząknęła.

– Osobiście nie mam najmniejszych wątpliwości co do tego, komu należy tę posadę zaproponować – oznajmiła.

Mogłaby być siostrą panny Van Gilder, pomyślała Emily. Takie są do siebie podobne! Zaraz potem uświadomiła sobie jednak, że gdyby Sarah Anne Jolly ubiegała się o stanowisko zastępczyni przełożonej pielęgniarek, to już z racji nazwiska zostałaby przez nią zaproszona na rozmowę. Emily miała ochotę ukryć twarz w dłoniach, ale zdobyła się na przesłodzony uśmiech. Nie zamierzała zdradzać swoich prawdziwych uczuć.

– Przedstawiciele zarządu szpitali okręgu liverpoolskiego podjęli jednogłośną decyzję. Panna Ava Van Gilder wydaje się być idealną kandydatką. Zdecydowanie potrzeba nam kogoś, kto tak jak siostra przełożona sprawnie i z determinacją poprowadzi St Angelus ku przyszłości i pomoże szpitalowi zmierzyć się z wyzwaniami współczesnego Liverpoolu. Zarząd szpitali okręgu liverpoolskiego zamierza baczniej przyglądać się funkcjonowaniu placówki. W szczególności będziemy oceniać wydajność jej pracy. Odpowiadamy przed panem Churchillem, przed nowo powołanym Ministerstwem Zdrowia i przed podatnikami. Nie ma więc miejsca na pomyłki. Za sprawą National Health Service wkraczamy na zupełnie nową ścieżkę, a panna Van Gilder wydaje się być osobą, która pomoże nam nie zboczyć z kursu.

Emily miała się ochotę rozpłakać. Zauroczyło ją imię Ava. Takie imię mógłby nosić muzyk albo inny artysta. Tymczasem okazało się należeć do potencjalnego tyrana. Co też ja najlepszego narobiłam, po raz nie wiadomo który wyrzuciła sobie w myślach Emily. Może jednak powinnam była zgłosić własną kandydaturę?

– Siostro przełożona, proszę bezzwłocznie wysłać do panny Van Gilder list z propozycją objęcia posady. Może podjąć pracę nawet od razu. Ten szpital ledwo sobie radzi z natłokiem pacjentów. Nie mamy chwili do stracenia.

Pani Jolly powoli wstała z krzesła. Jej towarzyszki czym prędzej również się podniosły. Przewodnicząca delegacji złożyła okulary i schowała je to szylkretowego etui, które zaraz potem z trzaskiem zamknęła, jakby dając do zrozumienia, że dla niej sprawa została niniejszym zakończona.

Cztery panie z zarządu szpitali okręgu liverpoolskiego bez słowa skierowały się ku drzwiom. Pani Twigg, najmilsza z nich wszystkich, została jakby trochę w tyle. Przechodząc obok Emily, chwyciła ją za rękę i lekko ścisnęła, jakby ze współczuciem. Jej usta ułożyły się w milczące: „Przykro mi". Emily uśmiechnęła się półgębkiem, nie podnosząc spuszczonych oczu. Pani Twigg była urocza. Urocza, ale słaba. Emily pomyślała, że z pewnością nie wybrałaby spośród kandydatek do pracy kogoś, kto się nazywał Veronica Twigg.

Nawet nie zapytały, która z kandydatek najbardziej przypadła nam do gustu, pomyślała z żalem, odprowadzając je wzrokiem. Spojrzała na doktora Gaskella.

– Nie zamierzają nawet posyłać po referencje – powiedziała do niego szeptem.

– Tak to już jest na tym nowym świecie, Emily – odpowiedział. – Z pewnością ktoś gdzieś to zrobi. Kolejny obowiązek, który ktoś od nas przejął. Oto się zaczęło. Krok po kroku odbiera się możność decydowania ludziom, którzy od lat kierowali szpitalem i znają pacjentów, a władzę przekazuje się bezimiennym biurokratom z NHS. W rezultacie taka oto pani Jolly, pomimo braku jakiegokolwiek doświadczenia klinicznego czy pielęgniarskiego, narzuca swoją wolę fachowcom, w tym również lekarzom. Proszę się nie zdziwić, jeśli pewnego dnia ktoś taki jak pani Jolly zacznie nas instruować, jak powinniśmy zajmować się pacjentami. Emily, pożegnam się już, bo muszę zdążyć na pociąg.

W sali posiedzeń zarządu zostały już tylko Emily i przełożona pielęgniarek.

– Cóż, spodziewałam się, że przynajmniej się ze mną skonsultują – powiedziała siostra przełożona do Emily, zbierając swoje dokumenty i ołówki. – W sumie to jednak nie ma znaczenia, bo i tak wybrały kandydatkę, na którą bym głosowała.

– Siostro przełożona, ale czy można podejmować decyzję tylko na podstawie podania? Nikt nawet nie zapytał, czemu zrezygnowała z poprzedniej pracy. Czy nie należałoby chociaż zwrócić się tam po referencje?

– Tak się składa, że znam przełożoną pielęgniarek z St Dunstan's. Lata temu uczestniczyłyśmy razem w szkoleniu w Londynie. Skontaktuję się z nią. Może pani spać spokojnie, siostro

Haycock. Zanim kogoś zatrudnię, dokładnie sprawdzę jego przeszłość. Nawet jeśli pani Jolly i jej przybocznym miałoby się to nie spodobać.

Emily nie za bardzo to pocieszało, ale postanowiła uchwycić się choćby resztek nadziei.

– Muszę jednak powiedzieć, siostro Haycock, że chętnie bym przekazała komuś kilka spośród moich licznych obowiązków, przede wszystkim tych związanych z nadzorowaniem personelu pomocniczego, salowych oraz portiera i jego chłopców.

W tym momencie rozległ się głuchy stuk. To Elsie uderzyła głową o blat stołu. Żadna z pielęgniarek nie zwróciła na to uwagi, ponieważ właśnie, pochłonięte rozmową, zmierzały do saloniku siostry przełożonej. Po drodze przełożona spojrzała kątem oka na Emily. Bez trudu dostrzegła na jej twarzy rozczarowanie, nawet zrobiło jej się trochę żal młodszej koleżanki. Doskonale rozumiała, co ona teraz czuje. Doskonale znała smak rozgoryczenia. To uczucie towarzyszyło jej niemal na co dzień, przez całe życie. Każdego ranka wstawała z łóżka z myślą, że jest inna i że ma przed sobą kolejny samotny dzień. Skrywała sekret, o którym nikt nie wiedział. A w każdym razie tak jej się wydawało.

– Siostro Haycock, niechże się pani rozchmurzy – powiedziała. – Będzie dobrze, zobaczy pani. Ona wygląda na kogoś, kto potrafi sprawnie działać. A właśnie kogoś takiego nam potrzeba. Szukaliśmy przecież drugiej przełożonej pielęgniarek, a nie przyjaciółki. Zapraszam do mojego saloniku, usiądziemy sobie przy kominku i napijemy się sherry. Uczcimy znalezienie nowej drugiej przełożonej pielęgniarek.

Gdy tylko zamknęły za sobą drzwi, Elsie wygramoliła się na czworakach spod stołu, z szufelką i zmiotką w mocno zaciśniętych dłoniach. Ostatnie minuty spotkania spędziła w całkowitym bezruchu, żeby nie zwracać na siebie uwagi. To akurat jej się udało. Zgodnie z jej przewidywaniami uczestnicy spotkania zupełnie o niej zapomnieli.

– Wiesz, oni mnie nie widzą nawet wtedy, gdy stoję na środku pokoju z czajnikiem herbaty w rękach. Oni wtedy widzą tylko tę herbatę. Pod tym stołem byłam zupełnie bezpieczna – opowiadała Biddy jeszcze tego samego popołudnia, gdy zdawała jej relację z minionego dnia. – Czasami cała sztuka polega na tym, żeby być niewidocznym.

Drzwi do saloniku przełożonej pielęgniarek zamknęły się ze szczękiem, a wtedy Elsie skoczyła na równe nogi, roztarła głowę w miejscu uderzenia i zaprowadziła wózek do małej kuchni mieszczącej się na tyłach sali posiedzeń zarządu. Usłyszała stamtąd odgłos otwierania, a potem zamykania drzwiczek od kredensu, a później pobrzękiwanie kieliszków.

– No, to pewnie już nie będą sobie życzyły herbaty. A wy tu możecie poczekać – powiedziała do sterty brudnych naczyń. Zdjęła fartuch i rzuciła go na stos talerzy. W kuchni czuła się bezpieczna. To było jej królestwo. Przełożona pielęgniarek w ciągu dnia nigdy tam nie zaglądała, więc nie było ryzyka, że zobaczy cały ten bałagan. A przed wieczorem Elsie zamierzała wszystko dokładnie uprzątnąć.

Otworzyła jeszcze tylne drzwi, żeby Blackie mógł podreptać do koszyka stojącego w saloniku przełożonej pielęgniarek, a potem zbiegła po tylnych schodach i popędziła przez dziedziniec do garkuchni, gdzie miała spotkać się z Dessiem, Biddy, Branną i Madge. Ach, ta kobieta będzie dla nas wszystkich utrapieniem, a może nawet zagrożeniem, pomyślała, mijając szybkim krokiem szkołę pielęgniarek. Gdyby pozwalały jej na to względy przyzwoitości, najchętniej puściłaby się biegiem.

Nawet Elsie, która szpital St Angelus znała od lat i która miała niezwykły dar przewidywania przyszłości, nie zdawała sobie sprawy, jak trafną właśnie sformułowała ocenę sytuacji.

Rozdział 6

Lockie Keenan zajrzał do kapitanatu, żeby zapytać, czy któryś z oczekujących statków tego dnia wchodzi do portu.

– Żadnych szans – odparł kapitan portu. – Wszystko, co przypłynęło do środy, zostało już rozładowane, a smog jest tak gęsty, że na kolejne statki przyjdzie nam czekać jeszcze wiele godzin. W powietrzu nawet teraz unosi się sadza. Dym jest wszędzie, aż mnie kręci w nosie. Tak źle jeszcze nie było.

Lockie tego się właśnie spodziewał. Konia zostawił w stajni, wozu też nie odkrywał. W gęstym smogu trafił do doków tylko dlatego, że bywał tam codziennie i drogę od bramy do kapitanatu znał na pamięć. Najpierw śnieg, teraz smog, pomyślał. Przez ostatnich kilka tygodni było naprawdę krucho. A w „Echo" zapowiadali dalsze opady śniegu.

Pośredniczył w handlu między dokami a zakładami przetwórczymi. Kupował jutę ze statków podczas rozładunku i godzinę później sprzedawał fabrykom z centrum miasta, które skręcały z nich liny. Gdy skończył z jutą, jechał po metal, który przetapiano na drut. Znaczna część towaru, który przybywał do portu, na szczyt wzgórza dojeżdżała na platformach zaprzężonych w konie. Koń Lockiego pracował całymi dniami, handlarz zdawał sobie jednak sprawę, że chwila wytchnienia dobrze zwierzęciu zrobi.

– A cóż to za paczuszka wypycha ci kieszeń? Jakiś prezencik dla mnie? Tak ci dobrze idzie, Lockie, że dla mnie to pewnie znajdzie się butelka whisky. Jakże by było miło!

Lockie się roześmiał.

– Prawda jest taka, że oszczędzam, co tylko mogę. Ziarnko do ziarnka. Pewnego dnia chciałbym pracować na własny rachunek, nie jak te wszystkie dranie. To prezent świąteczny dla Lily, tej od McConaghych. Do Bożego Narodzenia jeszcze trochę czasu, ale bardzo mi zależało, by jej coś kupić. Znam jej rodzinę na tyle dobrze, że wiem, że jej na pewno nic nie kupią. A ona jest dla mnie jak młodsza siostra. Ktoś powinien zrobić dla niej coś miłego. To szczotka do włosów. Taka z prawdziwego zdarzenia, z rączką i w ogóle. Nic takiego.

– Dobry z ciebie chłopak, Lockie. Szczęściara z tej, co to się z nią ożenisz.

– Jakoś mi się nie wydaje, żebym się miał żenić w najbliższej przyszłości. – Lockie się zaśmiał. – Lily twierdzi, że jestem zbyt wybredny. Coś w tym pewnie jest. Tylko że to nie ja jestem wybredny, tylko moja mama. Nie odważyłbym się żadnej do domu przyprowadzić. Pan przecież zna moją mamę.

– Owszem, znam. Odkąd wyprowadziła się z Clare Cottages, jest tylko gorzej. Przestałbyś się tak spisywać w pracy, Lockie, to by jej na dobre wyszło. Woda sodowa uderzyła jej do głowy od całej tej forsy, którą przynosisz do domu.

Lockie tylko szelmowsko się uśmiechnął. Kapitan portu miał rację. Jego matka w pełni zasługiwała na miano parweniuszki. Zarabiał na tyle dobrze, że mógł sobie pozwolić na wynajęcie domu – i to nie byle jakiego, tylko całkiem dużego. A ona cały czas się tym przechwalała. Sam doskonale wiedział, jakiej dziewczyny szuka, takiej jak Lily. Tylko że takich wcale nie było dużo. Lily znał od dziecka. Była dla niego trochę jak młodsza siostra, on dla niej zaś był jak starszy brat. Ojczym Lily w pewnym momencie przestał ją tak często okładać pięściami, bo wiedział, że Lockie odpłaci mu pięknym za nadobne. A ponieważ Lockie mierzył ponad metr dziewięćdziesiąt i miał mniej więcej tyle samo w barach, wolał tego uniknąć.

W tym samym czasie, gdy Lockie rozmawiał z kapitanem portu, Lily wyszła z domu do pracy. Szła korytarzem Clare Cottages, nawet nie zdając sobie sprawy, że niemal w każdym z mijanych mieszkań ktoś miał na jej temat coś do powiedzenia.

„Patrzcie ją, jak zadziera nosa! Co też ona sobie wyobraża?".

„Żal mi Lily. Ta to ma w życiu ciężko".

W dobre dni pani McGuffy wraz z kilkoma innymi kobietami wychodziły na korytarz, żeby odprowadzić wzrokiem dzieci przechodzące przez ulicę w drodze do szkoły przy St Chad's. Pani McGuffy z natury była burkliwa, ale dla Lily zawsze znajdowała dobre słowo. Myślała o niej lepiej niż większość pozostałych kobiet, a że głos miała donośny, Lily często słyszała, co ma na jej temat do powiedzenia. „Patrzcie na tę biedną dziewczynę. To dzięki niej ta rodzina jeszcze się nie rozpadła. Gdyby nie ona, te dzieciaki w sierocińcu by wylądowały. Gdyby tak ciężko nie pracowała, ktoś by już dawno zadzwonił po opiekę społeczną".

W Clare Cottages każdy miał jakieś zdanie na temat Lily. Była zbyt przemądrzała. Zbyt dumna. Za dobrze sobie radziła. Za bardzo się wtrącała. Generalnie odstawała od innych.

W piątek wieczorem Lily wręczała matce swoją wypłatę, zachowując z niej pięć szylingów na autobus. Matka nie była głupia. Jeśli Lily nie będzie miała z czego zapłacić za autobus, to nie dojedzie do pracy, a wtedy nic nie zarobi. Gdyby mogła jakimś sposobem zachować te pieniądze dla siebie, bez wahania by to zrobiła.

Matka Lily szczerze nienawidziła szefowej swojej córki, pani McConaghy. Ta niechęć zrodziła się zaledwie kilka tygodni po tym, jak Lily podjęła pracę w fabryce. To wtedy odebrała list z informacją o strojach córki. Dostarczyła go siostra Therese, a matka Lily o mało co nie spaliła się przez to ze wstydu.

– Przykro mi, pani Lancashire – powiedziała zakonnica. – Muszę go pani przeczytać. Obiecałam pani McConaghy. Bardzo jej zależało, by ten list do pani dotarł, więc poprosiła, żebym go doręczyła osobiście. Lily ma teraz porządną pracę, a ja w związku z tym poczuwam się do pewnej odpowiedzialności. W końcu to ja ją poleciłam.

Samym tylko wzrokiem umiała przyprzeć matkę Lily do muru. Wyjęła list z kieszeni habitu i zaczęła czytać.

„Oczekuję, że Lily będzie się ubierać stosownie do wykonywanej pracy. Lily pracuje w miejscu, gdzie widzą ją ludzie zawierający transakcje z firmą McConaghy's i dzięki którym firma ma pieniądze na jej wypłatę. Nie chciałabym, by ktokolwiek pomyślał, że płacę pracownicy biura tak mało, że nie stać jej nawet na przyzwoite ubranie, buty i płaszcz".

Lily miała ochotę zapaść się pod ziemię. Policzki poczerwieniały jej ze wstydu. Jeszcze bardziej poczerwieniała jej matka, tyle że ze złości.

– Co ta kobieta sobie wyobraża?! – wrzasnęła, gdy siostra Therese skończyła czytać. Podbiegła do drzwi, odwiesiła szlafrok, a potem nałożyła chustkę na głowę opatuloną wałkami. Chwyciła Lily za ramię i rzuciła: – Chodź! Skoro ta kobieta życzy sobie, żeby Lily nie wiadomo jak ubierała się do tej pracy, do której siostra ją poleciła, to idziemy do ojca Brennana po odpowiednie ciuchy.

Tak samo jak matka Lily, ojciec Brennan pochodził z Irlandii, nawet z tej samej okolicy. Znał jej ojca i dziadka i wiedział, jak wielkim rozczarowaniem była dla nich decyzja córki i wnuczki o małżeństwie z Anglikiem. Pani Lancashire, z domu O'Hallaghan, przybyła do Liverpoolu na pokładzie łodzi. Miała wówczas czternaście lat. Do domu wysyłała listy, w których informowała rodziców, że wyszła za mąż za porządnego irlandzkiego chłopaka z Dublina. Bardzo się więc zmartwiła, gdy w ślad za nią do Liverpoolu przybył ojciec Brennan, który na dodatek zamieszkał zaledwie kilka kroków od Clare Cottages. Porządny Irlandczyk odszedł, zanim Lily skończyła cztery lata. Odkąd rodzina się dowiedziała, że ich córka wyszła ponownie za mąż za angielskiego protestanta, jej listy pozostawały bez odpowiedzi. Tym bardziej że ona była już wtedy z tym Anglikiem w ciąży.

– Pani McConaghy życzyłaby sobie, żebyś przestała chodzić w łachmanach, tak? – mamrotała, idąc przez korytarz.

Pani McGuffy właśnie zlewała schody gorącą wodą ze środkiem dezynfekcyjnym, więc do nosa Lily wdarł się zapach wypalonego moczu. Dzieci rzadko kiedy docierały do łazienki na czas i były w stanie doczekać się na swoją kolej.

– Nie lej mi po nogach, do cholery – warknęła pani Lancashire, gdy mijały panią McGuffy.

Pani McGuffy się nie odezwała, a matce Lily za odpowiedź musiało wystarczyć szuranie szczotki spychające wodę do kratki ściekowej. Lily próbowała uśmiechnąć się do sąsiadki, ale matka mocno ją ściskała i wbijała palce w jej skórę. Bolało. Pani McGuffy z uśmiechem spojrzała życzliwie na dziewczynę, mrużąc przy tym oczy, żeby zobaczyć coś w kłębach dymu unoszącego się znad papierosa, który wyglądał tak, jakby się jej przykleił do dolnej wargi.

– Ale ani słowa o dodatku do wypłaty! – ciągnęła matka Lily. – Jak niby mam wykarmić dzieciaki, skoro cię muszę porządnie ubrać, co?

Lily postanowiła tego nie komentować. Przecież to ona karmiła dzieciaki, nie matka. Szła posłusznie obok, starając się jak najszybciej wymyślić coś, co by powstrzymało matkę przed wizytą u księdza. Przecież ona nawet do kościoła nie chodziła. Ojciec Brennan z pewnością nie znajdzie dla niej czasu.

Matka z każdą chwilą wściekała się coraz bardziej.

– O tym to już ta gruba krowa nie pomyślała. Pewnie, że nie!

Lily wbiła wzrok w ziemię, żeby nie patrzeć w oczy tym wszystkim ludziom, którzy się za nimi oglądali na ulicy, a potem czym prędzej odwracali głowy. Nikt nie miał ochoty na konfrontację z matką Lily, nikt nie miał ochoty usłyszeć wiązanki z jej ust.

„Patrzcie na nią!".

„Biedna dziewczyna!".

„Z tej matki to pijany kocmołuch, ot co".

Odprowadzały je te same co zwykle komentarze.

Matka Lily doprowadziła ją pod drzwi księdza i waliła w nie tak długo, aż gosposia w końcu otworzyła.

– Niech poczeka w korytarzu! – zawołał ojciec Brennan ze swojego gabinetu. – Niech tam zostanie pół godziny, aż ochłonie. Znam tę rodzinę. Wszyscy narwani.

Gosposia wypełniła polecenie, a matka Lily wściekała się na cały świat. Po dziesięciu minutach gniew zaczął powoli ustępować miejsca przemożnej ochocie na drinka. Gdy drzwi gabinetu ojca Brennana w końcu się otworzyły, matka Lily – nagle całkowicie odmieniona – zaprezentowała jakże nietypowy dla siebie uśmiech i błagalnym tonem poprosiła o ubrania dla Lily.

Później tego samego wieczoru w drzwiach mieszkania, ponownie bez zapowiedzi, stanęła siostra Therese. Przyniosła zimowy płaszcz i kilka par wysokich butów i trzewików, używanych, ale nadających się jeszcze do noszenia. W oczach Lily stanęły łzy.

– Zobacz, niektóre są naprawdę piękne – powiedziała siostra Therese. – Znalazły się nawet szpilki, o, tutaj są. Pięknie byś w nich wyglądała.

Siostra Therese nie zdradziła Lily, że ma za sobą kilka godzin pukania do drzwi lepszych liverpoolskich domów. Zakonnica właśnie sprzedała bez zająknięcia parę miejsc w niebie, żeby tylko zdobyć kilka porządnych ubrań dla swojej protegowanej.

Serce Lily przepełniała wdzięczność. Przez kilka pierwszych dni umierała w pracy ze wstydu. Bardzo się przejmowała swoim wyglądem. Pani McConaghy szybko to zauważyła i postanowiła nie strzępić sobie języka na próżno.

– No już, nie płacz. – Siostra Therese podała Lily chusteczkę, którą zawsze miała gdzieś na podorędziu. – To moja wina, za bardzo zaufałam twojej matce. Wydawało mi się, że taka będzie zadowolona i dumna z tej twojej pracy, że bardziej się wykaże. Bóg cię kocha, Lily, i na mnie też zawsze możesz liczyć. Jestem z ciebie dumna. Jesteś najlepszą uczennicą, jaką kiedykolwiek miałam.

Obracając w dłoniach i oglądając parę solidnych brązowych butów ze skóry, Lily obiecała sobie, że nigdy w życiu, choćby się nie wiem co wydarzyło, nie zrobi nic, czym mogłaby rozczarować siostrę Therese. Że nigdy jej nie zawiedzie. Raptem zalała ją fala niepokoju. Uświadomiła sobie, że matka może w każdej chwili zastawić te buty w lombardzie, jeśli ją nagle najdzie ochota na drinka. Posiadanie czegoś wartościowego rodziło problemy, z którymi dotąd nie musiała się borykać.

Rozdział 7

Maisie Tanner stała w kuchni i wyglądała przez okno w czarną noc. Żeby cokolwiek zobaczyć, musiała wyjąć z rękawa swetra chusteczkę i wytrzeć kółko na powierzchni zaparowanej szyby. Znów padał śnieg. Maisie podziwiała rozmiary płatków i zachwycała się tym, jak topią się na szybie. Piec dawał ciepło niezbędne do upieczenia puddingów Yorkshire. One miały tam trafić ostatnie. Regulowanie temperatury tak, aby osiągnęła najwyższą wartość pod sam koniec przyrządzania pieczeni, było nie lada sztuką. Maisie nauczyła się jej od matki i była z tego powodu bardzo dumna.

– Ta pogoda nigdy się nie zmieni – powiedziała do swojego męża Stana. – A ty mi tyle opowiadałeś o tym, jak to na Liverpool wpływa Prąd Zatokowy i zawsze jest tu ciepło. A tak naprawdę jest paskudnie i ponuro. Jednego dnia straszliwy smog, drugiego znowu śnieg. Nie wierzę, że tak jest w całym kraju.

Stan otworzył kuchenne drzwi, żeby wyrzucić niedopałek papierosa na drugą stronę muru, na ścieżkę biegnącą wzdłuż tylnej ściany domu. Do nagrzanej kuchni wpadł lodowaty podmuch wiatru. Maisie wystawiła głowę na zewnątrz i odchyliła trochę dekolt, żeby wpuścić chłodne powietrze pod bluzkę.

– Czyżbyś płonęła, kochanie? – zapytał Stan. – Toż to do ciebie niepodobne!

Maisie zaczerpnęła powietrza. Westchnieniem powitała płatki śniegu, które przywarły do jej gorących policzków i od razu się stopiły. Wyglądała przez mur okalający podwórze. Spoglądała na dym unoszący się z kominów sterczących nad dachami domów po drugiej stronie. Bywały takie dni – śnieżne i bezśnieżne – kiedy z niektórych kominów nic nie wylatywało. To były zawsze te same kominy, nad piecami tych samych domów zamieszkałych przez wdowy wojenne albo rodziny, w których starzejący się mężczyźni nie byli już w stanie przepracować całego dnia w dokach. Tylko niedziele były wyjątkowe. W niedzielę w każdym domu był ogień i była pieczeń, a jeśli nie było, to ktoś przychodził z pomocą. Maisie już nawet nie liczyła, jak wiele razy zdarzyło jej się zobaczyć w niedzielę martwy komin i posłać Stana do odpowiedniego domu z wiadrem węgla. Dziś jednak we wszystkich domach po drugiej stronie ulicy okna były zaparowane, tak samo jak u Maisie. Znak, że na wszystkich piecach gotują się warzywa. W niektórych domach zostanie do nich podane mięso, w innych nie.

– Wszystko w porządku, kochanie? – Stan objął Maisie w pasie i ją przytulił. Ostatnio nie była sobą. Szybciej się denerwowała, w nocy nie mogła spać.

– To chyba przez ten nowy etap życia, Stan. Jakoś wcześnie się dla mnie zaczyna. Pewnie stracę przez to urodę, ale przynajmniej nie będziemy już mieli więcej dzieci.

Stan uśmiechnął się szelmowsko.

– Przecież wiesz, co ludzie mówią. Nie ma tego złego, co by na dobre nie wyszło.

– Czyli uważasz, że tracę urodę? – Maisie sprawiała wrażenie poruszonej. Szczyciła się tym, że pod względem urody nie ma sobie równych na Arthur Street.

– Ależ nic takiego nie powiedziałem. To twoje słowa. Dla mnie zawsze będziesz najpiękniejszą kobietą na świecie, nawet po sześćdziesiątce. – Stan wiedział, że pora zmienić temat. – Pammy też nam się udała, prawda, kochanie? Miło, że nas odwiedza w niedziele. I że przyprowadza koleżanki. Dobrze sobie radzi w szpitalu, wreszcie sporządniała. Któż by się tego po niej spodziewał? Taka była pyskata!

– Boże, Stan, chyba jeszcze za wcześnie, żeby świętować! Mało brakowało, a by ją wylali. Tylko ktoś taki jak ona mógł się postawić przełożonej pielęgniarek i narobić szumu o jakieś dziecko z aborcji.

Stan cicho się zaśmiał.

– Cóż, racja. Cała Pammy! Ale przecież postąpiła słusznie. No i kto się za nią wstawił? Kto ją uratował? Emily Haycock.

– Stan, to chyba już czas powiedzieć Pammy o Emily Haycock, nie sądzisz? O tym, że była przy narodzinach naszej Lorraine? – Zastygła na chwilę w bezruchu, bo zalały ją wspomnienia z tej okropnej nocy w schronie przeciwlotniczym. – Mnie się wydaje, że to dlatego siostra Haycock tak bardzo zabiegała o to, żeby nasza Pammy mogła się uczyć na pielęgniarkę. Nie mam co do tego najmniejszych wątpliwości. To wprost nie do wiary, że o tej naszej małej Emily Haycock z George Street mówię teraz „siostra".

– Rozmawialiśmy o tym już setki razy, kochanie! Emily musiała mieć swoje powody, żeby nie powiedzieć Pammy, że ją znała jako dziecko i że jej rodzina zginęła na George Street. Pewnie chce, żeby nasza Pammy myślała, że dostała się na ten kurs w St Angelus o własnych siłach, a nie z powodu naszej znajomości. Gdyby Pammy wiedziała, kim jest Emily, mogłaby się zastanawiać, czy to aby nie odegrało jakiejś roli. Mogłaby wtedy zwątpić w siebie, a tego byśmy przecież nie chcieli, prawda?

– Pewnie masz rację, Stan – odparła Maisie, pociągając nosem. – To wszystko przez ten nowy etap życia. Jestem od tego jakaś taka smutna. Strasznie żałuję, że mojej mamy już z nami nie ma. Tak mi jej brakuje.

Wyjęła chusteczkę z kieszeni fartucha i otarła łzy, które nabiegły jej do oczu.

– No już, już, kochana – pocieszał ją Stan i przytulił mocniej. – Nie płacz. Wiem, że tęsknisz za mamą. Ona była ważnym członkiem naszej rodziny. Podczas wojny pewnie codziennie odchodziłbym od zmysłów, gdyby jej przy tobie nie było. A tak wiedziałem, że się wami opiekuje, i mogłem sobie mówić, że jesteście bezpieczne jak w domu.

Stan nie najlepiej odnajdywał się w tego typu sytuacjach. Zupełnie nie wiedział, co ma robić, więc tym bardziej martwił się, widząc, jak ciężko Maisie znosi wszystko to, czym ją akurat teraz doświadcza życie.

Ona położyła głowę na jego ramieniu.

– W tym właśnie rzecz, że domy nie były bezpieczne – powiedziała. – A po wydarzeniach z czterdziestego pierwszego roku mama już nigdy do końca nie wróciła do siebie.

– Pomóc ci, mamo? – zawołała Pammy zza kuchennych drzwi.

Maisie raz jeszcze pociągnęła nosem, a potem wyzwoliła się z objęć Stana i schowała chusteczkę do rękawa.

– Nie, kochanie, ale dziękuję. Za dwie minuty jestem. Częstujcie się pieczystym. Lorraine, chodź do kuchni po sos. Stan, dorzuć trochę do pieca, żeby nam było ciepło, dobrze?

Poklepała Stana po ramieniu, co przyjął z westchnieniem ulgi. Sytuacja wróciła do normy. Jakże przywykł do tego, że Maisie całymi dniami wydaje wszystkim polecenia!

– Chłopcy, umyliście ręce? Ty, mały Stanie, w szczególności?

Kolejne polecenia płynęły z kuchni jedno po drugim, a ich adresaci zwykle ograniczali się do krótkiej odpowiedzi: „Tak, mamo". Maisie znów się uśmiechała. Smutek ustąpił miejsca wielkiej radości. Maisie bardzo lubiła podejmować w niedziele pieczenią Pammy i inne pielęgniarki, z którymi jej córka na co dzień pracowała i mieszkała w St Angelus. Z czasem stało się to tradycją, że w wolne niedziele Pammy przyprowadzała do domu koleżanki, które akurat też nie miały dyżuru. Dzięki temu gospodyni z Lovely Lane, pani Duffy, miała chwilę wytchnienia. Tego dnia przyszły wszystkie: Victoria Baker, Irlandka Dana Brogan i Beth Harper. Dla Beth to był pierwszy wolny weekend, odkąd prawie rok temu rozpoczęła pracę jako praktykantka na oddziałach. Ona nigdy z tego powodu nie narzekała. Pilnie i sumiennie się uczyła, niezmiennie wykazując się zaangażowaniem i dzielnie stawiając czoło wyzwaniom. Wiele razy ominął ją przez to niedzielny obiad u Tannerów.

Stan dorzucił węgla do pieca i zajrzał do kuchni, żeby umyć ręce w zlewie.

– Chłopcy myli ręce na zewnątrz, zanim wrócili z dworu – powiedział. – Sam widziałem.

W domu przy Arthur Street liczyły się rutyna, dyscyplina i porządek. Sprawne funkcjonowanie dużej rodziny wymagało ścisłego przestrzegania ustalonych reguł, do których należało między innymi mycie rąk przed posiłkiem.

Maisie nachyliła się, żeby wyjąć z pieca puddingi Yorkshire.

– Martwi mnie ten śnieg, Stan. Niech dziewczęta lepiej pospieszą się z jedzeniem i wracają na Lovely Lane. Nie wiadomo, jak długo jeszcze popada. Poprzedni śnieg dopiero co się stopił, a już pojawił się kolejny. Jeszcze takich opadów nie widziałam.

– Chyba masz krótką pamięć, wiesz? Przecież w czterdziestym siódmym było znacznie gorzej. Zresztą to wszystko zaraz się stopi. Przecież zawsze się topi, królowo. Mieszkamy tuż nad Mersey, grzeje nas Prąd Zatokowy. W Liverpoolu jest cieplej, niż ci się wydaje.

– Na litość boską, Stan, skończże wreszcie z tym Prądem Zatokowym! Wszystko przez to, że w czasie wojny byłeś na pustyni! Weź się na coś przydaj! Zanieś to do stołu. – Stan wziął od Maisie solniczkę i miseczkę z musem jabłkowym. – Spotykają nas w życiu rzeczy znacznie dziwniejsze niż opady śniegu. Któż by się spodziewał, że przy naszym stole zasiądzie kiedykolwiek córka lorda? Nikt tu w okolicy nie mógłby nawet pomarzyć o tym, żeby ktoś taki jak Victoria Baker zjadł u niego niedzielną pieczeń!

Stan zajrzał do pokoju sąsiadującego z kuchnią. Dziewczęta siedziały przy stole i się zaśmiewały.

– Victoria droczy się z chłopcami – powiedział, uśmiechając się do Maisie.

– Tak, prawdę powiedziawszy, to mały Stan traci grunt pod nogami, gdy tylko Victoria spojrzy w jego stronę. Mowę mu odejmuje i czerwieni się jak burak.

– Chyba jest zakochany – wyszeptał Stan. – Ale nie śmiejmy się z niego. To przecież niebagatelna sprawa, takie pierwsze chłopięce zauroczenie! – Puścił oko do Maisie, która właśnie odwróciła się do kranu, żeby umyć ręce. Stan wykorzystał ten moment, żeby zajść ją od tyłu, objąć w pasie i zanurzyć twarz w jej szyi. Cóż on by dał, żeby jej oszczędzić tych łez? Robił więc to, co potrafił. Przyszło mu na myśl, że później spróbuje zaciągnąć ją do łóżka. To jej zawsze poprawiało humor.

– Daj spokój, Stan! – pisnęła Maisie, wyślizgując mu się z ramion. Jej oburzenie było jednak udawane. Gdyby tylko mogła, dałaby się przytulać przez cały dzień. Przecież zawsze najlepiej się czuła właśnie w jego ramionach.

Stana nie było przez całą wojnę. Zaciągnął się do wojska jako jeden z pierwszych ochotników. Oboje byli zaskoczeni, jak szybko się wszystko potoczyło. Niespełna tydzień później Maisie żegnała go na dworcu Lime Street. Raz tylko wrócił na czterdziestoośmiogodzinną przepustkę (na skutek tej wizyty dziewięć miesięcy później na świat przyszła młodsza siostra Pammy, Lorraine). Przez te wszystkie lata Maisie ani przez chwilę nie przestawała się martwić. Telegramy przychodziły wcale nie tak rzadko. Mieszkańcy na chwilę zamierali w nerwowym oczekiwaniu, gdy ulice przeszywał charakterystyczny gwizd i posłaniec z telegramem podjeżdżał tu czy tam na swoim rowerze. Do Maisie jednak nigdy nie zawitał. Szczerze współczuła każdemu, kto taki telegram otrzymał – bo też często chodziło o kolegę ze szkoły albo znajomego z ulicy – ale też co wieczór dziękowała Bogu, że wiadomość nie dotyczyła jej Stana.

Odwróciła się i szybko pocałowała męża w usta.

– Później – wyszeptała. – Później. Cała ta nasza gromadka, a do tego przyjaciółki Pammy, w tym niejaka Victoria Baker, czekają na jedzenie!

Stan mrugnął do niej porozumiewawczo i poklepał tam, gdzie plecy tracą swą szlachetną nazwę. To „później" wystarczyło, żeby go uczynić najszczęśliwszym mężczyzną na całej Arthur Street. Co wieczór, gdy tylko opuszczał powieki, przed oczami stawały mu obrazy z najgorszych dni jego życia. Odkąd wrócił do domu, każdego wieczoru przed zaśnięciem wyciągał rękę, żeby dotknąć ciepłego ciała żony i podziękować Bogu za to, że przeżył. Jego dom i jego rodzina przetrwały zawieruchę.

Leżał teraz we własnym łóżku i mógł słuchać bicia serca Maisie. Oboje żyli.

– Maisie, lady Victoria jest przyjaciółką naszej Pammy i taką samą pielęgniarką jak wszystkie inne. Nie musisz jej za każdym razem wymieniać z osobna.

– Wiem, wiem, ale jakoś nie potrafię się powstrzymać. Za każdym razem, kiedy tu przychodzi, mam ochotę się tym pochwalić. Sam musisz przyznać, Stan, że jest urocza. Powiedziała, że gdy już zakończy szkolenie, to nas zaprosi na swój ślub. Tylko to sobie wyobraź!

Stan uśmiechnął się szeroko. Maisie zawsze młodniała w oczach, gdy coś ją ekscytowało. Teraz znów wyglądała jak tamta dziewczyna, którą pojął za żonę w najpiękniejszy dzień swojego życia.

– Kupię ci wtedy najładniejszą sukienkę, jaką tylko można dostać w Liverpoolu, królowo! Chociaż przyznam bez bicia, że nadal nie rozumiem ani słowa z tego, co ona mówi. Niechby się już wreszcie nauczyła mówić jak my wszyscy!

– Nie zachowuj się jak jakiś nieuk, Stan. Ona po prostu wypowiada się elegancko. Mam nadzieję, że Lorraine coś tam od niej podchwyci. Nie ucieszyłabym się, gdyby Victoria zaczęła mówić tak jak my. Chciałabym, żeby nasza Lorraine miała w życiu jak najlepiej, żeby się stąd wydostała i żeby się wypowiadała jak prawdziwa dama. Wolałabym, żeby nie dorastała na Arthur Street. Widzisz przecież, jak to wygląda. Wszędzie tylko szczury wodne i gruzy po bombardowaniach.

– Nasza Lorraine? Maisie, zastanów się, co mówisz! Gdyby poszła do szkoły i zaczęła tam gadać jak Victoria, toby wróciła z obitą twarzą. Przecież nie chcesz, żeby jej się dostało. – Stan mówił szeptem, żeby Victoria nie słyszała. – Myśmy za młodu bili chłopaków z Waterloo Grammar za takie eleganckie gadki.

Jak czekali na autobus, mieliśmy ich jak na widelcu. Choć, wiadomo, teraz już nikt nie bije ich za to, że ładnie mówią. Teraz to oni mieszkają w dużych domach nad samą wodą i pracują w bankach. Mają samochody z kierowcami i jadają lunch w wykwintnych restauracjach.

Stan zaśmiał się nerwowo, a Maisie westchnęła.

– No właśnie, drogi Stanie Tannerze, no właśnie! Właśnie dlatego bym chciała dla naszej Lorraine lepszego życia. Żeby nie wyrosła na takiego bezrozumnego tępaka jak ty.

Zanim Stan zdążył odpowiedzieć, Maisie wyjęła z pieca duże emaliowane naczynie z pięknie wyrośniętymi puddingami Yorkshire.

Oboje przeszli do dużego pokoju, gdzie powitał ich widok, od którego serce Maisie wypełniło się radością. Zastawa, sztućce i gliniane naczynia z głównymi daniami na stole. Kilka płomieni tańczących w kominku, a na nadpalonym i poprzecieranym dywanie tuż obok chłopcy państwa Tannerów, którzy zmęczeni oczekiwaniem, odeszli od stołu i zatopili się w lekturze komiksów. Victoria siedziała najbliżej kominka, a na jej kolanach Lorraine malowała sobie paznokcie. Dana i Pammy rozsiadły się na ławeczce, ale skoczyły na równe nogi na widok Maisie i Stana.

– Patrz na moje paznokcie, mamo – powiedziała Lorraine, wymachując palcami w stronę matki. – Ładnie, prawda?

Maisie odstawiła naczynie na stół, a potem odsunęła trochę rękę Lorraine od swojej twarzy, żeby uważnie jej się przyjrzeć. Przy okazji poleciła Danie i Pammy przysunąć siedzisko do stołu.

– Owszem, ładne. Ja też czasem próbuję malować paznokcie, ale potem mam całe palce pomazane.

Odpowiedziało jej chóralne westchnienie dziewcząt. Zaraz potem przy stole pojawili się chłopcy. Gdy wszyscy zajmowali miejsca, żeby spożyć wspólnie posiłek, na twarzy Pammy wymalował się dumny uśmiech.

– Ależ, pani Tanner! Pani to jest najlepsza – powiedziała Victoria.

Maisie rzuciła Stanowi ostrzegawcze spojrzenie. On tylko szelmowsko się uśmiechnął i uniósł brwi.

Dana nie była w stanie oderwać oczu od wieprzowiny. Prawie się oblizywała na jej widok. Jakże to przypominało pieczenie, które jej mama serwowała w rodzinnej Irlandii! U Maisie Tanner prawie wszystko było jak w domu. Tylko podczas tych niedzielnych obiadów u Tannerów Danie zdarzało się na chwilę przestać tęsknić za domem i robić sobie wyrzuty. Obiecała mamie, że będzie ją często odwiedzać, ale dotychczas udało jej się pojechać tylko raz, i sumienie strasznie ją gryzło z tego powodu.

– Smacznego. Najedzcie się do syta – powiedziała Maisie. – Od razu uprzedzam, że dzisiaj nie zostajecie do wieczora i nie będzie słuchania radia. Nie uwierzycie, ale znowu pada śnieg. I wbrew temu, co mówi mądrala Stan, nie wygląda na to, żeby miał topnieć. Jutro wszystkie zaczynacie wczesnym rankiem?

– Ja mam dyżur na oddziale dziecięcym – odparła Dana, grzecznie podając talerz, na którym za chwilę pojawił się spory kawałek wieprzowiny i porcja puddingu Yorkshire. Przyrządzenie puddingu nie wymagało dużych nakładów finansowych, więc podawano go do każdej pieczeni, niezależnie od rodzaju mięsa. Maisie tym była szczęśliwsza, im więcej udawało jej się upchać na stole. W niedziele dawała zawsze popis swoich możliwości.

– Bierz, ile chcesz, kochanie – zachęcała Maisie, Dana jednak się wzbraniała, choć głównie przez grzeczność, bo najchętniej jadłaby i jadła.

– Victoria i ja jesteśmy razem na męskiej internie – powiedziała Beth. – Byłam w biurze, żeby sprawdzić, kiedy mamy wolne. Jutro rano wszystkie cztery mamy dyżur, a pielęgniarka etatowa mówiła, że dołączy do nas jeszcze jakaś praktykantka z Mayo. Dana, może ją znasz? Nazywa się Bridget Moran.

Dana miała akurat pełną buzię, więc nie była w stanie odpowiedzieć.

– Ale, mamo, nie wiesz jeszcze najważniejszego – odezwała się Pammy. – Szpital zatrudnił drugą przełożoną pielęgniarek. Dziewczyny z trzeciego roku mówią, że ona sporo namiesza. Jakoś nie bardzo mi się to podoba.

– A skąd właściwie wiadomo, skoro jeszcze nie zaczęła pracy? – zapytała Maisie.

Pammy właśnie przeżuwała sporą porcję pieczonych ziemniaków, więc w odpowiedzi wyręczyła ją Victoria:

– Chodzi o to, że przełożona ma całe mnóstwo różnych spraw na głowie, więc nami, studentkami, zajmują się siostra Haycock i siostra Ryan, a one są w porządku. Tymczasem plotka głosi, że nowa zastępczyni przełożonej pielęgniarek to wiedźma i do tego z tych mniej sympatycznych. Wszyscy mówią, że jest okropna, chociaż nie wiem, kto już miał okazję ją widzieć.

– No to będziemy musiały pilnować, żeby wszystko było, jak należy. Żadnych katastrof! – Pozostałe dziewczyny zamilkły, a Pammy zrobiła głupkowatą minę. Na ogół właśnie ona była główną sprawczynią i prowodyrką katastrof, do których dochodziło na Lovely Lane.

– A co ty myślisz, Stan? – zapytała Maisie.

Stan nie zrozumiał ani słowa z tego, co mówiła Victora, więc postanowił zmienić temat.

– Naprawdę pyszne to jest, Maisie! – Wskazał głową na swój wypełniony po brzegi talerz.

– Bo wiesz, mamo, my w St Angelus jesteśmy jedną wielką rodziną. Wszyscy się ze wszystkimi dogadują. Nie ma żadnej wiedźmy i dobrze by było, żeby tak zostało.

Skupili się na opróżnianiu talerzy i po chwili w pokoju było słuchać już tylko żucie. Nawet chłopcy jedli w ciszy.

Podczas sprzątania Stan wziął do ręki sobotnie wydanie „Echo", które kupił poprzedniego dnia wieczorem. Przeczytał na głos tytuł z pierwszej strony.

– Zobacz, Maisie. Wygląda na to, że dorwali faceta, który porzucił tę biedaczkę na pewną śmierć. Ponoć złapali go w Durham. Był sprzedawcą odkurzaczy. Napisali, że tak samo próbował skrzywdzić także dziewczynę z Durham. Przypuszczają, że ma na koncie jeszcze kilka innych. Ten kraj schodzi na psy. O co myśmy walczyli, co? Przecież nie o to, żeby takie bydlaki siały grozę na ulicach i straszyły młode panienki. Dla takich jak on życia bym nie ryzykował.

– A wiesz, tatku, że ta biedaczka pracowała w St Angelus? – zapytała Pammy, zbierając brudne talerze. – Jako sekretarka na oddziale nagłych wypadków. Nie wiem, czy po tym wszystkim jeszcze do nas wróci. Ja bym chyba nie potrafiła.

– Wiozłam ją na salę operacyjną – dodała Victoria. – Przyjęli ją na oddział drugi. Naprawdę kiepsko z nią było. Szkoda dziewczyny. Przełożona pielęgniarek aż się popłakała.

– Popłakała się?! – wykrzyknęły dziewczęta chórem.

– Wiecie, przełożona pielęgniarek też może mieć uczucia – odezwała się Beth. – Owszem, ze swoich obowiązków wywiązuje się na medal, ale przecież nadal jest człowiekiem.

– Oj, wiem, Beth, wiem, ale do głowy by mi nie przyszło, że jej się zdarza płakać. To nie jest przecież szczególnie wrażliwa kobieta – dziwiła się Pammy, która nie raz już stawała oko w oko z przełożoną pielęgniarek i nie zauważyła u niej skłonności do płaczu. Podczas tych rozmów to raczej w oczach Pammy stawały łzy.

– Doreen, miała na imię Doreen – dodała Victoria. – Czasem ją widywałam, gdy wchodziła przez bramę. To jedna z protegowanych Dessiego. Dessie zawsze ma kogoś, nad kim roztacza pieczę.

– Zgadza się, kochana – powiedział Stan. – Tu też jest napisane, że miała na imię Doreen. Podali jej adres i w ogóle. Napisali, że pracowała w szpitalu. Straszne! To będzie się ciągnęło za nią przez całe życie. Każdy zapamięta, że to dziewczyna z przeszłością.

Maisie cmoknęła współczująco i pokiwała głową, ale się nie odezwała.

– Ciekawe, czy przełożona pielęgniarek pozwoli jej wrócić do pracy. Wielu pracodawców pewnie by się nie zgodziło, nie po czymś takim… – Stan odłożył gazetę. – Dziewczynki, uważajcie na siebie, kiedy będziecie wracać, jasne? Chociaż chyba tylko głupiec mógłby się wam postawić. Wy to przecież już z daleka robicie przerażające wrażenie. Ja się was boję jak nie wiem.

Kuchnię wypełnił gwar rozmów. Pammy skarżyła się, że chłopcy nigdy nie chcą zmywać. Znad zlewu, przy którym Victoria i Beth płukały i wycierały naczynia, roznosił się radosny brzęk. Maisie usuwała ostatnie okruszki z pieca, a Stan bawił się radiem. Na zewnątrz pośród ciemnej nocy bezszelestnie padał śnieg.

Rozdział 8

Dana obudziła się wcześniej niż zwykle. Od razu wiedziała, że coś jest nie tak. Okna jej pokoju wychodziły na ulicę, a ona, jeszcze leżąc w łóżku, usiłowała odgadnąć, co jej właściwie nie pasuje. Nagle ją olśniło. Na Lovely Lane panowała niezmącona niczym cisza. Żadnych samochodów. Żadnych autobusów. Żadnych kroków i żadnych głosów. Żadnych okrzyków pracowników zieleni miejskiej, żadnego szczekania psów. Nic. Tylko upiorna cisza. A wszystko przez śnieg.

Wsunęła się z powrotem pod kołdrę, ale już nie zdołała zasnąć. Dorastała na farmie, więc przywykła wstawać skoro świt, żeby wydoić krowy i dopełnić innych gospodarskich obowiązków. Nawet teraz miała kłopoty, żeby wyleżeć w łóżku dłużej niż do piątej rano. W powietrzu poczuła chłód, co skłoniło ją do wyciągnięcia wniosku, że nikt jeszcze nie rozpalił w piecach. Dom pielęgniarek miał tylko trzy źródła ogrzewania: duży piec w korytarzu, mały, ale bardzo efektywny kominek w saloniku oraz duży kuchenny piec, skąd ciepło docierało do położonego dwa stopnie nad kuchnią pokoju porannego, służącego pielęgniarkom za jadalnię. Trzy razy dziennie chłopcy, zatrudnieni do pomocy przez Dessiego w szpitalu, napełniali opałem kosze i wiadra. Z samego rana pokojówki wymiatały popiół, a potem zgodnie z grafikiem regularnie dorzucały do pieców, w których dzięki temu przez długie zimowe miesiące paliło się calutki dzień. Dziś jednak z powodu śniegu autobusy nie wyjechały w trasę, a pokojówki i gospodyni Lovely Lane, pani Duffy, nie dotarły do pracy na czas.

Dana szybko się umyła i ubrała, po czym zeszła na parter. Westchnęła z ulgą, gdy w głównym holu zastała pełne wiadro węgla i kosz z drewnem przyniesiony przez pomocników portiera jeszcze poprzedniego wieczoru. Widocznie przyszli już po tym, jak ona i pozostałe dziewczęta wróciły od Tannerów, a jeszcze zanim śnieg pokrył drogi i chodniki grubą warstwą. Intensywnie dmuchając w żar dogasający pod grubą warstwą popiołu, Dana zdołała przywrócić ogień do życia. Zaraz potem porwała na strzępy „Echo", które pani Duffy zawsze zostawiała w koszu z drewnem. Wrzuciła do pieca coś na rozpałkę, a potem dołożyła drewno i węgiel.

Zadowolona z siebie wstała i przez chwilę wpatrywała się w płomienie oblizujące ściany komina. Spodziewam się dziś wielu słów uznania, pomyślała, wędrując na paluszkach do okna przy frontowych drzwiach. Wyjrzała na zewnątrz i oniemiała z zachwytu. Nie mogła się powstrzymać – podreptała na górę, żeby obudzić przyjaciółki. Najpierw zastukała do Pammy, której pokój znajdował się w połowie schodów.

– O rany Julek! – pisnęła Pammy, podbiegając do okna. – Czyżbyśmy były w domu same? Nie ma mowy, żeby pani Duffy tu dziś dotarła. Jesteśmy zdane tylko na siebie.

– Już rozpaliłam w piecu – oznajmiła Dana. – Idę obudzić Beth. Założę się, że nawet się nie obejrzymy, a ona już będzie się szarogęsić w kuchni.

Dana miała rację. Już kilka chwil później zapach grzanek i gwizd czajnika niosły się po całym domu, a Beth rozstawiała filiżanki, nucąc przy tym radośnie. Beth uwielbiała wyzwania! Uwielbiała stawać za sterem.

Jako gospodyni domu pielęgniarek pani Duffy miała dbać przede wszystkim o to, aby pielęgniarki posiliły się przed rozpoczęciem długiej zmiany w szpitalu. Gdy tylko zobaczyła smętne i samotne zielone autobusy Crossville, które stały rzędem wzdłuż nabrzeża rzeki Mersey z białymi czapami na dachach, od razu zdała sobie sprawę, że cztery kilometry dzielące jej dom od Lovely Lane będzie musiała pokonać pieszo.

Pogrążone w ciszy ulice przykrył miękki dywan dziewiczego śniegu, tylko gdzieniegdzie wydeptanego przez wyjątkowo sumiennych pracowników, którzy ślizgając się i potykając, brnęli przed siebie w obuwiu całkowicie nieadekwatnym do warunków panujących na chodnikach. Pani Duffy spieszyła się, jak tylko mogła. Gdy tylko nadarzała się okazja, przytrzymywała się parapetów lub kubłów na śmieci, żeby uniknąć upadku. Najpierw wzdłuż ławki doszła do przystanku, potem wspierała się na niskim kamiennym murku. Dwa razy wypuściła z rąk torebkę, bo poślizgnęła się, straciła równowagę i omal sama nie wylądowała na ziemi. Pomimo zdradliwego śniegu, podeszłego wieku i niesprzyjających warunków pogodowych obowiązkowa pani Duffy starała się dotrzeć do domu pielęgniarek, żeby przyjąć na miejscu furgonetkę z zaopatrzeniem, która miała przyjechać ze szpitalnej kuchni. Kierowca przywoził jej wszystko, czego potrzebowała, aby podać pielęgniarkom śniadanie i wieczorny posiłek.

Co one zrobią, jeśli się spóźnię? Tak bardzo się martwiła, że nie przeszkadzało jej nawet przenikliwe zimno, od którego palce, choć ukryte w rękawiczkach, zamarzały jej na kość. Dziewczęta będą się trzęsły z zimna. Nie będzie ognia. Nie będzie śniadania. Biedaczki! Brnęła przez śnieg, cały czas się zamartwiając. A jeśli furgonetka nie dojedzie? Przecież w kuchni nic nie ma! O rany, jak one, bez odpowiedniego wzmocnienia, mają się zaopiekować niedomagającymi pacjentami? Muszę tam jak najszybciej dotrzeć. Beze mnie umrą z głodu!

W końcu skręciła za róg i znalazła się na Lovely Lane. Jakże jej ulżyło, gdy zobaczyła znajomą czarną, choć nieco ośnieżoną, furgonetkę zastępcy portiera, Jake'a Berry'ego, zaparkowaną na ulicy przed frontowym wejściem do domu pielęgniarek. Pani Duffy uznała, że auto stoi na ulicy. Tak naprawdę spod grubej warstwy śniegu nie było tego ranka widać granicy między jezdnią a chodnikiem.

Usłyszała głośno pracujący silnik, którego Jake celowo nie zgasił. Z rozgrzanej maski zsunęła się właśnie duża śniegowa czapa. Opadła na drogę z charakterystycznym miękkim pacnięciem.

– Dzień dobry, Jake! – zawołała. – Nawet nie wiesz, jak się cieszę, że cię widzę. Martwiłam się, że nie zdążę. No i nie wiedziałam, czy uda ci się dotrzeć. Świetnie sobie poradziłeś z dojazdem, niech ci to Bóg wynagrodzi. Nie mam już ani chleba, ani bekonu, więc nie miałabym co im dać na śniadanie.

– Ależ co też pani mówi! A co z panią? Jak pani zdołała tu dotrzeć? Spodziewałem się, że bekon odbiorą ode mnie pielęgniarki i że same go sobie usmażą.

– Powiem ci, Jake, że tego się właśnie najbardziej obawiałam. Bóg jeden raczy wiedzieć, w jakim stanie zastałabym wtedy kuchnię. Któż by je zresztą obudził? Pewnie jeszcze śpią smacznie w swoich łóżkach. Skaranie boskie z tym śniegiem.

– Ja mojej Marcie kazałem zostać w łóżku – odparł Jake. – Mówię do niej: wstań dopiero, jak się w domu trochę nagrzeje. Napakowałem do pieca i zostawiłem otwarte drzwi prowadzące na schody, żeby ciepło doleciało do sypialni. Zaniosłem jej picie i grzankę do łóżka razem z koszem z robótkami, żeby moja księżniczka mogła zostać z naszym maleństwem pod ciepłą kołdrą, dopóki ogień na dobre się nie rozpali.

Jake awansował z pomocnika na zastępcę portiera mniej więcej w tym samym czasie, kiedy się ożenił z Marthą, która przed ślubem pracowała jako pokojówka w saloniku lekarskim. Posadę załatwiła jej matka, Elsie, gospodyni przełożonej pielęgniarek. Ludzie z St Angelus dbali o swoich.

Jake otworzył drzwi od furgonetki i wyciągnął drewnianą tacę, na której znajdowało się wszystko, co pani Duffy zamówiła poprzedniego ranka.

– Chleb, bekon w plastrach i masło idą pierwsze, prawda?

Pani Duffy po kolei ściągała zębami kolejne palce wełnianych rękawiczek, po długiej drodze oblepione mocno śniegiem. Odsłoniętą w ten sposób dłoń zanurzyła w dużej torbie, aby wydobyć stamtąd pęk kluczy godny strażnika więziennego.

– A jak maleństwo się miewa? – zapytała jeszcze w trakcie poszukiwań. Po długiej i ciężkiej przeprawie przez śnieg z trudem łapała oddech, więc kolejne słowa raczej wydyszała, niż wypowiedziała.

– Wszystko zmierza w dobrym kierunku. Oby tak dalej.

Cały czas trzymając w rękach tacę, Jake odwrócił się i kopniakiem zamknął drzwi od furgonetki.

– Na razie jeszcze mało kto wie. Martha mówi, że to za wcześnie, a ja się trzymam jej zaleceń. Jeśli ona też będzie się trzymać zaleceń i zostanie w ciepłym łóżku, to wszystko powinno być w porządeczku. Zgodzi się pani ze mną, pani Duffy, prawda?

Tacę trzymał przed sobą, więc właściwie nie widział, dokąd idzie, ale jakoś trafił na kamienne schody prowadzące do frontowych drzwi. Śniegu napadało tyle, że trudno było stwierdzić, gdzie się jeden stopień kończy, a drugi zaczyna. Pani Duffy uśmiechnęła się sama do siebie, bo w końcu udało jej się namierzyć klucze. Wyraźnie z siebie zadowolona, wyjęła je z werwą godną magika, który właśnie prezentuje widzom bukiet z papieru.

W dokach i całej najbliższej okolicy na próżno by szukać kogoś, kto by nie wiedział o tym, że Martha Berry spodziewa się dziecka. Lecz tylko nieliczni wiedzieli, że nie po raz pierwszy była w ciąży, co w sumie zakrawało na cud, bo wśród tych ludzi plotki rozchodziły się szybciej niż ospa wietrzna.

Pani Duffy szła za Jakiem. Pokonywała kolejne stopnie schodów bardzo ostrożnie, trzymając się kamiennej balustrady.

– Aż trudno mi uwierzyć, że dałeś radę dojechać tu furgonetką. Niewiarygodne! Żadnych innych samochodów na ulicach nie widziałam.

– To akurat nie moja zasługa! – krzyknął Jake przez ramię. – Dessie poowijał koła łańcuchami. Wyglądają, jakby ktoś nałożył na nie siatkę na włosy, ale sprawdziło się doskonale. Aż samemu mi się nie chciało w to wierzyć. Słyszała pani kiedyś o czymś takim? Mówi, że w wojsku się tego nauczył. Całą noc biegał po szpitalu, żeby poowijać koła we wszystkich wózkach i autach. Lada moment łańcuchów mu zabraknie.

– Biedaczysko, palce sobie zedrze do reszty – cmoknęła pani Duffy, kręcąc głową. – Nie przypadkiem wrócił z wojny jako bohater – dodała. Podobnie jak wszyscy darzyła Dessiego wielkim podziwem. – Naszego Dessiego chyba nic nie jest w stanie zbić z tropu. Odrobina śniegu nie pokrzyżuje mu planów, mrozy też nie. No, ale jak ktoś przeszedł tyle, co on, to pewnie dla niego pestka.

– A myśli pani, pani Duffy, że Dessie byłby w stanie się ruszyć, gdyby sobie przypiął do piersi te wszystkie swoje medale?

Pani Duffy wyobraziła sobie, jak Dessie przewraca się pod ciężarem medali, i tak szczerze się zaśmiała, że nie zauważyła, kiedy Jake się potknął. Zobaczyła tylko tacę wzlatującą w powietrze i fruwające wokół paczuszki z bekonem i chlebem. W ślad za nimi poleciał Jake, który po chwili leżał na plecach u podnóża schodów.

Zamrugał nerwowo, ale gdy zobaczył, co się stało, wybuchnął śmiechem. A pani Duffy mu zawtórowała, upewniwszy się, że nie zrobił sobie krzywdy.

– Wiedziałem! – zawołał. Śmiał się tak mocno, że nie mógł wstać.

Pani Duffy próbowała przedzierać się przez głęboki śnieg, żeby zejść do niego i mu pomóc, ale sama z trudem opanowywała śmiech i ledwo mogła się ruszyć. Poza tym strasznie się bała, że lada moment wyląduje tam, gdzie on.

– Nie, niech pani tam zostanie! – krzyknął do niej Jake. – Poradzę sobie.

Bezskutecznie wymachiwał nogami po śliskim śniegu. Ku jego utrapieniu dokładnie w tym momencie masywne drewniane drzwi do domu pielęgniarek otworzyły się na oścież i świadkami jego upadku została grupa zaskoczonych pielęgniarek. Zdumione dziewczęta najpierw zobaczyły panią Duffy, która skulona wpół, trzymała się kamiennej balustrady, a potem spostrzegły Jake'a, jak rękami i nogami rysował na śniegu anioła.

Beth Harper pierwsza dotarła do gospodyni domu pielęgniarek. Chwyciła ją pod rękę. Mniej więcej w tym samym czasie Pammy Tanner zdołała podeprzeć ją z drugiej strony.

– Jakże, na Boga, pani zaszła aż tutaj?! – wykrzyknęła Pammy. – Przecież zamkną panią w wariatkowie, pani Duffy. Myśli pani, że umrzemy, jeśli nam przyjdzie zjeść na śniadanie tylko po grzance?

– O której pani wyszła z domu? – zapytała Dana, która zbierała i otrzepywała ze śniegu kolejne bochenki chleba. Dla niej zawsze najważniejsze było jedzenie.

Mniej więcej w tym samym momencie odezwała się Victoria Baker.

– Jake, pozbieraj ten bekon! – krzyknęła. – Pies się za tobą kręci.

Jake ukląkł i próbował odgonić groźnym spojrzeniem bezpańskiego psa, który właśnie skradał się w połowie schodów. Pewnie wyczuł mięso, porzucił swoje dotychczasowe zajęcia i starał się za wszelką cenę dorwać dwukilogramową paczkę boczku w plastrach, która jak gdyby nigdy nic leżała na ziemi.

– Nawet o tym nie myśl, koleś! – szepnął Jake, zmierzając na czworakach w kierunku zawiniątka. – No już, zmykaj. Nie ruszaj!

Gdy Jake wyciągnął rękę i złapał bekon, pies usiadł i zamerdał ogonem, a potem doskoczył do niego i zaczął go lizać po twarzy.

– Rany, spójrzcie na niego, jaki przemarznięty! – zawołała Pammy. Pani Duffy stała już bezpiecznie u szczytu schodów, więc Pammy ruszyła w stronę psa. Dotknęła jego szyi w poszukiwaniu obroży.

– Pani Duffy, czy możemy go wprowadzić do środka, żeby się ogrzał przy ogniu i wzmocnił odrobiną boczku? Proszę! Możemy?

Dana, która dorastała na farmie pośród stada psów, nie posiadała się ze zdumienia.

– Rany boskie, moja mamusia toby chyba szału dostała, gdybym przyprowadziła któregoś z podwórkowych psów do kuchni. One się żywiły resztkami, kośćmi i świńską paszą, sypiały w stodole i było im z tym dobrze. Zostaw go, Pammy, świetnie sobie radzi. Nie raz go widziałam, jak się kręci na obrzeżach parku i przy przystanku autobusowym. Pasażerowie wsiadający i wysiadający z autobusu co rusz mu coś rzucają.

– Może i tak, ale autobusy dziś nie jeżdżą, więc i pasażerów nie będzie. Spójrz tylko na niego, Dana, jest strasznie głodny. Zresztą, na co dzień pewnie i tak musi się zadowolić okruchami ciastek od spacerowiczów.

Z domu pielęgniarek szpitala St Angelus wychodziło się na wejście do Lovely Lane Park. Sama ulica Lovely Lane prowadziła do Dock Road. Po jednej stronie stały budynki, w których niegdyś mieszkali kupcy trudniący się handlem morskim. Po drugiej stronie znajdowały się domy dokerów. Oddzielał je właśnie park. Dwa przeciwległe krańce Lovely Lane to były dwa zupełnie różne światy.

Pammy zdawała sobie sprawę z siły swojego argumentu i dobrze wiedziała, jak go umiejętnie wykorzystać. Dla wszystkich było oczywiste, że dzisiaj nikt do parku nie przyjdzie, więc jeśli ona tego psa nie nakarmi, to zwierzak będzie chodził głodny.

Jake wrócił do furgonetki po kolejną tacę.

– Wygląda na mocno zmarzniętego, biedaczysko – rzucił, mijając Pammy na schodach. Ona też zdążyła już porządnie zmarznąć w tym swoim różowym pielęgniarskim uniformie z krótkim rękawem i trzęsła się jak osika.

Pani Duffy najwyraźniej weszła już do holu, bo właśnie stamtąd dziewczęta usłyszały jej donośny głos:

– Któż, na Boga, rozpalił za mnie w piecu? Pracuję tu od dwudziestu pięciu lat i coś takiego się jeszcze nigdy nie wydarzyło!

Pielęgniarki z dziennej zmiany też były zaskoczone, gdy rano zastały w kuchni Beth smarującą masłem górę grzanek.

– Niestety, jest tylko po półtorej sztuki na głowę – powiedziała. – Dojecie coś podczas przerwy śniadaniowej w garkuchni.

Czekał je więc dwuipółkilometrowy spacer, a potem jeszcze trzy godziny, zanim podczas przerwy napiją się zwyczajowej kawy z mlekiem i zagryzą gorącą grzankę z masłem. Nastroje były w związku z tym dość ponure.

– Proszę, pani Duffy – przekonywała Pammy. – Przecież sama przełożona trzyma Blackiego w gabinecie. Na pewno nie miałaby nic przeciwko temu. Ona uwielbia psy, naprawdę!

Pani Duffy też kochała psy. Własnego nie miała tylko dlatego, że praca jej na to nie pozwalała. Większość dnia spędzała poza domem, wracała tylko na noc. Pies spojrzał na nią i uroczo przekrzywił głowę.

– Jaki słodziutki! – wykrzyknęła pani Duffy tonem, który sugerował, że za chwilę ulegnie namowom młodej pielęgniarki. – Chociaż najczystszy to on nie jest. Jeszcze nie widziałam tak oblepionego brudem psa. Wygląda, jakby miał druty zamiast sierści, a do tego każdy kłak innej długości.

Pammy patrzyła na nią tak, jakby w razie odmowy zamierzała już nigdy nie przekroczyć progu domu pielęgniarek. Na szczęście pani Duffy zgody udzieliła, a zaraz potem zaczęła szczękać zębami.

– Ech, no dobrze. Zaprowadźcie go do środka, ale tylko na chwilę. Niech się ogrzeje i może zje kawałek boczku. Potem znika! Rozumiecie? Koniec dyskusji.

Pammy uśmiechnęła się od ucha do ucha.

– No chodź, wielkoludzie – zachęciła psa, który ochoczo pobiegł za nią po schodach. – Jak będziemy na niego wołać? – zapytała, gdy doszli do drzwi.

Pammy urodziła się i dorastała na portowych ulicach Liverpoolu, więc była gotowa w razie potrzeby przemycić psa do swojego pokoju. Gdyby to się nie udało, zabrałaby go do domu swoich rodziców. Dzieciaki państwa Tannerów na pewno by się ucieszyły. Chwilowo nie mieli w domu psa, ale wcześniej kilkakrotnie jej się zdarzało przygarnąć znajdę. Po mieście szwendało się mnóstwo bezpańskich psów. Wszystkie zwierzaki Tannerów pochodziły z portu. Pammy po prostu przyprowadzała do domu kudłate stworzenie na brudnym sznurku.

– Zważywszy na to, jak wygląda, pasowałoby do niego Flejtuch – stwierdziła Dana.

Pies nieoczekiwanie się zatrzymał. Dotychczas szedł za zapachem paczki z bekonem, ta jednak teraz zniknęła w kuchni. Spojrzał na Danę z pretensją w oczach.

– Uważaj, co mówisz – skarciła ją Pammy. – Nie słuchaj jej, wielkoludzie – zwróciła się do psa.

– Może Nicpoń? – zaszczebiotała Victoria, która też dorastała wśród psów.

Pammy spojrzała na nią z zadowoleniem.

– Tak, to mi się podoba. Jak myślicie, dziewczyny, Nicpoń?

– Stratą czasu jest wymyślanie imienia dla psa, którego za godzinę już tu nie będzie – orzekła Beth, przechodząc z drugą tacą odebraną z furgonetki. Niosła na niej mąkę i resztę jedzenia zamówionego przez panią Duffy. – Pomogę pani Duffy smażyć bekon. Moje drogie pielęgniarki, za czterdzieści pięć minut wychodzimy. Ty też będziesz musiał się stąd zmyć, koleś.

To ostatnie powiedziała do psa, który szybko się zorientował, kto tu jest po jego stronie, a kto nie.

– Victorio, mogłabyś mi pomóc w kuchni? – Beth niewątpliwie miała zapędy kierownicze. Początki na Lovely Lane co prawda były dla niej trudne, bo wolała się trzymać z Celią Forsyth, zdecydowanie najmniej sympatyczną z młodych adeptek pielęgniarstwa. Dołączyła do kółka robótek ręcznych, mocno podporządkowanego Celii.

Gdy Victoria i Beth zniknęły w kuchni, Pammy chwyciła Jake'a za rękaw.

– Co u Marthy? – zapytała.

To ona opiekowała się Marthą na oddziale drugim po tym, jak po niefachowej skrobance omal nie wyzionęła ducha. Pammy prawie straciła przez to pracę. Ona i Martha miały wtedy okazję lepiej się poznać.

– Wszystko u niej dobrze, siostro Tanner. Codziennie pyta, czy panią widziałem albo coś. Nie wróci już do pracy w St Angelus. Jest teraz moją żoną, a ja zamierzam zadbać o nią i nasze dziecko.

– Proszę jej przekazać, że konsultant ponoć zapowiedział siostrze Antrobus, że zamierza być przy porodzie waszego dziecka. W St Angelus musimy dbać o swoich, prawda, Jake?

Jake nic nie odpowiedział, tylko skinął ponuro głową. Dla Pammy był to czytelny sygnał, że on nie chce rozmawiać o tym, co Martha przeszła na oddziale drugim. Oboje mieli jeszcze całą przyszłość przed sobą. Teraz oczekiwali dziecka. Przeszłość zostawili za sobą. On nie zamierzał już do tego wracać, Martha też nie.

Jake wsunął ostatnią tacę w prowadnice, a potem zapalił papierosa i wskoczył na fotel kierowcy. Innych pojazdów na ulicy nie było, a on tymczasem jak gdyby nigdy nic zawrócił i pojechał z powrotem w kierunku St Angelus. W lusterku wstecznym zobaczył psa, który zbiegał po schodach domu pielęgniarek i uciekał w kierunku parku. W pysku trzymał paczkę z bekonem. Za nim biegła co sił w nogach Beth. Jake się roześmiał. Wydmuchnął dym i powiedział na głos sam do siebie: „Jeszcze będą przez ciebie kłopoty, ty chuderlaku". Zaraz potem zredukował bieg, żeby furgonetce łatwiej było podjechać pod stromiznę prowadzącą do bramy na tyłach szpitala.

Rozdział 9

Śnieg, który spadł przez noc, szybko stopniał. Okazało się więc, że Stan miał rację. Prąd Zatokowy ogrzał powietrze i Liverpool zdążył wrócić do normalnego życia, zanim pani McGuffy skończyła cerować rękawiczki dla swoich dzieci. Chłód i wilgoć robiły jednak swoje. Na to wszystko nałożył się jeszcze smog, który dręczył miasto przez bite trzy dni i noce, zanim przyszły opady śniegu. Drobinki sadzy unoszące się w powietrzu siały prawdziwe spustoszenie. Starsi i słabowici mieszkańcy miasta szybko zapełnili wszystkie miejsca na szpitalnych oddziałach.

– Siostro Harper, moja spluwaczka. Odbierze ją pani?

Pan Trimble próbował przywoływać Beth, która wraz z innymi pielęgniarkami czekała przy długim lśniącym czystością stole na pielęgniarkę oddziałową. Za chwilę miały się dowiedzieć, kto w pierwszej kolejności będzie mógł iść na przerwę.

Wózki i łóżka do transportu chorych zostały wyprowadzone. Tubki z cynkiem i olejem rycynowym, waciki i spirytus, używane do opatrywania odleżyn, spoczywały na swoich miejscach w nieskazitelnym porządku, a zbędna pościel trafiła do szafy, gdzie miała czekać na kolejne ścielenie łóżek. Wózki z materiałami opatrunkowymi zostały wyczyszczone i wysterylizowane dettolem, a kubły na śmieci i kosze z brudnym ubraniem ustawiono przy drzwiach, skąd odbierali je pomocnicy portiera. Z brudownika dobiegały stuki i brzęki sugerujące, że ktoś tam właśnie myje baseny i rozstawia je na suszarkach.

Beth po raz pierwszy od rana mogła na chwilę przystanąć. Spojrzała na swoje nogi. Czarne fildekosowe pończochy przemokły aż do pół łydki, gdy brnęła przez roztapiającą się breję z Lovely Lane do szpitala. Potem pochłonęły ją poranne obowiązki, więc nawet nie zauważyła, kiedy te mokre plamy zniknęły. Teraz znów czuła palce u stóp. Chętnie napiłaby się kawy. To zawsze wyglądało tak samo. Po obchodzie porannym trochę brakowało sił i chęci. Wszystkie się napodnosiły i naprzesuwały tych masywnych dokerów, niekiedy wielkich jak portowe dźwigi. Na męskiej internie trzeba się było sporo namęczyć i niejedna drobnej budowy pielęgniarka rezygnowała z pracy właśnie dlatego, że na tym etapie po prostu fizycznie nie dawała sobie rady.

– Oczywiście, panie Trimble. – Beth podeszła do jego łóżka z uśmiechem na twarzy.

– Pani to jest kochana, siostro Harper. Mojej żonie niedobrze się robi, jak to widzi u mnie na szafce. Powiedziała, że jeśli jeszcze raz to tutaj zobaczy podczas popołudniowej wizyty, to już więcej do mnie nie przyjdzie. Taka jest dość wrażliwa, ta moja żona. Szybko jej się zbiera na wymioty.

Pan Trimble patrzył na nią oczami pełnymi smutku i niepokoju. Beth uśmiechnęła się, żeby choć trochę podnieść go na duchu.

– No cóż, nie każdy potrafi znieść widoki, z którymi my tu na co dzień się stykamy. Nam się raczej nie zbiera na wymioty. Inaczej nie bylibyśmy w stanie wykonywać tej pracy.

U boku Beth nieoczekiwanie pojawiła się praktykantka z Irlandii, Bridget Moran.

– Siostro Harper, pacjent z szesnastki prosi o basen, a my właśnie wszystkie zebrałyśmy i oddziałowa powiedziała, żeby je roznieść ponownie dopiero o dwunastej, przed lunchem.

Beth spojrzała w stronę łóżka numer szesnaście. Leżący w nim pacjent ważył pewnie coś pod sto kilogramów. Siostra Moran ważyła ze czterdzieści.

– Skoro koniecznie potrzebuje, trzeba mu przynieść. Lepiej zresztą przynieść, niż się potem martwić skutkami.

Siostra Moran wyglądała na przerażoną. Beth tylko się uśmiechnęła. Oddział siódmy podlegał siostrze Crawford, która pracowała w St Angelus całe życie. Była surowa, ale uprzejma i sprawiedliwa. Pielęgniarki lubiły z nią pracować. Na niewielu innych oddziałach praca była tak ciężka jak tutaj i siostra Crawford doskonale zdawała sobie z tego sprawę. Wiedziała też, że jeśli pielęgniarki będą zadowolone, to na oddziale będzie się dobrze działo – a jeśli będzie się dobrze działo, to pacjenci będą rzadziej wzywać pomocy i szybciej wracać do zdrowia. Uchodziła za jedną z najmilszych oddziałowych. Tylko ją jedną spośród oddziałowych przełożona traktowała jak równą sobie. Mimo to młoda praktykantka strasznie się jej bała. Biedna, nie poznała widać jeszcze siostry Antrobus z nagłych wypadków, pomyślała Beth.

Bridget miała pięć starszych sióstr, ale to ona pierwsza w rodzinie została przyjęta na kurs dla dyplomowanych pielęgniarek w St Angelus. Pięć starszych dziewcząt z jej rodziny również pracowało na etatach pielęgniarskich, ale bez tytułu pielęgniarki dyplomowanej. Los rozrzucił je po całym kraju. Dziewczyna pochodziła z Mayo w zachodniej Irlandii. Dostała się do szkoły dzięki wysiłkom Emily Haycock, która walczyła o równe szanse dla wszystkich, bez względu na pochodzenie. Jeśli więc kandydatka zdała egzamin, a potem pomyślnie przeszła rozmowę kwalifikacyjną, jeśli wykazała się odpowiednio wysokimi kompetencjami i empatią, zdaniem siostry Haycock nie należało patrzeć na to, gdzie się urodziła i z jakiego pochodzi domu. Aż za dobrze pamiętała, jak pan Scriven próbował zablokować kandydaturę siostry Tanner tylko dlatego, że jej rodzina mieszkała przy Arthur Street. Emily miała zamiar już nigdy nie dopuścić do podobnej sytuacji. Postulowała wręcz, aby na biurka członków zarządu trafiały podania bez informacji o miejscu zamieszkania kandydatki.

Bridget, która dopiero kilka dni wcześniej rozpoczęła pracę na szpitalnych oddziałach, stała przed Beth skamieniała ze strachu. Tak się napracowała podczas roznoszenia basenów, że aż rozbolała ją skóra na głowie. Ciemne włosy do ramion miała spięte w kucyk. Patrzyła teraz na Beth z przerażeniem w jasnoniebieskich oczach.

– Proszę przyprowadzić krzesło toaletowe – zaproponowała Beth. – On co prawda nie powinien wstawać, ale na krześle sobie poradzi. Został przyjęty wczoraj wieczorem, jeszcze nie wiadomo, co mu jest. Da sobie siostra radę? To nie jest trudne. Trzeba go chwycić jedną ręką pod pachę, aby go naprowadzić, i podtrzymać, żeby się nie przewrócił. Jak się podniesie, może mu się zakręcić w głowie, bo leży od dłuższego czasu.

Bridget zamrugała powiekami.

– Krzesło toaletowe? – powtórzyła.

– Tak, chyba pani wie, co to jest, siostro Moran?

Beth pomyślała, że ta praktykantka trochę jej przypomina Danę. Tylko że jak się patrzyło Danie w oczy, to coś się w nich iskrzyło, a u tej nieszczęśnicy nic, tylko strach. Już wcześniej ktoś wspomniał Beth o tym, że siostra Moran co prawda na papierze robiła najlepsze wrażenie ze wszystkich nowo przyjętych studentek pielęgniarstwa, ale podczas egzaminów praktycznych z trudem sobie poradziła i zdała tylko dzięki pomocy siostry Ryan. Wszyscy doskonale wiedzieli, że siostra Haycock szczególnie ceni kompetencje intelektualne. Zawsze powtarzała, że praktycznych umiejętności każdego można nauczyć, za to inteligencję początkująca pielęgniarka ma albo jej nie ma. Patrząc teraz na siostrę Moran, Beth powątpiewała w słuszność tego założenia.

– Ehm, tak, wiem, co to jest krzesło toaletowe, siostro Harper. To jest to takie duże i ciężkie krzesło na kółkach, prawda?

Mało brakowało, a Beth wybuchnęłaby gromkim śmiechem.

– Tak, zgadza się. A kiedy się uniesie drewnianą klapę, pod spodem jest basen – wyjaśniła wolno i wyraźnie, jakby się obawiała, że siostra Moran może jej nie zrozumieć.

– Jasne, czyli zanim go posadzę, powinnam unieść tę klapę?

– Oczywiście – odparła Beth, z trudem kryjąc irytację. – W przeciwnym razie zrobi się straszny bałagan i to pani będzie zastępować siostrę Crawford podczas jej przerwy.

Bridget wyglądała tak, jakby się miała za chwilę popłakać. Oddaliła się z wyraźnie zmartwioną miną. Beth szybko przestała się irytować, bo zrobiło jej się dziewczyny zwyczajnie żal. Sama była dopiero na drugim roku kursu, ale wydawało jej się, że wykonuje tę pracę od lat. Pamiętała jednak, że najgorsze były właśnie te trzy pierwsze miesiące. Na początku praktykantki prawie nie wychodzą z brudownika i prawie przez cały czas mają do czynienia z basenami – a to je roznoszą, a to zbierają, a to czyszczą. I tak co dwie godziny od nowa.

Beth odprowadziła więc wzrokiem Bridget, która dreptała między łóżkami z nosem spuszczonym na kwintę, jak gdyby dostrzegła w swoich butach coś niezwykle interesującego. Pewnie jej się wydaje, że została surowo potraktowana, pomyślała Beth. Bo też chyba surowo ją potraktowałam.

Beth przeniosła wzrok na swojego pacjenta. Zauważyła już wcześniej, że przed wizytą żony pan Trimble usuwa ze stolika spluwaczkę i chowa ją pod seledynową narzutą. Miał gruźlicę, ale powoli wracał do zdrowia. Po półtora roku na oddziale zakaźnym został przeniesiony na męski oddział internistyczny, bo w kilku kolejnych próbkach jego plwocin nie stwierdzono prątków. Kontrole przeprowadzano rutynowo, co tydzień, aż pacjent wydobrzał na tyle, że mógł o własnych siłach wrócić do domu. W jego plwocinach nie było już krwi, ale gruźlica pozostawiła po sobie uporczywy kaszel.

– Zabiorę ten pojemnik do brudownika, a przyniosę czysty. Przed odwiedzinami też tak zrobię. Będzie pan miał czystą spluwaczkę, którą schowa pan pod kołdrę aż do czasu zakończenia odwiedzin, na wszelki wypadek. Co pan na to?

Pan Trimble spojrzał na nią z wyrazem wielkiej ulgi na twarzy.

– Dziękuję pani, siostro Harper. Nie chciałbym, żeby się mojej żonie robiło niedobrze podczas tych odwiedzin. Zanim mnie przyjęli do szpitala, to jak mi się tylko zbierało na kaszel, od razu biegłem do wychodka, żeby mnie nie słyszała. Więcej czasu spędzałem w wychodku niż w domu, ale ona nic na to nie może poradzić. Zbiera się jej od tego na wymioty i już.

– W takim razie trudno się dziwić, że pan tak poważnie się rozchorował, panie Trimble. Smog i wilgoć nie pomagają, a przecież pan mieszka nad samą rzeką.

– No wiem, siostro, wiem. Ale cóż było robić?

– Siostro Harper?

Siostra Crawford wyszła przed chwilą ze swojego gabinetu i zmierzała w stronę Beth. Z daleka było widać, że przygotowuje się do wydawania poleceń.

– Pielęgniarki! – powiedziała głośniej niż zwykle, klaszcząc przy tym w dłonie. – Po wczorajszych wypisach dziś panuje u nas względny spokój, ale na jutro zaplanowano przyjęcie pięciu nowych pacjentów, a czterech ma trafić na operację, więc powinnyśmy wykorzystać okazję i trochę poszorować naszym ulubionym dettolem. Jak zapewne pamiętamy, rozcieńczać go należy w ciepłej wodzie w proporcjach jeden do dziesięciu.

Omiotła siostry entuzjastycznym spojrzeniem.

– Salowe uprzątną kwiaty i wazony, które zostawili wypisani pacjenci. Wytrą też parapety i umyją lamperię, dzisiaj do łóżka dziesiątego. Dwie pielęgniarki chciałabym przydzielić do mycia ram łóżek i szafek, dwie do szorowania mebli, a dwie powinny dopilnować, żebyśmy miały jutro odpowiedni zapas opatrunków dla pacjentów po operacji. A, byłabym zapomniała… Siostro Harper? – To mówiąc, wyjęła z kieszeni probówkę i podała ją Beth. – Lekarz prosił o próbkę plwociny pana Trimble'a. Proszę ją zanieść na posiew do laboratorium patologicznego. Niech ją pani opisze i zaniesie, jeszcze zanim pani umyje tę spluwaczkę, dobrze?

Beth wzięła probówkę od oddziałowej. Miała gumową zatyczkę i pustą etykietkę.

– Tak, siostro. Oczywiście, siostro – powiedziała.

– No dobrze, w takim razie wszystko ustalone. Teraz mamy dziesiątą. Powinnyśmy się uporać ze sprzątaniem do dwunastej, a potem przyjdzie pora na oklepywanie pleców i poprawianie łóżek. Praktykantki niech wymyją ściany w brudowniku, gdy skończą szorować baseny.

Gdy oddziałowa odeszła, pielęgniarki z lekkim pomrukiem niezadowolenia zaczęły rozdzielać między siebie obowiązki.

– Ja mogę robić cokolwiek – powiedziała Beth. – Mogę szorować łóżka i szafki, ale najpierw się muszę uporać z tą uroczą próbką.

Victoria Baker została przydzielona na ten sam oddział na tej samej zmianie.

– W takim razie możemy razem wymyć łóżka i szafki, siostro Harper – powiedziała głośno, tak żeby ją wszystkie koleżanki słyszały. – Niech pani przygotuje próbkę, a ja w tym czasie pójdę po wózek.

Beth weszła do brudownika. Przez chwilę przyglądała się fiolce, którą jej wręczyła oddziałowa. Potem spojrzała na dużą spluwaczkę. Jeszcze raz przeniosła wzrok na wąską probóweczkę. To raczej łatwe nie będzie, pomyślała. Ale przecież nie na darmo uchodzi na Lovely Lane za najpilniejszą uczennicę. Wszyscy wróżą jej błyskotliwą karierę co najmniej na stanowisku oddziałowej, a może nawet przełożonej pielęgniarek.

Ciągle jeszcze zastanawiała się, jak przenieść plwociny ze spluwaczki do probówki, gdy drzwi do brudownika się otworzyły i do środka zajrzała Victoria.

– No, chodź już. Strasznie długo tu siedzisz, co jest grane?

Beth wyjaśniła jej istotę problemu.

– Zanurz probówkę w spluwaczce – poradziła Victoria.

Beth pokazała jej oba naczynia.

– Zobacz, jaka wąska jest probówka. Nie chcę zanieczyścić próbki.

– Prawda, że to jest niesamowite? – powiedziała Victoria, wciskając nożny hamulec wózka, który postawiła przed drzwiami. Weszła do środka, nachyliła się nad długim zlewem i razem z Beth zaczęła wpatrywać się w oba naczynia. – Wszystkim się wydaje, że pielęgniarstwo to szlachetny i uroczy zawód. Ludzie chyba nie zdają sobie sprawy, czym my się na co dzień zajmujemy. Gdyby ciotka Minnie wiedziała, że pół dnia spędzam na podcieraniu tyłków dorosłym mężczyznom, albo gdyby mnie zobaczyła wczoraj, jak własnoręcznie wydobywałam stolec u pana Whiteside'a, zabrałaby mnie stąd, zanim byś zdążyła powiedzieć do końca „próbka plwociny".

– Więc jej nie mów – poradziła Beth. – Jeśli jej to daje szczęście, niech sobie dalej myśli, że my się tu tylko wpatrujemy w kroplówki, mierzymy temperaturę i ocieramy pot z czoła przystojnym lekarzom.

– Szczęście to nie... Szczęśliwa to ona by była tylko wtedy, gdybym jej powiedziała, że nigdy już nie umówię się z Rolandem. A najbardziej by się cieszyła, gdybym jej towarzyszyła podczas tych różnych spotkań towarzyskich, w których bierze udział w Londynie. Jest przekonana, że tam mogłabym poznać kogoś bardziej odpowiedniego.

Roland był najpierw chłopakiem Victorii, a potem jej się oświadczył. Ona bez wahania się zgodziła. Ustalili, że ślub odbędzie się zaraz po jej ostatnich egzaminach. Roland był bratem doktora Teddy'ego Davenporta, który pracował z nimi w szpitalu St Angelus i stanowił obiekt westchnień Dany.

– Odchodząc z St Angelus, wyrzekłabym się kontroli nad własnym życiem. Byłabym zdana na ciotkę Minnie. Odkąd zmarł mój ojciec, ona udaje zachwyt nad Rolandem, ale tak naprawdę toby mnie najchętniej wyswatała z którymś z synów swoich przyjaciół. Obojętne z którym, byle nosił odpowiednio wytworne nazwisko i mieszkał w Mayfair, bo wtedy nie miałabym jak wykręcać się od ciągłego towarzyszenia jej w Londynie. To ja już wolę dziesięciu niedrożnych panów Whiteside'ów dziennie.

Beth skrzywiła się na tę myśl.

– O matko, sytuacja musi być naprawdę nieciekawa.

– Mnie interesuje tylko to, żeby Roland pozostał częścią mojego życia i żebym nie musiała mieszkać w Londynie.

– Czyli nie ustąpisz? Nie podporządkujesz się woli ciotki, która chciałaby, żebyś z nim zerwała? – zapytała Beth. – Moim zdaniem on jest uroczy, to facet z klasą. Stuprocentowy dżentelmen i do tego łagodny z usposobienia. A to mężczyznom wcale tak często się nie zdarza. Świetnie do siebie pasujecie.

– Pewnie, że nie ustąpię. Ale on naciska, żebyśmy się szybciej pobrali. Nie chce czekać dłużej niż dwa lata, a jeśli wyjdę za mąż, będę musiała zrezygnować z pielęgniarstwa. A tego bym nie chciała. Uwielbiam moją pracę i nic mnie już teraz nie przeraża. Wiem, że poradzę sobie ze wszystkim. A pamiętasz, jak rzygałam i jak mną trzęsło na początku?

– Wiesz przecież, że siostra Haycock uparcie walczy o sprawę zamężnych pielęgniarek – powiedziała Beth, po czym wyjęła z fiolki gumową zatyczkę i odłożyła ją na drewniany blat. – Tylko że ponoć oddziałowe stanowczo się temu sprzeciwiają, i to wszystkie. Nie chcą mieć u siebie zamężnych pielęgniarek. Siostra Antrobus powiedziała, że odejdzie ze szpitala, jeśli cokolwiek się w tej kwestii zmieni.

– Może im to przeszkadza, że miałyby na co dzień do czynienia z kobietami, które poprzedniej nocy bawiły się w łóżku lepiej niż one przez ostatnich dwadzieścia lat albo nawet całe swoje życie. Może to dlatego niektóre z nich nie chcą pracować na ginekologii ani na porodówce. Przecież żeby mieć dzieci, trzeba robić „to". Może te ciążowe brzuchy przypominają im o tym, co je omija, i może dlatego niektóre z nich zachowują się bardziej jak zakonnice niż jak pielęgniarki. Zwłaszcza siostra Antrobus.

– Stare panny oddziałowe… One same stanowią najlepszy argument za tym, żeby pozwolić pielęgniarkom kontynuować pracę po zamążpójściu – powiedziała Beth, która jako jedyna w ich kameralnym gronie nie miała chłopaka. Była niska, nosiła okulary i robiła wrażenie lekko nerwowej, a przy tym była całym sercem oddana swojej pracy. Spośród nich wszystkich to właśnie ona miała największe szanse zamieszkać kiedyś nad głównym wejściem do St Angelus i powiększyć grono starych panien oddziałowych, o których właśnie rozmawiały.

– Miałaś okazję poznać już nową stażystkę, siostrę Moran? – zapytała.

– W sumie to nie. Widziałam ją, jak pchała krzesło toaletowe przez oddział. Męczyła się przy tym strasznie, więc podeszłam do niej, żeby zapytać, czy zwolniła hamulec. A ona na to: „Hamulec? Nie. A jaki hamulec?". Serio!

Beth i Victoria zachichotały.

– Zwolniłam więc hamulec nogą, a ona wtedy popchnęła krzesło z taką siłą, że gdyby inna pielęgniarka nie szła akurat w przeciwnym kierunku i jej nie zatrzymała, to najpewniej wylądowałaby na ziemi.

– Czy my też byłyśmy na początku aż takie niezorientowane i zielone? – zapytała Beth.

– To było tak dawno temu, że już nie pamiętam. Ale ty, Beth, na pewno nie. Ty zawsze byłaś ta mądra.

Beth przeniosła wzrok z powrotem na próbkę.

– No dobra, to ja tu jestem górą.

Mówiła oczywiście do spluwaczki. Zmarszczyła nos, żeby bez użycia rąk poprawić sobie okulary. Wypracowała tę technikę, żeby nie dotykać twarzy podczas wykonywania zabiegów wymagających sterylizacji.

– No dalej, po prostu zapakuj to do środka – powiedziała Victoria. – Do dzieła!

Beth spojrzała na nią spode łba. Nigdy nikomu o tym nie powiedziała, ale zawsze darzyła ją podziwem. Wydawało jej się nawet czasem, że ktoś tak wytworny jak Victoria nie powinien zajmować się pielęgniarstwem. To była przecież subtelna panienka z bardzo dobrego domu. Wystarczyło, że się odezwała, i to dla wszystkich od razu było jasne. Z jakiegoś jednak powodu pielęgniarstwo ją pociągało.

– Tak ci powiem, Victorio – zaczęła. – Gdyby mnie ktoś na samym początku o to zapytał, powiedziałabym, że nie wytrzymasz w tej pracy dłużej niż pół roku. Moim zdaniem to fantastyczne, że ci to przeszkadza, że będziesz musiała zrezygnować z pracy po ślubie. To fantastyczne, że chcesz zdać egzaminy i pracować dalej.

Victoria nadal wpatrywała się w spluwaczkę.

– Pewnie sobie pani nie wyobrażała, siostro Harper, że ja kiedykolwiek będę zajmować się takimi rzeczami? Przecież na początku miałam kłopot nawet z opróżnianiem basenów. Nie byłam w stanie tego zrobić, tak samo jak przez wiele tygodni nie potrafiłam równo i regulaminowo zasłać łóżka. Robiło mi się niedobrze za każdym razem, gdy pacjent wymiotował. Pamiętasz, jak kiedyś wyrwałam nerkę pacjentce, bo zrobiło mi się niedobrze, jak jej się zebrało na wymioty? A ta biedaczka zwymiotowała mi na fartuch. Boże, to był straszny dzień. Siostra Antrobus chciała mnie prześwięcić. Złożyła na mnie skargę do przełożonej pielęgniarek. Myślałam, że już po mnie. A teraz? Nic mnie nie rusza. W sumie to już się nie mogę doczekać na swoją kolej w sali operacyjnej.

– Eureka! – powiedział Beth, zdejmując z półki nad głową czystą spluwaczkę. – Już wiem! Wiem, co z tym zrobić. – Zaczęła przelewać plwociny z jednej spluwaczki do drugiej, aż w końcu napełniła probówkę i z uśmiechem na twarzy zaprezentowała ją Victorii.

Odpowiedziało jej głośne beknięcie.

– Wszystko w porządku? – zapytała.

– Tak, oczywiście – żachnęła się Victoria. – Odbiło mi się coś.

– Hm… – powiedziała Beth, podpisując probówkę nazwiskiem pana Trimble'a. – Pójdę do siostry Ryan i odhaczę to sobie w tym tygodniu ze szkolnej listy zadań do wykonania. Zapytam siostrę Crawford, czyby mi nie pozwoliła częściej się tym zajmować. Może razem pobierzemy kilka próbek? Też byś mogła spróbować. Naukę pobierania próbek miałybyśmy z głowy.

Beth wyszła z brudownika, dumnie trzymając w dłoniach probówkę. Victoria została w środku, ciągle jeszcze stała oparta o zlew. Nic jej nie rusza, jasne, zachichotała Beth, zmierzając do laboratorium patologicznego.

Tuż przed opuszczeniem oddziału zauważyła grupkę pielęgniarek, które za chwilę miały – w drugiej turze – rozpocząć przerwę na kawę. Zauważyła, że zasłona wokół łóżka numer szesnaście nadal jest zaciągnięta i lekko faluje. Siostry Moran, która powinna iść na kawę właśnie w drugiej turze, jakoś nigdzie nie było.

Cóż tam się dzieje? – zastanawiała się Beth. Wsunęła sobie próbkę do kieszeni i cofnęła się w głąb oddziału.

Gdy odciągnęła zasłonę, jej oczom ukazał się zupełnie niewiarygodny widok. Na kilka chwil dosłownie odebrało jej mowę.

Oto młoda praktykantka stała na łóżku i niepewnie kołysała się na boki, jedną ręką trzymając się zasłony. Raz po raz zmieniała ułożenie stóp, żeby złapać równowagę. Beth otworzyła usta ze zdumienia, ale po chwili je zamknęła.

Seledynowa narzuta i śnieżnobiała pościel nosiły ślady karbowanych podeszew regulaminowych czarnych butów siostry Moran.

Pacjent klęczał na poduszce. Dolną część szpitalnej piżamy miał opuszczoną do kolan, ale kurczowo ją trzymał. Sprawiał wrażenie przerażonego. Beth przypuszczała, że jeszcze nikt nigdy tak się nie ucieszył na jej widok jak on teraz.

Siostra Moran na chwilę puściła zasłonę i chwyciła za oparcie ciężkiego drewnianego krzesła, które stało na słowo honoru na łóżku, cały czas chwiejąc się na boki. Zacisnęła dłoń na krześle, lekko przy tym pojękując, a drugą rękę wyciągnęła do pacjenta. Gdy jednak nachyliła się w jego stronę, zaczęła się razem z krzesłem tak mocno odchylać na bok, że znów musiała się złapać zasłonki, żeby nie stracić równowagi.

Oddychała ciężko, ledwo nad sobą panowała. Była tak zmęczona, że brakowało jej tchu. Kurczowo trzymając się zasłony, podciągnęła siebie i krzesło do pozycji pionowej.

– Proszę, niech pan mnie złapie za rękę – wysapała do pacjenta. – Ja przytrzymam krzesło, gdy pan będzie na nim siedział. Nie spadnie pan. – Spojrzała na Beth i wyjaśniła: – On nie chce zrobić tego, o co proszę, siostro Harper. Może mi siostra pomóc? On mnie w ogóle nie chce słuchać. Zupełnie nie współpracuje. – Potem jakby cichszym i słabszym, niemal błagalnym tonem dodała: – Boję się, że zaraz spadnę. – Po tych słowach w oczach stanęły jej łzy.

Beth też o mało co się nie popłakała, tyle że ze śmiechu. Ponieważ jednak musiała myśleć przede wszystkim o pacjencie, zdołała się jakoś opanować i tylko usta raz jej się otwierały, a raz zamykały, jak u złotej rybki.

– Proszę, siostro – powiedział pacjent błagalnie. – Ona chce, żebym ja usiadł na tym czymś, co stoi na łóżku, a to przecież nawet beze mnie nie jest w stanie tego utrzymać prosto. Strasznie się boję, że spadnę na podłogę, a już mnie naprawdę ciśnie.

Beth położyła mu rękę na ramieniu w uspokajającym geście.

– Proszę leżeć spokojnie i się nie ruszać. Nikt od pana nie oczekuje, że będzie się załatwiać na krześle, które stoi na łóżku.

Pacjent spojrzał na nią tak, jakby chciał ją z wdzięczności wycałować.

– Też sobie tego nie wyobrażałem – powiedział. – Potrzeba mi ciszy i spokoju, i najlepiej jeszcze egzemplarza „Echo", siostro. Strasznie się boję, że mógłbym spaść na podłogę. Ta kruszynka nie byłaby w stanie utrzymać mnie i tego krzesła na tym miękkim materacu.

Siostra Moran, z nogami rozstawionymi szeroko dla lepszej równowagi, trzymała teraz rączkę krzesła toaletowego oburącz. Już się nie chwiała od lewa do prawa, tylko łagodnie kołysała na boki.

– No proszę, niech pan tu do mnie przyjdzie – powiedziała nerwowym tonem do pacjenta.

– Co też siostra wyprawia? – syknęła do niej Beth.

Siostra Moran chyba nie wiedziała, o co jej chodzi.

– Co ja wyprawiam? – zapytała zaskoczona. – Przecież siostra powiedziała, że pacjent ma nie wstawać z łóżka i że mam mu przynieść krzesło toaletowe. Tak właśnie zrobiłam. Przecież to mi siostra kazała zrobić. Tak było, nie przesłyszałam się. „On co prawda nie powinien wstawać, ale na krześle sobie poradzi".

– No tak, ale…

– Boże, strasznie mi było ciężko wciągnąć to coś na łóżko. Podnosiła to siostra kiedyś? Ledwo dałam radę. A teraz strasznie się to kołysze na boki.

Beth odebrało mowę. Czyżby praktykantka była aż tak głupia?

– Niech siostra tak na mnie nie patrzy – powiedziała Bridget Moran. – Patrzy siostra, jakby była na mnie zła.

Beth stwierdziła, że dziewczyna nie zdoła powstrzymać łez. Kto wie, może zaraz powiesi się na tej zasłonie. Wyglądała naprawdę żałośnie.

– Powiedziała siostra, żebym go chwyciła pod rękę, by mu pomóc, ale mnie się wydaje, że jeśli to zrobię, to krzesło spadnie na podłogę, a wtedy narobi strasznego hałasu. Może nawet się roztrzaskać i zrobić komuś krzywdę. Strasznie to jest niebezpieczne.

Beth zakryła usta dłońmi. Już nie była w stanie powstrzymać śmiechu. Wiedziała, że musi się szybko z tą sytuacją uporać, bo lada moment dyżurna pielęgniarka zorientuje się, że w grupie czekającej na przerwę brakuje dwóch dziewcząt i przyjdzie ich tu szukać. Albo, co gorsza, za zasłonę zajrzy sama oddziałowa.

– Proszę posłuchać, musimy zdjąć krzesło z łóżka, tylko tak, żeby się nie przewróciło na pacjenta – powiedziała.

Pacjent kurczowo trzymał się metalowej poręczy wystającej za poduszką i wyglądał tak, jakby miał zamiar wspiąć się na ścianę. Spodnie miał cały czas opuszczone, a na jego twarzy malował się strach.

– Niech ona się do mnie nie zbliża, siostro – wyszeptał do Beth. – To jakaś wariatka. Wariatka!

Beth popatrzyła na siostrę Moran, która znów kołysała się intensywnie z boku na bok. Na świeżo pościelonym łóżku pojawiały się coraz to nowe czarne odciski jej butów. Ściszonym głosem Beth powiedziała:

– Niech się siostra modli, żeby oddziałowa prowadziła właśnie bardzo długą rozmowę telefoniczną. Owszem, powiedziałam, żeby pani przyprowadziła krzesło toaletowe, bo pacjent nie powinien wstawać z łóżka, ale bynajmniej nie chodziło mi o to, żeby je stawiać na łóżku. – Już nie miała siły dalej tłumaczyć. – Chodziło o to, żeby je ustawić przy łóżku, aby pacjent mógł po prostu opuścić nogi i przenieść ciężar ciała na krzesło, przytrzymując się poręczy. Pani miała go wziąć pod ramię, żeby mu pomóc. Wtedy by wystarczyło, żeby tylko na krótką chwilę postawił na ziemi jedną nogę.

Obserwując wyraz twarzy siostry Moran, Beth mogła dokładnie stwierdzić, w którym momencie to wszystko do niej dotarło. Chwilę później w jej oczach stanęły łzy.

– O Boże, co ze mnie za idiotka!

– Dobra, ja złapię za kółka. – Beth nachyliła się i mocno chwyciła dwa przednie koła. Krzesło przestało się chwiać. Starsza z pielęgniarek cały czas je trzymała, stopniowo przeciągając urządzenie w kierunku krawędzi łóżka. – Niech pani zejdzie. Ja przytrzymam krzesło i za chwilę będziemy je mogły razem zdjąć.

– Nie dam rady – powiedziała siostra Moran. – Nie mogę się ruszyć. Boję się!

Beth uświadomiła sobie, że to dla niej pewnie faktycznie bardzo trudne. Odkąd zrozumiała, na czym polegał jej błąd, zachowywała się dokładnie tak samo jak wystraszeni pacjenci.

– No dobrze, to proszę się zsunąć na łóżko. Tylko powoli. Proszę usiąść, a potem opuścić nogi na podłogę. – Zaraz potem zwróciła się do przerażonego pacjenta, który najpewniej z niecierpliwością już wyczekiwał basenu. – Przykro mi – powiedziała.

– Wszystko w porządku, siostro. Proszę się zająć tą młodą pielęgniarką. Jest chyba tak samo przerażona jak ja. Pewnie mnie wzięła za jakiegoś Tutenchamona. – Zaśmiał się.

Beth wyobraziła go sobie, jak siedzi na krześle toaletowym ustawionym na niestabilnym materacu i przytrzymywanym przez chuchrowatą pielęgniarkę – i też zaczęła chichotać. Pacjent wyciągnął rękę i dotknął jej ramienia. Oboje o mało co nie wybuchnęli gromkim śmiechem. Wesoło nie było tylko siostrze Moran, która klęczała zapłakana na łóżku.

Beth nie zdołała opanować rozbawienia, a po policzkach płynęły jej łzy.

– Niechże siostra zejdzie – rzuciła między kolejnymi napadami śmiechu.

Ze śmiechu płakał też pacjent, który zdążył okryć się prześcieradłem i teraz trzymał się za rozedrgany brzuch. W pewnym momencie on i Beth spojrzeli na siebie, a wówczas do reszty stracili panowanie nad sytuacją. Oboje trzęśli się ze śmiechu.

Praktykantka zsunęła się na podłogę i chwyciła tylne kółka krzesła, ale Beth nie była w stanie uspokoić się na tyle, żeby się ruszyć.

– O Boże, zlituj się, Boże! – wzdychała, opierając się kolanami o ramę łóżka, które teraz przytrzymywało już nie tylko ciężar krzesła, ale również ciężar jej ciała.

Pacjent, który też nie potrafił się opanować, podał jej rękę, żeby ją wesprzeć. Skuliła się, bo brzuch – podobnie zresztą jak i policzki – zdążył ją rozboleć ze śmiechu. Już miała unosić w górę kółka, gdy zasłona nagle się rozsunęła, a zza niej wyłoniła się wściekła siostra Crawford.

– A cóż to za harmider?

Oddziałowa próbowała się zorientować, co właściwie zaszło przy łóżku pacjenta. Na oddziale zapadła głucha cisza. Wszystkie szepty umilkły, wszyscy wstrzymali oddech.

Po chwili wahania siostra Crawford w końcu się odezwała. Chyba jeszcze nigdy wcześniej, przez tyle lat, nie zdarzyło jej się podnieść głosu na oddziale.

– Siostro Harper, co tu się, na litość boską, wyprawia? – krzyknęła.

Zasłony zostały rozsunięte, a oczy obecnych na oddziale osób, tak pacjentów, jak i pielęgniarek, wpatrywały się w scenę rozgrywającą się przy łóżku numer szesnaście. Krzesło się chwiało, praktykantka wyła, a pacjent zanosił się śmiechem. Nagle krzesło niebezpiecznie odchyliło się do tyłu. Beth odwróciła się plecami do siostry Crawford i niemal rzuciła na łóżko, żeby je złapać. W tym momencie usłyszała trzask. To pękła probówka, którą miała w kieszeni.

Rozdział 10

W okresie świątecznym fabryka na tydzień wstrzymywała pracę. Nie wynikało to bynajmniej z decyzji państwa McConaghy. Gdyby od nich zależało, maszyny działałyby nawet w samo Boże Narodzenie. Dla irlandzkich emigrantów tak w Liverpoolu, jak i wszędzie indziej w kraju był to jednak czas szczególny. Do portu zawijały tylko nieliczne statki, mało kto był na tyle trzeźwy, żeby pracować przy ich rozładunku. Wbrew sobie państwo McConaghy wygaszali więc piece, zatrzymywali maszyny i zostawiali w spokoju zwoje drutu i po raz pierwszy od świętego Michała zamykali drzwi fabryki.

W tym roku pani McConaghy postanowiła zakończyć pracę w biurze już po lunchu w Wigilię. Zaprosiła na świąteczny obiad swoją siostrę z mężem i córką Amy, więc sama chciała wcześniej wyjść. Darzyła co prawda Lily sporym zaufaniem, ale nie chciała nikomu powierzać pełnej kontroli nad biurem, w szczególności zaś nad żeliwnym sejfem i czekami.

– Amy wyrasta na piękną kobietę – powiedziała do Lily. – Zaraz ktoś się na nią skusi.

Lily zdążyła już sporo się nasłuchać o Amy. Pani McConaghy nie miała własnych dzieci, nie było więc nic dziwnego w tym, że tak bardzo interesowała się siostrzenicą. W głosie szefowej wychwytywała jednak dziwny ton, jakby panią McConaghy coś martwiło. Lily chyba nie miała ochoty poznać tej dziewczyny osobiście. Plotki na jej temat niosły się szybciej, niż uciekał jej absztyfikant po tym, jak rodzice nakryli go z córką na swojej nowiutkiej sofie.

– Słuchaj, to zamiast kosza na święta – powiedziała pani McConaghy, wsuwając Lily w dłoń kopertkę. – Poza tym kazałam kucharce upiec dwa torty bożonarodzeniowe, jeden dla ciebie. Spokojnie, nic mnie to nie kosztowało poza składnikami, więc się nie musisz niczym przejmować.

Lily była tak urzeczona, że nawet do głowy by jej nie przyszło się martwić. To był pierwszy prezent, jaki w życiu dostała. Zaczęła intensywnie mrugać, bo pod powiekami poczuła łzy. Gdy pani McConaghy podniosła pokrywkę tortownicy, Lily aż zaparło dech w piersiach. Na środku lukrowanej powierzchni zobaczyła ręcznie wykonane postaci dwóch łyżwiarzy przemierzających zamarznięte niebieskie jezioro, wokół którego rozstawione zostały miniaturowe drzewka przepasane czerwonymi wstążeczkami. Lily wyobraziła sobie miny Joego i Katie na widok tego cudeńka. Ciągle jednak nie potrafiła uwierzyć, że to się dzieje naprawdę, i spodziewała się, że lada moment pani McConaghy powie, że zaszła jakaś pomyłka.

– Na pewno ten jest dla mnie? – zapytała, unosząc wzrok znad foremki.

Pani McConaghy przyłożyła dłoń u nasady szyi i zaczęła pocierać palcami wiszący tam złoty krzyżyk.

– Tak, ale to jeszcze nie wszystko. Pracowałaś w tym roku naprawdę ciężko, Lily, a siostra mówi, że w domu też nie masz lekko. Pomyślałam więc, że zasługujesz na coś ekstra.

Lily z podejrzliwością wpatrywała się w kopertę.

– No weź, to dla ciebie – powiedziała pani McConaghy.

Lily zastanawiała się, co siostra Therese naopowiadała jej pracodawcom. Nic jej tak nie uwierało jak litość. Czasami ktoś z sąsiadów z piętra zaglądał do ich mieszkania w Clare Cottages i pytał współczującym tonem, czy czegoś potrzebują. Lily oczywiście potrzebowała różnych rzeczy, ale nikt nie był w stanie dać jej dwojga rodziców, którzy by potrafili zachować trzeźwość dłużej niż cztery godziny, ani też takich, którzy myśleli o swoich dzieciach częściej niż o tym, jak by tu sobie zorganizować następną szklankę guinnessa. Lily była zdana na siebie. Nigdy jednak nie prosiła sąsiadów o pomoc. Radziła sobie sama.

Spojrzała spłoszonym wzrokiem na panią McConaghy. Zupełnie nie wiedziała, co powiedzieć. Nie przejmowała się tym, ile kosztował tort, bo wciąż jeszcze nie potrafiła uwierzyć, że pani McConaghy wykazała się taką szczodrością i w ogóle cokolwiek jej podarowała.

– Jest z dodatkiem kandyzowanej skórki, którą sama suszyłam i robiłam – powiedziała. – Pachniałam potem cytrynami jeszcze przez wiele dni. Czułaś ode mnie ten zapach?

Lily niczego takiego nie pamiętała. Nie posiadała się ze zdumienia, że pani McConaghy samodzielnie zrobiła coś o tak ekskluzywnej nazwie. Kandyzowana skórka – brzmiało pysznie, choć Lily nie wiedziała, co to jest. U niej w domu nigdy tortu świątecznego nie było. Lily widywała takie wypieki u sąsiadów, gdy stygły na parapecie. „Też kiedyś coś takiego upiekę", wyszeptała do siebie pewnego październikowego poranka, gdy przechodząc obok mieszkania pani Duffy, poczuła zapach owoców, melasy i podgrzewanych przypraw świątecznych.

Wymamrotała „dziękuję", a potem postawiła koszyk na stole i zdjęła z niego pokrowiec na klatkę dla ptaków. Musiała się powstrzymywać przed tym, żeby się na ten tort nie rzucić. Chciała go jak najszybciej włożyć do koszyka, żeby mieć pewność, że już nikt go jej nie zabierze. Pani McConaghy wyjęła ciasto z formy. Było zawinięte w papier pergaminowy i przewiązane sznurkiem. Serce Lily biło szybko jak u małego ptaszka, tak bardzo się bała, że pani McConaghy zmieni zdanie i jednak postanowi zatrzymać tort dla siebie. Błyskawicznym ruchem włożyła go do koszyka, który zasłoniła pokrowcem. Teraz tort należał do niej. Z uśmiechem na twarzy uniosła wzrok pełen ulgi.

– No cóż, rzadko mi się zdarza widywać uśmiech na twojej twarzy. Pomyśleć, że wystarczyło ci przynieść tort keksowy. Gdybym wiedziała, wcześniej bym to zrobiła.

– Dzieci będą zachwycone, pani McConaghy – powiedziała Lily głosem, który jej samej wydał się dziwny. Miała ochotę jak najszybciej wyjść z pracy i pędzić do domu. Ciężko jej było z myślą, że czeka ją jeszcze podróż autobusem, zanim będzie się mogła podzielić tortem z rodzeństwem. – Dziękuję, tak bardzo pani dziękuję – wymamrotała.

– Dla nich go właśnie zrobiłam, Lily. Oczywiście ty też możesz zjeść kawałek, ale przede wszystkim chciałam coś zrobić dla dzieci. Wiedziałam, że i tobie sprawię w ten sposób przyjemność. Jeśli tylko mogę, zawsze chętnie pomagam.

Lily otworzyła usta ze zdumienia. Nigdy wcześniej nie słyszała, żeby pani McConaghy komuś pomogła. Widywała raczej mężczyzn, którzy wychodzili z biura ze łzami w oczach. Zanim ona przejęła obowiązek wyliczania wynagrodzenia, zdarzało się, że ktoś dostał mniejszą tygodniówkę, niż mu się należała. Czasami ktoś przychodził do pani McConaghy na skargę, ale nikt nigdy nic u niej nie wskórał.

O rodzeństwie i sytuacji w domu Lily pani McConaghy dowiedziała się od siostry Therese, a ponieważ wolała rozmawiać z zakonnicą jak najrzadziej, w lot pojęła aluzję.

– Tylko nie zapomnij o kopercie. Też ją tam schowaj, żeby nigdzie nie zginęła.

Akurat w sprawie koperty nikt nie przyszedł do niej po prośbie. To był jej własny pomysł. Jakiś głos płynący z serca podpowiedział jej, że powinna dać Lily coś ekstra i że poczuje się naprawdę dobrze, jeśli włoży dziesięć funtów do koperty i wręczy ją Lily. Miała rację, gdyż po raz pierwszy od dawna poczuła dzięki temu, że naprawdę żyje.

Lily z początku myślała, że to kartka świąteczna. W biurowej gablotce wisiały dziesiątki pocztówek od klientów i handlarzy. Niektóre były adresowane imiennie do Lily i zawierały ciepłe słowa uznania. Dziewczyna miała ochotę zabrać je do domu, żeby pokazać Joemu i Katie i żeby nimi udekorować puste mieszkanie. Nie mogła tego jednak zrobić, bo pani McConaghy poprzypinała je razem z pozostałymi do tablicy. Wziąwszy jednak kopertę, Lily szybko stwierdziła, że jest podejrzanie giętka, więc raczej nie ma w środku pocztówki.

– Co to? – zapytała.

Pani McConaghy cała się rozpromieniła i spojrzała w kierunku drzwi. Piece jeszcze pracowały, jej mąż i szwagier mieli przyjść dopiero za godzinę.

– Może otwórz, co? Na ulicach nie brakuje szumowin o tej porze roku, więc lepiej, żebyś zajrzała do środka tutaj, a nie w drodze na autobus.

Lily otworzyła kopertę i o mało co nie zemdlała, gdy ze środka wyjęła dwadzieścia brązowych banknotów dziesięcioszylingowych.

– Pani McConaghy, czy to dla nas? – zapytała zdumiona.

– Nie – odparła pani McConaghy. – To nie dla „was", to dla ciebie. Na parę nowych butów i jakieś własne ubrania. W St John's Market jest sklepik, w którym mają takie śliczne czerwone kozaczki z futerkiem. Za dwa funty i dwa szylingi. Poproś, te dwa szylingi powinni zejść z ceny.

Lily absolutnie nie zamierzała wydawać dwóch funtów tylko na siebie. Przecież musiała najpierw zatroszczyć się o Joego i Katie. Joe nie ma butów, więc to przede wszystkim jemu należało coś kupić.

– Nie wiem, co powiedzieć – podziękowała raz jeszcze.

– Lily, jesteś dla nas kimś wyjątkowym.

Lily zauważyła, że pani McConaghy się rumieni. Dostrzegła też w jej oczach dziwną jasność i blask. Na biurku stała otwarta butelka, z której pani McConaghy napełniała kolejne kieliszki, aby wznosić toast za pomyślny nowy rok z każdym z handlarzy, który tego dnia zawitał do biura. Chyba nie do końca wiedziała, co się dzieje.

– Nie wiem, jak byśmy sobie poradzili bez ciebie, Lily. Niech to będzie dowód mojego uznania. Czasem sobie myślę, że dbasz o mnie bardziej niż moja własna rodzina. Moja siostrzenica Amy nawet tu nie zagląda.

Pani McConaghy, która początkowo odnosiła się do Lily z pewną rezerwą, po trzech latach z przerażeniem myślała o tym, że mogłaby ją stracić. Dopiero jednak po tych trzech długich latach po raz pierwszy otwarcie przyznała, że Lily jest dla niej ważna. Nieoczekiwanie postawiła ją wręcz ponad własną rodzinę. Lily oczywiście zdawała sobie sprawę, jak istotny wkład wnosiła w funkcjonowanie firmy. Gdyby odeszła z dnia na dzień, w biurze zapanowałby chaos i nikt by nie wiedział, co robić. Zarówno pan, jak i pani McConaghy istotnie podupadli na zdrowiu przez te ostatnie trzy lata, a przez to mocno się postarzeli.

– Lily, mam dla ciebie jeszcze to, ale bym chciała, żebyś to otworzyła dopiero w bożonarodzeniowy poranek.

To mówiąc, pani McConaghy podała jej płaską paczuszkę owiniętą w kolorową szmatkę. Lily odebrało mowę. Patrząc na szefową z niedowierzaniem, uniosła pokrowiec i schowała zawiniątko do koszyka.

– Dziękuję – powiedziała cicho, niemal szeptem.

– Nie, Lily, to ja powinnam dziękować tobie. No dobrze, idź już. Idź!

Lily zamierzała wydusić z tych dziesięciu funtów, ile tylko się dało. Nie chciała mówić o nich rodzicom. Nie miała zresztą innego wyjścia. Gdyby się o nich dowiedzieli, cała kwota rozeszłaby się w ciągu zaledwie kilku godzin. Lily korciło co prawda, by pochwalić się tymi dowodami uznania ze strony szefowej, ale za dobrze wiedziała, na co by te pieniądze zostały wydane: na zakłady konne o drugiej trzydzieści, w pubie o trzeciej, przy furgonetce z zapiekankami o piątej, a potem znów w pubie. Rodzice wróciliby do domu o północy, wrzeszcząc na siebie i się kłócąc. Wydaliby wszystko co do pensa, a potem rano nic by z tego nie pamiętali. Lily aż za dobrze znała ten scenariusz.

Kiedyś poprosiła ojczyma o pieniądze na jedzenie. Miał jej oddać część wypłaty, którą wydarł jej z ręki w piątkowy wieczór, zanim bez słowa zniknął za drzwiami.

– Nie wiem, gdzie są twoje pieniądze – powiedział. – I nie mów, że kłamię, bo oberwiesz.

Lily nie zarzuciła mu, że kłamie, ale i tak oberwała.

– Ty mała suko, wydaje ci się, że skoro nie jestem twoim ojcem, możesz się do mnie odzywać, jak ci się żywnie podoba? Że możesz zadzierać nosa? Że możesz chować przede mną pieniądze? Przecież to ja ci zapewniam dach nad głową, ty niewdzięcznico jedna!

A potem oberwała. Uderzyła tyłem głowy o ścianę, a zaraz potem poczuła, że ktoś ją szarpie za włosy. Na tym się skończyło.

Następnego dnia pomimo bólu głowy Lily stawiła się w pracy o czasie. Tego samego dnia Lockie, któremu wystarczył jeden rzut oka na jej twarz, popędził jak wiatr do pubu i przygwoździł jej oczyma do ściany.

– Jeszcze raz! Jeszcze choć raz, draniu, zrobisz coś takiego, a zabiję cię gołymi rękami. Rozumiesz, śmierdzący tchórzu?

Ojczym Lily przeraził się i rozpłakał jak dziecko, ale metoda okazała się skuteczna. Od tamtej pory już na nią ręki nie podniósł. Mózg miał co prawda niemal całkowicie rozmoczony w alkoholu i o większości rzeczy zapominał, ale ostrzeżenie Lockiego zapadło mu w pamięć.

Lily zapięła płaszcz. Kurczowo trzymała koszyk i najchętniej ani na chwilę nie wypuszczałaby go z rąk, żeby nie zniknął gdzieś razem z tortem, pieniędzmi, prezentem i pokrowcem na klatkę dla ptaków. Tak niewiele miała własnych rzeczy, że ten pokrowiec był dla niej naprawdę cenny.

– Raz jeszcze pani dziękuję, pani McConaghy.

Sama siebie zaskakując, po raz pierwszy w życiu podeszła do szefowej i ucałowała ją w wypudrowany policzek pachnący kosmetykami. Przez krótką chwilę mogła się zapomnieć w uścisku kobiety, która w pewnym sensie zastępowała jej teraz matkę. Wdychała jej ciepło przesycone zapachem perfum. Zanurzyła się w ramionach drugiego człowieka i poczuła podbródek przytulony do swojego policzka. O mało się nie rozpłakała. Pukiel włosów przez chwilę ją połaskotał, a potem pani McConaghy leciutko ją uściskała.

– Postaraj się miło spędzić ten czas. Niech będzie dobry dla was wszystkich – powiedziała pani McConaghy. – Możesz wydać te pieniądze, na co zechcesz. Ważne, żeby ci to dało radość. Wszystkiego dobrego z okazji świąt, Lily.

– Skąd się wziął ten węgiel w komórce? – krzyknęła matka Lily, gdy tego samego wieczora otworzyła drzwi, żeby wygrzebać ostatnie czarne kuleczki, a niespodziewanie zobaczyła przed sobą całą stertę.

Lily zajrzała do dostawcy węgla, gdy tylko wysiadła z autobusu. Dowiedziała się, że sprzedawca ma chwilowo bardzo dużo pracy, bo przed świętami ludzie dostają pieniądze i zamawiają dodatkowy opał.

– Nie słyszałam węglarza. Wszystkim dostarczył? Kto za to zapłacił? – Matka stała przed górą węgla z szuflą w dłoni i ciągle jeszcze nie wierzyła własnym oczom. – Rany! Czyżby sprzedawca węgla zamienił się w cholernego Świętego Mikołaja?

Lily milczała. Gdyby powiedziała matce, że miała pieniądze na węgiel, to zaraz potem musiałaby odpowiedzieć na pytanie, na co jeszcze wystarczyło. A przecież na węglu nie poprzestała. Zapełniła jedzeniem szafki i nawet kupiła indyka. Trafiła na niego w wigilijny wieczór na St John's Market pod koniec dnia handlu.

– Skąd wzięłaś pieniądze na to wszystko? – zapytała matka, wychodząc do pubu. – Co tu się, u licha, dzieje?

Lily spodziewała się, że w Wigilię rodzice zostaną w pubie dłużej niż zwykle. O północy doczłapią się do St Chad's na mszę, a zaraz potem znów wylądują w pubie i zostaną tam prawie do rana.

– Dostałam od państwa McConaghy – odparła po zastanowieniu. To nie było przecież kłamstwo. W pewnym sensie właśnie tak było. Lily liczyła na to, że matka będzie podejrzewać siostrę Therese o zaangażowanie w ich sprawy, a w związku z tym zrezygnuje z pomysłu sprzedaży indyka komuś w pubie.

Na rynek Lily poszła z dziećmi. Joego wsadziła do starego wózka dziecięcego, żeby potem mieć czym przywieźć indyka. Katie trzymała się z boku. Nowe miejsce zrobiło na nich wielkie wrażenie, głównie z powodu panującego tam zgiełku i unoszących się z ziemi trocin. Raz po raz mijał ich jakiś goniec na rowerze, z wielkim wiklinowym koszykiem przymocowanym do kierownicy. Nad ich głowami rozbłyskały jasne światła, zewsząd dobiegały nawoływania handlarzy, którzy próbowali przed zapadnięciem zmroku znaleźć nabywców na ostatnie indyki.

Dzięki dziesięciu funtom od pani McConaghy Lily mogła urządzić dla rodziny ciepłe i przyjemne święta zamiast zimnych i smutnych. Udało jej się nawet niepostrzeżenie kupić kilka drobnych podarków dla każdego z dzieci.

Gdy Joe i Katie w końcu zasnęli, wymknęła się z domu na pasterkę. Wiedziała, że siostra Therese będzie jej wypatrywać w kościele, a Lily nie chciała jej rozczarować. Od razu się zorientowała, gdy rodzice wraz z pozostałymi bywalcami pubu pojawili się na mszy. Dobrze ich było słychać na tyłach. „Co ja tu właściwie robię? Przecież nie jestem katolikiem", usłyszała jakieś pijackie zawodzenie. To mógł być jej ojczym. Miała ochotę zapaść się pod ziemię. Uniosła wzrok w kierunku krzyża, zadając jedno tylko pytanie: dlaczego?

– Lily! – zawołała wychodzącą do domu dziewczynę siostra Therese, której jakoś udało się przekrzyczeć tłum. – W klasztorze czekają na was prezenty. Wpadnę do was rano po mszy. Gdzie twoi rodzice?

Obie spojrzały na gromadę ludzi siedzących w pubie i zamawiających już kolejne drinki.

– Wszystko u ciebie w porządku, Lily? Radzisz sobie jakoś? – pytała mocno zaniepokojona siostra Therese. Gdyby mogła zdecydować, która z jej dzisiejszych modlitw zostanie najpierw wysłuchana, wybrałaby tę o uśmiech dla Lily. Tę, w której prosiła, aby ktoś albo coś pomógł jej nieść to brzemię i trochę jej ulżył.

– Tak, siostro. Dobrze sobie radzę.

Tym razem, po raz pierwszy, siostra Therese uwierzyła w jej zapewnienia.

W bożonarodzeniowy poranek Lily obudziła się wcześniej niż zwykle. Jeszcze nad ranem sen przerwał jej głośny powrót rodziców. Zastanawiała się, jak oni trafili do domu. Że też w ogóle pamiętali, dokąd mają wracać! Słyszała, że ojciec próbował odlać się do wiadra, ale nie trafił, o czym dobitnie świadczył odgłos strumienia moczu spadającego na drewnianą podłogę. Lily starała się wysprzątać kuchnię przed wyjściem na pasterkę, a teraz znów miała na głowie bałagan. Chciała, żeby dzieci weszły rano do czystej kuchni, w której nie ma moczu, za to w piecu pali się ogień, a na stole czeka pyszne śniadanie. Kupiła na rynku jajka i bekon, zamierzała podsmażyć chleb na tłuszczu pozostałym na patelni.

Pokój wypełniała poświata, której źródło stanowiły latarnie uliczne. Powietrze było zimne. Lily spojrzała na Joego. Oddychał równo. Policzki śpiącego dziecka nabrały lekko pomarańczowego koloru. W jego wdechu i wydechu ciągle jeszcze słuchać było świst, ale rzężenie ustało. Chłopiec spał z kciukiem w buzi, przytulony do mocno sfatygowanego misia, który kiedyś należał do Lily.

Lily odgarnęła mu z czoła delikatne jasne włosy, a potem nachyliła się, żeby go pocałować. Wystająca łapka misia pachniała mało zachęcająco. Lily przeszło przez myśl, że może Joe da się namówić, żeby go wrzucić do ognia w podziękowaniu dla Świętego Mikołaja za pociąg, który dostanie na Boże Narodzenie.

Żałowała, że nie ma papieru, w który mogłaby ten prezent owinąć, żeby wywołać ekscytujące oczekiwanie, a w ten sposób przysporzyć bratu więcej radości.

Joe zaczął się wiercić.

– Śpij, maluchu – wyszeptała w powietrze. – Ja rozpalę ogień. Pośpij jeszcze trochę.

Joe najwyraźniej ucieszył się na dźwięk jej głosu, bo wolną ręką chwycił ją za palec, tak samo jak chwytał ją jako noworodek. Za nic nie chciał puścić. Rozluźnił chwyt dopiero po kilku chwilach, gdy znów zapadł w głęboki sen.

Dla Katie Lily kupiła wstążki do włosów i kolorowe kredki, a także lusterko i kostkę mydła o słodkim zapachu. Joe miał dostać pociąg i książeczki. Poza tym dla każdego z dzieci kupiła po tabliczce czekolady Cadbury, po mandarynce i garści orzechów. Ponieważ nie miała tego wszystkiego w co opakować, postanowiła tuż przed pobudką ułożyć im to w stosiki pod łóżkiem.

Kupienie tych prezentów było dla niej nie lada wyzwaniem. Z drżącym sercem zostawiła Katie przy wózku, w którym siedział mały Joe, po czym zniknęła za ścianą graniczną rynku, bo tam właśnie mieściły się stoiska. Uwinęła się w niespełna dziesięć minut, a gdy potem mijała warzywniak, kupiła jeszcze po mandarynce i garści orzechów, a sprzedawcę poprosiła, żeby je wrzucił do papierowej torebki z zabawkami.

– Ile pani ma tych dzieci, kochana? – zapytał sprzedawca.

– Dwoje – odparła. Nie przyszło jej do głowy, że sprzedawca wziął ją za ich matkę.

– To musiałaś wcześnie zacząć, królowo. – Zaśmiał się. – Proszę, dorzucę pani coś od siebie. I tak za pół godziny zamykam.

Z niecierpliwością czekała, aż jej wyda resztę, bo bardzo jej się spieszyło do dzieci i do wózka.

– Nie chciałem pani urazić, kochana! – krzyknął za nią sprzedawca. – Wesołych Świąt!

W bożonarodzeniowy poranek ciepłe powietrze z kuchni szybko dotarło do sypialni przez otwarte drzwi. Lily zdawała sobie sprawę, że marnuje w ten sposób pieniądze, ale nie mogła się powstrzymać. Tak bardzo chciała, żeby Joe i Katie mieli udany poranek.

Prezenty ułożyła pod łóżkiem. Przez chwilę słuchała, jak matka i ojczym chrapią. Spali naprawdę mocno. Lily miała nadzieję, że puby są dziś zamknięte, że rodzice zachowają się przyzwoicie i nie dadzą im popalić z powodu kaca.

– Pobudka, wstajemy! – Radośnie połaskotała Katie. – No już, małpko, pobudka! – Potem zwróciła się do Joego: – Coś mi się wydaje, że odwiedził nas tu Święty Mikołaj i że coś dla was zostawił pod łóżkiem.

Na tym budzenie się skończyło. Joe i Katie przeżyli prawdziwy szok. Usiedli prosto jedno obok drugiego, a potem zaczęli krzyczeć na całe gardło. Przecierali ze zdumienia zaspane oczy i gramolili się do krawędzi łóżka. Nie wierzyli, że to się dzieje naprawdę. Nigdy wcześniej nie dostali prezentów w bożonarodzeniowy poranek.

– Lily, Lily, zobacz! – powiedziała Katie, wzdychając i unosząc lusterko do twarzy. – Boże, jakie to piękne!

Joe bez słowa wziął w ręce zabawkowy pociąg i zaczął go oglądać z każdej strony.

Lily ze łzami w oczach patrzyła, jak Katie otula dłońmi lusterko, żeby tylko go nie upuścić i nie stłuc. Wpatrywała się we własne zaskoczone i nieme ze zdumienia odbicie.

– Ależ się cieszycie! Ktoś by mógł sobie pomyśleć, że Święty Mikołaj przyniósł wam klejnoty koronne – powiedziała, gdy zachwycone dzieciaki podziwiały kolorowanki i kredki. – Chodźcie już do ognia – zachęciła Lily. – Na zewnątrz się nie wybieramy.

Nie zdołała ich jednak powstrzymać przed podejściem do okna. Przez ściany przedzierały się do środka radosne okrzyki dzieciaków z sąsiedztwa, które w Boże Narodzenie wybiegły na dwór z samego rana. Joe i Katie rzucili się do okna z prezentami w dłoniach. Lily obserwowała ich z głębi pokoju z gorzkim rozczarowaniem. Te dzieci ze szczęśliwych rodzin, w których ojcowie pracowali całymi dniami w dokach, a matki po nocach, gdy dzieci już spały, sprzątały St Angelus, teraz wyprowadzały na korytarze i na podwórko swoje nowe rowery i wózki dla lalek.

– Lily, tylko zobacz, jaki wózek dla lalek. Biało-czerwony, piękny! – powiedziała Katie, przyciskając nos do szyby i zapominając o kolorowance. – To Sheila. Czy mogę wyjść na dwór, Lily? Ona chyba pozwoli mi się ze sobą pobawić, co?

Powietrze przeszył piskliwy krzyk. To Joe właśnie zobaczył małego chłopca z mieszkania obok, który kręcił się po dziedzińcu na trzykołowym rowerku.

– Dlaczego Święty Mikołaj nie przyniósł nam czegoś takiego, Lily? – zapytała Katie. – Bardzo bym chciała mieć lalkę.

Wyszeptała swoje marzenie z nosem przylepionym do szyby, więc Lily ledwo je usłyszała.

– Nie przejmuj się, Katie – pocieszał ją Joe. – Przecież mamy to wszystko. Mamy najlepsze prezenty.

– To prawda, macie. Możecie cały dzień siedzieć w cieple i kolorować. Na dworze możecie się bawić w każdy inny, zwyczajny dzień – powiedziała Lily.

W duchu przeklinała jednak dzieciaki z Clare Cottages. Jakże miała konkurować z ich rodzicami, którzy co tydzień wpłacali pewną kwotę w ramach „klubu" w sklepie. A oprócz tego wrzucali jeszcze ze dwa szylingi do specjalnej puszki, w której zbierali pieniądze na święta. Przez cały zeszły tydzień z zazdrością patrzyła na kobiety z Clare Cottages, które tachały po schodach torby pełne słoików, puszek i szynek. Żywność ciągle jeszcze była racjonowana, ale czarny rynek działał prężnie, więc jeśli ktoś był gotów wydać przed świętami trochę pieniędzy, mógł bez trudu się tam zaopatrzyć. Dobre gospodynie z Clare Cottages dosłownie oszalały. Kupowały wszelkie nowinki, które pojawiały się w sklepach, przybijały do portu lub szczęśliwym zbiegiem okoliczności spadały ze statku.

– Kto mi pomoże robić babeczki z bakaliami? – zapytała radośnie Lily. – Pani McConaghy dała mi gazetę, w której był przepis, a tak się składa, że mam wszystkie potrzebne składniki. Zamiast wałka do ciasta moglibyśmy użyć butelki po mleku. Co sądzisz, Katie?

Uradowana chwyciła Katie za rękę. Dziewczynka bardzo się cieszyła na myśl, że coś będą mogły upiec. To było dla niej coś nowego, coś równie ekscytującego jak nowy rower.

– Chodźcie, ubierajcie się. Idziemy! Na śniadanie mamy bekon z podsmażanym chlebem. Super, nie?

Lily dziwiła się, że wszystkie te okrzyki radości nie obudziły rodziców, ale w głębi duszy miała nadzieję, że prześpią cały dzień.

Była zadowolona, bo wszystko szło gładko. Zrobili razem ciasto, tak jak nauczyła ją siostra Therese jeszcze w szkole. Dzieci chichotały, gdy całe obsypały się mąką, a Lily zniknęła w chmurze białego pyłu.

– Wesołych Świąt wam wszystkim życzę! – Głos usłyszeli, jeszcze zanim siostra Therese przekroczyła próg ich mieszkania. Joe wybiegł jej na spotkanie.

– Chodź i pomóż mi, dobrze, Joe? – poprosiła. – O, tu jesteś, Katie! Proszę, to dla ciebie.

Siostra Therese miała papier do pakowania. Prezent, który wręczyła Katie, był ogromny. Był też dwa razy bardziej atrakcyjny niż wszystko to, co dostali rano.

Lily na chwilę zrobiło się głupio. Żałowała, że nie miała więcej czasu na przygotowania. Tylko że do wczoraj myślała jeszcze o Bożym Narodzeniu raczej z niechęcią niż z radością. Nie minęły jeszcze dwadzieścia cztery godziny, odkąd pani McConaghy wręczyła jej kopertę i zdumiona Lily mogła zacząć ich wszystkich uszczęśliwiać.

– Co to takiego? – zapytała Katie, której prawie odebrało mowę. – To dla mnie?

Trzymała prezent w wyciągniętych rękach i patrzyła na siostrę Therese tak, jakby właśnie odebrała od niej niewybuch.

– Przecież bym ci tego nie dawała, gdyby to było dla kogoś innego? No i nie targałabym tego resztkami sił po tych schodach, gdybym to miała doręczyć gdzie indziej. Nie zabrałam się na raz, musiałam to wnosić po kolei. – Siostra Therese porozumiewawczo mrugnęła do Lily. – O tobie też nie zapomniałam – powiedziała. – A masz coś w tym czajniku? O mało co nie spiekłam się w kadzidle.

Lily zdrętwiała ze wstydu. Tak bardzo pochłonęło ją poszukiwanie prezentów dla Katie i Joego, że zapomniała o podarku dla siostry Therese. Było jej tak głupio, że aż poczerwieniała na twarzy. Nie wiedziała, czy zakonnice mogą przyjmować prezenty, ale żałowała, że nie ma zupełnie nic. Przecież była siostrze naprawdę wdzięczna za pomoc i chciała to jakoś okazać.

– Usiądźcie na podłodze i rozpakujcie to – poradziła siostra Therese.

– Naprawdę? Mogę? – zapytała Katie, która pomimo wyraźnego polecenia zakonnicy nadal patrzyła na Lily z powątpiewaniem i ruszyła się z miejsca z wielkim pakunkiem dopiero wtedy, gdy starsza siostra potwierdziła skinieniem głowy, że faktycznie powinna tak zrobić.

Lily bardzo chciała przynieść siostrze Therese herbaty, ale nie mogła ruszyć się z miejsca. Nie potrafiła oderwać wzroku od Katie, która przykucnęła i ostrożnie ustawiła pudło na podłodze, a potem, nerwowo spoglądając na Joego i Lily, oglądała z każdej strony ten pierwszy prawdziwy prezent, jaki w życiu dostała.

– No dalej, Katie – ponagliła ją Lily. – Otwórz go! Nie ruszę się stąd, dopóki się nie dowiem, co dostałaś.

Katie nie bardzo wiedziała, co robić. Chwyciła pakunek za róg.

– Chciałabym zobaczyć, co dostał Joe – powiedziała.

– Wiecie co? Ktoś mi kiedyś powiedział, że wielkie pudło w kolorowym papierze to najlepszy prezent, jaki można dać dziecku. Zupełnie nie jest ważne, co się znajduje w środku, bo dzieciom najbardziej się podoba właśnie to pudło w opakowaniu. – Siostra Therese też przyglądała się Katie, jednocześnie jednak zwracając się do Lily. – Kto by pomyślał? A tu proszę, wystarczy na nią spojrzeć.

Katie uniosła głowę i się do niej uśmiechnęła. Poczuła się chyba pewniej, bo nagle zaczęła z werwą obrywać papier.

Z pudełka wyjęła przepiękną lalkę w eleganckiej jasnoróżowej jedwabnej sukience. W tym momencie przez głowę Lily przemknęła myśl, że Katie nigdy nie będzie dane ubrać się w coś tak ładnego. Ani Lily, ani Katie nigdy nie widziały tak pięknej lalki.

Na chwilę zapadła całkowita cisza. Katie trzymała lalkę przed sobą.

– To naprawdę dla mnie? – zapytała raz jeszcze. Zwątpiła. Bała się. Nie chciała dać się ponieść radości z posiadania najpiękniejszej rzeczy, jaką kiedykolwiek w życiu widziała, dopóki nie nabierze pewności, że się za chwilę nie rozczaruje.

– Na pewno nie dla Sheili McGuffy. Oczywiście, że dla ciebie – zapewniła siostra Therese.

Katie powoli przytuliła lalkę, a potem wybuchnęła płaczem.

Lily opadła na kolana. Od razu wiedziała, dlaczego Katie płacze. Jej siostra bała się, że jak tylko siostra Therese wyjdzie, ona się będzie musiała z tą lalką rozstać. Z jednej strony pokochała tę zabawkę nagłą i przemożną miłością, a z drugiej strony już przygotowywała się na to rozczarowanie, które ją spotka, gdy tylko rodzice zobaczą ten prezent. Na pewno sprzedadzą lalkę. Albo zastawią w lombardzie. Przecież im w życiu chodziło tylko o to, żeby mieć pieniądze na drinki.

Siostra Therese uklękła obok Lily.

– Katie, to jest twoje, na zawsze – powiedziała. – Nie płacz już. Lepiej pomyśl, jak tę swoją córeczkę nazwiesz i gdzie ona będzie dziś w nocy spać. Masz na nią miejsce w łóżku?

Katie energicznie pokiwała głową i otarła oczy wierzchem dłoni.

– No właśnie, tak lepiej. Mnie się zawsze podobało imię Alfreda. Znałam kiedyś jedną siostrę Alfredę.

Katie zmarszczyła nos. Jej w pierwszej chwili przyszło do głowy, żeby nazwać lalkę Suzy. Lily się do niej uśmiechnęła. Doskonale wiedziała, że Katie nigdy w życiu nie zgodzi się dać lalce na imię Alfreda. Pomimo całej swojej wdzięczności dla siostry Therese.

– Posłuchaj mnie, młoda panno. Ja się teraz napiję herbaty, a ty w tym czasie wybierz imię dla lalki. Takie, jakie ty chcesz. Za to jedno musisz mi obiecać.

Katie spojrzała na siostrę Therese z powagą.

– Obiecaj mi, że będziesz ją ze sobą przynosić na mszę. Umowa stoi?

Lily ze łzami w oczach patrzyła, jak Katie rozplątuje wstążki, którymi lalka była zamocowana do pudełka, jak ją wyjmuje i chwyta pionowo, a potem kładzie sobie na rękach jak małe dziecko i kołysze do snu.

Zaraz potem spojrzała na Joego, który stał tuż obok niej zupełnie nieruchomo i bez słowa. Tylko trzymał ją za rękę. Podeszła do brata i pogłaskała go po jasnych, jeszcze nieuczesanych włosach. Podświadomie przypominała siostrze Therese, że w pokoju jest jeszcze jedno dziecko. Aż ją serce ściskało z bólu na myśl o tym, że zakonnica mogła o nim zapomnieć.

– O, Joe, tu jesteś! Chodź ze mną, coś ci pokażę. Przecież bym o tobie nie zapomniała! – zapewniła siostra Therese. Otworzyła szeroko drzwi prowadzące na korytarza i pokazała mu lśniący czerwony trójkołowy rower z wiklinowym koszykiem przywiązanym z tyłu do bagażnika białym skórzanym paskiem.

Lily mocno chwyciła brata za rękę, a on głośno westchnął z wrażenia.

Joe, oniemiały z zachwytu, rozsiadł się na rowerku. Lily potrafiła jednak myśleć tylko o jednym: że matka lada dzień spróbuje te wspaniałe prezenty sprzedać albo zastawić i że ona musi jak najszybciej wymyślić coś, żeby temu zapobiec.

Na razie niech się tym dniem nacieszą, pomyślała, a potem poszła zaparzyć herbaty dla siostry Therese. Nie pozwoli, żeby rodzice popsuli im te najlepsze w życiu święta Bożego Narodzenia. Nie potrafiła jednak uwolnić się od ponurej myśli, że pewnego dnia jej brat i siostra wrócą ze szkoły, a prezentów już w domu nie będzie.

– A to, Lily, dla ciebie. Proszę! – Siostra Therese sięgnęła do torby i wydobyła z niej malutki pakunek. – No otwórz!

W środku znalazła złoty krzyżyk na delikatnym złotym łańcuszku. Lily ostrożnie przesuwała po nim palcami.

– No załóż. Zanim pójdę, chciałam zobaczyć, jak wygląda na twojej szyi.

Lily spełniła jej prośbę.

– Od pani McConaghy też dostałam prezent – powiedziała.

– No proszę, jak miło. Zobaczmy, co to!

Lily wróciła z paczuszką, którą wydobyła spod łóżka. Położyła ją przed sobą na stole. Powolutku odwiązała wstążkę i jej oczom ukazał się śliczny zielony szalik we wzory.

Siostra Therese nie kryła zachwytu.

– No, kto by pomyślał! Będziesz w nim najpiękniejszą dziewczyną w całym Liverpoolu.

Lily nie wiedziała, co powiedzieć. Nałożyła szalik i sięgnęła po lusterko, o którym Katie zdążyła już zapomnieć. A tam po raz pierwszy w życiu zobaczyła kobietę, którą miała się kiedyś stać.

Przed kościołem St Chad's siostra Therese spotkała ojca Brennana, który szedł od strony domu dziecka.

– Spełniła siostra swój obowiązek? – zapytał.

Ojciec Brennan od dawna twierdził, że w sprawie tych dzieci należałoby się skontaktować z opieką społeczną i że powinny trafić do przykościelnego sierocińca, gdzie mogłyby dorastać w duchu katolicyzmu.

– Owszem. Wiem, że ojciec tego nie pochwala, ale gdyby ojciec widział ich buzie…

Sprawa rodziny Lancashire'ów była jej solą w oku. Siostra Therese konsekwentnie stała na stanowisku, że najlepiej będzie wspierać Lily i dzieci w ich rodzinnym domu. Tę samą politykę stosowała zresztą w stosunku do wszystkich rodzin z Clare Cottages.

– Może i racja, ale St Chad's pękałby w szwach, gdybyśmy sprowadzali tu każde dziecko, które potrzebuje opieki. Nie dalibyśmy sobie rady.

Ojciec Brennan żartobliwie pogroził jej palcem. Wielokrotnie spierali się o los dzieci z Clare Cottages.

– Naprawdę doceniam to, co siostra robi, ale niech sobie siostra dobrze zapamięta moje słowa: przyjdzie kiedyś taki dzień, że nie będziemy mieli wyboru. W tej sprawie toczy siostra bój z Panem, radzę więc uważać, bo on zawsze jest górą.

Siostra Therese czuła wielki ciężar na duszy. Tak samo jak o dzieci, martwiła się o Lily. Ona świata poza swoim rodzeństwem nie widziała. Gdzie by się podziała, gdyby jej brat i siostra trafili do sierocińca? Co by się z nią wtedy stało? Jej zdaniem nie należało nic zmieniać. Poza tym ojciec Brennan nie miał racji, ona wcale nie toczyła boju z Panem, w każdym razie jeszcze nie. Była przekonana, że wkrótce wydarzy się coś, co im pomoże wytyczyć właściwą drogę. Wierzyła, że ich los odmieni się na lepsze. Że Lily czeka w życiu jeszcze coś dobrego. Tak jej mówił Pan.

– W tej sprawie bój toczę tylko z ojcem – powiedziała z uśmiechem, zanim przeszli przez arkadowe wrota i przeżegnali się tuż za progiem kościoła.

Ojciec Brennan pokiwał głową. Siostra Therese zawsze dopinała swego. Potrafiła do swoich racji przekonać jego i każdego innego człowieka, a teraz wszystko wskazywało na to, że również i Boga owinęła sobie wokół palca.

Rozdział 11

Lily wiedziała, że coś jest nie tak, gdy tylko przekroczyła próg fabrycznego biura. Nad jej głową odezwał się dzwonek, ale w środku nie było jeszcze nikogo, kto by ją powitał. Uniosła wzrok i spojrzała na duży zegar wiszący nad drzwiami, którymi wychodziło się na tylne schody prowadzące na teren zakładu. Udało się! Duża czarna wskazówka minutowa miała jeszcze kawałeczek do czubka tarczy. Do ósmej pozostały jeszcze dwie minuty. Lily przeszedł dreszcz. W biurze było mało przyjemnie, w kominku dawno nikt nie palił. Dokuczało jej zimno i źle się tu czuła w samotności, a do tego nagle zauważyła, że ktoś przesunął jej biurko tak, że teraz stało przodem do ściany bez okna, w bardzo ciemnym kącie. Zmarszczyła brwi. Odkąd zaczęła tu pracować, zawsze siedziała w tym samym miejscu, w pobliżu kominka i twarzą do okna.

Na jej dotychczasowym miejscu, a nawet trochę bliżej kominka, dokładnie naprzeciwko biurka pani McConaghy, stało eleganckie nowe biureczko z blatem wyłożonym skórą. Przy stole czekał skórzany obrotowy fotel.

Lily rozejrzała się dookoła.

– Halo! – zawołała. – Pani McConaghy!?

Nikt jej nie odpowiedział. Powoli zamknęła za sobą drzwi. Dzwoneczek nad drzwiami rozbrzmiał raz jeszcze, tym razem jakby bardziej przeciągle. Lily nie odrywała wzroku od nowego biurka. Przyglądała mu się, jakby to był jakiś intruz. „Skąd się tu wziąłeś?", wyszeptała. „Kto cię wniósł po tych schodach?". Pan i pani McConaghy byli stanowczo za starzy, żeby podnieść taki ciężar, tym bardziej że pani McConaghy zdecydowanie zbyt często raczyła się francuskimi nowinkami cukierniczymi i z czasem poruszała się coraz bardziej ociężale.

Chłód był bezlitosny. Na święta wygaszono piece ogrzewające pomieszczenia na piętrach, ale teraz lada chwila miały one znów ruszyć. Świadczyły o tym odgłosy nakładania węgla do drewnianych wózków, którymi transportowano opał po betonowej podłodze. Lily wiedziała, że dzięki palnikom gazowym ogień zapłonie w piecach bardzo szybko i że w ciągu godziny czy dwóch w biurze znów będzie ciepło i przytulnie.

Postanowiła nie zdejmować płaszcza do czasu, aż rozpali w kominku i temperatura wzrośnie. Zsunęła tylko rękawiczki, które zaraz potem schowała do kieszeni. Zabrała się do normalnej pracy. Do biura szła ponad godzinę. Smog był tak gęsty, że ruch samochodowy praktycznie zamarł i jej autobus też nie przyjechał. Jakby czas w Liverpoolu stanął w miejscu i wszyscy mieszkańcy zapadli w sen zimowy w swoich domach. Za pomocą dużego miedzianego kubka nalała wody do elektrycznego czajnika. Przyłożyła ucho do obudowy, żeby sprawdzić, czy urządzenie działa. Po chwili z radością rozpoznała charakterystyczny szum rozpoczynającego się wrzenia. Rozpaliła w kominku i za pomocą miecha wepchnęła do paleniska ożywczą porcję tlenu. Potem zaczęła zdejmować kartki świąteczne porozwieszane po ścianach. Każdy jej oddech zawisał w powietrzu jako mleczny obłoczek pary, a skostniałe palce omal jej nie odpadły, gdy miękkimi i łamliwymi paznokciami podważała kolejne metalowe pinezki.

Nowe biurko i krzesło cały czas nie dawały jej spokoju. Tak samo jak Katie, która nie mogła uwierzyć, że dostała nową lalkę, tak i Lily powtarzała sobie: to nie może być dla mnie. Nie może, prawda? A może jednak?

Dla kogo jednak miałoby być, jeśli nie dla niej? Musiało być dla niej. Przeszedł ją dziwny dreszcz na samą myśl o tym, że może dostanie jeszcze jeden prezent na święta – że to będzie dowód uznania dla jej ciężkiej pracy. Czyżby państwo McConaghy faktycznie tak bardzo ją cenili, że postanowili jej kupić nowe biurko i krzesło?

Dzwoneczek nad drzwiami poinformował ją, że oto nie jest już sama. Lily jednocześnie usłyszała jego dźwięk i poczuła powiew lodowatego powietrza na wysokości kostek. Odwróciła się w stronę drzwi i zobaczyła Lockiego, który właśnie otupywał buty.

– Zamknij drzwi, Lockie! – krzyknęła. – Tu i tak jest już strasznie zimno, bo piece jeszcze nie pracują i w kominku też się jeszcze nie rozpaliło.

Lockie odwrócił się przodem do drzwi i wyjrzał w kierunku rzeki.

– Spoglądałaś w stronę doków? Żadnych nowych statków. Tylko te po rozładunku. Na redzie nic nie czeka. Kapitan portu twierdzi, że tam na morzu mgła jest gęstsza niż mleko. Ponoć na brzegu pojawi się wieczorem.

Lily się uśmiechnęła. Powtarzała sobie, że się tylko przyjaźnią, ale tak naprawdę łączyło ich coś więcej. Lockie był jej sojusznikiem. Zawsze mogła z nim pogadać, gdy pani McConaghy wyszła na poranny spacer do cukierni. Nie darzyła go romantycznymi uczuciami i nie wiązała z nim żadnych planów, ale lubiła jego towarzystwo. Nikomu by się raczej do tego nie przyznała, ale w głębi duszy doskonale wiedziała, że poza siostrą Therese to jej jedyny prawdziwy przyjaciel.

– Po drodze do pracy dwa razy bym się prawie przewróciła – odparła. – Wyprowadziłeś konia?

– No coś ty. Stoi sobie leniwie w stajni. Po cóż miałbym go męczyć? Skoro nie ma statków, to i tak nie miałbym co ładować na wózek.

– To dlaczego ty nie wylegujesz się w łóżku? Mógłbyś sobie zrobić wolny dzień, szczęściarzu!

– Po cóż miałbym wylegiwać się w łóżku, Lily, skoro nie miałby mnie tam kto grzać, co?

Lily zarumieniła się po same uszy.

– Spadaj, Lockie – odparła. – Nawet gdyby miał cię kto grzać w łóżku, to i tak musiałbyś wstać, żeby nakarmić konia.

Lockie tupnął jeszcze parę razy w kokosową matę, a potem zamknął za sobą drzwi.

– Gdzie są wszyscy? – zapytał i zaraz z jego ust wydobył się przeciągły gwizd. – Ha! Awansowałaś, co? Jakie biurko!

Podszedł do nowego mebla i przesunął palcami po powierzchni tłoczonej zielonej skóry, tropem delikatnych złotych wypełnień.

– Sama nie wiem, co myśleć. To chyba nie może być dla mnie?

Lily podała Lockiemu parującą filiżankę. Parzenie herbaty było jej pierwszym zadaniem z samego rana. Gdy tylko skończyła, wychodziła z tacą do hali produkcyjnej. Niosła na niej dwa półlitrowe kubki, jeden dla pana McConaghy'ego, a drugi dla jego szwagra.

Szczerze nie lubiła tego robić i zawsze czuła zażenowanie, gdy potem z tacą zwieszoną wzdłuż nogi wspinała się po drewnianych schodach. Odprowadzały ją spojrzenia innych ludzi, którzy ukradkiem zerkali na tę pustą tacę albo czasem na pana McConaghy'ego raczącego się gorącym naparem. Niektórzy z nich przynosili ze sobą do pracy szklane butelki z zimną herbatą. Inni nie mieli zupełnie nic.

Lily najchętniej zaparzyłaby herbatę dla wszystkich, tym bardziej że w zakładzie pracowało tylko kilkunastu ludzi. Kiedyś nawet podsunęła ten pomysł pani McConaghy, ale zebrała potem burę za to, że ośmieliła się wstawić za pracownikami.

– Czy mam robić herbatę dla wszystkich? – zapytała w pierwszym tygodniu pracy. Jej samej herbata przestawała smakować, gdy tylko pomyślała o tych ludziach, którzy się właśnie prażą przy wielkich piecach.

– Herbatę dla wszystkich? Ani mi się waż! To nie jest organizacja charytatywna ani kuchnia dla ubogich, tylko zakład pracy. Mogą się napić wody z pompy na dziedzińcu. Z pragnienia nie umrą.

Pani McConaghy powiedziała to tak oschłym tonem, że Lily już nigdy więcej do tematu nie wróciła.

– Jak im dasz herbatę, to wnet zażądają ciasta i przerwy.

To zupełnie jak pani, pomyślała Lily, ale nie odważyła się powiedzieć tego na głos. Wiedziała, że swoje opinie musi zachować dla siebie. Potrzebowała tej pracy.

Minęło kilka tygodni, zanim znów zdecydowała się wypić poranną herbatę z panią McConaghy. Do tego czasu jej filiżanka stała na spodku nieużywana, jak gdyby w milczącym geście solidarności z robotnikami pracującymi na dole.

Lockie postawił filiżankę na nowym biurku.

– Podnieś to! – nakazała Lily. – Przecież zostawisz ślad na skórze, ty idioto!

– No proszę, proszę. Jakaś ty się troskliwa zrobiła! Martwisz się, że na pięknym biurku mógłby zostać ślad. Przestańmy się bawić w ciuciubabkę. Przecież ty wiesz, że to biurko jest dla ciebie. Od siebie mogę tylko powiedzieć, że wnosisz cenny wkład w pracę tego zakładu. Najwyraźniej państwo McConaghy mają o tobie bardzo wysokie mniemanie, bo przecież wydają pieniądze, tylko jeśli już koniecznie muszą. No, chyba że…

– Chyba że co? Chcesz powiedzieć, że widzisz powód, żebym miała dostać biurko, tak? Ja nie wierzę, że ono jest dla mnie. Ty naprawdę myślisz, że to dla mnie?

Te ostatnie słowa wypowiedziała już szeptem, chociaż w biurze nie było nikogo innego, kto mógłby ją usłyszeć.

– Naprawdę tak myślę. Bo niby dla kogo innego? Pani McConaghy nigdy w życiu nie zrezygnowałaby ze swojego biurka. – Lockie wyjął z kieszeni paczuszkę opakowaną w brązowy papier i przewiązaną sznurkiem. – Proszę, Lily, mam coś dla ciebie.

– Dla mnie? – zdziwiła się Lily. Szeroko otworzyła oczy i patrzyła na niego pytająco. – Na pewno dla mnie?

– Tak, na pewno. Trochę się spóźniłem, ale przed świętami się nie widzieliśmy. Wszystkiego dobrego, Lily.

Dziewczynie łzy stanęły w oczach, ale szybko wytarła je wierzchem dłoni. Ostrożnie rozpakowała papier i po chwili uśmiechnęła się szeroko i radośnie na widok szczotki do włosów wykonanej z polerowanego drewna i naturalnego włosia. Nigdy nie widziała czegoś równie pięknego. Zawsze marzyła, by móc czymś takim czesać swoje długie kasztanowe włosy.

– Och, Lockie… – wyszeptała, ale odebrało jej mowę.

– Chodź tu do mnie, ty stuknięta niezguło! – Lockie wziął ją w ramiona i przytulił.

Poczuła na policzku szorstką wełnę, z której utkana była jego krótka kurtka. Na chwilę położyła głowę na jego ramieniu, wdychając zapach juty, którą całymi dniami woził na swoim zaprzęgu. Była dla niego jak siostra. Znał ją całe życie. Chronił ją i dbał o nią.

Lily nie miała najmniejszych wątpliwości, że on nikogo więcej w niej nie widzi. Ona zresztą też nie widziała w nim nikogo więcej. Był w jej życiu kimś wyjątkowym i za to go kochała.

Lockie zwolnił uścisk i odsunął się od niej na długość ramienia.

– A jak święta, Lily? W porządku? Nie bił cię chyba, co? Jeśli cię bił, masz mi powiedzieć. Przysięgam na Boga, że go zabiję, jeśli cię choćby dotknął.

Lily pociągnęła nosem, a Lockie podał jej chusteczkę. Była śnieżnobiała i szeleszcząca świeżością. Lily znała matkę Lockiego. To była dumna kobieta, która nigdy by nie pozwoliła, żeby jej syn wyszedł z domu bez czystej chusteczki w kieszeni. Poza tym na każdy temat miała wyrobione zdanie, w szczególności zaś na temat Lancashire'ów.

– Nie, większość świąt przesiedzieli w pubie albo przespali. Siostra Therese przyniosła nam prezenty. Wiesz co, Lockie, to były najlepsze święta w moim życiu.

– Coś mi więc mówi, że sprawy idą ku lepszemu. Kto wie, może to biurko to prezent świąteczny od pani McConaghy?

Lily się roześmiała.

– Nie wygłupiaj się! Kupiła mi piękny szalik. Schowałam go pod łóżkiem. A prezenty dzieci są u pani McGuffy.

– A nie myślałaś kiedyś, żeby powiedzieć państwu McConaghy, jaką masz trudną sytuację w domu?

Lily potrząsnęła głową.

Lockie nie musiał jej pytać o powody. Wiedział, że duma jej na to nie pozwala. Wolałaby umrzeć, niż powiedzieć pracodawcom, że jej rodzice są alkoholikami i że gdyby nie ona, Joe i Katie trafiliby do domu dziecka.

To nowe biurko pozostawało tajemnicą. Lily i Lockie spoglądali w kierunku miejsca, gdzie zwykle zasiadała pani McConaghy.

Jej fotel stał tuż przy drzwiczkach od sejfu. Lockie miał rację, że ona nie zamierzała się nigdzie stamtąd ruszać. Strzegła tych drzwi pilniej niż święty Piotr bram raju.

– Na Boże Narodzenie dostałam od niej tort i trochę pieniędzy ekstra – szepnęła Lily. – Nie jest taka zła, tylko czasem bywa trochę niemiła.

– Trochę niemiła? – oburzył się Lockie. – Żarty sobie stroisz? No, ale... Skoro pamiętała o tobie w święta, to sprawa jest jasna, awansowałaś w ich oczach, Lily! Postanowili dopilnować, żeby inni okazywali ci należny szacunek, i dlatego wstawili tu nowe biurko. Słuchaj, oni lada moment przejdą na emeryturę albo w ogóle kopną w kalendarz. I kto wtedy dopilnuje interesu? Przecież tak naprawdę to ty tu trzymasz rękę na pulsie. To od początku miało tak być, nie, Lily?

Lily zamrugała nerwowo. Słuchała go, ale zupełnie nie rozumiała, o czym mówi. Jakby mówił w obcym języku.

– Przecież ja się znam tylko na sprawach bankowych, na zamówieniach i na płacach, Lockie – wyszeptała, jakby się bała, że ktoś może wejść i ją usłyszeć. Egoizm McConaghych czasem ją drażnił, ale była wobec nich lojalna i po słowach Lockiego poczuła się nieswojo. – O samym przetwórstwie nic nie wiem. Nie wiem, co się dzieje tam na dole.

– Oj, już nie zgrywaj niewiniątka, Lily – uśmiechnął się Lockie. – Przecież w praktyce to ty odpowiadasz za funkcjonowanie biura, ty negocjujesz ceny z handlarzami i ty podejmujesz wszystkie decyzje. Nam, biednym właścicielom koni i wozów, pozostaje tylko jeździć do portu i z powrotem. A ludzie z fabryki niczym innym się w życiu nie zajmowali. Już oni wiedzą, o co w tym chodzi. Przerabianie juty na liny i metalu na drut to męska robota. Tak naprawdę wszystko się dzieje tutaj, dziewczyno. Rozegraj to tylko, jak trzeba, a pewnego dnia to będzie należało do ciebie. Gdy przyjdzie pora, Lockie w razie potrzeby wyciągnie do ciebie pomocną dłoń. Ja już od jakiegoś czasu mam oko na ten zakład. Lily, przecież oni nie mają pojęcia, co się święci. Pewnego dnia to wszystko może być nasze.

Na twarzy Lily wymalowało się coś między przerażeniem, niedowierzaniem a nadzieją. Na ułamek sekundy dopuściła do siebie nadzieję.

– Słuchaj, usiądź ty przy tym twoim biurku i sprawdź, czy ci rozmiarami pasuje.

Czar prysł. Lily nagle przestała czuć ciepło jego kurtki. Nagle nie potrafiła dostrzec w jego oczach życzliwości.

– Nie mogę, Lockie – powiedziała. – Nie śmiem. Jakieś mam dziwne przeczucia w związku z tym. Muszę zanieść tacę na dół, do pana McConaghy'ego i jego szwagra.

– Zrobisz to za chwilę. Na razie zakręćmy się w tym krześle.

Lockie opadł ciężko na krzesło obite zieloną skórą, a obie ręce ułożył na polerowanych drewnianych podłokietnikach. Odepchnął się mocno nogami od podłogi, wprawiając krzesło w ruch obrotowy.

Lily zasłoniła usta dłonią i zaczęła chichotać.

– Widziałaś kiedyś coś takiego?! – wykrzyknął Lockie, gdy krzesło zwolniło i mógł bezpiecznie zeskoczyć. – No proszę, proszę, to się nazywa cud techniki. Pewnie trzeba to będzie regularnie smarować, ale te sprężyny wyglądają, jakby były wieczne. Najwyższa klasa, nie ma co. Chodź, spróbuj, czy ci rozmiarami pasuje.

Wyjął z ręki Lily filiżankę, którą razem ze spodkiem postawił na biurku. Potem posadził dziewczynę na krześle, chwycił za podłokietnik i z całej siły zakręcił.

– Lockie, przestań. Lockie, nie! – Zaskoczona Lily na nic więcej nie była się w stanie zdobyć. Gdy Lockie zakręcił krzesłem, siła obrotu wcisnęła ją w oparcie. Przerażona dziewczyna chwyciła się kurczowo oparcia.

Widziała jego twarz, drzwi, jego twarz i znowu drzwi, a potem usłyszała dzwonek. Potem zobaczyła panią McConaghy.

Głowa jej wirowała w takim tempie, że nie była w stanie zebrać myśli, ale Lockie przestał się śmiać, a atmosfera w pokoju wyraźnie się ochłodziła, nie tylko za sprawą zimnego powietrza, które wpadło do środka przez otwarte drzwi.

Lockie zatrzymał fotel i Lily poleciała do przodu. Próbowała wstać, ale kolana jej nie utrzymały i osunęła się na podłogę. Kręciło jej się w głowie i ściskało ją w żołądku, trochę jakby grała w ciuciubabkę i ktoś ją właśnie mocno zakręcił. Nogi miała jak z waty, więc chwyciła się blatu, żeby się podciągnąć. Miała ochotę zapaść się pod ziemię ze wstydu.

Lockie wyciągnął rękę i jednym szarpnięciem przywrócił ją do pionu. Lily lekko się zachwiała, więc pomógł jej złapać równowagę. Uwagę dziewczyny przykuło wtedy coś nietypowego: jakiś zapach, zapach perfum, kwiatowych perfum. Gdzieś z odmętów pamięci przywołał wspomnienie wizyty w drogerii.

Gdy w końcu udało jej się skupić wzrok, zobaczyła, że obok pani McConaghy stoi młoda kobieta. Miała ciemne włosy przycięte krótko tuż poniżej linii ucha i usta pomalowane na czerwono. Otulona była wełnianym płaszczem, głowę zaś chowała w czapce z futra. Roztaczała wokół siebie bardzo przyjemny zapach.

– Zapytam raz jeszcze: co tu się, u licha, dzieje? – spytała pani McConaghy wyraźnie zniesmaczona.

– Tak, właśnie, chętnie się wszyscy dowiemy. Prawda, ciociu?

Młoda kobieta prychnęła, po czym położyła torebkę na nowym biurku. Lily spuściła wzrok i zobaczyła czerwone kozaczki z szarym futrem, takim samym jak to na czapce. Po raz pierwszy w życiu poczuła ukłucie zazdrości. Spojrzała na własne brązowe buty. Miały już swoje lata. Nosiła je codziennie, odkąd siostra Therese od kogoś je pozyskała i podarowała Lily. Po drodze przemokły od śniegu i wilgoci, więc chwilowo sprawiały wrażenie niemal czarnych. W środku skrywały przemarznięte i przemoczone nogi, którym lada moment groziło odmrożenie. Jakżeby i ona chciała mieć takie kozaczki!

– To jest moje biurko, ciociu? – zapytała młoda kobieta.

– Tak, właśnie tak, Amy. Lily, chciałabym zamienić z tobą słówko – dodała pani McConaghy, jakby z nutką zażenowania w głosie. – To jest moja siostrzenica, Amy Curran. Od dziś będzie tu pracować.

W tym momencie Lily usłyszała, jak Lockie cicho wzdycha.

Czyli to była słynna Amy. Ta od chłopaka, co to się salwował ucieczką.

Amy siedziała na krawędzi biurka z nogami założonymi jedna na drugą. Ręce oparła na zielonym blacie i przechyliła się lekko na bok.

– A to czyje jest? – zapytała, unosząc filiżankę, z której piła Lily.

Lily wyciągnęła rękę po naczynia. Chciała coś powiedzieć, ale głos uwiązł jej w gardle. Tak jak przypuszczała, biurko nie było dla niej. Miała żal do Lockiego, że podsycał w niej nadzieję. Nie powinna mu była na to pozwolić. Wciągnęła nerwowo powietrze, bo zobaczyła na biurku swoją nową szczotkę. Za późno, Amy dostrzegła ją pierwsza.

– O, a to dla mnie? Prezent na powitanie? Rany, dziękuję!

Amy podniosła szczotkę i podeszła do lustra. Gdy zaczęła się czesać, Lily aż zamarła z przerażenia. Poza szalikiem od pani McConaghy nigdy wcześniej nie dostała niczego nowego, ale gdy odpakowała prezent, zabrakło jej odwagi, żeby tej nowej szczotki użyć. Chciała poczekać na odpowiedni moment i wtedy uczesać się po raz pierwszy. Chciała rozpuścić włosy i powoli wygładzić długie loki. Teraz zupełnie ją zatkało, a tymczasem Amy szybkim ruchem otworzyła szufladę i wrzuciła do niej szczotkę.

Lily poczuła łzy w oczach. Tego już za wiele. Czasami życie po prostu ją przerastało. Przecież to nie może być biurko Amy! Przecież ona nie pracuje w fabryce! Przecież w tym miejscu stało jej biurko!

Zadrżała tak mocno, że niemal było to widać. Zalała ją fala gorzkiego rozczarowania. Oczywiście, że to biurko nie jest dla niej. Jakże niby miałoby być? W końcu zdołała się odezwać:

– Przepraszam, filiżanka jest moja. Już ją zabieram.

Pani McConaghy uparcie nie nawiązywała z nią kontaktu wzrokowego. Wcześniej nigdy tak się nie zachowywała. Lily czuła narastające gdzieś w głębi jej duszy poczucie niesprawiedliwości. W domu nigdy nie mogła się bronić, a teraz nawet w pracy stała się popychadłem.

– Czy mogę prosić o zwrot mojej szczotki? – powiedziała szeptem.

– Co powiedziałaś? – zapytała Amy, unosząc lekko kąciki ust w złośliwym uśmieszku. Wiedziała, że w ten sposób sprawi Lily przykrość, ale właśnie o to jej chodziło.

– Chciałabym prosić o zwrot mojej szczotki. Schowała ją pani do szuflady biurka.

– A, o to chodzi. – Amy otworzyła szufladę i uniosła w górę szczotkę. – No cóż, pozostaje chyba stwierdzić, że ciocia najwyraźniej za dużo ci płaci.

Z głośnym plaskiem położyła szczotkę na wyciągniętej dłoni Lily. Lily poczuła nieprzyjemne pieczenie.

– No dobrze, to ja już pójdę – oznajmił Lockie.

Wtedy Lily zauważyła, że zdążył się od niej odsunąć i stanąć przy drzwiach. Na twarzy miał niemądry uśmiech. Wyraźnie było mu głupio.

– Nie ma statków, pani McConaghy, więc pewnie pojawię się znowu dopiero jutro rano.

Lily miała ochotę podbiec do drzwi, chwycić go za rękę i wciągnąć do środka. Nie zostawiaj mnie, pomyślała. Zostań. Nie chcę być sama z tą całą Amy. Za późno. Dzwoneczek nad drzwiami rozbrzmiał i zaraz potem Lockiego już nie było.

Pani McConaghy nie marnowała czasu.

– Amy przyszła do pracy, żeby się uczyć. Ty ją wszystkiego nauczysz, Lily. Od dziś będzie tu pracować, prawda, Amy?

Amy nie odpowiedziała. Uśmiechnęła się tylko do Lily. Nie był to jednak życzliwy uśmiech, lecz raczej uśmiech z gatunku tych, które mówią: „To się jeszcze zobaczy".

Panna Curran była tak idealna, że Lily czuła się przy niej brzydka i nie na miejscu. Ten jej strój, makijaż, sposób wysławiania! Ta jej pewność siebie i śmiałość! To, jak kiwała nogami zwieszonymi z blatu biurka i jak kpiąco uśmiechała się do Lily! Lily przez to czuła się zupełnie do niczego.

Zaskoczyła ją również sama pani McConaghy, która podeszła do zlewu i zaczęła nalewać herbatę. Odkąd Lily podjęła pracę w biurze, pani McConaghy nigdy sama nie nalewała herbaty. To pewnie dla Amy, domyśliła się Lily – i miała rację. Pani McConaghy chwiejnym krokiem podeszła do siostrzenicy ze spodeczkiem, na którym stała jej najlepsza filiżanka. Ta, którą wyjmowała z szafki tylko z okazji wizyty pani O'Hary z banku.

– Proszę, rozgrzej się trochę. Tylko nie zalej sobie tego ślicznego płaszczyka.

Lily aż otworzyła usta ze zdumienia. Nagle stało się jasne, że Amy do granic możliwości wykorzystuje fakt bycia jedyną siostrzenicą bezdzietnych państwa McConaghy. Owinęła ich sobie wokół palca i całymi garściami czerpała z ich przedsiębiorczej pomyślności. Gdy pani McConaghy delikatnie pogładziła rękaw płaszcza Amy, Lily nie miała już najmniejszych wątpliwości: to ona go kupiła.

Lily zastanawiała się, czy ta praca w biurze to aby nie kara dla Amy za incydent z chłopakiem. Pani McConaghy szybko jednak rozwiała jej wątpliwości.

– Posłuchaj, Amy – powiedziała. – Kiedyś to wszystko będzie twoje, więc musisz się w tym dobrze orientować. A nie da się inaczej, jak tylko pracując tutaj, w biurze, i ucząc się od ciotki i od Lily. Oczywiście to ty jesteś szefową. Lily, rozumiesz, prawda? Amy jest z rodziny.

Lily posmutniała. Nie podobało jej się, że odtąd ma pracować dla tej rozpieszczonej i leniwej, a do tego najpewniej bezczelnej modnisi Amy. Doskonale wiedziała, co o niej mówili szeptem robotnicy z hali produkcyjnej. Ojca Amy co prawda lubili, ale uważali go za słabego człowieka, który pozwala rozstawiać się po kątach McConaghym. Wiedziała też, że ta cała historia z córką mocno go przybiła.

– Nauczysz mnie wszystkiego, prawda, Lily? – powiedziała Amy, unosząc brwi, po czym zdjęła płaszcz i go jej podała.

Okazał się zaskakująco ciężki. Ważył tyle, co mały Joe. Był miękki i ciepły, a podszewka słodko pachniała. Lily ledwo oparła się pokusie wtulenia weń twarzy. Chętnie dotknęłaby czegoś tak miłego, poczuła woń niedostępnej dla niej kobiecości i zanurzyła się w jego cieple.

– Nauczę panią tego, co sama umiem, panno Curran – zapewniła Lily cicho.

Pani McConaghy uśmiechnęła się i jakby odprężyła.

– Dobra z ciebie dziewczyna, Lily – powiedziała, kierując się na schody prowadzące na halę produkcyjną.

Lily przypuszczała, że za chwilę jej osoba stanie się tematem rozmowy z mężem – i że pan McConaghy usłyszy, że „Lily nie sprawiała najmniejszych problemów".

Na twarzy Amy pojawił się nieco bardziej życzliwy wyraz.

– Lily, jestem Amy. Możesz tak do mnie mówić.

– Jak wiesz, ja jestem Lily. Muszę dziś rano zacząć od zamówień. I wyliczyć wynagrodzenia na podstawie kart pracy z Wigilii.

– O Boże – jęknęła Amy. – Ja się takimi rzeczami nie chcę zajmować.

Spojrzała w kierunku drzwi. Lily zauważyła, że coś ją wyraźnie zajmuje, że myśli zupełnie o czymś innym niż praca w biurze.

– Co to za chłopak tu był, jak przyszłyśmy?

– Kto? Lockie? – zapytała zaskoczona Lily.

– A niby kto? Nikogo innego nie było, jak przyszłyśmy. Chyba nie myślisz, że z dnia na dzień zgłupiałam do twojego poziomu? – żachnęła się Amy.

– To był Lockie – powiedziała Lily, która ze wstydu zaczerwieniła się jak burak.

Odwieszała właśnie płaszcz siostrzenicy szefowej, więc korzystając z okazji, delikatnie otarła się o niego policzkiem i wciągnęła nosem jego zapach.

– A co on tu robił? – dociekała Amy. Przeszła przez pokój, po kolei wzięła do ręki kilka ksiąg. Czytała napisy na grzbietach, a potem z niesmakiem odkładała je na miejsce. Zanim Lily zdążyła cokolwiek odpowiedzieć, rzuciła jeszcze: – Nie do wiary, jak mnie pokarało. Co za paskudne miejsce. Chyba się ze mną zgodzisz, że to biuro nie ma za grosz uroku. No, ale dobrze, czym się ten chłopak zajmuje?

– To jeden z handlarzy. Przywozi z doków towar, zwykle jutę, często też metal. Twój wuj to od niego kupuje.

– A czy on dobrze na tym zarabia? – Amy podeszła do okna i spojrzała w dół Dock Road. Wpatrywała się w bruk wiodący aż do ciemnoszarej rzeki, która gdzieś na horyzoncie zlewała się z ciemnoszarym niebem.

– Owszem. Podobno wkrótce dorobi się własnego zakładu. Lockie zawsze jest w porcie pierwszy, z samego rana. Mnie tam tylko żal konia.

Amy odwróciła się i założyła ręce.

– Nie marnuj współczucia na konia. To mnie powinnaś współczuć. Nawet sobie nie wyobrażasz, jak ja bardzo nie chcę tu być. Zobacz, o tam… – Amy spojrzała w stronę Lily, żeby się upewnić, że nie mówi sama do siebie. – Tam jest Atlantyk. On się ciągnie aż do Nowego Jorku. Tam powinnam być, w Nowym Jorku. A nie w tej dziurze.

Lily nic nie powiedziała. Usiadła za biurkiem i otworzyła księgę. Ta „dziura", jak to raczyła określić Amy, utrzymywała ją i jej rodzeństwo już od trzech lat.

– A czy on ma żonę? – warknęła Amy, nadal stojąc plecami do Lily, a twarzą do rzeki.

– Lockie? Nie, skąd. Kto by się chciał ożenić z Lockiem? – Lily się prawie roześmiała. – On mieszka z mamą i tatą.

– A czy ma dziewczynę?

Lily miała już dość tych pytań.

– Nie, o ile mi wiadomo, to nie.

– A czy on czuje do ciebie miętę, Lily?

Na to pytanie padła gwałtowna odpowiedź:

– Nie, w żadnym razie. Absolutnie nie.

Amy się odwróciła i na długą chwilę wbiła w Lily świdrujący wzrok.

– Świetnie – odparła zadowolona ze szczerej odpowiedzi. – W takim razie będzie mi musiał wystarczyć.

Na szczęście dla Lily tego dnia Amy już więcej się do niej nie odzywała.

Rozdział 12

W niedzielę Lily zabrała dzieci na mszę. Modliła się o długie życie dla pani i pana McConaghy – i za to, żeby się w najbliższej przyszłości nie zdecydowali przejść na emeryturę. Tydzień z Amy był dla niej trudnym doświadczeniem. To była egoistka w każdym calu.

– O Boże, Lily, przecież to prawdziwe piekło – mówiła za każdym razem, gdy pani McConaghy wychodziła z biura. – To nie miejsce dla mnie. Jestem tu dopiero od kilku dni, a już ledwo żyję.

Lily uznała, że nie ma sensu tłumaczyć Amy, jak wielkim zbawieniem była dla niej ta praca przez ostatnie trzy lata. Amy raczej nic by to nie obeszło. W rozmowy wdawała się tylko pod warunkiem, że dotyczyły jej osoby.

– Powiedz im, że nie chcesz tu pracować – poradziła Lily.

– Chciałabym, ale nie mogę. Płacili za moją edukację, ale ani słowem się nie zająknęli, że zamierzają zamykać mnie na cały dzień w tym parszywym biurze, wśród tych wszystkich ksiąg i rzędów nudnych cyferek. Lily, przecież ja jestem stworzona do wyższych celów! Spójrz na mnie. Czy ja wyglądam na kogoś, kto powinien przesiadywać za tym paskudnym biurkiem?

Mówiąc to, odepchnęła się nogą od biurka i posłała krzesło ruchem obrotowym w kierunku Lily.

Lily, nieco wbrew sobie i jakby zapominając o potępieniu dla Amy, śmiała się razem z nią.

– O Boże, obie mamy po dziurki w nosie tej monotonii! Lily, czy ten puder pasuje do mojej karnacji? – Amy miała w zwyczaju zmieniać temat bez zapowiedzi. Lily nie zawsze za nią nadążała. – Nie chcę wyglądać jak ciotka. Ona ma taką wyraźną pomarańczową linię pod brodą i wokół twarzy.

Otworzyła puderniczkę i wpatrywała się we własne odbicie w lusterku. Robiła tak zwykle po kilkanaście razy dziennie.

Lily podeszła do jej biurka i ostrożnie zebrała rachunki, które ciotka przekazała Amy do załatwienia. Pani McConaghy wybrała się do miasta na spotkanie z przyjaciółką, która właśnie przyjechała z Irlandii. Lada moment miała wrócić. Lily szybko się nauczyła, jak zmienić charakter pisma, żeby pani McConaghy się nie domyśliła, kto tak naprawdę wykonuje zadania powierzone Amy.

Sama nigdy nie miała puderniczki i tylko od czasu do czasu widywała w Clare Cottages umalowane kobiety, nie potrafiła więc odpowiedzieć Amy i tylko na nią spojrzała. Dziewczyna właśnie nadymała usta, a potem oblizała opuszki palców i wygładziła sobie brwi.

– Pasuje ci, Amy. Wyglądasz ślicznie – powiedziała.

Amy naprawdę wyglądała ślicznie. W tym, że nie podoba jej się w fabrycznym biurze, nie było absolutnie nic dziwnego. Komuś tak pięknemu jak Amy z pewnością jest pisane zupełnie inne życie, pomyślała Lily.

Przy tylnych drzwiach biura, u szczytu schodów prowadzących do fabryki, znajdował się niewielki drewniany balkon. Na dole wejścia na schody strzegła metalowa bramka, do której klucz mieli tylko państwo McConaghy i ich szwagier. Ruch po schodach mógł się odbywać tylko w jedną stronę, czyli w dół. Dzięki temu nikt z fabryki nie miał dostępu do biura, w szczególności do sejfu. Ruch w przeciwną stronę dozwolony był tylko w dzień wypłaty. Po otwarciu frontowych drzwi wychodziło się z biura na strome betonowe schody prowadzące na ulicę. Handlarze dostarczali towar na tyły, odbierali dokument poświadczający rodzaj i wagę przywiezionych dóbr, a następnie przestawiali wóz na przód i zaglądali do biura po wypłatę.

Amy zdarzało się dla rozrywki wyjść na ten drewniany balkon, żeby pomachać ojcu, który pracował na dole.

– Amy jest bardzo przywiązana do rodziny. Ojciec świata poza nią nie widzi, a właściwie nie widział jeszcze do niedawna, kiedy... – zaczynała kilka razy pani McConaghy, zwracając się do Lily, ale nigdy nie kończyła tego zdania.

Lily, z natury raczej małomówna, nigdy na to nie odpowiadała. Nie potrafiła sobie wyobrazić, że z ojczymem miałaby ją łączyć bliska relacja. Nie miała jednak najmniejszych wątpliwości co do tego, że Amy nie szła tam machać ojcu. Ona machała całemu światu, a w każdym razie każdemu, kto zechciał spojrzeć w górę i powiedzieć jej coś miłego.

– Śliczna sukienka, Amy! – zdarzało się krzyknąć komuś z dołu, gdy stwierdził, że dziewczyna ma szansę go usłyszeć.

– Kto cię dzisiaj czesał, Amy?! – wołał ktoś inny.

– Masz kogoś? Taka z ciebie ładna dziewczyna!

– Masz kieszonkę w majtkach, Amy? Żebyś miała gdzie trzymać te wszystkie pieniądze, które zarabia twój wuj?

Lily zastanawiała się, czy pani McConaghy zdaje sobie sprawę, że Amy wychodzi na balkon machać ojcu tylko wtedy, gdy on akurat wychodził – że nigdy nie wita go, gdy wraca, ani też nie wygląda z biura, gdy on akurat pracuje.

Najwięcej uwagi Amy poświęcała Lockiemu. Wyglądała przez okno i przyglądała mu się, gdy podjeżdżał wozem w drodze z portu i gdy potem wyjeżdżał z fabryki. Zdarzało się, że obracał tak cztery razy w ciągu dnia. Podczas rozładunku kupował w dokach jutę, którą następnie przewoził do fabryki i sprzedawał McConaghym z narzutem. Lily przyjmowała od niego poświadczenie dostawy towaru i wpisywała odpowiednie cyfry do swojej księgi, a potem przedstawiała pani McConaghy czek do podpisu. Potem Lily mogła mu wydać ten czek lub wypłacić gotówkę.

Ostatnio Lockie prawił Lily komplementy, a jej się to wyraźnie podobało. Wyczekiwała go za każdym razem, gdy w starym doku pojawił się nowy statek. Dzięki niemu lepiej o sobie myślała i mniej się czuła jak brzydkie kaczątko w towarzystwie zadbanej i modnie ubranej Amy.

– Między tobą a Lockiem na pewno nic nie ma? – pytała ją Amy dziesiątki razy.

Lily za każdym razem odpowiadała jej tak samo.

– Amy, on jest dla mnie bardziej jak brat. W dzieciństwie mieszkaliśmy w sąsiedztwie. Znam go całe swoje życie.

Lily nie bardzo wiedziała, co ma myśleć. Lockie zachowywał się jakoś inaczej niż zwykle, a ona to nie do końca rozumiała.

Gdy nikt ich nie widział, zdarzało mu się szepnąć jej do ucha.

– Lily, chodź ze mną wieczorem na drinka. Możesz mi zaufać, znamy się przecież od lat. Potraktuję cię, jak należy, Lockiemu możesz zaufać. Zresztą zawsze mogłaś. Chodź, kupimy sobie coś do jedzenia i przejdziemy się po mieście.

– Nie mogę, Lockie – odpowiadała zawsze tak samo Lily. – Po powrocie do domu muszę się zająć dziećmi. Wiesz przecież, że mam obowiązki.

– No to pójdę z tobą i ci pomogę, Lily – namawiał ją. – Mam ośmioro rodzeństwa, znam się na dzieciach, nie przeszkadzają mi. Cholera jasna, przecież znam nawet twoją mamę i twojego ojczyma. On trzyma teraz pięści przy sobie, bo wie, że w przeciwnym razie będzie miał ze mną do czynienia.

– Lockie pochodzi z takiej porządnej rodziny ciężko pracujących ludzi – mawiała pani McConaghy. – W Irlandii znałam rodzinę jego matki. Są bardzo religijni. Nikt nawet nie tknie alkoholu. – Pani McConaghy zawsze się życzliwie uśmiechała, gdy o nim mówiła.

Zainteresowanie z jego strony, dobre słowo pani McConaghy i pochwały z ust siostry Therese działały jak kolejne krople drążące skałę myśli Lily. Dziewczyna w końcu zaczęła myśleć, że może powinna przyjąć jedno z jego licznych zaproszeń. Przecież on wiedział, jak wygląda jej życie.

– No, Lily, zgódź się! – powtarzał zawsze, gdy go odpychała. Ale może nie powinna już go odpychać, bo przecież wtedy w jego oczach zawsze pojawiało się coś dziwnego. Jakby żal, jakby rozczarowanie.

– Nawet największy ogień w końcu przygaśnie – powiedziała pani McConaghy, odprowadzając wzrokiem Lockiego, który przygarbiony zbiegał po schodach. – Musisz być ostrożna, Lily.

– O czym wy tam szepczecie? – zapytała Amy, która właśnie wróciła z toalety i stanęła obok nich przy oknie. We trzy przyglądały się, jak Lockie wskazuje na swój wóz.

– Nie szepczemy – oburzyła się Lily, spodziewając się, że pani McConaghy zaraz zdradzi treść rozmowy. Głupio jej było, że dała się przyłapać. Bała się, że Amy o wszystkim się dowie.

– Dla mnie tak to wyglądało. – Amy owijała krótkie włosy wokół palców. – Ciociu?

Pani McConaghy puściła tę uwagę mimo uszu.

– No dobrze – powiedziała. – Idę do cukierni, do Sayersa. Na co macie dziś ochotę, dziewczęta?

Amy zmierzyła Lily wzrokiem, mrugając powiekami podkreślonymi cieniem Max Factor i wykrzywiając usta wymalowane szminką Goya. Spoglądała z pogardą na znoszone ubrania i sfatygowane buty. Lily dostrzegła w kąciku jej ust wzgardliwy uśmiech, który jednak szybko zniknął.

– Miałabyś wielkie szczęście, gdyby ci się udało przydybać takiego przystojniaka. Rozpytywałam trochę. Wszystkie dziewczyny w okolicy mają na niego oko. Lockie to partia pierwsza klasa, wiesz, Lily. Przystojny, z pieniędzmi, z perspektywami. Zdecydowanie za wysokie progi dla ciebie, moja droga.

Lily aż zatkało. Poczuła się tak, jakby ktoś jej przywalił pięścią w brzuch. Amy miała oczywiście rację, ale przecież – mimo wszystko – Lockie był jej przyjacielem, jej jedynym przyjacielem. Mówił do niej tak, jakby już ją do siebie przekonał, jakby byli sobie równi. Lily poczuła na sobie wzrok Amy i zarumieniła się jak piwonia. Zawstydzona opuściła wzrok i wbiła go w buty. W te swoje używane, zdarte i brudne buty. Co rano zaraz po przyjściu do pracy zamykała się na chwilę w toalecie, wyjmowała ze środka kawałek kartonu i zastępowała go nowym. Nie przekręcając głowy, spojrzała na buty Amy – wypastowane na gładko skórzane trzewiki na małym obcasiku, z eleganckim bocznym zapięciem ozdobionym perłowym guziczkiem. Skąd też jej przyszło do głowy, że ktokolwiek mógłby się nią zainteresować? A już zwłaszcza Lockie. Przecież on mógł mieć dosłownie każdą dziewczynę.

Lockie był przystojny, a do tego silny i postawny, bo wykonywał ciężką pracę fizyczną. Miał figlarne niebieskie oczy i ciemnorude włosy, które zaczesywał na gładko i chował pod czapką, przez co jego szczęka nabierała wyrazistości. Pracował ciężko i naprawdę dobrze mu szło. Miasto właśnie podnosiło się po trudach wojny, więc jego przyszłość malowała się w jasnych barwach. Lily bardzo się podobały piegi, które miał na nosie i policzkach. Wiedziała jednak, że nie może dać się porwać tej fantazji. Przecież żaden mężczyzna nie zgodzi się wziąć pod swoje skrzydła cudzych dzieci, a ona za nic w świecie nie zamierzała zostawiać Katie i Joego z rodzicami.

Amy miała rację. Lockie to dla niej za wysokie progi. Z przygnębieniem myślała o tym, że czeka ją życie z parą alkoholików, od których uwolni się dopiero wtedy, gdy Joe podrośnie i pójdzie do pracy. Wiedziała, że dla niej będzie wtedy za późno – bo będzie za stara i zbyt brzydka, żeby ktokolwiek zechciał się z nią ożenić.

– O Boże, ty chyba nie myślałaś, że masz u niego jakiekolwiek szanse, co, Lily? – Amy zarżała jej prosto w twarz.

– Nie, skąd, nic takiego nie myślałam. Znam Lockiego od dziecka, on zawsze się o mnie troszczył – wymamrotała. Dobrze wiedziała, że Amy i tak jej nie uwierzy.

To Lockie interesował się nią. Ona dotychczas konsekwentnie mu odmawiała i jasno stawiała sprawę. Nie miała sobie nic do zarzucenia. Lockie wiedział, na czym stoi. Ona zachowała się względem niego jak samotna dziewczyna, która chętnie spędza czas w towarzystwie przyjaciela z dzieciństwa i docenia to, że on ją potrafi rozśmieszyć.

Tuż przed zakończeniem dnia pracy Lily poszła znów zmienić kartonik w bucie i wtedy usłyszała przypadkiem fragment rozmowy między Amy a panią McConaghy.

– Ciociu, czy musi tu u nas pracować ktoś, kto mieszka w Clare Cottages? Czasami śmierdzą jej włosy i cały czas chodzi w tych samych ubraniach. A widziałaś jej buty? Nie mają już podeszwy, cała jest dziurawa. Wypchana kartonem. Ciociu, ona nie spełnia podstawowych standardów.

– Ubrana jest i tak znacznie lepiej, niż gdy tu przyszła pierwszego dnia – odcięła się pani McConaghy. – Trzeba ją było wtedy zobaczyć, tobyś wiedziała, co to łachmany! Czyżbyś sugerowała, Amy, że jesteś gotowa ją zastąpić? Bo w przeciwnym razie zachowaj, proszę, swoje opinie dla siebie. Wiadomo mi, że Lily korzysta z publicznej łaźni i co tydzień robi pranie przy Clare Street. Nie wiem, jak ona sobie daje z tym wszystkim radę. Nie znam nikogo innego, kto by tak ciężko harował.

– Posłuchaj, królowo… – Do biura wszedł właśnie pan McConaghy. Od razu wyczuł, że kłótnia wisi w powietrzu. Postanowił dorzucić swoje trzy grosze. Lily nigdy go nie lubiła. To był niemiły człowiek, który często niezbyt życzliwie odnosił się do swoich pracowników. – Droga Amy, pewnego dnia to wszystko będzie twoje. Musisz wiedzieć, że jeśli się chce prowadzić dobrze prosperujący biznes, to trzeba umieć dogadać się ze wszystkimi, i że się zatrudnia do pracy ludzi z różnych sfer. Nie mógłbym zatrudniać tylko takich dziewcząt jak ty, Amy. Potrzebujemy tej hołoty, żeby ktoś odwalał za nas czarną robotę i żebyśmy my się mogli skupić na zarabianiu pieniędzy.

Lily odczekała chwilę, a gdy oddech uspokoił jej się na tyle, że nie było po niej widać wzburzenia, wróciła do biura z możliwie wysoko uniesioną głową.

– Dobranoc, pani McConaghy – powiedziała, przechodząc obok starszej kobiety. Chciała wypowiedzieć pożegnanie stanowczo i z dumą, ale głos ją zawiódł i z jej ust wydobył się nędzny kwik.

– Dobranoc, Lily. Do zobaczenia rano.

Lily nic więcej nie powiedziała, ale wychodząc, trzasnęła za sobą drzwiami.

Następnego dnia Lockie postanowił po raz ostatni spróbować szczęścia.

– Nie mogę – powiedziała Lily. – Mówiłam ci tysiące razy, Lockie, że ja mam obowiązki. Może zaprosisz Amy?

– Amy? Nie, to nie jest dziewczyna dla mnie. Zbyt kosztowna, zbyt wyniosła. To studnia bez dna. Czyś ty oszalała, Lily? Przecież ty nie możesz poświęcić całego swojego życia na opiekę nad bratem i siostrą. Wiesz o tym, prawda?

– Tak, wiem, ale to jest trudne.

– Co to niby znaczy? – zapytał. – Co to znaczy trudne, Lily? Bo ja nie rozumiem.

– To po prostu bardzo trudne. Oni mnie potrzebują... – zawiesiła głos. Sama siebie nie była w stanie przekonać. Zastanawiała się, czyby jednak nie skorzystać z propozycji Lockiego, ale Amy skutecznie odebrała jej wszelką radość, którą czerpała z jego atencji.

Tym razem Lockie nie czekał już na dalsze wyjaśnienia. Wyrwał jej z ręki czek i odwrócił się na pięcie. Jej serce należało do małego Joego. Pozostawało jej liczyć na to, że Lockie zechce się nadal z nią przyjaźnić.

– O czym rozmawiałeś z Lily, Lockie? – Amy dopadła go przy drzwiach, które on właśnie zdecydowanym ruchem otworzył, zamierzając wyjść. Lily zamknęła sejf i odwróciła się w ich stronę, ale ponieważ stali w promieniach porannego słońca, zobaczyła tylko zarysy ich postaci. Oni też nie mieli okazji zobaczyć, że się skrzywiła.

– O niczym, Amy, tak tylko sobie gawędziliśmy – odparł Lockie.

Potem jednak Lockie się odwrócił i raz jeszcze spojrzał na Amy. W tym momencie Lily dostrzegła na jego twarzy coś zupełnie nowego: pokusę. Cóż w tym dziwnego? Amy uśmiechała się do niego, trzepocząc rzęsami wytuszowanymi maskarą Rimmel. Usta przed chwilą na nowo pociągnęła rubinową czerwienią.

Jak zawsze roztaczała wokół siebie słodki zapach pudru i kwiatów. Lily, która nie miała żadnych kosmetyków, zupełnie nie rozumiała, jak ona to robi.

Poprzedniego wieczoru, gdy czekała na autobus, zajrzała do sklepu Woolworths, żeby spojrzeć na paletę cieni do powiek i szminek. Podziwiała lakiery do paznokci i pudry w dziesięciu różnych zapachach. Wąchając perfumy, odnalazła wśród nich te, których używała Amy. To właśnie ten zapach każdego poranka wypełniał biuro: gardenia. Dla Lily było całkowicie oczywiste, że ona sobie nigdy tego zapachu nie kupi.

Amy uniosła wzrok i spojrzała na Lockiego tak, jak gdyby miała za chwilę oblizać usta. Była ładna i doskonale o tym wiedziała. Teraz wiedział o tym również Lockie.

– Chciałbyś zaprosić mnie na randkę? – zapytała. Lily ze zdumienia szeroko otworzyła oczy. Aż trudno jej było uwierzyć, że Amy ośmieliła się złożyć Lockiemu taką propozycję, ot tak, po prostu. – No! Przecież wiem, że byś chciał. Tak mi się tu nudzi w biurze całymi dniami. Może po pracy zabierzesz mnie do pubu. Ja się zgodzę. No, Lockie, zaproś mnie! No!

Lockie wybełkotał odpowiedź mniej więcej następującą:

– Naprawdę nie mogę, Amy. Spotykam się w Grapes z chłopakami, już się umówiłem. A teraz… hm… muszę już iść.

Zanim wyszedł, spojrzał jeszcze wymownie na Lily, jakby chciał jej powiedzieć, że to wszystko jej wina.

Lily wiedziała, że on już więcej nie będzie jej na nic namawiać. Zbyt wiele razy dała mu kosza, a teraz jeszcze napuściła na niego tę nazbyt chętną Amy. Lily czuła ulgę. Jemu życzyła jak najlepiej. Życzyła mu kogoś lepszego niż Amy.

Gdy tylko drzwi się za Lockiem zamknęły, razem z nim zniknęły ostatnie promyki radości. Biuro nagle wydało się Lily straszliwie ponure. Znienacka ogarnęło ją poczucie wielkiej straty i samotności. Z drżeniem serca pomyślała, że on mógłby już nigdy się do niej nie odezwać.

Do biura wróciła za to pani McConaghy, której przez chwilę nie było.

– Dziewczęta, do pracy! Nie da się wypracowywać sensownych zysków, jeśli się całymi dniami plotkuje z handlarzami.

– Przepraszam, pani McConaghy – powiedziała czym prędzej Lily.

Amy nie odezwała się ani słowem. Niezgrabnie poczłapała do swojego biurka, uniosła z blatu długopis i za plecami pani McConaghy zaczęła ją przedrzeźniać.

Od tej pory Lockie spędzał w biurze zdecydowanie mniej czasu niż wcześniej. Nie gawędził tyle i nie przekomarzał się, a jednego dnia nawet nie odezwał się do Lily, tylko załatwił sprawę swojego czeku bezpośrednio z panią McConaghy. Lily przyglądała mu się, jak wychodzi z biura i zbiega po schodach po dwa stopnie naraz. Poza nim nikt nigdy nie pytał, co u niej słychać, nikt specjalnie nie zwracał na nią uwagi. Skoro jednak nie mogła zostać jego dziewczyną, nagle się okazało, że on nic innego od niej nie chce. Ona w swej naiwności sądziła, że on będzie dalej z nią gawędzić i się przekomarzać, a tymczasem nic z tego. Odrzuciła zalotnika, a tym samym straciła przyjaciela. Na samą myśl o tym łzy stanęły jej w oczach.

– Moim zdaniem głupio zrobiłaś, że zmarnowałaś tę szansę – powiedziała pani McConaghy, zamykając sejf.

Lily spojrzała na nią zaskoczona. Nie zdawała sobie sprawy, że pani McConaghy wiedziała o jej rozmowie z Lockiem.

– Tym bardziej szkoda, bo jemu tak dobrze się powodzi. Ten młody człowiek bardzo ciężko pracuje. Przywozi nam dwa razy więcej towaru niż wtedy, gdy zaczynał. Pan McConaghy mówi, że musimy uważać, bo inaczej on lada moment otworzy własny zakład przetwórczy i stracimy dobrego dostawcę. Mnie tam się wydaje, że on ma pod wieloma względami zupełnie inne plany. Jeśli postanowiłaś poszukać sobie kogoś lepszego, to źle zrobiłaś, Lily. Nikogo lepszego niż Lockie nie znajdziesz. A chyba o to ci musiało chodzić, bo z jakiegoż innego powodu miałabyś odrzucać tak miłego chłopaka jak on. To była dla ciebie świetna partia. Bóg jeden wie, coś ty sobie umyśliła. No, ale cóż, mleko się wylało. Przynajmniej trochę dłużej u nas popracujesz. Nie muszę się martwić, że wyjdziesz za mąż i nas porzucisz.

Lily odwróciła się do okna. Lockie właśnie wskoczył na swój wóz i chwycił lejce, żeby zachęcić konia do marszu. Lily wpatrywała się w niego intensywnie, licząc na to, że siłą woli skłoni go do spojrzenia w jej stronę – choć oczywiście doskonale zdawała sobie sprawę, że nic takiego się nie stanie. Zawsze była uczciwa, cóż innego miała więc zrobić? Przecież nie mogła wyrzec się swojego dotychczasowego życia! Nie mogła tak po prostu pójść w długą i pozwolić, żeby Joe i Katie trafili do domu dziecka przy Menlove Avenue. Poza tym miała mnóstwo innych zmartwień na głowie…

Rano Joe źle się czuł. Lily błagała matkę, żeby z nim została.

– Proszę cię, nie idź do baru, poczekaj, aż wrócę, mamo. Proszę, nie zostawiaj go – nalegała przed wyjściem z domu. – Zobacz, jak on ciężko dzisiaj oddycha. Może idź z nim do lekarza?

– Jak będzie trzeba, to pójdę, przecież to teraz za darmo – powiedziała matka z gniewną miną. – Tylko jak ostatnio poszłam, to mi kazali go zabrać do St Angelus, a tam, jak już przesiedziałam cały dzień, powiedzieli, że mam z nim wracać do domu i że problem jest tylko w jego głowie, nie pamiętasz? Ja im wierzę. W tym szpitalu wszyscy mi to powtarzali. Więc po co miałabym go gdzieś zabierać? Nie mam ochoty znowu się w to wszystko bawić.

Lily uklękła przy Joem, który leżał przy kominku na czymś, co udawało dywanik. Matka zatroszczyła się chociaż na tyle, żeby napalić i rozgrzać pomieszczenie. Joe był cały rozpalony i różowy na twarzy. Świst w oddechu dało się słyszeć wyraźniej niż zwykle. Na pierwszy rzut oka było widać, że chłopiec źle się czuje. W mieszkaniu unosiły się kłęby siwego dymu z papierosów matki, od którego kaszlał i się dusił.

– Wrócę tak szybko, jak tylko będę mogła, kochanie – wyszeptała do niego Lily. – Zostań tu i się nie ruszaj. Wszystko w porządku?

Joe otworzył oczy, a wtedy Lily zobaczyła w nich strach. On czuł się bezpiecznie tylko przy niej.

– Nie martw się! Przecież wiesz, że wracam z pracy prosto do domu, prawda? Jeśli będzie ci ciężko albo zrobi ci się smutno, to pomyśl sobie: „Lily niedługo wróci". Zrozumiałeś?

– Będę grzeczny, Lily – zapewnił ze świstem. – A czy mogę się pobawić twoimi włosami?

Lily się uśmiechnęła. Joe lubił sobie owijać jej kasztanowe włosy wokół palców. Czasami, gdy spała, ostrożnie rozplątywał kokardki, które wiązała na noc na włosach, żeby zyskać łatwiejszy dostęp do kolejnych pukli.

Lily pocałowała go w czoło, do którego potem jeszcze przyłożyła dłoń.

– Niedługo będę. Katie wróci ze szkoły wcześniej niż ja z pracy. Zajmie się tobą.

Joe próbował się uśmiechnąć, ale słabo mu to wyszło. Naprawdę źle się czuł.

Punktualnie o szóstej Lily odłożyła długopis, wstała zza biurka i zdjęła płaszcz z wieszaka.

– Ależ ci się spieszy do wyjścia – powiedziała pani McConaghy. – Dobra z ciebie pracownica, to muszę przyznać, ale zawsze wypadasz stąd jak oparzona. – Szefowa pociągnęła nosem z dezaprobatą, ale Lily postanowiła się tym nie przejmować. Przez cały dzień myślała o Joem, a teraz chciała czym prędzej wsiąść do autobusu i się upewnić, że wszystko z nim w porządku.

– Amy wyszła nawet wcześniej – powiedziała niemal szeptem, ale pani McConaghy i tak ją usłyszała.

– Tak, owszem. Musiała coś załatwić dla pana McConaghy'ego.

Lily doskonale wiedziała, że to nieprawda, lecz Amy jej nie obchodziła. Dla niej liczył się tylko Joe. Nie odzywając się już ani słowem, po prostu wybiegła z biura.

Okna w autobusie były zaparowane, Lily przetarła więc szybę, żeby wyjrzeć w ciemną noc. Ulice rozświetlał bursztynowy blask latarni ulicznych. W witrynach sklepowych pogasły już światła, gdzieniegdzie pozasłaniano je nawet okiennicami do zaciemniania, które pamiętały jeszcze czasy wojny. Pracownicy rozeszli się już do domów. O tak późnej porze ruch i światło dawały się dostrzec jedynie w okolicach pubów.

Autobus zatrzymał się przed wejściem do Grapes. Drzwi pubu się otworzyły, aby wpuścić nowo przybyłych gości do hałaśliwego i jasnego wnętrza ogrzewanego węglem z kominka. Wtedy Lily zobaczyła coś, czego z niczym by się nie dało pomylić. Oto przed pubem, w płaszczu wykończonym futerkiem i w butach na wysokim obcasie, stała Amy. Trzymała za rękę Lockiego. Lily nagłym ruchem opadła na oparcie swojego fotela. Najchętniej zawołałaby do kierowcy, żeby jak najszybciej odjeżdżał. Bardzo się bała, że Amy albo Lockie mogliby wsiąść do autobusu. Tego się zdecydowanie nie spodziewała. Przeszył ją zimny dreszcz.

– Ty głupia dziewczyno! – szepnęła sama do siebie, wyjmując z kieszeni jedną z chusteczek, które dostała od siostry Therese.

Nie potrafiła sobie wytłumaczyć, skąd się w niej wzięło to nagłe poczucie samotności. Może stąd, że na chwilę zajrzała do pubu, gdzie ludzie dobrze się bawili i gdzie pracownice biur i sklepów mogły się spotkać, żeby porozmawiać w bursztynowym świetle kominka. Przyglądała się ich ubraniom i butom, ich torebkom i makijażom, ich służbowym strojom. Szybkim ruchem przyciągnęła do siebie wiklinowy koszyk, który trzymała na kolanach. Poczuła nagłą potrzebę, by go chronić. W środku znajdowały się ciastko scone i dwie landrynki, które pani McConaghy położyła na jej biurku razem z mięsnymi kanapkami na lunch. Lily ściskało z głodu w żołądku, a do tego kręciło jej się w głowie, więc zjadła całą kanapkę. Teraz miała z tego powodu wielkie wyrzuty sumienia. Co zastanie w domu po powrocie?

Dzwonek w autobusie poinformował o odjeździe z przystanku. Lily odetchnęła z ulgą. Prędzej czy później i tak musiała się o tym dowiedzieć. Opadając na zielone skórzane oparcie autobusowego siedzenia, pomyślała, że przecież ktoś taki jak ona nie powinien oczekiwać od życia niczego dobrego. Ta myśl nie była jednak w stanie uśmierzyć bólu, który poczuła w sercu na widok Lockiego z Amy. Znała już Amy na tyle dobrze, żeby wiedzieć, że jeśli ona postanowiła go mieć dla siebie, to na pewno dopnie swego.

Opuściła powieki, aby łzy nie pociekły jej po policzkach. Oddychała płytko, chcąc się uwolnić od poczucia ucisku w klatce piersiowej. Na ogół potrafiła dostrzegać w życiu to, co dobre. Gdy Joe przytulał się do niej w łóżku i bawił się jej włosami, wiedziała, że kocha go tak samo mocno jak matka własne dziecko. Dziś jednak miała zły dzień. Nie dość, że martwiła się o Joego, to jeszcze zaznała przykrości ze strony pani McConaghy i lekceważenia ze strony Amy, a jakby tego wszystkiego jeszcze było mało, teraz zobaczyła, jak ktoś, kogo znała całe życie, trzyma za rękę inną dziewczynę. Któżby się w podobnej sytuacji nie użalał nad sobą i własnym nędznym losem? Dopóki Lockie okazywał jej zainteresowanie, czuła się dla kogoś ważna. Gdy teraz ostatecznie to zainteresowanie straciła, nagle wydała się sama sobie do niczego i nic niewarta.

Na półpiętro weszła już z oczami zaczerwienionymi od płaczu. Wspięła się po betonowych schodach i podeszła do drzwi swojego mieszkania. Wewnątrz świeciło się światło i płonął ogień, ale było też jakoś niezwyczajnie cicho. Gdy weszła, zobaczyła Katie. Siedziała przy wyszczerbionym blacie laminowanego stołu i jadła gorący posiłek. Obok, na jednym z czterech drewnianych krzeseł, siedziała siostra Therese z Joem na kolanach.

– Twoich rodziców nie ma, Lily – powiedziała siostra Therese. – Katie po mnie przyszła. Wydawało jej się, że Joe gorzej się czuje.

Lily spojrzała na Katie, która sprawiała wrażenie zupełnie bezradnej.

– Wszystko w porządku, kochanie – powiedziała. Podeszła do siostry i pocałowała ją w czubek głowy.

– Joe miał zły dzień, ale najgorsze ma już za sobą, co, mały? – mówiła dalej siostra Therese. Połaskotała go trochę, żeby poczuł się odrobinę swobodniej, a potem uśmiechnęła się do niego szeroko. – Oddech mu się uspokoił około czwartej. Teraz jest już znacznie lepiej.

Lily spojrzała na brata. Spędziła wiele dni, trzymając go w ten sposób na kolanach. Na pierwszy rzut oka potrafiła stwierdzić, że najgorsze faktycznie ma już za sobą. Jego wdech trwał prawie tak samo długo jak wydech, a świst ustąpił miejsca lekkiemu tylko pogwizdywaniu. Lily uklękła na podłodze i dorzuciła do ognia szuflę węgla. Wiadro było pełne. Siostra Therese nie próżnowała.

– Poprosiłam sprzedawcę węgla, żeby tu dostarczył cetnar opału. Nie martw się, powiedział, że nie musisz mu płacić – poinformowała.

Lily miała ochotę ją ucałować. Wiedziała, że chłód jej bratu nie służy. To oczywiście nie powstrzymywało rodziców przed przepiciem wszystkich pieniędzy na węgiel. Dopóki mieli kufel w ręku, mogli sobie siedzieć w cieple baru i ani przez sekundę nie myśleli wtedy o dzieciach.

– Co ja zrobię, siostro? Jak długo tak jeszcze można? Mam poczucie, że jestem u kresu sił.

Lily zaczęła płakać, a wtedy siostra Therese pogłaskała ją po głowie. Bardzo chciała ją pocieszyć. Znała dziesiątki takich rodzin, wszystkie egzystowały jako tako dzięki jej pomocy. To były rodziny, w których ojcowie po powrocie z wojny okazali się być jeszcze bardziej bezużyteczni, niż byli przed wyjazdem. Zupełnie zagubieni, cierpiący z powodu urazów lub po prostu leniwi, szukali pociechy w pubach, a że tych nie brakowało, mogli się pocieszać bez końca.

– Lily, czy mam jutro porozmawiać z kimś z opieki społecznej? – Siostra Therese doskonale wiedziała, jak bardzo Lily boi się tego pytania. – Wydaje mi się, że tych dwoje powinno trafić do nas do domu dziecka przy St Chad's, ale opieka społeczna może mieć inny pomysł. Co myślisz? Bez twojej zgody tego nie zrobię, ale twoją mamą nie będę się przejmować, bo mnie okłamała. Zajrzałam tu do niej po Aniele Pańskim. Powiedziała, że ich dopilnuje, a tymczasem jak potem przyszłam, to jej nie było. Dzieci mogą u nas zostać do czternastego roku życia. To znaczy, że ty musiałabyś zostać tutaj albo znaleźć sobie inne mieszkanie. Z tym drugim mogłabym ci jakoś pomóc. Tu nie będziesz miała życia, dziecko. Jeśli czegoś nie zrobisz, to zostaniesz tu na zawsze. Ja nie widzę innego wyjścia.

Lily położyła głowę na kolanach siostry Therese z poczuciem, że tak oto jednego dnia straciła wszystko, co miała w życiu.

Rozdział 13

Biddy z zadowoleniem stwierdziła, że sala do bingo jest jeszcze w połowie pusta.

– Spróbuję dotrzeć na miejsce trochę przed czasem – powiedziała do Elsie, gdy spotkały się podczas porannej przerwy na herbatę. – Nie znoszę tych nowych błyszczących czerwonych krzesełek. Tyłek mi się z nich ześlizguje. Nie jestem w stanie usiedzieć na tym prosto.

Kupiła karty do bingo, schowała je do kieszeni i pomaszerowała w kierunku miejsca, które miała nadzieję zająć. Zwykle siedziała tam Walijka Hattie, co tylko dodatkowo zwiększało jego atrakcyjność. Biddy, z nieskrywaną radością na twarzy, usiadła w końcu na wymarzonym krześle (choć udało jej się dopiero za trzecim podejściem, bo nie mogła się podciągnąć). Jedną dłoń położyła na nowym wysokim stoliku, stopę zaś oparła na świecącym wprost nieprzyzwoicie podnóżku.

„Rany boskie, wygrana należy mi się już z racji całego tego wysiłku", wymamrotała, rozpinając płaszcz i przeklinając się w duchu. „Jezu Chryste, trzeba to było zdjąć, zanim zaczęłam się tu wspinać".

Zdyszana, odwróciła się, żeby sprawdzić, czy Elsie już przyszła. Omal przy tym nie spadła ze stołka, który nieoczekiwanie obrócił się razem z nią. Chwyciła się stolika i zaklęła. Postanowiła poczekać ze zdejmowaniem płaszcza, aż przyjdzie Elsie i jej pomoże.

Tego wieczoru chodziło o coś więcej niż tylko o bingo. Biddy wysłała zdenerwowaną Elsie na przeszpiegi i teraz z niecierpliwością czekała na wieści.

– Wypatruj listów i wiadomości od panny Van Gilder do przełożonej pielęgniarek lub na odwrót. Codziennie wycierasz jej biurko, więc nie powinnaś mieć z tym kłopotu.

Elsie ściągnęła brwi.

– A jak ktoś mnie przyłapie?

Cierpliwość kończyła się Biddy szybciej niż pieniądze z wypłaty.

– Nikt cię nie przyłapie, słodziutka. Poczekaj, aż siostra przełożona pójdzie na obchód albo zabierze swojego paskudnego psiaka na spacer do parku.

Przełożona pielęgniarek była niesamowicie przywiązana do rutyny i codziennie punktualnie o pierwszej po południu, niezależnie od pogody, wychodziła z Blackiem do parku przy Lovely Lane. Blackie nie tylko z racji umaszczenia zasługiwał na miano czarnego charakteru, a mimo to przełożona pielęgniarek kochała go jak własne dziecko. Pies większość czasu spędzał w koszyku pod jej biurkiem. Rozstawali się właściwie tylko na czas jej porannych i popołudniowych obchodów po oddziałach.

Biddy liczyła na to, że Elsie dobrze się spisze. Gdyby to było możliwe, sama by poszła do mieszkania przełożonej pielęgniarek. Obawiała się jednak, że to by wzbudziło podejrzenia. Elsie mogła się kręcić przy biurku w gabinecie i nikogo to nie dziwiło. Przecież od lat była gosposią siostry przełożonej. Codziennie wycierała duże dębowe biurko, dzięki czemu mogła przekazywać koleżankom wiele cennych informacji. Dotychczas jednak nie zdarzyło się jeszcze, by ktoś jej kazał cokolwiek napisać. Ta nietypowa prośba Biddy wytrąciła ją z równowagi.

Biddy zerknęła w stronę toalety. Spodziewała się, że wkrótce będzie musiała się tam udać.

– Dzięki ci, Najdroższa Matko, za twoje drobne łaski – powiedziała, wsuwając dłoń między pupę a siedzisko.

Z perspektywy obserwatora wyglądało to tak, jakby poprawiała sobie płaszcz, Biddy jednak sprawdzała, czy ma sucho. Tak naprawdę dziękować powinna siostrze Haycock, która ją przymusiła do zajęcia się tym problemem. Siostra Haycock odmieniła jej życie. Wcześniej Biddy nie była w stanie nawet dotrzeć z domu do sali bingo. Po drodze zawsze miała jakiś wypadek. Dziękowała więc w duchu również siostrze Haycock. To był cud. Prawie taki sam cud jak to, że choć większość lśniących czerwonych krzesełek miała pośrodku pęknięcie, jej trafiło się takie nieuszkodzone i nie musiała się martwić, czy podrze sobie pończochy.

– Trudno pani będzie na tym stołeczku. – Usłyszała za plecami łagodny głos Doreen O'Prey, sekretarki z oddziału nagłych wypadków, która dopiero tydzień temu wróciła do pracy po wypadku i po raz pierwszy zdecydowała się wieczorem wyjść z domu. Towarzyszyła jej mama.

– Nie zamierzam się tym przejmować, Doreen. Hattie Lloyd może mi nagwizdać. Byłam tu pierwsza. A ty gdzie siedzisz, kochana? – zapytała łagodniejszym tonem. – Mam nadzieję, że wśród przyjaciół. Chociaż tak ci powiem, Doreen, że masz tu samych przyjaciół, więc się o nic nie musisz martwić. A jak się trzymasz, kochanie?

Doreen spojrzała na Biddy z bezmierną wdzięcznością w oczach.

– Jakoś się trzymam, dziękuję, Biddy. Pewnie znajdą się tacy, co to nie będą potrafili się powstrzymać, ale chyba najlepiej mieć to już za sobą, prawda? I tak już strasznie dużo czasu spędziłam na szpitalnym oddziale i w domu.

– Ej, ty! Co robisz na moim miejscu? Złaź! – pisnęła ze swoim charakterystycznym akcentem ze Swansea Walijka Hattie, która właśnie stanęła w drzwiach.

– Spadaj! Podpisane przecież nie jest! – rzuciła Biddy wyzywającym tonem.

Tuż za Hattie pojawiła się Elsie. Zapłaciła za wejście i pomachała do Biddy na powitanie.

– Zajmij mi miejsce – powiedziała bezgłośnie do Biddy, bo Hattie właśnie zamierzała zająć krzesełko obok Biddy.

Biddy wymownie rzuciła torebkę na puste miejsce, a zaraz potem skrzyżowała ręce na piersiach i wyzywająco spojrzała na Hattie. Mało kto wdawał się w spory z Biddy. Hattie zrozumiała aluzję, skrzywiła się i odeszła.

– Niech ci będzie – rzuciła przez ramię, kierując się w stronę najbliższego wolnego miejsca. – O proszę, nasza twardzielka – rzuciła do Doreen, gdy obok niej przechodziła. – Na twoim miejscu przez jakiś czas bym się ludziom nie pokazywała na oczy. A ty, Biddy, pewnie się czasem zastanawiasz, czemu tak źle mówi się o Irlandczykach w Liverpoolu, co? To było chamskie z twojej strony, wiesz?

Biddy się żachnęła.

– Jeśli się czasem zastanawiasz, dlaczego o Walijczykach mówią, że to brudasy, to po powrocie do domu spójrz, jak wygląda podłoga w twojej kuchni. I wszystko będzie jasne.

Kilka kobiet siedzących w pobliżu zaśmiało się pod nosem, ale kilka też próbowało uciszyć Biddy. Ktoś przywołał Doreen gestem. Światła przygasły i na scenę wyszedł prowadzący. Bingo to poważna sprawa. Nikomu nie wolno zakłócać przebiegu gry, nawet Biddy.

Pomieszczenie wypełnił szczęk otwieranych i zamykanych torebek. Na długich stolikach pojawiły się papierosy, skręty, zapałki, długopisy, okulary, chusteczki i landrynki. Teraz gracze byli gotowi.

W powietrzu unosił się zapach wilgotnej wełny i dymu papierosowego, wypychanego w górę ciepłem promieniującym ze starych podłużnych kaloryferów. Deszcz stukał w blaszany dach i szyby w oknach, a Biddy dziękowała losowi, że udało jej się przybyć na miejsce, zanim zaczęło padać. Elsie miała znacznie mniej szczęścia.

– Jezu, myślałam, że nigdy tu nie dotrę – powiedziała Elsie, otrzepując z szalika wodę prosto na Biddy. – Hattie czepiała się biednej Doreen?

– Owszem. Skąd wiedziałaś?

– Daj spokój. Czy ta kobieta kiedykolwiek przepuściła okazję, żeby powiedzieć komuś coś przykrego? Oczywiście, że nie. Jak tylko zobaczyłam Doreen, od razu wiedziałam, co się święci. Niemal widać ten jad, który sączy się z ust Hattie.

Elsie otworzyła torebkę i zaczęła wyciągać ze środka wszystko to, czego zwykle używała podczas poniedziałkowych wieczorów przy bingo. Wszystkie kobiety ze szpitala przychodziły na bingo dwa razy w tygodniu, w poniedziałki i w czwartki. Te uzależnione – a było ich niemało – dodatkowo w piątki jechały autobusem do Evertonu, a często też do Dingle w niedzielę wieczorem, tak żeby ksiądz nie widział.

Biddy spojrzała w stronę Doreen.

– Proszę, udało jej się – powiedziała. – Siedzi z Maisie Tanner i ekipą z Arthur Street. Już one się nią zaopiekują.

Elsie spojrzała w ich stronę i pomachała do Maisie.

– Jej Pammy wkrótce zaczyna pracę na nagłych wypadkach. Będzie tam pracować z Doreen. Dzielna z niej dziewczyna, że po tym wszystkim, co przeszła, zdecydowała się wrócić do pracy. – W głosie Elsie zabrzmiał jakby smutek, który Biddy od razu wychwyciła. Elsie swego czasu też miała spore kłopoty ze swoją córką Marthą, zanim ta wyszła za Jake'a. Tamto doświadczenie pozostawiło po sobie niezatarty ślad.

– Nie martw się, Elsie – oznajmiła Biddy rzeczowym tonem. – Twoja Martha jest teraz najszczęśliwsza na świecie, może więc i Doreen kiedyś się uda. Teraz ma już to wszystko za sobą. To dzielna dziewczyna, postanowiła żyć dalej, a to przecież niełatwe, kiedy trzeba się cały czas użerać z ludźmi pokroju Hattie Lloyd. Jest tak samo dzielna jak twoja Martha. Ona przecież też swoje przeszła, a wszystko sobie w życiu poukładała.

Elsie westchnęła. Skinęła głową, ale już nic więcej nie powiedziała. Całkowicie pochłonęło ją wydobywanie z torebki rekwizytów niezbędnych do gry w bingo.

Biddy wpatrywała się w kolejne przedmioty pojawiające się na stole. Oprócz typowych sprzętów Elsie wyjęła jeszcze krasnoludka z Galway, który jej przynosił szczęście, i swój szczęśliwy ołówek, swego czasu pobłogosławiony przez księdza w jej rodzinnej miejscowości. Na stole pojawiła się też brązowa papierowa torebka z pokruszonymi herbatnikami („Na wypadek gdybyśmy chciały sobie przekąsić. Zawsze warto mieć pod ręką coś do jedzenia"), ostrzałka w skórzanej pochewce, niezbędna w razie złamania ołówka, oraz Biblia.

– Elsie, to wieczór przy bingo, a nie rekolekcje – zauważyła z westchnieniem Biddy, spoglądając na księgę.

– Wiesz, że bez tego wszystkiego nie wygram ani pensa – wyszeptała Elsie. – Mam jeszcze na sobie moje szczęśliwe reformy, te bez ściągacza na nogach. Dzięki temu łatwiej mi wejść na stołeczek i z niego zejść. Nawet jeśli się podciągną, to krew spokojnie może sobie płynąć. Wiesz przecież, że raz aż mi się słabo zrobiło.

– Pomożesz mi z płaszczem? – Biddy wyciągnęła ręce i chwyciła blat stołu. – Wcześnie przyszłaś, co? Zrobiłaś to, o co cię prosiłam?

Elsie chwyciła rękaw płaszcza Biddy i zaczęła ciągnąć.

– Byłabym znacznie wcześniej, ale pannie Wampirzycy nie spodobał się jej pokój i musiałam przygotować dla niej gościnny. Ten, w którym zatrzymują się konsultanci, gdy przyjeżdżają do nas na krótkie pobyty. Myślałam, że przełożona będzie miała z tym problem, ale nic z tych rzeczy. Pozwoliła jej wybrać dowolny pokój. Wyobrażasz to sobie? Ten pokój zawsze czekał na ważnych gości doktora Gaskella z komitetu do spraw walki z gruźlicą. A teraz będzie w nim mieszkać zastępczyni przełożonej pielęgniarek.

– A kiedy ona zaczyna tak na dobre? – zapytała Biddy, wyciągając do Elsie drugą rękę.

– Drogie panie, oczy w karteczki – wezwał uczestników gry prowadzący imieniem Al. – Czy wszyscy mają komplet karnetów? Beryl będzie chodzić po sali, więc jeśli któraś z pań ma poczucie, że dopisuje jej dziś wyjątkowe szczęście, polecam dokupić jeszcze parę kart. Dodam, moje drogie panie, że każdą z osobna osobiście ucałowałem.

Beryl, z wielką szopą na głowie i obfitym biustem, przepychała się od tyłu między stolikami, wymachując kartami do bingo. Wyglądała teraz bardziej jak asystentka iluzjonisty niż jak ktoś, kto w ciągu dnia pracuje w pralni, a wieczorami dorabia w sali bingo.

– Ma stanik Playtex – stwierdziła Elsie z dezaprobatą, gdy w końcu udało jej się uporać z płaszczem Biddy. – Sutki jej sterczą i wystają.

– Na Boga, Elsie, o czym ty mówisz? – zapytała Biddy, zwijając płaszcz w kłębek i chowając go pod biurko.

– O Beryl, asystentce prowadzącego. Spójrz tylko na nią.

Elsie bezceremonialnie wskazała głową biust Beryl, która właśnie przechodziła obok.

– Życzą sobie panie dodatkowe karty? – zapytała Beryl egzaltowanym tonem. – Sześć pensów za jedną, szyling za trzy.

– Widziałam ją wczoraj w sklepie T.J. Hughes. Kupowała dwa. Oni je sprowadzają z Ameryki. Moim zdaniem nazbyt rzucają się w oczy. Najpewniej sam Al ma poczucie, że dopisuje mu dziś wyjątkowe szczęście, bo jakoś nie wydaje mi się, żeby ktokolwiek inny był skłonny wydawać tyle pieniędzy na staniki Playtex, wręcz dwa naraz! Bo to przecież on za nie zapłacił. To niemożliwe, żeby Sidney dał jej pieniądze na coś takiego. Między nimi na pewno coś jest. Wyobrażasz to sobie, żeby brać od mężczyzny pieniądze na staniki?

– Przecież to nie tak, że on jej daje pieniądze na staniki, Elsie. Poza tym jesteś po prostu zazdrosna – rzuciła Biddy, która nie mogła oderwać wzroku od biustu Beryl. Jej piersi wyglądały tak, jakby je ktoś nadmuchał, a sutki wystawały z nich jak dwa czubeczki. Biddy spojrzała na własny biust, który leżał na brzuchu jak dodatkowa fałdka tłuszczu. – Choćbym miała nie wiadomo ile pieniędzy, to żaden stanik Playtex mi nie pomoże – powiedziała do Elsie. – Mnie to chyba nawet dźwig by już nie pomógł.

– Spójrzcie na kartki, bo oto mamy numer cztery. Cztery, czyli tyle, ile ma zębów dziwka.

– Al, ty chyba mówisz o tej swojej babie, co? – odezwał się głos dobiegający mniej więcej stamtąd, gdzie siedziała Hattie.

Al uśmiechnął się szelmowsko i wywrócił oczami.

– A teraz dwie szósteczki, sześćdziesiąt sześć.

Obie panie spojrzały w swoje karty. Biddy postawiła krzyżyk.

– A jeśli chodzi o Wampirzycę, to ona jest gotowa do działania w każdej chwili – wyszeptała Elsie. – Moim zdaniem pojawi się w szpitalu lada moment.

Al podał cztery liczby, ale Elsie nie miała ani jednej z nich. Gestem przywołała Beryl, żeby kupić sobie kolejną kartę. Sięgnęła też po torebkę.

– A czy udało ci się przepisać coś z listu do przełożonej pielęgniarek? – zapytała Biddy, która właśnie skreśliła u siebie jedenastkę.

– Okrągłe trzydzieści – oznajmił Al.

– To twoja teściowa?! – zakrzyknęła Hattie, która uwielbiała flirtować z prowadzącym. Tylko ona jedna z całej sali nie zdawała sobie sprawy, że on jest już zajęty… przez Beryl.

– Ech, nie psuj mi wieczoru, Hattie! – krzyknął Al. – Wolałbym mieć do czynienia z agresywnym psem niż z moją teściową. Pies w końcu kiedyś odpuści.

W sali rozległ się śmiech, chociaż Al opowiadał ten dowcip zdecydowanie nie po raz pierwszy. W tym wszystkim nie chodziło przecież tylko o bingo. Co prawda bingo już samo w sobie było dla wszystkich dobrą rozrywką, ale kobiety spotykały się wieczorami, żeby się razem pośmiać i dobrze bawić. Wiele z nich właśnie podczas tych wieczorów regenerowało siły po żmudnej, trudnej i rutynowej pracy fizycznej.

– Linia! – zakrzyknął ktoś z sali, wywołując pomruk rozczarowania innych niedoszłych zwyciężczyń.

– Jednej liczby mi zabrakło – powiedziała Biddy. – Prawie się udało! Naprawdę myślałam, że dopisuje mi dziś szczęście.

– Beryl, bądź tak dobra i sprawdź tę linię. Ja muszę się napić – powiedział Al, unosząc do ust szklankę z guinnessem. Z zamkniętymi w zachwycie oczami wlał sobie do gardła jej zawartość.

Elsie wykorzystała przerwę w grze.

– Przepisałam tyle, ile się dało. Zobacz, niewiele z tego zrozumiałam, ale naprawdę się starałam.

Wyjęła z torebki kartkę i podała ją Biddy, a potem skupiła się na poszukiwaniu sześciopensówki.

– Jest linia, Al! – zawołała Beryl, przekazując zwyciężczyni nagrodę w wysokości pół korony. – Tylko proszę nie wydać wszystkiego od razu – poradziła szczęśliwej zwyciężczyni, po czym ruszyła w kierunku Elsie z dodatkową kartą.

– Kto wygrał? – zapytała Elsie.

– Nie widziałam – odparła Biddy. – Ktoś z przodu.

– Tam dzisiaj siedzą dziewczyny z kuchni – stwierdziła Elsie. – Im szczęście niepotrzebne. Przecież nie ma dnia, żeby wychodziły do domu z pustymi rękami. To nie przypadek, że ich dzieciaki są zawsze najpulchniejsze w okolicy. Nie dalej jak w zeszłym tygodniu sama widziałam, jak jedna z nich wynosiła całą tacę biszkoptów z dżemem.

– Ja tam nie mam do nich o to pretensji – powiedziała Biddy. – Przecież dostają głodową pensję. Czasem chyba zapominasz, Elsie, że my naprawdę dobrze zarabiamy.

Elsie mruknęła z niezadowoleniem, ale zaprzeczyć nie mogła. Ona i Biddy z czasem dotarły na sam szczyt szpitalnej hierarchii. Co prawda musiały stale uważać, żeby ktoś ich z tego szczytu nie strącił, ale niewątpliwie miały lepiej niż reszta personelu pomocniczego. Doskonale jednak wiedziały, że wymaga to skoordynowanych wysiłków i współpracy z Dessiem.

– Spokojnie, drogie panie! – zakrzyknął Al. – Zaczynamy od nowa. Osiemdziesiąt osiem – oznajmił, a wówczas Elsie i Biddy zaznaczyły coś na swoich kartach.

– Te babki z kuchni nie wiedzą tylko, że my tu wychodzimy z siebie, żeby mogły sobie dalej spokojnie pracować.

Biddy czytała list, który skopiowała Elsie w gabinecie przełożonej pielęgniarek.

– Pilnuj moich liczb, Elsie – rzuciła. Gdy skończyła czytać, złożyła kartkę na pół i schowała ją do torebki.

– Wszystko w porządku, Biddy? – zapytała Elsie.

– Chyba sobie poradzimy, ale faktem jest, że właśnie teraz tam, w pokoju dla gości, kładzie się spać ktoś, kto stanowi nie lada zagrożenie dla naszych posad.

– Komplet! – rozległ się krzyk i obie panie spojrzały na Hattie, która wymachiwała swoją kartką.

– Hattie, podejdź z kartką tu naprzód! – krzyknął do niej Al. – Muszę to zobaczyć na własne oczy.

– Na litość boską! Czy ona aby na pewno kupuje te kartki od Sandry przy drzwiach, czy raczej od samej Najświętszej Panienki! – oburzała się Elsie. – Przecież ona wygrywa prawie co tydzień.

Wygrana marzyła się oczywiście wszystkim uczestniczkom tych wieczorów, ale dobra passa budziła powszechną niechęć. Wśród mieszkańców ulicy panowała równowaga, która się zasadzała na tym, że wszyscy byli równi. Wszyscy mieli tak samo ciężko.

– Po drodze do domu wpadnę do Dessiego, żeby pokazać mu ten list – powiedziała Biddy. – Idziesz ze mną?

– Nie mogę, Biddy. Poszłabym, ale Jake musiał pojechać do jakiejś ciotki w Bootle, żeby jej tam pomóc, więc Martha została sama. Powiedziałam, że w drodze powrotnej do niej zajrzę. Ciąża już mocno daje się jej we znaki. Brzuch rośnie w oczach.

Biddy poczuła lekkie ukłucie zazdrości. Żadne z jej dzieci nie mieszkało w domu, wszystkie cichaczem się wyprowadziły i od lat nie utrzymywały z nią kontaktu. Wnuków Biddy nie widywała wcale. Była na świecie zupełnie sama, zupełnie jak

Emily Haycock. Tyle że w porównaniu z Emily Haycock łatwiej jej to było ukryć, bo jako gospodyni szkoły pielęgniarek zajmowała zdecydowanie mniej eksponowane stanowisko w szpitalnej hierarchii.

– A niby do jakiej ciotki? Nie wiedziałam, że on ma ciotkę w Bootle – powiedziała Biddy, u której nietypowe zachowania zawsze budziły podejrzenia.

– Twierdzi, że była na ślubie, więc pewnie ją widziałaś. Mnóstwo tam było tej jego rodziny. Na tym polega problem z tymi dzisiejszymi ślubami. Roi się na nich od wdów i mężczyzn ze sztucznymi nogami czy rękami albo z przepaską na oku.

– Skutki wojny, Elsie. Cóż poradzić…

Gwar rozmów powoli cichł. Hattie wracała na swoje miejsce. Po drodze nie omieszkała zaserwować drobnego docinka Biddy i Elsie.

– Szkoda, żeście nie chciały ze mną siedzieć. Drinki was ominą, ot co. Ja tam zawsze chętnie dzielę się wygraną, tak już mam.

Elsie i Biddy posłały jej niechętne spojrzenie.

– Nie tylko wygraną chętnie się dzielisz, co, Hattie? – odparła Biddy.

Hattie już tego nie usłyszała. Usiadła pośród sąsiadek i koleżanek ze szpitalnej kuchni.

Jeszcze przed rozpoczęciem kolejnej rundy Biddy zdążyła zastanowić się nad treścią fragmentu, który Elsie przepisała z listu. Naprawdę świetnie sobie poradziła. List napisała panna Van Gilder do przełożonej pielęgniarek. Dotyczył kadry szpitala. Obok słów *personel pomocniczy* pojawiły się określenia takie jak: *agencja, wydajność, oszczędności, elektryczne odkurzacze*. Biddy nie wiedziała, co to takiego „agencja", ale w ogóle jej się to nie podobało.

– Coś mi gdzieś w środku podpowiada, że ta nowa zastępczymi przełożonej pielęgniarek to dla nas kłopot, nic więcej – powiedziała do Elsie.

Ona i Elsie wspólnymi siłami stawiały czoło najróżniejszym przeciwnościom losu, ale Biddy w pełni zdawała sobie sprawę, że jakkolwiek tak ogólnie mężczyźni są nieużyci – co akurat wiedziała z własnego doświadczenia, bo przekonała się o tym w relacjach z mężem i synami – to bez pomocy Dessiego z wieloma sprawami by sobie nie poradziły.

Przez resztę wieczoru nie bawiła się już najlepiej. To słowo „agencja" nie dawało jej spokoju. Chciała jak najszybciej porozmawiać o tym z Dessiem.

Elsie też dobrze się nie bawiła. Numer trzydzieści dwa pojawił się akurat wtedy, gdy Biddy poleciła jej uwadze swoją kartkę. Elsie przegapiła wygraną, bo akurat była pochłonięta odpalaniem papierosa, odkładaniem torebki i wpatrywaniem się we własne liczby. Potem już było za późno.

– Znowu komplet? – zapytała Biddy. – Ale szybko! Ja już chyba prawie wszystko miałam.

– Powiem ci, że nawet nie zauważyłam.

Potem Maisie Tanner zawołała na całą salę:

– Czyż to nie super, że Doreen wygrała!

W tym momencie blaszany dach omal nie uniósł się na fali głośnych okrzyków radości, oklasków i gratulacyjnych gwizdów. Do owacji dołączyła nawet kapryśna Hattie Lloyd.

– O Boże, ona by mnie zabiła, gdyby się dowiedziała – powiedziała Elsie do córki, kiedy godzinę później usiadła u niej w kuchni. – Miała komplet, a ja teoretycznie pilnowałam jej kartki. I skutek był taki, że to Doreen go zgłosiła.

– Ale przecież na dobre wyszło, mamo – zauważyła Martha. – Doreen się to należało. Wyświadczyłaś jej przysługę. Miała kilka tygodni przerwy w pracy. Przydadzą jej się te pieniądze. Po prostu nie mów o tym Biddy – poradziła, nalewając herbatę do filiżanek. – A ile było tej nagrody?

– Tylko dwa funty, ale na pewno jej się przydadzą. Boże, okropnie się z tym czuję. Spanikowałam. Mogłam powiedzieć Biddy, a wtedy by się zgłosiła, bo pierwsza miała komplet. Jedno jest pewne, głowę by mi odgryzła, gdyby się dowiedziała. Maisie Tanner puściła kapelusz po sali i na zakończenie wieczoru jeszcze się wszystkie zrzuciłyśmy po szylingu dla Doreen. Jak ona się wzruszyła! Cała się zalała łzami. Gdybyś ją widziała! Ale chyba się ucieszyła.

– Cóż w tym dziwnego, że ciągle łatwo się wzrusza… Na szczęście przełożona pielęgniarek nie zatrudniła nikogo na jej miejsce. Wyobraź sobie tylko, co ona by czuła, gdyby po tym wszystkim musiała jeszcze szukać nowej pracy. Czasem mi się wydaje, że przełożona pielęgniarek to sama sobie strasznie szkodzi. Wszystkim się wydaje, że jest taka surowa, a to przecież dobra kobieta.

Elsie skinęła głową. Mało kto znał przełożoną pielęgniarek tak dobrze jak ona.

– Kiedy wróci Jake? – zapytała.

– Przypuszczam, że siedzi już w autobusie. Jego ciotka przeprowadziła się do jednego z nowych blaszanych domów i poprosiła, żeby on jej powiesił karnisz.

– Kiedy dziecko się urodzi, przypilnuj, żeby wszyscy naokoło się nim nie wysługiwali – poradziła Elsie. – Jako młody ojciec nie musi być na każde zawołanie. Ale skoro już o nim mowa, czy możesz go poprosić, żeby jutro wpadł do mnie po pracy. Woda mi się zbiera na podłodze pod zlewem, ale za nic nie umiem stwierdzić, skąd się bierze – dodała bez cienia autoironii w głosie.

– Mamo, poproszę ciocię Biddy na matkę chrzestną dziecka. Ją i wujka Dessiego. Co o tym myślisz?

Elsie odstawiła filiżankę i zastanowiła się przez chwilę.

– Myślę, że będę z tego powodu przeszczęśliwa, Martho. Biddy się ucieszy, że znów ma się o kogo troszczyć. Nigdy jej tego nie powiedziałam, ale czasem mi jej żal. Żadne z jej dzieci się do niej nie odzywa. Poproś ją, Martho. Dzięki temu twoje maleństwo będzie miało dwie babcie przy jednej ulicy.

Rozdział 14

Panna Van Gilder zapięła srebrną klamrę pasa stanowiącego element standardowego stroju drugiej przełożonej pielęgniarek. Potem odciągnęła ciężkie kotary zasłaniające wysokie, strzeliste okna wychodzące na oszroniony parking przed szpitalem St Angelus. W budynku sąsiadującym z kwaterami mieścił się oddział dziecięcy, co łatwo można było stwierdzić po charakterystycznych rysunkach przedstawiających bajkową postać wiewiórki Orzeszko. Od czasu do czasu w oknie pojawiała się też pielęgniarka z malutkim lub nieco starszym dzieckiem na rękach. Pokazywała małemu pacjentowi przechodniów, żeby pomóc mu się uspokoić.

„Mama niedługo tu będzie", mówiła przy tym zapewne.

Otóż nie, nie będzie.

Panna Van Gilder nie dalej jak w tym samym tygodniu czytała o nowych pomysłach, aby pozwolić rodzicom odwiedzać dzieci przebywające w szpitalu. Podobno upowszechniała się teoria, że oddzielanie dzieci od matek wywołuje szkody natury psychologicznej. „Co za brednie!", wykrzyknęła wtedy na głos. Na nic podobnego nie zamierzała się godzić. Pracowała w St Angelus zaledwie od kilku dni, a już zdążyła nabrać przekonania, że szpital potrzebuje raczej zaostrzenia niż łagodzenia zasad.

Zachodni wiatr wiejący od rzeki Mersey przeszywał ją do szpiku kości. Mróz nie odpuszczał, odkąd tu przyjechała. Przypomniał jej się szpital St Dunstan's i cała jej późniejsza tułaczka w atmosferze wiecznej tajemnicy. Gdy siostra Haycock skontaktowała się z nią i poprosiła o podanie adresu i nazwiska osoby, do której szpital St Angelus mógłby się zwrócić po referencje, przez moment zwątpiła. Ostatecznie postawiła jednak właśnie na St Dunstan's. To był bezpieczny wybór. Tamtejsza przełożona pielęgniarek była zbyt arogancka i dumna, aby narażać się na zarzuty o błędy popełnione przy prowadzeniu szpitala. Naciskano na nią, żeby przeszła na emeryturę, ale uparcie się opierała. Panna Van Gilder mogła być pewna, że przełożona pielęgniarek z St Dunstan's nie piśnie ani słowa, a nikt inny nie będzie przecież dociekać jej losów. Tu jestem bezpieczna, pomyślała. Przeniosłam się tak daleko na północ, że nikt mnie tu nie będziesz szukać. Tu jestem bezpieczna.

Gdy przybyła na miejsce, przełożonej pielęgniarek akurat nie było, ponieważ wyjechała w odwiedziny do zaawansowanej wiekiem matki. Ich pierwsze oficjalne spotkanie w związku z tym miało się odbyć dopiero dzisiaj. Panna Van Gilder nie marnowała jednak czasu. Zdążyła już zwizytować wszystkie oddziały i wszystkie działy szpitala, we właściwy sposób informując wszystkich o swoim przybyciu. Przy okazji doszło tylko do jednego spięcia, a mianowicie podczas rozmowy z siostrą Antrobus, która od niedawna prowadziła oddział nagłych wypadków. Kiedy obie panie stanęły naprzeciwko siebie, w powietrzu od razu zaiskrzyło.

– Chciałabym przejrzeć siostry raporty dotyczące przyjęć. A także dowiedzieć się, na jakiej zasadzie przydziela siostra łóżka – oznajmiła panna Van Gilder.

– A niby po co pani te informacje? – dociekała siostra Antrobus. – Od tysiąc dziewięćset trzydziestego drugiego roku nic się w tej kwestii nie zmieniło. – Wyprostowała się jak struna, a delikatne włoski na karku ostrzegawczo stanęły dęba.

– I właśnie dlatego chciałabym się temu przyjrzeć, siostro Antrobus. Jestem zaskoczona, że przełożona pielęgniarek nie dostrzegła dotąd potrzeby dostosowania procedur raportowania do standardów NHS.

– A cóż to niby za standardy? – zapytała siostra Antrobus. – Przydzielamy pacjentów na oddziały w zależności od aktualnego obłożenia łóżek. Nie ma w tym nic straszliwie skomplikowanego. Zimą często robi się tłok i wtedy dzieci trafiają na oddział geriatryczny, ale innego wyjścia nie mamy. Chyba że pani jako druga przełożona pielęgniarek będzie nam potrafiła wyczarować łóżka?

– Dlaczego została tu siostra przeniesiona z oddziału drugiego? – Panna Van Gilder nie owijała w bawełnę. Zachowała przy tym kamienną twarz, zacisnęła szczękę i wbiła wzrok w swoją ofiarę.

Siostrze Antrobus odebrało mowę. Nowa szefowa wzięła ją z zaskoczenia. Stosunkowo niedawno boleśnie odczuła skutki swojego niestosownego zachowania, ale potem przełożona pielęgniarek jej przebaczyła, choć do łask zdecydowanie nie przywróciła. Usta siostry Antrobus zadrżały, nie bardzo wiedziała, na czym skupić wzrok. W obronnym geście założyła ręce na piersi, jak gdyby chciała w ten sposób odeprzeć ewentualne dalsze ataki. Nic to jednak nie dało, nic nie było w stanie jej uratować.

– No słucham? – Panna Van Gilder w jednej chwili poczuła krew. Pierwszym ciosem udało jej się zranić przeciwnika. – Ginekologia to prestiżowy oddział. W mojej karierze jeszcze się nie zdarzyło, żeby oddziałowa dobrowolnie zrezygnowała ze stanowiska, o ile oczywiście nie podupadła na zdrowiu fizycznym czy psychicznym albo nie dopuściła się naruszenia zasad. Był na tym oddziale konsultant, widziałam jego nazwisko w spisie aktów zgonu. Wszystko wskazuje więc na to, że on również odszedł. Konsultant i siostra oddziałowa, oboje w tym samym czasie. Pierwszy raz się z czymś takim spotykam, więc może mi to siostra wyjaśni.

– Nie wiem, o czym siostra mówi. To zbieg okoliczności.

– Moim zdaniem to coś więcej niż zbieg okoliczności. Już ja dotrę do sedna tej sprawy, proszę się nie martwić. Mnie nic nie umknie. A teraz poproszę o raport w sprawie łóżek.

Siostra Antrobus głośno przełknęła ślinę. Dotychczas sądziła, że jej się upiekło, że na oddziale nagłych wypadków będzie mogła wylizać rany. Wraz z pojawieniem się panny Van Gilder straciła jednak nadzieję. Z przerażeniem myślała teraz o tym, co będzie, jeśli sprawa wyjdzie na jaw.

O ile jednak siostra Antrobus zrobiła po prostu nie najlepsze wrażenie, to śmiało można było mówić o wejściu na wojenną ścieżkę z personelem pomocniczym.

– Ten szpital funkcjonuje jak jedna wielka rodzina – oznajmiła kucharka w głównej kuchni, gdy panna Van Gilder zaczęła przeglądać zawartość szafek.

– Wszyscy tu ze wszystkimi się dogadują – poinformował ją główny portier Dessie.

– Pracujemy tutaj razem od lat – usłyszała od Betty Hutch, jednej ze sprzątaczek z nocnej zmiany.

Wysyłali jej czytelny sygnał ostrzegawczy. Przestrzegali, że ma nie mącić. Nie zdawali sobie jednak sprawy, że ona od początku dokładnie do tego zmierzała.

Zaczęła od oznajmienia Elsie O'Brien, że nie odpowiada jej przygotowany dla niej pokój. Cóż za impertynentka, pomyślała na samo wspomnienie rozmowy, w której Elsie ją poinformowała, że w tym pokoju zatrzymują się goście doktora Gaskella. Cóż ona sobie w ogóle wyobraża? Ktoś taki jak ona nie będzie przecież podejmować takich decyzji?

– To jest niestety zupełnie nie do przyjęcia – zwróciła się do Elsie, która osobiście pokazywała jej pokój.

– Cóż, poza pokojami dla gości żadnego innego nie mamy. Nic więcej nie jestem w stanie zrobić. Przełożona pielęgniarek wróci dopiero za kilka dni. Jej matce się ostatnio pogorszyło.

– Zostawiła jakiś numer telefonu? Na pewno można się z nią jakoś skontaktować.

Elsie przesuwała w palcach karteczkę, którą miała w kieszeni fartucha. Został na niej zapisany numer telefonu do domu opieki w Lytham St Annes, gdzie od dziesięciu lat przebywała matka przełożonej pielęgniarek. Elsie niechętnie przyznała, że faktycznie ma numer, a wtedy panna Van Gilder osobiście sięgnęła po słuchawkę.

Po krótkiej rozmowie z panną Van Gilder siostra przełożona poprosiła do telefonu Elsie.

– Doktor Gaskell na pewno nie będzie miał nic przeciwko temu, żeby panna Van Gilder zatrzymała się w pokoju gościnnym dla konsultantów – powiedziała.

Elsie chciała się sprzeciwić, ale formalnie nie miała przecież nic do gadania. Panna Van Gilder miała w sobie coś takiego, że człowieka na sam jej widok przeszywał dreszcz. Elsie więc tylko westchnęła i przeprosiła zastępczynię przełożonej. Powiedziała, że musi iść przewietrzyć pościel i odświeżyć pokój konsultantów. W ciągu zaledwie kilku minut historia o niezadowolonej drugiej przełożonej rozniosła się po szpitalu jak ogień po lesie.

– Pani kwatera sąsiaduje z mieszkaniem siostry Haycock – powiedziała Elsie, z trudem targając walizkę panny Van Gilder w nowe miejsce. Zastępczyni przełożonej pielęgniarek tylko stała i patrzyła. Ani myślała jej pomagać. Otworzywszy drzwi jedną ręką, Elsie z hukiem postawiła walizkę na lakierowanej drewnianej podłodze. Pomyślała, że wieczorem podczas gry w bingo zafunduje sobie szklankę zimnego guinnessa, bo należy jej się nagroda za to, że skrzętnie sprząta w tym pokoju, chociaż jest potrzebny może cztery razy w roku.

– Siostra Haycock to spokojna osóbka, cicha jak mysz pod miotłą – dodała jeszcze. – Na pewno okaże się niekłopotliwą sąsiadką.

Panna Van Gilder nic na to nie odpowiedziała. Nie zdobyła się też na uśmiech. Rozglądała się tylko po pokoju, kiwając głową z aprobatą. Przeciągnęła palcami wzdłuż półeczki nad kominkiem, sprawdziła też czystość zasłon. Przy okazji wyjrzała przez okno. Po drugiej strony dwie mewy omal się ze sobą nie zderzyły. Zaskoczyło ją to do tego stopnia, że cofnęła się z wyraźnym niepokojem.

– Mewami proszę się nie przejmować, to tutaj codzienny widok – powiedziała Elsie. – Jeżdżą tam i z powrotem promem. Widocznie pogoda na morzu dziś nie najlepsza, skoro tyle ich tu jest.

– Widocznie – odparła panna Van Gilder.

Elsie wzięła głęboki oddech i znów podniosła walizkę z ziemi. Tym razem bez zbędnych subtelności zatargała ją do sypialni.

– Życzy sobie pani, żebym ją rozpakowała, czy poradzi sobie pani sama?

– Nie potrzebuję pomocy. Sama mogę się rozpakować.

– Dobrze, jak sobie pani życzy. Na łóżku leżą czyste ręczniki. Wyszorowałam też wannę, chociaż siostra Haycock utrzymuje ją w nienagannym stanie. Garkuchnia kończy pracę po przerwie nocnej zmiany, o północy.

Elsie czekała na słowa podziękowania, ale się nie doczekała. Uznała, że przedłużająca się cisza to dla niej sygnał do wyjścia.

Po powrocie z wyjazdu przełożona pielęgniarek wezwała pannę Van Gilder do swojego gabinetu.

– Zapraszam, proszę usiąść przy kominku – powiedziała. – Paskudny jest ten chłód. Siostra Antrobus wspominała, że z powodu zapalenia oskrzeli i grypy mamy pełne obłożenie na oddziałach internistycznych. Czy w pani kwaterze jest dostatecznie ciepło?

– Tak, dziękuję, siostro przełożona. Poza tym odrobina chłodu jeszcze nigdy nikogo nie zabiła.

– W tej akurat kwestii siostra Antrobus mogłaby się z panią nie zgodzić – powiedziała przełożona pielęgniarek, zamykając drzwi za swoim gościem. Właśnie tego dnia odnotowano wyjątkowo wysoką liczbę zgonów z powodu zapalenia płuc, co zdaniem siostry przełożonej wynikało co najmniej w części z chłodu panującego w mieszkaniach niektórych pacjentów. – Zresztą sprawa ciepła i tak wydaje się drugorzędna, bo zapewne długo już tutaj nie pomieszkamy – kontynuowała przełożona. – Zarząd szpitali okręgu liverpoolskiego zatwierdził ostatnio plany przewidujące przekształcenie całego skrzydła mieszkalnego w nowy oddział dla pacjentów przyjmowanych w trybie pilnym. Spodziewam się, że w najbliższym czasie zalecą nam poszukiwanie niezależnych kwater poza terenem szpitala.

– Wtedy – zaczęła panna Van Gilder – przeprowadzimy się na Lovely Lane do domu pielęgniarek. To moim zdaniem lepsze miejsce, bardziej przytulne, wygodniejsze. Prawdę powiedziawszy, jestem zaskoczona, że tam nie mieszkamy. Przecież to taki piękny budynek.

– To akurat efekt decyzji pani poprzedniczki, siostry April – powiedziała przełożona pielęgniarek, wskazując pannie Van

Gilder wygodny fotel przy buzującym kominku. – Ona nas stamtąd wyprowadziła po rozpoczęciu wojny. Uznała, że pielęgniarki nie powinny musieć cały czas oglądać się na to, co sobie pomyślą ich przełożone, i że lepiej będzie rozdzielić młodsze i starsze stażem siostry. W mojej ocenie doskonale się to sprawdza. Siostra April zwykła mawiać, że szkodliwe jest sugerowanie młodym pielęgniarkom, że trzeba ich pilnować również poza szpitalem, bo jakże wtedy miałybyśmy oczekiwać od nich odpowiedzialności przy łóżkach pacjentów.

Przełożona nachyliła się, żeby pogłaskać Blackiego, który wyciągnął się przed kominkiem i pomrukiwał gardłowo. Bardziej niż dzieci panna Van Gilder nie znosiła chyba tylko psów i Blackie najwyraźniej od razu to wyczuł.

– Cóż, siostro przełożona – odparła na to panna Van Gilder, z dezaprobatą wciągając policzki. – Osobiście nigdy nie byłam wielką zwolenniczką zamieszkiwania w miejscu pracy, jeśli jednak utrzymamy zakaz zatrudniania zamężnych pielęgniarek, przeprowadzka poza lokale szpitalne może nam nieco utrudnić życie. Niewiele pielęgniarek zarabia tyle, żeby je było stać na opłacenie mieszkania. Ja oczywiście nie narzekam. My dzięki naszym zarobkom będziemy przynajmniej w stanie zapewnić sobie sensowne lokum na starość.

Przełożona pielęgniarek skinęła głową, po czym dorzuciła trochę do ognia.

– Szczerze powiedziawszy – ciągnęła panna Van Gilder – liczyłabym na to, że zarząd szpitali zajmie się w pierwszej kolejności innymi zagadnieniami, a kwestia zagospodarowania kwater pielęgniarek na razie zejdzie na dalszy plan. Moim zdaniem jest kilka innych spraw wymagających bezzwłocznych działań interwencyjnych.

Przełożona się zjeżyła. Blackie warknął.

– Jakich mianowicie spraw? O jakie obszary pani chodzi, panno Van Gilder?

Przełożona pielęgniarek była rozczarowana. Z niecierpliwością czekała na przybycie panny Van Gilder. Oczekiwała osoby stanowczej, ale współczującej oraz względnie elastycznej. Żywiła przekonanie, że przedstawiciele zarządu w pannie Van Gilder docenili właśnie te cechy. To przecież były cechy niezbędne w szpitalu, który z trudem radził sobie z wyzwaniami powojennej rzeczywistości, w szczególności związanymi z szybką odbudową i dynamicznym rozwojem dużego miasta. Wyzwanie stanowiła już choćby duża liczba przychodzących na świat dzieci, poza tym na ulicach pojawiło się ostatnio zdecydowanie więcej motocykli i samochodów. Liverpool, który stracił wielu młodych mężczyzn w walce o interesy króla i kraju, teraz odżył i tryskał energią – a St Angelus musiał za tym wszystkim nadążyć.

Panna Van Gilder dostrzegła cień zmartwienia na twarzy przełożonej. Przestraszyła się, że może trochę przesadziła. To nie byłby pierwszy raz. Miała fatalny nawyk wyrażania swoich opinii również wtedy, gdy nie należało tego robić lub gdy nikt tego od niej nie oczekiwał. Gdyby potrafiła trzymać język za zębami, być może nadal pracowałaby w Bournemouth.

Uśmiechnęła się promiennie i rozbrajająco, licząc na to, że uda jej się odzyskać przychylność przełożonej.

– Jak siostra zapewne wywnioskowała z mojego listu na temat oszczędności wprowadzonych w innych szpitalach, w tej akurat dziedzinie mam już niemałe doświadczenie. Mogłabym się rozeznać w funkcjonowaniu St Angelus i sporządzić stosowny raport? Świeżym okiem przyjrzę się, jak to wszystko tutaj działa. Potem siostra mogłaby się tym raportem posiłkować na etapie kreślenia planów rozszerzania działalności szpitala. Ostatecznie na tym właśnie powinna polegać moja rola, prawda? Na wspieraniu przełożonej pielęgniarek w jej wysiłkach.

Przełożona odetchnęła z ulgą. Na jej twarz powrócił uśmiech. Blackie też się rozluźnił. Niebezpieczeństwo minęło.

– A wie pani, panno Van Gilder, że to świetny pomysł! Powiem pani, że dotychczas udawało mi się skutecznie ich odwieść od zarządzenia wyprowadzki i burzenia starego skrzydła. Na samą myśl o przebudowie zbiera mi się na płacz. Nie mam pojęcia, jak mielibyśmy zapewnić pacjentom należytą opiekę w całym tym zamieszaniu, jakie by się z tym wiązało. Bardzo chętnie zapoznam się więc z raportem wskazującym usprawnienia, które można wprowadzić bez ściągania tu do nas buldożerów.

W tym momencie pojawiła się Elsie z herbatą. Postawiła filiżanki na małym stoliku między fotelami.

– Moim zdaniem zmiany powinny dotyczyć nie tylko zagospodarowania pomieszczeń, ale również obsady stanowisk. Można odnieść wrażenie, że St Angelus zatrudnia całą armię ludzi. Wiele szpitali szuka teraz oszczędności głównie poprzez zmianę podejścia do kwestii sprzątania i wyżywienia pacjentów.

Elsie zastygła w bezruchu.

– Mam kilka naprawdę ciekawych pomysłów na to, jak ograniczyć wydatki i zatrudnienie. Moim zdaniem zatrudniamy stanowczo zbyt dużo personelu pomocniczego.

Elsie aż rozsypała cukier z łyżeczki, którą miała za chwilę włożyć do herbaty panny Van Gilder.

– Chętnie dopracowałabym też mój pomysł dotyczący pielęgniarek kadetek.

– Tak, rozumiem – powiedziała siostra przełożona. – W tej sprawie musi pani rozmawiać z siostrą Haycock.

– Chętnie bym z nią porozmawiała, ale ona jest mało uchwytna. Wieczorami chyba codziennie jej nie ma. Wraca o dziewiątej, robi pranie, a następnego dnia wychodzi rano jeszcze przed ósmą. Jeszcze nie spotkałam się z tym, żeby ktoś tak często robił pranie.

– Tak, ja też zwróciłam na to uwagę. Wydaje mi się jednak, że każdy z nas ma prawo do odrobiny prywatności. Dopóki nie łamie szpitalnych zasad, nie zachowuje się nieprzyzwoicie i nie przynosi szpitalowi wstydu, może w zaciszu własnej prywatności robić, co chce. Znam ją, odkąd była młodą pielęgniarką. Powiem pani szczerze, że nie chciałam jej powierzać pieczy nad studentkami pielęgniarstwa. Decyzję w tej sprawie podjął nasz specjalista od leczenia gruźlicy, doktor Gaskell. Ostatecznie jednak siostra Haycock okazała się być niezwykle zdolną osobą. Przyznam, że znakomicie się wywiązuje ze swoich obowiązków. Potrafi dogadać się z młodymi pielęgniarkami i wydobyć z nich to, co najlepsze. Teraz mam więc do niej pełne zaufanie.

Panna Van Gilder nie podzielała opinii przełożonej w tej kwestii. Potrafiła znaleźć powody, aby czepiać się dosłownie wszystkiego i każdego. Nie miała najmniejszych wątpliwości, że na siostrę Haycock też coś znajdzie. Ponieważ sama nie miała życia prywatnego, więc chętnie wtykała nos w cudze sprawy. Zdążyła już sobie postanowić, że się dowie, dlaczego siostra Haycock tak często korzysta z pralni i przelewa po nocach tyle gorącej wody. Nic w tym dziwnego, że nikt jej jeszcze nie zarzucił złamania zasad szpitalnych, skoro jej na niczym nie przyłapano.

– Panno Van Gilder, powinnyśmy wyznaczyć sobie termin regularnych spotkań, podczas których omawiałybyśmy przebieg tygodnia. Może poniedziałek rano? Mogłybyśmy spotykać się u mnie o jedenastej przy kawie. Pani, przez cały tydzień będąc moimi oczami i uszami w terenie, podczas tych spotkań zgłosi swoje zastrzeżenia albo przedstawi pozytywne obserwacje.

W tym tygodniu mam spotkania z kilkoma różnymi komitetami w całym mieście, jadę też do Londynu na konferencję przełożonych pielęgniarek. Nie uwierzy pani, ale komuś w tym nowym NHS się wydaje, że przełożonym brakuje kompetencji w dziedzinie zarządzania szpitalem. Początkowo nie zamierzałam jechać aż do Londynu, ale gdy zobaczyłam w programie ten punkt, to postanowiłam się tam jednak wybrać. Co też oni sobie wyobrażają?

Panna Van Gilder wyraźnie się odprężyła. Westchnęła znacząco i potrząsnęła głową z niedowierzaniem. Udało jej się tę relację naprawić.

– Myślę, siostro przełożona, że takie cotygodniowe spotkania to świetny pomysł. Dziękuję. Na pewno przedstawię pani mnóstwo różnych spostrzeżeń. Zapewniam siostrę, że zajrzę w każdy kąt szpitala i dowiem się wszystkiego o wszystkich jego pracownikach.

– Wspaniale. Muszę powiedzieć, że doskonale to brzmi. Bardzo się cieszę, że pani do nas dołączyła. Wezwę Elsie, niech nam przyniesie jeszcze kilka tych swoich pysznych ciasteczek, byśmy mogły to uczcić. A potem zabierzemy się do pracy. Ja ciągle zapominam, że teraz możemy się raczyć herbatnikami, kiedy tylko najdzie nas na to ochota, a pani?

Panna Van Gilder, niezbyt wprawna w swobodnej konwersacji, nie bardzo wiedziała, co odpowiedzieć.

– Ech, no cóż…

– A poznała już pani Blackiego? – zapytała przełożona pielęgniarek, gdy piesek warknął.

Panna Van Gilder się wzdrygnęła, co przełożona odnotowała z niepokojem.

Elsie przygotowywała właśnie w kuchni talerzyk z ciasteczkami, gdy zadzwonił telefon. W słuchawce usłyszała głos Biddy.

– Z tego listu, który skopiowałaś w gabinecie przełożonej, udało nam się wyczarować istne cuda. Była tam nazwa szpitala, St Dunstan's. Mam adres jednej kobiety stamtąd, wczoraj ci o niej wspominałam. Pochodzi z Balliny. Jej siostra Cathy pracuje u nas w kuchni i mieszka przy Waterloo Street. Cathy wysłała do niej list z pytaniem, czy zna tę naszą Wampirzycę, i okazało się, że owszem. Powiedziałam jej, że jeszcze dzisiaj wyślę do niej list z moim adresem i naszymi pytaniami na temat tej nowej siostry. Czy ona tam teraz jest?

– Jest, Biddy, jest. O Boże, jaka to dziwna osoba. Coś w niej jest podejrzanego, mówię ci. Jeszcze będziemy mieli przez nią spore kłopoty.

Biddy prawie westchnęła. Elsie zawsze się wszystkim martwiła, a panna Van Gilder przyprawiała ją o potworny zawrót głowy.

– Elsie, przestań się nakręcać. Zajrzyj do mnie dzisiaj wieczorem, napiszemy ten list. Jeśli ona coś ukrywa, to już my się tego dowiemy.

Za sprawą herbaty i pysznych karmelowych ciasteczek niechęć panny Van Gilder do chłodnego północnego zachodu zaczęła jakby maleć. St Dunstan's nagle wydał jej się bardzo odległym miejscem. A przecież wtedy naprawdę mało brakowało. Tak mało, że nie mogła tam zostać. Tutaj zaczynała od nowa i zamierzała się bardziej pilnować.

– Mogłabym też wziąć na siebie wszelkie obowiązki związane z obsługą korespondencji. Otwierałabym listy i załatwiała co drobniejsze sprawy, a na siostry biurko trafiałyby tylko listy istotniejsze. Po to się przecież ma psa, żeby nie trzeba było samemu pilnować domu, prawda? – Panna Van Gilder spojrzała na Blackiego i po prostu nie mogła się powstrzymać.

Na słowo „pies" Blackie uniósł głowę.

Przełożonej pielęgniarek ten pomysł niezbyt się podobał, ale nie wiedziała, jak mogłaby grzecznie odmówić. Panna Van Gilder miała trochę racji. Zatrudniono ją po to, aby wspierała przełożoną w jej obowiązkach. Przecież siostra przełożona w kółko powtarzała, że ma mnóstwo różnych spraw na głowie. W tym tygodniu miało jej nie być w szpitalu aż przez trzy dni.

– To by było bardzo uprzejme z pani strony – powiedziała, choć bez przekonania.

– Świetnie, to w takim razie poproszę portiera, żeby co rano przynosił całą korespondencję do mnie. Potem wspólnie ustalimy, kto się będzie czym zajmował. Ja wezmę na siebie te bardziej żmudne i mniej istotne sprawy.

Panna Van Gilder spojrzała w tańczące płomienie i pomyślała: Tak, tutaj, w St Angelus, zapracuję sobie na świetną opinię. Tutaj nikt nie będzie mi wygrażał.

Rozdział 15

Lockie za dużo wypił. Dobrze o tym wiedział, ale Amy miała ochotę pić, a on nie mógł jej powstrzymać.

– Poczekaj na mnie przed zakładem o szóstej – powiedziała, gdy tamtego ranka odbierał swój czek.

Tak też zrobił. Poszli razem do Grapes i tam siedzieli na małej ławeczce przy kominku.

Amy tak naprawdę nie była w jego typie. Lockie to był spokojny i pracowity chłopak, któremu marzyło się proste życie. W soboty szedł z ojcem na mecz piłki nożnej, a w drodze powrotnej zatrzymywali się w pubie. W niedzielę Lockie dosypiał, a potem poświęcał więcej czasu niż na co dzień na pielęgnację konia. W porze lunchu udawał się z ojcem do pubu na piwo, potem na obiad jadł pieczeń przygotowaną przez mamę i odwiedzał babcię.

Tak wyglądało życie Lockiego. Wszystko w nim było uporządkowane. Nic nigdy nie zaburzało jego normalnych rytmów. Lockiemu to w pełni odpowiadało. Dopóki nie spotkał Amy, nie znał żadnej kobiety, która by się malowała. Nigdy też wcześniej nie znał dziewczyny, która by flirtowała z mężczyznami.

Gdy Amy zaczynała do niego mówić, miał ochotę uciekać gdzie pieprz rośnie, ale z jakiegoś powodu nie potrafił oderwać wzroku od jej czerwonych ust i przestać się zachwycać tym jej zupełnie niekuchennym zapachem.

– Rano idę do pracy, Amy – powiedział. – Muszę wstać o piątej. Czekam na Cotapaxi. On już stoi na redzie i ma wpłynąć jutro pierwszy. Chcę być na miejscu, jak przybije do portu i rozpocznie się rozładunek juty.

Lockie był zawsze pierwszy w kolejce. Chętnie kupował połamane bale i podarte worki, bo były dostępne w niższej cenie. Dzięki temu mógł odłożyć ponad dziesięć funtów tygodniowo. Byłoby tego więcej, ale co niedziela jeden taki zielony banknot dawał babci.

– Żebyś miała na guinnessa i bingo, babciu – mówił, kładąc pieniądze na szafce. Ona w tym momencie rozpalała fajkę i udawała, że go nie słyszy. Duma zawsze była dla niej ważniejsza niż potrzeba okazania wdzięczności za to jednofuntowe wsparcie.

Poza tym Lockie pomagał też mamie: opłacał czynsz i dorzucał się do dokerskiego wynagrodzenia ojca. Dobrze mu się powodziło, bo był zaradny i przedsiębiorczy. Nic go jednak tak nie cieszyło jak stale rosnące saldo konta bankowego. Sprawdzał je co miesiąc, za każdym razem z miłym zaskoczeniem. Już niedługo.

– Wkrótce, tatko, będę mógł wynająć własny plac i budynki. Będę mógł zatrudnić ludzi bez pomocy banku. Pewnego dnia będę mieć nawet dość pieniędzy, żeby kupić własny dom. Zorganizuję więcej wózków, a jeśli mi szczęście dopisze, może nawet otworzę własny zakład przetwórczy. Dobrze mi idzie, tatku.

Jego ojciec wiedział, że syn nie przesadza. Zapracował sobie na to i był na najlepszej drodze do celu. Zamierzał zgromadzić tyle pieniędzy, żeby móc pozbyć się pośredników. O tym właśnie myślał całymi dniami. To ta myśl wyganiała go z łóżka o wpół do piątej nawet w najchłodniejsze i najwilgotniejsze poranki. To ona pomagała mu pracować do późnego wieczora.

Amy się uśmiechnęła.

– O czym myślisz, Lockie? – zapytała.

On podniósł kufel i dopił piwo.

– Przepraszam, Amy. Zastanawiałem się, po ile kapitan Cotapaxi będzie sprzedawać rano uszkodzone worki. Pierwszy raz zawija do naszego portu. Jeszcze nigdy nie widziałem tego nazwiska na żadnym manifeście. Z nowicjuszami bywa różnie.

Lockie cały czas myślał o interesach. Potrafił ciężko pracować i odkładać pieniądze, ale nie potrafił odmówić Amy. Ona tymczasem mówiła i mówiła, a on mimowolnie porównywał ją do Lily – i ona w tych porównaniach zdecydowanie wypadała niekorzystnie.

– Wiesz co, teraz to powinieneś myśleć o mnie, a nie o kapitanie Cotapaxi – powiedziała z urazą.

Papuga przy barze bez przerwy skrzeczała na klientów, musieli więc mówić głośniej, tym bardziej że przekrzykiwać trzeba było też brzęk szklanek i śmiechy innych gości. Przez półprzezroczyste okno Amy widziała tylko, że zrobiło się ciemno. Zapadła noc. Nie miała zegarka, na ścianie w bocznej salce też żadnego nie było, ale domyślała się, że dochodzi dziewiąta. Zaraz musiała iść. Jej rodzice ponownie wyjechali, żeby nadrobić poprzednie nieudane wakacje, a ona w tym czasie miała przebywać u McConaghych. Po wydarzeniach tamtej okropnej nocy nie spuszczali jej z oka. I nie przestawali robić jej wyrzutów.

– Mój reumatyzm strasznie się od tego rozszalał – narzekała matka. – Jestem strzępkiem nerwów.

Potem cierpliwość stracił ojciec. To on znalazł Doreen. Po tym wszystkim jakoś sobie radził ze skutkami nieszczęsnego zamieszania, ale było mu potwornie wstyd. Zarówno matka, jak i Amy wiedziały, że ledwie się trzyma. Gdy więc pewnego dnia powiedział: „Potrzebne mi wakacje", matka nie oponowała. Nawet przez myśl jej to nie przeszło.

Od tamtej feralnej nocy Doreen nie rozmawiała z Amy. Amy tymczasem dręczyły straszne wyrzuty sumienia. Odkąd się wtedy rozstały w barze, minęło już siedem tygodni i trzy dni, ale czas dłużył jej się niemiłosiernie.

– Dziś wieczorem wpadnę do domu po parę ubrań, ciociu – powiedziała Amy do pani McConaghy. – Za mało sobie spakowałam. Potem mam wizytę u fryzjera, inaczej nie udało mi się umówić. Więc na noc zostanę u rodziców.

Pani McConaghy nie zdążyła się nawet sprzeciwić, a poza tym powoli dochodziła do wniosku, że bardziej lubi siostrzenicę, gdy ta nie mieszka z nimi.

– Od czasu tamtego zajścia jakoś inaczej na nią patrzę – oznajmiła mężowi. – Całe życie wszystko jej podsuwano pod nos, a ona nie ma nawet żadnych znajomych. Swoją jedną jedyną przyjaciółkę straciła po tamtej strasznej aferze. Dzięki Bogu, że „Echo" nas nie wymieniło w artykule. To by niechybnie zaszkodziło naszym interesom. Przecież tamta dziewczyna mogła umrzeć. Nadal nie wiemy do końca, co się stało, ale ona nas wszystkich naraziła na kompromitację. Należałoby ją gdzieś wysłać.

– Twoja siostra zawsze bardziej interesowała się sobą niż Amy – odparł na to pan McConaghy, po czym zaciągnął się dymem z fajki.

– Owszem, ale spójrz tylko na Lily. Z tego, co mówi siostra Therese, ta dziewczyna nie ma zupełnie nic, a przecież nigdy by się tak nie zachowała. Za nic w świecie!

Pan McConaghy wymownie otworzył gazetę, a potem spojrzał znad niej na żonę.

– Lojalności i dobrego zachowania nie da się kupić. Trzeba sobie na nie zapracować. Lily najpewniej ma bardzo dobrych rodziców, skoro jest taka uczynna i pracowita.

Pani McConaghy oplatała sobie chusteczkę wokół palców. Od różnych ludzi, między innymi od Lockiego i siostry Therese, słyszała o rodzicach Lily coś zgoła innego, ale wiedziała, że musi zachować ostrożność. Poza tym martwiła się o Amy. Rano obudziły ją odgłosy wymiotowania dobiegające z łazienki, a wedle jej wiedzy kobiety wymiotują tylko z jednego powodu. W razie czego to nie ona będzie musiała się z tym uporać, tylko jej siostra, ale jeśli się słusznie domyśla, to Amy nie może zostać w Liverpoolu. Skandal zaszkodziłby firmie, a ona nie zamierzała na to pozwolić. Gdyby jej siostra i szwagier zamierzali się sprzeciwiać, bez wahania odcięłaby ich od tych pięciu procent. Podczas gdy jej mąż przeglądał gazetę, ona obracała w dłoniach filiżankę na spodku i wpatrywała się w ogień. Nie, to przecież niemożliwe. Niepotrzebnie się martwię i niepotrzebnie poczuwam się do odpowiedzialności za tę dziewczynę, pomyślała. To pewnie jakiś wirus. Źle to interpretuję. Dopiła herbatę, a potem szybko zapomniała o sprawie.

Amy i Lockie przyszli do Grapes zaraz po pracy. Amy kazała mu czekać przy schodach, żeby pani McConaghy mogła go zobaczyć z okna w biurze. Zgodnie z przewidywaniami dziewczyny ciotka odprowadziła ją wzrokiem na dół. Amy powiedziała jej, że pojedzie autobusem do fryzjera, ale najpierw skoczy na szybkiego drinka z Lockiem. To było kolejne kłamstwo, które dopisała do długiej listy codziennych niedomówień. Podeszła do Lockiego i ku jego zdumieniu powitała go namiętnym pocałunkiem w usta. Chciała w ten sposób uprawdopodobnić kolejne kłamstwo, które miała w przyszłości przedstawić ciotce. Zamierzała jej wmówić, że potajemnie spotyka się z Lockiem już od kilku tygodni. Liczyła na to, że ciotka powie o wszystkim jej rodzicom – a przy okazji przekona ich, że Amy nie miała odwagi przedstawić im Lockiego jako swojego tajemniczego wielbiciela.

Lockie mówił, a ona kombinowała. Musiała go wyciągnąć z pubu. Musiała też zadbać o to, aby barman ich zapamiętał. Tam nie mogli zrobić tego, co trzeba było zrobić. Czas płynął nieubłaganie. Minęło już kilka dobrych tygodni. Ben już do niej nie wrócił, odkąd go ojciec pogonił. Teraz było za późno, mleko już się wylało.

Lockie mówił trochę bełkotliwie, a Amy uważnie mu się przyglądała. Jego rude włosy połyskiwały czerwienią na tle ognia. Wyglądały, jakby płonęły. Jego niebieskie oczy patrzyły na nią łagodnie, a znamię przybrało niemal całkowicie czarny kolor. Amy utwierdziła się w przekonaniu, że on się nadaje. Musiał się nadawać, nie było wyjścia.

– Chodźmy do mnie, Lockie – szepnęła mu do ucha, siadając okrakiem na ławce i kładąc mu rękę na plecach. Zaraz potem pocałowała go w policzek.

– Amy! – wykrzyknął i odskoczył od niej jak rażony gromem. – Damy się tak nie zachowują. Mało ci było, że w biały dzień pocałowałaś mnie na ulicy?

Nerwowo rozglądał się po pubie, aby sprawdzić, czy nikt na nich nie patrzy.

Amy tymczasem chciała, żeby ludzie na nich patrzyli. Westchnęła. Najwyraźniej to nie będzie takie proste. Dlaczego Lockie nie mógł być taki sam jak wszyscy mężczyźni? Dlaczego to nie on ją próbował zaciągnąć do domu?

Jezu! Przecież nikt mi się nie oprze! – pomyślała. Poczuła się urażona. W innych okolicznościach powiedziałaby Lockiemu, żeby się wypchał tą swoją jutą, i po prostu by sobie poszła. Dzisiaj jednak nie mogła sobie na to pozwolić.

– Przyniosę ci jeszcze strzemiennego – powiedziała. – A potem pójdziemy.

– Mowy nie ma – odparł Lockie. – Czyś ty zwariowała, Amy? Kobiety nie chodzą do baru.

Potrzebował zaledwie krótkiej chwili, żeby przynieść dla niej amontillado, a dla siebie kolejną szklankę piwa.

– Lockie, skoro tu mnie nie chcesz pocałować, to chodźmy do mnie.

Lockie spojrzał na nią zaskoczony. Amy popatrzyła mu w oczy i zobaczyła, że ciemnieją. Mięśnie na twarzy mu się napięły, szczęka drgnęła nerwowo.

– A twój ojciec? – wycharczał.

– Nie ma go. Słuchaj, a może ja ci usmażę kanapkę z jajkiem na maśle. Poprzytulamy się trochę, dasz mi szybkiego buziaka i pójdziesz do domu. Spokojnie, Lockie, nic ci ze mną nie grozi. Przecież jeszcze nic dzisiaj nie jadłeś.

Zanim wyszli z pubu w pogodną noc, Amy podeszła na moment do baru. Wręczyła właścicielowi pięciofuntowy banknot, przy okazji posyłając mu całusa.

– Masz, chłopie – powiedziała. – Kup papudze papużkę nierozłączkę do towarzystwa.

Barman spojrzał na banknot i szczęka mu opadła. Zanim jednak zdążył cokolwiek powiedzieć, Amy już nie było.

Pół godziny później Amy wyjęła klucz i otworzyła frontowe drzwi. W pewnym momencie stwierdziła, że w sumie z niecierpliwością czeka na to, co ma się za chwilę wydarzyć. Jej problem zostanie rozwiązany, cel osiągnięty. Będzie miała kolejny podbój na koncie. To jej zawsze poprawiało humor.

Lockie wszedł za nią do korytarza. Amy zamknęła drzwi i włączyła światło. Co prawda nachodziły ją wątpliwości, ale wiedziała, że musi się pospieszyć. Przecież on tyle wypił, że może w każdej chwili stracić przytomność, pomyślała. Odwróciła się do Lockiego, odłożyła torebkę na ziemię i zarzuciła mu ręce na szyję, żeby go pocałować.

Jego dłonie powoli się uniosły i próbowały rozplątać ten uścisk.

– Amy – wyszeptał. – Nie możemy.

Mówił piskliwym, jakby proszącym głosem. Nikt nigdy nie mówił do niej takim tonem. Przeszedł ją dreszcz podniecenia. Już prawie się udało. Jeszcze tylko troszeczkę.

– Ależ, Lockie, rozczarowujesz mnie – jęknęła. – Czekałam na to z niecierpliwością – wyszeptała i znów go pocałowała. On coś mruknął, ale lekko otworzył usta. Ustępował jej. Jednak się uda!

Amy delikatnie pchnęła go na ścianę, a potem wsunęła się całym swoim szczupłym ciałem między jego nogi i przylgnęła do niego. Rozpięła mu pasek i przeciągnęła dłonią w dół wzdłuż nogawki. Czuła, jak twardnieje. On jednak zsunął się po ścianie na podłogę. No! Chciej mnie! On jednak nie chciał. Pozwolił jej się przycisnąć do ściany, ale jej nie chciał. Opierał się i wahał. Nagle ją olśniło: Boże, on jest prawiczkiem! On się boi!

Jej dłonie przesuwały się po jego ciele zupełnie instynktownie, zachęcając go i namawiając, aż w końcu nie był już w stanie się opierać.

– No chodź, Lockie – powiedziała, ciągnąc go za rękę. – Pokażę ci coś.

Godzinę później Amy leżała z uśmiechem na twarzy w pościeli przesyconej zapachem piwa i seksu. „Cholerne niech będą dzięki", powiedziała, kładąc sobie dłoń poniżej pępka. Pod palcami czuła lekkie wybrzuszenie. Wprawdzie mogło się tam pojawić za sprawą tych licznych ciasteczek od ciotki, którymi Amy tak chętnie się raczyła, ale nie zamierzała ryzykować. Rano mógł zaszkodzić jej cały ten cukier, którym ciotka namiętnie wszystko słodziła, ale na wszelki wypadek musiała mieć plan. Przecież od cukru nie przestaje się miesiączkować, a ona się jakoś nie mogła doczekać okresu. Miała już dość ciągłego biegania do toalety w nadziei, że za chwilę krew jednak się pojawi. Zawsze wychodziła rozczarowana. Dzieci wcale nie tak rzadko rodziły się kilka miesięcy za wcześnie. W razie czego zawsze można powiedzieć, że i ona urodziła przedwcześnie. Nie ona pierwsza by się o to pokusiła.

Miała jednak lepszy plan. Taki, który zamierzała zrealizować w pierwszej kolejności. Znajdzie Bena i powie mu o wszystkim, bo przecież jak on się dowie o ciąży, to na pewno zachowa się, jak należy, i zatroszczy się o nich oboje. Ona go znajdzie i powie, że chce porozmawiać, choćby tylko przez pięć minut. Tęskniła za nim. Tęskniła za dobrą zabawą. Brakowało jej tych wspólnych wyjść i towarzyszącej im radości. Postanowiła, że już następnego dnia pójdzie do niego do domu. Odszuka ten adres, który zapamiętała. Może go tam zastanie. Amy oczywiście nie była głupia. Na wypadek gdyby jej plan się nie powiódł i gdyby nie udało jej się go znaleźć, w odwodzie pozostawał Lockie. A gdyby trzeba było udowodnić, że to przez niego zaszła w ciążę, świadków jej nie zabraknie. Barman na pewno zapamiętał elegancką dziewczynę o czerwonych ustach, która dała mu pięć funtów na papużkę.

Rozdział 16

Ustawcie się w szeregu! – krzyknął Dessie do grupy terminujących chłopców, dla uproszczenia nazywanych pomocnikami portiera. Stali na dziedzińcu szpitala w oczekiwaniu na inspekcję. – Już! Przestańcie się wygłupiać. Tom, oddaj Harry'emu jego czapkę. No dalej!

Lekkie zniecierpliwienie w głosie Dessiego, niczego więcej nie było trzeba. Rozległ się stukot butów na bruku, a w niebo poleciały iskry z metalowych gwoździ wbitych w obcasy i czubki. Chłopcy błyskawicznie zajęli miejsca. Żaden z nich nie zrobiłby celowo nic, co by się nie spodobało Dessiemu. Darzyli go szacunkiem, podobnie zresztą jak ich ojcowie, z których wielu służyło w jego regimencie.

Dessie rekrutował tych chłopców z najbiedniejszych domów przy Dock Road. To były najczęściej dzieciaki żołnierzy, którzy nie wrócili z wojny. Tylko nieliczni spośród nich mieli dwoje żyjących rodziców.

Poranki zawsze wyglądały tak samo. Naprzeciwko szpitala, po drugiej stronie ulicy, znajdował się kościół St Angelus. Gdy wybrzmiało ostatnie uderzenie dzwonu o ósmej rano, chłopcy stali już w dwóch rzędach na baczność. Dessie zorganizował sobie na szpitalnym dziedzińcu mały plac apelowy. Chociaż chłopcy mieli przez cały dzień nosić kosze z praniem i warzywa, naprawiać płytki lub elementy konstrukcyjne budynku, dorzucać węgla do pieców albo biegać między kuchniami, oddziałami bądź kwaterami lekarzy czy pielęgniarek, ale z samego rana powinni prezentować się nienagannie. Dessie rekrutował swoich pomocników wyłącznie z domów, gdzie na co dzień było dostępne mydło. Wymagał też od nich regularnych wizyt w łaźni w każdy wolny dzień.

Inspekcja odbywała się wraz z rozpoczęciem każdej kolejnej zmiany, czyli dwa razy dziennie. Na dziennej zmianie pracowało dwudziestu czterech chłopców, którzy rozpoczynali pełnienie obowiązków o ósmej rano. Na noc przychodziło do pracy dziesięciu. Oni zaczynali o ósmej wieczorem. Inspekcję Dessie przeprowadzał samodzielnie. Pod koniec dnia, już po wydaniu kolacji dla pacjentów, ale jeszcze przed rozpoczęciem odwiedzin, Dessie zwalniał do domu najskrupulatniejszych, którzy akurat najlepiej się spisali. Nie potrącał im za to z wynagrodzenia. Każdy z chłopców pracował tak ciężko, jak tylko mógł. Nikt nie chciał rozczarować Dessiego.

„Nie rozczaruj Dessiego. To dobry człowiek, dzięki niemu masz pracę. Pamiętaj, że on znał twojego ojca". Mniej więcej takie słowa odprowadzały pomocników portiera każdego ranka do pracy.

„Wyskakuj z łóżka i marsz do roboty. Jeszcze nigdy się nie zdarzyło, żeby jakiś pomocnik portiera zrobił sobie krzywdę albo zmarł w szpitalu. Nie to co w dokach. Albo w błocie na polu walki, gdzie padł twój ojciec!", krzyczały matki do synów, którzy odwracali się na drugi bok, prosząc o „jeszcze pięć minut" snu.

„Jak się nasz młody sprawuje? Dobrze sobie radzi?", nieraz któraś matka zaczepiała Dessiego w sklepie. Syn zatrudniony w szpitalu to był powód do dumy dla wszystkich tych, którym się wydawało, że nie bardzo mają z czego być dumne – mimo że ich mężowie ponieśli podczas wojny największą z możliwych ofiar i dali im w ten sposób największy możliwy powód do dumy. Jeśli jednak musiały stale się martwić, z czego opłacić czynsz i za co kupić węgiel, a potem szukać sposobu na to, żeby jakoś rozmnożyć pozostałe pieniądze z piątkowej wypłaty, duma schodziła na dalszy plan, a jej miejsce zajmował dojmujący niepokój.

W szpitalu chłopcy dostawali swego rodzaju mundur w postaci brązowych ogrodniczek. Dessie pilnował, aby w momencie rozpoczęcia pracy każdy z nich miał czyste ręce i czystą twarz, a do tego jeszcze wypastowane buty. Oczekiwał, że ich czubki będą się świecić tak samo, jak świeciły się czubki butów ich ojców, gdy zdawali raport przed Dessiem jako swoim sierżantem. Czuł się niejako w obowiązku zastąpić tym chłopcom ojców. Sam zresztą nie miał dzieci i zdawał sobie sprawę, że tę lukę wypełniają w jego życiu pomocnicy.

Tego ranka traktował swoich podwładnych surowiej niż zwykle. Zapowiedź wizytacji drugiej przełożonej pielęgniarek, panny Van Gilder, którą już w całym szpitalu znano jako pannę Wampirzycę, dręczyła go jak najstraszliwszy poranny smog. Odbierała mu całą ochotę do życia.

– Bryan, tylko spójrz na swoje buty! – krzyknął do jednego z nowych chłopców. – Czubki wyglądają tak, jakbyś przed chwilą wrócił z Dunkierki. Wiem, co mówię, byłem tam!

– Przepraszam, panie Dessie. – Chłopak zrobił głupią minę.

– Za karę cały dzień będziesz się zajmować śmietnikami, Bryan. Nie chcę widzieć tych butów na żadnym korytarzu ani na żadnym ze szpitalnych oddziałów. Panna Van Gilder urwałaby mi głowę, gdyby to zobaczyła. Jeśli ci się pasta w domu skończyła, to puszeczkę wraz ze szczotkami znajdziesz w portierni.

Doskonale o tym wiesz. Zajrzyj tam dzisiaj przed wyjściem do domu i porządnie wypastuj buty. Będę tam. Pokażę ci, jak twój ojciec to robił. A robił to codziennie!

Bryan skinął głową. Wojna skończyła się zaledwie osiem lat temu, ale ci chłopcy prawie już swoich ojców nie pamiętali. Bryan nie miał w domu pasty do butów. Pieniądze zarabiali tylko on i jego matka, na sprzątaniu. Wszystko szło na jedzenie i czynsz, a jeśli coś zostało, to kupowali węgiel na opał. Tylko dzięki jego pensji matka jakoś wiązała koniec z końcem. Dessie odnotował sobie w głowie, żeby dziś wysłać chłopaka do domu z puszeczką pasty i dodatkowym szylingiem. Nie chciał młodego upokarzać, ale musiał pilnować swoich zasad. W St Angelus wszystko miało chodzić jak w zegarku. Przecież nie tylko zastępczyni przełożonej pielęgniarek, ale również sama siostra przełożona mogła zwrócić uwagę na te brudne buty. Na pewno dostrzegłaby je nawet ze swojego okna na piętrze.

– Tylko najpierw podłóż gazetę i porządnie napluj na skórę.

W trakcie wyłuszczania instrukcji Dessie spojrzał na buty Bryana. Wyglądały tak, jakby miały nie wytrzymać porządnego pastowania. Dessie westchnął, zsunął czapkę do tyłu i potarł czoło. Z własnych pieniędzy kupił chłopcom stalowe fleki. Stały w słoiku na półce na portierni, każdy mógł sobie wziąć. Dzięki nim skóra wytrzymywała dłużej. Dessie doskonale zdawał sobie sprawę, że za dziewiętnaście szylingów tygodniowo – bo tyle zarabiali chłopcy – nie da się porządnie nakarmić rodzeństwa, o zakupie butów nie wspominając.

Bryan napytał sobie biedy, ale karę przyjął z godnością.

– Tak jest, proszę pana – powiedział raz jeszcze. – Przepraszam, panie Dessie.

Dessie położył mu dłoń na ramieniu, jakby w ten sposób chciał okazać mu zrozumienie.

– Dobra, chłopaki, Jake ma grafik, więc słuchajcie i róbcie swoje. Bez ociągania. Doskonale wiecie, że chętnych na wasze miejsca nie brakuje.

To akurat była prawda. Właśnie tego ranka jedna z matek zatrzymała Dessiego w drodze do szpitala.

– Bóg mi świadkiem, Dessie, nie wiem, co byśmy bez ciebie zrobili. W dokach przestali zatrudniać czternastolatków. Oni tam doskonale wiedzą, że rentę wojenną wypłacają tylko do czternastego roku życia. Władze portu chcą nas głodem wykurzyć z naszych domów. Pracy coraz mniej, statków już tyle nie przypływa. Podobno mają zamiar sprzedać nasze domy administracji i zbudować nowe.

– Tym nie trzeba się martwić – stwierdził Dessie. – Już przed wojną się o tym mówiło. Ponoć każdy dom ma mieć łazienkę. To by dopiero było coś.

– Ludzie się zabijają, żeby tam podłapać jakąś robotę, bo jak inaczej zachować dach nad głową. Nie wiem, do czego to wszystko doprowadzi. Zginęlibyśmy bez tych pieniędzy, które Tom przynosi ze szpitala, a on chyba ma widoki na coś lepszego, co, Dessie?

Dessie nie lubił kłamać. Widoki, owszem, były, ale bynajmniej nie dla wszystkich. Już i tak miał problem z usprawiedliwieniem konieczności zatrudniania aż dwudziestu czterech pomocników. Panna Wampirzyca zażądała od niego dzienników pracy. Dessie zdawał sobie sprawę, że ona bardzo krytycznie się im przyjrzy. Pojawiła się zaledwie kilka dni temu, a już zdążyła zasiać niezły zamęt w całym szpitalu.

– No dobra, chłopaki. Jake, przedstaw grafik. – Dessie odwrócił się twarzą do Jake'a. Omal nie wypuścił z ręki swoich dokumentów na widok zaniedbanego szarego psa na sznurku, który Jake miał obwiązany wokół nadgarstka. – A cóż to ma być, do diaska?

– To nie moja wina, Dessie. Pani Duffy kazała mi go dziś rano zabrać z domu pielęgniarek. Ale to nie ja go tam przyprowadziłem.

– Dlaczego w takim razie dała psa tobie? – zapytał Dessie, zdejmując czapkę i drapiąc się po głowie.

– Powiedziała, że ona się z nim nie potrafi dogadać, bo psisko jej ciągle podkrada jedzenie. Kazała mi zapytać, czy on by mógł zamieszkać na portierni. Ponoć na Lovely Lane doprowadzał ją do szału. Wszędzie zostawiał kłaki i ona już go nie chce.

– Wielkie nieba, przecież portiernia to nie schronisko dla zwierząt, Jake. To jest szpital! A poza tym on by odstraszył wszystkie koty, a wtedy zjadłyby nas szczury wodne.

Dessie ciągle jeszcze drapał się po głowie, gdy na dziedzińcu pojawiły się Victoria i Dana. Zmierzały na swoje oddziały.

– Nicpoń! – krzyknęła Victoria.

Pies poznał ją po głosie i tak mocno szarpnął Jake'a, że pociągnął go w jej kierunku.

– Tylko niech nam nie skacze na fartuchy, bo tego nie przeżyjemy! – pisnęła Dana.

Jake przyciągnął Nicponia do ziemi.

– Siad, piesku! Mogłaby go pani zabrać ze sobą, siostro Brogan? – zapytał. – Dessie kręcił nosem, że go przyprowadziłem. Wiecie przecież, że on dokarmia koty, a one bardzo się przydają, bo dzięki nim nie ma tu ani szczurów wodnych, ani myszy, od których na śmietnikach aż się roi. Pani Duffy kazała mi go tutaj przyprowadzić. Zdaje się, że go znalazła na pani łóżku, siostro Baker. Była z tego powodu bardzo niezadowolona.

– O rany! – powiedziała Victoria. – Ups!

Dessie rozdzielił zadania między swoich pomocników i kazał im się zabierać do pracy, a potem podszedł do Jake'a.

– Dessie, przecież wszyscy doskonale wiemy, że panią Duffy można urobić – powiedziała Victoria.

– A któż sobie z tym lepiej poradzi niż Victoria? – dodała Dana, szelmowsko uśmiechając się do koleżanki.

– No dobrze, drogie siostry. Gdybyście w takim razie mogły wieczorem po niego przyjść i odprowadzić go do siebie, byłoby świetnie. Możemy się tak umówić?

– Oczywiście, Dessie. Przechowaj go, proszę, u siebie. Przyjdziemy po niego i porozmawiamy jeszcze raz z panią Duffy. Mamy cały dzień, żeby wymyślić jakąś dobrą wymówkę. – Victoria podrapała Nicponia między oczami. Szary niechlujny pies od razu położył się na boku. Wszyscy zaczęli się śmiać.

– Pewnie, wydaje mi się, że ona go polubiła – stwierdziła Dana, która co prawda początkowo sprzeciwiała się obecności psa, ale potem szybko skradł jej serce.

W oddali dostrzegli pannę Van Gilder. Zmierzała przez dziedziniec w kierunku łuku z czerwonej cegły krokiem tak zdecydowanym, że gdyby Dessie miał ją w wojsku wśród swoich podwładnych, z pewnością byłby dumny.

– Rozejść się, i to już! Jake, siostry, pies! Znikajcie stąd! – zawołał i ruszył w stronę łuku, żeby wyjść jej naprzeciw.

Dessie jeszcze nie widział uśmiechu na twarzy panny Van Gilder. Tego chłodnego poranka również go nim nie zaszczyciła. Z surową miną przeglądała dziennik pracy.

– Do każdego szpitalnego łóżka powinien być doprowadzony tlen. Tak było w moim poprzednim szpitalu. – Panna Van Gilder podsunęła okulary palcem wskazującym i z czytelnym zdumieniem na twarzy czekała na reakcję Dessiego. Kiedy jednak się nie doczekała, odezwała się ponownie: – W swoim raporcie dla przełożonej i zarządu będę wnioskować o wprowadzenie tego standardu również tutaj. Gdy wyłonimy wykonawcę, który założy nam odpowiednią instalację, zwolnimy co najmniej połowę tych pańskich obdartusów. Już nie będą musieli latać po oddziałach z butlami.

Dessie bardzo się zasmucił. Dzieciaki z Dock Road może i nie były najbystrzejsze na świecie. Mądrzy chłopcy zdawali stosowne egzaminy i podejmowali naukę w Waterloo Grammar, gdzie odbierali staranne wykształcenie, aby potem z dyplomem, ponadrywanymi przez okolicznych hultajów uszami i znajomością łaciny wkroczyć w wielki świat.

– Będę czekać z niecierpliwością, siostro – skłamał, a potem nawykowo uniósł czapkę i zasalutował. Inspekcja się skończyła. Zastępczyni przełożonej sobie poszła.

– Co tam, Dessie? Czyżby panna Wampirzyca znowu dała ci się we znaki? – zapytał Jake, który zajrzał do chatki i znalazł Dessiego nad papierami.

– Owszem, Jake. Aż tak to widać?

Dessie był autentycznie zaskoczony. Przez dziesięć lat przyjmował rozkazy od starszych sierżantów sztabowych. Zdarzało mu się podchodzić do snajperów tak blisko, że widział białka ich oczu. Huk wystrzałów i wybuchających pocisków nie robił na nim wrażenia. Nie pamiętał, ilu ludzi wyzionęło ducha w jego ramionach. Nic go nigdy nie przerażało, a gdy śmierć pojawiała się gdzieś na horyzoncie, on tylko dotykał palcami złotego krzyżyka, który nosił pod koszulą wraz z nieśmiertelnikiem, i w ten sposób się od niej opędzał. Tej samej taktyki próbował z nową zastępczynią przełożonej pielęgniarek, ale bez powodzenia.

– Twierdzi, że chce doprowadzić tlen do wszystkich łóżek na oddziałach i że pozwalnia chłopców.

– O rany boskie, naprawdę? – Z twarzy Jake'a natychmiast zniknął radosny uśmiech. Chłopak zapalił ogień na kuchence gazowej i nalał wody do czajnika. Przyrządzenie picia w połowie dnia należało do jego obowiązków. Po nastawieniu wody przygotowywał dwadzieścia cztery półlitrowe emaliowane kubki, wyszorowane w nocy przez jednego z pomocników portiera z nocnej zmiany. Wyszczerbione i zbrązowiałe naczynia myto tylko raz dziennie, mniej więcej o drugiej w nocy.

– A możemy coś na to poradzić? – Z brzękiem postawił czajnik na ogniu, a potem opadł na drewniane krzesło ustawione po drugiej stronie drewnianego biurka Dessiego. Z kieszeni kurtki wyjął puszkę z tytoniem. Czuł się tak, jakby już miał za sobą cały dzień pracy. – Dla ciebie też skręcić? – zapytał. – Wyglądasz, jakby mógł ci się przydać.

Dessie skinął głową. Z poważną miną i okularami na nosie studiował harmonogram napraw na oddziałach.

Pracował w chatce z prefabrykatów, szumnie i na wyrost zwanej portiernią. Mieściło się w niej biurko, kilka rozpadających się krzeseł, poznoszonych z różnych poczekalni, piecyk na węgiel ze stalową rurą wyprowadzającą dym przez dach oraz zlew z wytartą od szorowania drewnianą suszarką. Na tyłach chatki znajdowała się wygódka, a w niej dwie toalety z deskami klozetowymi z polerowanego drewna. Chłopcy pędzący przez dziedziniec na poranną przerwę często wołali jeden do drugiego: „Chodź do kibla i na dymka!". Wielu z nich pochodziło z domów, w których z toalety korzystało się w towarzystwie.

Ze ścian chatki sterczały stare gwoździe, a na nich wisiały na kawałkach sznurka podkładki na dokumenty. Na ścianie nad każdym z gwoździ Dessie zamieścił stosowny podpis: „Dzienniki pracy", „Dostawy tlenu", „Pranie do pralni", „Pranie z pralni". Poza tym osobne miejsce poświęcił na naprawy zewnętrzne, zgłoszenia z oddziałów, prace hydrauliczne, przecieki i piski, dorzucanie do pieców, transport pacjentów, wymiany żarówek na sali operacyjnej oraz opróżnianie i sterylizację pojemników na zużyte opatrunki.

Funkcjonowaniem szpitala St Angelus rządziły takie same zasady jak operacją wojskową z czasów wojny, przy czym teraz działaniami na polu walki kierował Dessie ze swojej chatki.

Część chłopaków przerwę spędzała poza portiernią, bo budynek nie był w stanie pomieścić wszystkich naraz. Jeśli padał deszcz lub śnieg albo panował ziąb, szukali schronienia w kotłowni. Wygrzewali się tam i dosychali. Ciepło sprzyjało radosnej atmosferze i wygłupom, więc Jake lub Dessie musieli ich potem stamtąd wyganiać z powrotem do pracy, na dojmujące zimno.

Gdy czajnik zagwizdał, Jake zdjął z półki nad głową dużą popielniczkę.

– Skoro wszyscy będziemy coś pić, jemu też się chyba należy, co? – Spojrzał na Nicponia, który rozłożył się u Dessiego pod biurkiem.

Psiak wychynął spod blatu i nadstawił uszu. Instynktownie wiedział, o czym się mówi nad jego głową.

– Za chwilę zadzwonię na posterunek – powiedział Dessie. – Zapytam, czy ktoś zgłosił zaginięcie.

– Mówisz poważnie? – zdziwił się Jake. – Przecież po ulicach szwenda się pełno bezpańskich psów.

– Nigdy nie wiadomo. A nuż to czyjś zwierzak. Smutno mi się robi na myśl, że jakiś starszy pan albo starsza pani, a może jakiś dzieciak, szuka go teraz i za nim tęskni. Nie wszyscy są przecież tacy biedni jak te rodziny z Dock Road. Wielu ludzi żyje zupełnie inaczej.

– Jasne, wiem o tym, Dessie.

Jake przelewał właśnie wrzątek do dużego metalowego czajnika. Zamieszał liście śrubokrętem, a potem dolał do naczynia butelkę sterylizowanego mleka. Z zadowoleniem stwierdził, że składniki się połączyły. Zaraz potem dorzucił stosowną jego zdaniem ilość cukru, po czym nałożył na czajnik dzierganą osłonkę, którą zrobiła jego matka, i odstawił go na mały ogień, żeby całość się ogrzała. „Ten czajnik jest większy niż twoja głowa, Jake", narzekała matka, gdy kończyła robótkę.

– To co zrobimy z panną Wampirzycą, Dessie? – zapytał Jake. – Przecież nie możemy dopuścić do tego, żeby pozwalniała chłopców! Wszędzie jej pełno, we wszystko się wtrąca. Gdzie spojrzę, tam ona o coś wypytuje.

Dessie zdjął czapkę, podrapał się po głowie, a potem zmarszczył czoło. Czapka wróciła na swoje miejsce, a on powiedział:

– Chyba mamy przechlapane, Jake. Czasy się zmieniają. Przecież sam wiesz. – W jego głosie pobrzmiewało zupełnie nietypowe dla niego zdenerwowanie.

– Tak, ale nie tutaj, Dessie. To jest nasze miejsce pracy. Tu, w St Angelus, nic się nie może zmienić.

– Chciałbym, żebyś miał rację, Jake, ale postępu nie da się powstrzymać. Rozejrzyj się tylko po tym swoim ślicznym domu. Zobacz, co w nim masz. Ile różnych nowoczesnych gadżetów kupiłeś swojej Marcie. Tyle tego jest, że lada moment kobieta w domu zupełnie nie będzie miała co robić. Ani się obejrzymy, a panie zaczną się upominać o nasze posady.

Jake się roześmiał.

– To się nigdy nie wydarzy, Dessie. One są mądrzejsze, niż nam się wydaje. Po cóż by miały tu przychodzić i dawać sobą pomiatać pannie Wampirzycy i jej podobnym, skoro mogą wyręczyć się mężczyznami, a same zostać w domu i siedzieć z założonymi rękami?

Dessie się uśmiechnął.

– Niech ci tylko nie przyjdzie do głowy podzielić się taką myślą z młodą matką, Jake. Gdybyś posiedział przez tydzień w domu z gromadką dzieci, to śpiewałbyś inaczej. A wracając do tematu, musimy znaleźć sposób na to, żeby nikt naszych chłopców nie zwolnił. Już ja znam dwie takie baby, które mają do tego znacznie lepszą głowę niż my. Pora się umówić na spotkanie z Biddy i twoją teściową Elsie.

Jake poczuł ulgę. Nikt mu nie musiał tłumaczyć, że Biddy i Elsie na wszystko znajdą radę. Zaczął rozlewać słodzoną herbatę z mlekiem do dużych kubków – chłopcy zawsze narzekali, gdy mleko się zagotowało w herbacie – a co mu zostało w dużym metalowym czajniku, to przelał do ogromnej bakelitowej popielniczki.

– Nicpoń, masz, stary – powiedział, stawiając pełną miskę na podłodze.

Pies zaczął chłeptać herbatę, merdając przy tym ogonem. Patrząc na niego, Dessie po raz pierwszy tego ranka jakby się trochę rozluźnił.

– Co tam, Dessie? W twoich oczach widać, że masz słabość do tego psa.

– Wcale nie – oburzył się Dessie. – Mam dziś ważniejsze sprawy na głowie.

Jake ustawił dwadzieścia cztery kubki na drewnianej tacy i zaniósł je na biurko Dessiego. Z dziedzińca już było słychać odgłos pospiesznych kroków. Chłopcy zrobili, co mieli zrobić, i teraz biegli na herbatę.

– Pewnie wywęszyli, jak się gotowała – domyślił się Jake. Gdy uniósł wzrok, zobaczył w otwartych drzwiach Toma. Zdziwił się, bo pomocnik portiera trzymał przed sobą dużą metalową tacę okrytą szmatką. – Szybko, właź – polecił Jake i wciągnął chłopaka za ramię do środka. Zaraz potem wyjrzał na zewnątrz, czy aby panna Van Gilder go nie przyuważyła.

– To od kucharki, Tom? – zapytała Dessie.

– Tak, proszę pana – odparł chłopak. – Dała mi to, jak jej dostarczyłem warzywa z furgonetki. Zgodnie z grafikiem, jak pan kazał. – Tom spojrzał na niego szeroko otwartymi oczami. Nie będziesz miał przez to żadnych kłopotów.

– Tak, Tom, zgadza się. Nie martw się. A czy kucharka kazała ci przekazać jakąś wiadomość, Tom?

– Tak, panie Dessie. Powiedziała, że… – Tom wziął głęboki oddech i przez dłuższą chwilę usiłował sobie coś przypomnieć, aż w końcu wyraźnie i powoli dokończył: – …właz jest otwarty.

Jake podniósł ściereczkę i spojrzał na zawartość tacy.

– Spójrz tylko na to! – powiedział do Dessiego i oblizał się ze smakiem. – Grzanki z jajkiem.

Dessie wstał zza biurka i wziął od Toma tacę.

– Wypij herbatę i zjedz grzankę, a potem wracaj do kuchni po koszyki, a kucharce powiedz, że „Jake zrobi, co trzeba" – polecił. – Zrozumiałeś, Tom?

Tom powoli powtórzył wiadomość, ale na pierwszy rzut oka widać było, że nie może się skupić, bo aż mu ślinka cieknie na widok tej tacy.

Dessiemu zrobiło się go żal.

– Bierz, chłopcze, największy kawałek, zanim inni się tu zlecą.

Twarz Toma pojaśniała. Grzankę z jajkiem unosił z tacy z taką pieczołowitością, jakby to było małe dziecko. Za nic w świecie nie chciał uronić ani okruszyny.

– Siadaj, Tom. Jesteś dzisiaj pierwszy – powiedział Jake. – Weź sobie krzesło i napij się herbaty. Pamiętasz, co masz przekazać kucharce od Dessiego?

Dessie i Jake przyglądali mu się z nieskrywanym zdumieniem. Tom najpierw dmuchał i chuchał na parujący płyn, a potem zaczął pić. Ta czynność pochłonęła go całkowicie, Dessie i Jake przestali dla niego istnieć. Jak się przyssał do kubka, to nie mógł się od niego oderwać. Brał łyk za łykiem, aż zabrakło mu tchu, a w kubku pojawiło się dno. Potem westchnął ciężko i z hukiem odstawił naczynie na blat. Przez chwilę sprawiał wrażenie jakby pogrążonego w transie.

– Tom, kiedy ty ostatnio piłeś coś ciepłego, co? – zapytał Dessie, starając się ukryć troskę.

– Tutaj, wczoraj, panie Dessie – odparł Tom.

Dessie i Jake spojrzeli po sobie. Nie raz już się z taką sytuacją spotykali, ale na szczęście akurat na to dało się coś poradzić. Dessie musiał tylko odwiedzić matkę tego chłopca i jej powiedzieć, że ma go porządnie karmić, bo jak nie, to on wyleci z pracy i w ogóle przestanie zarabiać. Dessie odbywał takie wizyty mniej więcej raz w miesiącu. Wielu rodziców wolało wydawać pieniądze na piwo niż na jedzenie dla swoich dzieci.

– Więc co masz przekazać kucharce, Tom? – zapytał ponownie Jake.

Tom właśnie wziął do ust pierwszy kęs chleba.

– Że Jake zrobi, co trzeba – odpowiedział radośniejszym tonem.

– Zgadza się, chłopcze. – Jake poklepał go po plecach. – To niesamowite, jak ta słodka herbata z cukrem poprawia pamięć tym chłopcom – dodał.

Dessie skinął głową.

– Zaiste. Masz tu klucz do składu węgla. – Zdjął z haczyka długi klucz z doczepionym sznurkiem. – Napełnij worek węglem i zrzuć go później do piwnicy. Moim zdaniem to uczciwa wymiana: worek węgla za śniadanie dla wszystkich chłopaków.

Wszystkie domy przy Dock Road miały przy drzwiach włazy prowadzące do piwnicy z węglem, do której schodziło się od wewnątrz po drewnianych schodkach. Kobiety, również te stare, chore i ciężarne, całymi dniami biegały tamtędy z wiadrem albo choćby z szuflą, jeśli nie były w stanie unieść wiadra.

– Ty się zajmij organizacją przerwy, Jake. Ja zajdę do szkoły pielęgniarstwa. Muszę porozmawiać z Biddy i zorganizować zebranie. Druga przełożona pielęgniarek jeszcze tego nie wie, ale gdy coś zagraża naszym chłopcom, jesteśmy gotowi zmobilizować całe szpitalne podziemie. Panna Wampirzyca będzie w nas miała godnego przeciwnika.

– A grzanka z jajkiem? – zdziwił się Jake. – Może zjesz przed wyjściem?

Dessie stał już w drzwiach. Odwrócił się i spojrzał na Nicponia, który siedział już w pełnej gotowości. Wpatrywał się w portiera i oblizywał ze smakiem.

– Daj moją grzankę psu – rzucił, po czym nałożył czapkę i ruszył przez dziedziniec.

Rozdział 17

A ty wiesz, że myśmy chyba do reszty oszalały? – powiedziała Dana do Victorii w drodze na oddziały. – Każdy człowiek o zdrowych zmysłach powiedziałby, że nam odbiło. Kto to widział, żeby trzymać starego i zaniedbanego psa w domu pielęgniarek.

Zatrzymały się na chwilę, żeby przepuścić Toma, który przecinał im drogę z gorącą tacą w rękach.

– Rany, jak on się spieszy – zauważyła Victoria. – Pewnie racja, ale ja od dziecka miałam psa i on ze mną spał, aż umarł, jak skończyłam czternaście lat. Często o nim myślę. Bardzo bym się ucieszyła, gdyby pani Duffy pozwoliła nam zatrzymać Nicponia. Brakuje nam zwierzaka na Lovely Lane, nie sądzisz? Brakuje nam łagodnego i posłusznego psa, który by nas witał w domu po długim dniu w pracy. Czyż to nie byłoby miłe?

Dana spojrzała na nią z niedowierzaniem.

– Posłusznego, powiadasz? A którego konkretnie psa masz na myśli, Victorio? Bo chyba nie tego parszywca, którego pani Duffy musi odganiać od stołu i który uciekł wczoraj z kawałkiem szynki w pysku! – Victoria uśmiechnęła się ze skruchą. – Nic dziwnego, że pani Duffy go tu przysłała. A my teraz musimy koniecznie umyć ręce, zanim wejdziemy na oddziały i podejdziemy do pacjentów.

– Hej, hej! – zawołała Pammy, na co dziewczęta odwróciły głowy. Koleżanka energicznie im pomachała, a potem zniknęła w szatni oddziału nagłych wypadków.

– To jej pierwszy dzień na nagłych wypadkach. Zgadnij, kto też tam dzisiaj będzie – powiedziała Victoria, gdy odmachiwały Pammy.

– Kto? – zapytała zaintrygowana Dana.

– A jak myślisz? Twój doktor Teddy.

Dana się zarumieniła. Z doktorem Davenportem spotykała się już od roku. On jako młody lekarz miał bardzo napięty grafik dyżurów, a ona musiała się dużo uczyć do egzaminów, więc rzadko udawało im się spędzić razem wieczór. On często pracował po pięć dni i nocy z rzędu. W ciągu dnia wykonywał typowe obowiązki asystenckie na oddziałach lub w klinikach, a po nocach, gdy konsultanci rozeszli się do domów lub poszli spać, sprawował kompleksową opiekę nad pacjentami. Teddy Davenport sam chętnie przyznawał, że zdarza mu się przespać pełne pięć godzin na polowym łóżku w pokoju lekarzy. „Tak naprawdę jest zaskakująco wygodne", powiedział Danie, kiedy go zapytała, jak on może noc w noc sypiać na kawałku płótna rozciągniętym na drewnianej ramie. Wolne wieczory miewał sporadycznie i w dużych odstępach od siebie. Jeśli udało mu się spotkać z Daną, to raczej dzięki szczęśliwemu zbiegowi okoliczności niż za sprawą drobiazgowego planowania.

– Ależ ja wiem, że on dzisiaj zaczyna pracę na nagłych wypadkach. – Dana się zaśmiała. – Ale długo tam nie zabawi. Już planuje letnie wakacje. Stanowczo nalega, żebyśmy wybrali się do hotelu nad morzem, ale ja muszę jechać do domu, do Irlandii.

Muszę odwiedzić mamę i tatę, zajrzeć na farmę. Jak ja mu to powiem, że w ogóle nie mam na to ochoty, ale naprawdę muszę? Bóg mi świadkiem, że wolałabym jechać nad morze albo do Londynu, albo gdzieś, gdzie jeszcze nie byłam. On nie ma pojęcia, jak to jest. W Irlandii może przecież codziennie padać. A co by to były za wakacje dla niego? Zmarnowany czas. A poza tym mógłby to uznać za bezczelność z mojej strony, że go zapraszam do domu. Nie wiem, co zrobić.

– Też mi coś – powiedziała Victoria. – Biedny Teddy! Osiołkowi w żłoby dano…

Victoria umawiała się z Rolandem, bratem Teddy'ego. Obie pielęgniarki nie raz już rozmawiały o tym, że być może pewnego dnia wejdą do tej samej rodziny.

– Rodzice Teddy'ego nie żyją, wiesz? – zapytała Victoria. – Więc może mu być trudno zrozumieć, że ty koniecznie musisz jechać do domu. Ale pewnie ci mówił, że on i Roland tęsknią za rodzinnym ciepłem. Ich matka zmarła, gdy byli jeszcze bardzo mali. Mam wrażenie, że chodziło o jakieś trzecie dziecko, ale Roland nigdy nic konkretnego nie wspomniał, a ja nie bardzo chcę pytać. Znałam za to ich ojca, ale sama byłam wtedy małą dziewczynką. Davenportowie prowadzili, i zresztą nadal prowadzą, rodzinną kancelarię prawniczą o długiej tradycji. Od pokoleń zajmowali się sprawami naszej rodziny. Wszyscy się spodziewali, że Teddy pójdzie w ślady ojca oraz brata i też zostanie prawnikiem, ale on się uparł. Uznał, że Roland może przejąć firmę, a on się wyłamał, by zostać lekarzem.

To Roland zasugerował, że Victoria powinna uczyć się swojego wymarzonego pielęgniarstwa akurat w St Angelus – ponieważ właśnie tam Teddy niedawno podjął pracę jako lekarz. Ona i Roland byli już zaręczeni, ale Victoria chciała koniecznie zakończyć szkolenie przed ślubem.

– Chciałabym wyjść za ciebie jako wykwalifikowana pielęgniarka – oznajmiła narzeczonemu. – Ciotka Minnie pewnie się z tego powodu zaleje łzami, ale moja matka będzie zza grobu tryskać dumą.

Roland znał matkę Victorii. Wiedział, że sama miała styczność z pielęgniarstwem, gdy opiekowała się rannymi, którzy po zwolnieniu ze służby wracali w trakcie wojny do Bolton lub w okolice. Dzielnie zajmowała się chorymi i nikt się nawet nie zorientował, że sama była wątłego zdrowia. Tymczasem przebyta w dzieciństwie gorączka reumatyczna trwale osłabiła jej serce i pewnego dnia matka Victorii zmarła zupełnie dla wszystkich nieoczekiwanie.

– Naprawdę? Nie wiedziałam – przyznała Dana. – A jaki był ojciec Teddy'ego?

Chętnie dowiedziałaby się o nim jak najwięcej. Teddy rzadko opowiadał o swojej rodzinie. O rodzicach wspomniał zaledwie raz, gdy konkretnie go o nich zapytała. Odniosła wtedy wrażenie, że on zupełnie nie chce o tym mówić, więc nie wracała do tego tematu.

– Został ranny w czasie wojny. Razem z matką jeździłyśmy do niego rowerami z Baker Hall, ja na tym moim małym rowerku, z opatrunkami w koszyku. Wielu mężczyzn miało wtedy takie okropne wrzody na nogach. Matka pozwalała mi wozić te opatrunki, bo nawet gdybym się przewróciła, to nic by się z nimi nie stało. Ich ojca pamiętam tylko z czasów, gdy już był ranny. To był spokojny człowiek. Przez wiele lat reprezentował moją rodzinę w sprawach prawnych. Pracował nawet chyba dla mojego dziadka. Zresztą, o ile mi wiadomo, Bakerowie korzystali z pomocy prawnej Davenportów jeszcze wcześniej.

– A ile lat miał Teddy w tamtym czasie?

– Na pewno był ode mnie starszy, ale młodszy od Rolanda. Ale wiesz co, ja Teddy'ego tak naprawdę nie pamiętam. Mówiło się, że jest zadziorny. Roland uchodził tymczasem za odpowiedzialnego starszego brata. Mnie jako dziesięciolatce właśnie kimś takim się wydawał. Teddy wiecznie coś kombinował, ale też chyba był najmocniej związany z matką. Tylko że o niej zwykle nikt tam nie wspominał. Jeśli dobrze pamiętam, Teddy dużo przesiadywał na drzewach.

Dana się uśmiechnęła. Właśnie wyobraziła sobie Teddy'ego jako małego chłopca.

– Powiem ci, Victorio, zupełnie szczerze, że trochę ci zazdroszczę, że tak długo już znasz Teddy'ego.

– Moja kochana, już ty dobrze wiesz, jak temu zaradzić. Wystarczy, że zbudujecie dla siebie wspólną przyszłość.

– No tak, ale tak patrzę na ten pierścionek na twoim palcu i myślę o tych waszych potajemnych schadzkach w hotelu... Wy się tak dobrze bawicie, a Teddy i ja widujemy się tylko raz w tygodniu.

Victoria otoczyła przyjaciółkę ramieniem.

– Poproszę Rolanda, żeby was oboje zaprosił do Bolton. Wtedy nie będziesz go musiała ciągnąć ze sobą na farmę, gdzie pewnie i tak skończyłoby się na tym, że rzucisz się w wir pracy. Albo razem gdzieś się wymkniecie? Może do świetlistego Londynu? Mogłabyś kupić sobie podróbkę pierścionka zaręczynowego. Nikt by się nie zorientował.

Dana przeraziła się na samą myśl.

– Victorio, przecież ja pochodzę z Irlandii. Nie mogę czegoś takiego zrobić. Matka by mnie żywcem obdarła ze skóry. Boże, nie! Strasznie ci zazdroszczę, ale ja bym za nic w świecie nie mogła położyć się z Teddym spać w jednym łóżku przed ślubem. Bóg mi świadkiem, że bardzo bym chciała, ale do piekła mi nie spieszno. Ty, lady Baker, nie masz takiego problemu. Nie jesteś nawet katoliczką.

– Rany! Wy, katolicy, i ta wasza wina. Dla anglikanów to jest tak samo ciężki grzech, ale przecież każdy ma mózg i może się nad tym zastanowić. Czy Bóg naprawdę się wścieknie tylko dlatego, że ktoś się dobrze bawi?

Danę aż zatkało.

– Tak, Victorio, wścieknie się. Może u ciebie jest inaczej, bo zaręczyliście się z Rolandem, ale na litość boską, gdybym się oddała Teddy'emu, to po cóż niby on miałby się ze mną żenić? Nie miałby po co. Ja nie mam ani pieniędzy, ani dużego domu, ani nic. Jestem tylko ja. Dziewczyna z jakiejś wsi na zachodzie Irlandii. Tak naprawdę to nie rozumiem, czemu on w ogóle się mną interesuje. Przecież mógłby mieć każdą pielęgniarkę, której by tylko zapragnął.

– Teraz to już wygadujesz bzdury. Może dlatego się tobą interesuje, że jesteś jedną z najmilszych i najładniejszych pielęgniarek w szpitalu? Kto jeszcze ma takie rude włosy i niebieskie oczy jak ty? To Teddy jest szczęściarzem, nie ty. A poza tym ja już nie mam dużego domu, ale rozumiem, co chcesz powiedzieć. Może podchodzę do tego z większym luzem, bo moi rodzice nie żyją. Gdybym zaszła w ciążę, to na pewno dobrze bym się bawiła, obserwując minę ciotki Minnie w chwili, gdy się o tym dowiaduje. Ona by pewnie wyjechała z kraju z obawy przed skandalem.

– Victorio, co ty mówisz? To przecież byłoby straszne. Wcale byś tego nie chciała!

– Powiem ci, że nie wiem, jak długo jeszcze uda mi się tego unikać, kochana. Przekonałam się ostatnio, że mężczyźni mają znacznie większe potrzeby niż my. W każdym razie Roland. Nigdy nie ma dość.

Dana poczerwieniała ze wstydu. Zanim poznała Teddy'ego, jej doświadczenia z seksem sprowadzały się do próby gwałtu podjętej przez Patricka, który najpierw mieszkał po sąsiedzku, a potem pojechał za nią do Liverpoolu i tu został aresztowany za podglądactwo. Nie tylko wizja kiepskiej pogody zniechęcała ją więc do powrotu w rodzinne strony, ale przecież kiedyś w końcu musiała się na to zdecydować.

Teddy był zupełnie innym człowiekiem niż Patrick. Urokiem osobistym i łagodnością w obyciu skutecznie ukoił lęk Dany przed kontaktem intymnym. Był słodki i cierpliwy, ale ostatnio kilka razy zdarzyło mu się wspomnieć niejako przypadkiem, że relacja Rolanda z jej bliską przyjaciółką Victorią wygląda zupełnie inaczej niż ich. Na każdej kolejnej randce Dana odczuwała coraz większą presję. A ostatnio zaproponował wspólny wyjazd na wakacje.

– Moglibyśmy pojechać gdzieś, gdzie nikt nas nie zna – powiedział. – Na przykład do Krainy Jezior albo na wybrzeże. Zarezerwowałbym nam pokój w jakimś małym hoteliku.

Propozycja padła w okresie, gdy całowali się już na dobranoc, siedząc na przednich siedzeniach samochodu Teddy'ego kilkaset metrów od wejścia do domu pielęgniarek. On nie wspomniał, czy zamierzał rezerwować jeden, czy dwa pokoje, a Dana nie pytała. Domyślała się…

– Musiałabym najpierw napisać do domu i zapytać, czy nie jestem potrzebna na farmie – powiedziała, żeby trochę przeciągnąć sprawę. On był tym wyraźnie sfrustrowany.

– Skoro radzą sobie bez ciebie na co dzień, to dlaczegóżby mieli cię nagle potrzebować w trakcie twojego dwutygodniowego urlopu? – argumentował, całując ją w kark i jednocześnie przesuwając dłonie nieco dalej, niż to miał dotąd w zwyczaju.

Dana zdecydowanym gestem położyła swoją dłoń na jego dłoni, a potem cofnęła obie bliżej swojego pasa.

– Daj mi tydzień. Postaram się coś ustalić – poprosiła. – Tylko tydzień.

Od tego czasu minął już ponad tydzień, a kolejna randka zbliżała się wielkimi krokami. Dana zamierzała jeszcze tego samego wieczoru zadzwonić do domu. Aż za dobrze wiedziała, co usłyszy, ale pocieszała się myślą, że przynajmniej nie będzie musiała okłamywać Teddy'ego.

– Pozytywne jest w tym wszystkim to, że pracując z Teddym, Pammy będzie się mogła zorientować, co on tak naprawdę kombinuje – stwierdziła Dana. – On przecież słynie z różnych głupot. Muszę go kiedyś zapytać, ile pielęgniarek wrzucił do wózka z brudną bielizną. Ona będzie mu się bacznie przyglądać i na pewno opowie mi potem o wszystkich jego wyskokach.

Obie pielęgniarki się roześmiały. Dana poszła na swój oddział, a Victoria, która miała jeszcze kilka minut wolnego, postanowiła zaczekać przed szatnią na Pammy i życzyć jej powodzenia podczas pierwszego dyżuru na nagłych wypadkach.

Pammy Tanner, jak na rodowitą mieszkankę Liverpoolu przystało, miała tupet i charakter. Ciągle się pakowała w tarapaty, ale pacjenci ją uwielbiali. Ona natomiast zawsze lubiła Teddy'ego. To był pierwszy lekarz, którym się zainteresowała. Bardzo się zdziwiła, że on zdążył już wcześniej poznać Danę. Nie okazując rozczarowania, czym prędzej przeniosła swoje względy na nowego konsultanta z oddziału ginekologii, pana Olivera Gaskella. W tym swoim rozczarowaniu nie była jednak odosobniona. Dla wszystkich innych pielęgniarek ze szpitala wieść o tym, że niezwykle atrakcyjny doktor Davenport padł łupem Dany, też była niemiłym zaskoczeniem.

Pammy należała teraz do bliskich przyjaciółek Dany. Nie dalej jak w poprzedni weekend były razem na potańcówce. Dana przyszła z Teddym, a Pammy rozglądała się za Oliverem Gaskellem. Od ostatniego balu lekarza, w szczególności zaś od pamiętnego ckliwego tańca, żyła w przekonaniu, że Oliver Gaskell jest w niej zakochany.

– On jest po prostu nieśmiały i tyle – powiedziała, gdy Teddy podpytywał subtelnie, czy aby na pewno się w tej sprawie nie myli. – Teddy, ja wiem, że on mnie lubi. Pewnie myśli, że skoro jest konsultantem, a ja tylko stażystką, to mogłabym mieć przez niego kłopoty z przełożoną pielęgniarek albo coś w tym stylu. Niepotrzebnie się martwi. Pani Duffy jest kochana i możemy ją sobie owijać wokół palca, jak chcemy, prawda, Dano?

Teddy chyba nie dał się przekonać. Znał Olivera Gaskella. Prywatnie go lubił, cenił jako położnika i ginekologa, podziwiał za dokonania w czasie wojny. Nieraz zdarzało mu się przesiadywać z nim w pubie aż do zamknięcia. Ale jeśli chodzi o kobiety… Gdyby doktor Teddy Davenport miał siostrę w odpowiednim wieku, to z pewnością trzymałby ją z dala od Olivera Gaskella.

Wchodząc na korytarz, Pammy dostrzegła Teddy'ego, który po dwa stopnie naraz wspinał się po schodach w stronę oddziału nagłych wypadków. Wsunęła ostatnie niesforne kosmyki ciemnych włosów pod czepek i poprawiła wsuwkę. Już miała go zawołać, gdy nagle zobaczyła u jego boku młodą praktykantkę. On otworzył drzwi i ją przepuścił. To była dziewczyna z wrześniowego naboru, zgrabna i ładna. Miała na imię Sarah i mieszkała na Lovely Lane. Pammy poczuła na plecach zimny dreszcz. Zauważyła, że dziewczyna w jakiś taki specyficzny sposób dotyka jego ramienia. Aż ją ciarki przeszły. Instynkt jej podpowiadał, że odtąd będzie musiała mieć na oku tę całą Sarah Makebee i Teddy'ego, który przecież należał do Dany.

– Siostra pozwoli – powiedział Teddy, przytrzymując drzwi.

Nawet z oddali Pammy bez trudu dostrzegła, że podziwiał jej urodę. Pammy cmoknęła z dezaprobatą, a potem odwróciła się i spostrzegła Victorię.

– Spójrz tylko na nią – szepnęła Victoria, wskazując głową Sarah Makebee. – Pielęgniarski strój zdaje się tylko uwydatniać jej kształty. Świetnie w nim wygląda, nie sądzisz?

– Lepiej niż świetnie – przyznała Pammy. – Czy ona w ogóle cokolwiek je? Czy ktoś kiedyś widział, żeby coś przełykała? Spójrz na jej talię. Taka wąziutka!

Obie pielęgniarki podziwiały przez chwilę idealną fryzurę pod idealnie wykrochmalonym i równiutko umiejscowionym czepkiem. Pammy powoli uniosła rękę, żeby sprawdzić, czy aby nie musi poprawić swojego. Zgodnie z jej przewidywaniami boki już zdążyły się odchylić.

– Beth jej nie lubi – oznajmiła Victoria. – Ona ponoć umawia się z jakimś lekarzem z Londynu. Zdaniem Beth trochę jest zbyt przemądrzała jak na nowicjuszkę.

– Rany boskie, skoro Beth tak mówi, to ta dziewczyna jest pewnie nie tylko ładna, ale jeszcze do tego mądra. To niesprawiedliwe.

– Sprawiedliwe czy nie, jeśli była w stanie tak rozmiękczyć Teddy'ego, to musisz mieć na nią oko.

– Możesz na mnie liczyć, Vic. Jakby mi było mało siostry Antrobus. Nie mam najmniejszych wątpliwości co do tego, że przełożona celowo mnie tu przypisała.

Pammy uniosła podbródek i pomaszerowała w kierunku oddziału nagłych wypadków. Teddy i siostra Sarah Makebee zdążyli już zniknąć za drzwiami, które zamykając się, omal nie uderzyły Pammy w twarz.

Rozdział 18

Pammy wchodziła na oddział nagłych wypadków na miękkich nogach. Rozglądała się za siostrą Makebee i Teddym, ale nie było już po nich śladu. Dostrzegła za to siostrę Antrobus w niebieskim uniformie z pasem i w wykrochmalonym czepku pnącym się wysoko w górę. Dyskutowała o czymś z nową zastępczynią przełożonej pielęgniarek. Obie sprawiały wrażenie pochłoniętych rozmową. Mało brakowało, a Pammy jęknęłaby na głos. Dom pielęgniarek aż huczał od plotek i opowieści o tej całej pannie Van Gilder.

– Ponoć siostra Antrobus tak się zdenerwowała, że aż sobie pozwoliła na przekleństwo – opowiadała im któregoś ranka Beth przy śniadaniu na Lovely Lane. – Podobno panna Van Gilder poprosiła siostrę Antrobus o przedstawienie procedury zamawiania czystych opatrunków, a także o dokładne objaśnienie zasad wyliczania tygodniowego zapotrzebowania.

W szpitalu krążyły różne pogłoski, a Beth chętnie ubierała opowieści w barwne słowa.

– Wyobraźcie to sobie! – ciągnęła. – No więc siostra Antrobus powiedziała pannie Van Gilder, że jest oddziałową, odkąd w St Angelus zainstalowano sterylizatory w kuchni, i że ona te zamówienia mogłaby składać przez sen. „Nie muszę spisywać, co zamawiam i dlaczego", powiedziała jej. A wtedy…

Dziewczęta z fascynacją obserwowały mimikę Beth i słuchały uważnie, przegryzając przy tym grzanki.

– A wtedy panna Van Gilder mówi: „W takim razie powinna pani być w stanie mi to bez problemu wyjaśnić, dobrze rozumiem? Pewne rzeczy się zmieniają. Proszę odtąd prowadzić dokumentację, a ja będę wszystko co tydzień sprawdzać".

Dziewczęta zachichotały, bo oczyma duszy widziały już dym parujący siostrze Antrobus z uszu, oczy ciskające błyskawice i czepek stający w ogniu.

– Tak czy owak, po wyjściu panny Van Gilder siostra Antrobus wpadła do swojego gabinetu, zatrzasnęła drzwi i warknęła: „Cholerni Niemcy" – opowiadała dalej Beth. – A przecież panna Van Gilder nie jest Niemką, tylko Holenderką.

– Niemożliwe! – wykrzyknęły dziewczęta chórem.

– Jakże to niemiłe wobec Niemców! A przecież już zawarliśmy pokój – stwierdziła Victoria.

Spośród nich wszystkich jedynie Pammy powieka nawet nie drgnęła.

– A co was tak dziwi, dziewczęta? Wydaje wam się, że tu, w Liverpoolu, ktokolwiek ma coś dobrego do powiedzenia o Niemcach? Oni nas przecież bombardowali, obrócili miasto w ruinę. Poza tym dla mnie to się chyba dobrze składa, bo przynajmniej druga przełożona pielęgniarek nie będzie mnie nękać. Na nagłych wypadkach jest na pewno tyle pracy, że nikt sobie nie będzie zaprzątać głowy jakąś starą przemądrzałą wygą. Siostra Antrobus sama z siebie da nam popalić.

Na nagłych wypadkach pracowało się zupełnie inaczej niż na wszystkich innych oddziałach. Tam nie było mowy o ciągłości opieki, bo pacjenci stale się zmieniali. Kolejność zadań mogła zostać przestawiona z minuty na minutę, w zależności od sytuacji. Tam nie było nie tylko dwóch takich samych dni, ale nawet dwóch takich samych godzin.

Gdy Pammy podeszła do biurka, siostra Antrobus uniosła wzrok znad dziennika, w który się właśnie uważnie wczytywała. Panna Van Gilder stała tuż obok i pomimo niewielkiego wzrostu wyraźnie nad nią górowała. To złudzenie bardzo zaskoczyło Pammy.

– Siostro Tanner! – wykrzyknęła siostra Antrobus. Można było odnieść wrażenie, że przybycie pielęgniarki jednocześnie ją zirytowało i przyniosło ulgę. To również zaskoczyło Pammy, bo przecież na oddziale drugim miała przeprawę z siostrą Antrobus i raczej nie spodziewała się entuzjastycznego powitania z jej strony.

Czasu na wymianę uprzejmości jednak zabrakło, bo zza kontuaru odezwał się głos sekretarki Doreen. Dziewczyna trzymała w dłoni słuchawkę telefonu.

– Za dziesięć minut przyjedzie karetka, siostro. Na nabrzeżu tramwaj potrącił kobietę.

Siostra Antrobus potrząsnęła głową.

– Co tydzień mamy teraz taki przypadek. Dlaczego ludzie nie uważają, jak chodzą?

To było oczywiście pytanie retoryczne. Zadając je, pielęgniarka rozglądała się po oddziale i zastanawiała, gdzie tę pacjentkę ulokować.

– Poza tym w poczekalni jest mały chłopiec. Ma trudności z oddychaniem.

Siostra Antrobus miała właśnie wydać jakieś polecenie, gdy zatrzymała wzrok na Pammy.

– A dlaczego siostra ma przekrzywiony czepek? – warknęła.

Swoje trzy grosze wtrąciła też druga przełożona pielęgniarek.

– Czy siostra jest umalowana? – zapytała.

Pammy puściła mimo uszu pytanie panny Van Gilder i zwróciła się do siostry oddziałowej:

– Przepraszam bardzo, siostro Antrobus, to pewnie przez wiatr. Wychodziłam dziś trochę później niż zwykle, ale to wina Nicponia, nie moja.

Uśmiechnęła się przy tym szelmowsko i uniosła rękę do czepka, żeby poprawić źle wpięte wsuwki i go wyprostować.

Panna Van Gilder wyglądała tak, jakby miała jej zaraz odgryźć głowę za brak odpowiedzi na jej pytanie. Nagle jednak tuż obok niej pojawiły się pielęgniarki, które przesuwały krzesła i ekrany, żeby zrobić miejsce dla pacjentki z karetki. Pammy chętnie by do nich dołączyła.

– O czym też siostra mówi? – nie dawała za wygraną oddziałowa. – Nicponia mam winić? A któż to taki ten Nicpoń? Prosiłam o wyjaśnienie, a nie o wymyślną wymówkę okraszoną kłamstwem.

Pammy zastanawiała się, czy bronić swego, czy lepiej poddać się bez walki. To był przecież jej pierwszy dzień na oddziale nagłych wypadków i chciała za wszelką cenę zrobić dobre wrażenie. Dopiero co ochłonęła po całym zamieszaniu, które wywołała, gdy zaczęła się upierać w sprawie wizyty księdza i pogrzebu dziecka, które przyszło na świat w wyniku aborcji w dwudziestym ósmym tygodniu ciąży i żyło zaledwie kilka minut. W rezultacie została zawieszona w pełnieniu obowiązków na oddziale drugim.

Ostatecznie ugryzła się w język. W głowie usłyszała głos swojej matki Maisie: „Unikaj takich potyczek, Pammy. Odtąd bądź już grzeczną dziewczynką". Pammy czuła się niesprawiedliwie potraktowana. Jakkolwiek by patrzeć, ujawniła niecne praktyki jednego z lekarzy.

– Przepraszam, siostro Antrobus – powiedziała dość nietypowym dla siebie nieśmiałym głosem.

Siostra Antrobus westchnęła.

– Siostro Tanner, niech pani zaprowadzi tego chłopca z poczekalni na stanowisko badań. Rzeczywiście ciężko oddycha.

Panna Van Gilder spojrzała na chłopca.

– Na pierwszy rzut oka widać, że to przypadek psychosomatyczny – oznajmiła bardzo głośno. – Wszystkie zaniedbywane dzieci mają trudności z oddychaniem. Potrzebują matki. Zaniedbywane dzieci można rozpoznać na kilometr właśnie po świszczącym oddechu.

Siostra Antrobus przyjęła tę uwagę bez zaskoczenia.

– Tak, cóż... Tak czy owak, proszę się nim zająć, siostro Tanner. Asystent już przyszedł, starszy specjalista w dziedzinie nagłych wypadków, doktor Mackintosh, właśnie do nas schodzi. Zdaje się, że zamierza wezwać kogoś z opieki społecznej, ale na razie nikogo nie udało mu się złapać.

– Dobrze, siostro Antrobus, już się robi – powiedziała Pammy, skrzętnie korzystając z możliwości zejścia z oczu pannie Van Gilder.

Przechodząc obok pokoju socjalnego, Pammy wrzuciła do środka swoją pelerynę. Nie zdołała trafić nią na haczyk, więc po chwili usłyszała charakterystyczny dźwięk materiału lądującego na stercie innych peleryn, które również pomimo szczerych chęci właścicielek nie zawisły na kołku i teraz piętrzyły się na podłodze. Pobieżnie rzuciła też okiem na swoje odbicie w lustrze – bo przechodząc obok lustra, nigdy nie potrafiła oprzeć się pokusie. Bardzo się sobie podobała z oczami podkreślonymi czarną kredką, którą kupiła jej mama. Liczyła na to, że w przeciwieństwie do innych oddziałów na nagłych wypadkach nikt jej nie będzie robić z tego powodu problemów. Na razie się udawało. Ostatecznie uniknęła konfrontacji z panną Van Gilder. Zastanawiała się, czy siostra Antrobus celowo jej to ułatwiła.

Idąc do poczekalni, przyglądała się pracy innych pielęgniarek. Już zdążyła się zorientować, że na tym oddziale trzeba uczyć się na bieżąco. Wszyscy wkoło sprawiali wrażenie zbyt pochłoniętych swoimi zadaniami, żeby jej cokolwiek pokazywać lub wyjaśniać, a w powietrzu cały czas wisiało napięcie. Po oddziale niósł się echem stukot butów na wypolerowanej drewnianej podłodze, bo pielęgniarki stale pędziły gdzieś z łóżkami na kółkach i stojakami do kroplówek. Wokół przejścia, przy ścianach stały łóżka, niekiedy oddzielone jedno od drugiego gładkim ekranem w kolorze szarawej zieleni. Za jednym z takich ekranów, zza którego dochodziło ciche kwilenie, zniknęła właśnie pielęgniarka z wiadrem gipsu. Potem zza innej zasłony wyłoniła się etatowa pielęgniarka, która przywołała Pammy gestem. Przekazała jej notatki dla lekarza, coś tam na ich temat powiedziała, a potem na moment do niej podeszła.

– Wszystko w porządku? – zapytała. – To siostry pierwszy dzień na nagłych wypadkach?

Pammy zdążyła tylko skinąć głową, bo pielęgniarka zaczęła trajkotać.

– Dzięki Bogu, że siostra jest. To istne szaleństwo, co tutaj się dzieje. Ja tu pracuję od piętnastu lat i wcale nie jest teraz nic spokojniej niż w czasie wojny. Wszystkim nam się wydawało, że jak bomby przestaną spadać, wszystko wróci do normy, ale ostatnich kilka lat to istne szaleństwo. Szaleństwo, mówię siostrze. – Potrząsnęła głową, jakby sama do końca w to nie wierzyła.

– No dobrze, muszę się pospieszyć. No więc w gabinecie wisi tablica i jest kreda. Pacjenci pozostają na niej zapisani do czasu przenosin na inny oddział. Dzięki temu każdy może szybko stwierdzić, co się dzieje i gdzie. Przed starciem informacji przenosi się je do raportu dziennego, który sporządza się w trzech egzemplarzach, z wykorzystaniem kalki. Przekazuje się je Doreen. Ona jedną kopię zostawia u nas, a dwie wysyła do gabinetu przełożonej pielęgniarek i zastępczyni. Niczego nie można zgubić. Przełożona lubi wiedzieć, co się tu dzieje w ciągu dnia.

Pammy instynktownie wzięła głęboki oddech i nieco się wyprostowała. Uświadomiła sobie, że tu, na nagłych wypadkach, ktoś zawsze będzie jej patrzeć na ręce.

– Poza tym wszystko trzeba też wpisywać do tego dziennika. – Pielęgniarka wskazała dużą i grubą czarną księgę, która leżała otwarta na biurku. – Karty pacjentów są tu dla wszystkich, zarówno dla lekarzy, jak i dla pielęgniarek, a potem opuszczają oddział razem z pacjentem. – Pospiesznie uśmiechnęła się do Pammy. – Na co dzień nie ma tu stażystek. Zdarzają się takie rzeczy, że człowiek może się na całe życie zniechęcić do pielęgniarstwa, ale szczerze powiem, że bez was byśmy sobie nie poradzili, więc naprawdę się cieszymy, że jesteście. Mamy tu nawet praktykantkę, siostrę Makebee, wiedziała siostra? To też nowość na nagłych wypadkach, ale tyle u nas pracy, że nikt nie narzeka. Wczoraj mieliśmy WD.

Pammy spojrzała na nią pytająco.

– Wypadek drogowy. Niestety kierowca i pasażer nie żyją. Poza tym na stanowisku trzecim urodziły się bliźnięta. Postanowiły przyjść na świat, zanim portier zdążył przenieść matkę na porodówkę. Ona nawet nie wiedziała, że jest w ciąży. Była drobniutka. Zgłosiła się z bólem brzucha, a tu proszę, pół godziny później miała już bliźniaki. Ale wróćmy do kwestii dokumentacji. Rozumie siostra, co należy robić? To naprawdę ważne.

Pammy mrugnęła.

– Hm, chyba tak. A gdzie znajdę karty pacjentów?

– Tutaj, na kontuarze. – Pielęgniarka etatowa wskazała na stos żółtobrązowych notatników w linię. – Doreen je porządkuje. Proszę ze mną, przedstawię siostrę.

Pammy poczuła lekkie zażenowanie. Wszyscy pracownicy szpitala znali historię Doreen. Bladość jej skóry i smutek w oczach dopowiadały resztę. Całymi dniami siedziała za kontuarem, odbierając telefony i stukając w maszynę do pisania. Wypełniała różne formularze w trzech egzemplarzach i w miarę możliwości wspierała trudnych pacjentów i opadających z sił kierowców karetek.

Nie usłyszała, że do niej podchodzą, bo właśnie uzupełniała na maszynie formularz, który miała za chwilę wpiąć w dokumentację pacjenta.

– Doreen, to jest nasza nowa studentka pielęgniarstwa.

Doreen się odwróciła, a wtedy Pammy rozpoznała w niej dziewczynę z „Echo". Zdaniem Pammy należałoby ją porządnie podkarmić i zapewnić odrobinę rozrywki. Dobrze by jej zrobił niedzielny obiad u mojej mamy, pomyślała.

Doreen uniosła rękę.

– Dzień dobry! – przywitała się. – Proszę dać mi znać, gdyby siostra czegoś potrzebowała. Nigdzie się stąd nie ruszam.

– Dziękuję, wydaje mi się, że mi niczego nie trzeba – powiedziała Pammy z szerokim, serdecznym uśmiechem. Chciała w ten sposób dać Doreen do zrozumienia, że ona też jej zawsze chętnie pomoże. – Tak w ogóle to jestem siostra Tanner – powiedziała do pielęgniarki etatowej, gdy się już odwróciły od kontuaru.

– Bardzo mi miło. Siostra Imping, pielęgniarka etatowa. Właśnie dzwonili w sprawie tego małego pacjenta z biura ochrony zdrowia dzieci. Do czasu przybycia pediatry chłopcem zajmie się dyżurujący asystent, doktor Davenport, konsultując się ewentualnie z doktorem Mackintoshem. Pediatra jest chwilowo zajęty. Ma na oddziale dziecięcym te bliźnięta z wczorajszej nocy. Wydaje mi się, że ten chłopiec już u nas był. Niech siostra ustali, jak się nazywa, a potem poprosi Doreen, żeby odnalazła jego kartę. Zajmie jej to nie więcej niż kilka minut. Ona zbiera informacje od kierowców karetek i rejestruje pacjentów. Jeśli ktoś może chodzić, powinien zgłosić się do niej sam. Rozumie siostra wszystko?

Pammy znów mrugnęła.

– Tak, oczywiście – powiedziała i uśmiechnęła się szeroko.

– Świetnie. Wiem, że sporo tego, ale na nagłych wypadkach nauka musi tak wyglądać. Trzeba od razu rzucić się na głęboką wodę. Skończę z tym tutaj i przyjdę zobaczyć, jak siostra sobie radzi – powiedziała, wskazując głową na parawan. – Usiadł na dźwigni zmiany biegów w swoim nowym samochodzie. Jakimś cudem gałka się odczepiła i utkwiła mu w odbycie. – Nagle po całym oddziale poniósł się echem głośny ryk bólu. – O, chyba już wyszła – stwierdziła. – Czyli ten problem mamy z głowy. – To powiedziawszy, zniknęła za zasłoną.

Pammy wzięła od Doreen plik dokumentów i ruszyła do poczekalni, gdzie na drewnianym krześle siedziała młoda kobieta z wyraźnie nieszczęśliwym małym chłopcem na kolanach.

– Dzień dobry, kochany – zagadnęła Pammy. – Co u ciebie słychać, maluchu?

Usiadła na krześle obok młodej kobiety. Z podłużnej kieszeni kitla wyjęła długopis, po czym rozłożyła sobie kartę na kolanach. Wzięła chłopca za rękę i uśmiechnęła się do niego. Był wyraźnie rozkojarzony.

Pammy i jej grupa przez cały tydzień uczyły się z siostrą Haycock o chorobach płuc. Było dla nich oczywiste, że w Liverpoolu to jeden z najgroźniejszych zabójców. Dzieci i osoby starsze najczęściej zapadały na zapalenia w obrębie klatki piersiowej, głównie na zapalenie płuc, a także na gruźlicę. Chorowały przez gęsty i duszący smog z drobinkami sadzy, który powstawał na skutek wymieszania dymu węglowego z chłodnym i wilgotnym powietrzem nad rzeką Mersey. Pammy dorastała w okolicach portu i tam co chwila jakiś maluch chorował na zapalenie oskrzelików.

Dziecko siedziało na kolanach młodej i ładnej, ale wyraźnie zaniepokojonej i przygnębionej dziewczyny.

– Niech się pani nie martwi, kochana – powiedziała Pammy, dotykając jej dłoni. – Na pewno będziemy mu w stanie pomóc. – Wystarczyło jednak spojrzeć na twarz tej dziewczyny, żeby wiedzieć, że tak się nie da jej pocieszyć. Jej niepokój miał głębsze podłoże. Pielęgniarka przyłożyła dłoń do czoła chłopca. – Przyniosę termometr, ale on chyba nie ma gorączki. To dobry znak. A jak nasz mały pacjent się nazywa? Powiesz mi, jak się nazywasz, kochanie?

Chłopiec spojrzał błagalnie na młodą kobietę. Ona odpowiedziała mu czułym spojrzeniem i spełniła jego prośbę.

– Nazywa się Joe Lancashire, ma prawie cztery lata. Ja jestem jego siostrą, mam na imię Lily.

– Świetnie – powiedziała Pammy. – Przejdźcie oboje na stanowisko badań, o tam. Zanim przyjdzie lekarz, chciałabym was o kilka rzeczy zapytać.

Pięć minut później Joe leżał już w szpitalnym łóżku między uniesionymi barierkami i z termometrem w pupie. Lily powątpiewała, czy zgodziłby się na wizytę w szpitalu, gdyby wiedział, że coś takiego go spotka, ale był taki zdenerwowany i oddychał z takim trudem, więc chyba mu nie przeszkadzało, że leży teraz na boku, a Pammy przyciska mu kolana do klatki piersiowej.

Pielęgniarka szybkim ruchem wyjęła termometr.

– O, no już – powiedziała, wycierając końcówkę. Strzepnęła rtęć i odłożyła przyrząd do emaliowanej nerki wypełnionej przezroczystym roztworem dettolu o lekko mlecznym zabarwieniu. – Temperatura w normie, to dobrze. Czekamy teraz na doktora Davenporta, a ja w tym czasie chciałabym zadać wam kilka pytań. Poda mi pani wasz adres, kochana?

Na dźwięk nazwy „Clare Cottages" Pammy musiała powstrzymać się przed odruchowym uniesieniem brwi. W całym Liverpoolu wszyscy wiedzieli, że urokliwa nazwa nie ma nic wspólnego z rzeczywistością. Od dziecka wszyscy Pammy powtarzali, że ma się nie zapuszczać w tamte okolice.

Mały Joe zaczął płakać. Nie płakał głośno, nie sprawiał też wrażenia przerażonego ani zlęknionego. Po prostu kwilił cichutko, a z oczu popłynęły mu łzy.

– Ach, kochanie – pocieszała go Lily.

Tego ranka nie miała czasu związać włosów, więc teraz rozsypały się po łóżku, okrywając chłopca lśniącym kasztanowym kocem.

– On jest tylko trochę przestraszony, panno Lancashire – tłumaczyła Pammy łagodnie, kładąc jej dłoń na plecach. – To nieznane miejsce, a do tego zapach jest intensywny. Mnie to też z początku przerażało, a ja tu przecież pracuję.

Lily uniosła głowę. Wyglądała teraz dość dziwnie, bo rękę miała wsuniętą pod jego plecy, ale twarz zwróconą w kierunku Pammy.

– Przypuszczam, że jest zbyt głodny, aby się przejmować zapachem. Nie miałam czasu dać mu śniadania przed wyjściem. Spieszyłam się, a on tak kiepsko wyglądał.

Nie wspomniała, że w sumie nawet nie miała nic na śniadanie i że Katie poszła do szkoły z pustym żołądkiem.

Dopiero dzisiaj miała dostać wypłatę. Jej zadaniem było podsumować wszystkie karty pracy, wyliczyć dokładnie wysokość wynagrodzenia i zapisać kwotę z przodu dużymi, czytelnymi literami. Przez trzy lata jeszcze nie zdarzyło jej się nie przyjść do pracy w dniu wypłaty. Tymczasem teraz siedziała w szpitalu i czekała na lekarza, który miał obejrzeć małego Joego. Z każdą chwilą coraz bardziej się bała, że pani McConaghy wykorzysta jej nieobecność jako pretekst, żeby nie wypłacić ludziom należnych im pieniędzy. Miała wątpliwości, czy szefowa sobie poradzi. Przecież sporo czasu minęło, odkąd się tym zajmowała. Mogła zapomnieć, jak się podlicza te wszystkie karty pracy. Amy nie miała o tym zielonego pojęcia, a do tego w ciągu kilku ostatnich tygodni każdego dnia przychodziła do pracy coraz później.

Lily przeprowadzała w głowie kolejne czynności niezbędne do przygotowania wypłaty. Wszystkie obliczenia kończyła o drugiej po południu. Wtedy też kładła puste koperty na biurku pani McConaghy. Rozpoczynał się rytuał. Pan McConaghy stawał na straży przy drzwiach, a jego żona otwierała sejf. Starannie odliczała gotówkę i wkładała ją do kopert. Potem rozlegał się szczęk zamka we frontowych drzwiach i do biurka podchodził pan McConaghy, aby powtórnie wszystko przeliczyć. Sejf był zamykany, a potem pani McConaghy dawała mężowi znak, że może otworzyć drzwi.

Lily nie bardzo to rozumiała, ale pomimo skrupulatnie przeprowadzanej procedury błędy i tak się czasem zdarzały.

Gdy o szóstej rozlegał się dzwonek, otwierała się bramka u dołu schodów, a robotnicy ustawiali się w kolejce na stopniach i na balkonie. Czekali cierpliwie za drzwiami, aż pani McConaghy wyda każdemu z nich tygodniówkę, za którą ich rodziny będą musiały przeżyć kolejnych siedem dni. Wypłatę odbierało się już po zakończeniu pracy, czyli w czasie wolnym pracowników, a pani McConaghy nigdy się z tym nie spieszyła. Chciała dać wszystkim jasno do zrozumienia, jak wielkie mają szczęście, że pracują. Czasami zdarzało jej się na wstępie chuchnąć na diamentowy pierścionek i dokładnie wytrzeć go w rękaw swetra. W ten sposób podświadomie podkreślała swój stan posiadania, z którego czerpała poczucie wyższości i bezpieczeństwa. Lily czasem się zastanawiała, czy ona w ogóle wie, że to robi.

– Brakuje dwóch szylingów – można było usłyszeć wcale nie tak rzadko. Zaraz potem rozlegały się pomruki niezadowolenia. Takie skargi zawsze wydłużały rozdawanie wypłaty o mniej więcej dziesięć minut. Nikt się nie cieszył, że będzie musiał jeszcze trochę odwlec wizytę w pubie po drugiej stronie ulicy.

– Moglibyśmy przekazywać ich wypłatę bezpośrednio barmanowi w Czerwonym Admirale. Po co im w ogóle rozdajemy te koperty? – narzekała pani McConaghy, gdy ostatni z robotników zszedł po schodach i pomaszerował do najbliższego pubu.

Lily była skrupulatna w swoich wyliczeniach, więc te pomyłki nigdy nie wynikały z jej winy. To pani McConaghy nie potrafiła odliczyć odpowiedniej kwoty przed włożeniem pieniędzy do koperty. A ponieważ za dwa szylingi można było ugotować posiłek dla całej rodziny, więc nikt nie odpuszczał.

Lily doskonale zdawała sobie sprawę, że jej nieobecność w dniu wypłaty wywoła nie lada zamieszanie w biurze. Bardzo się bała, że pani McConaghy zastąpi ją pracownicą ze stabilniejszego domu. Kimś, kto nie ma chorowitego braciszka. Katie bez problemu odgadła rano jej obawy.

– Może ja pójdę do szpitala, Lily? – zapytała, gdy się okazało, że rodzice są zbyt pijani, żeby wstać.

– Nie, kochanie, ty idź do szkoły. Nie możesz opuszczać lekcji.

Lily nie chciała tłumaczyć przyrodniej siostrze, że gdyby siedmiolatka zgłosiła się do szpitala z trzyletnim bratem, ktoś natychmiast wezwałby pracownika opieki społecznej i żadne z nich by nie wróciło do domu, lecz oboje trafiliby do jednego z sierocińców gdzieś nie wiadomo gdzie na terenie miasta.

Pammy zdążyła już zauważyć, że Lily i Joe są biednie ubrani. Mimo to było widać, że ktoś dba o czystość chłopca. Jasna twarz wyraźnie odcinała się od umorusanej szyi, a pod brodą widniały smugi, które oddzielały obszar brudny od czystego. Wokół chłopca roztaczał się zapach olejku kamforowego.

Ostatnio Pammy przeczytała w „Liverpool Echo", że w Huyton i Speke w końcu mają powstać nowe mieszkania, a rodziny z Clare Cottages zostaną tam przeniesione w pierwszej kolejności. Stare zabudowania czekała rozbiórka. Powszechnie uważano, że panują tam najgorsze warunki mieszkaniowe w całym Liverpoolu. Śmiertelność niemowląt i dzieci była tam wyższa niż gdziekolwiek indziej w mieście.

– Od jak dawna jest w takim stanie? – zapytała pielęgniarka.

– Takiego go zastałam wczoraj wieczorem po powrocie z pracy. Nasmarowałam mu kamforą klatkę piersiową, ale do rana się nie polepszyło. Wpadł w panikę, chyba się bardzo przestraszył. Jeszcze go takiego nie widziałam, więc postanowiłam z nim tutaj przyjść. Zwykle mu się poprawia po kilku godzinach, ale od wczorajszego wieczoru nic…

Słuchając Lily, Pammy liczyła oddechy chłopca i mierzyła mu puls.

– A gdzie jest wasza mama? – zapytała, a gdy nie doczekała się odpowiedzi, zdecydowanym ruchem uniosła głowę. Lily wyglądała jej na nie więcej niż siedemnaście lat, więc nie mogła samodzielnie sprawować opieki nad małym i schorowanym dzieckiem.

– Musiała iść do pracy – skłamała Lily, która doskonale zdawała sobie sprawę, jak wielkie zagrożenie dla niej i dzieci stanowi szpital.

Szpital był instytucją publiczną, powiązaną z opieką społeczną. Musiała uważać, co mówi. Jedyną życzliwą jej osobą była siostra Therese, ale o tej porze uczestniczyła akurat we mszy. Lily uznała jednak, że Joe nie może czekać. Instynkt podpowiadał jej, żeby iść do klasztoru i pokręcić się tam do zakończenia mszy, a potem poprosić siostrę Therese o radę, ale ostatecznie przeważył impuls, który jej kazał pędzić do szpitala.

Doktor Davenport energicznym ruchem odciągnął zasłonkę i stanął obok Pammy i Lily. Wziął do ręki kartę.

– Dzień dobry, hm, pani Lancashire? – zapytał raczej, niż stwierdził, spoglądając na dłoń Lily i nie dostrzegając obrączki na jej palcu.

– Nie, doktorze, jestem siostrą Joego. Nasza mama jest w pracy. Wyszła, zanim on się obudził, więc nie zdawała sobie sprawy z jego kiepskiego stanu. Ja jednak uznałam, że powinnam z nim tu przyjść.

Lily mówiła szybciej niż zwykle. Ona zdawała sobie z tego sprawę i doktor Davenport też to wyczuwał.

Teddy uśmiechnął się do Pammy i wyjął z kieszeni stetoskop.

– Czy mogę osłuchać twoją pierś, młody człowieku? – zwrócił się do Joego.

Chłopczyk skinął głową. Jego jasne włosy lekko się przy tym uniosły, a w szeroko otwartych niebieskich oczach pojawił się lęk.

Teddy dmuchnął na czaszę stetoskopu, żeby go ogrzać, a potem przyłożył go chłopcu do piersi. Słuchał uważnie, mocno skupiony, ze zmarszczonymi brwiami.

– Aha! – zawołał tubalnie. – Tak właśnie myślałem. Siostro Tanner, pamięta siostra, jak mówiłem, że zgubiłem w zeszłym tygodniu zegarek – zaczął, spoglądając na Pammy. – On jest tam w środku. – To mówiąc, lekko dotknął klatki piersiowej Joego.

Potem przeniósł wzrok na Lily.

– Główny lekarz za chwilę zejdzie tu z oddziału dziecięcego – oznajmił cicho. – To jest ten, który tak naprawdę się zna na tym wszystkim. Ja tylko wpadłem w międzyczasie, sprawdzić, czy mógłbym jakoś pomóc. A jak ci się oddycha, Joe? Gorzej niż na przykład wczoraj w nocy?

Joe energicznie pokiwał głową.

– A ten olej kamforowy, który czuć teraz na całym oddziale, pomógł choć trochę?

Mały Joe otworzył usta, żeby coś powiedzieć, ale Teddy go powstrzymał.

– W sumie to może lepiej nic mów, młody człowieku. Lepiej zachowaj głos na te ważniejsze pytania, które zada ci pan doktor, co to się zna na prawieczterolatkach z problemami oddechowymi. Tak ci powiem, że on się nie zna na trzylatkach ani na pięciolatkach, bo od takich to mamy innych specjalistów. Ten się zna konkretnie na prawieczterolatkach. Od tygodni tu na ciebie czeka. Siedzi w szafie i czeka, aż się pojawi ktoś taki jak ty. Poprzedni prawieczterolatek, który tu trafił, został z nami przez jakiś czas. Zajmowały się nim te urocze pielęgniarki w różowych strojach. Kiedy przyszła pora, żeby wrócił do domu, to nie chciał nas opuszczać. Wyobrażasz to sobie?

Lily się uśmiechnęła. Wcale nietrudno było jej to sobie wyobrazić.

Joe otworzył oczy jeszcze szerzej.

– On tu mieszka i czeka na mnie? – zapytał ze świstem.

– Właśnie tak, młody człowieku. A wiesz, co ci jeszcze powiem? To jedyny lekarz w tym szpitalu, który nosi w kieszeni czekoladę! Ci lekarze, którzy się zajmują trzylatkami i pięciolatkami, nie mają klucza do tej szafki z czekoladą.

Joe, choć wyraźnie osłabiony, odprężył się i szeroko uśmiechnął. Na jego twarzy malował się zachwyt.

– Zaraz zresztą przekonacie się sami – powiedział tym razem do Lily, która patrzyła na niego ze łzami w oczach.

Jakże była mu wdzięczna za to, że zdołał rozbawić Joego. Miała ochotę powiedzieć jemu i Pammy, że jeszcze nikt nigdy nie okazał im tyle życzliwości i uwagi. Poza Lily nikt nigdy nie wypowiedział do małego Joego tylu słów i nie otoczył go tak troskliwą opieką.

Ledwo Teddy skończył mówić, gdy usłyszał z oddali głos doktora Mackintosha rozmawiającego z Doreen.

– Przepraszam na chwilę – powiedział, po czym zniknął za zasłoną.

Doktor Mackintosh przeglądał wpisy w czarnej księdze. Był nieogolony i rozczochrany, koszulę miał wymiętą, a stetoskop niedbale zawieszony na szyi.

– Wybacz – zwrócił się do Teddy'ego. – Jestem tu od przedwczoraj. Tyle mamy na oddziale biednych maluchów z zapaleniem oskrzelików. Okropne jest to powietrze w Liverpoolu. – Mówił spokojnym i wyważonym tonem z silnym szkockim akcentem.

– Tak właśnie słyszałem – przyznał Teddy. – Pewnie się doktor ucieszy, jak w końcu coś wyjdzie z całego tego gadania o ustawie w sprawie czystego powietrza dla Liverpoolu.

– Nie liczyłbym na to, aby w najbliższym czasie cokolwiek z tego wyniknęło – odparł doktor Mackintosh. – Wszystko w rękach polityków. Gdyby nad Londynem nie unosił się taki paskudny smog, nikt by w ogóle nie myślał o takiej ustawie. Ponoć w Londynie z powodu smogu zmarło cztery tysiące ludzi. A czy jakiś polityk chociaż zapytał, ilu ludzi umiera w Liverpoolu? Poza tym nawet jeśli taka ustawa faktycznie zostanie przyjęta, to potem jeszcze miejskie instytucje będą mogły ją wcielić w życie lub nie. Gdyby z powodu smogu zmarło dziecko jakiegoś lokalnego polityka, to pewnie już byśmy mieli odpowiednie przepisy.

Teddy'ego ta sprawa bardzo irytowała. Nasłuchał się już sporo na ten temat od Olivera Gaskella, bo jego ojciec, doktor Gaskell, przez ostatni rok jeździł tam i z powrotem do Londynu jako ekspert. Wiedział, że doktor Gaskell narzeka na brak postępów w tym procesie.

– Jest taki jeden, poseł, nazywa się Nabarro – powiedział doktor Mackintosh. – Próbuje naciskać na rząd, składa jakieś prywatne inicjatywy ustawodawcze. Na razie jednak powinniśmy skupić się na tym bardzo ważnym młodym człowieku, który czeka tam na nas za zasłoną.

Obaj lekarze udali się do łóżka Joego. Teddy uśmiechnął się do chłopca i mrugnął porozumiewawczo. Mały Joe też próbował mrugnąć, ale tak ciężko mu się oddychało, że ledwo wystarczało mu sił na wciąganie powietrza.

Doktor Mackintosh dokładnie go zbadał. Tych kilka minut, które poświęcił na osłuchiwanie jego klatki, ciągnęło się Lily jak cała godzina.

Po badaniu doktor złożył stetoskop na pół, wsunął go do kieszeni i spojrzał na Joego.

– No tak, młody człowieku, chyba mamy tu mały problem. Będę cię musiał przyjąć na krótką chwilę do szpitala. – Nie czekając na odpowiedź chłopca, zwrócił się do Pammy i doktora Davenporta: – Dam mu aminofilinę. Siostro, proszę przygotować zestaw do podania leku dożylnie.

Potem zwrócił się do Lily:

– Matkę poproszę na zewnątrz, chciałbym porozmawiać.

Lily spojrzała na Pammy błagalnie, po czym przeniosła wzrok na lekarza.

Pielęgniarka zrozumiała jej bezgłośną prośbę.

– To jest siostra chłopca, doktorze – pospieszyła z wyjaśnieniem. – Matka chłopca wyszła do pracy, zanim panna Lancashire zauważyła, że chłopcu oddycha się trudniej niż zwykle.

– Naprawdę? I nie zwróciła uwagi na ten świst? Jak to możliwe, że w ogóle spała w nocy? Przecież ten świst musiał obudzić pół ulicy! Jak mogło to jej umknąć?

Doktor Mackintosh pracował na oddziale nagłych wypadków w St Angelus od zakończenia wojny. Uczył się w Edynburgu, a potem przez jakiś czas leczył w Glasgow. Dopiero w czasie wojny przeniósł się na południe, do Liverpoolu. Przez te lata często spotykał się z przypadkami zaniedbywania dzieci i potrafił je wyczuć na kilometr.

– Nasza mama ciężko pracuje i mocno śpi – powiedziała niepewnie Lily.

Spojrzała badawczo na Joego. Miała nadzieję, że się nie odezwie. Wcześniej nie raz zdarzyło się jej tłumaczyć matkę przed lekarzami, a wtedy on wtrącał swoje trzy grosze: „Nie, to nieprawda, Lily. Przecież nasza mama nie chodzi od pracy, leży w łóżku".

Doktor Mackintosh podszedł do rzędu krzeseł i gestem zasugerował Lily, żeby usiadła.

– Od kiedy on jest w takim stanie? – zapytał z wyraźnym zaniepokojeniem.

Lily zastanawiała się chwilę nad odpowiedzią, gdy zza zasłony dobiegł ich głos Teddy'ego:

– Przepraszam, doktorze Mackintosh, ale czy pan przypadkiem o czymś nie zapomniał?

Doktor Mackintosh spojrzał na niego pytająco, a wtedy Teddy wbił wzrok w kieszeń jego fartucha i zaczął energicznie kiwać głową. Rozsunął zasłony i wyjrzał zza nich, cały czas trzymając je w rękach. Zdaniem Lily wyglądał przekomicznie. Ot, gadająca głowa wystająca zza kotary. Poza tym to byli najmilsi ludzie, jakich Lily w życiu spotkała.

– Zapomniałem o czymś? – Doktor Mackintosh zmarszczył brwi, ale już po chwili Lily dostrzegła błysk w jego oku. – Ach tak, jasne, przepraszam – powiedział do niej, po czym wstał. – Jeśli dobrze kojarzę, to Joe jest prawieczterolatkiem? Tak, jest, już widzę. – Podszedł ponownie do łóżka, a po drodze spojrzał na jakąś kartkę, na której coś sobie zanotował.

Joe kiwał głową z entuzjazmem.

– No tak, bo widzisz, ja się w pierwszej chwili nie zorientowałem. Ty jesteś bardzo duży jak na czterolatka. Wydawało mi się, że masz co najmniej pięć lat. Doktorze Davenport, muszę panu powiedzieć, że już od dłuższego czasu wyczekuję na jakiegoś prawieczterolatka, bo mam tu w kieszeni czekoladę specjalnie dla takich gości. A teraz się okazuje, że prawieczterolatek wreszcie się pojawił. Ale czy pan jest pewien, doktorze Davenport, że on faktycznie ma prawie cztery lata? Nie kantuje pan? Mnie tam on wygląda na bardzo mądrego i dużego. Na takiego, co to już by mógł iść do szkoły.

Teddy zrobił poważną minę, po czym sięgnął po kartę, którą Pammy powiesiła przy łóżku.

– No cóż, siostra Tanner napisała tu, że ma prawie cztery lata, ale z niej jest niezłe ziółko – powiedział do małego Joego. – Człowiek tylko odwróci głowę, a ona już sięga do kieszeni doktora Mackintosha po czekoladę. Ma chrapkę na tę specjalną czekoladę dla prawieczterolatków. Uwaga, idzie!

Doktor Mackintosh wyjął z kieszeni tabliczkę czekolady Cadbury i odłamał spory kawałek.

– Trochę muszę sobie zostawić – wyjaśnił chłopcu. – Bo prawieczterolatki są jak autobusy. Nigdy nie wiadomo, kiedy się pojawi następny.

Joe wziął czekoladę. Wpatrywał się w nią z zachwytem i obracał w dłoniach. Potem jednak wyciągnął rękę do Lily i wycharczał między kolejnymi oddechami:

– Weź ją do domu, Lily, dla naszej Katie.

W oczach Lily znów stanęły łzy.

– Nic z tych rzeczy. Trzymaj ją w kieszeni, aż lepiej się poczujesz.

– Wózek gotowy, doktorze – oznajmiła Pammy, wpadając za kotarę.

– Jeszcze chwileczkę, siostro. Muszę wyjaśnić pannie Lancashire, co zamierzam zrobić.

Anthony Mackintosh wziął Lily za rękę i poprowadził ją z powrotem w kierunku twardych drewnianych krzeseł.

– Czy mogłaby siostra przynieść młodej damie filiżankę herbaty? – poprosił jeszcze przez ramię. – Ona tu spędzi dłuższą chwilę.

– Oczywiście – zapewniła Pammy. – Już się robi.

– Ciasteczko też nie zaszkodzi. Albo dwa. Dziękuję, siostro. – To powiedziawszy, zwrócił się do Lily: – Proszę posłuchać, u pani brata stwierdzam to samo, co u wielu innych małych dzieci. Nie ma gorączki i ogólnie nic poważnego mu nie dolega, ale obserwuję u niego nieprawidłowy schemat oddechowy. Ma trudności z wykonaniem wdechu i wydechu, a poza tym, jak pani być może zauważyła, żebra mu jakby sterczą. Jest jeszcze mały, ale coś takiego zwykliśmy nazywać klatką piersiową kurzą. Tutejsi lekarze twierdzą, że tego typu trudności z oddychaniem, które występują u pani brata, mają podłoże psychosomatyczne, to znaczy, że problem tkwi tylko i wyłącznie w jego głowie. Uważają, że ten świst w jego oddechu to tak naprawdę forma nawoływania matki.

Anthony uważnie przyglądał się twarzy Lily. Podczas takich rozmów rejestrował wszystkie szczegóły.

– Ja chciałbym pani powiedzieć, że nie zgadzam się z tymi opiniami, ale nie jestem w stanie ich podważyć ani udowodnić istnienia żadnego innego problemu natury medycznej. Podejrzewam, że chodzi o jakiś stan zapalny, choć na pewno nie o podłożu infekcyjnym. Problem polega na tym, że nie potrafię tego udowodnić.

Lily wyglądała na zdezorientowaną. Anthony nachylił się w jej stronę. Żal mu było tej młodej kobiety. Na pierwszy rzut oka było widać, że bardzo kocha swojego braciszka.

– Przepraszam, mam nadzieję, że za bardzo tego nie komplikuję i że nie namieszałem pani w głowie. Proszę posłuchać, chłopiec musi teraz dostać zastrzyk, który ułatwi mu oddychanie. Lek musimy podać bardzo, bardzo powoli, ale kiedy już go podamy, to prawdopodobnie za kilka dni wróci do domu, a wtedy raczej nie zechce się dzielić czekoladą z nikim, a już w szczególności z siostrą. Jeśli jednak mu się nie poprawi, będę musiał go tutaj zatrzymać, dopóki ataki nie ustaną.

Lily się uśmiechnęła, co bardzo ucieszyło Anthony'ego Mackintosha. Gęste włosy, których nie zdążyła spleść w warkocze, spływały jej falami na ramiona. Na ich tle twarz sprawiała wrażenie kruchej i delikatnej. Szeroko otwarte oczy patrzyły na niego z niepokojem. Lekarz wiedział, że kryje się za nimi jakaś tajemnica, i przez chwilę czuł nieodpartą pokusę jej odkrycia. Chciał koniecznie się dowiedzieć, dlaczego Joego przyprowadziła do szpitala siostra, a nie rodzice.

Wtedy jednak pojawiła się przy nich Pammy z wózkiem. Miała na nim wszystko, czego potrzebowała do wykonania zabiegu, a poza tym filiżankę i spodeczek.

– Proszę – powiedziała do Lily. – Wrzuciłam do herbaty dwie kostki cukru, a na spodeczku ma pani markizy.

W tym momencie podeszła do nich panna Van Gilder.

– Cóż to, czyżbyśmy przerabiali oddział nagłych wypadków na kawiarnię?

Powiedziała to tak ostrym tonem, że Lily miała ochotę natychmiast odstawić filiżankę i talerzyk. Wszyscy wyraźnie poczuli chłód, którym nagle powiało po całym oddziale wraz z pojawieniem się drugiej przełożonej pielęgniarek.

Pammy przypomniała sobie, co mówiły tydzień wcześniej pielęgniarki. Beth Harper wspomniała, jak to siostra Emily Haycock ze szkoły pielęgniarstwa na wieść o wyborze kadrowym przełożonej zagroziła, że wyskoczy z okna.

Joe zaczął pochlipywać. Przeraził go dźwięk głosu drugiej przełożonej pielęgniarek, mimo że mówiła gdzieś w przestrzeń, a nie bezpośrednio do niego. Gdy Lily odstawiła herbatę i ciasteczka, które tak oburzyły pannę Van Gilder, i zajrzała za zasłonę, Joe wyciągał już do niej obie ręce.

– Jak wszyscy doskonale wiemy, ten chłopiec to przypadek psychiatryczny – warknęła panna Van Gilder do doktora Mackintosha. – Więc co on tu robi? Świst dowodzi tego, że większość czasu spędza bez matki. Przecież już od dawna wiadomo, doktorze, że tym niespokojnym oddechem dziecko stara się zwrócić na siebie uwagę matki. To jest wołanie o pomoc i sygnał świadczący o tym, że matka się nie wywiązuje z obowiązków rodzicielskich.

Teddy wsunął ręce głęboko do kieszeni. Pammy instynktownie stanęła u wezgłowia łóżka i odgarnęła Joemu ciemne włosy z czoła.

– Spokojnie, tylko spokojnie – powiedziała, a zaraz potem spojrzała na Lily, jakby chciała jej powiedzieć: „Proszę się nie martwić, my się tym zajmiemy".

– Siostro przełożona, niech siostra wie, że znam powszechną opinię kliniczną na temat klasyfikacji tego typu objawów – odparł doktor Mackintosh. – Jako lekarz zatrudniony w St Angelus na stanowisku starszego specjalisty nie potrzebuję pani klinicznej analizy. A teraz, jeśli pani pozwoli, chciałbym bezzwłocznie zająć się łagodzeniem dolegliwości, na które uskarża się ten chłopiec. W mojej opinii nie można lekceważyć problemów z oddychaniem, które utrzymują się przez tak długi czas. Brak działań w tej sytuacji może skutkować bardzo poważnymi konsekwencjami.

Zastępczyni przełożonej pielęgniarek prychnęła i poprawiła sobie okulary na nosie. Granatowa sukienka, długości typowej raczej dla czasów wojny niż obecnych, dodatkowo podkreślała surowość jej wyglądu. Mocno obszyty falbanką czepek wpięty w czarne jak proch włosy w połączeniu ze stalowymi oprawkami okularów pozbawiał ją resztek kobiecości i rozwiewał wszelkie nadzieje co do jej współczującej natury.

– Jak sobie doktor życzy, doktorze Mackintosh. Zaiste jest doktor starszym specjalistą. Ponieważ jednak w mojej ocenie na oddziale nagłych wypadków korzysta się z pieniędzy i łóżek w sposób nieodpowiedzialny, moim obowiązkiem jest zgłosić tę sprawę zarządowi.

Anthony Mackintosh wstał i się wyprostował, a ponieważ miał prawie metr dziewięćdziesiąt, robił nie lada wrażenie.

– Absolutnie ma siostra do tego prawo. Ja tymczasem jednak muszę się zająć leczeniem dość niepokojących objawów, które występują u tego niespełna czteroletniego chłopca. – W tym momencie spojrzał na przerażonego Joego i uśmiechnął się, żeby go trochę podnieść na duchu. – Który to chłopiec zupełnie spokojnie mógłby uchodzić za pięciolatka i dlatego mnie zmylił.

– Doktorze Davenport, proszę mi podać aminofilinę. Siostro Tanner, niech nam siostra znajdzie żyłę, dobrze? Podanie leku zajmie pół godziny. Trzeba to robić bardzo powoli, bo w przeciwnym razie ciśnienie krwi mogłoby za bardzo spaść. Doktorze

Davenport, z uwagi na to ryzyko, proszę co cztery minuty sprawdzać ciśnienie.

Panna Van Gilder odmaszerowała z ciężkim westchnieniem, a Lily osunęła się na drewniane krzesło. Odkąd lekarze i pielęgniarka skupili się na Joem, na nią nikt już nie zwracał uwagi. Lily sięgnęła po filiżankę. Herbata była już zimna, ale jej to nie przeszkadzało. Była słodka, a taką nieczęsto zdarzało jej się pić. Matka Lily sprzedawała wszystkie ich kartki na cukier, a pieniądze wydawała na alkohol. Mówiło się, że wkrótce cukier przestanie być na kartki. Lily nie mogła się doczekać. Matce odpadnie kolejne źródło dochodów do przepijania. Od wczorajszego wieczora nie miała jeszcze nic w ustach, więc wypiła duszkiem zimną herbatę z mlekiem i ani myślała narzekać. Dwa ciasteczka schowała za to do kieszeni płaszcza. Zamierzała zanieść je do domu i dać Katie.

Doktor Mackintosh podawał lek przez prawie czterdzieści minut. Potem Lily zaproszono ponownie za zasłonę. Od razu było widać, że kuracja pomogła. Joe oddychał swobodniej, a z jego twarzy zniknął strach.

Doktor Mackintosh umył i wytarł ręce, a potem podszedł do Lily.

– Jak pani widzi, poprawiło mu się, ale nie aż tak, jak bym sobie tego życzył. Chciałbym go zatrzymać na oddziale.

Lily nie wiedziała, co ma powiedzieć. Była niezmiernie wdzięczna temu dobremu człowiekowi, który potrafił rozbawić Joego. Myśli kłębiły jej się w głowie, ale nie znajdowała słów, żeby je wyrazić.

Doktor Mackintosh nie mógł oderwać od niej wzroku. Nawet on się zorientował, że wpatruje się w nią nieco za długo.

Był trzydziestoletnim kawalerem, a dziewczyny nie miał od czasów studenckich. Od zakończenia wojny każdą chwilę poświęcał na zgłębianie tajników i praktyk medycyny ratunkowej.

Przez te wszystkie lata spotkał wiele pielęgniarek, które w podskokach pobiegłyby z nim do ołtarza, ale on lubił wyzwania i wychodził z założenia, że na coś wartościowego zawsze trzeba sobie zapracować. Sześć lat temu zaproponowano mu objęcie praktyki po wuju, który był lekarzem rodzinnym w Aberdeen, on jednak wolał dalej zajmować się medycyną stanów nagłych. Lubił, gdy dużo się działo. Odpowiadało mu, że stale musi nadążać za najnowszymi odkryciami w dziedzinie diagnostyki i farmakologii. Niewiele było w kraju miast, które by stawiały przed lekarzem takie wyzwania jak Liverpool, gdzie przemysł prężnie się rozwijał, bieda aż piszczała, a dzieci rodziły się na potęgę. Anthony Mackintosh doskonale się tu czuł.

Chłopców takich jak Joe widział już w swojej pracy setki, ale młoda kobieta, która z nim przyszła, z jakiegoś powodu go zaintrygowała. Jakże była poważna, jakże szczera… A do tego ta jej duma, widoczna jak na dłoni… Przez to wydawała mu się jeszcze bardziej intrygująca.

Pół godziny później Lily szła już w stronę doków. Zmierzała do fabryki. Wiedziała, że jeśli się pospieszy, zdąży jeszcze uporać się z wypłatą – również dla siebie. Zamierzała zanieść do domu coś do zjedzenia dla Katie, a potem wrócić na oddział do Joego. Powiedziano jej, że będzie go mogła odwiedzić wieczorem, a termin kolejnej wizyty uzgodni już na oddziale dziecięcym. Siostra Tanner uprzedziła ją, że termin może przypaść nawet za tydzień, jeśli Joe zostanie przyjęty na dłużej. Lily przypuszczała, że matki nie będzie interesowało, jak długo jej syn zostanie w szpitalu.

Doktor Mackintosh jasno określił swoje stanowisko. Spodziewał się, że Joe ma przed sobą długotrwałe leczenie.

– Zamierzam go zatrzymać co najmniej na dwa tygodnie, a patrząc na kształt jego klatki piersiowej, pewnie nawet dłużej

– uprzedził. – Mam w Londynie przyjaciela, który specjalizuje się w takich przypadkach. Przyjedzie tu niebawem, a wtedy go poproszę, by zbadał Joego. On pracuje nad teorią, zgodnie z którą tego typu problemy mają podłoże zapalne, a nie psychosomatyczne, a ja zamierzam go w miarę możliwości w tym wspierać. Wydaje mi się także, że tutaj Joe ma większe szanse na wyzdrowienie. Będzie przebywał w cieple, dostanie też dobre ciepłe posiłki. Mam nadzieję, że się pani ze mną zgodzi? Domyślam się, że pani bardzo się o niego martwi.

Lily uniosła wzrok i spojrzała na rosłego mężczyznę. Tyle by mu chciała powiedzieć – że wcześniej nie zdawała sobie sprawy z istnienia ludzi takich jak on i że gdyby jej powiedziano, że w szpitalu St Angelus ktoś taki istotnie pomoże Joemu, to ona już dawno by go tutaj przyprowadziła – ale ostatecznie zdobyła się tylko na ciche „dziękuję".

– Bardzo proszę. Na tym polega moja praca. Leczę prawie czterolatków.

Lily uśmiechnęła się szeroko, a doktor Mackintosh odpowiedział jej uśmiechem.

Zauważyła, że lekarz ma podkrążone oczy i przekrwione białka. Wyglądał na wykończonego, a mimo to znalazł czas dla Joego i okazał mu wiele cierpliwości. Więcej niż ktokolwiek kiedykolwiek poza nią.

– Mam nadzieję, że jeszcze się spotkamy. Może gdy przyjdzie pani na oddział na odwiedziny?

Lily na chwilę zaniemówiła. Trudno jej było uwierzyć, że doktor Mackintosh zwraca się do niej. Poczuła się nieswojo i tylko skinęła głową z zakłopotaniem. Pomyślała, że lada moment w szpitalu zjawi się jej matka. Gdy wytrzeźwieje, zacznie się domagać powrotu Joego do domu. Z powodu jego choroby ludzie się nad nią litowali. Sąsiadki przychodziły ją pocieszać, a czasem też wspierały szylingiem czy butelką. Lily aż zadrżała na myśl o tym, że ona mogła tu wpaść i krzykiem skalać tę atmosferę spokoju i troski.

– Muszę już iść do pracy, ale niedługo wrócę – odparła ze smutkiem w głosie. – Dziękuję panu, doktorze.

Chwilę później już jej nie było. Zniknęła za drzwiami na schodach prowadzących w dół. Doktor Mackintosh stał i rozmyślał, co jest, u licha, z nim nie tak.

U jego boku pojawił się Teddy.

– Widziałem cię – wyszeptał.

– Ale co widziałeś? – zapytał doktor Mackintosh.

– Widziałem, jak się uśmiechasz na jej widok. Widziałem iskierki w twoich oczach!

– Nic podobnego nie widziałeś. Powiem ci, że chyba straciłeś trochę rozumu przez tę swoją siostrę Brogan.

Nagle usłyszeli głos panny Van Gilder dobiegający z dyżurki pielęgniarek. Obaj się skrzywili. Doktor Mackintosh bez wahania przywołał Pammy.

– Siostro Tanner, proszę zorganizować przenosiny chłopca na oddział trzeci – powiedział.

Ruszył do kontuaru, po drodze wyrzucając ręcznik do kosza na brudną bieliznę. Jak się słusznie domyślał, zastępczyni przełożonej pielęgniarek miała mu coś do zakomunikowania.

– Czy to aby na pewno konieczne, doktorze? – zapytała. – Sam pan powiedział, że już lepiej oddycha.

– Panno Van Gilder, kiedy już zdobędzie pani takie samo jak ja, czyli siedmioletnie doświadczenie w leczeniu chorób klatki piersiowej, chętnie wysłucham pani opinii na temat moich przypadków. Do tego czasu i dopóki pracujemy zgodnie z zasadami ustalonymi przez NHS, decyzje dotyczące leczenia dzieci należą do mnie. Zamierzam leczyć małych pacjentów wedle własnego uznania. Mam nadzieję, że nie widzi pani w tym problemu.

Panna Van Gilder zjeżyła się i odwróciła na pięcie.

– Przyjdę później, siostro Antrobus. W moim głębokim przekonaniu oddział nagłych wypadków wymaga intensywniejszego nadzoru. Już ja dopilnuję, żebyśmy tu przywrócili choćby pozory normalności.

To powiedziawszy, żwawym krokiem ruszyła w kierunku głównego wyjścia. W drzwiach zderzyła się z siostrą Makebee i omal jej nie przewróciła. Siostra Makebee niosła jednak wiadro w połowie wypełnione gipsem i teraz cała jego zawartość wylądowała na podłodze.

– Biedna pielęgniarka – powiedział Teddy, który właśnie miał uzupełnić dokumentację Joego. – Pójdę jej pomóc, zanim ta kobieta pożre ją żywcem.

Pammy tak zatkało, że aż – co dziwne dla niej – nie wiedziała, co powiedzieć. Bezradnie przyglądała się, jak siostra Makebee wysłuchuje wściekłych wynurzeń panny Van Gilder. Nie tracąc nic ze swojej godności, stała co prawda ze skruszoną miną, ale na pierwszy rzut oka była niewzruszona. Panna Van Gilder zwyzywała ją od najgorszych, a potem gniewnym krokiem opuściła oddział.

Teddy rzucił się na ratunek nieco zbyt pospiesznie. Ukląkł i zaczął zbierać gips z powrotem do wiadra. Potem wezwał salową i już chwilę później przytulał siostrę Makebee, która teraz już cała we łzach, szukała pociechy w jego ramionach.

Teddy zaprowadził ją do zlewu, żeby mogła zmyć mokry gips z fartucha. Pammy dostrzegła uśmiech na jej twarzy. Nic jej nie umknęło. Od razu spostrzegła charakterystyczny błysk w oczach siostry Makebee. Teddy, ty głupcze, pomyślała. Ty głupcze. A ciebie, dziewczyno, to nawet na krok nie odstąpię.

Rozdział 19

W drzwiach do gabinetu Emily Haycock Biddy minęła wzburzoną siostrę Antrobus.

– Co ją ugryzło? – zapytała Biddy. – Dosłownie sfrunęła ze schodów. Bóg mi świadkiem, nigdy przedtem nie widziałam, żeby tak szybko gdzieś szła.

– Nie podoba jej się panna Van Gilder. – W geście rozpaczy Emily Haycock opuściła głowę i schowała ją w leżących na biurku przedramionach. Po chwili podniosła wzrok i powiedziała: – Ponoć pannie Van Gilder się nie podoba, że siostry oddziałowe oceniają pracę pielęgniarek i odhaczają zaliczone zadania w indeksach. Uważa, że sama powinna to robić, a pielęgniarki w trakcie szkolenia powinny jej podlegać. Również te pracujące na oddziale nagłych wypadków, bo tam dużo się dzieje.

– Rozmawiała z siostrą?

– Nie, nic mi na ten temat nie wspomniała. Ja dotychczas słyszałam ją tylko, jak chodziła po swoim pokoju, bo jest naprzeciwko mojego. Po rozmowie kwalifikacyjnej jeszcze nie miałyśmy okazji zamienić słowa.

– Moim zdaniem powinna to siostra czym prędzej nadrobić, bo ta kobieta sieje zamęt. Niech mi siostra powie, co to takiego agencja zatrudnienia i agencja sprzątająca. Ja nigdy o czymś takim nie słyszałam, ale dla mnie to nie brzmi dobrze. Tymczasem wiemy, że ona rozmawia z przełożoną pielęgniarek o czymś takim, a siostra przełożona jakoś niespecjalnie się sprzeciwia tym jej pomysłom.

Emily jęknęła.

– Zastanawiam się, czy ci ludzie z zarządu wiedzieli, co robią, gdy mówili, że właśnie kogoś takiego potrzebują. Akurat ona najmniej mi się podobała. Tylko że oni chyba nie darzą mnie szczególnym uznaniem. Chyba uważają, że jestem za młoda, by piastować tak odpowiedzialne stanowisko. Może ją zatrudnili mnie na złość.

– Może tak, a może nie, ale siostra i tak już nie jest w stanie nic w tej kwestii zmienić, więc nie ma sensu narzekać. Pójdę i zaparzę nam herbaty. Może znajdę w kuchni kawałek keksu. Siostra i ja musimy wspólnie coś zaplanować.

Gdy Biddy zniknęła w kuchni, Emily podeszła do okna, uniosła dolną część, żeby je otworzyć, wyjęła z kieszeni pół kromki chlebka kminkowego i położyła na parapecie dla mewy. Dostrzegła ją nieco z boku, odpoczywającą w rynnie za dużą rurą. Na dźwięk otwieranego okna ptak z zainteresowaniem wyciągnął szyję.

Emily opowiedziała o tej mewie swojemu ojczymowi Alfowi. Jego przytomna odpowiedź bardzo ją zaskoczyła.

– Widocznie jest młoda, królowo. One często wypadają z gniazda i potem nie mogą tam wrócić. Więc pewnie ta ulokowała się w rynnie. Karm ją dalej, aż nabierze sił i będzie mogła polecieć do portu i dołączyć do pozostałych. Mówiłaś o niej mamie? Pokaż ją chłopcom, na pewno im się spodoba. Richard pomoże ci w opiece nad nią.

Do pewnego momentu było dobrze. Alfowi się wydawało, że jego żona i dzieci żyją. Że bomba nigdy nie spadła i że wszystko jest w najlepszym porządku.

Emily usłyszała na zewnątrz głośny łomot świadczący o tym, że przyjechał węgiel. Przyglądała się, jak kolejne worki spadają z wózka na poczerniały bruk. Dostrzegła też na dole pannę Van Gilder. Na sam jej widok pomocnicy portiera kulili się ze strachu.

Oparła głowę o chłodną szybę, położyła ręce na parapecie i westchnęła. Coś jej w tej pannie Van Gilder nie pasowało. Coś z nią było nie tak. Było w niej coś sztucznego, jakby za bardzo się starała odgrywać idealną drugą przełożoną pielęgniarek. Problem polegał na tym, że aby ten cel osiągnąć, tłumiła w sobie surowość, zamiast się na nią silić.

Emily pomyślała, że gdyby to było możliwe, chętnie by się wyprowadziła z mieszkania w szpitalu. Przydałoby jej się jakieś życie poza tym budynkiem. To wszystko tutaj za bardzo ją pochłaniało. Cały czas myślała i rozmawiała tylko o szpitalu, a przecież tak nie powinno być. Tyle że w Liverpoolu cały czas brakowało mieszkań, więc to było w zasadzie niemożliwe. Jej ojczym Alf miał spędzić resztę swojego życia w domu weterana. Odkąd go tam przyjęli, Emily odwiedzała go niemal codziennie i dziś też się wybierała. Zamierzała mu opowiedzieć o nowej drugiej przełożonej pielęgniarek, upuścić trochę pary, ponarzekać, pojęczeć i się pouskarżać. Wiedziała, że może sobie na to spokojnie pozwolić, bo on natychmiast o wszystkim zapomni. Demencja odebrała mu pamięć niemal całkowicie – do tego stopnia, że tylko czasami przypominał sobie, kim ona właściwie jest.

Na dziedzińcu pojawił się Dessie. Przechodząc, poprawił czapkę jednemu z chłopaków, a potem wspólnie spojrzeli na połyskujące buty młodego pomocnika. Portier poklepał go po ojcowsku po plecach, wyjął coś z kieszeni i wcisnął chłopakowi do ręki. Młody zaraz potem ruszył biegiem w kierunku swoich kolegów.

Wspaniały z ciebie człowiek, Dessie, pomyślała Emily. Domyślała się, że ma pewnie koło czterdziestki. Robił wrażenie kogoś, kto widział już w życiu wszystko i kogo już nic nie zdziwi. Emily nigdy nie słyszała, żeby sam mówił o wojnie, za to inni opowiadali sporo o jego odwadze i odznaczeniach. „Nie dostaje się medali za parzenie herbaty", szepnęła, wydmuchując parę na szybę. Na widok życzliwego Dessiego zrobiło jej się ciepło na sercu. Przypominał jej Alfa.

Nagle poczuła się strasznie samotna. Zawładnął nią dojmujący żal, że jej życie tak się właśnie ułożyło. Oliver Gaskell próbował odzyskać względy Emily po tym, jak podczas balu lekarza pozwolił sobie na chwilę zapomnienia z Pammy Tanner, ale ona nie przyjmowała już odtąd jego wizyt ani listów. Może i jest sama, ale jej duma nie ucierpiała. Emily szukała człowieka, który byłby tak dobry jak Alf. Nikogo poniżej tego poziomu jej matka by nie zaakceptowała.

Właśnie odwracała się od okna, gdy Dessie uniósł wzrok – zupełnie jakby wyczuwał, że ona na niego patrzy. Uśmiechnął się i powoli uniósł rękę. Ona mu odmachała, a potem ku własnemu zaskoczeniu uśmiechnęła się szeroko. Dessie uchylił czapki i zamarkował ukłon w jej stronę.

Emily się zarumieniła. Usłyszawszy kroki Biddy, cofnęła się do biurka.

Biddy położyła tacę na blacie.

– Takiego grubego kawałka to siostra chyba jeszcze nie widziała! – stwierdziła.

– Kawałek takiej pyszności potrafi zdziałać cuda. – Emily się zaśmiała. – Biddy, czy my możemy porozmawiać?

– Porozmawiać? Wielkie nieba, przecież my cały czas rozmawiamy.

– Chodzi o coś osobistego, Biddy. Chciałabym prosić o pomoc w sprawie panny Van Gilder i mafii St Angelus. Tak, tak, doskonale sobie zdaję sprawę z waszego istnienia. Pani i Dessie, a oprócz tego Elsie i Madge z centralki, i pewnie jeszcze kilka osób. Konie moglibyście razem kraść i zawsze jesteście o krok przed wszystkimi. Chodź, usiądź tu ze mną. Nie przy biurku, tutaj przy kominku. Wezmę sobie herbatę.

Każda z kobiet wzięła po filiżance i talerzyku.

– Wie siostra przecież, że zawsze mam kłopot ze wstaniem z takiego fotela – poskarżyła się Biddy, choć tak naprawdę bardzo lubiła te sporadyczne pogawędki z Emily przy kominku.

Emily odstawiała właśnie filiżankę na stolik, gdy usłyszała charakterystyczny stukot dobiegający od strony okna. Nie odwracając głowy, kątem oka dostrzegła mewę, która była już w połowie gzymsu z czerwonego piaskowca. Zatrzymała się i zajrzał do pokoju, aby się upewnić, że nic jej nie grozi, a ponieważ nie dostrzegła żadnego niebezpieczeństwa, rzuciła się na chlebek i czym prędzej odmaszerowała z nim do swojej kryjówki. Emily z uśmiechem podziwiała jej odwagę. Wczoraj ptak potrzebował ponad pół godziny, żeby się uraczyć tym, co zostawiła dla niego na parapecie.

– Biddy, popełniłam straszny błąd i teraz nie wiem, co robić. Panna Van Gilder mnie szpieguje. Nie przyłapałam jej co prawda, ale nie mam co do tego najmniejszych wątpliwości. Słyszę, jak się kręci pod ścianą, gdy piorę ubrania i piżamy Alfa. Co wieczór, gdy wyłączam światło, słyszę, jak ona zaraz potem robi to samo. Jakby na mnie czekała. Na samą myśl o niej ciarki mnie przechodzą. Poza tym myślę, że szpitalowi też się przysłużymy. Musimy działać. Moim zdaniem jak to tak dalej pójdzie, siostra Antrobus dostanie wylewu.

– A to by było tak źle? – zapytała Biddy z wyrazem zaskoczenia na twarzy. – Oczywiście żartuję, tak się tylko droczę. Niech siostra nie robi takiej przerażonej miny. Zupełnie nie wiem, o czym myślały panie, które nas postanowiły uszczęśliwić nią na siłę.

Przy kominku na chwilę zapadła cisza. Dla obu kobiet było oczywiste, że Biddy łaskawie postanowiła przemilczeć rolę Emily w doborze kandydatek zaproszonych na rozmowę.

– Biddy, ten wasz babski zespół musi mieć na nią oko. Proszę nie dementować, przecież ja doskonale wiem, że on istnieje. Nie musi pani niczego przede mną ukrywać. Coś mi w tej Van Gilder mocno nie pasuje.

– Wcale się siostrze nie dziwię – powiedziała Biddy. – Za to może ja siostrę zdziwię, gdy powiem, że my już w tej sprawie działamy.

Emily szeroko otworzyła usta.

– Coś niecoś udało mi się już dowiedzieć. Dotarłyśmy do kogoś, kto pracuje w St Dunstan's, czyli jej poprzednim szpitalu. Ta kobieta jest tam salową, to siostra naszej Cathy z kuchni. Dessie pomógł nam do niej napisać. Czekamy teraz na odpowiedź, ale wszystko wskazuje na to, że dowiemy się od niej czegoś ciekawego. Jeśli rzeczywiście coś jest na rzeczy, na pewno nam to nie umknie.

Emily dojadła ciasto i dopiła herbatę.

– Pyszny keks, naprawdę, Biddy. W takim razie mam następującą propozycję. Czy mogłabym przyjść na jedno z tych waszych mafijnych spotkań? Musimy razem coś zaplanować. Spróbuję dowiedzieć się czegoś na temat tych agencji, a wy mi powiecie, czego się ta wasza znajoma Cathy dowiedziała od swojej siostry.

Biddy się uśmiechnęła.

– No dobrze, tylko uprzedzam, że to nic wielkiego. Co jakiś czas po prostu spotykamy się u mnie w domu. Zwykle w niedzielę wieczorem, przy cieście i butelce guinnessa. Skusi się siostra?

Emily się skrzywiła.

– Może na ciasto…

– No dobrze, w takim razie zapraszam. Dam znać, kiedy przyjdzie odpowiedź na list.

Tymczasem w jednym z gabinetów, które mieściły się u wylotu korytarza prowadzącego do części mieszkalnej, panna Van Gilder właśnie przystępowała do otwierania korespondencji. Pierwszy list, nadesłany przez agencję sprzątającą, wyraźnie ją ucieszył.

Droga Panno Van Gilder!

Dziękujemy za list z pytaniem o szczegóły dotyczące naszych usług. Chętnie przedstawimy ofertę dla szpitala St Angelus.

W przekonaniu firmy ACME powstanie NHS to wielka szansa dla agencji sprzątających takich jak nasza, które pragną specjalizować się w utrzymywaniu porządku w jednostkach podlegających NHS. Współpraca z naszą firmą oznacza dla szpitala St Angelus z jednej strony oszczędności, z drugiej zaś wyższy poziom usług sprzątających.

Chętnie spotkamy się w dogodnym dla Pani terminie w celu uzgodnienia najlepszego modelu dalszej pracy i dopracowania szczegółów wyceny.

Z poważaniem,
Kapitan T.J.H. Oldsworth

– Świetnie! – powiedziała na głos. Z niecierpliwością czekam właśnie na to spotkanie, pomyślała. Tylko najpierw muszę dopiąć kilka spraw, żeby nikt mi nie mógł niczego zarzucić, żeby wszystko było, jak należy, żeby nie popełnić żadnego błędu.

Panna Van Gilder przygotowała sobie nową teczkę, na której napisała: „Oferty od agencji sprzątających".

Drugi list już jej tak nie ucieszył. Serce zaczęło jej mocniej bić, a wszystkie mięśnie się napięły. Panna Van Gilder rozpoznała gryzmołowate pismo na kopercie. Na sam jego widok przełknęła głośno ślinę. Leżała przed nią koperta zaadresowana do przełożonej pielęgniarek. Nic jej jednak nie groziło, bo los tego listu zależał od niej.

Wzięła głęboki oddech, żeby uspokoić nerwy. Energicznym ruchem obróciła kopertę i rozcięła ją jednym zdecydowanym pociągnięciem nożyka. Minęło zaskakująco dużo czasu, zanim udało jej się wypuścić z płuc całe nagromadzone tam powietrze.

Szanowna Siostro Przełożona!

Dziękuję za list z pytaniem o pisemne referencje dla panny Van Gilder.

Z przykrością muszę poinformować, że czas przepracowany przez pannę Van Gilder w St Dunstan's nie należał do udanych.

Panna Van Gilder czytała dalej.

Nie odrywając oczu od kartki, podeszła do kominka. Położyła rękę na półeczkę nad paleniskiem, a potem przeczytała wszystko od początku.

– No widzisz, stara jędzo, mam dla ciebie złe wieści…

Ostatecznie oparła się pokusie podarcia listu na strzępy i pozwoliła mu swobodnie opaść do kominka, gdzie natychmiast stanął w płomieniach, a ona przyglądała się, jak ogień pożera oskarżycielskie słowa.

– Droga siostro przełożona, wydaje się siostrze, że jest ode mnie mądrzejsza… A to tylko przypadek sprawił, że mnie siostra przechytrzyła. Poza siostrą nikomu innemu się ta sztuka nie udała.

Panna Van Gilder, trzymając obie dłonie na półeczce, wpatrywała się w płonący papier, aż ostatnie słowa obróciły się w szary popiół.

– Żadne loczki i żadne wymysły nic ci nie pomogą na to, że jesteś starą babą.

Ostatnie zdanie dosłownie wypluła w kierunku kominka, więc po brodzie pociekła jej ślina. Panna Van Gilder otarła ją i głośno przełknęła. Twarz miała czerwoną, rozgorzałą od ciepła buchającego z kominka. Oczy ją piekły.

Podeszła do biurka i sięgnęła po kolejny list, ale ręka trzęsła jej się tak bardzo, że odłożyła ją na kolano i przez chwilę dla uspokojenia pocierała udo. Nie mogła się skupić. Nie potrafiła uwolnić się od myśli, że o mały włos została zdemaskowana. Ta myśl nie przestawała jej dręczyć. Gdyby prawda wyszła na jaw, nie potrafiłaby dalej żyć z tym poczuciem wstydu. Miałaby tylko jedno wyjście… Nie wiedziała jednak, czy wystarczyłoby jej odwagi. Jeszcze raz, pomyślała. Jeszcze raz i będzie po wszystkim.

Rozdział 20

Dana położyła się do łóżka dokładnie o dziewiątej rano. Teraz było południe, a ona leżała i zastanawiała się nad tym, co ją właściwie obudziło. Słyszała szepty pokojówek, które starały się zachowywać możliwie cicho, żeby jej nie budzić. Prawie wszyscy pracownicy nocnej zmiany zapadli na grypę, więc ją tymczasowo przeniesiono na oddział dziecięcy.

Przeraziła się, gdy usłyszała, że ma się zgłosić do gabinetu siostry Haycock. Szybko mogła jednak odetchnąć z ulgą. Dowiedziała się, że będzie najstarszym stażem pracownikiem oddziału dziecięcego.

– Ale ja przecież jestem jeszcze w trakcie szkolenia – przypomniała siostrze Haycock.

– Poradzi sobie siostra. Na oddziale czwartym dyżur pełni etatowa pielęgniarka, będzie do siostry zaglądać. W razie potrzeby może też siostra wezwać przełożoną nocnej zmiany. Poza tym ja jestem u siebie w mieszkaniu. W razie potrzeby ktoś na pewno siostrę wspomoże, a to będzie świetna szkoła życia. Najlepsze pielęgniarki to te, które ktoś rzucił kiedyś na głęboką wodę.

Dana była dumna, że powierzono jej równie odpowiedzialne zadanie.

– W pediatrii sporo się ostatnio zmienia, jeśli chodzi o podejście – powiedziała siostra Haycock. – To bardzo ciekawa dziedzina. Kto wie, może siostra zechce się w niej specjalizować. Czytałam w tym tygodniu ciekawy artykuł w „Nursing Times". Poszukam go i pożyczę siostrze. Dotyczy nowych propozycji NHS, a konkretnie wprowadzenia codziennych wizyt rodziców na oddziałach dziecięcych. Pomysł opiera się na założeniu, że rozłąka z rodzicami przynosi dzieciom więcej szkody niż pożytku.

Dana domyślała się, co na temat codziennych wizyt rodziców sądzi panna Van Gilder. Nowa zastępczyni przełożonej pielęgniarek szybko dała się poznać jako osoba mało życzliwa dla odwiedzających.

– Ja tę nową politykę popieram całym sercem – ciągnęła siostra Haycock. Dana też popierała. Serce jej pękało, gdy słyszała, jak dzieci na oddziale wołają swoich rodziców.

– Niektórzy lekarze naciskają na stworzenie oddziału intensywnej terapii pediatrycznej. Być może to panią zainteresuje, siostro Brogan. Proszę poświęcić dzieciom nieco uwagi i wykorzystać okazję, aby jak najwięcej się nauczyć. Jeśli po uzyskaniu uprawnień będzie siostra chciała się tym zająć, to ja chętnie pomogę.

Dana zawsze myślała, że po egzaminie chciałaby pracować na oddziale nagłych wypadków. Całe dzieciństwo upłynęło jej pod znakiem rutyny, przewidującej dojenie krów dwa razy dziennie o tej samej porze, więc uwielbiała niespodzianki i pełne napięcia wyczekiwanie na dalszy rozwój wydarzeń. Poza tym na oddziale nagłych wypadków panowała swobodniejsza atmosfera. Wyczuwało się tam ducha braterstwa. Lekarze i pielęgniarki pracowali ramię w ramię nawet w najtrudniejszych okolicznościach.

Ostatecznie jednak powiedziała tylko:

– Dziękuję, siostro Haycock, postaram się spisać jak najlepiej.

Tymczasem wieczorem dziewczętom i pani Duffy powiedziała:

– Aż trudno mi uwierzyć, że spoczywa na mnie tak wielka odpowiedzialność.

– Musi siostra wiedzieć, że praca na tym oddziale jest ponoć bardzo wyczerpująca – oznajmiła pani Duffy. – Tak mówią wszystkie pielęgniarki, które pracują nocą z dziećmi. Proszę mnie posłuchać, siostro Brogan. Musi pani nocą o siebie dbać, żeby później sił nie zabrakło. Bo jeśli zabraknie, to diabli wiedzą, jak sobie siostra poradzi.

Dana wyściskała panią Duffy.

– Pani Duffy, przecież ja dobrze wiem, że pani co tydzień pisuje listy do mojej mamy. Jakżebym miała pani nie usłuchać?

Nie była specjalnie zaskoczona, gdy się dowiedziała, że jej matka napisała do pani Duffy z pytaniem, czy córka chodzi co niedzielę do kościoła. Ten jeden list stał się zaczątkiem regularnej korespondencji, w której szczegółowo omawiały losy Dany.

Dana wróciła z nocnej zmiany godzinę po tym, jak dziewczęta wyszły na dzienną. Pani Duffy już czekała na nią ze śniadaniem. Zdążyła też włożyć jej do łóżka butelkę z ciepłą wodą, żeby wygrzać pościel.

– Wiem, że pielęgniarkom po nocnej zmianie strasznie marzną nogi i że trudno im się potem rozgrzać. Czasami trzeba na to wielu godzin – powiedziała pani Duffy. – Żadnej pielęgniarce jeszcze nigdy nie udało się zasnąć po nocnej zmianie bez butelki z ciepłą wodą, nawet latem. Niejedna próbowała, ale ostatecznie nic z tego nie wychodziło.

Dana uśmiechnęła się do siebie. Pani Duffy na pewno miała rację. Ona przecież miała rację w każdej sprawie. Jednego dnia z powodu smogu nie dotarła do pracy na czas, a przez to zapomniała włożyć Danie do łóżka butelkę z ciepłą wodą. Pielęgniarka wierciła się potem w łóżku przez dobrych kilka godzin, ale z powodu zimnych stóp nie mogła zasnąć.

W szpitalu St Angelus były dwa oddziały dziecięce: numer trzy i numer cztery. Znajdowały się u szczytu wysokiej klatki schodowej. Na oddziale trzecim prowadzono leczenie zachowawcze, czwarty zaś miał charakter chirurgiczny. Na każdym z nich nocą pełniła dyżur jedna pielęgniarka. Między pomieszczeniami krążyła też jedna salowa z latarką. Na nocnej zmianie pracowało się przez siedem kolejnych nocy, potem zaś siedem nocy można było odespać.

Siostra Haycock podjęła bardzo trafną decyzję, posyłając Danę na oddział dziecięcy. Praca była ciężka, ale Danie bardzo się tam podobało. Dopiero ostatnio równowagę zachwiały nieco wizyty panny Van Gilder, która pojawiała się coraz częściej i coraz bardziej działała młodej pielęgniarce na nerwy.

Tego ranka naszła ją pewna myśl, która nie dawała jej spokoju. Chodziło o mężczyznę, którego spotkała w drodze ze szpitala do domu.

Widziała go już wcześniej, w sumie trzy razy. Stał w tylnej bramie szpitala i spoglądał w kierunku mieszkań pielęgniarek. Pokazał jej go mały Joe, kiedy już po zgaszeniu świateł zaniosła mu kakao.

– A kto jest ten pan, siostro? – zapytał.

Było późno, Dana zakończyła już obchód. Większość pacjentów spała, a ona bardziej niż wyglądać przez okno, chciała przeczytać chłopcu książkę, którą dla niego przyniosła. Z fascynacją obserwowała, jak chętnie chłopczyk się uczy.

– Nie wiem, Joe – odparła, wyglądając przez okno. – Wygląda, jakby na kogoś czekał. Może ma krewnego w szpitalu.

Dana rzuciła okiem na tego człowieka. Był po trzydziestce, elegancko ubrany. Stał z obiema rękami w kieszeniach. Gdy spostrzegł Danę w oknie, odszedł w stronę drogi.

– Ten pan tu często jest, siostro – powiedział Joe. – Pomachałem mu wczoraj, a on mi odmachał.

Dana postanowiła nikomu nic nie mówić. Nie chciała, żeby jej ktoś powiedział, że przesadza. Przecież żadnej regularności w tym nie było. Mężczyzna nie przychodził co wieczór. Dana miała wrażenie, że wczoraj też go widziała. On jej wtedy nie zauważył. Wszedł po schodach prowadzących do głównego wejścia i zatrzymał się przy stoisku pomocy społecznej. Kupił herbatę i usiadł na jednym z krzeseł. Cały czas wpatrywał się w główne wejście, jak gdyby na kogoś czekał. Dana doszła do wniosku, że to pewnie odwiedzający. Biedny człowiek, pewnie coś strasznie przeżywa, pomyślała. Taką ma smutną minę.

– No chodź, maluchu, pora się poprzytulać – powiedziała Dana i wbrew surowemu zakazowi siadania na łóżku umościła się obok Joego. – No dobrze, to na której stronie wczoraj wieczorem skończyliśmy? Jak ci dobrze pójdzie, to przyniosę ci coś z mojej torby z szatni.

W oczach chłopca pojawił się błysk.

– A co takiego? – zapytał. – Coś dobrego? Dzisiaj doktor dał mi kolejny kawałek czekolady, tylko kazał nie mówić siostrze oddziałowej.

– To w takim razie szczęście, że nie jestem oddziałową – powiedziała Dana, głaszcząc go po głowie. – Ja nie mam czekolady, ale też coś słodkiego. Pani Duffy upiekła dziś na Lovely Lane ciasteczka owsiane. Dała mi trochę dla ciebie. Powiedziałam jej, że jesteś moim ulubionym pacjentem, i teraz codziennie mnie o ciebie pyta. Serce jej pęknie, jak wyjdziesz do domu.

Joe uśmiechnął się od ucha do ucha.

– A pójdzie siostra po ciasteczka teraz? – zapytał z figlarnym uśmiechem.

– Mowy nie ma. Dopiero jak mi pokażesz, ile się nauczyłeś od wczoraj.

Dana spoglądała na twarz chłopca. W blasku nocnej lampki wyglądał jak anioł. Jego łóżko stało na środku niewielkiej wnęki z dwóch stron otoczonej szybkami. Jedna z nich znajdowała się w oknie, z którego roztaczał się widok na parking, obecnie tonący w mroku bezgwiezdnej nocy. Przez drugą można było wyjrzeć na korytarz, na którym świeciły się czerwone nocne lampki. Przewróciwszy stronę w książce, Dana uniosła wzrok i zobaczyła pannę Van Gilder. Stała po przeciwległej stronie korytarza i bacznie przyglądała jej się przez szybę. Minę miała groźną jak nieprzyjazny duch, więc Dana bezwiednie krzyknęła z przerażenia. Zostawiła Joego i poszła odpowiadać na setki pytań, którymi panna Van Gilder zasypywała ją każdego wieczoru. Jeśli kiedykolwiek zdecyduję się zrezygnować z tej pracy, to najpewniej przez tę kobietę, pomyślała Dana, maszerując w jej kierunku z najbardziej profesjonalnym uśmiechem, na jaki była w stanie się zdobyć.

– Wygląda to tak, jakby nie wierzyła, że sobie poradzę – opowiadała Dana pielęgniarce etatowej z oddziału czwartego. – Wypytywała szczegółowo o każde dziecko, ale oczywiście najpierw nie zostawiła na mnie suchej nitki za to, że usiadłam na łóżku Joego. Ona sobie chyba nie zdaje sprawy, że przez to wszystko, co tu się dzieje, ja potem w dzień prawie nie mogę spać.

Dana właśnie porządkowała karty pacjentów, które jeszcze przed chwilą przeglądała panna Van Gilder, gdy w drzwiach gabinetu stanęła młoda pielęgniarka.

– Siostro, chodzi o Benny'ego. Respirator mu się wysunął. Nasza siostra prosi o pomoc. Powiedziała, że salowa może tu zostać i wszystkiego przypilnować.

Serce waliło Danie w piersi mocniej niż kiedykolwiek wcześniej. Opiekując się dziećmi, czuła na sobie większy ciężar odpowiedzialności, niż gdy zajmowała się dorosłymi. Trudno jej było to komukolwiek wyjaśnić, ale tak właśnie było. Pracując na oddziale dziecięcym, Dana ciągle się martwiła i te troski zabierała ze sobą do domu. Od początku bardzo się bała, że wydarzy się coś nieoczekiwanego – i oto się wydarzyło, coś się działo z małym Bennym. Chłopiec był pogrążony w śpiączce, a przy życiu utrzymywał go respirator. Dana stała jak wryta i nie mogła się ruszyć.

– Zatrzymał się?

– Nie, serce wciąż bije, jakiś tlen dociera do organizmu. Ale proszę się pospieszyć. Jest siostra pilnie potrzebna.

Dana dobiegła do łóżka małego pacjenta i zobaczyła, że rurka pompująca tlen do płuc Benny'ego i tym samym podtrzymująca go przy życiu odczepiła się i teraz leży na klatce piersiowej.

– Klatka się nie unosi – powiedziała pielęgniarka etatowa. – Wezwałam lekarza, ale spróbuję wprowadzić ją z powrotem. Obawiam się tylko, że może już być za późno.

Dana wyraźnie usłyszała lekką panikę w jej głosie.

– Co mogę zrobić? – zapytała, bo widok Benny'ego nagle przywrócił jej zdolność działania.

– Niech mu siostra włoży rękę pod głowę i trzyma ją nieruchomo. Ta maszyna bywa kapryśna.

Dana wsunęła Benny'emu rękę pod plecy. Chłopcu otworzyły się usta.

– O! Bogu dzięki! – zawołała pielęgniarka etatowa. – Rurka intubacyjna jest na miejscu.

Miech respiratora przy łóżku miarowo unosił się i opadał, wydając charakterystyczny warkot i pompując powietrze w rurki. Benny nadal otrzymywał tlen do ust i nosa, ale należało ponownie podłączyć rurkę do dróg oddechowych, żeby urządzenie mogło działać w pełni skutecznie.

– Poproszę nowy plaster – rzuciła pielęgniarka etatowa przez ramię, a potem bez chwili wahania chwyciła rurę i zaczęła powoli wsuwać ją we właściwe miejsce. Następnie wzięła od salowej plaster i przylepiła rurkę Benny'emu do twarzy, a później resztę przewodów zamocowała do oparcia łóżka.

– Jak to się stało? – zapytała Dana. – Boże, przecież on mógł umrzeć bez tego tlenu.

– Nie mam pojęcia – odparła pielęgniarka. – Może mimowolnie się poruszył i ręką zahaczył o rurkę, a może na chwilę odzyskał przytomność i próbował ją wyciągnąć. Zadzwonię do przełożonej nocnej zmiany i poproszę ją o pomoc. Ktoś powinien przy nim posiedzieć i go popilnować. W ciągu dnia ma stałą opiekę, a w ciągu nocy z jakiegoś powodu nie. A przecież jest w śpiączce, więc dla niego nie ma różnicy między dniem a nocą. Dzięki Bogu, że Wampirzycy akurat tu nie było. Ona by z miejsca mnie za to zwolniła, bez dwóch zdań.

Gdy sytuacja została opanowana, Dana wróciła do swoich zadań. Chodziła z latarką między łóżkami i zaglądała do wszystkich pacjentów. Jej serce powoli odzyskiwało normalny rytm. Joe już spał – z otwartą książką na łóżku i uśmiechem na twarzy. Dana podeszła do wezgłowia i zgasiła lampę do czytania. Odgarniając mu włosy z czoła, powiedziała: „Joe Lancashire, z ciebie to jest prawdziwy aniołek, prawda?". Zaraz potem przypomniała sobie o obietnicy, więc pobiegła do szatni po ciastka od pani Duffy i włożyła je do szafki Joego.

Rozdział 21

Lily była wdzięczna losowi za to, że Joe trafił pod opiekę personelu St Angelus i że w szpitalu dostaje trzy posiłki dziennie. W pierwszych dniach po przyjęciu siostra Therese dwukrotnie zaglądała na oddział i przynosiła Lily informacje o postępach brata. Pacjentów było można odwiedzać przez godzinę w niedzielę po południu, od drugiej do trzeciej, ale zakonnicy pielęgniarki nie śmiały odmówić.

– Byłam u niego dziś po południu, a wtedy podszedł do mnie lekarz. – Siostra Therese zagadnęła Lily i Katie pewnego dnia po wieczornej mszy. – Pytał o ciebie, Lily. Powiedziałam mu, że u ciebie wszystko w porządku. Prosił, żeby ci przekazać, że Joe jest w dobrych rękach i pod dobrą opieką.

Sama się sobie dziwiąc, Lily spłonęła rumieńcem i spuściła wzrok. Siostra Therese nic wielkiego nie powiedziała, ale i tak serce jej mocniej zabiło. Przeszedł ją dreszcz emocji na samą myśl o tym, że chociaż doktor Mackintosh na co dzień ma do czynienia z całą masą różnych ludzi, to zapamiętał ją i o nią dopytywał.

– Słuchajcie, organizuję dzisiaj w klasztorze herbatkę dla nowych postulantek. Zapraszam was obie w charakterze moich specjalnych gości. Nie uwierzycie, ale dziś na targu rzeźnik dał mi przepiękną szynkę zupełnie za darmo!

Lily się uśmiechnęła. Bez trudu potrafiła w to uwierzyć. Siostra Therese zapewne naopowiadała, że jest w niebie jakieś specjalne miejsce dla szczodrych rzeźników.

– Jak tam wasi rodzice? – zapytała, ściszając głos.

Lily nie wiedziała, co odpowiedzieć. Ojczyma nie widziała już od kilku miesięcy. Matka zaś codziennie wracała do domu późno w nocy, żeby się przespać.

Siostra Therese nie wspomniała, że widziała ją kiedyś pod drzwiami do pubu o drugiej po południu, czyli na godzinę przed otwarciem, w towarzystwie dwóch innych kobiet z Clare Cottages, które chętnie zaglądały do kieliszka. Nie wspomniała też Lily, że widziała je w drodze powrotnej z odwiedzin w szpitalu u Joego. O wielu rzeczach jej nie powiedziała.

W klasztorze Lily i Katie miały okazję zjeść najwystawniejszy posiłek w swoim życiu. Gdy już posiliły się szynką z gorącymi ziemniakami i warzywami, a potem zakąsiły główne danie puddingiem z dżemem i sosem custard, siostra Therese przedstawiła im swój plan. Zanim to jednak nastąpiło, Lily zdążyła zaobserwować, że zakonnice zgromadzone wokół stołu potrafią się szczerze cieszyć drobnymi przyjemnościami. Na ich twarzach co chwila gościł uśmiech, co chwila ktoś się śmiał. Miło było patrzeć, jak rozmawiają i jedzą. Lily nagle sobie uświadomiła, że sama bardzo rzadko się uśmiecha.

– Wiesz pewnie, że Katie zrobiła ogromne postępy w szkole? – zagadnęła siostra Therese. – Zdajemy sobie doskonale sprawę, że to w znacznej mierze twoja zasługa, że wieczorami jej pomagasz i ogólnie ją wspierasz. Jeszcze rok temu mi się wydawało, że z Katie nic nie będzie, a teraz jest nadzieja – dodała z zachęcającym uśmiechem. – Pomożesz nam z formalnościami, żebyśmy mogły wysłać ją do zakonnej szkoły z internatem po drugiej stronie rzeki? Okolica jest przepiękna, a tamtejsze dziewczęta mają naprawdę dobre życie. Szkołę prowadzi siostra Joseph, jest naprawdę świetna. Zupełnie nie wiem, jak to możliwe, że tam ktokolwiek czegoś się uczy, bo dziewczyny wiecznie za nią biegają. Co ty na to?

Lily nie wahała się ani chwili. Wiedziała, że będzie strasznie tęsknić za Katie, ale odkąd Joe trafił do szpitala, musiała naprawdę dbać o to, żeby siostra i brat byli zawsze czyści i najedzeni. Łzy stanęły jej w oczach.

– Pomogę siostrze – powiedziała.

Katie usłyszała ich rozmowę.

– Siostro, a czy mogę zabrać ze sobą lalkę? – zapytała, zsuwając się z krzesła, po czym stanęła obok siostry Therese.

Lalka Katie mieszkała w klasztorze, odkąd siostra Therese przekonała właściciela lombardu, aby jej ją oddał. Matka Lily i Katie zastawiła zabawkę, żeby mieć pieniądze na popołudnie w pubie.

– Oczywiście, że tak. Gwarantuję. A może pójdziesz ją odwiedzić? Siedzi na półce w pokoju dla gości. Mam wrażenie, że bardzo za tobą tęskni.

Katie z szerokim uśmiechem na twarzy uścisnęła dłoń siostry Therese i odbiegła od stołu. Lily i siostra Therese odprowadzały ją wzrokiem i przyglądały się zakonnicom, które radośnie jej kibicowały.

– To najwspanialsza herbatka, na jaką zostałam kiedykolwiek zaproszona – powiedziała Lily. – Dziękuję. Bardzo się cieszę, że Katie coś takiego spotkało. Dziękuję też siostrze za odwiedziny u Joego. Już się nie mogę doczekać niedzieli, kiedy go znów zobaczę.

– Nie poznasz go, tak dobrze wygląda – odparła z uśmiechem siostra Therese. – Lily, ja bym chciała, żeby Katie poszła do tej nowej szkoły już po wakacjach. Dasz radę to załatwić? Niewykluczone, że trzeba będzie trochę pokombinować, by nakłonić twoją mamusię do podpisania stosownych formularzy, ale Bóg mi czasem daje przyzwolenie na takie rzeczy. Mamy jego błogosławieństwo. Robimy to, żeby ludziom na Ziemi było lepiej.

Lily miała ochotę rzucić się siostrze Therese na szyję, ale się powstrzymała i tylko przyjęła od niej chusteczkę do otarcia łez.

Surowy reżim w kwestii odwiedzin był nie do zniesienia. W niedzielę Lily dotarła w końcu na początek kolejki i z niecierpliwością zaglądała przez okna na oddział. Musiała się upewnić, że Joe faktycznie tam jest i żyje.

Na miejscu spotkała doktora Mackintosha. Tak się złożyło, że był akurat na oddziale w trakcie odwiedzin.

– Pielęgniarki codziennie robią mu inhalacje – poinformował. – Nie wiem, co pani o tym myśli, ale mnie się wydaje, że on wygląda znacznie lepiej.

– Lepiej niż kiedykolwiek w swoim życiu – wypaliła Lily z szerokim uśmiechem na twarzy.

Joe rzeczywiście wyglądał znacznie lepiej. Przybrał na wadze, regularnie się kąpał, dobrze odżywiał i otaczała go troskliwa opieka. Zapomniał, co to chłód, i mógł rozkwitnąć.

– Jest chyba ulubieńcem pielęgniarek. Dobrze zgaduję, Joe?

Teraz to Joe się zarumienił.

Doktor Mackintosh ani razu nie zapytał o jego matkę.

Dana Brogan, która w weekendy pracowała teraz na dziennej zmianie, postanowiła wprowadzić Lily w zasady obowiązujące na oddziale.

– Tylko rodzice mają prawo do odwiedzin. Siostra oddziałowa obdarłaby mnie ze skóry, gdyby wiedziała, że pani jest jego siostrą. Ona w niedzielę ma wolne, ale uczciwie uprzedzam, że w dniu wypisu będzie chciała zobaczyć tutaj jego matkę. W przeciwnym razie zacznie dociekać…

Dana stała przy nogach łóżka i mówiła możliwie cicho, żeby oszczędzić wstydu płonącej rumieńcem Lily. Obie jednak doskonale wiedziały, że wokół panuje wymowna cisza i że wszyscy je podsłuchują.

– Moja matka pracuje, siostro. – Tylko na tyle zdobyła się Lily. – Naprawdę długo… Prosiła, żebym to ja tu przyszła…

Dana znała w Irlandii wiele rodzin, w których dzieci musiały radzić sobie same, bo rodzice całymi dniami pracowali, żeby jakoś związać koniec z końcem.

– Proszę mi wierzyć, że zrobię, co w mojej mocy – obiecała. – To najbardziej uroczy chłopczyk, jakim kiedykolwiek się zajmowałam. Zgadza się, Joe? Taki jest mądry, a przecież nie ma jeszcze czterech lat.

Mrugnęła porozumiewawczo do Joego, który czuł się teraz już znacznie lepiej i też puścił do niej oko.

– Gdzie się tego nauczyłeś?! – wykrzyknęła Lily, przysuwając sobie krzesło do jego łóżka.

– Ma pani ochotę na herbatę? – zapytała Dana. – Przyniosę.

Lily miała w sobie coś takiego, że Dana chciała się nią też zaopiekować. Instynktownie wyczuwała, że w pewnym sensie starsza siostra jest tak samo krucha i delikatna jak jej brat.

– Zobacz, co mam dla ciebie – powiedziała. Wyjęła z koszyka białą papierową torebkę i podała bratu paczuszkę miętowych kuleczek. Rozejrzała się po szafkach innych dzieci i zauważyła, że piętrzą się tam najróżniejsze przekąski i zabawki w kolorowych opakowaniach. Na szafce Joego nie było nic oprócz dzbanka z wodą. Obok niego w łóżku leżała jednak pluszowa zabawka, której Lily nigdy wcześniej nie widziała. – A to czyje? – zapytała. Wzięła w ręce misia, żeby go przytulić i powąchać. Odniosła wrażenie, że ktoś go prał częściej, niż oni w domu się kąpali.

– To Pan Miś, Lily. Dała mi go siostra Dana. Powiedziała, że dopóki jestem w szpitalu, to może być mój wyjątkowy miś, który będzie się o mnie troszczył i który mi pomoże wrócić do zdrowia. No i zobacz, Lily… – Joe się nachylił, otworzył szafę i wyjął z niej książkę. – Siostra Dana mi czyta, kiedy ma wolną chwilę. Uczy mnie też słów.

Lily wzięła do ręki książkę i odwróciła ją okładką do przodu. Oczy jej zaszły łzami. O siostrach z St Angelus nie bez powodu się mówi, że to anioły, pomyślała. Siostra Dana niewątpliwie pomagała Joemu rozkwitnąć. Mało kto był jej bratu równie życzliwy jak ona.

– Siostra Dana zawsze mi przynosi kakao i częstuje ciasteczkami, a wczoraj wieczorem przyniosła jabłecznik. Powiedziała, że pani, która się nimi opiekuje tam, gdzie ona śpi, kazała jej przynieść to ciasto specjalnie dla mnie.

– Naprawdę? Ależ ty masz szczęście, że te wszystkie panie tak tutaj się troszczą o ciebie.

Lily pękało serce. W St Angelus Joe miał nie tylko lepszą opiekę niż w domu, ale też mógł liczyć na życzliwość większą niż ze strony własnej matki.

Lily niepotrzebnie się obawiała, że matka będzie chciała wyciągnąć synka ze szpitala. Ani słowem nie zająknęła się o tym, żeby go odwiedzić. Lily przez całą godzinę rozmawiała z Joem, a jednocześnie walczyła z narastającą paniką. Zastanawiała się, jak przekona matkę, żeby przyszła po niego do szpitala w dniu wypisu. Przerażająca prawda była taka, że matce Lily było już wszystko jedno. Nie przeszkadzałoby jej, gdyby jej dzieci trafiły do sierocińca. Ledwo do niej docierało, że Joe jest w szpitalu. Dopiero wczoraj, gdy się potknęła o próg, zapytała, gdzie on się właściwie podział. Kiedyś ostre słowa zakonnic działały na nią na tyle, żeby na krótką chwilę przestała pić. Te czasy już jednak minęły.

Teraz mogła im więc pomóc już tylko siostra Therese.

– Jeśli mi ktoś nie pomoże, to oni nie pozwolą mi zabrać go do domu, a on tak dobrze wygląda – wyjaśniła Lily.

Siostra Therese słuchała jej uważnie, ale na jej twarzy malowała się troska.

– Lily, Joe jest w takim kiepskim stanie, bo twoja matka o niego nie dba. Może powinniśmy zdać się na szpital w kwestii tego, co będzie dla niego najlepsze?

– Nie! – Lily po raz pierwszy w życiu podniosła głos w rozmowie z siostrą Therese. – Katie i ja sobie radzimy. Kiedy ona pójdzie do szkoły, to ja dalej będę sobie radzić. Joe nie jest już małym dzieckiem, a od września będzie u siostry w szkole dla chłopców.

– Co prawda, to prawda – przyznała siostra Therese. – No cóż… Chyba się jeszcze nie zdarzyło, aby jakaś siostra oddziałowa wyrzuciła ze szpitala siostrę zakonną, więc może zajrzę tam dziś wieczorem po mszy. Upewnię się, że ktoś tam stanie po twojej stronie, bo na mnie, co zapewne wiesz, zawsze możesz liczyć. Możesz być pewna, że Joe dostanie codziennie w szkole porządny lunch.

– Nie wiem, jak mam siostrze dziękować za to wszystko, co siostra dla nas robi – powiedziała Lily rozemocjonowanym głosem.

– No, już dobrze. Szkoda czasu na takie rzeczy. To ty ciężko pracujesz i to tobie się należą słowa uznania. Katie będzie u nas zostawała po szkole, żeby mogła coś zjeść. Któraś z nas odprowadzi ją do domu, kiedy ty już wrócisz. Jeden obowiązek z głowy. W następną niedzielę odwiedzimy Joego razem. Może pozwolą mu wrócić z nami do domu.

Lily odetchnęła z ulgą. Już nie musiała przejmować się siostrą oddziałową i jej dociekaniami.

– Siostra wie o tym, że bez niej bym sobie nie poradziła, prawda? – zwróciła się do zakonnicy.

– Dziecko, jeszcze się przecież nie zdarzyło, żebyś się w niedzielę nie pojawiła na mszy. A ty wiesz, co ja z tego wnioskuję? Że ty rozumiesz, co to znaczy mieć rodzinę. Że wszyscy jesteśmy jedną wielką rodziną, Bożą rodziną. Co niedziela spotykamy się u Niego w domu, wszyscy razem, i jesteśmy dla siebie nawzajem rodziną. Pomagam ci i będę pomagać aż do dnia, w którym Pan wezwie mnie do siebie, bo tak się postępuje wobec członków rodziny.

Lily nieoczekiwanie zaznała życzliwości również ze strony pani McConaghy.

– Możesz skorzystać z telefonu, żeby zadzwonić na oddział – powiedziała pewnego dnia szefowa do Lily. – Chcę się dowiedzieć, jak mały sobie radzi. Nikomu nic do tego. Tylko niech cię pan McConaghy nie zobaczy – szepnęła. – Zadzwoń, jak będzie na dole.

Lily przyjęła tę propozycję bez cienia zażenowania. Dla niej najważniejszy był Joe.

– Dziękuję, pani McConaghy. To bardzo miłe z pani strony.

Lily zrobiło się ciepło na sercu, że pani McConaghy jest po jej stronie i się o nią martwi.

– Nie ma sprawy. Widziałam tego chłopca tylko raz, ale urzekł mnie buzią małego anioła.

Lily dobrze pamiętała tamten dzień. To było na kilka tygodni przed tym, jak Joe trafił do szpitala. Miała akurat tydzień wolnego. Joe czuł się coraz gorzej, a matka odpalała papierosa od papierosa, przez co nasilał mu się kaszel, więc Lily wsadziła go do starego wózka i zabrała do fabryki, żeby mu pokazać, gdzie pracuje.

Pani McConaghy dostrzegła ją z daleka i zbiegła po schodach. Trzęsła się nad Joem jak kwoka nad pisklakiem.

– Jak ty to robisz, Joe? – zastanawiała się Lily, gdy wracali do domu. – Kobiety zawsze rozczulają się na twój widok. Kiedy dorośniesz, to wszystkie dziewczyny będą do ciebie wzdychały.

Joe rzadko się odzywał, gdy akurat trudno mu się oddychało. Nie miał siły mówić. Spojrzał więc na rzekę Mersey i na rozładowywane statki.

– Chcę zostać dokerem, Lily – wycharczał.

Lily się uśmiechnęła. Po moim trupie, pomyślała. Czeka cię w życiu coś lepszego, Joe.

– Będziesz dokerem jak twój tata – zapewniła brata mimo to.

Miała ochotę ugryźć się w język. Ojca Katy i Joego nikt nie widział już od dobrych kilku tygodni. Coś podpowiadało Lily, że już go nie zobaczą. Potrzebował na to czternastu lat i kilku godzin trzeźwości, ale w końcu go olśniło, że jeśli ich zostawi, to całą wypłatę będzie mógł zachować dla siebie i nie będzie musiał dzielić się pieniędzmi z pijaną żoną. I tak po kolejnej wypłacie przepadł bez śladu.

– Idź znaleźć tego drania, twojego ojczyma! Jest pewnie gdzieś w dokach! – wrzeszczała matka, gdy do niej dotarło, że jej mąż się nie zgubił, tylko odszedł.

Tyle że w dokach pracowało pewnie z pięć tysięcy mężczyzn, a on mógł dotrzeć nawet do Seaforth.

– Odszedł, mamo, i już nie wróci – powiedziała. Najpierw odszedł jej ojciec, a teraz też ojciec Katie i Joego. Chyba nigdy nie otrząsnął się po tym, jak Lockie zagroził, że da mu popalić, gdyby jeszcze kiedyś przyszło mu do głowy podnieść rękę na Lily. Po tej wymianie zdań zupełnie stracił rezon. – Odszedł, mamo. Przecież obie wiemy, jak to jest. On nie wróci.

Powiedziała to na tyle stanowczo, że do matki wreszcie dotarło. Od tamtej pory nikt już u nich w domu o ojcu nie wspominał.

Wkrótce po zwolnieniu Joego do domu – szpital zgodził się powierzyć go przekonującej siostrze Therese, która zgodnie z obietnicą poszła z Lily na oddział – bez zapowiedzi, za to z hukiem wybuchła wiosna. Liverpool po prostu obudził się pewnego dnia i ona była. Po niebie latały jaskółki, słońce świeciło, a na gałęziach wyrosły pąki. Lily szła na przystanek żwawszym krokiem niż zwykle. Stopy miała suche, a zachodnia bryza znad rzeki zelżała i słońce grzało jej skórę. No i Joe był w domu. Lily po raz kolejny odtwarzała w głowie ostatnią rozmowę, którą odbyła z doktorem Mackintoshem przed opuszczeniem szpitala.

– Mam nadzieję, że już do nas nie wrócisz, młody człowieku – powiedział do Joego.

Lily się uśmiechnęła i podziękowała lekarzowi. Coś jej podpowiadało, że jego oczy mówiły coś wprost przeciwnego, ale to przecież byłoby zbyt piękne, aby mogło być prawdziwe.

Cała ta nowa życiowa energia i wiosenne dobre samopoczucie prysły jak bańka mydlana, gdy tylko Lily przekroczyła próg biura. Nie mogła patrzeć, jak Amy i Lockie ze sobą flirtują. Bynajmniej jednak nie dlatego, że żałowała swojej decyzji albo zazdrościła siostrzenicy szefowej. Raczej dlatego, że przez Amy rzadko kiedy udawało jej się wyjść z pracy o czasie – a przecież spieszyła się do Joego. Biznes się rozkręcał i za część pracy teoretycznie odpowiadała Amy, ale jeśli ona czegoś nie zrobiła, to Lily musiała nadrabiać jej zaległości.

– Lockie, tak ci tylko powiem, że jak mnie dzisiaj nie zabierzesz w jakieś fajne miejsce, to drugiej szansy już nie dostaniesz – trajkotała Amy. – To będzie nasza ostatnia randka.

Obróciła się na krześle i wydęła w jego stronę pomalowane na czerwono usta.

Lily spojrzała na Lockiego, który w odpowiedzi wyszczerzył zęby. Amy dopięła swego. Owinęła go sobie wokół palca.

– Jeszcze pożałujesz, że mi rzuciłaś wyzwanie, Amy. – Zaśmiał się. – Będę po ciebie o szóstej.

Amy obróciła się z powrotem do biurka z zachwyconą miną. Wszystko przebiegało zgodnie z planem. Oczywiście od tamtej pory już więcej nie poszła z nim do łóżka. Jeśli szczęście jej dopisze i nie będzie miała powodów do zmartwień, to Lockie przestanie jej być potrzebny. Gdyby jednak miało być inaczej, to tamtego wieczoru wszystko się udało. Ludzie ich razem widzieli.

– Boże, jak ja mam dość tego miejsca. Ty nie? – wyszeptała do Lily tak, żeby pani McConaghy nie usłyszała.

– Ja tu pracuję już prawie cztery lata, a ty dopiero kilka tygodni. Co cię tak strasznie nudzi? – zdziwiła się Lily.

– Ano to! – Amy uniosła książkę zamówień, nad którą właśnie pracowała, po czym z hukiem opuściła ją z powrotem na biurko. W powietrze wzbiła się chmura kurzu. – Bóg mi świadkiem, że zwariuję, jeśli nie uda mi się wkrótce stąd wyrwać.

– A jak niby miałabyś się stąd wyrwać? – zapytała Lily. – Przecież masz przejąć interes po ciotce i wuju, kiedy oni przejdą na emeryturę.

Umizgi Amy i Lockiego tak irytowały Lily, że zdobyła się na większą śmiałość.

– Mowy nie ma! – zapewniła Amy stanowczo. – Kiedy tylko nadarzy się okazja, zamierzam dać nogę z tego parszywego biura. Nie zasługuję na to, żeby przesiadywać w takiej norze.

Lily opadła na oparcie krzesła i westchnęła.

– Chyba już pora robić herbatę – powiedziała.

Amy nigdy nie zaproponowała, że się tym zajmie. Lily zaś to nie przeszkadzało. Podczas napełniania czajnika, nabierania liści z dużego ceramicznego naczynia, mycia filiżanek i spodków miała trochę czasu, żeby pomyśleć. Nad rachunkami zawsze bardzo się skupiała i dopiero podczas parzenia herbaty dopuszczała do siebie myśli na inny temat. Zastanawiała się wtedy nad zdrowiem brata, zniknięciem ojca i nowym domem matki, którym ostatnio stał się pub.

Pani McConaghy zawsze przynosiła mleko, gdy wychodziła po ciastka. To była jej codzienna rozrywka. Lily wiedziała, że pojada już w drodze do biura. Zdradzały ją okruszki w kącikach ust. Patrząc na gabaryty szefowej, Lily zastanawiała się czasem, czy na jednym ciastku w drodze się kończy.

– To już ta godzina? – zapytała pani McConaghy, spoglądając na duży zegar wiszący nad drzwiami. – Idę po ciastka, zanim wszystkie wykupią. Ostatnio w cukierni zrobił się duży ruch.

Lily wytarła filiżanki, a potem oparła się o suszarkę i czekała, aż woda się zagotuje. Zanurzyła się na chwilę głęboko we własnych myślach. Drażniło ją, że w różnych, zupełnie nieoczekiwanych miejscach ciągle widzi twarz doktora Mackintosha. A to pojawiał się na okładce dziennika, nad którym pracowała. A to go widziała w ramie okiennej. Czasem też stawał jej przed oczami, gdy parzyła herbatę.

Z zamyślenia wyrwał ją bulgot wrzącej wody.

– Obudź się, Lily – powiedziała Amy. – Już się nie mogę doczekać tej herbaty. – Podeszła do Lily i nasypała sobie do filiżanki trzy łyżeczki cukru. – Nie wiem, co się ze mną dzieje – stwierdziła. – Ciągle mam ochotę na cukier i najchętniej cały czas jadłabym ciastka. Ale chyba muszę przestać, bo dzisiaj rano nie mogłam dopiąć spódnicy.

Lily spojrzała na rozpięty guzik przy pasku, który jej zaprezentowała Amy.

– Amy, przecież ty masz talię osy – zauważyła. – Nie powinno się tak ciasno zapinać spódnicy. Twoje ciało się buntuje i tyle.

Amy zrobiła zaniepokojoną minę.

– Mam nadzieję, że to tylko o to chodzi – powiedziała.

Zanim jednak zdążyła cokolwiek dodać, drzwi do biura się otworzyły i do środka wszedł mężczyzna po czterdziestce w meloniku na głowie. Nerwowo rozglądał się wokół siebie.

Lily spojrzała na Amy, która nagle pobladła.

– Ben! A co ty tutaj robisz? – zapytała zdumiona.

– Czekałem na zewnątrz. Widziałem, że twoja ciotka wyszła. Mam dwie minuty i zamierzam je dobrze wykorzystać. Przede wszystkim, Amy, nie życzę sobie, żebyś jeszcze kiedykolwiek przychodziła do mojego domu i rozmawiała z moją żoną, jasne?

Lily stała nieruchomo z czajnikiem w rękach. Atmosfera była tak napięta, że nie miała odwagi nawet drgnąć.

Z zakładu dobiegały okrzyki robotników, odgłosy pracującego kompresora i stuk młotków. Amy próbowała coś z siebie wykrztusić.

– Przecież ja nie… – wyszeptała.

– A właśnie że tak. Nie znam nikogo innego, kto by pasował do opisu dziwki.

Lily przyglądała się uważnie temu człowiekowi w eleganckim garniturze i meloniku. Pod szyją miał starannie zawiązany ciemny krawat, wyraźnie odcinający się od koszuli białej jak śnieg, który tak mocno dał im się we znaki ubiegłej zimy. W ręce trzymał jasnobrązową teczkę, która huśtała mu się przy nodze.

– Muszę z tobą porozmawiać. – Amy wreszcie odzyskała rezon.

– Nie, nie musisz. I już nigdy nie będziesz ze mną rozmawiać. Nie chcę cię już więcej widzieć, mała ladacznico. Jak śmiesz nękać swoimi bezczelnymi kłamstwami moją żonę. Nie zbliżaj się więcej do mojego domu, bo pożałujesz. Ty i cała twoja prostacka rodzina tego pożałujecie. Naprawdę nie chcesz mi wchodzić w drogę, Amy. Zrozumiałaś?

Amy skinęła głową.

Pełny dzbanek zaczynał już ciążyć Lily, a piżmowy zapach liści zalanych wrzątkiem drażnił jej nozdrza. Przez krótką chwilę rozważała, czyby nie rzucić imbrykiem w przybysza albo nie wezwać na górę pana McConaghy'ego. Nie była jednak w stanie nawet ruszyć się z miejsca.

Mężczyzna zniknął tak szybko, jak się pojawił. O jego raptownym wyjściu poinformował nerwowy brzęk dzwoneczka nad drzwiami.

Amy, blada jak ściana, spojrzała na drzwi, którymi wychodziło się do zakładu. Sprawdziła, czy są zamknięte, a potem popatrzyła na Lily oczami pełnymi łez.

– Lily, tylko nikomu o tym nie mów, dobrze? – wyszeptała. – Nawet Lockiemu. Zwłaszcza jemu.

Lily odstawiła dzbanek i podeszła do Amy.

– Pewnie, że nie powiem. Nie płacz już. Ale dlaczego on był taki zły? Jeszcze nigdy nie spotkałam równie nieprzyjemnego człowieka. Aż się o ciebie bałam, wiesz, Amy? Komuś takiemu lepiej nie wchodzić w drogę.

Amy opadła na krzesło i wytarła oczy.

– Teraz to już i ja to wiem. Drań jeden. Nie powiedział mi, że jest żonaty. Tę kobietę, która otworzyła mi drzwi, wzięłam za sprzątaczkę.

Lily zdołała powstrzymać uśmiech. Żona pomyślała, że dziedziczka zakładu przetwórczego jest dziwką, a Amy uznała, że żona biznesmena to sprzątaczka. Trafiła kosa na kamień, pomyślała, ale zaraz potem skarciła samą siebie w myślach za taką ocenę.

– On mieszka w Woolton, w dużym domu. Poznaliśmy się w barze w Grandzie. Twierdził, że jest kawalerem. Mówił, że dużo zarabia i sporo czasu spędza na mieście. Rzekomo pracuje w branży transportu morskiego. Import i eksport, cokolwiek to znaczy. Wierzyłam w te wszystkie jego zapewnienia i świetnie się razem bawiliśmy. Powiedział, że mnie kocha i w ogóle. A potem jednego wieczoru wydarzyło się coś okropnego i on się już nigdy więcej nie pojawił. Pomyślałam, że czegoś nie zrozumiałam, więc poszłam znów do tego baru, żeby go tam odszukać. Chodziłam tam codziennie wieczorem, chociaż moi rodzice się wściekali i grozili, że wyrzucą mnie z domu. Tyle że on się więcej nie pojawił. Już się do mnie nie odezwał. W ogóle nie skontaktował się ze mną ani nic.

– Biedactwo – powiedziała Lily, podając Amy filiżankę. – Za chwilę wróci twoja ciotka z łakociami, więc szybko wytrzyj oczy. Jeśli zauważy, że płakałaś, zacznie wypytywać, co się stało. Dobrze, że nie widziała, jak tu wchodził.

Wyjrzała przez okno na ulicę. Nie spodziewała się, że poczuje aż takie współczucie dla Amy. Niemal potrafiła sobie wyobrazić, jak bardzo Amy musiała wstydzić się z powodu tego upokorzenia. Może to dlatego, że dorastała pod kloszem i nikt jej nigdy nie przygotował na przykre niespodzianki. Może zasługiwała na specjalne traktowanie, bo zupełnie nie przywykła, że coś idzie nie po jej myśli?

Lily wyjęła z rękawa chusteczkę i podała ją Amy, która chyba nie miała własnej.

– Poszłam do niego do domu, żeby sprawdzić, czy tam go zastanę. Chciałam z nim tylko porozmawiać, naprawdę. Myślałam, że może przydarzyło mu się coś złego.

Amy znów wybuchnęła płaczem, a Lily nie miała pojęcia, co jej powiedzieć, żeby ją pocieszyć. Amy była kompletnie wytrącona z równowagi. Lily zdołała ją tylko przytulić, bo zaraz potem usłyszały dzwonek i w drzwiach stanęła pani McConaghy z dużymi zakupami.

– Wielkie nieba, a cóż tu się dzieje? – zapytała, odstawiając słodkości na stół, a następnie podeszła do Amy.

– Amy źle się czuje, pani McConaghy – wyjaśniła Lily bez wahania. – Ma bardzo bolesną miesiączkę.

Pani McConaghy zaczęła się rozczulać nad siostrzenicą.

– Amy, biedactwo... Jakie to przykre, że my kobiety musimy to znosić.

Lily przypomniała sobie, jak sama miała swego czasu tak dolegliwą miesiączkę, że aż jej ciężko było usiedzieć prosto. Tylko że wtedy ani słowem się na ten temat nie zająknęła.

– A może chcesz wrócić do domu i się położyć?

Amy skinęła głową.

– Dziękuję, ciociu – powiedziała, po czym teatralnie położyła sobie rękę na brzuchu.

Gdyby tylko to była prawda, pomyślała o wymówce wymyślonej przez Lily. Amy chętnie by zniosła najstraszliwszy ból świata, byle tylko znów dostać miesiączkę i uwolnić się od lęku, który towarzyszył jej w każdej minucie każdego dnia. Wstała szybko – za szybko jak na kogoś, kto się zwija z bólu – i ruszyła w kierunku drzwi.

– Weź płaszcz, Amy – zatrzymała ją Lily. Sięgnęła po nakrycie i podążyła za nią.

Gdy tak stały u szczytu schodów, Lily otulała szyję Amy szalikiem, jak gdyby to była Katie.

– Nic nie powiesz, prawda? – wyszeptała Amy.

– Ależ nie. Nigdy. Potrafię dochować tajemnicy.

– Dobra z ciebie dziewczyna, Lily. Musimy się trzymać razem, nie?

Lily skinęła głową. Na razie zupełnie nie wiedziała, co się dzieje, ale było dla niej jasne, że Amy ukrywa przed nią coś bardzo poważnego.

Rozdział 22

Przełożona pielęgniarek zaprosiła Emily do swojego gabinetu na dziewiątą. Emily nigdy się nie spóźniała, zawsze przychodziła punktualnie.

– Siostro Haycock, proszę wejść i usiąść.

Przełożona sama jej otworzyła drzwi. Emily miała przez moment wrażenie, że wyczekiwała po drugiej stronie na jej przybycie.

Nie zawsze się ze sobą dogadywały. Emily dostała posadę w szpitalu dzięki wstawiennictwu przełożonej, ale potem zgłosiła swoją kandydaturę na stanowisko dyrektorki szkoły pielęgniarstwa. Jej szefowa dopatrzyła się w tym aktu zdrady. Martwiła się, że Emily lada moment może skusić się na jej stanowisko.

– Proszę wejść, szybko. – Przełożona sprawiała wrażenie poruszonej. – Panna Van Gilder ma być dopiero za pół godziny, ale spodziewam się jej wcześniej. Mam wrażenie, że ona jest wiecznie o krok przede mną. Coś mi nawet mówi, że ona się domyśli, że tu siostrę zaprosiłam na wcześniejszą godzinę.

– Rany boskie, a co się stało? – zapytała Emily, podchodząc do krzesła ustawionego po drugiej stronie biurka przełożonej, bo tam zwykle siadała.

Poczuła dreszcz emocji. Stało się dla niej jasne, że przełożona też ma już dość panny Van Gilder. Tak samo jak wszyscy w szpitalu. To była dobra wiadomość.

Blackie na widok Emily uniósł głowę i zamerdał radośnie. Uznał nawet, że dla niej warto nawet opuścić koszyk, więc zaczął rozprostowywać zbolałe kości, ziewnął przeciągle i przydreptał po pieszczoty.

– Rany, ale się zmieniło między nami – stwierdziła Emily, która ciągle jeszcze pamiętała czasy, gdy do gabinetu przełożonej pielęgniarek przychodziła zawsze z jedzeniem w kieszeniach, żeby w razie czego móc się od niego jakoś opędzić.

Blackie nie miał siły doczłapać z powrotem do koszyka, więc położył się na dywanie z głową na stopie Emily.

Wyjęła z kieszeni ciasteczko, które Biddy dała jej dla psa. Zabierała je ze sobą w charakterze przekąski, a nie w celach obronnych. Trwało to prawie rok, ale teraz już można było odnieść wrażenie, że gdy jego pani w końcu przekonała się do Emily, to on też.

– Elsie zaraz przyniesie herbatę – powiedziała przełożona pielęgniarek. – A my tymczasem zerknijmy na to.

Podała Emily sześciostronicowy dokument. Emily przejrzała tylko nagłówki.

Główny korytarz. Blok oddziałów. Blok operacyjny. Położnictwo. Kuchnie. I tak dalej, i tak dalej.

– Co to jest? – zapytała.

– Panna Van Gilder uważa, że szpital za dużo wydaje na personel pomocniczy, więc proponuje całościową reorganizację zasad naszej pracy. Obawiam się, że zapędziła mnie w tej sprawie w kozi róg.

– Siostrę? A jak?

Emily nie potrafiła ukryć zdziwienia. Jeszcze nie słyszała, żeby ktokolwiek zapędził przełożoną pielęgniarek w kozi róg.

W jej odczuciu przełożona budziła grozę jak mało kto. Co prawda przekroczyła już chyba sześćdziesiątkę – choć nikt nie wiedział, ile dokładnie ma lat, bo nikt nie miał odwagi zapytać – ale Emily zdawała sobie sprawę, że przełożone często pracują tak długo, jak tylko się da. Nie wszystkie decydowały się na nowe umowy z NHS, niektóre nadal pracowały na podstawie dawnych porozumień z czasów szpitali fundacyjnych. Emily nie spodziewała się, żeby ich przełożona miała w najbliższym czasie odejść z St Angelus. Słabość w starciu z panną Van Gilder zupełnie do niej nie pasowała.

– No cóż... Dałam się namówić i wyraziłam zgodę na kompleksową analizę działalności szpitala. Panna Van Gilder obiecywała, że przygotuje raport dla zarządu, a ja się zgodziłam. Tylko że, siostro Haycock, absolutnie nie było moim zamiarem przedstawiać zarządowi dokumentu, który by podpowiadał, jak wywrócić szpital do góry nogami. Przecież z tym akurat zarząd szpitali okręgu świetnie sobie radzi sam, bez żadnego wsparcia z mojej strony czy ze strony kogokolwiek innego z St Angelus. Tymczasem ona nie tylko opracowała wstępną wersję raportu, ale też pozwoliła sobie sformułować różne daleko idące sugestie i nawet wykroczyła swoimi działaniami poza granice szpitala, gdyż pozyskała oferty na usługi umożliwiające wdrożenie proponowanych zmian. W dokumencie, który siostrze dałam, jest zawarty szczegółowy kosztorys agencji sprzątającej. Wynika z niego, że powinniśmy zwolnić cały nasz personel pomocniczy.

– Co takiego? Nie! Nie możemy przecież zwolnić tak licznej grupy kobiet. – Emily z niesmakiem wpatrywała się w kartki przed sobą. – Przecież one tu zarabiają na życie, one z tych pieniędzy utrzymują swoje rodziny. Widziała siostra, w jakich one mieszkają warunkach? Widziała siostra, jak mieszka Elsie? Tuż obok domu, który został zbombardowany, ale wciąż jeszcze straszy jako ruina. W środku została drewniana klatka schodowa, po której hula wiatr. Gdyby te kobiety miały inne źródło utrzymania, toby tu nie pracowały, same by stąd poszły do lepszych domów i lepszego życia. One potrzebują pracy w St Angelus.

– Przecież ja doskonale o tym wiem, siostro Haycock – wtrąciła przełożona cicho, ale stanowczo. – Czy siostra myśli, że Elsie tutaj pracuje tyle lat, bo tak bardzo cenię jej intelekt albo poczucie humoru?

Obie usłyszały dobiegający z kuchni brzęk. Coś spadło na podłogę.

– Staram się, jak mogę, wspierać wojenne wdowy. Nie zamierzam zatrudniać do sprzątania oddziałów nikogo innego niż te kobiety, które robiły to jeszcze przed wojną. Tylko że ja już nie mam tu tyle do powiedzenia co kiedyś. NHS rzuca się na takie pomysły zupełnie bez zastanowienia. Moim zdaniem oni chcą po prostu powywracać wszystko do góry nogami. Tylko co potem? Dotychczas jeszcze nie zrobili nic, co by miało jakikolwiek realny wpływ na sytuację pacjentów. Zawsze chodzi tylko o pieniądze.

– A czy nie możemy jej po prostu powiedzieć, że mamy zobowiązania wobec naszych pracowników i w związku z tym nie będziemy tych zmian wprowadzać? To przecież tylko raport. Jej raport. Jej sugestie.

– Gdyby tak się dało, tobym tak zrobiła. Tylko że ona zdążyła już, bez konsultacji ze mną, wpisać prezentację tych swoich propozycji do porządku obrad najbliższego zebrania zarządu. Jakby tego było mało, wysłała ten porządek obrad do zarządu szpitali. Też bez konsultacji ze mną. Więc oni już go mają. Gdyby doktor Gaskell mnie nie uprzedził, tobym się w ogóle o tym nie dowiedziała, bo tak się jakoś złożyło, że akurat do mnie tego porządku obrad nie wysłała. Ciekawe dlaczego... Ale może jestem zbyt podejrzliwa? Czy siostrze to nie wydaje się dziwne?

Emily potrząsnęła głową. Chętnie by się nacieszyła jedną z tych rzadkich chwil, gdy jednoczyły siły z przełożoną pielęgniarek we wspólnej sprawie, zamiast jak zwykle toczyć boje o różne codzienne drobiazgi. Teraz należało jednak działać szybko, nie można było sobie pozwolić na dłuższą refleksję. Wskutek propozycji panny Van Gilder dziesiątki kobiet mogły stracić źródło utrzymania. To niesamowite, ile zdołała namącić w tak krótkim czasie.

– Rany boskie, ona to chyba ani chwili nie przepuszcza przez palce – powiedziała Emily, odwracając kartkę, by przeczytać listę pomocników portiera, których w ramach nowych porządków należało zwolnić z pracy. – Ale ja tu czegoś nie rozumiem. Jak niby mamy cokolwiek zaoszczędzić na tym, że pozwalniamy naszych pracowników? Przecież ci z agencji będą musieli zapłacić jakimś innym kobietom i jakimś innym chłopcom za to samo.

– Tak, ale niech siostra spojrzy na to. – Siostra pielęgniarek poprawiła okulary na nosie i stanęła za Emily, a potem wskazała jej palcem tabelę z wyliczeniami. – Tu jest napisane, z czego będą wynikać te oszczędności. Oni zamierzają we własnym zakresie zatrudnić nasz dotychczasowy personel pomocniczy, tyle że zapłacą im po dwa funty mniej tygodniowo.

– Przecież tak nie można. Oni wszyscy zarabialiby niemal o połowę mniej! – Emily skoczyła na równe nogi i podeszła do kominka. – Większość tych kobiet to wdowy z dziećmi powyżej czternastego roku życia. Już im się nie należy wdowia renta wojenna. One potrzebują pracy. Jak niby mają przeżyć bez dochodów i bez mężów, którzy by chodzili do pracy? Siostro przełożona, przecież my zatrudniamy rodziny poległych żołnierzy.

To są bliscy ludzi, którzy oddali swoje życie za bezpieczeństwo naszego szpitala.

Emily aż musiała odetchnąć. Przypomniała sobie, jak wiele straciła przez wojnę, i trudno jej było zapanować nad emocjami. Dopiero drugi oddech pomógł jej odzyskać równowagę.

– Właśnie! Też tak do tego podchodzę – podjęła wątek siostra przełożona. – Nasza rola nie ogranicza się li tylko do prowadzenia szpitala. Nie chodzi jedynie o to, aby pomóc wyzdrowieć chorym. My jesteśmy rodziną i mamy swoją historię. Musimy wspólnie o to nasze dziedzictwo dbać. Proszę, niech siostra napije się herbaty i zje ciasteczko, zanim przyjdzie panna Van Gilder. Jeszcze nie spotkałam takiej osoby, która by pochłaniała słodycze w takim tempie jak ona.

Emily wzięła głęboki oddech i opadła plecami na oparcie krzesła. Przyglądała się poruszonej siostrze przełożonej. Sama też bardzo się martwiła, ale potrafiła w tym dostrzec coś pozytywnego. Cieszyła się na myśl o tym, że będzie walczyć ramię w ramię z przełożoną pielęgniarek. Miały teraz wspólnego wroga w osobie panny Van Gilder. Razem mogły pokrzyżować jej szyki. Emily obawiała się swego czasu, że Wampirzyca i siostra przełożona zaprzyjaźnią się na dobre i złe, ale nic takiego się nie stało. Ten fakt trochę ją podnosił na duchu.

Przełożona nalała Emily herbaty, a potem z filiżanką na spodeczku udała się w kierunku swojego fotela.

– Znaczna część naszego personelu pomocniczego to kobiety, które zaczynały pracę w St Angelus jako młode mężatki, żeby trochę dorobić. Sama też byłam wtedy młoda. Musi siostra wiedzieć, że ja ogólnie nie mam nic przeciwko pracy zamężnych kobiet, siostro Haycock. – Przełożona uśmiechnęła się do Emily. – Teraz to są wdowy wojenne, a ta praca nie jest już dla nich źródłem dodatkowego zarobku, który by uzupełniał pensję męża.

Już sobie nawzajem nie doglądają dzieci i nie zarabiają na drobne przyjemności. Teraz za te trochę grosza kupują jedzenie i płacą rachunki. Z powodu wojny dużo się tu zmieniło. Dobrze wiem, że niektóre z nich mają mnie za straszną heterę, ale ja naprawdę rozumiem ich sytuację. To, co kiedyś zarabiały dodatkowo, teraz stanowi ich jedyne źródło utrzymania. Ja naprawdę zdaję sobie z tego sprawę.

Emily uśmiechnęła się i skinęła głową.

– Myślę, że one o tym wiedzą, siostro. Cieszy się siostra szacunkiem personelu pomocniczego.

Emily postanowiła nie wspominać, że podobny respekt, tyle że podszyty strachem, przełożona budzi w studentkach pielęgniarstwa.

– Ona tu lada moment będzie. Ma siostra jakieś pomysły?

– Muszę się chwilę zastanowić, ale może najpierw powinnyśmy jej wysłuchać. Może gdy ona to wszystko powie na głos, sama zrozumie, jakie to jest straszne. My dzięki temu będziemy mogły lepiej się zorientować, z jakim przeciwnikiem mamy tak naprawdę do czynienia.

– Jakby tego było mało, ona jeszcze doprowadza do szału siostrę Antrobus. Ścierają się ze sobą jak dwa jelenie na rykowisku. Muszę powiedzieć, że jestem pełna podziwu dla siostry Antrobus, bo nie daje się zbić z pantałyku. Panna Van Gilder zadaje jej mnóstwo absurdalnych pytań. Muszę powiedzieć, że inne oddziałowe też mają ostatnio jakby więcej uznania dla siostry Antrobus. Jeśli tak dalej pójdzie, czeka nas tu rewolucja.

Emily dopiła herbatę i nachyliła się, żeby odstawić filiżankę i spodek na stolik kawowy.

– Biedna siostra Antrobus – powiedziała, unosząc brwi.

– Wiem, że nie mówi pani szczerze, Emily. – Przełożona znów obdarzyła ją uśmiechem. – Wiem, że jeszcze do niedawna to ona budziła największy postrach w szpitalu. Może pewnego dnia pani zajmie jej miejsce na tym podium?

Emily bez trudu odczytała aluzję. Doskonale zdawała sobie sprawę, że od lat toczy z przełożoną boje o różne sprawy, bo chce postawić na swoim.

– I pomyśleć, że kiedyś to moich wizytacji na oddziałach wszyscy bali się najbardziej na świecie. Pielęgniarki pewnie nawet nie były świadome tego, że wybierałam takie momenty, gdy na oddziałach panował największy spokój. Przychodziłam po rozdaniu leków. Tymczasem panna Van Gilder pojawia się bez zapowiedzi o najróżniejszych porach. Pielęgniarkom zawsze się wydawało, że próbuję przyłapać je na jakichś niedociągnięciach. Chcę przez to powiedzieć, że nigdy mi nie zależało na tym, aby siać postrach.

Żadna z pielęgniarek nie usłyszała, jak Elsie wycofuje się na paluszkach w głąb kuchni. Odkąd upuściła cukiernicę, stała z uchem przyklejonym do uchylonych drzwi. Słyszała całą ich rozmowę.

Branna już na nią czekała. Elsie wpadła na nią niespodziewanie i tylko cudem stłumiła okrzyk.

– I co mówią? Jakie wieści? – syknęła Branna, która wykręciła się od sprzątania na oddziale drugim, bo chciała jak najszybciej czegoś się dowiedzieć.

– Nie mam pojęcia – przyznała Elsie. – Nie wiem nic poza tym, że przełożona pielęgniarek nie zatrudniła mnie z uwagi na moją inteligencję. Ale to w sumie żaden problem. Inteligencja nie jest potrzebna do szorowania jej wanny.

Branna nic z tego nie zrozumiała.

– A panna Van Gilder też tam jest?

– Jeszcze nie przyszła. Jest za to panna Haycock. No i przełożona. A jakie z nich teraz kumoszki!

– No dobra, to ja wracam do siebie, zanim oddziałowa albo ktoś inny za mną zatęskni. Tak tylko przyszłam poplotkować, ale czas na mnie. Nie chcę ci przeszkadzać w szpiegowaniu. Mam wieści od Madge. Przyjdzie w niedzielę. Mówi, że zrobiła notatki z kilku ciekawych rozmów Wampirzycy. Przyniesie je ze sobą.

– O, doskonale. Brzmi obiecująco – odparła Elsie. – A powiedziała coś więcej?

– Nie, przecież znasz Madge. Ona niechętnie zdradza swoje sekrety, bo lubi robić wrażenie. Lubi o sobie myśleć, że jest jak Mata Hari. No, ale nie chcemy jej zniechęcać… Wspomniała tylko, że ktoś szuka panny Van Gilder i wydzwania do szpitala. W swoim czasie na pewno wszystko nam opowie. Widzimy się u Biddy w niedzielę wieczorem.

Elsie energicznie otworzyła drzwi do gabinetu przełożonej pielęgniarek i z szerokim uśmiechem na ustach pchnęła przed siebie wózek z przekąskami. Nie zdążyła jeszcze rozlać świeżej herbaty do filiżanek, gdy bez choćby kurtuazyjnego pukania do gabinetu wmaszerowała panna Van Gilder.

– Witam, siostro przełożona – zaszczebiotała. – O, siostro Haycock, widzę, że pani nieco przed czasem. Nawet przede mną, choć postanowiłam stawić się dziesięć minut przed umówioną godziną.

Emily była jednocześnie zaskoczona i zmieszana. Nie bardzo wiedziała, co odpowiedzieć.

– Proszę nalać herbatę, a następnie czym prędzej opuścić ten gabinet – rzuciła panna Van Gilder do Elsie.

Emily i przełożona spojrzały po sobie. Starsza z pielęgniarek zmarszczyła brwi.

To przez tę zuchwałość, pomyślała Emily. Ona ciągle zaskakuje, co chwila mówi i robi coś, czego nikt się nie spodziewa.

Wytrąca przełożoną z równowagi, a zaraz potem zadaje kolejny cios, jeszcze zanim siostra zdąży się zorientować w sytuacji.

Elsie też martwiła się o przełożoną. Co prawda wycofała się do kuchni, ale szybko doszła do wniosku, że należałoby porządnie tam posprzątać. Uznała, że być może dzięki temu uda jej się co nieco podsłuchać. Przygotowała wszystko, na co chlebodawczyni mogłaby mieć ochotę. Siostra przełożona nie gotowała, ale też niewiele jadła. Posiłki przygotowywane poprzedniego dnia Elsie często znajdowała ukryte głęboko w koszu, owinięte w papier dla niepoznaki. „Wiesz, Elsie, jak ktoś mieszka sam, to ciężko mu cokolwiek przełknąć", wyjaśniła jej kiedyś. „Nawet jeśli coś wygląda równie smakowicie jak to, co dla mnie przyrządzasz. Kiedy człowiek jest sam, to czasem ciężko mu jeść. Jedzenie pęcznieje w ustach i smakuje smutkiem".

Elsie było z jednej strony żal siostry przełożonej, ale z drugiej strony przykro jej było patrzeć na owoce swojej pracy w koszu na śmieci albo psiej misce. Przełożona pielęgniarek cieszyła się w szpitalu powszechnym uznaniem, a tymczasem wieczory spędzała w samotności, siedząc przy dużym stole w jadalni i wpatrując się w pusty parking.

Elsie pracowała dla niej od samego początku. Gdy wybuchły plotki o jej rzekomej słabości do siostry April, Elsie była gotowa urwać głowę każdemu, kto by powiedział o niej choćby jedno złe słowo. Serce pękało jej na myśl o frasunku szefowej. Przełożona pielęgniarek miała nigdy nie zaznać miłości. Miała nigdy nie mieć dzieci. Elsie nie potrafiła sobie wyobrazić nic gorszego. „Ktoś taki jak ona musi czuć się straszliwie samotny", zwykła mawiać do Biddy. „Przecież ona nawet nie może o tym z nikim porozmawiać. Nie ma chyba nic gorszego na świecie, niż się urodzić kimś takim. Człowiek jest sam jak palec".

Godzinę później Emily była już z powrotem w szkole pielęgniarstwa.

– Biddy! – krzyknęła w stronę kuchni, wspinając się po schodach do swojego gabinetu.

Branna ukryła się za drzwiami z filiżanką herbaty w jednej ręce i papierosem w drugiej.

– Podłogi na oddziale drugim myją się same? – zapytała ją Biddy, zmierzając do wyjścia. – Czy ty naprawdę całymi dniami popijasz herbatę?

– Słusznie, zmykam już – powiedziała Branna. – Chyba na razie nie będę tu przychodzić. Pretensji mogę wysłuchiwać w ciekawszych miejscach.

Usłyszawszy nawoływanie Emily, Biddy wybiegła z kuchni – nader szybko jak na kogoś w jej wieku, o takiej masie ciała, a w dodatku z założonym pessarem cewkowym. Emily naprawdę rzadko wzywała ją z takim napięciem w głosie. Jeśli do tego dochodziło, to na ogół z powodu szczura, myszy albo bezczelnego pająka, który postanowił się rozgościć przy suficie nad jej głową. Biddy była jednak pewna, że tym razem nie chodziło o żadne zwierzę.

– Dostała pani wieści od swojej przyjaciółki z St Dunstan's? – zapytała Emily, jeszcze zanim Biddy zdążyła podejść do jej biurka.

– Jeszcze nie. Ona była w szpitalu z powodu mięśniaków. Ponoć z nimi walczy, odkąd urodziła ostatnie dziecko. Jej siostra twierdzi jednak, że już wróciła do domu, więc odpowiedź powinna się pojawić na dniach.

– No dobrze, Biddy, a czy myślisz, że w takim razie mogłabym przyjść na wasze mafijne spotkanie? Jeśli oczywiście takowe się odbywa. Już się nie mogę dłużej wymigiwać od tego guinnessa. Chyba w końcu przyjmę waszą propozycję. W sprawie

Wampirzycy musimy działać razem. To poważna sprawa, Biddy, ale na razie nikomu o tym nie mów. Mnie zależy na tym, aby szpital był prowadzony bardziej nowocześnie, ale panna Van Gilder przedstawia zdecydowanie zbyt daleko idące propozycje. Tak w ogóle to właśnie się od niej dowiedziałyśmy, że przedstawiciele agencji sprzątającej Acme będą wizytować wszystkie oddziały. Czy Dessie też mógłby przyjść na to spotkanie? Jej propozycje oznaczają istotne zmiany również dla niego.

– Oczywiście. On na pewno przyjdzie, panno Haycock. My wszyscy jesteśmy gotowi. Im większe siły zgromadzimy w tej sprawie, tym lepiej.

Dessie siedział przy swoim biurku na portierni i wymachiwał palcami w powietrzu.

Panna Van Gilder zażądała, aby uzasadnił, dlaczego potrzebuje aż dwudziestu czterech pomocników. On w odpowiedzi sporządził szczegółową listę zadań, które jego chłopcy na co dzień wykonują. Gdy ją potem przeczytał, zaczął się zastanawiać, jak oni właściwie dają radę, mając do dyspozycji tylko dwudziestu czterech chłopaków. Jego serce przepełniła duma. Chłopcy pracowali naprawdę ciężko i zasługiwali na absolutnie każdego pensa, jakiego im wypłacał.

Panna Van Gilder zapoznała się z jego listą, a potem przedstawiła mu własną.

– Oto moje propozycje dotyczące ograniczenia zatrudnienia z dwudziestu czterech osób do dwunastu.

Dessie przejrzał dokument do samego końca. Aż przetarł oczy ze zdumienia.

– Ależ, panno Van Gilder, pani im wydłużyła godziny pracy do dwunastu w tygodniu i czternastu w weekendy, ale żadnej podwyżki pani nie przewiduje.

– Zgadza się. Sam mi pan niedawno powiedział, że jeśli w szpitalu akurat dużo się dzieje, to chłopcy często pracują po godzinach. Zaznaczał pan, że nie opuściliby szpitala w potrzebie. Ja zatem proponuję, żebyśmy tę ich dobrą wolę sformalizowali.

– Panno Van Gilder, jeśli tak zrobimy, to już nie będzie kwestia dobrej woli. Wtedy będziemy mieli do czynienia ze zobowiązaniem.

– Cóż, wszyscy mamy zobowiązania wobec szpitala. Dlaczego z pomocnikami portiera miałoby być inaczej?

Jeszcze tego samego ranka Dessie opowiedział o tym Jake'owi, który teraz siedział przy jego biurku z kubkiem herbaty. Obaj byli takim obrotem sprawy mocno poruszeni.

– Jezu, Dessie, i co ty teraz zrobisz? W dokach też zwalniają ludzi. Gdzie niby mieliby się podziać ci chłopcy? Poza tym przecież to oni tworzą ten szpital. Tylko dzięki nim wszystko tutaj jakoś funkcjonuje. To miejsce to jedna wielka rodzina, a rodziny nie można zwolnić.

– Wiem, Jake. Jeśli jednak powiemy zarządowi, że budynek lada moment może się zawalić, grozi nam całkowite zamknięcie szpitala. To chłopcy przeprowadzają konieczne naprawy, dzięki którym jakoś to funkcjonuje. I pomyśleć, że sam jej powiedziałem o tych nadgodzinach. Chciałem jej dać do zrozumienia, jak bardzo są tu potrzebni. Wcale mi nie chodziło o to, żeby tę dłuższą pracę formalizować.

– Ona za chwilę zajmie się sprzątaczkami, a potem postara się zastąpić przełożoną pielęgniarek. Osobiście nie rozumiem, czemu siostra przełożona jej na to pozwala.

– Bo sama musi jeździć na różne spotkania i zebrania, które odbywają się w różnych miejscach na całym mieście, a dotyczą szpitala i tej nowej NHS. Moim zdaniem ona sobie z tym wszystkim nie radzi i dlaczego część spraw powierzyła pannie Van Gilder. – Westchnął. – Krążą też plotki o budowie nowego szpitala, większego i nowocześniejszego, z salami operacyjnymi na miarę naszych czasów. Taki szpital może powstać już za pięć lat, ale może to potrwać nawet pięćdziesiąt. Zależy od tego, ile rząd przeznaczy na to pieniędzy. To jednak oznacza, że nasz szpital zostanie zamknięty. I będzie po nas. Musimy więc przeciągać to wszystko tak długo, jak tylko się da. I musimy zadbać o naszych chłopców.

Na biurku Dessiego zadzwonił telefon. Jake aż podskoczył i wylał sobie herbatę na rękaw. Potem obserwował, jak Dessie skupia się na rozmowie i marszczy czoło.

– Tak. W sobotę u ciebie? Będę. Siódma jak zwykle? Przyniosę piwo. Panna Haycock to pewnie pije sherry, zgadłem?

Słuchawkę odkładał z uśmiechem na ustach.

– A ty wiesz, Dessie, że tylko ty i panna Haycock nie zdajecie sobie sprawy, że czujesz do niej miętę?

Dessie sięgnął po brudną szmatę i rzucił nią w Jake'a.

– Ty i twoi chłopcy nie macie racji. Bardzo ją lubię. To naprawdę miła kobieta i darzę ją wielkim szacunkiem, ale żadnej mięty do niej nie czuję.

– Tak, jasne, a moja mama zostanie następną Miss Świata, co? O ile nie zapomni założyć sztucznej szczęki. Spójrz tylko na siebie, Dessie, cały czas się szczerzysz. Jeszcze minutę temu miałeś ochotę rzucić się z mostu, a teraz uśmiech ci z gęby nie schodzi.

– Bzdury wygadujesz – rzucił gniewnie Dessie. – Tak się składa, że w niedzielę odbywa się spotkanie. Biddy mówi, że panna Haycock zapytała, czy może przyjść. Zarówno panna Haycock, jak i ja myślimy przede wszystkim o was oraz o interesie szpitala. Nie w głowach nam jakieś płoche romanse. Ponoć z dzisiejszego porannego spotkania wróciła mocno wzburzona. Tak mówiła Biddy. Ja teraz myślę głównie o tym, co z tego wyniknie. O siostrze Haycock jakoś mniej.

– Jasne, Dessie, rozumiem – powiedział Jake, uśmiechając się od ucha do ucha.

Dessie wstał raptownie i wymaszerował z portierni. Wiedział, że Jake bacznie mu się przygląda. Jego krok był jakby bardziej sprężysty niż zwykle – zdecydowanie nie tylko za sprawą nowego wroga w osobie panny Van Gilder.

Rozdział 23

Po powrocie na Lovely Lane Dana najbardziej na świecie miała ochotę położyć się do łóżka. Odkąd wróciła na dzienną zmianę – na jak długo, tego nikt nie potrafił przewidzieć – była jeszcze bardziej zmęczona niż po nocy. Wiedziała jednak, że zanim się położy, musi coś zrobić. Na jutrzejszy wieczór umówiła się z Teddym, spodziewała się zatem rozmowy o urlopie. Musiała zadzwonić do domu i się dowiedzieć, czy jest oczekiwana w Belmullet. Zostawiwszy czepek w korytarzu, udała się prosto do pralni, bo tam znajdował się telefon.

Żadna z dziewcząt nie robiła prania po zakończeniu zmiany. Po całym dniu pracy nie miały na to siły, a poza tym jeśli zostawiły brudne rzeczy w odpowiednio widocznym miejscu, mogły liczyć na to, że pani Duffy je wyręczy i wyprane rzeczy następnego dnia będą wisieć na suszarce pod sufitem. Dana potrafiła się domyślić, co by powiedziała jej matka na widok pralki. „Oszalałabyś z zazdrości, gdybyś to zobaczyła", powiedziała, gdy ostatnio do niej dzwoniła. Otworzyła drzwi do pralni, a wtedy otoczył ją dobrze znany zapach czystej bawełny i proszku. W pomieszczeniu było przyjemnie ciepło i wilgotno. Danie kojarzyło się to z kuchnią w jej rodzinnym domu.

Usiadła na skraju drewnianego stołu pod ścianą, na którym leżała sterta prania oczekująca na prasowanie. Na chwilę oparła się o tę stertę i położyła głowę na czystych rzeczach.

– Jakże przydałyby mi się wakacje! – Westchnęła. Mocno dostała w kość przez historię z Patrickiem, który przyjechał za nią do Liverpoolu. Teraz sił dodawał jej romans z Teddym, choć ostatnio też jakoś trudniej im się było dogadać. Zamknęła oczy i zobaczyła siebie w jego samochodzie, jak mkną po wiejskich dróżkach wolni jak ptaki. Jak jadą tam, dokąd ich koła poniosą, i jak robią to, czego zapragną. – Boże, ależ byłoby cudownie – szepnęła, wpatrując się w sufit.

Zaraz potem się wyprostowała, bo usłyszała kroki pani Duffy. Po chwili otworzyły się drzwi.

– O, Dana! Przez chwilę naszła mnie szalona myśl, że ktoś tu przyszedł trochę poprasować. Jakże się łudziłam! Wy, dziewczęta, może i robicie pranie, ale z prasowaniem to już wam nie idzie. Te wasze ubrania chyba powinny być jednorazowe.

Pani Duffy stała z rękami wspartymi na biodrach i karcącym wzrokiem wpatrywała się w stertę prania. Dana odpowiedziała jej uśmiechem. Obie doskonale wiedziały, że pani Duffy lubi sobie ponarzekać, ale uwielbia również prasować. W ciągu tygodnia ta sterta się zmniejszy, a wyprasowane ubrania niepostrzeżenie powędrują do pokojów i będą czekać na właścicielki, równiutko poskładane na łóżkach.

Dana spojrzała na stertę prasowania.

– Czyżby w końcu nadszedł dzień, w którym nam pani powie do słuchu? Coś pani powiem. Muszę zadzwonić do mamy, ale gdy tylko skończę z nią rozmawiać, wezmę się do tego prasowania.

– Nic z tych rzeczy – odparła pani Duffy. – Przecież pada pani na twarz. Niech pani nawet się nie waży tego ruszać, zajmę się tym jutro, kiedy będziecie na oddziałach.

– Jest pani niemożliwa, pani Duffy! – wykrzyknęła Dana z udawanym oburzeniem.

– Ależ niechże pani da spokój, przecież narzekanie to moja jedyna przyjemność w życiu. Starej kobiecie chyba pani nie odmówi, co?

Gdy drzwi się za nią zamknęły, Dana uśmiechnęła się od ucha do ucha. Potem usłyszała jeszcze, jak pani Duffy krzyczy na Nicponia:

– Złaź z kanapy! Ile razy mam ci to powtarzać!

Potem rozległ się dobiegający z korytarza tupot psich łap. Dana odczekała chwilę. Nicpoń wspiął się po schodach, a potem dało się słyszeć charakterystyczne skrzypnięcie drzwi do pokoju Victorii i jęk sprężyny łóżka. Nicpoń właśnie tam wylegiwał się najchętniej.

Dana wybrała numer poczty w Belmullet. Liczyła na to, że uda jej się złapać poczmistrzynię, panią Brock, tuż przed zamknięciem. Sklepy w Liverpoolu nie działały już od dwóch godzin, ale w Mayo było inaczej. Tam można było robić zakupy o dowolnej porze, aż do późnego wieczora, bo właściwie każdy mieszkał tam, gdzie pracował.

Już po dwóch dzwonkach usłyszała w słuchawce głos.

– Dana, to ty? – zapytała śpiewnie pani Brock. Ogólnie rzecz biorąc, Dana szczerze jej nie cierpiała, ale dzisiaj z jakiegoś powodu na dźwięk znajomego głosu łzy same napłynęły jej do oczu. Pani Brock lubiła się wtrącać w nie swoje sprawy, a treść odbieranych przez nią telegramów klienci obecni na poczcie poznawali, jeszcze zanim goniec zdążył postawić rower pod ścianą domu czy płotem gospodarstwa adresata. – O rany, a cóż ja teraz zrobię? Pan Joyce jest u siebie. Czy mam go posłać furgonetką po twoją mamę? Zadzwonisz jeszcze raz za dziesięć minut?

Dana poczuła się tak, jakby nigdy nie wyjechała z Irlandii. Głos pani Brock przywołał wspomnienia z odmętów pamięci. Czuła zapach torfu, słyszała muczenie krów. Nostalgia owiewała ją jak bryza znad Atlantyku, do którego miała z domu zaledwie pół godziny spacerem. Kiedy to było? Ostatnie miesiące wymazały z jej pamięci deszczowe dni, długie godziny pracy i mało obiecujące perspektywy na przyszłość.

Dana zgodziła się zadzwonić za dziesięć minut. Przez ten czas siedziała na stole, machając nogami. Wyobrażała sobie, co dzieje się teraz w jej rodzinnej wiosce. Pani Brock zapewne wezwała do siebie jednego z chłopców, którzy grali w piłkę na ulicy. Kazała mu iść do sklepu pana Joyce'a i go zawołać.

– Chodź tu, co? To pilna sprawa. Mam wiadomość dla Broganów. – Żadne dziecko by nie odmówiło, nikt by nie narzekał i nie zadawał pytań. Wszyscy sobie pomagali. – Przekaż panu Joyce'owi, że mam pilną wiadomość – powiedziała zapewne, a chłopak z czapką w rękach pokonał pędem tych sto metrów, które go dzieliły od sklepu pana Joyce'a. Pewnie aż się za nim kurzyło.

Pan Joyce wówczas chwycił płaszcz i pomaszerował na pocztę tak szybko, jak tylko mógł na swoich dręczonych reumatyzmem nogach.

– Zostawiłem sklep pod opieką chłopaka – powiedział zdyszany do pani Brock, gdy dzwonek nad drzwiami poczty już wybrzmiał. Dzieciaki nieraz biegały z wiadomościami i pilnowały sklepu. Danie też się to zdarzyło.

– Tylko niczego nie bierz. Pilnuj drzwi, a jeśli ktoś przyjdzie, to mu powiedz, że jestem u pani Brock i niedługo wrócę.

To akurat było oczywiste, bo nikt nie lubił przesiadywać u pani Brock.

Natychmiast po jego wyjściu ten, komu akurat było dane pilnować sklepu, znikał za ladą i wsuwał sobie do kieszeni lukrecjową niteczkę albo dwie. Dana pamiętała, jak kiedyś pilnowała sklepu z Patrickiem i jak pan Joyce przyłapał go na gorącym uczynku, bo niteczka wyślizgnęła mu się przez dziurę w kieszeni krótkich spodni i zwisała wzdłuż nogi.

Pan Joyce zapewne szybko opuścił pocztę i wsiadł do furgonetki, aby przywieźć matkę Dany do telefonu. Dana spodziewała się, że matula się ucieszy, że to będzie dla niej wielkie wydarzenie. O tym telefonie będzie potem opowiadać wszystkim dookoła przez cały tydzień.

– Słyszeliście, że Dana dzwoniła aż z Liverpoolu?

Tam wszyscy uwielbiali odbierać telefony. Dana oczyma wyobraźni widziała, jak jej mama zagaduje pana Joyce'a i jak się zastanawia, o jaką pilną sprawę może chodzić. W myślach pokonywała drogę z domu na pocztę razem z nimi. Mama na pewno usiadła na ławce, z nogami w liściach kapusty i karmy dla świń. W jej głosie podniecenie mieszało się zapewne z niepokojem, bo przecież mogło chodzić o złe wieści. Pan Joyce zapewne jej powiedział: „Musi chodzić o coś bardzo ważnego", albo ewentualnie: „Ależ nie ma powodu do zmartwienia. To na pewno miła niespodzianka".

Dana doskonale pamiętała rozmowę, którą przed wyjazdem odbyła z nią matka.

– Żadnego seksu przed ślubem, Dana, obiecaj mi to!

Dana, która zawsze starała się dogadzać matce, oczywiście obiecała. Tylko że złożyła tę obietnicę na irlandzkiej wsi, a tutaj jej życie wyglądało zupełnie inaczej. W Liverpoolu Dana ze zdumieniem przyglądała się śmiałym poczynaniom Victorii, która chętnie opowiadała dziewczętom o tym, jak to ona i Roland kochają się co pięć minut. Fakt, że poza Victorią nikt inny takich doświadczeń nie miał, ale też spośród pielęgniarek jeszcze tylko ona miała chłopaka tak na poważnie. Dana powoli zaczynała jednak wątpić, czy jej związek można uważać za poważny. Może powinna była obiecać matce, że „w Irlandii" nie pójdzie z nikim do łóżka przed ślubem. Matula miała na tym punkcie obsesję.

– Dana, już ja wiem, jacy są mężczyźni – powiedziała córce przed jej wyjazdem do Liverpoolu. – Nie chcę, żebyś powtarzała moje błędy.

Nie zadała sobie przy tym trudu, żeby wyjaśnić, o jakie dokładnie błędy chodzi ani też co by zrobiła, aby ich uniknąć, gdyby mogła przeżyć swoje życie jeszcze raz. Dana wiedziała tylko, że w młodzieńczych wspomnieniach jej matki szczególne miejsce zajmuje pan Joyce. Dopiero po roku pracy w zawodzie pielęgniarki dotarło do niej, że jej matka przedkładała rodzicielskie obowiązki ponad wszystko. Wtedy też uświadomiła sobie, że matka chciała ją przede wszystkim uchronić przed pułapkami codziennego życia i umizgami pożądliwych mężczyzn. Chciała jej pomóc zrealizować marzenie, z którego sama musiała zrezygnować. W tym celu jednak musiała zachować autorytet u córki, a w związku z tym nie mogła jej opowiadać o swoich błędach z przeszłości. Dana miała nadzieję, że kiedyś uda jej się tę barierę przełamać – może gdy sama już będzie mężatką i doczeka się dzieci – matka w końcu otworzy się przed nią i szczerze jej o różnych sprawach opowie.

Spojrzała na zegar wiszący na ścianie w pralni. Zanurzyła się w swoją wizję do tego stopnia, że niemal słyszała, jak pan Joyce zaciąga hamulec w furgonetce. Potem rozległ się trzask drzwi i rozbrzmiał dzwonek na poczcie. Dana chwyciła słuchawkę i wybrała numer.

Kilka sekund później pośród szumów i zakłóceń usłyszała głos matki:

– Dana, to ty! O Boże. Pan Joyce mówił, że to ty, a ja mu wtedy powiedziałam, że to niemożliwe, że przecież nie marnowałabyś pieniędzy na rozmowy międzymiastowe. Czy wszystko u ciebie w porządku? Wracasz do domu? Którym statkiem przypływasz? Pan Joyce mówił, że jeśli przypływasz, to po ciebie przyjedzie. Jeśli trzeba, zamknie sklep i pojedzie po ciebie aż do Dublina, jeśli statek przypływa późno. Wtedy dowiezie cię do domu przed północą. Całą tą sprawą z Patrickiem zupełnie nie musisz się przejmować. Wyjechał do Liverpoolu i już tu nie wrócił.

W tym momencie Dana zyskała pewność, że nikt w domu nie wiedział o aresztowaniu Patricka za podglądactwo. Nikt nie wiedział, że trafił za kratki w Walton Gaol. Zapewne myślał, że Dana wszystkim o tym powie, i wstydził się wracać w rodzinne strony. Ona nie pisnęła nikomu ani słowa, ale teraz ulżyło jej na myśl o tym, że jeśli pojedzie do domu, na pewno go tam nie spotka.

– Wiedziałaś, że Siobhan urodziła? Tak, właśnie tak, ślicznego małego chłopca. Ależ ona się ucieszy, kiedy jej powiem, że przyjeżdżasz na wakacje do domu. Boże, całe miasto wyjdzie ci na powitanie.

Dana ledwo była w stanie wtrącić cokolwiek poza tym, że owszem, przyjedzie, zgodnie z oczekiwaniami, i że pan Joyce może ją odebrać z pociągu w Galway i odwieźć stamtąd do domu. Słuchała, jak matka opowiada jak najęta o dzieciach, farmie, ojcu i kolejnych sąsiadach, o swoich przyjaciółkach, nowej żonie lekarza, gospodyni księdza, która trafiła do szpitala, i niedawno zatrudnionym parobku, który zupełnie się nie sprawdził, i utwierdziła się w przekonaniu, że w żaden sposób nie zdoła uniknąć wizyty w domu i że nie może rozczarować rodziny. Mama powiedziała, że Dana ma przyjechać, i to był koniec dyskusji.

Do pokoju wracała przygnębiona. Musiała jakoś powiedzieć o tym Teddy'emu. Absolutnie nie mógł jechać z nią do Irlandii. Na pewno by mu się tam nie podobało. Deszcz, błoto, smród, krowy, dzieciaki na ulicach i w miasteczku, mokradła i torf, a do tego wszystkiego ci mężczyźni, którzy najpierw za dużo wypiją i okładają się pięściami i kopniakami, a potem rozmawiają ze sobą jak gdyby nigdy nic. Ten ich ksiądz. Ta ogólna małość. Msza...

Jej matka na jego widok pewnie oszalałaby ze szczęścia. Od razu by uznała, że skoro Dana zaprosiła go do domu, to na pewno się pobiorą. Umówiłaby się z księdzem i zarezerwowała świetlicę, jeszcze zanim oni zdążyliby się rozpakować.

Poza tym Dana obawiała się, że Teddy mógłby zacząć inaczej na nią patrzeć, gdyby zrozumiał, jakie życie prowadziła przed przyjazdem do Liverpoolu. Jej rodzina i znajomi to byli ludzie ze wsi, ale zupełnie innej niż angielska. Żyli znacznie bliżej ziemi. Znacznie bliżej siebie nawzajem. Znacznie bliżej Boga. Choćby Dana poznała w życiu nie wiadomo ilu ludzi i nawiązała nie wiadomo ile znajomości, choćby przejęła od nich nie wiadomo ile różnych zwyczajów i nawyków, w głębi duszy zawsze pozostałaby dziewczyną z farmy.

Spodziewała się, że Teddy pojedzie na wakacje do Bolton, do domu swoich nieżyjących rodziców, i że tam się będzie nudzić w towarzystwie Rolanda. Z powodu jej rodzinnych zobowiązań ten cenny czas, który by mogli spędzić razem, po prostu się zmarnuje.

Dana uznała, że kąpiel poprawi jej humor. Umyję włosy i nałożę wałki na wieczór, to jutro będę ładnie wyglądać, pomyślała. To był jej sposób na to, żeby nie myśleć o rzeczach nieprzyjemnych, a skupić się na przyjemnych. Skoro nic innego nie da się zrobić, przynajmniej dopilnuję, żeby Teddy miał za czym tęsknić, gdy pojadę na dwa tygodnie do Irlandii.

Siedziała już przed lustrem, gdy usłyszała na schodach kroki pielęgniarek wracających z pracy. Odprowadzał je głos pani Duffy.

– Na kolację mam dla was ziemniaki z boczkiem i pieczonym pomidorem. Ziemniaki już okrasiłam masłem i posypałam solą, a boczek będzie lada moment, więc nie marudźcie za długo.

Dana ledwo się poznała w lustrze. Zobaczyła w nim oczywiście własną twarz, ale to już nie była twarz tamtej osiemnastolatki, która rok temu przybyła na Lovely Lane. Wtedy to była twarz dziecka. Teraz z lustra spoglądały na nią oczy prawie kobiety. Prawie…

Dana odprężała się w kąpieli, nawet nie zdając sobie sprawy, że w tym samym czasie Teddy rozmawiał z pracownikiem biura podróży przy Dunhill Street.

– Szukam ładnego hotelu w Krainie Jezior, na dwa tygodnie, od końca czerwca. Może też być w Szkocji. Zależy mi na tym, żeby to było w jakimś urokliwym i w miarę odosobnionym miejscu. Marzą nam się długie spacery, smaczne posiłki i podziwianie romantycznych widoków. Zapewne domyśla się pan, o co mi chodzi?

– Oczywiście – zapewnił agent. – Mamy w ofercie wiele różnych hoteli. Planuje pan niespodziankę dla żony?

– Tak – odparł Teddy z przekonaniem. – Ona jeszcze o niczym nie wie, ale na pewno będzie zachwycona. Mam dla niej niesamowitą niespodziankę.

Rozdział 24

Następnego wieczoru Teddy zaparkował samochód sto metrów od domu pielęgniarek, w tym samym miejscu, w którym zawsze czekał, aż Dana odmelduje się u pani Duffy. Za każdym razem wyglądało to tak samo.

– Tak pani powiem, że kiedyś obowiązywał tu system przepustek nocnych, ale powiedziałam przełożonej, że to nie ma żadnego sensu. Przecież pielęgniarki zawsze wracają przed moim wyjściem, więc po co się kłopotać. One wiedzą, że będę na nie czekać, a przecież nie chcą, żebym się spóźniła na autobus.

Pani Duffy odbyła rozmowę z przełożoną pielęgniarek w Dzień Zwycięstwa. Opowiadała o niej za każdym razem, gdy Dana wychodziła gdzieś wieczorem.

– Siostra przełożona zdążyła już wypić kilka kieliszków, więc potem miałam do siebie żal, że przy okazji nie poprosiłam jeszcze o podwyżkę. Mam wrażenie, że wtedy, tamtego dnia, przystałaby na każdą moją prośbę. W końcu udało mi się ją nakłonić do rezygnacji z nocnych przepustek i zwiększenia racji dżemu. Obiecała mi też, że kiedy tylko uda się kupić materiał, będę mogła wymienić zasłony w pokojach.

Dana zawsze cierpliwie słuchała tej opowieści, a potem całowała panią Duffy w policzek i wychodziła.

– Wrócę tak, żeby pani zdążyła na autobus – obiecywała na odchodne.

Serce jej mocniej zabiło, gdy zobaczyła Teddy'ego za kierownicą lśniącego jasnoniebieskiego humbera. Jak zawsze, jeszcze zanim położyła dłoń na klamce, musiała odgonić od siebie myśl, że coś tak pięknego nie może przecież trwać wiecznie.

– No, no, patrzcie tylko – powiedział Teddy, nachylając się, żeby pocałować w policzek dziewczynę, która właśnie opadła na przedni fotel obity jasnobrązową skórą. – Wyglądasz oszałamiająco i pachniesz przepysznie!

Wtulił twarz w szyję Dany i głośno wciągnął powietrze. Dana, chichocząc, odsunęła go od siebie.

Chciała mu od razu powiedzieć, że jednak nie pojedzie z nim na ich wymarzone wakacje. Już miała właściwe słowa na końcu języka, ale coś ją powstrzymało. Teddy jasno dał jej do zrozumienia, że jego zdaniem ich związek ma pierwszeństwo przed wszelkimi zobowiązaniami, które wcześniej podjęła wobec mamy i rodziny. Uważał, że ona żyje teraz innym życiem, więc oni nie mogą oczekiwać od niej, że dotrzyma obietnic, które złożyła przed wyjazdem do Liverpoolu. Mieli tak mało urlopu i tak niewiele czasu spędzali razem. Nie mogli przecież zrezygnować ze wspólnych dwóch tygodni.

– Zarezerwowałem nam stolik w restauracji przy Bold Street – powiedział Teddy. – Moja ukochana jest księżniczką i zasługuje na traktowanie godne księżniczki.

– Że niby ja jestem księżniczką? Na pewno byś tak o mnie nie pomyślał, gdybyś zobaczył, jak doję krowy w domu na farmie. Daleko mi było do księżniczki.

Dana pomyślała, że może uda jej się w ten sposób przejść do tematu wakacji, ale on jakoś nie podjął wątku. Wyprostował się, spojrzał na pustą drogę przed sobą, włączył silnik, spojrzał w boczne lusterko, a potem wrzucił bieg i wyjechał na Lovely Lane.

Dana poluzowała szalik. Zamierzała powiedzieć mu o swoim postanowieniu przy kolacji. Gdy przejeżdżali obok parku, spojrzała na niego z boku i pomyślała, że ten widok nigdy by jej się nie znudził. Uwielbiała go obserwować, jak prowadził samochód, bo wtedy nie mógł odwrócić wzroku i na nią spojrzeć. Bardzo często zdarzało jej się też obserwować go z oddali podczas pracy na oddziale, jak rozmawiał z pacjentami albo omawiał coś z konsultantem czy innymi lekarzami. Najbezpieczniej czuła się właśnie wtedy, gdy mogła przyglądać mu się z boku.

– I pomyśleć, że dopóki cię nie poznałam, nie byłam w restauracji – wyznała, obracając się w fotelu lekko w jego stronę. – A teraz proszę! Zachowuję się tak, jakbym całe życie jadała poza domem. Może ci zapalę papierosa?

– Poproszę. Powoli ogarnia mnie wakacyjny nastrój. Pomyślałem, że zafunduję ci przedsmak tego, co nas czeka co wieczór podczas dwutygodniowego wyjazdu – odparł Teddy, wyciągając rękę po zapalonego papierosa.

Dana opuściła wzrok i mocno zaciągnęła się swoim papierosem. Zrobiło jej się strasznie smutno.

Beth Harper była na oddziale, pracowała na przerywanej zmianie. Przez okno świetlicy zobaczyła charakterystyczny błękitny samochód Teddy'ego, jak pędził drogą wzdłuż szpitala. Świetlica miała ogromne okna od strony południowej, dzięki czemu pacjenci w okresie rekonwalescencji mogli zażywać światła. Ci, którym wolno było chodzić, chętnie przesiadywali tu przy kominku z papierosem w dłoni. Mogli wybrać sobie jedno z wielu krzeseł ustawionych w półokręgu wokół niewielkiego stolika. Beth rozejrzała się po sali i stwierdziła z zadowoleniem, że został dokładnie wysprzątany po ruchliwym dniu. Wieczorem na oddziale wszystko się uspokajało. Beth to cieszyło, bo mniej więcej pięć minut temu zdołała się uporać ze wszystkimi obowiązkami. Poprawianie pleców i pościeli, wizyty lekarskie, butelki i baseny, szafki i stoliki, próbki, leki, kroplówki i opatrunki, wszystko to zostało już odhaczone. Koniec pracy. Pacjenci siedzieli wygodnie w nieskazitelnie czystej pościeli, oparci o strzepnięte poduszki w wykrochmalonych poszewkach, pod kołdrami odchylonymi o regulaminowe osiemnaście cali. Wszystkie oczy wpatrzone były w zegar i tylko od czasu do czasu ktoś nerwowo spoglądał na drzwi. Na oddziale panowała atmosfera nerwowego wyczekiwania.

– To najdłuższe pięć minut w moim życiu – powiedział pan Trimble do Beth, gdy zatrzymała się przy jego łóżku, żeby zajrzeć do karty. – Przysięgam na wszystkie świętości, że ten zegar zatrzymuje się na chwilę pięć minut przed siódmą.

– Wie pan co… Mnie to się wydaje, że dwadzieścia pięć po ósmej też się zatrzymuje. Wtedy kiedy ja już z niecierpliwością przebieram nogami, żeby wrócić na Lovely Lane – wyznała Beth. – Ale już niedługo, panie Trimble. Duża wskazówka właśnie się poruszyła. Już tylko cztery minuty.

Każdego dnia było tak samo. Za niespełna pięć minut na oddziale mieli pojawić się odwiedzający. Siostra Crawford zawsze powtarzała, że nikogo nie wpuści, jeśli nie będzie idealnego porządku. Ponieważ nie należała do ludzi, którzy rzucają słowa na wiatr, zarówno pacjenci, jak i pielęgniarki mieli nerwy jak postronki. Pacjenci obawiali się jej kontroli tak samo jak pielęgniarki. Gdy przechodziła przez oddział tam i z powrotem, wszyscy wstrzymywali oddech w obawie, że mogłaby znaleźć coś, co jej się nie spodoba. Gdyby na choć jednej szafce leżało coś, czego tam nie powinno być, gdyby choć w jednym kubku nie było wody, gdyby dostrzegła choć jedną nieopróżnioną butelkę z moczem albo brudną popielniczkę, wszyscy odwiedzający musieliby czekać, stłoczeni jak bydło za drzwiami, a cenne sześćdziesiąt minut przelatywałoby im przez palce.

– Idzie! – powiedziała Beth do pana Trimble'a, gdy w pomieszczeniu za szklaną ścianą oddziałowa wstała zza biurka i wyruszyła na inspekcję.

Pan Trimble gwizdnął przez zęby.

– Humor jej chyba nie dopisuje, co? Niech siostra spojrzy na szybę w drzwiach. Żona Johna przykleiła ten swój wielki nochal i zagląda do środka. Ona zawsze musi być pierwsza, codziennie. Mówi, że to dlatego, że tak bardzo za nim tęskni i że nie chce zmarnować ani minuty z tej godziny. Zawsze się wścieka, jeśli odwiedziny kończą się wcześniej. Za to on chyba jako jedyny na całym oddziale przyjmuje taką wiadomość z ulgą.

Beth stłumiła śmiech.

Oboje spojrzeli w stronę łóżka Johna. On najwyraźniej się domyślił, że to o nim mówią, bo spojrzał na nich i się wyszczerzył. Potem wskazał na zegar.

– Dzisiaj będzie spóźnienie – wyszeptał bezgłośnie, mrugając porozumiewawczo.

Betty Hutch, salowa pełniąca dyżur tego wieczoru, dostrzegła na ostatniej szafce nieopróżnioną popielniczkę. Oddziałowa jeszcze tam nie dotarła, więc mogła pospiesznie usunąć problematyczny przedmiot i postawić na jego miejsce czyste naczynie ze swojego wózka. Tak bardzo się spieszyła, że na widok siostry Crawford o mały włos nie wypuściła brudnej popielniczki z rąk. Zwolniła hamulec wózka i pchnęła skrzypiącą konstrukcję na kółkach w kierunku drzwi oddziału.

– Jutro pan wychodzi, panie Trimble. Już pan więcej nie będzie musiał przez to przechodzić – powiedziała Beth, odnotowując na jego karcie ilość płynów przyjętych i oddanych. – To pana czwarty kubek wody dzisiaj?

– Nie, dwudziesty.

– Co takiego? – zapytała Beth, unosząc brwi.

– A jakie to ma znaczenie, siostro Harper? Jutro idę do domu. Zaręczam siostrze, że tam nikt nie będzie robić żadnych notatek na mój temat.

Beth wpisała w karcie poprawny bilans płynów, a potem odwiesiła ją z powrotem na oparcie łóżka.

– Pewnie ma pan już tego dość – powiedziała. – Tak długo pan tu był.

– Zdążyłem już zapomnieć, jak wygląda dom. Jestem tu od pięćdziesiątego pierwszego, naprawdę. Nie wiem, czy siostra wie, ale dwa razy drenowali mi lewe płuco. To będzie bardzo dziwne. Próbowałem sobie przypomnieć, jaki jest wzór na tapecie w salonie, ale nie potrafię. Już się z tym pogodziłem, ale to zabawne, nie sądzi siostra? A jednak nie mam na co narzekać. Przecież mi się udało. Idę do domu. Lekarz myślał, że już nigdy nie wyzdrowieję, a tymczasem się udało, dzięki tej nowej streptomycynie.

– Nie tylko panu się przysłużyła – zauważyła Beth. – Gdyby pan widział, jak wiele zmieniła na oddziale dziecięcym, i to tylko w zeszłym roku. Teraz mają tam trzy przypadki gruźlicy, a u wszystkich pacjentów w bardzo krótkim czasie stwierdzono zadowalającą poprawę. To najważniejsze.

Beth przestała nadążać za opowieściami o sukcesach medycyny, które Dana przynosiła na Lovely Lane z oddziału dziecięcego. Nie zdradzała się z tym, ale trochę jej zazdrościła tego przydziału. Żałowała, że to nie jej powierzono tak wielką odpowiedzialność.

– Zainteresowane pielęgniarki mogą iść na oddział dziecięcy i przejrzeć karty. U jednej małej dziewczynki poprawa nastąpiła już w ciągu dwudziestu czterech godzin. To po prostu niewiarygodne. Niesamowicie jest być pielęgniarką w dzisiejszych czasach.

Z tych rozważań wyrwał ich okrzyk Johna. Oboje spojrzeli w kierunku jego łóżka. On tymczasem zwrócił się do Betty Hutch, która właśnie szła otworzyć drzwi odwiedzającym:

– Bez pośpiechu, Betty. Spokojnie i powoli.

Jego słowa wywołały lawinę gwizdów, bo większość pacjentów z niecierpliwością wyczekiwała gości. Napięcie prysło. Długa wskazówka zegara znajdowała się już prawie na dwunastce.

Jeden z odważniejszych pacjentów wyglądał tak, jak gdyby miał ochotę osobiście rzucić się do drzwi i je otworzyć. Pewnie by to nawet zrobił, gdyby nie był podłączony cewnikiem do butelki przy łóżku i rurką do kroplówki na stojaku.

– No, siostro Crawford – przekonywał. – Niech się siostra ugnie. Papierosy mi się skończyły, a moja żoneczka czeka za drzwiami z nowym zapasem. Strasznie siostrze zależy na tym, żeby ten dzwoneczek zadzwonił punktualnie o ósmej?

Siostra Crawford chyba miała ochotę coś odpowiedzieć, ale ostatecznie podeszła do lakierowanego kontuaru i powoli uniosła mosiężny dzwoneczek. Wszystkie oczy patrzyły na nią, gdy wypowiadała słowa:

– Pani Hutch, proszę otworzyć drzwi.

Betty pchnęła swój wózek na bok i nadepnęła na hamulec. Otworzyła najpierw jedne drzwi, potem drugie, po czym ustawiła się z boku, jak gdyby zamierzała podziwiać jakąś paradę. Po drugiej stronie, niczym świeżo dostarczone manekiny oczekujące na zajęcie miejsc w sklepowej witrynie, stali odwiedzający. Nie mieli odwagi przekroczyć linii, dopóki nie zostało jasno powiedziane, że już im wolno. Na oddziale panowała cisza, na twarzach odwiedzających malowało się wyczekiwanie. Siostra

Crawford uniosła dzwoneczek za drewnianą rączkę i czterokrotnie nim potrząsnęła.

Oddział zalała kolorowa fala ludzi z bukietami kwiatów w dłoniach. Gnali przed siebie, aby w pewnym momencie odłączyć się od tłumu i zatrzymać przy łóżku bliskiego.

– Na litość boską, a czy ktoś widział tę praktykantkę, siostrę Moran? – zapytała oddziałowa, zmierzając w kierunku Beth. Miała już szczerze dość tego pytania.

– Ja nie, przykro mi, siostro.

W gabinecie rozdzwonił się telefon.

– Muszę odebrać. Jeśli ją siostra zobaczy, proszę ją przysłać prosto do mnie.

Siostra Crawford przemaszerowała przez oddział, a Beth natychmiast zrobiło się żal Bridget Moran, która będzie musiała wysłuchać wielu nieprzyjemnych słów.

– Rany, ten telefon zadzwonił w samą porę – uznał pan Trimble. – Pewnie ma siostra dziewięć żyć, co? Już myślałem, że ona siostrę rozszarpie na strzępy. Jakby to była siostry wina, że ta stuknięta dziewczyna znów gdzieś zniknęła.

– Zaraz wracam – powiedziała Beth. – Pomogę panu spakować walizkę na jutro. Będzie pan mógł wyjść zaraz po obchodzie, jak tylko doktor pana zwolni.

– Dzięki ci, aniele. O, moja żona! Wstanę może i zabiorę ją do świetlicy. Siostra Crawford kazała mi leżeć plackiem przez trzy dni, żeby mi się przypadkiem nie pogorszyło, ale chyba się zbuntuję.

Beth przemierzyła oddział i podeszła do swojej współlokatorki i przyjaciółki Victorii, która właśnie wpychała poduszki do poszewek.

– Gdzie jest praktykantka? – wyszeptała, sięgając po ostatnią poduszkę i ostatnią poszewkę.

– Chodź do kuchni na szybką herbatę – powiedziała Victoria, jakby nie usłyszała pytania. – Przyszli odwiedzający, więc możemy chwilę odetchnąć. Betty nastawiła czajnik i ma ponoć ciasteczka.

W porze odwiedzin zawsze udawało im się urwać na chwilę na herbatę. Beth i Victoria wiedziały jednak, że muszą się spieszyć, bo zaraz ktoś z odwiedzających będzie czegoś potrzebował.

– Ty coś wiesz, co? – zwróciła się Beth do Victorii. – Ze mną tak łatwo ci nie pójdzie, nie dam się zbyć. Gdzie jest siostra Moran? Widziałaś ją? Co z nią zrobiłaś?

– Ja nic z nią nie zrobiłam, ale wiem, gdzie jest. Jeden z lekarzy ją poprosił, żeby mu pomogła podłączyć kroplówkę. Strasznie się ucieszyła, że może się do czegoś przydać, tylko że potem lekarz kazał jej iść do magazynu postać po stojak.

– Biedna dziewczyna – powiedziała Beth. – Ileż razy Jake musiał już coś takiego organizować.

– Nie wiem, ale tak czy owak, już długo jej nie ma. Jeśli wkrótce nie wróci, któraś z nas powinna tam zejść i zobaczyć, czy nie trzeba jej pomóc.

– Ja po odwiedzinach mam spakować rzeczy pana Trimble'a – powiedziała Beth. – On w końcu jutro wychodzi. To musi być niesamowite wyzdrowieć z gruźlicy. Biedny człowiek leżał na oddziale zakaźnym przez ponad rok, a teraz oddycha jak młody bóg.

– Nie wyobrażam sobie, jak by to było przeleżeć tyle czasu w szpitalu – powiedziała Victoria. – Pewnie już nawet nie pamięta twarzy swoich dzieci. Ponoć na Boże Narodzenie siostra Crawford pozwoliła im przyjść, żeby mu chociaż pomachały. W sumie mogła się trochę bardziej wysilić, bo przecież już wtedy nic w tych jego plwocinach nie było. Całe szczęście, że my co wieczór wracamy na Lovely Lane.

Victoria strzepnęła ostatnią poduszkę i wygładziła poszewkę, po czym obie udały się do kuchni. Betty Hutch zdążyła już zaparzyć dla nich herbatę i wyłożyć markizy na talerzyk. Beth aż ślinka pociekła na ich widok.

– Właśnie widziałam, jak Dana z Teddym jechali do miasta – powiedziała. – Szczęśliwcy. Gdybym tak nie nosiła okularów, a do tego była wyższa i ładniejsza… Gdybym ogólnie była zupełnie inna, niż jestem. Jakoś nigdy nie myślałam, że mogłabym chcieć mieć chłopaka. Zawsze zakładałam, że całe życie będę sama. Ale wiesz co, w sumie to wam obu zazdroszczę.

– Obie mamy powody, żeby zazdrościć Danie. Ona jeszcze o tym nie wie, ale Teddy zarezerwował dla nich piękny hotel w Krainie Jezior. Dziś wieczorem przy kolacji zamierza jej o tym powiedzieć. Szczęściara!

– A czy zarezerwował osobne pokoje? – zapytała Beth, która zaraz potem zaczerwieniła się jak burak, bo głupio jej się zrobiło, że w ogóle coś takiego przyszło jej do głowy.

– Beth, ty też o tym? Pewnie, że nie. Kochanie, wojna już się skończyła. Teraz się żyje inaczej. Świat poszedł naprzód.

– Ale znowu nie aż tak bardzo, prawda, siostro Baker? A co, jeśli, no wiesz, ona zajdzie w ciążę? – W głosie Beth pobrzmiewał niepokój. – Nikomu chyba nie trzeba tłumaczyć, że dla niezamężnej dziewczyny ciąża oznacza koniec właściwie wszystkiego. Trzeba się pożegnać z dobrym życiem, pracą, reputacją… Zostaje przyszłość pod znakiem biedy i udręki. Na litość boską, przecież ona jest z Irlandii. Na pewno to rozumie.

Victoria przewróciła oczami i ugryzła ciastko. Beth jednak jeszcze nie skończyła.

– Musisz wiedzieć, że w Irlandii panny zachodzące w ciążę czasem przepadają bez śladu. Tam księża rządzą, jakby byli

Bogiem. Dana nie będzie ryzykować, choćby przez wzgląd na to, skąd pochodzi. Na zachodzie Irlandii jest chyba najgorzej. Tobie się nic nie stanie, Victorio. Ty w razie czego masz skąd wziąć pieniądze. Ale co by zrobiła Dana? Przecież nie wiemy, czy Teddy poczuwałby się do odpowiedzialności...

Nic więcej nie zdążyła powiedzieć, bo musiała odmachać panu Trimble'owi i jego żonie, którzy właśnie przechodzili obok kuchni w drodze do świetlicy.

– Zamienię tylko słówko z jego żoną. Zaraz wracam – powiedziała do Victorii.

– Dzień dobry, pani Trimble. Pewnie już czeka pani z niecierpliwością na powrót męża?

Pani Trimble poprawiała właśnie mężowi pasek od szlafroka.

– Idziemy zapalić, siostro – powiedziała. – Dzieci dziś w nocy chyba nie zmrużą oka. Nie posiadają się z radości, że ich tata wraca do domu. Martwię się tylko, że on mi jutro padnie, bo jak Boga kocham, jeszcze przed obiadem będzie musiał przyjąć pewnie z pół ulicy. – Beth spojrzała niecierpliwie w kierunku kuchni. Czekała tam na nią herbata. – Sąsiadka, z którą mieszkamy drzwi w drzwi, piecze dziś wieczorem tort wspólnie z moją mamą. Dzieciaki przystrajają dom i w ogóle.

– Zupełnie jak wtedy, gdy wracałem z wojny, siostro. Będę musiał udawać zaskoczonego, prawda, kochanie? – Pan Trimble czule spojrzał na żonę. Na pierwszy rzut oka było widać, że darzą się uczuciem. – A wiesz, na co najbardziej czekam? Na choćby odrobinę dawnych ćwiczeń. Przez ostatnie dwa lata z okładem prawie się nie ruszałem. No i na owsiane ciasteczka mojej teściowej. Wychodzi na to, że byłem naprawdę bardzo chory, bo przecież normalny i zdrowy człowiek nie czekałby na coś takiego z taką niecierpliwością, prawda?

– Pan raczej nie powinien palić, panie Trimble – powiedziała Beth, gdy pani Trimble wyjęła papierosy z kieszeni jego szlafroka.

– Niech pan sobie pomoże wyzdrowieć. Doktor panu o tym mówił i sam pan czytał w gazecie, że zdaniem fachowców może istnieć związek między paleniem a schorzeniami płuc takimi jak pańskie.

– Już ja o siebie zadbam, siostro. Zresztą w tym artykule było napisane, że oni tylko przypuszczają. Żadnych konkretnych dowodów nie przedstawili. Gdybyśmy wiecznie robili to, co zdaniem innych jest dla nas dobre, tobyśmy powariowali, nie sądzi siostra? Przykro mi, siostro Harper, ale nie wierzę w ani jedno słowo tych fachowców, dopóki w gazetach nie napiszą, że udało się ponad wszelką wątpliwość udowodnić szkodliwy wpływ palenia na zdrowie. Oni na pewno się mylą. Przecież dzięki papierosom tak się wszystko rozluźnia i daje odkrztusić. Dzięki papierosom łatwiej mi się kaszle. Gdybym nie palił, to strasznie bym cierpiał. A wie siostra, że doktor puścił do mnie oko i powiedział, że wszystko będzie dobrze? Zresztą on sam wypala ze trzydzieści papierosów dziennie.

Beth potrząsnęła głową. To prawda, że nie udało się jeszcze przedstawić konkretnych dowodów na szkodliwość palenia, a doniesienia prasowe wszyscy mają za nic, zwłaszcza pielęgniarki, które same palą w domu przy Lovely Lane.

Nie miała jednak okazji odpowiedzieć, bo siostra Crawford skończyła rozmawiać przez telefon i szybkim krokiem opuściła swój gabinet.

– Siostry, do mnie! – zawołała na cały oddział.

– Muszę iść – powiedziała Beth, gdy usłyszała wezwanie.

Victoria wyłoniła się z kuchni z wyrzutami sumienia wymalowanymi na twarzy i okruszkami ciastka przylepionymi do ust.

– Na oddziale ósmym nie ma miejsc, a tymczasem do szpitala jedzie nagły przypadek.

– Ale przecież to nie my mamy dzisiaj przyjmować nagłych pacjentów, siostro Crawford – jęknęła Victoria, dla której od razu stało się jasne, że raczej nie wyjdzie dziś do domu o ósmej trzydzieści.

– To prawda, i doskonale o tym wiem. Teoretycznie dyżur ma oddział ósmy, ale jak już mówiłam, tam nie ma miejsc. Czy w takim razie powinnam zasugerować przełożonej, że od teraz to siostra będzie zajmować się przydzielaniem łóżek, siostro Baker?

– No... nie... Przepraszam, siostro.

– Cieszę się, że się zgadzamy. Proszę przygotować łóżko najbliżej gabinetu. Chodzi o żylaki przełyku, poważny przypadek. Prawdopodobnie będziecie panie potrzebne obie. Czy siostra Moran już wróciła? Gdzież ona się podziewa? – Oddziałowa zauważyła, że Beth i Victoria wymieniły porozumiewawcze spojrzenia. Sprawa się wydała. – Chyba nie mówicie poważnie? Znowu? Lekarze to chyba sobie nie zdają sprawy, jak istotnie utrudniają pracę oddziału swoimi żarcikami. To nie jest pora na wysyłanie pielęgniarki nie wiadomo dokąd.

Sytuację znowu uratował dźwięk telefonu.

Victoria i Beth zabrały się do pracy. Atmosfera na oddziale nagle się zmieniła. Teraz już nikt nie myślał o herbatce i ciasteczkach. Teraz ratowało się tutaj ludzkie życie. Victoria pobiegła jak wiatr do pomieszczenia gospodarczego.

Chwilę później w drzwiach pojawił się Jake, pchający przed sobą łóżko. Victoria zdążyła już przemyć gumowy materac dettolem, a Beth potrzebowała dwóch minut, żeby założyć pościel.

– Ja się zajmę pacjentem, a ty jego żoną – poinformowała Beth Victorię, wskazując głową zdenerwowaną kobietę przy drzwiach oddziału.

Victoria uniosła brwi. Była tak samo kompetentną pielęgniarką jak Beth, ale ponieważ nie spieszyło jej się do rozstawiania innych po kątach, w praktyce często musiała się podporządkowywać zarządzeniom koleżanki. Zanim zdążyła się odezwać, Beth przystąpiła do działania. Wyszła po łóżko i sięgnęła po notatki.

– Siostro Harper, to jest pan O'Leary – powiedział Jake.

– Bardzo dziękuję – odparła Beth, a potem szepnęła: – Oddziałowa się wścieka, bo nie może znaleźć siostry Moran. Czy ona jest w magazynie?

– Tak – potwierdził Jake. – Zupełnie o niej zapomniałem. Na nagłych wypadkach panuje niezła gorączka. Jak wróciłem z przerwy, to ona wciąż tam stała. Bóg mi świadkiem, chłopaki nadal się z niej śmieją.

Beth potrząsnęła głową z dezaprobatą.

– A pomożesz mi z noszami? – zapytał Jake. – Dessie jest zajęty.

– Oczywiście – odparła.

– Dobrze, złap od strony nóg.

Jake ustawił się przy wezgłowiu, a Beth po drugiej stronie. Razem unieśli drewniane tyczki, na których rozciągnięte było płótno. Wspólnymi siłami przenieśli pana O'Leary'ego z łóżka na kółkach na stacjonarne.

Beth przeszła na drugą stronę.

– Obrócimy pana twarzą do mnie, panie O'Leary – uprzedziła pacjenta.

Jake ostrożnie obrócił pacjenta, a następnie zwinął w rulon płócienne nosze.

– Teraz z powrotem do mnie, staruszku – powiedział Jake, przepychając go przez niewielki wałeczek i ustawiając twarzą do siebie.

Beth energicznym ruchem zdjęła nosze z łóżka.

– I gotowe – powiedziała, przekazując je Jake'owi. Okryła pana O'Leary'ego kołdrą, otulając go ze wszystkich stron.

– Temu podniósłbym boczne barierki – oznajmił Jake, mrugając porozumiewawczo do Beth. Oboje wyczuwali od pacjenta alkohol.

– Wygodnie panu, panie O'Leary? – zapytała pielęgniarka.

– Nazywam się Seamus O'Leary, siostro – powiedział. – Seamus z Cork, miło mi panią poznać.

Beth bez trudu się zorientowała, że mężczyzna ma trudności z wysławianiem.

– Trochę pan chyba wypił, panie O'Leary – stwierdziła. – Przywieźli tu pana prosto z pubu?

– Matko Przenajświętsza, a jak się siostra tego domyśliła? Słyszał pan? – zwrócił się do Jake'a. – Ta pielęgniarka ma niezwykły dar. Jeszcze nic jej o sobie nie powiedziałem, a ona już wie, skąd przybywam. Zdumiewające, prawda?

Beth wykorzystała tę chwilę, żeby przeczytać jego kartę. Od rana dwukrotnie wymiotował krwią, a lekarz zdiagnozował żylaki przełyku.

– Znikam – powiedział Jake. – Na nagłych wypadkach uwijają się dziś jak mrówki. Dessie pewnie mnie szuka.

– A co u Marthy? – zapytała Victoria, która właśnie pojawiła się przy łóżku.

– Wszystko w porządku, siostro Baker. Niedługo i ja będę tu przychodził w odwiedziny.

Po wyjściu Jake'a Victoria podeszła do pana O'Leary'ego.

– Dzień dobry – przywitała się, delikatnie kładąc mu rękę na ramieniu.

– Ma żylaki przełyku – powiedziała Beth. – To jak żylaki na nogach, tyle że w przełyku.

Victorii to chyba niewiele mówiło.

– Jego żona poszła do łazienki. Zaraz wróci – poinformowała koleżankę. – Mam przygotować karteczkę z nazwiskiem nad łóżko?

– Nie ma potrzeby, ja to zrobię.

– A skąd się biorą żylaki w przełyku? – Victoria była niezadowolona, że Beth coś na ten temat wie. Ona by musiała biec do gabinetu siostry Crawford, żeby ją wypytać o szczegóły. Niezmiennie ją irytowało, że Beth nie traktuje jej jak równorzędnej partnerki, a co najwyżej pomocnicę.

– Występują najczęściej u alkoholików – szepnęła Beth tak, żeby pan O'Leary nie usłyszał.

– On nie wygląda na alkoholika – stwierdziła Victoria. – Alkoholicy zwykle głośno domagają się drinka, a on na pierwszy rzut oka jest zbyt blady i słaby, żeby się czegokolwiek domagać.

Rzeczywiście cerę miał trupio bladą, a rękę wręcz nienaturalnie zimną.

Beth odłożyła kartę na szafkę.

– Myślę, że swoje już dzisiaj wypił. Ma bardzo dobry humor jak na kogoś, kto wymiotował krwią i właśnie trafił do szpitala. Zrobię pomiary parametrów, wypełnię kartę, a ty przynieś butelkę na mocz, dobrze?

Victoria znów poczuła ukłucie irytacji.

– Beth… – zaczęła, ale koleżanka weszła jej w słowo:

– No proszę, kogo my tu mamy. Idzie siostra Moran.

Na korytarzu pojawiła się praktykantka z najnormalniejszym w świecie stojakiem do kroplówki. Stojaki były ciężkie. Miały żeliwne podstawy ze wzorkiem liści na czterech nogach. Miały co prawda też kółka, ale trzeba było użyć obu rąk, aby je przepchnąć. Kremowa farba w niektórych miejscach zdążyła już zejść i odsłonić rdzewiejące żelazo.

Victoria oddychała głęboko i powoli. Zbierała się w sobie, by powiedzieć Beth, że to ona wykona pomiary i wypełni kartę, i żeby sama poszła po butelkę na mocz.

– Boże, nie do wiary… Portier kazał mi czekać na ten stojak całe wieki – powiedziała Bridget Moran, podchodząc do łóżka.

– Czyżby? – zagadnęła Victoria. – Domyślam się, że ktoś kazał siostrze iść „postać po stojak".

Te ostatnie słowa wypowiedziała bardzo powoli i po chwili obie z Beth miały okazję zaobserwować błysk zrozumienia w oczach młodszej koleżanki.

– Znowu dowcip? – oburzyła się siostra Moran.

– Niestety tak, biedactwo. Ale niech siostra się nie przejmuje. Przez kilka pierwszych miesięcy jeszcze nie raz ktoś siostrze wytnie podobny numer – pocieszyła ją Victoria. – A czy teraz mogłaby mi siostra przynieść butelkę na mocz dla pana O'Leary'ego?

Siostra Moran z nietęgą miną odstawiła stojak i oddaliła się tak żwawo, jak tylko się dało. Gdy jednak dotarła do świetlicy, nagle się zatrzymała, a z jej ust wydobył się krzyk.

Beth i Victoria czym prędzej do niej podeszły. Ich oczom ukazał się pan Trimble leżący na wznak na podłodze. Twarz miał siną, a z jego ust wydobywał się straszliwy charkot, który po chwili ucichł. Tuż przy nim na drewnianej podłodze leżał tlący się jeszcze papieros. Jego żona zamarła z przerażenia.

Beth rzuciła się na kolana i chwyciła dłoń pacjenta, żeby sprawdzić puls. Potrząsnęła głową.

– Nic! Panie Trimble! Panie Trimble! – krzyczała, obracając go na brzuch i odchylając mu głowę na bok.

– Pomogę ci! – zawołała Victoria. – Niech siostra wezwie oddziałową! – poleciła Bridget Moran. – I proszę wyprowadzić panią Trimble na zewnątrz, do poczekalni dla odwiedzających.

Siostra Moran objęła zdezorientowaną panią Trimble ramieniem i poprowadziła ją w kierunku drzwi.

– Niech nam pani pozwoli zająć się nim przez pięć minut, pani Trimble – powiedziała.

Spojrzała na Beth, która klęczała przy panu Trimble'u na podłodze i usiłowała wsunąć mu ręce pod piersi.

– Usta mu sinieją – powiedziała. – Cała twarz mu sinieje.

Ponownie spróbowały wsunąć dłonie pod klatkę piersiową pana Trimble'a, żeby ją lekko unieść. Beth zaczęła uciskać mu plecy, tak jak je uczyła siostra Ryan w szkole.

Victoria czuła, jak wali jej serce. Teoretycznie uczyły się wszystkie, jak postępować w przypadku utraty przytomności, ale nauka w szkole to jedno, a praktyczne doświadczenie to zupełnie coś innego. Jeśli którejś z pielęgniarek z Lovely Lane zdarzyło się coś takiego przeżyć, potem wszystkie siadały przy kolacji i słuchały jej opowieści z zapartym tchem, jednocześnie dziękując losowi, że je to ominęło. Teraz jednak Victoria znalazła się w samym centrum wydarzeń. Głośno przełknęła ślinę. Weź się w garść, napomniała sama siebie, gdy układała ręce pacjenta. Serce łomotało jej jak szalone, jakby chciało wyrwać się z klatki piersiowej.

Obie usłyszały szybkie kroki siostry Crawford, która już po chwili stanęła tuż przy nich.

– Świetnie sobie siostra poradziła. To właściwa pozycja. Proszę nadal uciskać mu plecy z częstotliwością pięć razy na minutę. A ty, głupia dziewczyno – zwróciła się do siostry Moran – poważnie nadwyrężyłaś dziś moją cierpliwość.

Siostra Moran stała za plecami oddziałowej i z szeroko otwartymi ustami przyglądała się, co robią Beth i Victoria.

– Wezwałam lekarzy i posłałam po tlen – powiedziała oddziałowa. – Proszę kontynuować i zachować spokój. A ty, dziewczę – rzuciła do przerażonej siostry Moran – pomóż pani Hutch przygotować herbatę i rozwieźć po oddziale. Proszę nie wpuszczać innych pacjentów do świetlicy, zamknąć drzwi prowadzące na oddział i zaciągnąć kotarę. Proszę powiedzieć, że trwa sprzątanie.

Znajdzie sobie siostra jakieś zajęcie, żeby niczego nie spaprać? Proszę powiedzieć panu O'Leary'emu i jego żonie, że za dwie minuty do nich podejdę.

Praktykantka wyglądała tak, jakby lada moment miała wybuchnąć płaczem.

– Tak jest, siostro – wyszeptała tylko i podreptała do kuchni.

Victoria pomyślała w tym momencie, że siostra Moran nie będzie w stanie spamiętać tak wielu poleceń naraz.

Chwilę później usłyszały jednak brzęk filiżanek i talerzyków rozkładanych na wózku z napojami. Betty Hutch ściszonym głosem wypytywała siostrę Moran, co takiego się wydarzyło.

Rozległ się szybki stukot butów na schodach, po czym drzwi do świetlicy otworzyły się na oścież i do środka wpadli lekarze z oddziału nagłych wypadków oraz Jake pchający butlę z tlenem.

– Boże, wy to beze mnie w ogóle sobie nie dajecie rady! Przecież ja tu byłem zaledwie pięć minut temu! – powiedział Jake, zawracając wózek z tlenem i podłączając przewody do zaworu.

Na widok biegnących lekarzy Victoria i Beth z jeszcze większą mocą uświadomiły sobie, że sprawa jest naprawdę poważna. Siostra Crawford nie zostawiłaby suchej nitki na pielęgniarce, która by gdzieś biegła, nawet w pilnej sprawie. Twarz pana Trimble'a przybrała teraz kolor fioletowy, a jego ciało było całkowicie bezwładne. Wybuchło straszne zamieszanie. Victoria skoczyła na równe nogi, bo jej miejsce obok pana Trimble'a zajął teraz doktor Mackintosh.

– Dobra robota, siostro – pochwalił Beth, wyciągając stetoskop. – Niech siostra dalej uciska.

Victoria znów poczuła ukłucie zazdrości. Przecież obie zajmowały się panem Trimble'em, więc dlaczego jej nikt nie pochwalił. Beth zawsze przejmowała kontrolę nad sytuacją, ale to przecież nie oznaczało, że Victoria czy którakolwiek z pozostałych pielęgniarek ustępuje jej pod względem kompetencji.

Drugi z lekarzy przyniósł z oddziału nagłych wypadków brązowy płócienny worek podobny do tych, których się używało w czasie wojny w szpitalach polowych. Kucnął przy pacjencie, rozpiął skórzany pasek i wydobył ze środka dużą drewnianą skrzynkę.

– Da się oznaczyć ciśnienie krwi? – zapytał, rozplatając gumowy rękaw.

– Na tym etapie już pewnie nie – odparł doktor Mackintosh. – Zamierzam jednak czegoś spróbować.

Ku zaskoczeniu wszystkich wyciągnął ręce pacjenta spod klatki piersiowej.

Beth odsunęła się na bok, a potem wszyscy w zdumieniu obserwowali poczynania lekarza.

– W Ameryce jest ktoś, kto opracował nową metodę postępowania. Zamierzam spróbować, bo i tak nie mamy nic do stracenia.

Siostra oddziałowa i pozostałe pielęgniarki aż jęknęły, gdy doktor Mackintosh gwałtownie i zupełnie bezceremonialnie obrócił pana Trimble'a na plecy. Potem uniósł w górę zaciśniętą pięść i mocno uderzył nią w mostek pacjenta, po czym natychmiast złapał go za podbródek, otworzył usta i wdmuchnął mu powietrze do płuc.

– Rany, klatka mu się podniosła – zauważył młodszy lekarz.

– Tak jest – odparł doktor Mackintosh. – Tak właśnie powinno być. Siostro Harper, czy mogłaby siostra uciskać go od przodu, tak samo jak go siostra uciskała od tyłu, podczas gdy ja będę go respirować? Pana zaś, doktorze, poproszę o przygotowanie koraminy. Jeśli nam szczęście dopisze, to dzięki uciskom i wdechom uda nam się przywrócić obieg krwi, a może i koramina coś pomoże.

Beth patrzyła na niego z przerażeniem.

– Siostro Baker, siostra niech też pomoże – zwrócił się do Victorii. – To bardzo ciężka praca.

Beth stała jak wryta i tylko gapiła się na doktora Mackintosha. Chyba była w szoku.

Nie marnując czasu, Victoria podbiegła do pana Trimble'a i padła na kolana.

– Tak mam to robić? – zapytała, uciskając jego mostek.

– Dokładnie tak. Siostro Crawford, czy może pani przyłożyć tu maskę tlenową? – Wskazał na usta pacjenta. – Doktorze, kiedy już przygotuje pan koraminę, proszę cały czas szukać tętna i ciśnienia.

Victorii się wydawało, że uciskała klatkę piersiową pana Trimble'a przez całe wieki. Nie czuła już rąk i za każdym razem uciskała chyba słabiej. Doktor Mackintosh też poczerwieniał na twarzy.

Nagle jednak młody doktor się ożywił.

– Mamy puls! – wykrzyknął. – Na Jowisza, mamy puls!

– Siostro, proszę odkręcić tlen do oporu – polecił doktor Mackintosh oddziałowej. Był purpurowy na twarzy, ale oczy lśniły mu entuzjazmem. Właśnie spróbował czegoś, czego w St Angelus nikt wcześniej nie robił, i to się udało!

Tlen najpierw cichutko syknął, a potem popłynął z głośnym szumem. Wszyscy intensywnie wpatrywali się w pana Trimble'a, który ku wielkiemu zdumieniu Victorii wziął głęboki oddech.

– Mamy ciśnienie – oznajmił młodszy lekarz, który musiał się prawie położyć na podłodze, żeby założyć pacjentowi rękaw i napompować sfigmomanometr.

– Świetnie się spisaliście, dobra robota – pochwalił doktor Mackintosh. – Jeśli Jake tu gdzieś jeszcze jest, to mógłby nam pomóc przenieść pana Trimble'a do łóżka. Pacjent będzie potrzebował intensywnej opieki, siostro. Proszę podłączyć kroplówkę i tak dalej. Trzeba też dalej podawać koraminę.

– Siostro Baker, niech siostra zabierze z podłogi ten tlący się papieros – przykazała siostra Crawford, która klęczała z maską tlenową przy twarzy pana Trimble'a. – Nie chciałabym, żebyśmy tu wszyscy razem wylecieli w powietrze.

Jedna z odwiedzających kobiet zdołała wyminąć Betty Hutch i siostrę Moran, bo stanęła nagle w drzwiach do świetlicy.

– Czy mogłabym prosić o nową butelkę dla mojego męża? – zapytała, nie zważając na pana Trimble'a. – On już naprawdę musi.

Victoria wstała, żeby podnieść z podłogi papieros. W tym momencie w gabinecie rozległ się dzwonek telefonu, a przy drzwiach pojawili się pomocnicy portiera z dostawą świeżej bielizny.

Kilka minut później wyraźnie osłabiony pan Trimble leżał ponownie w swoim łóżku pod kroplówką.

Doktor Mackintosh usiadł przy kominku w gabinecie siostry Crawford, żeby sporządzić notatki.

– Pan Trimble ma dostać morfinę w kroplówce, siostro. Przepiszę też środki uspokajające. Zalecam sześciotygodniowy odpoczynek w łóżku. Proszę dbać o regularne wypróżnienia. Żadnego stresu i niewielkie, za to częste posiłki zamiast trzech obfitych. Tlen proszę podawać, gdy tylko zauważą siostry zasinienie na ustach albo gdyby pacjent miał trudności z oddychaniem. Przypuszczam, że rano kardiolodzy potwierdzą moje zalecenia.

– Dobrze, doktorze. Wygląda na to, że pan Trimble jednak w najbliższym czasie do domu nie wróci. Z dnia na dzień z pacjenta z gruźlicą stał się pacjentem sercowym.

– Cóż, siostro, to wcale nie jest takie nietypowe. Tak czy owak, dokonaliśmy dziś czegoś niezwykłego. Skończę uzupełniać dokumentację i natychmiast siadam do pisania listu do mojego przyjaciela z Uniwersytetu Johnsa Hopkinsa w Ameryce. Opowiem mu, co osiągnąłem poprzez jednoczesne zastosowanie ucisku klatki piersiowej i sztucznego oddychania. On należy do wiodących badaczy w tej dziedzinie. – Po chwili zadumy uśmiechnął się i powiedział: – Dzisiaj był bardzo dobry dzień. Nie tylko dlatego, że dzięki badaniom mojego kolegi udało się uratować pana Trimble'a, ale też dlatego, że to doświadczenie stanowi cenny wkład w jego badania. Oni tam w Ameryce są pod tym względem do przodu.

Mówił z takim entuzjazmem, że nawet siostra Crawford się uśmiechnęła. Doktor Mackintosh był porządnym młodym człowiekiem.

– Jakie to szczęście, że mamy tu w Liverpoolu takich doktorów jak pan – powiedziała. – Tylu najzdolniejszych lekarzy wyrywa się do Londynu, a przecież tutaj można naprawdę wszystkiego doświadczyć. Wszak my tu wszystko mamy na miejscu: biedę i smog, i wszystkie choroby znane medycynie.

– Nie wiem, czy Glasgow nas pod tym względem nie prześcignęło, ale rozumiem, co siostra ma na myśli. To naprawdę ekscytujące miasto.

Do gabinetu weszła pani Hutch. Choć nikt jej o to nie prosił, przyniosła herbatę dla doktora Mackintosha.

– Herbata, trzy łyżeczki cukru, doktorze. Dobra robota – powiedziała i wycofała się za drzwi.

Lekarz i pielęgniarka odprowadzali ją wzrokiem do wyjścia i przez moment mieli ochotę się roześmiać.

Siostra Crawford wzięła od niego notatki.

– Niech pan pije tę herbatę, doktorze – poradziła. – Sekretna wielbicielka zaparzyła ją specjalnie dla pana. Nadal żadnej pani Mackintosh na horyzoncie?

Doktor Mackintosh się zarumienił.

– Nic z tych rzeczy, siostro. Po cóż miałbym się wysilać? Która kobieta zrozumie, na czym polega ta praca i dlaczego muszę jej poświęcać aż tyle godzin? Poza tym my lekarze mamy bardzo złą reputację. Ponoć jesteśmy strasznie chwiejni w uczuciach. Ja taki nie jestem, ale tak powiadają. Która szanująca się młoda kobieta zaufa lekarzowi?

– Bzdury! Przecież nie każdy lekarz to casanova! A może pan tyle pracuje, doktorze, bo nie ma pani Mackintosh, która by pana przed tym powstrzymywała – ciągnęła oddziałowa, która chyba próbowała matkować doktorowi.

Czekała chwilę na jego odpowiedź, ale się nie doczekała. Zapadła cisza. Ich oczy na chwilę się spotkały, a potem oboje spojrzeli w stronę oddziału. Instynkt im podpowiadał, że coś jest nie w porządku. Oboje jakby w zwolnionym tempie ruszyli ku drzwiom, bo powietrze przeszył rozdzierający krzyk. Oddziałowa od razu rozpoznała głos. Należał do siostry Moran.

– Bóg mi świadkiem, muszę zrobić porządek z tą dziewczyną – mruknęła oddziałowa, otwierając drzwi. Ruszyła w kierunku, skąd dobiegał krzyk. Doktor Mackintosh podążał za nią.

Nagle oboje stanęli jak wryci. To, co przed sobą zobaczyli, w pełni usprawiedliwiało histeryczną reakcję, tym bardziej że krzyczała nie praktykantka, tylko właśnie owdowiała pani O'Leary. Korzystając z zamieszania, które zrobiło się wokół pana Trimble'a, pani O'Leary wemknęła się do męża, wyjęła z torebki butelkę dżinu i dała mu z niej łyknąć raz czy dwa albo pewnie znacznie więcej razy. Oboje lubili zaglądać do kieliszka, ale tylko jedno z nich miało żylaki przełyku. Dlatego tylko jedno z nich z powodu tego picia umarło.

Gdy doktor Mackintosh rozmawiał z oddziałową, Beth i Victoria były w pomieszczeniu gospodarczym. Układały na półkach pościel, którą w trakcie akcji reanimacyjnej przywieźli na oddział pomocnicy portiera.

– Co ci się stało? Dlaczego nie chciałaś uciskać mu klatki piersiowej? – zapytała Victoria.

Beth zmarszczyła czoło i przycisnęła sobie komplet pościeli do piersi, jak gdyby chciała zasłonić się przed pytaniami koleżanki.

– Wiesz, to dziwnie zabrzmi, ale nie chciałam, bo nie tego nas uczono. To nie był poprawny sposób postępowania. Nie wiedziałam, jak uciskać klatkę piersiową. Ale tobie należą się gratulacje, Victorio, bo znakomicie sobie poradziłaś. Jestem na siebie zła, bo spanikowałam. Nie mogłam się ruszyć z miejsca.

Gdy rozległ się krzyk, obie wybiegły z pomieszczenia gospodarczego. Zupełnie nie myślały o tym, że ktoś może im robić wyrzuty z powodu nadmiernego pośpiechu.

Widok, który zastały na miejscu, zapierał dech w piersiach. Beth przyłożyła dłoń do ust. Krew spływała po ścianach, kapała z szafki i tworzyła kałuże na podłodze. Krwią ociekał też kapelusz pani O'Leary, podobnie jak jej włosy. Umazane na czerwono miała również ręce i ramiona, a przesiąknięta suknia powoli zmieniała kolor z krwistego na brązowy.

Pan O'Leary leżał w łóżku trupio blady pod zbroczoną krwią kołdrą. Krew zebrała się też w zagłębieniu na jego piersi.

To wszystko wydarzyło się tak nagle. Pacjent na sąsiednim łóżku rozmawiał właśnie ze swoimi gośćmi. Wspólnie przeglądali gazetę i nic nie zauważyli. Między siódmą a ósmą wieczorem na oddziale panował gwar. Kakofonia dźwięków jednak w pewnym momencie ustała zupełnie, jakby za sprawą uniesionej w górę pałeczki dyrygenta.

Nikt nic nie mówił. Pracownicy oddziału wpatrywali się w scenę, którą mieli przed oczami.

– Jezus zapłakał – wyszeptał doktor Mackintosh.

Ponownie rozległ się krzyk, a zaraz potem pani O'Leary zaczęła szlochać.

– Ja mu dałam tylko łyczek – zawodziła.

Na oddziale zadudniły kroki młodszego lekarza, który przywołany z powrotem przez Beth, raz jeszcze spieszył na pomoc. Zegar tykał. Goście kaszleli. Co bardziej wrażliwe damy sięgnęły po chusteczki.

– Żylaki musiały pęknąć – powiedział doktor Mackintosh, podchodząc do łóżka, żeby sprawdzić tętno.

– Proszę usunąć z oddziału odwiedzających – zwróciła się siostra Crawford do Bridget Moran, a zaraz potem dodała jeszcze nieco łagodniejszym tonem: – Dobra dziewczyna!

– W dziesięć sekund było po wszystkim. – Doktor Mackintosh odwrócił się do pani O'Leary i tłumaczył jej spokojnym głosem z edynburskim akcentem. W takich chwilach ten jego charakterystyczny, jednocześnie uspokajający i władczy ton dokonywał cudów. – Jemu pewnie się wydawało, że musi odkaszlnąć. Tymczasem na skutek pęknięcia żylaków doszło do śmiertelnego krwotoku. On nawet się nie zorientował. Bardzo mi przykro, pani O'Leary.

Beth odprowadziła łkającą wdowę do drzwi, a Victoria, brodząc w szybko tężejącej krwi, zaczęła obstawiać łóżko ekranami. Siostra Moran wstrząsnęła mosiężnym dzwonkiem i dała odwiedzającym znak, że pora opuścić oddział. Nikt nie protestował.

Mniej więcej godzinę później Beth i Victoria spotkały się w oddziałowej kuchni. Ponieważ śmierć nastąpiła podczas ich dyżuru, to one musiały przygotować ciało do przeniesienia do kostnicy. Victoria zadeklarowała, że się tym zajmie. Beth tymczasem poszła dopilnować pana Trimble'a. Siostra Crawford wezwała dwie pielęgniarki z innych oddziałów, żeby zajęły się rutynowymi czynnościami wykonywanymi na koniec zmiany.

– Oddziałowa mówiła, że siostra Moran pomagała ci z ciałem – zagadnęła Victorię Beth.

– Tak, biedaczka. Dwa razy prawie zemdlała. Akurat teraz było mi jej żal. Jeśli to jej nie pomoże trochę wydorośleć, to już chyba nic jej nie pomoże.

– Ale jak to wszystko nagle się stało… – powiedziała Beth. – Jeszcze chwilę wcześniej gawędził sobie w najlepsze, a zaraz potem go nie było. Doktor Mackintosh mówił, że niektórzy ludzie lekceważą tę krew, którą odkrztuszają, i przez to umierają w domu. Twierdzi, że to dotyka tylko ludzi, którzy dużo piją. Ponoć sekcja zawsze wykazuje zaawansowaną marskość wątroby, bo to czynnik predysponujący.

– Strasznie smutne, że nie ma jak tego leczyć. Okropne. – Victoria zamieszała cukier w herbacie, którą podała jej Beth.

– A co my niby potrafimy leczyć? Mnie to się ostatnio wydaje, że wszystkim tylko zalecamy leżenie w łóżku. Ludzie tu przychodzą, my im każemy leżeć tygodniami, a wielu z nich i tak już potem stąd nie wychodzi. Przecież to był czwarty zgon w ciągu dwóch dni.

Dziewczęta piły dalej herbatę w milczeniu. Dopiero po jakimś czasie odezwała się Beth:

– Gdybym go zobaczyła na ulicy, nigdy bym się nie domyśliła, że to alkoholik.

– Nie wszyscy oni śpią w bramach – powiedziała Victoria, która od dawna uważała, że jej ojciec, zanim odebrał sobie życie, miał już wszelkie zadatki na alkoholika. Doszła do takich wniosków, ponieważ codziennie rano podczas śniadania wypijał do wędzonego śledzia dużą whisky. „Żeby się ości rozpuszczały", mawiał, gdy spoglądała na niego z dezaprobatą. Potem opróżniał jeszcze butelkę wina i wychylał ze dwie brandy do lunchu, a przecież pił jeszcze do kolacji. Przestawał, dopiero gdy jej matka, a później ciotka Minnie, zaciągała go do łóżka.

– Wszyscy pogodzili się z myślą, że biedni ludzie piją, a u zamożnych się ten problem lekceważy – zauważyła refleksyjnie.

Do kuchni zajrzał młody lekarz.

– Znajdzie się tu dla mnie filiżanka herbaty?

Victoria się uśmiechnęła.

– Oczywiście. Co doktor myśli o dokonaniu doktora Mackintosha? O tym, jak walnął w klatkę piersiową pana Trimble'a? Wyraźnie słyszałam trzask żeber…

Młody lekarz wziął od Victorii filiżankę.

– Ja nigdy tego wcześniej nie widziałem na własne oczy, ale czytałem o tej metodzie – odparł.

– Sprawiał wrażenie, jakby wiedział, co robi – zauważyła Victoria. – No i zadziałało.

– No tak, ale to pewnie po prostu kwestia szczęścia. Szczerze mówiąc, mniej więcej w połowie przypadków działamy po omacku. Naprawdę mamy ograniczony repertuar środków. Antybiotyki trochę w tej kwestii zmieniły, trwają też badania nad wieloma innymi lekami, które zapowiadają się bardzo obiecująco. Doktor Mackintosh świetnie sobie poradził, a ja teraz muszę zadbać o to, żeby utrzymać tego pacjenta przy życiu.

Młody lekarzy dopił herbatę, po czym wyszedł. Beth westchnęła i zajęła się myciem filiżanek.

– Zazdroszczę Danie – oznajmiła, wspominając niebieskiego humbera i szczęście Dany widoczne gołym okiem. – Mnie też by się przydały wakacje. Jakie ona ma szczęście, że ten Teddy tak ją rozpieszcza. Z pielęgniarskiej pensji nie wystarczyłoby mi nawet na bilet do Niemiec, więc na razie nie mam co marzyć o odwiedzinach u rodziny w bazie wojskowej. Muszę napisać do taty i prosić go o pieniądze, bo moich oszczędności na pewno nie wystarczy.

Victoria otoczyła ją ramieniem i przytuliła. W jednej chwili zapomniała, jak strasznie się irytowała, że Beth się szarogęsi.

– Znajdzie się ktoś i dla ciebie, Beth. Dla każdego ktoś się znajdzie. Tylko nie możesz za bardzo poświęcać się pracy, żebyś go przypadkiem nie przegapiła.

Beth uśmiechnęła się leciutko. Obie wiedziały, że w jej wypadku to akurat bardzo poważne zagrożenie.

– Cóż mam powiedzieć, świetna jest ta restauracja – zaczęła Dana. – Chociaż z ceną za ostrygi chyba trochę przesadzili. W Blacksod Bay każdy może ich sobie nazbierać, ile chce. Są świeże, chłodne i słone. Powinieneś sam się przekonać. Tam można się żywić ostrygami na co dzień.

Teddy uśmiechnął się od ucha do ucha, a słona woda z ostrygi spłynęła mu po brodzie. Odłożył skorupkę na talerz i nachylił się do Dany.

– Przypuszczam zatem, że wiesz, co się mówi o ostrygach?

Dana spojrzała na niego zdumiona, lekko otwierając usta.

– Nie, a co mówią? W Irlandii jada się bardzo dużo ostryg. Zupełnie nie rozumiem, o co tyle szumu. Co się mówi?

– Mówi się, że to afrodyzjak – wyszeptał Teddy.

Dana nerwowo rozejrzała się po restauracji, rzuciła okiem na kelnera.

– Czy on myśli, że to dlatego ja zjadłam cały talerz? – zapytała, nagle się rumieniąc. – O Boże, Teddy! Chyba sobie ze mnie żartujesz! Żartujesz, prawda?

Zaczerwieniła się jak burak, bo byłaby gotowa przysiąc, że kelner puścił do niej oko.

Teddy wziął z talerza kolejną muszlę i ją otworzył.

– Hm, faktycznie mógł się zdziwić, że pochłonęłaś w takim tempie wszystkie dziesięć sztuk.

– To dlatego, że cały dzień nic nie jadłam i umieram z głodu. Wcale nie dlatego, że mi potrzebny afrodyzjak.

Teddy głośno się roześmiał.

– Nie martw się, Dano. Dziś wieczorem nic ci nie grozi. Odstawię cię bezpiecznie do pani Duffy o dziesiątej, jak zwykle. Nawet odwiozę poczciwinę do domu, żeby nie musiała się telepać autobusem. Ale już za kilka tygodni… Za kilka tygodni to co innego.

Nie mówiąc nic więcej, Teddy położył przed Daną czarno-białe zdjęcie przedstawiające elegancką wiejską posiadłość na tle tafli wody.

– Co to takiego? – Dana podniosła kartkę i uważnie się jej przyglądała.

Zdjęcie było dość ciemne, ale ogromny budynek o ścianach porośniętych bluszczem i spokojna woda wokół niego i tak robiły wrażenie.

– To hotel w Krainie Jezior. Zarezerwowałem nam apartament na dwa tygodnie, od pierwszego dnia naszego urlopu. Pomyślałem, że moglibyśmy pojechać do mnie do Bolton, żeby odwiedzić Rolanda. Zatrzymalibyśmy się tam na jedną czy dwie noce, a potem wyruszylibyśmy do Krainy Jezior. W drodze powrotnej też byśmy mogli się zatrzymać, żeby sobie zrobić przerwę w podróży. Podoba ci się? – Teddy entuzjastycznie wymachiwał pocztówką.

Dana przełknęła ślinę.

– Piękne miejsce – powiedziała. – Ale, Teddy…

On wziął ją za ręce.

– Dana, posłuchaj, spotykamy się już od roku. Oboje dobrze wiemy, że myślimy o sobie poważnie. Nie śmiałbym cię prosić, żebyś zrezygnowała ze szkolenia, sam zresztą też mam jeszcze cztery lata nauki przed sobą, ale to przecież nie znaczy, że się musimy zachowywać jak mnich i zakonnica. Oczywiście zachowamy ostrożność, ale przecież ty mnie kochasz, prawda?

Zza stolika patrzyły na Danę roześmiane oczy. Teddy lekko potrząsnął głową i odrzucił na bok niesforną grzywkę. Dana miała wrażenie, że jemu uśmiech nigdy nie schodzi z twarzy.

W uszach rozbrzmiały jej jednak słowa matki: „Boże, całe miasto wyjdzie ci na powitanie. Bóg mi świadkiem, że z tego wszystkiego nie będę mogła zasnąć, dopóki pan Joyce cię nie przywiezie z pociągu. Noel, idź no posprzątać furgonetkę, bo nasza Dana przyjeżdża".

Przełknęła ślinę.

– Nie mogę się doczekać – powiedziała, starając się unikać jego wzroku. Wzięła z talerza jedną z jego ostryg i wprawnie ją połknęła.

– Zuch dziewczyna – pochwalił ją Teddy.

Dana nie znała drugiego tak radosnego i optymistycznie nastawionego mężczyzny, ale ogólnie mało o nim wiedziała. Rozmawiali zawsze tylko o dniu dzisiejszym i przyszłości, o przeszłości nigdy. Przez cały rok ani słowem nie wspomniał o swojej matce, nie powiedział nic na temat jej śmierci.

Wiedziała, że nie może tego tak zostawić. Powiedz mu. Powiedz mu. Powiedz mu. Teraz! O niczym innym nie mogła myśleć. Gdy jednak otworzyła usta, popłynęły z nich zupełnie inne słowa.

– Teddy, ale ja jestem dziewicą i nigdy wcześniej niczego takiego nie robiłam. Nigdy nie byłam z mężczyzną w sypialni, o spaniu w jednym łóżku nawet nie wspomnę. Zresztą na wakacjach też nigdy nie byłam. Jak się mieszka na farmie, to się nie jeździ na wakacje. Po prostu się nie jeździ i już.

– Tym bardziej powinno ci się podobać. A dziewictwem też się nie musisz martwić. – Sięgnął przez stół i wziął ją za rękę. – Wszystko będzie w najlepszym porządku. Nie ma pośpiechu. Mamy dwa tygodnie, żeby się odprężyć i miło spędzić czas. O nic się nie martw. Możesz mi zaufać, Dano. Przecież jestem lekarzem…

Rozdział 25

Biddy uwijała się jak w ukropie. Otworzyła starą skrzynię, rozwinęła pomiętą gazetę i wydobyła porcelanę z Belleek z motywem koniczyny, którą rodzina przysłała jej z Irlandii jako składkowy prezent ślubny. Umyła po kolei wszystkie naczynia. Potem jednak doszła do wniosku, że za pierwszym razem nie zdołała całkiem zmyć czterdziestoletniego kurzu, więc umyła cały zestaw ponownie.

– Po cóż ty wyciągasz porcelanę? Jeszcze nie widziałam, żebyś kiedykolwiek coś na tym podawała. Ani razu.

– Bo zawsze…

Biddy nie miała okazji dokończyć, bo Elsie weszła jej w słowo:

– A, nie… Ona przestała się pojawiać, kiedy twój Mick zniknął. Wcześniej widywałam ją przez okno co tydzień, bo raz ktoś ten zestaw zanosił do lombardu, a potem go stamtąd przynosił. Aż dziw, że on go ze sobą nie zabrał.

– Zabrał – powiedziała Biddy. – W każdym razie próbował. Zauważyłam go z autobusu. Myślałam, że znowu wybiera się do lombardu. Wyskoczyłam i zaczęłam za nim krzyczeć, a on na mój widok rzucił skrzynię na chodnik i dał nogę. Drań jeden.

Zbił dwa talerze i filiżankę. Potem już go na oczy nie widziałam i mam nadzieję, że już nie zobaczę, bo jeśli go dorwę kiedyś w swoje ręce, to biada mu! Zachowałam stłuczone talerze, żeby mieć mu czym przywalić.

Elsie przyglądała się, jak przyjaciółka poleruje cukierniczkę.

– Biddy, w jednej dziedzinie nikt ci nie dorówna. Nikt tak skrzętnie jak ty nie chowa urazy. Znałam w życiu dużo ludzi, ale nikogo równie pamiętliwego.

– Nie czas na dąsy, Emily Haycock przychodzi do mojego domu. Zdejmuj płaszcz, bo naniesiesz brudu.

Urażona Elsie powiesiła płaszcz na gwoździu wbitym w drzwi kuchenne.

– Chyba nie ma sensu aż tak się przejmować, Biddy. Siostra Haycock wpadnie przecież tylko na chwilę. Wystarczy, że Dessie się przejmuje. Rany, ileż on razy mnie pytał, co ma przynieść dla niej do picia.

– Cóż, uznałam, że zrobię kanapki. Mam porzeczkowy przekładaniec, no i możemy dać jej coś do picia, a później pokazać list – powiedziała Biddy, wskazując na jedzenie dla gości, które piętrzyło się na fornirowanym stole pod wilgotną ściereczką.

– Przyniesie sherry. Uznał, że to najlepsze dla damy. Dla nas będzie guinness, jak zwykle. Bo z nas to przecież żadne damy. – Elsie wyciągnęła sobie krzesło i usiadła.

– A to w takim razie kim jesteśmy, jeśli nie damami? – Biddy wyglądała na zniesmaczoną.

– Sama nie wiem, ale powiem ci, że nasz Dessie to chyba zbiera się na odwagę. Nie zdziw się, jeśli ją w końcu gdzieś zaprosi. Zrobił na mnie wrażenie ośmielonego, a ja się przecież znam na takich rzeczach. Wiesz przecież, Biddy, że po wojnie nie brakowało mi adoratorów. On jest zdecydowanie zainteresowany siostrą Haycock. Pewnie go przypiliło, Biddy.

Biddy o mało co nie upuściła porcelanowego imbryka.

– Całe to gadanie o Dessiem i siostrze Haycock wydaje mi się jakieś takie, nie wiem, dziwne.

– Zazdrość cię zżera i tyle. To dość oczywiste. Masz to wypisane na twarzy, Biddy. Tylko że on jest dla ciebie za młody. Nie wiedzieć kiedy osiągnęłyśmy ten wiek, w którym już nie ma o czym marzyć. Zagapiłyśmy się przy bingo, a w tym czasie dzieci nam urosły, a życie przeciekło przez palce. Coś nam nie wyszło, Bid. Mnie zostały tylko żylaki i hemoroidy, a tobie twój pessar na nietrzymanie moczu. Jeśli żywisz do tej kobiety jakiekolwiek życzliwe uczucia, to ją nakłonisz, żeby mu wyszła naprzeciw. Wyświadczysz jej w ten sposób przysługę. Wyobrażasz sobie Dessiego w roli ojca? Mogłoby im się udać, jeśli tylko ona nie będzie za bardzo się ociągać.

– Elsie, ja to chyba za tobą nie nadążam. Skąd w ogóle w twojej głowie powstała myśl, że Dessie mógłby mnie interesować? O tyle masz rację, że faktycznie bym się cieszyła, gdyby siostra Haycock sobie kogoś znalazła. Cóż to zresztą dla nas przekonać do siebie dwoje ludzi? Radziłyśmy sobie już w życiu z większymi wyzwaniami.

W tym momencie obie usłyszały, jak bramka na tyłach domu zamyka się ze szczękiem. Z podwórka dobiegł nietypowy stukot obcasów.

– Szybko! Przyszła! – powiedziała Biddy, zdejmując ze stołu popielniczkę i rozprostowując obrus. – Weź to stąd! – syknęła, wskazując na egzemplarz „Liverpool Echo" przewieszony przez krzesło.

Elsie właśnie zdążyła wsunąć gazetę pod poduszkę kanapy, gdy rozległo się pukanie do tylnych drzwi.

– Zapraszam! – krzyknęła Biddy, otwierając. – Po cóż pani puka? Tu się nie puka, tu się wchodzi.

Siostra Haycock weszła do kuchni i zaczęła się rozglądać. Tak jak się spodziewała, wszędzie panował nienaganny porządek. Wręczyła Biddy bukiecik dzwoneczków.

– To dla pani – powiedziała.

Biddy wyjęła z szafki pusty słoiczek po dżemie.

– Śliczne! Już nie pamiętam, kiedy ktoś mi ostatnio przyniósł kwiaty. Proszę usiąść, siostro Haycock.

Emily nie zdążyła skorzystać z tej propozycji, bo w tym samym momencie tylnymi drzwiami wpadł do kuchni Dessie.

– Pomyślałem, że przyjdę trochę wcześniej, żeby otworzyć butelkę i przetrzeć kieliszki, zanim przyjdzie. O której ma być? – powiedział, zanim się zorientował, że Emily już stoi przy stole.

– O, dzień dobry. Cholera, myślałem, że siostrę ubiegnę. Jakoś nie zwykliśmy tu pijać sherry. – Zarumienił się.

Biddy spojrzała na siostrę Haycock, która z niewiadomych jej przyczyn również się rumieniła.

Czekali jeszcze na Madge i Brannę. Gdy byli już w komplecie, Biddy pozwoliła wszystkim się wygadać, a swoją wielką nowinę zachowała na koniec.

Zaczął Dessie:

– Udało mi się porozmawiać z przedstawicielem agencji sprzątającej, który sporządzał szczegółowe zestawienie zadań do wykonania na każdym z oddziałów. Notował, ile jest okien, parapetów, łóżek i zlewów. Mierzył listwy przypodłogowe. Zaniosłem mu kubek z herbatą i powiedziałem, że rezygnuję z pracy portiera i zamierzam zająć się czymś innym.

Elsie jęknęła z niedowierzaniem.

– Dessie, co ty wygadujesz? Nie możesz tego zrobić.

– I nie zamierzam, Elsie, ale powiedziałem tak, żeby mu rozwiązać język i żeby mi więcej powiedział. Przynęta chwyciła. Dał się nabrać i wszystko mi wyśpiewał.

– A niby co takiego? – Biddy, Elsie i Branna wpatrywały się w niego z wyczekiwaniem, więc on postanowił potrzymać je chwilę w niepewności i skupił się na napełnianiu szklanek.

– Powiedział, że Wampirzyca kazała mu przedstawić roczny cennik sprzątania oddziałów szpitalnych z wykorzystaniem nowych urządzeń mechanicznych.

– Tych elektrycznych? Które się wpina do ścian? – zapytała Elsie, otwierając usta ze zdumienia.

– A znasz jakieś inne, Elsie? Powiedział mi, że jedno takie urządzenie może zastąpić od trzech do czterech sprzątaczek, więc zamiast dwunastu kobiet do sprzątania głównego korytarza wystarczą trzy albo cztery.

Wokół stołu rozszedł się głośny jęk.

– Przełożona nigdy się na to nie zgodzi – powiedziała Madge.

Tymi słowami ściągnęła na siebie spojrzenia wszystkich zebranych. Branna zauważyła, że Madge ma nienaganny makijaż. Musiała na to poświęcić ładnych kilka godzin, pomyślała, śledząc ruch warg telefonistki wymalowanych błyszczącą różową szminką.

– Słyszałam jej rozmowę telefoniczną z doktorem Gaskellem – ciągnęła Madge. – Mówiła o pannie Van Gilder. Żona doktora Gaskella jest naprawdę urocza. To ona zawsze odbiera, gdy przełożona dzwoni do niego do domu. „Kochanie!", woła męża. Do mnie nikt nigdy nie mówił „kochanie". Czy to nie zabawne, że ludzie tak do siebie mówią? Kiedy żył Fred, mogłam liczyć najwyżej na „moja żona".

– No dobra, a gdy „kochanie" podszedł już do telefonu, to co powiedziała przełożona? – dopytywała Biddy, chociaż czułe słowo z trudem przechodziło jej przez usta.

– Powiedziała, że popełniła straszny błąd z panną Van Gilder i że ona sieje stanowczo za duży zamęt. Przełożona prosiła, żeby znalazł jakiś sposób, żeby się jej pozbyć. Była wzburzona.

– A co jej odpowiedział doktor Gaskell?

Wszyscy wpatrywali się w Madge, podczas gdy ona sączyła sherry, bo wcześniej z przekonaniem zadeklarowała się jako dama. Chwilę kręciła się na krześle, poprawiła też spódniczkę. Atmosfera wyczekiwania gęstniała z sekundy na sekundę.

– Odmówił.

– O matko – powiedziała Branna. – A już miałam nadzieję.

Na chwilę zapadła cisza. Wszyscy popili drinki, Biddy, Elsie i Dessie guinnessa z butelek, a Madge i siostra Haycock sherry z kieliszków.

– A czy przyszedł już list z St Dunstan's, Biddy? – zapytała Emily, która głównie w tej sprawie przyszła. Nie bardzo wiedziała, co ma myśleć o tym, że Madge podsłuchuje rozmowy telefoniczne. Dla niej to była nowa informacja. Zastanawiała się, czy aby nie powinna w tej sprawie interweniować. Ale przecież została zaproszona na zebranie szpitalnej mafii i Biddy zobowiązała ją do zachowania dyskrecji.

– Przyszedł, owszem. Przyszedł. Zostawiłam go na koniec – powiedziała poważnie Biddy. Powoli wyjęła list z kieszeni fartucha. – Czy mam czytać na głos?

Wszyscy skinęli głowami.

– Komuś przekładańca z porzeczką? – zapytała Elsie, podsuwając talerz w stronę Emily.

Ciasto wyglądało smakowicie, więc Emily poczęstowała się przez grzeczność. Dessie miał wówczas okazję uważnie przyjrzeć się jej delikatnym palcom. Nigdy wcześniej nie był tak blisko Emily. W pracy podziwiał ją z daleka. Tylko podczas balu lekarza zdarzyło mu się dłużej z nią pogawędzić i zatańczyć. To pewnie wtedy się wszystko zaczęło. To pewnie wtedy w jego głowie pojawiły się te myśli, które teraz nie dawały mu spokoju. Często zdarzało im się chwilę porozmawiać – wymienić uwagi o pogodzie – ale to było co innego. Teraz Emily znalazła się w kuchni jego przyjaciółki. Nagle poczuł się śmielszy, bo teraz miał poczucie, że ich serca biją w tym samym rytmie. Zobaczył też w jej oczach błysk, którego nie widział od wielu lat. Przez moment nawet w siebie wątpił – myślał, że może mu się przywidziało – ale potem ona podniosła głowę znad ciasta i uśmiechnęła się do niego. Strzepnęła z piersi kilka okruszków, a potem uśmiechnęła się raz jeszcze. Dessie mógł się wyrzec wątpliwości. Ten uśmiech to było zaproszenie.

– Dessie, czy ty w ogóle słuchasz?

Dessie, wyrwany z zamyślenia, spojrzał na Biddy.

– Tak, oczywiście.

– To dlaczego mi nie odpowiedziałeś? Auć!

Uwagi Dessiego nie uszło to, że Elsie kopnęła Biddy pod stołem i że Branna dolewa sherry do kieliszka Emily, który bynajmniej nie jest jeszcze pusty. Zarumienił się. Miał ochotę zapaść się pod ziemię ze wstydu. Czy on się na nią gapił? Naprawdę? Nie miał na szczęście czasu się nad tym zastanawiać, gdyż Biddy odchrząknęła i wróciła do czytania.

– „Gdziekolwiek pojawiła się panna Van Gilder, tam wywoływała problemy. Nie miała w szpitalu przyjaciół. Przełożona pielęgniarek upomniała ją za wydawanie poleceń jednemu z lekarzy. Poza tym ona zwolniła połowę personelu pomocniczego i podpisała umowę z agencją sprzątającą. Wdała się w głośną kłótnię z przełożoną pielęgniarek. To była okropna, bardzo nieprzyjemna kobieta. Niektórzy twierdzą, że została zwolniona, inni, że sama odeszła. Pojawiły się nawet plotki, że w jej sprawie wezwano policję. Nasza przełożona pracuje w St Dunstan's od zawsze i bardzo jej zależy na dobrej reputacji szpitala, więc nikt z nas żadnych szczegółów nie zna, ale to miało coś wspólnego z tą agencją sprzątającą. Jak tylko panna Van Gilder odeszła, przełożona przywróciła do pracy dotychczasowy personel pomocniczy i nie było już mowy o agencji sprzątającej".

Biddy uniosła wzrok znad kartki.

– Siostra Cathy twierdzi, że powinniśmy zachować ostrożność, bo panna Van Gilder ma paskudny charakter.

Biddy pieczołowicie złożyła list, zupełnie jakby miał jakąś nadzwyczajną wartość, i schowała głęboko do kieszeni fartucha. Rozejrzała się wokół stołu, wyraźnie napawając się tą chwilą i swoją ważną w niej rolą.

– No dobrze, co możemy z tym zrobić? – zapytała.

Pytanie skierowała do wszystkich, ale nikt jej nie odpowiedział. Zgromadzeni musieli trochę ochłonąć. Panna Van Gilder nie tylko mogła ich pozbawić pracy, ale potencjalnie miała też w przeszłości zatarg z prawem. W końcu Dessie pierwszy przedstawił swoje przemyślenia:

– W sumie to nie wiem. Z jednej strony wynika z tego tylko tyle, że jeśli się będziemy opierać jej pomysłom, ona może dać nam popalić. Z drugiej strony to zdaje się sugerować, że postępuje nie do końca uczciwie.

– Chyba zacznę słuchać wszystkich jej rozmów – stwierdziła Madge. – Może się wtedy dowiem, co się właściwie wydarzyło w jej poprzednim szpitalu. Dotychczas przysłuchiwałam się tylko tym nietypowym. Na centrali mam ostatnio bardzo dużo pracy. Mieszkańcy Liverpoolu masowo kupują telefony. Niesamowite, przecież to strasznie drogie. Nawet ja nie mam telefonu. Na podłączenie czeka się ponad pół roku.

– A po co ci telefon? – zapytała Branna. – Przecież ty całymi dniami wisisz na telefonie.

– Madge, możesz się w ten sposób dowiedzieć czegoś naprawdę ważnego – zauważyła Biddy. – A ty, Elsie, masz dostęp do mieszkania i gabinetu siostry przełożonej. Będziesz się musiała bardziej wysilić. Siostro Haycock, pani zajmuje pokój sąsiadujący z jej mieszkaniem. – Spojrzała na Emily, unosząc brwi.

Emily nie bardzo wiedziała, co się dzieje.

– Przecież mogłaby siostra wejść do jej pokoju, prawda?

– Biddy! – Emily niemal pisnęła. – Miałabym grzebać w jej rzeczach? Nie mogę tego zrobić. Przecież jestem dyrektorką szkoły pielęgniarstwa. – Rozejrzała się wokół siebie, licząc na to, że Madge albo Dessie poprą jej sprzeciw.

– To dla dobra szpitala – powiedział cicho Dessie. – I wszystkich tych kobiet, które straciły mężów podczas wojny, a teraz potrzebują pracy przy sprzątaniu dla siebie i pracy na portierni dla swoich synów. Co się stanie z takim Bryanem albo Tommym, jeśli panna Van Gilder postawi na swoim?

– Albo z moim zięciem? – dorzuciła Elsie.

W tym momencie dla Emily stało się jasne, że znalazła się w sytuacji bez wyjścia. Została wysłana na przeszpiegi. Skinęła głową.

– Dobrze, pójdę, ale tylko jeśli będę miała pewność, że droga wolna i że nic mi nie grozi.

Biddy się uśmiechnęła i napełniła ponownie kieliszki.

– No i proszę. Myślę, że to tylko kwestia czasu. W końcu uporamy się z panną Van Gilder, a wtedy w naszym szpitalu wszystko wróci do normy. Tymczasem moim zdaniem powinniśmy wszyscy zacząć się jej stawiać. Sami wiecie, co mówią o agresorach. Ponoć zawsze się cofają, gdy się im da odpór. A ta kobieta to agresor w najczystszej postaci.

– Wypijmy za to – powiedział Dessie.

Niemal godzinę później lekko podchmielona Emily szła z powrotem w kierunku szpitala w towarzystwie Dessiego. Nocne niebo w kolorze niebieskiego atramentu rozświetlały gwiazdy.

Po lewej mieli rzekę, która spokojnie ocierała się o brzeg. Poza starym tramwajem nic nie zakłócało ciszy wokół nich. Był niedzielny wieczór i Liverpool szybko położył się spać, żeby nazajutrz wstać z samego rana.

Dessie szedł obok Emily i głęboko oddychał. Napawał się zapachem kobiety, łagodności i obietnicy. To był dla niego niecodzienny zapach. Dessie miał poczucie, że głowa mu zaraz pęknie, tyle krążyło tam teraz myśli, które przez lata drzemały w ukryciu, a w tej chwili nie chciały dać mu spokoju. Wypił tego wieczoru nieco więcej guinnessa niż zwykle, więc łatwiej mu było coś powiedzieć. Po którymś kolejnym głębokim wdechu słowa same popłynęły z jego ust.

– A to pani zamierzała nigdy nie wychodzić za mąż?

Gdy tylko wypowiedział te słowa, na jego twarzy pojawił się wyraz zdumienia. Owszem, zastanawiał się nad tym, ale przecież nie miał zamiaru nic takiego mówić. To wszystko przez guinnessa.

Emily otuliła się mocniej płaszczem z wielbłądziej wełny, bardziej chyba w geście obronnym niż z zimna, wiatr był bowiem raczej łagodny i niósł zapowiedź cieplejszych dni.

– Wie pan, Dessie, w sumie to nie był mój wybór. Jak pan dobrze wie, muszę się opiekować Alfem, moim ojczymem. Po wojnie przez jakiś czas dziwnie to wszystko w moim życiu wyglądało.

Dessie dobrze wiedział, o czym ona mówi. Wszyscy wiedzieli o bombie, która zniszczyła George Street i zabiła całą rodzinę Emily.

– Wiem, wiem – przyznał. – A słyszała pani, że ponoć jak odbudują drogę, to mają zamontować tabliczkę z nazwiskami ludzi, którzy tam zginęli? Żeby uczcić ich pamięć.

Gdy przechodzili pod latarnią, zerknął na nią i dostrzegł łzy w jej oczach. Doskonale ją rozumiał. Sam też stracił żonę w czasie wojny, ale nie płakał za nią, odkąd się dowiedział, gdzie ją znaleziono. Zginęła w dokach. Kobiety chodziły po nocy do doków tylko w jednym celu.

Ślub Dessie brał w pośpiechu. Jego żona była w ciąży, a w każdym razie tak mu się wydawało. Potem się okazało, że to nieprawda. Z czasem odkrył, że ona taka po prostu była. Żyła w świecie fantazji. Dessie miał jej tylko dać dach nad głową i pieniądze na życie, chociaż te akurat wydawała szybciej, niż on był je w stanie zarobić. Wszystko wskazywało na to, że podczas gdy on walczył na wojnie, ona wydała wszystkie jego pieniądze i się znudziła. Nie miał do niej pretensji. Wojna nauczyła go szczodrości wobec ludzi. Zbyt wielu przyjaciół stracił. Zbyt wielu swoich ludzi. Jego żona zapłaciła straszliwą cenę i Dessie podczas mszy ciągle jeszcze modlił się za jej duszę. Aż za dobrze wiedział, że nikt inny go w tym nie wyręczy. Płakać jednak po niej nie zamierzał.

Wziął Emily za rękę i wsunął ją sobie pod ramię. Potem pogłaskał ją po głowie.

– No już dobrze – powiedział. – Na pewno okropnie się pani teraz czuje. Ja sobie nawet nie potrafię wyobrazić, jakie to wszystko musiało być trudne.

Emily pociągnęła nosem.

– Przepraszam. Wiem, że pan też stracił żonę tamtej nocy. Widziałam płonący statek… – Emily przerwała, bo nie wiedziała, ile wie Dessie. Ona wiedziała tylko tyle, ile jej powiedziała Biddy.

– No, widzi pani, więc można powiedzieć, że mamy ze sobą coś wspólnego. A teraz proszę spojrzeć w niebo.

Emily uniosła głowę i spojrzała tam, gdzie patrzył Dessie.

– Oni wszyscy tam są, co do jednego. Pani bracia, pani mama. Patrzą na nas z góry i uśmiechają się do nas. Nie, zaraz, zaraz, to nie do końca tak. Widzę ich, jak pani wygrażają pięściami i wołają: „Bądź szczęśliwa, Emily, żebyśmy mogli sobie spokojnie mrugać z innymi".

Emily aż ścisnęło w gardle. Na krótką chwilę wzruszyła się myślą, że jej matka i bracia na nią patrzą. Poczuła się nagle potwornie samotna. Tęskniła za nimi. Tak bardzo za nimi tęskniła. To uczucie nigdy jej nie opuszczało. Myślała o chłopcach, którzy na zawsze pozostaną chłopcami. Towarzyszyli jej każdego dnia. Czuła ich obecność w tępym bólu między żebrami, który nie ustawał ani na chwilę.

– Bardzo mi przykro – powiedział Dessie, spoglądając na nią z niepokojem. – Nie powinienem był tego mówić, to było okropnie bezmyślne z mojej strony.

– Nie, wszystko w porządku – zapewniła Emily. Wyjęła chusteczkę z kieszeni i otarła oczy. – Miło pomyśleć, że oni mogą być gwiazdami i patrzą na mnie z góry. Jakoś nigdy tak sobie tego nie wyobrażałam, a tak panu powiem, Dessie, że to trochę pocieszające. Niech pan tylko spojrzy na te wszystkie gwiazdy, każda z nich mogłaby być czyimś bliskim. Kimś przez kogoś bardzo kochanym.

Wsunęła ręce głęboko w kieszenie, a potem wzięła głęboki oddech i spojrzała w niebo, po czym wolno opuściła głowę. Jej twarz oświetlało teraz światło odbijające się od rzeki. W blasku migoczących gwiazd wyglądała olśniewająco. Gdy się na powrót prostowała, o mało co się nie przewróciła i Dessie musiał jej pomóc złapać równowagę.

– Och, przepraszam – powiedziała. Najwyraźniej odzyskała dobry humor, bo zachichotała. – Chyba wypiłam za dużo sherry.

Dessiemu odebrało mowę. Ona była taka piękna, a ta chwila taka wzruszająca. Był w stanie wypowiedzieć tylko jej imię:

– Emily!

– Słucham? – Spojrzała na niego z lekkim zaskoczeniem.

On nie miał zamiaru tego robić. Tylko o tym myślał. Zastanawiał się, jak by to było. Jakie to by było uczucie – poczuć ustami miękkość jej warg? Czy poczułby słodycz? Nie miał takiego zamiaru, ale to zrobił. Pocałował ją. Wyciągnął ręce, wziął ją w ramiona i pocałował.

Ona z początku zesztywniała i Dessie się przeraził, że popełnił wielką gafę. Cały się spiął. Zaraz potem oparła się o niego i zatonęła w jego ramionach. Jej usta wpuściły jego usta, a ona lekko jęknęła i zakołysała się w całkowitym zapomnieniu. On całował ją tak, jak nigdy wcześniej nie całował żadnej kobiety. Podczas gdy ona gładziła go po szyi, on zanurzył dłonie w jej włosach. To nie był zwyczajny pocałunek. Dessie wiedział, że to początek czegoś, o czym na razie nie miał odwagi nawet marzyć. Wiedział, że od tej pory Emily należy do niego.

Lekko ją od siebie odsunął, cały czas jednak trzymając ją za ręce. Spojrzał w jej na wpół zamknięte oczy, które w tym momencie otworzyły się szeroko.

– Co ty robisz? – zapytała niemal zuchwale.

Dessie jeszcze nigdy nie słyszał, żeby cokolwiek mówiła takim tonem. Dla niej on zresztą też był nowy.

– Chcę się upewnić, że się na to zgadzasz. Nie chciałbym jutro usłyszeć, że to był poważny błąd.

Emily z uśmiechem przyciągnęła go do siebie.

– Dessie, a ty pamiętasz o tym „byciu szczęśliwą", o którym mówiłeś przed chwilą, gdy pokazałeś mi gwiazdy? Wydaje mi się, że to się właśnie stało. – Odchyliła głowę i szeroko się do niego uśmiechnęła.

On chciał ją znowu pocałować. Chciał więcej. Chciał zabrać ją do łóżka jeszcze tej samej nocy, a potem przez wiele kolejnych. Odkąd wojna się skończyła, żadna inna kobieta tak bardzo go nie pociągała. Dopiero ta mu całkiem zawróciła w głowie.

– No, to mi ulżyło – powiedział i znów ją pocałował, tym razem jeszcze bardziej namiętnie.

Mogę poczekać, pomyślał. Niezbyt długo, ale mogę poczekać. Dzisiaj muszę ją odprowadzić do szpitala.

Choć wydawało się to niemożliwe, ten drugi pocałunek był nawet lepszy niż pierwszy. Dessie zupełnie się w nim zatracił. Wsunął ręce pod jej płaszcz, a potem w przestrzeń między spódnicą a bluzką. Poczuł ciepło jej ciała. Gdy musnął wzgórki jej piersi, poczuł, jak ona lekko, niemal niezauważalnie się do niego przysuwa. Na rzece zawyła syrena z jakiegoś holownika. Dessie otrzeźwiał.

– Musimy cię odstawić do domu – powiedział.

Ona odpowiedziała mu bez chwili zawahania:

– Dessie, przecież ja nie mam domu. Może moglibyśmy pójść do twojego?

– Na pewno? – zapytał z wielkim napięciem i wzruszeniem w głosie. – Nie jestem pewien, czy zdołam wtedy zachować się jak prawdziwy dżentelmen.

– To dobrze – brzmiała odpowiedź.

Emily pocałowała go, zanim zdążył odpowiedzieć.

Rozdział 26

W poniedziałek Amy nie pojawiła się w pracy po raz trzeci w ciągu dwóch tygodni.

– Panienka znowu ma muchy w nosie. – Tak pani McConaghy odpowiedziała szwagrowi, który mnąc czapkę w rękach, próbował usprawiedliwić nieobecność córki. – Jim, tak ty, jak i ja powoli robimy się na to za starzy. Czy już zaprowadziłeś ją do lekarza?

– Próbowałem. Powiedziałem, że ją umówię, ale ona stanowczo odmawia udania się na wizytę.

– Do tego starego niedołęgi też bym nie miała ochoty iść. To w końcu kobiece sprawy – odparła pani McConaghy, po czym zniżyła głos i dodała: – Ona musi doprowadzić się do porządku. Jeszcze rok i przejmie stery w biurze. Ja przecież nie młodnieję, a nie mogę do końca świata płacić Lily. Z dnia na dzień coraz trudniej mi wchodzić po schodach. A do zakładu nawet nie mam odwagi schodzić, bo się boję, że nie zdołam wrócić na górę. Kiedyś przecież lubiłam ogrzać się przy tych wielkich piecach. Dzisiaj jest mi tam za gorąco.

Ukradkiem spojrzała na Lily, żeby sprawdzić, czy dziewczyna nie podsłuchuje. Lily oczywiście podsłuchiwała i aż ściskało ją w gardle.

Wzięła głęboki oddech, żeby zapanować nad paniką i gniewem. Słyszała każde słowo. Jej czas w fabryce dobiegał końca. Przez lata się nią wysługiwali, przez lata ponaprawiała ich błędy i skorygowała nieścisłości, przez lata uspokajali sobie sumienie myślą o tym, że dali jej pracę. Lily prowadziła tę firmę niemal w pojedynkę, i to dzięki niej wszystko działało tu jak w zegarku. Przez lata skrupulatnie uzupełniała księgi, wypisywała czeki, rozliczała wypłaty i zapisywała kwoty na kopertach. Jeśli się zdarzyło, że akurat przez tydzień miała wolne, to w piątek i tak przychodziła podliczyć wszystkie rachunki i płace. Tymczasem oni czekali tylko, aż będą mogli przekazać wszystkie te obowiązki swojej siostrzenicy i dziedziczce. Lily zamyśliła się do tego stopnia, że aż jej się cyfry rozmyły przed oczami. „Nie mogę do końca świata płacić Lily", powiedziała pani McConaghy i te słowa dudniły teraz echem w jej głowie.

Amy pojawiła się w końcu w środę.

– Jesteś biała jak firanki, Amy – powiedziała Lily, gdy siostrzenica szefowej przekroczyła próg biura tuż przed rozpoczęciem popołudniowej przerwy na herbatę. Oczywiście Lily miała na myśli firanki powiewające w letniej bryzie w oknach pani McGuffy, nie te u niej w domu. Co prawda wyprała je w ostatnią niedzielę, ale potem ich już nie powiesiła. Zszarzały do tego stopnia, że było jej wstyd. – Z brzuchem lepiej?

– Nie, czuję się okropnie. Gdzie ona jest? – Amy rozejrzała się po biurze. Pani McConaghy nigdzie nie było.

– Wyskoczyła na chwilę do nowej kawiarni przy Dock Road, spotkać się ze znajomą z kościoła. A czemu pytasz? Ona nie wie, że przyjdziesz?

– Nie, Lily, nie wie. Chętnie bym się napiła herbaty. A masz może jakieś ciasteczka?

Dwie minuty później Lily postawiła przed Amy filiżankę z parującą herbatą i talerzyk z ciasteczkami.

– Jem ostatnio strasznie dużo ciasteczek – powiedziała Amy. – Zwłaszcza rano. Bez nich nie jestem w stanie zacząć dnia.

– Dość nietypowa kuracja na zatrucie pokarmowe, Amy. Może jednak powinnaś iść do apteki i kupić sobie lekarstwo?

– Żadne lekarstwo mi nie pomoże, Lily. Na to, co mnie dręczy, nic się nie da poradzić, no, chyba że dam się okaleczyć. – Amy westchnęła, a potem spojrzała Lily prosto w oczy. – Miesiączki nie mam już od tygodni. Nie przyszła. Jestem w ciąży.

Lily, która dopiero co zdążyła usiąść, teraz znów skoczyła na równe nogi.

– O Boże, co ty teraz zrobisz? Czy to przez tego mężczyznę, który tu wtedy przyszedł? Czy on wie? Czy twoi rodzice wiedzą? Teraz będzie musiał cię wysłuchać.

To było proste stwierdzenie faktu, a mimo to Amy zalała się łzami.

– Po to do niego poszłam, bo się domyślałam, bo wiedziałam… Chciałam, żeby on też wiedział. Wczoraj wieczorem znowu wystawałam pod jego domem, żeby się z nim spotkać.

Lily wyjęła chusteczkę z rękawa swetra i podała ją Amy.

– Proszę, wytrzyj oczy.

Wyglądała przez drzwi w kierunku schodów prowadzących do fabryki. Gdzieś tam na dole znajdował się pan McConaghy, tam również pracował ojciec Amy. Obaj spodziewali się wkrótce dostać herbatę, ale Lily nie mogła zostawić Amy samej w tym momencie.

– Uderzył mnie – zawodziła, co mocno zaniepokoiło Lily. – Powiedział, że przecież zabronił mi zbliżać się do swojego domu i że to nie były żarty. On ma to gdzieś. Powiedział, że zaprzeczy, jakoby kiedykolwiek w ogóle się ze mną spotkał.

Na drugą część pytania Lily Amy już nie odpowiedziała, ale też nie musiała. Słuchając jej, od razu można było się zorientować, że jeszcze nikomu o tym nie powiedziała. Lily zrobiło się jej żal. Dziewczyna miała tyle pieniędzy, tyle miłości w domu, tyle ubrań i kosmetyków, a do tego jeszcze pewną przyszłość w fabryce, ale gdy nagle wpadła w tarapaty, mogła szczerze porozmawiać tylko z przypadkową dziewczyną, którą zatrudniono z litości. Z Lily, z którą nie miała nic wspólnego. Z Lily, której ukradła jej jedynego przyjaciela Lockiego.

Lily położyła rękę na ramieniu Amy. Nie wiedziała, co jej powiedzieć. Teraz mogła już tylko słuchać. Na szczęście Amy chyba właśnie tego najbardziej potrzebowała.

– Zobacz! – Odchyliła głowę, żeby pokazać Lily czerwone ślady po obu stronach. Wyglądały jak odciski palców.

Lily dobrze znała takie ślady, sama nie raz je nosiła. Zanim ojczym zostawił ich na pastwę losu, ulatniając się razem ze swoją pensją, i jeszcze zanim Lockie kazał mu zostawić Lily w spokoju, w przypływie alkoholowego głodu zdarzało mu się załapać Lily za gardło.

– Widziałaś Lockiego? – zapytała Amy, dmuchając nos.

– Nie, a czemu pytasz? Ty go nie widziałaś? – zapytała zaskoczona Lily.

– Nie, nie widziałam, ale muszę go poszukać. Nie mam innego wyjścia, jak tylko mu powiedzieć, że to jego – odparła Amy. – On oczywiście nie wie. Miejmy nadzieję, że poczuje się do odpowiedzialności i ożeni się ze mną.

Lily aż się wzdrygnęła. Spojrzała w zapłakane oczy Amy i dostrzegła w nich wielką determinację. Miała ochotę coś powiedzieć, ale słowa uwięzły jej w gardle. Amy zamierzała złapać Lockiego na dziecko? Coś jej się musiało pomylić.

– Ale dlaczego miałby to zrobić, skoro to nie jego dziecko? – zapytała.

Lily zdawała sobie sprawę, że Amy ukradła jej przyjaciela i że z nim flirtowała. Dopuszczała nawet do siebie myśl, że się całowali, ale nie potrafiła uwierzyć, że Lockie posunąłby się do czegoś więcej przed ślubem. Przecież był taki ostrożny. Całe życie podporządkował założeniom swojego planu, a przecież ten plan na pewno nie przewidywał dziecka z Amy. Mimowolnie cała się spięła. Odsunęła się i zdjęła rękę z pleców Amy.

– A dlatego, Lily, że zastawiłam na niego pułapkę. W sumie łatwo dał się w to wciągnąć. Zadbałam o to, żeby nas kilka osób widziało w pubie. Wtedy już wiedziałam, co jest grane. Gdzieś w głębi serca już wiedziałam.

Spojrzała na Lily, najwyraźniej zdając sobie sprawę, że już nie może liczyć na jej współczucie.

– Nie patrz tak na mnie, Lily. To był tylko raz. Dziecko mogłoby być jego. To tylko kilka tygodni różnicy. On się nigdy nie dowie.

Lily potrząsnęła głową. Musiałam się przesłyszeć, pomyślała. Wiedziała jednak, że się nie przesłyszała. Wiedziała też, co to oznacza. Lockie zostanie wrobiony w bycie ojcem dziecka innego mężczyzny.

Rozległ się dźwięk dzwonka nad drzwiami i oczom dziewcząt ukazała się pani McConaghy.

– Amy! Jak się czujesz? – zapytała radosnym głosem, podchodząc do siostrzenicy. – Jak ty wyglądasz! Ale podziwiam twoje zaangażowanie w pracę. Zobacz, Lily! Dziewczyna ledwo trzyma się na nogach, a przyszła do pracy. Powinnaś brać z niej przykład, Lily.

Lily poczerwieniała. Jej przecież nigdy nie zdarzyło się nie przyjść do pracy z powodu choroby. Nie wzięła wolnego, nawet gdy Joe był chory. Owszem, spóźniła się tamtego dnia, gdy zaprowadziła brata do szpitala, ale to wszystko. Cóż za bezczelność ze strony pani McConaghy! Gdyby ona wiedziała to, co wie Lily…

Drzwi od strony fabryki się otworzyły. Stali w nich pan McConaghy i jego szwagier.

– Lily, co jest? Postanowiłaś sobie dzisiaj odpuścić? Herbata powinna być gotowa pięć minut temu.

Lily milczała. Miała ochotę powiedzieć im coś do słuchu i wysłać ich do diabła. Amy właśnie jej powiedziała, że ma zamiar wrobić w małżeństwo jej najlepszego przyjaciela, jej utraconego przyjaciela. W tym momencie nic innego się dla niej nie liczyło. Nie była w stanie trzeźwo myśleć. Na szczęście wystarczyło jedno spojrzenie spode łba, żeby pan McConaghy zorientował się, że najrozsądniej będzie się wycofać. W biurze została więc tylko pani McConaghy, bez reszty pochłonięta Amy.

Lily wyjęła duży brązowy emaliowany garnek, przepłukała go i nasypała kilka łyżek herbacianych liści, które potem zalała wrzątkiem z czajnika. Muszę znaleźć Lockiego, pomyślała. Muszę go ostrzec. To dziecko nie jest jego i on powinien o tym wiedzieć. Kto mu powie, jeśli nie ja? Idiota!

Właśnie kończyła nalewać wodę do dzbanka, gdy otworzyły się frontowe drzwi i do biura wpadł Sam, najstarszy z synów pani McGuffy. Lily dobrze go znała. Widziała go jeszcze tego samego ranka, jak podawał mamie firanki do powieszenia. Rozglądał się po biurze w poszukiwaniu Lily. Przez otwarte drzwi wpadły do mrocznego wnętrza promienie słońca, które tego dnia jasno świeciło. Z trudem jednak przedzierały się przez gęstą mgłę papierosowego dymu, więc z początku Lily go nie rozpoznała.

– Czego chcesz? – ryknęła pani McConaghy, wyciągając ku niemu kij, który służył jej wieczorami do zasłaniania okiennic.

Lily była tak zaskoczona, że nie zdołała otworzyć ust. Pani McConaghy, która zwykle trzymała się blisko sejfu, najwyraźniej uznała, że chłopak przyszedł ją okraść.

– Ani mi się waż tu wchodzić, bo wezwę policję! – krzyknęła.

– Ale po co, proszę pani? – zapytał wyraźnie zdezorientowany Sam. – Mama przysłała mnie z wiadomością dla Lily. Czy ona tu jest? Chodzi o Lily Lancashire z Clare Cottages.

Potem dostrzegł ją w rogu pomieszczenia.

– Lily! Lily, chodzi o twojego Joego. Siostra Therese musiała go zabrać do szpitala. Jest teraz w St Angelus, naprawdę z nim kiepsko. Moja mama powiedziała, że masz tam zaraz iść, a ona zaopiekuje się Katie.

Lily zamarła. Nie była w stanie się ruszyć. Potem jednak kropla wrzątku skapnęła jej na palec i Lily aż podskoczyła z bólu, upuszczając czajnik do zlewu. Dopiero w tym momencie do niej dotarło, co powiedział Sam McGuffy. Nic takiego się nigdy wcześniej nie wydarzyło. Musiało być naprawdę źle. Joe od wczoraj kiepsko oddychał. Lily prawie całą noc nie spała, żeby go pilnować, ale rano wychodziła do pracy z myślą, że on się już czuje lepiej i mniej charczy.

Nie wahała się ani chwili. Zapomniała o Amy i jej kłopotach, zapomniała o wszystkich oczekiwaniach McConaghych. W tym momencie potrafiła myśleć tylko o małym Joem.

Rozdział 27

Tyle masz tylko do powiedzenia? Ja zarezerwowałem dla nas uroczy i romantyczny hotel, a ty chcesz jechać do swoich rodziców, i to beze mnie?

Teddy wypowiadał te słowa podniesionym głosem. Nie był zły, raczej poruszony i rozczarowany. Z niecierpliwością czekał na ten w pełni zasłużony urlop. Tak bardzo chciał wreszcie pchnąć ich związek na nowe tory. Sądząc jednak po minie Dany, jej zależało zupełnie na czymś innym.

– Teddy, ja muszę jechać do domu. Oni tam na mnie czekają. Nie mam wyboru. A gdybym cię tam ze sobą zabrała, wierz mi, że byłoby po wszystkim. Ksiądz by się u nas zjawił szybciej, niż prosi się maciora, i naprawdę nie wiem, czyby nam pozwolił wyjechać bez ślubu. Tam, skąd pochodzę, powszechnie uważa się, że kobieta w towarzystwie mężczyzny nie jest bezpieczna. Jak para się spotyka i zostaje sam na sam, to od razu wszyscy zakładają, że… no wiesz…

– Nie obraziłbym się, gdybyś chociaż dała mi szansę – zdenerwował się. – Dana, przecież mamy rok tysiąc dziewięćset pięćdziesiąty czwarty, a nie tysiąc osiemset pięćdziesiąty czwarty.

– Z tonu jego głosu wynikało, że nie potrafi tego zrozumieć ani zaakceptować.

– W twoim świecie tak. U mnie w domu tobym powiedziała, że jest raczej tysiąc dziewięćset dwudziesty czwarty, ale to nie ma znaczenia. To by dla ciebie było okropne. Może za rok, jeśli nadal będziemy razem…

– Za rok? – Teddy prawie trzasnął cynowym kubkiem o dno beczki, która służyła im za stolik. W całym pubie stało wiele nietypowych stolików. Przy nich, wśród trocin, porozstawiano nowe wysokie krzesła.

Chcąc dać wyraz swojemu zniecierpliwieniu, Teddy wyjął z kieszeni papierosa i go zapalił. Dany, która za jego namową również zaczęła palić, nie poczęstował. Przestrzeń między nimi wypełniła się ciszą i strumieniem dymu sączącym się z jego ust.

Bynajmniej nie chodziło mu o pieniądze, choć zaiste uregulował już całą należność za pobyt. To było dla niego wielkie rozczarowanie. Mieli wyjechać za trzy dni. Dlaczego ona mu o tym mówi dopiero teraz?

Usłyszeli syrenę karetki pędzącej w stronę szpitala. Nasłuchiwali, kiedy dźwięk ustanie, i oboje myśleli o tym samym. Teddy za godzinę zaczynał dyżur na oddziale nagłych wypadków. Jeśli to była karetka pogotowia, to wkrótce powinien stawić się w szpitalu. Dana znów pracowała nocami na oddziale dziecięcym i rozpoczynała zmianę dopiero o ósmej wieczorem.

– Ja zamierzam jechać. Z tobą albo bez ciebie.

Mówił to raczej ze smutkiem niż ze złością. Dana widziała, że jest mu przykro. Tylko że on nie próbował nawet zrozumieć jej sytuacji. Ona przecież pochodziła z domu, w którym życie wyglądało zupełnie inaczej niż to, które znał Teddy, członek prawniczego rodu z eleganckiej rezydencji pod miastem.

Dana próbowała dotknąć jego dłoni, ale on gwałtownie ją cofnął.

– A jak się tam dostaniesz? – zapytał, gasząc papierosa i usiłując zapomnieć o bólu odmowy.

– Statkiem. A potem wsiądę do pociągu, chociaż mogłabym też pewnie pojechać autobusem z Dublina. Mama tak bardzo się cieszy, że znów mnie zobaczy.

– Ty to masz dobrze. – Teddy dopił drinka i wstał.

Dana się wzdrygnęła, bo sobie przypomniała, że matka Teddy'ego zmarła, gdy on był małym dzieckiem. Zrobiło jej się go jeszcze bardziej żal. Że też się nie zastanowiła nad tym, co mówi.

– Muszę wracać do pracy. To pewnie jakiś nagły przypadek, już powinienem być na miejscu. Wracaj bezpiecznie do domu.

Nie oglądając się ani razu, Teddy wyszedł z pubu i przeszedł na drugą stronę drogi do St Angelus.

– Siostro Tanner, proszę przygotować stanowisko pediatryczne. Trudności z oddychaniem, wiozą do nas przestraszonego świeżo upieczonego czterolatka z zakonnicą.

Pammy poszła do brudownika, żeby tam zostawić ścierkę i roztwór chloroheksydyny, którym właśnie czyściła wózek. Odciągnęła zasłony otaczające stanowisko, na którym przyjmowali dzieci. Skoro zgłoszono trudności z oddychaniem, musiała sprowadzić tlen. Postanowiła zwrócić się w tej sprawie do jednego z pomocników portiera, który właśnie wychodził z oddziału.

– Bryan! – krzyknęła.

Siostra Antrobus spojrzała na nią z groźną miną.

– Proszę ciszej, siostro Tanner. To jest szpital, a nie boisko futbolowe.

– Tak, siostro. Przepraszam, siostro. – Pammy miała ochotę dygnąć przed siostrą Antrobus. Co oczywiście by nic nie dało, a oddziałowa i tak by się niemiłosiernie krzywiła na jej widok.

– Przywieź mi pełną butlę tlenu na stanowisko pediatryczne – syknęła do Bryana, żeby nie podnosić głosu.

– Już się robi, siostro Tanner – zapewnił Bryan, którzy zerknął na siostrę Antrobus, a potem z truchtu przeszedł w pełny bieg.

Kilka sekund później Pammy miała już przy łóżku stojak do kroplówki, wózek z lekami, sondę żołądkową i instrumenty niezbędne do przeprowadzenia badania. Ustawiła wszystko dokładnie tak, jak ją uczono podczas zajęć praktycznych w szkole pielęgniarstwa. Drzwi na oddział otworzyły się na oścież. Nic sobie nie robiąc z zakazów siostry Antrobus, sanitariusze wbiegli do środka, pchając przed sobą łóżko. Zaraz za nimi biegła zaniepokojona zakonnica.

– Czy stanowisko pediatryczne jest gotowe? – zapytał jeden z sanitariuszy.

– Jest. Proszę tutaj – powiedziała Pammy, kierując łóżko. Stanowisko otaczały bladozielone zasłony z białymi króliczkami. Pod ścianą stało szpitalne łóżeczko dla dzieci.

– Siostro Makebee, proszę przynieść piżamę w rozmiarze dziecięcym. Znajdzie ją siostra w pomieszczeniu gospodarczym – poleciła Pammy. Zanim jednak zdążyła choćby unieść wzrok, sekretarka Doreen podała jej piżamę wraz z notatkami na temat pacjenta.

– Zakonnica z St Chad's najpierw do nas zadzwoniła – powiedziała Doreen. – To ja wezwałam karetkę. Ona mi podała nazwisko chłopca, już tu u nas był. Pomyślałam, że przyniosę jego kartę, żeby było szybciej i wygodniej.

Pammy się uśmiechnęła i lekko ją wyściskała.

– Dziękuję – powiedziała. – Jesteś niezastąpiona, Doreen.

Przez ułamek sekundy obie myślały o tym samym – że mało brakowało, a panna Van Gilder zwolniłaby Doreen.

Kilka tygodni wcześniej w gabinecie zastępczyni przełożonej pielęgniarek zjawili się policjanci. Wypytali o Doreen. Panna Van Gilder z niewiadomych powodów niemal zemdlała na ich widok, więc policjant musiał wezwać na pomoc przełożoną. Wyjaśnił jej, że miał miejsce kolejny podobny atak na bezbronną dziewczynę w Durham i że sprawca został schwytany. Chcieli, żeby Doreen pomogła im go zidentyfikować.

W St Angelus wszyscy starali się chronić Doreen. Przełożona znała szczegóły sprawy i otoczyła dziewczynę opieką. Nalegała, żeby Doreen wróciła do pracy, gdy będzie gotowa. Gdy Doreen w końcu się zdecydowała, nawet siostra Antrobus okazała jej wsparcie. Z własnej woli wcieliła się w rolę jej anioła stróża i ucinała wszelkie plotki. Wszystko się jednak zmieniło po tym, jak panna Van Gilder spotkała się z policją i dowiedziała o historii Doreen. Koniecznie chciała znać szczegóły. Uznała za niestosowne, że ktoś z taką przeszłością pracuje w St Angelus, i gdy tylko przełożona pojechała wraz z doktorem Gaskellem na spotkanie do Manchesteru, wezwała siostrę Antrobus do swojego gabinetu.

– Ona ma złą reputację, siostro Antrobus. Cóż ona robi w tej instytucji w tak późnych godzinach nocnych? Czytałam jej kartę szpitalną. W chwili przyjęcia była pod wpływem alkoholu. Stanowczo domagam się niezatrudniania takich osób w szpitalu St Angelus.

Siostra Antrobus jako jedyna z całego personelu szpitalnego miała odwagę przeciwstawić się pannie Van Gilder. Wieść o tym zdarzeniu szybko rozniosła się po całym szpitalu, o co zadbały Elsie i Madge.

– Oddziałem nagłych wypadków kieruję ja. O obsadzie stanowisk decyduję ja, za zgodą przełożonej pielęgniarek, i ja odpowiadam za ich pracę. Ja decyduję, kto odejdzie, a kto zostanie, panno Van Gilder.

– Siostra chyba zapomina, kto tu rządzi, siostro Antrobus – odparła na to panna Van Gilder. – Jestem drugą przełożoną pielęgniarek i odpowiadam za wszystkie sprawy kadrowe szpitala.

– Nie na oddziale nagłych wypadków. Tutaj ja decyduję i wszystko zostanie po staremu.

Siostra Antrobus już nic więcej nie dodała, tylko wyszła, trzasnąwszy drzwiami.

Pammy od razu rozpoznała małego Joego. On jednak nie był w stanie się do niej uśmiechnąć ani odezwać.

Doktor Davenport pojawił się przy pacjencie jednocześnie z doktorem Mackintoshem. Pammy od razu zauważyła, jakie wymienili między sobą spojrzenia. Mały Joe był wyraźnie roztrzęsiony, kompletnie zdezorientowany. Usta miał lekko zasiniałe, trzymał się boków wózka, żeby się nie przewrócić. Pammy bardzo mu współczuła. Doskonale pamiętała, jaki był jej wdzięczny nawet za drobiazgi i jak go wszyscy uwielbiali. Nawet pani Duffy, która go nigdy nie widziała i znała tylko z opowieści Dany.

– To jedno z wyjątkowych dzieci – oznajmiła Dana przy śniadaniu na Lovely Lane. – Kiedy śpi, wygląda tak rozkosznie, że człowiek ma ochotę się rozpłakać.

Pammy spojrzała na małego chłopca. Był w kiepskim stanie i pewnie nawet nie rozpoznał Dany.

– Wpada w panikę, gdy próbujemy go położyć – poinformował sanitariusz z karetki. – Nie ma też sensu z nim rozmawiać, jest w stanie powiedzieć może trzy słowa naraz.

Złożył na pół koc, którym był owinięty Joe, po czym rzucił go z powrotem na wózek i skierował się do wyjścia.

Doktor Mackintosh wyjął stetoskop i podmuchał na końcówkę, uśmiechając się przy tym do chłopca.

– My już znamy tego młodego człowieka, prawda, siostro? – zwrócił się do Pammy. Nachylając się, żeby go osłuchać, raz jeszcze na nią spojrzał. – Proszę poprosić Doreen, żeby wezwała doktora Gaskella albo jakiegoś pediatrę. Wszyscy pojechali do Manchesteru na spotkanie w sprawie nowego oddziału intensywnej opieki medycznej dla dzieci. Trzeba jak najszybciej podłączyć kroplówkę. O, widzę, że wszystko już siostra przygotowała.

Pammy właśnie otwierała worek na odpady medyczne, gdy z daleka usłyszała pannę Van Gilder. Zawsze najpierw ją słychać, a dopiero potem widać, pomyślała. Zastępczyni przełożonej pielęgniarek strofowała Doreen za opuszczenie stanowiska. Doreen próbowała jej coś wyjaśniać, ale panna Van Gilder nawet nie chciała słuchać.

– Twoje miejsce jest za kontuarem, a nie przy stanowiskach szpitalnych. W ogóle nie powinnaś się zbliżać do pacjentów. Kogoś takiego jak ty w ogóle nie powinno być tu na oddziale.

Pammy uniosła głowę i zobaczyła łzy w oczach Doreen. Dziewczyna bez słowa uniosła kontuar i weszła do sekretariatu. Zanim jednak tam zniknęła, zdążyła jeszcze dostrzec troskę na twarzy Pammy.

Sekundę później panna Van Gilder pojawiła się przy łóżku Joego. Pammy miała złe przeczucia.

– Doktorze, czy mogę zapytać, po co temu chłopcu kroplówka? Przecież wszyscy wiemy, że on lada moment poczuje się lepiej. Już tu u nas był. O ile się nie mylę, na oddziale dziecięcym. Dobrze go pamiętam. Zaniedbane dziecko i tyle.

Doktor Mackintosh nic jej nie odpowiedział. Spojrzał za to na siostrę Therese, która nie odstępowała łóżka na krok.

– Od kiedy jest w takim stanie? – zapytał.

– Nie wiem, doktorze. Zdaje się, że czuł się gorzej już od jakiegoś czasu, ale dzisiaj rano mu się polepszyło. Spotkałam jego siostrę Lily, kiedy wychodziła do pracy. Obiecałam, że do niego zajrzę, gdy tylko jego mama wyjdzie... hm... do pracy. Jak przyszłam, to chłopczyna miał sine usta. Spanikowałam i zadzwoniłam do szpitala.

– Słusznie siostra zrobiła. A czy jego siostra wie, co się stało?

– Posłałam jej wiadomość do pracy, doktorze. Na pewno jest już w drodze.

Doktor Mackintosh wyglądał na zaniepokojonego. Doktor Davenport podszedł do wezgłowia łóżka i podniósł chłopca do pozycji siedzącej.

– A był ostatnio przeziębiony albo chory?

– Tak, tak, doktorze. U nich w domu nie jest najcieplej. Joe faktycznie kiepsko się miewał.

Siostra Therese była blada jak ściana. Doktor Mackintosh ją rozpoznał, bo widział ją kilka tygodni wcześniej na oddziale. Tyle że teraz to już nie była ta sama zadziorna i śmiała zakonnica, którą zapamiętał. Miała jednak wszelkie powody, żeby się martwić. On też był zaniepokojony, chociaż próbował to ukryć.

Joe nabierał powietrze krótkimi i gwałtownymi zrywami. Doktor Mackintosh zauważył, że częstotliwość tych zrywów narasta. Po przyłożeniu stetoskopu stwierdził okluzję dróg oddechowych, zapewne związaną z zaburzeniami pracy oskrzelików, i nagromadzenie wydzieliny, którą wyraźnie było słychać w płucach.

– Proszę podłączać tę kroplówkę! – warknął do doktora Davenporta. – Spróbujemy z aminofiliną. Poprzednio zadziałała. – Doktor Mackintosh postanowił nie wspominać, że tym razem chłopiec jest zdecydowanie w gorszym stanie. – Na początek dawka w strzykawce, a potem do worka z kroplówką, żebyśmy mogli rozłożyć podawanie leku w czasie. Proszę opuścić stanowisko, siostro. Zapraszam do poczekalni. – Był dla siostry Therese prawie niemiły.

Ona go zapamiętała jako życzliwego i uprzejmego lekarza. Obserwując teraz jego zachowanie, wywnioskowała, że sytuacja jest naprawdę poważna. Potem zaś usłyszała głos panny Van Gilder:

– Doktorze, moim zdaniem to zbędne. Zna doktor tego chłopca. Wie doktor, co się stanie. Marnuje doktor pieniądze na leki. Szpital to nie jest studnia bez dna. Nalegam, żeby zaczekać na przyjazd doktora Gaskella. Ostatecznie to on tu jest specjalistą od płuc.

– Może nie zdążyć dotrzeć tu na czas. Jest w Manchesterze, prawdopodobnie wróci dopiero jutro.

– Niewykluczone, ale moim zdaniem i tak powinien pan zaczekać.

Pammy aż otworzyła szeroko oczy, gdy usłyszała, co jej odpowiedział doktor Mackintosh. Nie przepadała za panną Van Gilder, ale teraz prawie zrobiło jej się żal tej kobiety.

– Proszę natychmiast stąd wyjść – brzmiało jego jednoznaczne i absolutnie jasne polecenie. Opisać jego postawę jako stanowczą byłoby poważnym niedopowiedzeniem.

Pammy odwróciła głowę i skupiła się na przebieraniu Joego w szpitalną piżamę. Szpitalny strój ułatwiał pracę lekarzom i pielęgniarkom.

Panna Van Gilder zaczęła mu wygrażać. W tym samym czasie doktor Davenport ponownie przyłożył stetoskop do piersi chłopca.

– Drogi oddechowe ma z całą pewnością niedrożne – zauważył, prostując się ze zmartwioną miną. – Szybko mu się pogarsza. Musimy bezzwłocznie działać.

Mały Joe niemal zupełnie zamilkł. Ledwo było słychać jego króciutkie wdechy i długie wydechy. Usta miał już ciemnoniebieskie i zupełnie bez sił leżał na poduszkach.

– Proszę wyjść! – powtórzył doktor Mackintosh do panny Van Gilder, która wycofała się już bez słowa, ale za to głośno wzdychając.

Potem wszyscy drgnęli, bo powietrze przeszył krzyk.

– Joe! – Głos należał do Lily. – Joe! – krzyknęła znowu.

Pammy usłyszała najpierw siostrę Therese, potem odgłos szurania po drewnianej podłodze, a po chwili szepczące głosy. Spojrzała na Joego i dostrzegła w jego oczach, że rozpoznał nawołujący go głos.

Siostra Therese zaprowadziła Lily do poczekalni i wzięła ją w objęcia.

– Cichutko, kochanie – powiedziała, mocno ją przytulając. – Ma najlepszą możliwą opiekę. Zajmuje się nim ten lekarz co poprzednio.

Lily wyrwała się z ramion zakonnicy i nie zwracając uwagi na wycofującą się pannę Van Gilder, wsunęła się za zasłonę. Widok małego Joego odebrał jej mowę. Z przerażenia zasłoniła sobie usta dłońmi.

– Joe… – wyszeptała, starając się nie dać po sobie poznać, jak bardzo się wystraszyła.

Nie zdążyła jednak do niego podejść, bo Pammy wzięła ją za rękę i wyprowadziła za zasłonę.

– Bardzo mi przykro, moja droga. Nie wiem, czy pani mnie pamięta?

Lily skinęła głową. Nie zapomniałaby osoby, która była tak dobra dla Joego. A to był jeden z aniołów z Lovely Lane. Nie powiedziała tego na głos, ale cieszyła się, że zastała dziś w szpitalu tę samą pielęgniarkę.

– Doktora Mackintosha też pani pamięta?

Lily znów skinęła głową. Łzy płynęły jej z oczu po dłoni, którą ciągle jeszcze trzymała na ustach i bała się opuścić, żeby nie zacząć krzyczeć.

– Chodźmy, kochana. Usiądzie pani z siostrą Therese. – Pammy zaprowadziła Lily na krzesło. – Właśnie chciałam powiedzieć, że doktor Mackintosh zamierza podać Joemu ten sam lek co wtedy. Nie wiem, czy pani pamięta, ale poprzednio zadziałał, więc nie mamy podstaw, aby teraz wątpić w jego skuteczność.

Pammy postanowiła nie wspominać o tym, że Joe trafił do szpitala w znacznie gorszym stanie niż poprzednim razem i lekarze bardzo się martwią.

Lily lubiła doktora Mackintosha i miała do niego zaufanie. Wiedziała, że zrobi wszystko, co w jego mocy.

– Chodzi o to samo co poprzednio? O jego oddychanie?

– Tak – odparła Pammy. – Jeśli teraz pani do niego pójdzie, to tylko utrudni pracę lekarzom. Najlepiej pozwolić im działać.

Lily troszeczkę się uspokoiła. Joe miał za sobą setki takich ataków i zawsze w najgorszym momencie nagle mu się poprawiało. Była pewna, że tym razem też tak będzie.

– Dziękuję, siostro – wyszeptała.

Siostra Therese posadziła Lily na krześle i ją objęła.

Dziewczyna spojrzała na nią z niepokojem.

– Co się stało? Czy mama siostrę wezwała?

Na twarzy siostry Therese malowało się zażenowanie.

– Nie, Lily. Przyszłam nieco wcześniej, niż prosiłaś. – Ściszyła głos i odtąd już mówiła szeptem. – Wiedziałam, że przed trzecią wyjdzie do pubu, więc poszłam trochę wcześniej, żeby może zamienić z nią słowo. Miałam przeczucie co do małego Joego. Przyszłam o drugiej, ale jej już nie było. Mały był sam. Bardzo się ucieszył na mój widok, ale jak go tylko usłyszałam, to od razu wiedziałam, że jest źle. Zaczął mówić od rzeczy, zupełnie bez sensu, więc wzięłam go na ręce i popędziłam do St Chad's. Pani McGuffy mi pomogła. Pilnowała go, gdy dzwoniłam do szpitala. Jeśli ty nadal będziesz tutaj, ona po szkole zabierze do siebie twoją Katie i da jej herbatę, więc niczym nie musisz się martwić, wszystko jest zorganizowane.

– Będę jej musiała podziękować, jak wrócę – powiedziała Lily.

Nagle poczuła się strasznie zmęczona i przerażona. Wygrzebała z kieszeni chusteczkę. Wolałaby, żeby Katie tu była, żeby wszyscy byli w jednym miejscu i żeby mogła ją zobaczyć. Miała poczucie, że zawiodła małego Joego. Poza nią przecież nikt inny tak naprawdę się o niego nie troszczył, tak samo zresztą jak o Katie. Ona musiała zadbać o nich oboje. Czyżby teraz przegrała bitwę, czyżby jej rodzina miała się rozpaść? Czy siostra Therese, doktor Mackintosh albo jeszcze ktoś inny zaczną teraz nalegać, żeby Joe i Katie trafili do sierocińca?

– Mogę go zobaczyć?

– Jeszcze nie, kochana – powiedziała Pammy. – Muszę iść, żeby tam pomóc, ale poproszę siostrę Makebee, żeby wam przyniosła herbatę.

Po drodze Pammy zatrzymała jakąś pielęgniarkę przy drzwiach do gabinetu i coś jej tłumaczyła. Siostra Therese cały czas obejmowała Lily ramieniem, ale siedziały w ciszy. Zakonnica bardzo chciała powiedzieć coś, co by pomogło Lily wyrwać się z rozpaczy.

– Jeśli dają mu ten sam lek co poprzednio, to szybko powinno mu się poprawić, prawda? To ten sam lek, który dobrze zadziałał ostatnio. Pamiętasz? Przecież wtedy już po godzinie było w porządku.

Lily usłyszała stukot paciorków różańca, schowanego gdzieś w połach habitu. Wiedziała, że siostra Therese się modli. I że kłamie.

Z jednego ze stanowisk wyszła młoda kobieta w ciąży. Zza innej zasłony wyłonił się mężczyzna o kulach. Światło przygasało, a oddział powoli pustoszał. Tylko od czasu do czasu pielęgniarka czy lekarz przechodzili pospiesznie między łóżkami. Na twardych drewnianych krzesłach na wieści czekały już tylko Lily i siostra Therese.

Obserwowały, jak Doreen nakłada płaszcz i kapelusz. Gdy spojrzała na Lily, na jej twarzy odmalowało się współczucie. Podeszła do nich.

– To najlepszy lekarz w tym szpitalu – zapewniła. – Powiedziałabym nawet, że najlepszy w całym Liverpoolu. Może się pani tym pocieszać. Opiekował się mną, gdy byłam chora, i proszę zobaczyć. Głowa do góry, wszystko będzie dobrze.

Uścisnęła jeszcze dłoń Lily, posłała życzliwy uśmiech siostrze Therese i poszła do domu.

Wcześniej Lily z wdzięcznością przyjęła herbatę od pielęgniarki Makebee. Ciepły i słodki płyn trochę jej pomógł. Przestała się trząść i oddech jej się uspokoił. To wszystko, co się wokół nich działo – to przepychanie wózków, ci wchodzący i wychodzący ludzie, te ściszone głosy, ogólny brak paniki i atmosfera spokoju – to wszystko podnosiło ją na duchu. Mały Joe był pod dobrą opieką.

– Lekarze i pielęgniarki są tu wspaniali. Prawdziwi z nich cudotwórcy – powiedziała siostra Therese.

Lily tymczasem wpatrywała się w stopy widoczne pod kotarą otaczającą łóżko Joego. Czekała cierpliwie, aż ktoś się stamtąd wyłoni i wyjaśni jej, co się dzieje. Chciała zobaczyć radosne oczy Joego i jego zadziorny uśmiech. Chciała się nad nim nachylić i pozwolić mu pobawić się swoimi włosami. Chciała go po prostu zobaczyć. Chciała być gdziekolwiek indziej, byle nie tu. Chciała, żeby Joe lepiej się czuł.

– No proszę, proszę, kogóż tu do nas przyniosło!

Lily uniosła głowę i zobaczyła, że siostra Therese wstaje, żeby się przywitać z Lockiem, który właśnie stanął w drzwiach prowadzących na oddział.

– Już cię nie widujemy w Clare Cottages, młody człowieku. Słyszałam, że świetnie sobie radzisz.

– Przyszedłem, kiedy tylko się dowiedziałem, siostro – powiedział, zmierzając w kierunku Lily. – A dowiedziałem się u McConaghych.

Zdjął czapkę i usiadł obok Lily.

– Jak on się czuje?

Przybycie Lockiego przyniosło Lily wyraźną ulgę.

– Okropnie, Lockie – wyznała, nie siląc się na zachowywanie pozorów. – Jeszcze go nie widziałam w takim stanie.

– Biedaczek.

Siostra Therese postanowiła wykorzystać fakt, że Lockie się zjawił.

– Lockie, czy mógłbyś tu zostać przez pół godziny? Ja bym poszła na Anioł Pański i zajrzała do Katie.

– Oczywiście, siostro. Zostanę, aż wszystko się wyjaśni. Wracając, zajrzę do St Chad's.

Ledwo siostra Therese zdążyła wyjść, jak Pammy wyłoniła się zza zasłonki i przyszła porozmawiać z Lily.

– Dzień dobry, jestem siostra Tanner – przedstawiła się Lockiemu. – Proszę posłuchać, obawiam się, że znów będziemy go musieli zatrzymać. Nie ma lekarza, który się specjalizuje w chorobach płuc, bo jest na ważnym spotkaniu w Manchesterze. Doktor Mackintosh chce, żeby Joe tu został i żebyśmy mieli na niego oko. Później, gdy jego stan się ustabilizuje, przeniesiemy go pewnie na oddział dziecięcy. Przynieść państwu jeszcze herbaty?

Lockie skinął głową.

– Lily też by nie zaszkodziła. Może wyskoczę na chwilę, żeby jej przynieść coś do jedzenia, siostro?

– Oczywiście – powiedziała Pammy, uśmiechając się do obojga.

Wracając z herbatą, mijała doktor Mackintosha, który siedział w gabinecie i wypełniał dokumentację.

– Myślałem, że to dla mnie! – wykrzyknął na jej widok. – A dla kogo ta druga?

– Dla siostry Joego. Właśnie przyszedł jej chłopak.

Doktor Mackintosh opadł na oparcie krzesła i wyjrzał z gabinetu, żeby zobaczyć, o kim mowa.

Lockie objął Lily ramieniem, a ona oparła głowę na jego klatce piersiowej i zamknęła oczy. Na oddziale nagłych wypadków było już pusto, został tylko mały Joe i oni dwoje w poczekalni. Siostra Antrobus i panna Van Gilder dawno poszły do domu.

Doktor Mackintosh był rozczarowany. Na widok Lockiego poczuł ukłucie zazdrości. Mogłem się domyślić, pomyślał. Taka kulturalna i ładna dziewczyna jak Lily bez trudu kogoś sobie znajdzie.

Teddy Davenport uważnie mu się przyglądał. Usiadł obok.

– Wszystkich się nie da uratować – powiedział. – Takie życie. – Niemal wypluł z siebie te słowa, a w jego głosie pobrzmiewała gorycz.

Siostra Makebee zauważyła dwóch lekarzy, weszła więc do gabinetu.

– A panom może przynieść herbaty? – zapytała słodko. – Niestety nie mam nic mocniejszego, żeby do niej dolać. Bardzo mi przykro.

Obaj lekarze nagle unieśli głowy. Doktor Mackintosh nie przepadał za siostrą Makebee. Wydawała mu się zbyt pewna siebie. Zachowywała się jak pielęgniarka z dużym doświadczeniem, a przecież była dopiero praktykantką. Poza tym nieraz widywał ją w akcji na oddziale nagłych wypadków, jak flirtowała ze studentami medycyny. Było dla niego całkowicie oczywiste, że jej życiowym celem jest wyjść za mąż za lekarza. Od jednego ze studentów dowiedział się, że ona już ma chłopaka. Wcale go to nie zdziwiło. Teddy'ego tymczasem jej zachowanie w ogóle nie zniechęcało.

– Skoro taki tu u nas spokój, to może siostrze pomogę? – zaproponował.

Odprowadzili ich wzrokiem zarówno Pammy z grymasem niepokoju, jak i doktor Mackintosh, który jakby stracił rezon, choć sam nie do końca rozumiał dlaczego. Lekarz po chwili wrócił do swoich notatek.

Lily uniosła głowę z ramienia Lockiego i wyjęła chusteczkę.

– Może jednak przyniosę ci coś do jedzenia? Może pójdę i powiem McConaghym, że jutro cię nie będzie? Chciałbym jakoś pomóc. Co mogę zrobić? – zapytał.

– Nie byłabym w stanie nic przełknąć, Lockie. Myślisz, że państwo McConaghy są na mnie źli? Co mam zrobić? Przecież nie zostawię Joego samego w szpitalu. Zastępuję mu jednocześnie ojca i matkę – powiedziała z goryczą w głosie. – Muszę, bo on nikogo poza mną nie ma.

Lily była sama na świecie. To poczucie odpowiedzialności za wszystko i wszystkich od dawna jej ciążyło. Nagle poczuła złość na Lockiego. Tak strasznie była zła, że miała ochotę krzyczeć na niego, że dał się omamić Amy, że o niej zapomniał i jeszcze wpakował się w tarapaty. Ostatecznie nic nie powiedziała. Byli przecież tylko przyjaciółmi, nic więcej. Lockie nie miał wobec niej żadnych zobowiązań. Ona dopiero dzisiaj uświadomiła sobie, że jest zupełnie sama na świecie. Jeszcze nigdy w życiu nie bała się tak jak teraz.

– Po takiej wprawce będziesz kiedyś wspaniałą mamą – powiedział Lockie.

Zaraz potem zauważył jednak, że na jej twarzy malowało się coś z pogranicza pretensji i gniewu. To, co zobaczył, raz jeszcze mu przypomniało, że ona ma naprawdę ciężkie życie.

Być może przez gniew na rodziców, a być może pod wpływem przerażenia, które ją ogarnęło na widok Joego, Lily powiedziała coś zupełnie nie w swoim stylu. Właściwie nie powinna w ogóle się wtrącać. To była sprawa między Amy a Lockiem. Poczucie lojalności w stosunku do jedynego człowieka na świecie, który ją kiedykolwiek traktował jak równą sobie, ostatecznie przeważyło jednak nad naturalnym instynktem niewtykania nosa w cudze sprawy. Te słowa mocno wryły się jej w pamięć i domagały wydobycia na światło dzienne. Lily doskonale wiedziała, że jeśli je wypowie, nie da się ich potem cofnąć.

Przypomniała sobie wyznanie Amy i już wiedziała, że powie mu o wszystkim, jeszcze zanim się dziś rozstaną. Owszem, zaboli go to, ona doskonale zdawała sobie z tego sprawę, ale nie mogła milczeć. On nawet nie zdawał sobie sprawy, że grozi mu niebezpieczeństwo, a ona musiała go chronić. Pomóc w tej trudnej dla niego chwili, tak jak on pomógł jej dzisiaj. Być może pewnego dnia jej za to podziękuje. Amy przecież zamierzała na zawsze odmienić bieg jego życia. On powinien o tych jej planach wiedzieć.

Gdy już Lily postanowiła wszystko Lockiemu wyznać, odpowiednie słowa po prostu same popłynęły z jej ust.

– Lockie, Amy jest w ciąży i zamierza cię wrobić w małżeństwo.

Lockie odsunął się i spojrzał na nią tak, jakby właśnie wyrosła jej druga głowa. Na jego twarzy malowało się ogromne zaskoczenie.

– Boże, a co cię skłoniło, żeby coś takiego powiedzieć? – zapytał.

– To prawda – zapewniła Lily bez cienia emocji w głosie. Tyle różnych uczuć kotłowało się w tym momencie w jej wnętrzu, że zamiast smutku albo złości na zewnątrz nie okazywała zupełnie nic.

Lockie skoczył na równe nogi, a jego krzesło mocno zgrzytnęło o drewnianą podłogę. Odwrócił się do niej plecami, zdjął czapkę z głowy i przeczesał włosy ręką. Przez chwilę wpatrywał się w ziemię, a potem znów gwałtownie się do niej odwrócił.

Spojrzał na nią z góry.

– Mówisz tak, bo mnie nie chcesz – syknął. – Ale jednocześnie nie chcesz, żebym był z kimkolwiek innym.

Jego słowa zabolały Lily, jakby Lockie wymierzył jej policzek. Górował nad nią swoją posturą i wyraźnie czuła bijący od niego gniew. Dotychczas żaden mężczyzna poza ojczymem nie okazał takiego gniewu w jej obecności. Lily poczuła, że serce jej wali jak młotem, a głos zupełnie stracił siłę, brzmiał mizernie i niepewnie.

– Lockie, to nieprawda. Jesteś dla mnie jak brat. Ja po prostu wiem, że Amy jest w ciąży i dlatego okazywała ci tyle zainteresowania. Ojciec jej dziecka jest już żonaty i nie chce jej widzieć na oczy, więc ona potrzebuje kogoś, kto by się zechciał z nią ożenić, a ty dajesz się bardzo łatwo w to wrobić.

Lily chciała okazać mu współczucie, ale przychodziło jej to z trudem. Miała przecież własne problemy, znacznie poważniejsze. Czy kiedykolwiek będzie mogła wrócić z Joem do domu? Co się stanie z nią i z Katie? Dotychczas jakoś dawała radę, choć ledwo, a teraz Joe o mały włos nie umarł. Czara goryczy się przelała. Lily spodziewała się najgorszego. Tak silnych dolegliwości Joe dotychczas nie miał. Odtąd nie będzie go już mogła zostawić samego. Za bardzo by się bała, że sytuacja się powtórzy. Ojczym zniknął, z matką było coraz gorzej. Poprzedniego dnia w drodze do pracy Lily poszła z książeczką opłat do administracji i zapłaciła czynsz za dwa tygodnie z góry. Niewiele jej potem zostało na węgiel i jedzenie. Jak sobie poradzi, jeśli nie będzie mogła wrócić do McConaghych? Nie potrafiła uwolnić się od poczucia, że czas jej się kończy, a życie lada moment zmieni się na zawsze. Że oto stoi na krawędzi katastrofy.

Na twarzy Lockiego gniew mieszał się z niedowierzaniem. Lily potrafiła przewidzieć dalszy bieg wypadków. On nie będzie w stanie przyjąć do wiadomości tego, co usłyszał. Odejdzie. Zostawi ją tam.

Rzeczywiście odchodził.

Szanse na to, że jeszcze go kiedykolwiek zobaczy, jeśli nie wróci do pracy u McConaghych, były naprawdę mizerne. On nie bywał w okolicach Clare Cottages. Jeszcze do wczoraj Lily zapewne by się wahała, czy powiedzieć mu o tym, czego się dowiedziała. Jąkałaby się i plątała w zeznaniach i pewnie ostatecznie wycofała z tego pomysłu rakiem. Teraz jednak wiedziała, że ma zadanie do wykonania. Musiała mu wszystko powiedzieć, więc to właśnie zrobiła.

Jego reakcja ją zaskoczyła. Zamiast podziękować jej za to, że uchroniła go przed największym życiowym błędem, ona zwrócił się przeciwko niej.

– Ty po prostu nie chcesz, żebym ja był szczęśliwy, co, Lily? Z tobą życie źle się obeszło, więc postanowiłaś popsuć to, co mnie spotkało dobrego.

Lily spojrzała mu prosto w oczy.

– Zwariowałeś? Przecież jestem twoją przyjaciółką. Nie mówię tego dlatego, że chcę cię dla siebie. Jak mogłeś w ogóle coś takiego pomyśleć?

– Bo ty mi to całą sobą mówisz, Lily. Amy nie jest w ciąży, nie ma żadnego drugiego mężczyzny… A wiem to, bo codziennie się z nią widuję u McConaghych. Idę sobie. Może pewnego dnia mnie za to wszystko przeprosisz.

Po tych słowach odwrócił się i odszedł.

Lily usłyszała, jak zamykają się za nim drzwi, ale wzrok miała już utkwiony w zasłonie wokół łóżka Joego. Nawet za nim nie spojrzała.

Tymczasem zbiegając po schodach, Lockie wpadł na doktora Mackintosha.

– Halo! – zawołał lekarz i lekko się zachwiał.

Lockie nie zareagował. Zeskakiwał po dwa stopnie naraz, a gdy ruszył w kierunku głównego wyjścia, jego zamaszysty krok niósł się potężnym echem po korytarzu.

Rozdział 28

Minęła kolejna godzina, zanim stan Joego ustabilizował się na tyle, by Lily mogła zobaczyć brata i można go było przenieść na oddział dziecięcy. Za oknem zapadała już noc. Joe był spokojny, spał pod kroplówką. Lily niemal zemdlała z ulgi.

– Pani chłopak sobie poszedł? – zapytała Pammy, wyrywając Lily z zamyślenia. Usiadła obok niej na krześle i rozglądała się wokół.

– A nie, to tylko znajomy. Z domu i z pracy. Nikt szczególnie wyjątkowy.

– Rozumiem. Chciałam pani tylko powiedzieć, że nocny dyżur na oddziale dziecięcym pełni moja przyjaciółka, siostra Brogan. Joe będzie w dobrych rękach. O ile pamiętam, była nim urzeczona podczas jego poprzedniego pobytu.

Dołączył do nich doktor Mackintosh. Chciał porozmawiać z Lily. Na jej widok serce mu mocniej zabiło. Robiła wrażenie takiej delikatnej, a na jej zapłakanej twarzy było widać napięcie. Gdy wstała z krzesła, żeby się z nim przywitać, zachwiała się niepewnie, więc objął ją ramieniem, żeby się nie przewróciła.

– Oj, ostrożnie. Wszystko w porządku?

Lily skinęła głową.

– Przepraszam, za szybko się zerwałam. Jak on się czuje? Czy już z nim lepiej?

Doktor Mackintosh powoli zdjął dłoń z jej ramienia. Lily by się cieszyła, gdyby ją tam pozostawił, bo nawet przez wełniany sweter czuła bijące od niego ciepło i siłę.

– Odzyskał kolory, ale o widocznej poprawie nie ma jeszcze mowy. Drogi oddechowe nadal są niedrożne, cały czas obserwujemy skurcz oskrzeli. Do tego wszystkiego zalega mu bardzo dużo wydzieliny. Przyznam, że trochę mnie nastraszył. Potrafi pani powiedzieć, od kiedy tak ciężko oddycha?

Lily zmarszczyła brwi.

– No cóż, zawsze oddychał z wysiłkiem, ale sapanie przy każdym oddechu trwało wczoraj cały dzień i w nocy. Rano, gdy wychodziłam do pracy, mówił, że już mu lepiej. Inaczej bym nie poszła. Zabrałabym go do lekarza, naprawdę…

– Wiem, że by go pani zabrała – zapewnił lekarz. – I on też to wie. Takie rzeczy trudno przewidzieć. Tym razem zamierzam postawić mu przy łóżku maszynę do wspomagania oddychania, na wszelki wypadek. To respirator, ale proszę się nie obawiać. Użyjemy go tylko w ostateczności.

Lily chciała zapytać, o jaką ostateczność chodzi, ale nie zapytała.

– Otoczymy go najlepszą opieką. Zapewniam panią, że zastosujemy w leczeniu pełen wachlarz dostępnych nam środków. Prosiliśmy już o konsultację doktora Gaskella, najbardziej doświadczonego specjalistę w dziedzinie chorób klatki piersiowej nie tylko w tym szpitalu, ale w ogóle w całym regionie. Właśnie wraca z konferencji w Manchesterze, żeby go zbadać. Miał tam zostać na noc, ale wraca. Tak ważny jest dla nas Joe. Kiedy nakreśliłem mu sytuację, sam zaproponował, że niezwłocznie wyruszy w drogę powrotną.

Lily z wdzięczności miała ochotę się rozpłakać.

– Wiem, że to niezgodne z zasadami, ale czy mogłabym chwilę z nim zostać?

Doktor Mackintosh skinął głową.

– Oczywiście.

Dobrze wiedział, że będzie musiał się z tego tłumaczyć zarówno przed panną Van Gilder, jak i przed oddziałową, ale tyle już widział dzieci, które umierały w ramionach zupełnie obcych ludzi... Dysponował rozległą wiedzą medyczną i potrafił zastosować rozmaite metody terapeutyczne, ale zawsze coś mu mówiło, że czasem to obecność matki decyduje o być lub nie być małego pacjenta. A jeśli śmierci nie dało się uniknąć, ona mogła pomóc ukoić strach umierającego dziecka. Bardzo mu się nie podobały restrykcyjne zasady odwiedzin obowiązujące na oddziale dziecięcym. Był gotów walczyć o sprawę Lily.

– Proszę ze mną – powiedział. – Zaprowadzę panią na oddział. Na pewno mi nie odmówią.

Wspinał się po schodach z pełną świadomością, że przekroczył pewną własną granicę. Nigdy dotąd nie zaprowadził krewnego pacjenta na oddział. Jeszcze mu się nie zdarzyło interesować życiem i historią bliskich swoich pacjentów. Dotychczas nie miał ochoty po prostu przebywać w ich towarzystwie. Tymczasem z nią chciał posiedzieć. Chciał ją potrzymać za rękę i trochę podnieść na duchu.

Posadził Lily przy łóżku Joego i zostawił ją tam z dojmującym poczuciem zagubienia. Zdążył już zauważyć, że ona w jego obecności się denerwuje. Do tego stopnia, że aż się trzęsła, gdy z nią rozmawiał. Bała się ludzi, którzy mogli zadecydować o jej losie. Coś ukrywała, coś starała się chronić. Jakże często widywał takie rzeczy...

Lily właściwie nie odrywała oczu od Joego. Chłonęła bladość jego skóry, wpatrywała się w cały otaczający go sprzęt i wielkie białe łóżko, na którym leżał. Rączkę wystającą spod szeleszczącej białej kołdry miał zamocowaną do drewnianej deszczułki i owiniętą bandażem, żeby jej nie zginał. Z jednej strony łóżka stała kroplówka, z drugiej zaś wspomniany przez doktora Mackintosha respirator. Joe leżał wsparty na poduszkach, a wokół jego łóżka rozpięto namiot, do którego wnętrza pompowano parę, żeby łatwiej mu było oddychać. W pomieszczeniu pachniało olejkiem kamforowym i jakimś delikatnym środkiem antyseptycznym.

Wyczerpany Joe spał, ale obudził się, gdy wyczuł jej obecność.

– Lily – westchnął na jej widok. – Lily, czy wszystko z tobą dobrze?

Lily aż stanęły łzy w oczach.

– Czy ze mną dobrze? To ty się źle czujesz, a nie ja.

Joe się uśmiechnął.

– Przepraszam, Lily.

– Joe, przecież to nie twoja wina. Dlaczego mnie przepraszasz? Nic nie możesz poradzić na to, że jesteś chory.

Wyciągnął swobodną rękę w kierunku pukla jej włosów, który opadł na poduszkę. Chwycił go i zaczął sobie owijać wokół palców. Lily z uśmiechem pogłaskała brata po buzi. Wiedziała, co się za chwilę stanie. Zmęczony strachem i stresem chłopiec za moment znowu zapadnie w sen.

Ona wsunęła ręce przez szczebelki białego łóżeczka i teraz trzymała go za bezwładną już dłoń. Starała się za wszelką cenę nie rozpaść. Modliła się i zastanawiała, czy jej matka w ogóle wie, gdzie się podziewa Joe, czy Katie dostała coś do jedzenia i czy ma gdzie spać.

Nie miała też wątpliwości co do tego, że lekarz sporo przed nią zataił. Z jego twarzy wyczytała, że niepokoi się bardziej niż poprzednio. Wsłuchując się w oddech Joego, raz po raz odtwarzała sobie w pamięci jego słowa. Brzmiały obco. Jak gdyby mówił o innym chłopcu, a nie o małym Joem. Z całej siły próbowała odepchnąć od siebie myśl, że życie Joego może już odtąd zawsze tak wyglądać. Na razie wyglądało na to, że im jest starszy, tym gorzej się czuje.

Minęło trochę czasu. Lily siedziała z pustym kubkiem i spodkiem w dłoni, wpatrując się w miasto przez duże okno we wnęce, w której stało łóżko Joego. Widziała światła gasnące w biurach, sklepach i budynkach portowych i te rozpalające się w mieszkaniach. Obserwowała ludzi, którzy wracali do domów ze zwieszonymi głowami. Odprowadzała wzrokiem postaci, które szły przed siebie w ciemnych płaszczach, z torbami i parasolami w dłoniach, myśląc tylko o tym, aby jak najszybciej dotrzeć na miejsce i wreszcie schować się przed tym deszczem mżącym od samego rana.

Mniej więcej po dziesięciu minutach przy łóżku Joego pojawił się doktor Mackintosh. W rękach miał tacę. Położył ją na szafce przy łóżku.

– To dla pani – powiedział. – Spotkałem w kuchni salową i kazała mi to pani przynieść.

Lily poczuła zapach jedzenia i aż jej ślinka pociekła.

– Zawsze pan robi takie rzeczy? – zapytała, wskazując głową tacę.

– W sumie to nie, w każdym razie nie ja osobiście, chociaż staramy się dbać o tych, którzy odwiedzają pacjentów w wyjątkowo kiepskim stanie. Zwłaszcza jeśli to piękne kobiety.

W tym momencie doktor Mackintosh miał ochotę ugryźć się w język. Jak mógł powiedzieć coś równie prymitywnego i głupiego? Wyszło żałośnie. Jakby próbował naśladować Teddy'ego Davenporta i jego rozmowy z siostrą Makebee. Tyle że jemu zupełnie to nie wyszło.

Lily oblała się rumieńcem. Jeszcze nigdy w życiu nikt jej nie powiedział, że jest piękna. Nie wiedziała, jak zareagować. Poza tym nie wierzyła, że doktor Mackintosh kiedykolwiek wcześniej przyniósł odwiedzającemu zapiekankę mięsną i dzbanek z herbatą. Uśmiechnęła się szeroko i szczerze, po raz pierwszy, odkąd przyszła dziś do szpitala.

Lekarz postanowił ratować sytuację poprzez sprowadzenie rozmowy na tematy medyczne. Później tłumaczył sobie, że ta niestosowna uwaga wymsknęła mu się pod wpływem wyjątkowej atmosfery, która wytworzyła się wieczorną porą w dramatycznych okolicznościach i blasku nocnej lampki.

– Chciałem sprawdzić, jak oddycha i dolać trochę leku do kroplówki – poinformował Lily, zakładając stetoskop. – A pani niech się posili. Dzienna zmiana właśnie zdaje obowiązki nocnej. Wygląda na to, że dyżur zaczyna właśnie jedna z ulubionych pielęgniarek Joego.

Lily znów się uśmiechnęła. Wstała i pomogła lekarzowi unieść piżamę małego pacjenta.

– Czy on wydobrzeje? – zapytała z niepokojem w głosie.

– Na razie spokojnie śpi, a to najlepsze z lekarstw. – Stali pochyleni nad Joem. Gdy doktor Mackintosh lekko obrócił chłopca, żeby go osłuchać, włosy Lily musnęły go w rękę. – Widziałem pani chłopaka, kiedy wychodził z oddziału. – Lekarz starał się, żeby to zabrzmiało swobodnie, jak uwaga rzucona przez grzeczność w trakcie wykonywania innych czynności. Odpowiedź Lily okazała się jednak muzyką dla jego uszu.

– Ależ to nie jest mój chłopak. To Lockie. Znam go od dziecka. Przyjaźniliśmy się przez wiele lat, a teraz go często widuję w pracy.

Doktor Mackintosh nie posiadał się z radości. Czyli poza Lockiem nie było żadnego mężczyzny, do którego ta dziewczyna mogłaby się zwrócić w tych trudnych dla siebie chwilach. Gdyby miała chłopaka, on by się tutaj na pewno pojawił. To zaś oznaczało, że Lily nie była z nikim związana. Ta myśl poprawiła mu humor.

Anthony Mackintosh aż za dobrze zdawał sobie sprawę, że przez swoje nawyki sam siebie skazuje na samotność albo alkoholizm. Pozostawało tylko pytanie, co dopadnie go pierwsze. Zaczynał pracę z samego rana, a ze szpitala wychodził często dopiero o dziesiątej wieczorem. Zamiast jednak iść do domu, zaglądał do pubu, bo tam zawsze można było spotkać jakiegoś innego lekarza. Ostatnio do niego dotarło, że ci inni lekarze się zmieniali, i tylko on był zawsze. Nieżonaty i wciąż taki sam. Opróżniając kolejne szklanki z piwem, z trudem opierał się wrażeniu, że życie toczy się gdzieś poza nim. W zeszłym roku w tym dniu, gdy odbywał się bal lekarza, wziął dyżur na oddziale nagłych wypadków, żeby młodsi koledzy mogli iść na potańcówkę i się wybawić. Wiedział, że jeśli tak dalej pójdzie, nigdy się nie ożeni i nie będzie miał dzieci. Strach przed pustym i samotnym życiem nagle przywrócił go do rzeczywistości i otworzył mu oczy, a wtedy zobaczył Lily. To była pierwsza kobieta, która autentycznie zwróciła jego uwagę i od której nie mógł oderwać wzroku. Pierwsza, która samym swoim widokiem podnosiła mu tętno.

– Dobrze sobie radzi – powiedział, prostując się. – Nadal słyszę lekki świst, ale niewykluczone, że to mu już zostanie do końca życia. Poza tym wszystko wydaje się być w porządku.

– Jaka ulga! A czy mogę go tu zostawić i iść do domu sprawdzić, co u mojej siostry Katie? Wpuszczą mnie tu jeszcze, jeśli wyjdę?

Doktor Mackintosh potrząsnął głową.

– Obawiam się, że do jutra mój czar się wyczerpie. Musiałem mocno naciskać na drugą przełożoną, żeby pozwoliła pani zostać tutaj tak długo. Wszyscy ją tu nazywają Wampirzyca, ale mówię to pani w tajemnicy, proszę nikomu nie powtarzać.

Lily niemal zachichotała.

– Obawiam się więc, że następne odwiedziny dopiero w niedzielę. Na pocieszenie powiem pani, że dziś na dyżurze jest fantastyczna pielęgniarka, która tego tu malucha po prostu uwielbia. Ja też lada moment kończę, więc chętnie odwiozę panią do domu, żeby mogła pani zajrzeć do siostry.

Lily bardzo się zawstydziła. To był naprawdę uroczy człowiek, ale przecież nie mógł zobaczyć, w jakich warunkach ona żyje – i w jakich warunkach żyją Katie i Joe. Wykluczone. Poczuła ścisk w klatce piersiowej, a w oczach zapiekły ją łzy. Płakała nad własnym losem. On przyglądał się jej z najłagodniejszym wyrazem twarzy, jaki kiedykolwiek widziała u drugiej osoby.

Od razu się zorientował, na czym polega problem.

– Lily, ja wiem, gdzie jest Clare Cottages. Mieszkam w Liverpoolu od dawna. Pani sama może lada moment trafić do szpitala. Pada pani z nóg, niech pani pozwoli, że ją odwiozę. Najpierw jednak proszę zjeść, bo inaczej salowa obedrze mnie ze skóry. Spotkajmy się za pół godziny przy wyjściu od strony Lovely Lane.

Potem odszedł, nie powiedziawszy już nic więcej.

Nagle z oczu Lily popłynęły łzy, którym wcześniej nie pozwoliła wydostać się spod powiek. A kiedy popłynęły, to się nie chciały zatrzymać, zupełnie jakby ktoś wyciągnął korek ze zlewu. Lily nie była w stanie przełknąć jedzenia. Siedziała na krześle z głową schowaną w dłoniach i płakała.

Nagle poczuła na kolanie dotyk małej dłoni Joego.

– Lily, co się stało? – zacharczał.

Otarła oczy, uśmiechnęła się i podskoczyła na krześle.

– Rany boskie, jak ja wyglądam. Nic się nie stało, Joe. Chcesz się napić?

Joe skinął głową, więc Lily sięgnęła po stojący na szafce kubeczek. Dziesięć minut później chłopczyk znów spał. Lily serce się krajało z bólu, nie była w stanie go opuścić. Wtedy podeszła do niej pielęgniarka z nocnej zmiany. Joe mówił na nią siostra Dana.

– Dobry wieczór! Wychodzi pani? O rany, płakała pani, prawda? – Dana wyciągnęła rękę i otuliła ją ramieniem. – Wie pani, co pani powiem? Ja nie powinnam darzyć jednych pacjentów większą sympatią niż innych, ale Joe to zdecydowanie mój ulubiony podopieczny. Bardzo go lubię, naprawdę, więc może go pani śmiało ze mną zostawić. Proszę się nie obawiać. Zaopiekuję się nim jak swoim własnym dzieckiem.

Lily uwierzyła w te zapewnienia. Na pierwszy rzut oka było widać, że Dana lubi Joego i się o niego troszczy.

Lily spojrzała na brata i raz jeszcze pocałowała go w ciepły policzek i delikatne włoski.

– Śpij smacznie, maluchu. Niedługo wrócę – obiecała, a potem czym prędzej odeszła od łóżeczka. Obawiała się, że jeśli zostanie choć chwilę dłużej, rozpłacze się i nie zdoła wyjść.

Kilka minut później Lily po raz pierwszy w życiu usiadła na przednim siedzeniu w samochodzie. W środku pachniało skórą, drewnem i czymś dziwnie medycznym. Lily nigdy wcześniej nie siedziała tak blisko mężczyzny, a teraz upajała się surowością męskiego zapachu.

– No dobrze, jedźmy ratować pani siostrę. – W blasku latarni ulicznej doktor Mackintosh znów zobaczył łzy w oczach Lily. – Oj, oj – powiedział. – Proszę nie płakać. Katie na pewno oczekuje, że ją pani podniesie na duchu. Pragnie usłyszeć, że wszystko jest w porządku i że Joe wyzdrowieje. Trudno będzie zrobić dobre wrażenie, jeśli przyjedzie pani zapłakana.

Wchodząc po betonowych schodach Clare Cottages, Lily po raz pierwszy w życiu zwróciła uwagę na intensywną woń moczu.

Wstyd jej się zrobiło na widok tych wszystkich psich i ludzkich odchodów na chodniku i schodach, na myśl o śmieciach piętrzących się w stertach na korytarzu. Gdy zbliżyli się do mieszkania pani McGuffy, Lily poczuła zapach dettolu. Najwyraźniej sąsiadka zdążyła już umyć korytarz przed swoimi drzwiami, jak to czyniła co wieczór.

Drzwi były otwarte, więc Lily zgodnie z obowiązującym zwyczajem zastukała krótko i weszła prosto do środka. Anthony czekał w progu.

Lily spojrzała na usadowione równo maluchy, czyste i zadbane. W mieszkaniu panował nienaganny porządek. Pani McGuffy klęczała na podłodze nad blaszaną wanną ustawioną przy kominku i w resztkach wody kąpała malutkie dziecko.

– Twojej Katie tu nie ma, kochanie – poinformowała Lily, unosząc głowę. – Co u Joego? Zostawili go w szpitalu? Boże, Lily, gdybyś ty widziała, jak mu się pogorszyło po twoim wyjściu. Przestraszył mnie jak nie wiem. St Angelus to dla niego teraz najlepsze miejsce. Mnie się wydawało, że już po nim.

Pani McGuffy mówiła bez ogródek, jak zresztą większość mieszkanek Clare Cottages. Lily przeszedł po plecach tak silny dreszcz, że prawie się zatrzęsła. Wolała sobie nie wyobrażać, co by było, gdyby siostra Therese i pani McGuffy w porę się nie zajęły jej bratem.

– Teraz śpi. Dali mu ten sam zastrzyk co poprzednio i zadziałało. Jest bardzo zmęczony. Mam wrażenie, że już od wielu dni się nie wysypiał, więc liczę na to, że dziś trochę nadrobi, skoro łatwiej mu się oddycha. Pewnie go tam chwilę zatrzymają, tak na wszelki wypadek.

– No cóż, to dla niego niewątpliwie najlepsze miejsce. Siostra Therese zabrała Katie na noc do St Chad's. Powiedziała, że dla ciebie też znajdzie się tam dziś łóżko. Katie bardzo podoba się tam w klasztorze. Ta dziewczynka to moim zdaniem sama wstąpi do zakonu, jak podrośnie. Zakonnice są dla niej takie dobre.

Te słowa bardzo Lily zaskoczyły. Pani McGuffy zwróciła uwagę na coś, co w sumie było oczywiste, ale jakoś nigdy do Lily nie dotarło. Ona starała się za wszelką cenę uchronić swoje rodzeństwo przed przeprowadzką do klasztoru i nigdy nie przyszło jej do głowy, że być może Katie chciałaby tam mieszkać, że chciałaby przebywać z innymi dziećmi gdzieś, gdzie jest jej ciepło i gdzie ją nakarmią.

– Chyba trudno się jej dziwić – przyznała. – W porównaniu z naszym domem tam musi jej być jak w niebie.

Pani McGuffy wstała, sięgnęła po zszarzały, ale czysty ręcznik. Owinęła nim dziecko, które właśnie wyjęła z kąpieli, a potem zawiniątko położyła na kolanach jednej z córek, żeby ta je wytarła. Dzieci siedziały w ciszy. Czytały coś i ogólnie zachowywały się spokojnie.

Lily nie mogła się powstrzymać.

– Pani dzieci w ogóle nie hałasują. Są takie grzeczne i ciche. Nigdy nie słyszałam, żeby krzyczały – zauważyła.

– Ależ krzyczą – odparła pani McGuffy, wyjmując papierosa zza ucha i nachylając się do kominka, żeby go odpalić od jednego z gorących węgli. Potem włożyła go do ust i mocno się zaciągnęła. – Biegają po podwórku razem ze wszystkimi, ale też każde z nich wie, czego się od niego oczekuje, Lily, więc ze mną sobie nie pozwalają. Teraz jest czas kąpieli. Każdy ma swoje zadanie do wykonania i oni o tym wiedzą. Prawda, dzieciaki?

Dwoje z dzieci uniosło głowy.

– Tak, mamo.

Pani McGuffy aż podskoczyła, gdy od progu dobiegło wymowne chrząknięcie. Lily prawie zapomniała, że zostawiła doktora Mackintosha na korytarzu.

– Jezus Maria, a któż tam stoi w drzwiach. Seamusie, czy to ty?

– Nie, hm, to jeden z lekarzy ze szpitala. Odwiózł mnie do domu.

– No cóż, Panie Boże, miej nas w swojej opiece, oto lekarz w moim progu, choć go wcale nie potrzebuję. Cóż za wielki zaszczyt mnie spotyka. Niechże mu się przyjrzę.

Zanim Lily zdążyła zaprotestować, pani McGuffy już stała w drzwiach. Lily miała ochotę zapaść się pod ziemię.

Na widok zmierzającej w jego stronę bezzębnej pani McGuffy Anthony pożałował swojego zniecierpliwienia. Gdy się zbliżyła, przestrzeń wypełnił zapach gotowanych ziemniaków i kapusty.

– Proszę, proszę, witam, doktorze. Jakie to miłe z pana strony, że pan dziewczynę odwiózł. Katie jest w domu dziecka przy klasztorze St Chad's, a jej matka w pubie. Cały dzień tam spędziła. – Te słowa pani McGuffy wyszeptała, żeby jej Lily nie usłyszała. Nie wspomniała przy okazji, że dobrze wie, jak to jest w rodzinach z problemem alkoholowym. Jej szwagierka w Mayo miała męża, który też prawie nie wychodził z pubu.

– Do zobaczenia, dzieciaki – pożegnała się Lily, a potem się odwróciła i poszła za panią McGuffy w kierunku drzwi. Czerwieniła się jak piwonia na samą myśl o tym, co ten jej lekarz w lśniącej zbroi pomyśli o jej sąsiadach.

– W takim razie zawiozę Lily do St Chad's – zaproponował. – Ma za sobą ciężki dzień.

– Dziękuję za wszystko, pani McGuffy – powiedziała Lily, po czym ruszyła szybkim krokiem w kierunku schodów.

Anthony uchylił kapelusza i podążył za nią.

Gdy ponownie wsiedli do samochodu, doktor Mackintosh położył dłoń na kluczyku, ale zanim go przekręcił, spojrzał na Lily. W świetle ulicznych lamp dziewczyna widziała tylko jego twarz w pomarańczowej poświacie. Reszta sylwetki ginęła w mroku.

– Nie musi pani się wstydzić – odezwał się. – Jako lekarz stykam się z ludźmi, którzy żyją w różnych warunkach. Na oddział ratunkowy trafiają lordowie i damy, ale też dzieci z ulicy. I wszyscy są tacy sami, Lily. Pracowałem w Glasgow i tam też były domy takie jak Clare Cottages. Tu wcale nie jest jakoś wyjątkowo.

Uśmiechnął się, a potem przekręcił kluczyk i silnik samochodu ożył.

Lily nie potrafiła powstrzymać uśmiechu. Na myśl o tym, jak blisko siedzą, serce mocniej jej biło, a oddech przyspieszał.

– Do St Chad's – powiedział, spoglądając w lusterko i zawracając samochód.

Odstawił ją przy bramie. Oboje widzieli, jak lampa nad drzwiami rozbłyska. Przez witrażowe szyby Lily dostrzegła znany zarys sylwetki siostry Therese.

– Pojadę już – powiedział Anthony, otwierając jej drzwi. – Późno już. Proszę koniecznie coś zjeść przed snem. Niech mi pani obieca, Lily, że pani coś zje.

Lily spojrzała na niego i poczuła nagły przypływ wdzięczności, która wręcz odebrała jej mowę.

– Wiem, że to pewnie nie najlepszy moment na takie propozycje, ale może jak sytuacja trochę się unormuje, zechce pani pójść ze mną na lunch albo może nawet na kolację? Do jakiegoś przyjemnego lokalu? Uważam, że się to pani należy.

Lily skinęła głową. Zupełnie nie wiedziała, co powiedzieć. Nie potrafiła przewidzieć, co jej przyniesie następny dzień, a co dopiero kolejne tygodnie.

Anthony wrócił do samochodu i odjechał, zanim siostra Therese otworzyła Lily drzwi. Postanowił zajrzeć jeszcze do Grapes na szybkie piwo z kolegami, jak to miał w zwyczaju codziennie od pięciu lat. Gdy tylko wszedł, od razu zobaczył Olivera Gaskella przy barze. Jak to często bywało, towarzyszyła mu rozszczebiotana młoda pielęgniarka. Anthony próbował sobie przypomnieć, co to za jedna. A tak, nowa praktykantka z męskiej interny, stwierdził. Siostra Moran. Ładna Irlandka, która się boi własnego cienia. Ktoś ją powinien przestrzec, bo Oliver Gaskell złamał serce poprzedniej praktykantce, która wokół niego krążyła.

Oliver też go zauważył i do niego pomachał, ale Anthony postanowił im nie przeszkadzać. Przy ławie w rogu zobaczył Teddy'ego Davenporta z nową pielęgniarką z oddziału nagłych wypadków, siostrą Makebee. Dziewczyna siedziała mu na kolanach. Anthony uniósł brwi na ten widok. Gotów był przysiąc, że Teddy miał zamiar zabrać na wakacje siostrę Danę Brogan, która właśnie została na nocnym dyżurze na oddziale dziecięcym. Chyba się starzeję, pomyślał. Widocznie to jakaś noc zakochanych. Potem dostrzegł przy barze jednego z młodszych lekarzy. Wreszcie ktoś, kto jest sam.

– Napijemy się? – zaprosił go kolega.

Anthony już miał wykrzyknąć: „Poproszę pintę", ale w ostatniej chwili się rozmyślił. Postanowił wrócić na oddział i sprawdzić, co u Joego. Coś mu mówiło, że nie zaśnie dziś wieczorem, jeśli tego nie zrobi.

– Zajrzę tylko do jednego dzieciaka na oddziale czwartym. Zamów mi piwo w następnej kolejce. Wracam za pół godziny.

Parę godzin później, gdy przy barze rozległ się dzwonek wzywający do składania ostatnich zamówień, Teddy Davenport, przytulając do siebie siostrę Makebee, spojrzał na tego młodego lekarza.

– A ta pełna szklanka czyja jest? – zdziwił się. – Coś ci odbija czy co?

– To nie moja. To Mackintosha. Miał wrócić za pół godziny, ale przepadł bez wieści.

– No cóż, nie możemy pozwolić, żeby dobre piwo się zmarnowało. – Teddy zaśmiał się odrobinę za głośno, a potem chwycił szklankę i wypił ją do dna.

– Imponujące – zachwyciła się siostra Makebee.

Teddy otarł usta wierzchem dłoni.

– A byłaś kiedyś w Krainie Jezior? – zapytał.

Rozdział 29

Doktor Mackintosh zobaczył światła starego austina, który wjeżdżał przez bramę szpitala, i od razu rozpoznał samochód doktora Gaskella. Auto zatrzymało się tuż przy schodach do głównego wejścia. Anthony puścił się biegiem i dotarł do niego dokładnie w momencie, gdy doktor Gaskell wysiadał od strony kierowcy. Ostatnio poruszał się wolniej i z większym trudem, więc po długiej podróży miał kłopot z wychodzeniem z samochodu.

– Dziękuję, że doktor przyjechał jeszcze dziś – wysapał Anthony, któremu po biegu od bramy brakowało tchu. – Ten mały, Joe Lancashire, bardzo mnie martwi, ale i tak nie spodziewałam się pana dzisiaj. Myślałem, że pojedzie pan najpierw do domu, żeby się wyspać.

Doktor Gaskell zamknął samochód i potrząsnął głową.

– Skoro dziecko ma tak poważne trudności z oddychaniem, to nie można ryzykować – odparł. – Po latach osłuchiwania oskrzelików i płuc młodych mieszkańców Liverpoolu jedno mogę powiedzieć na pewno: stan dziecka pogarsza się niekiedy szybciej, niż tonie kamień rzucony w wodę. Wolałem zajrzeć do niego jeszcze dziś. Jutro też się postaram.

Doktor Mackintosh patrzył na starszego kolegę po fachu z wielkim podziwem. Doktor Gaskell miał świetną reputację, był znany w całym kraju. Nieugięcie namawiał przedstawicieli rządu do wprowadzenia ustawy dotyczącej czystości powietrza. Anthony darzył go najwyższym szacunkiem z uwagi na niesamowitą wiedzę i pełen profesjonalizm, ale również jako człowieka, przez wzgląd na jego godne i dostojne zachowanie. Kolejne pytanie kolegi zupełnie go jednak zbiło z tropu:

– Wraca doktor z Grapes? Był tam mój syn?

Anthony nie wiedział, co powiedzieć. Nie chciał okłamywać człowieka, dla którego miał tak wielkie uznanie, więc tylko skinął głową.

– Tak myślałem. A która pielęgniarka tym razem padła jego ofiarą?

– Cóż, nowa praktykantka z męskiej interny. Młoda Irlandka, niejaka siostra Moran.

Gdy zamek w klamce samochodu szczęknął, obaj mężczyźni ruszyli w stronę lampy oświetlającej schody prowadzące do głównego wejścia do szpitala. Właściwy kierunek wyznaczał im snop światła.

– Wie pan, doktorze Mackintosh, ja do końca nie wiem, czy ja mam się z tego powodu cieszyć, czy martwić. Naprawdę nie wiem. Wy, dzisiejsi młodzi mężczyźni, jesteście zupełnie inni, niż my byliśmy. Myśmy sobie wybierali jakąś młodą damę, a potem się cieszyliśmy, jeśli pozwoliła zabiegać o swoje względy. Później należało jeszcze odczekać stosowną ilość czasu i można było się żenić.

Pchnął ciężkie, pół drewniane, pół szklane drzwi prowadzące na korytarz i gestem zaprosił Anthony'ego do środka.

– Za panem, doktorze – powiedział.

Anthony czuł się lekko zażenowany, że nie dotarł do drzwi pierwszy i nie otworzył ich starszemu koledze.

– Czasami mam wrażenie, że odkąd wojna się skończyła, wszyscy lekko poszaleli. A pan co sądzi, doktorze Mackintosh? Pan to ma przecież zupełnie inne podejście. Mówią, że pan jest pracoholikiem, czego pańska obecność tutaj zdaje się teraz dowodzić.

Anthony spojrzał z boku na doktora Gaskella. Lekko zakaszlał i uśmiechnął się szeroko.

– No dobrze, już dobrze. Wiem, że o mnie też tak mówią. Zresztą ja w pełni sobie na to zasłużyłem przez te czterdzieści lat, jak tu pracuję. Na szczęście mam wspaniałą żonę, która w razie potrzeby sprowadza mnie na ziemię. No i w domu nie muszę się martwić o nic poza różami i łapaniem myszy. A pan tymczasem nikogo nie ma, przynajmniej tak mi wiadomo. To niedobre dla lekarza, który spędza w szpitalu tyle godzin, co pan.

Anthony się zarumienił. Cóż miał odpowiedzieć? Po prawdzie przyzwyczaił się do swojego obecnego życia i nie bardzo wyobrażał sobie, żeby ono mogło się zmienić. Jeszcze dziesięć lat temu nie miałby najmniejszego problemu, żeby zaprosić młodą damę na wspólne wyjście. Teraz zupełnie nie wiedział, jak się do tego zabrać.

– Proszę spróbować coś na to zaradzić, doktorze Mackintosh. Każdy z nas potrzebuje dobrej żony. Pani Gaskell jest wspaniała. Obawiam się, że na tę najlepszą żonę na świecie nie ma pan co liczyć, bo od dawna jest już moja i drugiej takiej pan nie znajdzie, ale śmiało może pan szukać podobnej. Niech pan sobie znajdzie kogoś, kto będzie panu prasować koszule, układać rękawiczki przy wyjściu, żeby pan nie zapomniał, i przede wszystkim dobrze pana karmić.

Anthony od dawna zmagał się z niedowagą. Czasami zdarzało mu się nie zjeść nic sensownego przez cały dzień. Żył na grzankach z garkuchni.

– Bo musi pan wiedzieć, doktorze, że jeśli chce pan całkowicie zatracić się w tym swoim pracoholizmie, ale przez to nie zwariować, to bez żony ani rusz.

– Postaram się, doktorze – odparł Anthony.

Doszli już do szczytu schodów i skręcili w stronę oddziału czwartego. Doktor Gaskell rzucił okiem w kierunku oddziału trzeciego, żeby się upewnić, że panuje tam spokój. Teraz szpital należał już formalnie do NHS, ale dopóki funkcjonował w ramach fundacji, to on za wszystko tu odpowiadał (a siostra przełożona dzielnie go w tych jego wysiłkach wspierała). Każde narodziny i każda śmierć w okolicy liverpoolskich doków, podobnie jak wszystkie choroby, nieuchronnie stawały się jego sprawą. Teraz wszystko przeszło w ręce polityków, ale on bardzo powoli uwalniał się od starych nawyków. Nie potrafił się wyrzec swoich obowiązków. Jeśli w szpitalu pojawił się pacjent, który wymagał jego uwagi, on się stawiał na miejscu. W takich momentach agencja NHS ze wszystkimi swoimi zasadami i przepisami przestawała się dla niego liczyć.

Przez drzwi oddziału trzeciego zobaczył czerwone światła nocnych lamp, usłyszał chrapanie dzieci. Uśmiechnął się. Wszystko było w porządku.

Potem odwrócili się w kierunku oddziału czwartego i ze zdumieniem zobaczyli siostrę Danę Brogan, która pospiesznie zmierzała w ich stronę. Na ich widok aż krzyknęła ze zdumienia.

– O, dzięki Bogu! Właśnie pędziłam do telefonu. Chodzi o Joego. Zupełnie się nie mogę z nim porozumieć, a do tego potwornie zsiniał i bardzo ciężko mu się oddycha. Podkręciłam kroplówkę, tak jak doktor kazał, ale nic to nie dało.

Dalsze informacje wymieniali już w drodze do łóżka pacjenta. Gdy do niego dotarli, pielęgniarka z oddziału trzeciego właśnie próbowała przytrzymywać chłopca, żeby nie zrobił sobie krzywdy o szczebelki łóżeczka. Na pierwszy rzut oka było widać, że ma trudności z oddychaniem, ale był do tego stopnia zdezorientowany, że zdarł sobie maskę tlenową z twarzy.

Był rozdarty między dwoma światami. W jednym panikował i próbował oddychać. W drugim zmagał się z dziwnymi obrazami i głosami rozbrzmiewającymi w jego głowie. Przed oczami stanęło mu wspomnienie Bożego Narodzenia, kiedy jeździł na rowerze po korytarzu, a Katie przytrzymywała go za siodełko i krzyczała: „Pedałuj, Joe, pedałuj!", ale on zupełnie opadł z sił i ledwo mógł oddychać, więc uniósł nogi w powietrze i dał się wozić Katie po korytarzu, aż w końcu przewróciła się ze śmiechu na podłogę. Słyszał też siostrę Danę, która coś krzyczała, i widział dwóch mężczyzn, którzy przytrzymywali mu głowę. Jednego znał, ten drugi, starszy, też sprawiał wrażenie miłego, ale próbowali mu wcisnąć jakąś rurkę do gardła, więc spanikował i już w ogóle nie mógł oddychać. „Spokojnie, Joe", powiedział ten, którego znał. „To tylko rurka. Proszę włączyć respirator", polecił komuś. Joe nie mógł oddychać. Nie był w stanie zrobić tego, czego od niego oczekiwali. Słyszał krzyki pielęgniarki: „Joe, pomóż nam, Joe!", ale to nie była już pielęgniarka, tylko znowu Katie, która krzyczała: „Pedałuj, Joe, pedałuj!". Znów miał wolne nogi, więc mógł pedałować. Mógł pedałować coraz szybciej i szybciej, mógł też oddychać. Zaczerpnął głęboki łyk czystego i słodko pachnącego powietrza. Jakże ono było inne od tego wilgotnego dymu, którym oddychał na co dzień w Clare Cottages. Pedałował teraz jeszcze szybciej, a Katie zanosiła się śmiechem. Wtedy usłyszał, jak Lily mówi: „Śpij dobrze, Joe. Śpij dobrze, maluchu. Niedługo wrócę". Lily miała za chwilę wrócić. Odwrócił się, bo chciał ją zobaczyć. Skoro ona wróci, to on musi tam być i na nią czekać, bo inaczej nie będzie wiedziała, gdzie go szukać, i się zmartwi. Pomyślał sobie, że może powinien wrócić dla Lily. Odwrócił się i chociaż słyszał, jak mówi: „Śpij dobrze, Joe", to nigdzie jej nie widział. Widział za to Katie, która się śmiała i biegła za nim. „Pedałuj, Joe, pedałuj!". Zatrzymała się i radośnie klaskała w dłonie. On odwrócił się do przodu i zobaczył przed sobą słońce i światło. Poczuł się wolny. Zalała go fala szczęścia i radości. Wykrzyknął: „Lily, umiem jeździć na rowerze. Lily, patrz!". Śmiał się na cały głos, długo i mocno. Pędził na rowerze coraz szybciej i szybciej w kierunku światła. Po raz pierwszy nie brakowało mu tchu.

Pani Duffy stała w kuchni i wpatrywała się w bekon skwierczący na patelni. Nicpoń leżał u jej stóp. Ostatecznie odniósł zwycięstwo w psychologicznym starciu i owinął ją sobie wokół łapy.

– Nie, nie dostaniesz bekonu z patelni. Dostaniesz resztki, nic więcej. Może trochę słoniny, jeśli ci szczęście dopisze.

Nicpoń położył uszy po sobie, opuścił głowę na przednie łapy i wpatrywał się w nią błagalnie. Tę akurat technikę dopracował do perfekcji już w pierwszym tygodniu swojego pobytu w nowym domu.

– Na litość boską, jak ty to robisz? – zbeształa go, po czym zdjęła z patelni pasek boczku i wrzuciła mu do miski. – A teraz idź już sobie, słyszysz? I nie zawracaj mi głowy, to jest dla moich pielęgniarek.

Usłyszała szczęk frontowych drzwi, które się otworzyły i zamknęły.

– Aha! – powiedziała. – Widzisz, Nicpoń, pierwsza wróciła już z nocki. Bekon prawie gotowy, zapraszam na herbatę! – wykrzyknęła w stronę wejścia.

Nikt jej nie odpowiedział, usłyszała tylko kroki zmierzające do pokoju porannego. Wyjrzała z kuchni i zobaczyła, że Dana wyciąga sobie jeden z foteli i w nim siada. Pani Duffy rzuciła okiem na ścianę, gdzie wisiał grafik dyżurów. Chciała sprawdzić, kto ma dziś wolne. Dziewczęta z dziennej zmiany i te pracujące na przerywanej zmianie zdążyły już wyjść. Wymaszerowały w słońce, roześmiane i pochłonięte rozmową.

Grafiki dni wolnych wywieszano na tablicach informacyjnych przy wejściu do każdego z oddziałów. Pielęgniarkom z Lovely Lane przykazano zaznaczać wolne na tablicy w pokoju porannym najpóźniej do piątku. Dzięki temu pani Duffy zawsze wiedziała, kogo kiedy oczekiwać na śniadaniu.

– O! – powiedziała do Dany. – Cała trójka będzie dziś za panią tęsknić. Mają wolne, zaraz powinny zejść. Ponoć wybierają się do miasta na zakupy. A pani czegoś potrzeba?

Ku zaskoczeniu pani Duffy Dana nic nie odpowiedziała.

– O rany! Wygląda pani na wymęczoną – zauważyła gospodyni. – Praca na oddziale dziecięcym to taka odpowiedzialność… Proszę, przyniosłam herbatę. Zaraz będzie kanapka z bekonem. Niech mi pani da dwie minuty, to napełnię termofor i będziemy panią mogły ulokować w łóżku. – Rozległ się tupot stóp zbiegających po schodach. – Słyszy pani! One się pojawiają, kiedy bekon jest gotowy. Mówię zupełnie poważnie. Ani minut wcześniej, ani minuty po czasie. Niesamowite!

Do pokoju porannego wpadły Pammy, Victoria i Beth.

– Dzień dobry – powiedziała Pammy. – Jakie piękne słońce! A Dana pojutrze zaczyna wakacje, pani Duffy. Prawdziwa z niej szczęściara. – Te ostatnie słowa zostały już skierowane do Dany.

– Mogę pani jakoś pomóc, pani Duffy? – zapytała Beth, po czym nie czekając na odpowiedź, nalała mleka do dzbanka.

Victoria wsypywała sobie płatki do miski, a Pammy podeszła do kominka, żeby dokończyć makijaż przed lustrem stojącym na górnej półeczce.

– Wybieramy się do miasta, Dana. Chcesz coś? – zapytała Victoria.

Odpowiedziała jej cisza. Stawiając przed Daną talerz z kanapką, pani Duffy spojrzała na nią i zmarszczyła z niepokojem brwi.

W tym momencie dla wszystkich stało się jasne, że wydarzyło się coś złego. Nie chodziło nawet o to, że Nicpoń do niej podszedł i położył jej głowę na kolanach. Nie chodziło o to, że Dana nie odpowiedziała pani Duffy, gdy ta ją zapytała, czy coś się stało i czy ma ochotę jeszcze na jajko. Nie chodziło nawet o to, że Dana nie wzięła udziału w porannej pogawędce. Zdradziły ją łzy, które jej spływały po policzkach, i ból malujący się na jej twarzy. Pozostałe pielęgniarki na chwilę wstrzymały oddechy, bo nagle z przerażeniem stwierdziły, że Dana najpewniej popełniła błąd, którego one wszystkie bardzo się bały i przed którym stanowczo je przestrzegano: zaangażowała się emocjonalnie i teraz cierpiała z powodu czegoś strasznego, co się wydarzyło. Dana nie była w stanie nic powiedzieć, przez długi czas tylko łkała.

Rozdział 30

Lily obudziło stukanie do drzwi. Przyszli policjanci. Trzykrotne uderzenie dużej mosiężnej kołatki zerwało na nogi cały klasztor. Zakonnice nie nawykły do tego, że ktoś je odwiedza tak wczesnym rankiem. Lily usłyszała kroki jednej z postulantek, która w pośpiechu zmierzała po kamiennej posadzce w kierunku drzwi. Usiadła w łóżku i poczuła, jak zimny dreszcz przebiegł jej po plecach.

Do szpitala pojechały z siostrą Therese taksówką. Do wczoraj Lily nigdy nie jechała samochodem, a teraz w ciągu kilku godzin siedziała w aucie już drugi raz. Gdy pędziły po Lovely Lane, Lily dostrzegła siostrę Brogan, która szła ze zwieszoną głową, wyraźnie zasmucona. Potwornie zmartwiona Lily opadła na oparcie samochodowego siedzenia. Policjanci powiedzieli jej tylko, że musi koniecznie się pospieszyć.

Gdy dotarły do szpitala, Lily biegiem pokonała korytarz prowadzący do schodów. Nikogo wokół nie było, żeby przywołać do porządku biednie ubraną dziewczynę i zakonnicę, która biegła za nią, przytrzymując dłonią skraj powiewającego habitu. Korytarz był pusty i pogrążony w półmroku. Poranne światło nie zdołało jeszcze wypędzić cieni z zaułków i zakrętów. Kroki Lily niosły się echem po całym szpitalu.

– Idę do ciebie, Joe. Idę! – zawołała i wbiegła na schody. Nie zdawała sobie jeszcze sprawy, że jest za późno.

Jedna z sióstr zaprowadziła je do gabinetu przełożonej pielęgniarek, która zadeklarowała, że osobiście zajmie się tą sprawą. Od pewnego czasu starała się nie narażać ludzi na kontakt z panną Van Gilder. Nie chciała przedłużać udręki Lily, więc przeszła od razu do rzeczy.

– Straciliśmy Joego, panno Lancashire. Z przykrością muszę panią poinformować, że umarł dziś w nocy. Miał kolejny atak, który nastąpił zbyt szybko po pierwszym. Bardzo mi przykro.

Z ust Lily wydobył się krzyk, który zapewne słyszeli wszyscy w całym szpitalu.

– Zajmował się nim najbardziej doświadczony specjalista od chorób klatki piersiowej w całym regionie – oznajmiła siostra przełożona. Odczekała cierpliwie, aż Lily przestanie szlochać i będzie w stanie jej wysłuchać. Takie rozmowy zaliczała do swoich najtrudniejszych obowiązków, wieloletnie doświadczenie bardzo jej się w tych chwilach przydawało. – Po kolejnym skurczu oskrzeli doszło do zatrzymania oddechu. Doktor Gaskell i doktor Mackintosh przez całą noc starali się go ratować. Robili, co mogli, żeby mu pomóc. Używali specjalnego sprzętu, który miał ułatwić mu oddychanie.

Lily przypomniała sobie o respiratorze, który stał przy łóżku Joego. Najwyraźniej doktor Mackintosh miał złe przeczucia.

– Z jego oddychaniem było bardzo źle, ale pani to wie, prawda? Doktor Mackintosh mówił, że bardzo troskliwie pani o niego dbała.

Lily nagle uniosła głowę.

– Ale przecież mnie przy nim nie było… Umarł w samotności… – wyszeptała.

– Nie, nic z tych rzeczy, kochanie. Umarł w ramionach pielęgniarki. Joe skradł serce siostry Brogan, tyle mogę pani powiedzieć. Doktor Mackintosh sam go potem zaniósł do kostnicy, owiniętego w kocyk. Nie wieźli go wózkiem. Pani braciszek był dla wszystkich kimś naprawdę wyjątkowym. Chciałaby pani zejść ze mną do kostnicy, żeby go zobaczyć? Moim zdaniem pani powinna. To pomaga sobie z tym wszystkim poradzić.

Lily skinęła głową. Na to właśnie czekała, odkąd przełożona pielęgniarek poinformowała ją o śmierci brata. Chciała go zobaczyć. Teraz jednak, gdy propozycja w końcu padła, zaczęła się trząść tak mocno, że ledwo trzymała się na nogach.

Dwadzieścia minut później w chłodnej i posępnej kostnicy pocałowała Joego na pożegnanie. Pogłaskała jego zimną twarz, włosy i dłonie. Wpatrywała się w niesforne loczki i anielską buzię, żeby je na zawsze zapamiętać.

– Nigdy cię nie zapomnę. Nigdy – wyszeptała.

Przez łzy dostrzegła, że ktoś położył przy nim misia, który miał go pocieszać podczas pobytu na oddziale, i książkę, którą czytała mu pielęgniarka.

Stała i przesuwała chłodnymi rękami po jego piżamie. Potem aż podskoczyła, gdy pracownik kostnicy z hukiem zamknął chłodzoną szufladę.

Zapadła cisza. To był koniec życia Joego. Koniec jej dotychczasowego życia.

– Już nic nigdy nie będzie takie samo, prawda? – powiedziała do siostry Therese, która przytuliła ją, żeby ją pocieszyć. – Nigdy nikogo nie będę kochać tak bardzo jak jego. Nigdy nie przestanę za nim tęsknić. Przyrzekam przed Bogiem, że codziennie będę się za niego modlić aż do końca moich dni.

– Cichutko, spokojnie. – Siostra Therese głaskała Lily po plecach i pokierowała do wyjścia.

Lily nie zwróciła na to uwagi, ale pracownik kostnicy dyskretnie chrząknął, a gdy dziewczyna nie zareagowała, spojrzał wymownie na zakonnicę. Nadszedł czas jego przerwy, więc starał się je pospieszać. Życie toczyło się jak dawniej i tylko Lily, pogrążona w odmętach smutku, zdawała się tego nie dostrzegać.

W drodze do wyjścia Lily i siostra Therese natknęły się na pannę Van Gilder. Zastępczyni przełożonej lubiła robić wrażenie. Postanowiła, że zasiądzie za biurkiem w swoim gabinecie co najmniej godzinę przed szefową. Dzisiaj jednak zdarzył się wyjątek. Coś skłoniło przełożoną do rozpoczęcia pracy znacznie wcześniej.

Panna Van Gilder rozpoznała Lily. To była ta młoda dziewczyna, która poprzedniego dnia weszła na oddział dziecięcy. Trudno jej było nie zauważyć ze względu na towarzystwo łopoczącej habitem zakonnicy. Chwiejnym krokiem zmierzały w kierunku głównego wyjścia. Gdyby nie obecność zakonnicy, panna Van Gilder powiedziałaby tej dziewczynie do słuchu. Poza niedzielami nie dopuszczała odwiedzin na oddziale dziecięcym. Taka była zasada, a doktor Mackintosh ją wczoraj wieczorem złamał. Ośmielił się przeciwstawić jej regułom. Normalnie by się na to nie zgodziła, ale w jej głowie odezwał się nagle sygnał alarmowy. Przecież to właśnie z tego powodu wpadła poprzednim razem. Teraz musiała skupić się na swojej pracy i nie zwracać na siebie uwagi. Ostatecznie więc ustąpiła, choć niechętnie.

– Przepraszam, młoda damo! – zawołała. – Żeby nie było wątpliwości, do niedzieli nie będzie żadnych więcej odwiedzin. – Pewnie przesiedziała tu całą noc, pomyślała panna Van Gilder. Bez przesady z tymi względami wobec zakonnicy, doktor na zbyt wiele sobie pozwolił. – Doktor mówił, że zostanie pani tylko kilka godzin. Musi sobie pani zdawać sprawę, że tu obowiązują pewne reguły. Że przestrzega się zasad. Pani braciszek będzie traktowany tak samo jak wszystkie inne dzieci na oddziale. Żadnych wyjątków!

Lily się zatrzymała i wbiła w nią wzrok. Nie była w stanie nic powiedzieć, tylko potrząsnęła głową. Siostra Therese się przeżegnała i przez kilka sekund wymownie wpatrywała się pannie Van Gilder prosto w oczy, a potem gestem zachęciła Lily, żeby szły dalej do wyjścia.

Dwie minuty później panna Van Gilder weszła do swojego gabinetu i rzuciła okiem na biuro. Sięgnęła po pierwszy z dziennych raportów, który czekał na nią na stosiku dokumentów. Dotyczył porannego stanu łóżek. Na oddziale dziecięcym jedno się zwolniło.

– Cóż, skąd miałam wiedzieć? – mruknęła do siebie, sięgając po słuchawkę.

– Centrala, proszę mnie połączyć z agencją sprzątającą Acme.

– Oczywiście, panno Van Gilder – powiedziała Madge swoim wystudiowanym głosem telefonistki. – Życzy sobie pani zaczekać czy mam oddzwonić?

– Proszę oddzwonić – warknęła i odłożyła bakelitową słuchawkę na widełki. Rozległ się charakterystyczny dzwoneczek. Panna Van Gilder była zdania, że ludzie stanowczo zbyt często i bez potrzeby za różne rzeczy sobie dziękują i o różne rzeczy proszą. A to przecież bezsensowne strzępienie języka.

W oczekiwaniu na połączenie usiadła, otworzyła szufladę biurka i raz jeszcze przejrzała szczegóły umowy. Że też pominął oddział siódmy. Cóż za niedopatrzenie! Zależało jej na tym, żeby podczas następnego spotkania zarządu szpitali okręgu liverpoolskiego przedstawić konkretną kwotę. Wtedy mogłaby zabiegać o podjęcie decyzji. Łatwo potrafiła sobie wyobrazić, jak w ciągu miesiąca szpital zwalnia personel pomocniczy i salowe, a na ich miejsce zatrudnia agencję. W dalszej kolejności można się zająć portierem i jego ekipą, a następnie pralnią.

Wyjęła z szuflady zdjęcie i przez krótką chwilę wpatrywała się w bieloną chatkę nad morzem. Zawsze marzyła o tym, żeby na emeryturze zamieszkać w takim domku w Kornwalii. W takim samym jak ten, w którym ona i James spędzili miesiąc miodowy. Na krótką chwilę zatonęła we własnych myślach. Wyobrażała sobie, jak budzi ją odgłos fal uderzających o brzeg. Z zamyślenia wyrwał ją dźwięk telefon. Panna Van Gilder podskoczyła, po czym pospiesznie umieściła zdjęcie na miejscu i zatrzasnęła szufladę.

– Panno Van Gilder, mam połączenie z agencją sprzątającą Acme – powiedziała Madge.

– Niczego mi więcej nie potrzeba – odparła panna Van Gilder i oczekiwała na charakterystyczne kliknięcie świadczące o tym, że Madge zajęła się obsługą innego połączenia.

Madge tymczasem rozsiadła się w fotelu i wpatrywała się w swoją dużą centralę telefoniczną. Zaiste wyjęła swoją wtyczkę, ale zaraz potem wypięła z tablicy złączkę na długim przewodzie i powoli wsunęła ją w światełko oznaczone jako „II Przeł.". Panna Van Gilder nie zdawała sobie sprawy, że kliknięcie słychać tylko przy wypinaniu wtyczki, a przy wpinaniu już nie.

Madge poprawiła sobie słuchawki na głowie i skręciła odgłos dzwonków. Włączone były tylko trzy światełka, nikt nie wzywał lekarzy. Tego ranka w centrali działo się niewiele. Telefonistka wzięła do ręki kartkę i długopis, żeby robić notatki. Wtedy w słuchawkach usłyszała coś zupełnie nieoczekiwanego.

– Matko! Matko, jesteś tam?

Aż się wyprostowała. Przez moment pomyślała, że może się pomyliła i wsunęła wtyczkę do niewłaściwego gniazdka. Wyciągnęła głowę i uważnie wpatrywała się w tablicę. Nie, wszystko było w porządku, podłączyła się do gabinetu drugiej przełożonej pielęgniarek. W słuchawkach odezwał się poirytowany głos:

– Na litość boską, Luuk, przestań! Nie mów do mnie „matko" przez telefon.

– Dlaczego nie? Przecież nikt nas nie słyszy. Telefonistka się rozłączyła, u mnie w biurze nikogo nie ma. U ciebie ktoś jest?

Wiecznie pełna podejrzeń panna Van Gilder rozejrzała się wokół siebie. Luuk miał rację. Nikogo nie było. Mogła się rozluźnić.

– Luuk, pominąłeś w ofercie oddział siódmy. Jak mogłeś popełnić tak głupi błąd? Zamierzam to zabrać do przełożonej i ją przekonać do tego pomysłu, ale żebym to mogła zrobić, to liczby muszą się zgadzać. Potem pójdę z tym do zarządu, żeby wydali zgodę na finansowanie. Uzupełnij to natychmiast, proszę, i od razu mi przyślij.

– Rany, przepraszam, matko. Próbowałem rozpracować ten oddział siódmy, ale panował tam straszny chaos. Teraz już pamiętam. Usiłowałem robić pomiary, ale rozpętało się istne piekło. Wszędzie było pełno krwi, lekarze się uwijali, pacjenci krzyczeli, a jakaś młoda pielęgniarka zapytała, czy może wiem, dokąd ona ma zawieźć stojak do kroplówki. Czym prędzej stamtąd wyszedłem. Może to po prostu z grubsza oszacuję… Czy tam jest tyle samo łóżek, co na oddziale czwartym?

– Tak. Nie musisz przyjeżdżać, tylko wreszcie się z tym uporaj i przyślij mi to tak szybko, jak tylko się da. Potrzebuję tych moich dwudziestu procent. NHS chętnie rzuca się na tego typu kontrakty. Nikt tego nie sprawdza i przełożone pielęgniarek same mogą decydować, czy takie rozwiązanie się opłaca. Zarząd orientuje się w całej sprawie jeszcze mniej, więc te umowy łatwo przepchnąć. Bardzo cię proszę, nie przysparzaj mi problemów, tylko zabierz się do pracy.

– Tak, matko, zaraz się z tym uporam. Przyniosę ci to osobiście.

Panna Van Gilder się zawahała. Chciała mu powiedzieć, żeby nie zawracał sobie głowy i nadał dokument pocztą, ale potem przyznała mu słuszność. Przynajmniej będą mieli pewność, że koperta nie wpadnie w niepowołane ręce. A przecież oboje doskonale wiedzieli, do czego to mogło doprowadzić. W St Dunstan's panna Van Gilder musiała pakować manatki i zmykać, zanim na miejscu pojawiła się policja i zaczęła zadawać pytania. Zamierzała odtąd pilnować Luuka, żeby już niczego nie zaniedbał.

Odłożyła słuchawkę i spojrzała na nagłówek w gazecie „Nursing Times", która trafiała na jej biurko razem z pocztą.

Przełożone nie mają wiedzy handlowej niezbędnej do prowadzenia działalności zgodnie z nowymi zasadami NHS, uważają przedstawiciele rządu.

Panna Van Gilder czytała dalej.

Przedstawiciele rządu wątpią w kompetencje przełożonych pielęgniarek w kwestii skutecznej negocjacji wysoce zróżnicowanych umów o charakterze handlowym zawieranych przez szpitale. Budżet NHS poważnie cierpi na chybionych decyzjach pielęgniarek, którym powierzono zadania wykraczające poza zakres ich kompetencji.

– Bezczelność! – warknęła.

Wątpliwości budzą kompetencje przełożonych pielęgniarek we wszystkich kwestiach o charakterze handlowym. Pan Thornton powiedział w wywiadzie: „Przełożone pielęgniarek mają wiedzę, co robić, żeby chorzy ludzie wracali do zdrowia, a nie jak negocjować umowy. W ciągu dwóch lat poszczególnym grupom szpitali na terenie całej Wielkiej Brytanii przydzieleni zostaną kierownicy regionalni. Przełożone pielęgniarek będą mogły wówczas skupić się na tym, co potrafią najlepiej, czyli na zadaniach pielęgniarskich i organizacji opieki nad pacjentem. Ich rola jako taka nie jest w żaden sposób zagrożona. W szpitalach dalej będą pracować przełożone pielęgniarek".

Panna Van Gilder zmarszczyła czoło. Czas nam się kończy, pomyślała. Dotąd wszystko szło jak z płatka. Luuk zorganizował biuro z Liverpoolu i sporządził ofertę zawyżającą koszty usług o sześćdziesiąt procent. Wspólnie zamierzali kupić sprzęt, zredukować zatrudnienie, a potem część dawnego personelu pomocniczego zatrudnić za pensje o trzydzieści procent niższe od dotychczasowych. Ona i Luuk sporo by na tym zarobili.

Może uda się potem powtórzyć to samo w kolejnym szpitalu, zanim się zorientują, rozmyślała. Otworzyła „Nursing Times" na stronie z ogłoszeniami, żeby zorientować się w potencjalnych propozycjach pracy. Potem będę mieć dość pieniędzy, żeby kupić ten dom.

Ponownie sięgnęła po słuchawkę.

– Centrala, podaję numer. Czekam na połączenie.

Kilka minut później Madge oddzwoniła. Panna Van Gilder i tym razem czekała na charakterystyczne kliknięcie.

– Z tej strony Walton z biura nieruchomości Walton i Ramsbottom.

– Dzień dobry. Dzwonię w sprawie domku, który mają państwo na sprzedaż.

Madge w szaleńczym tempie skrobała długopisem po kartce. Oto miała garść informacji, które mogła zanieść na spotkanie.

Tylko cóż niby można z tym zrobić? O jakie dwadzieścia procent chodziło? Oczywiście szokujące samo w sobie było już to, że panna Van Gilder miała syna. Gdzież on się ukrywał? Poza tym wszystko wskazywało na to, że zamierzają oskubać szpital na całego.

Ostrożnie złożyła kartkę i nachyliła się, by sięgnąć po torebkę, którą trzymała pod krzesłem. Otworzyła zapięcie, wsunęła kartkę do środka i ponownie zamknęła klamrę.

– Dobra, pora organizować zebranie – powiedziała i wybrała numer do szkoły pielęgniarek, żeby porozmawiać z Biddy.

Rozdział 31

Emily leżała w łóżku i przez okno wpatrywała się w błękit nieba. Liście w koronie klonu lekko powiewały na wietrze. To był idealny niedzielny poranek. Dessie, zanim zszedł robić herbatę, na jej prośbę odciągnął zasłony. Emily uwielbiała patrzeć na promienie słońca wpadające do sypialni, wiedziała jednak również, że Dessiego to denerwuje. Spędzili już razem wiele nocy, ale on cały czas się bał, że ktoś z sąsiadów zajrzy do środka i ją dostrzeże. Jeśli potrzebowała udać się do wychodka, on najpierw przeprowadzał rekonesans na podwórku. Spoglądał też w górę, by sprawdzić, czy żaden z sąsiadów nie stoi akurat w oknie swojej sypialni. Emily czekała w drzwiach kuchennych na jego sygnał: „Dobra! Teraz!", a potem biegła przez podwórko. Przed wyjściem z ubikacji rozglądała się po okolicy przez niewielkie okno w bocznej ścianie.

– Mało to romantyczne, nie uważasz? – mówiła, zatrzaskując za sobą kuchenne drzwi. Zwykle jednak na tym dyskusja się kończyła, bo Dessie przerywał jej w pół zdania pocałunkiem.

Dessie przyniósł herbatę do sypialni, a ona powitała go uśmiechem. Wprost nie potrafiła uwierzyć w to, co ją spotkało, i jak cudownie w związku z tym się czuje. Najżyczliwszy z ludzi otaczał ją troską i miłością, a ona rozkwitała. Była zupełnie inną kobietą. Już nie była Emily Haycock, szorstką starą panną z St Angelus. Teraz była kochanką Dessiego i rumieniła się na samą myśl o tych ich wspólnie spędzonych nocach.

– Proszę, siostro Haycock – powiedział Dessie, podając jej filiżankę i siadając na krawędzi łóżka.

Emily siedziała nago pośród skotłowanej pościeli. Zaledwie pół godziny wcześniej skopali ją w nogi łóżka, gdy kochali się zaraz po przebudzeniu.

On spojrzał na Emily i mrugnął.

– Wciąż się boję, że to tylko sen – wyznał. – Jak to się stało, że taka piękna kobieta wylądowała w moim łóżku? Czyżby pomyliła domy? Czyżby skręciła nie tam, gdzie trzeba?

Emily zachichotała, a potem okryła się kołdrą.

On upił łyk herbaty. Próbował zebrać myśli.

– Już od jakiegoś czasu byłem przekonany, że nic mnie już nie czeka. Że będę pracować do emerytury i odłożę tyle pieniędzy, by względnie wygodnie żyć, a przy okazji paru osobom pomogę. Nawet nie myślałem, że czeka mnie w życiu coś więcej niż podlewanie kwiatów i piłka nożna. A tu proszę, oto jesteś! Leżysz w moim łóżku, pijesz herbatę, którą dla ciebie zaparzyłem, i jeszcze nie uciekłaś.

Emily zadziornie wyciągnęła brodę w jego stronę.

– Jeśli następna filiżanka będzie gorsza od tej, to już mnie nie ma. Nie myśl sobie, że jestem na zawsze. – Pokiwała żartobliwie palcem.

Dessie odstawił swoją herbatę na podłogę, a potem położył się obok niej i ją przytulił.

– Nie mów tak. Nawet tak nie żartuj. Nie znamy się długo, ale nie zniósłbym tego.

– Wiesz co... To chyba nie jest tak do końca prawda... Przecież my się znamy od lat.

Dessie pocałował ją w czubek głowy.

– Szczerze mówiąc, to ja cię znam zdecydowanie dłużej niż ty mnie.

Emily uniosła głowę i spojrzała na niego zaskoczona.

– Niby dlaczego? Przecież oboje pracujemy w szpitalu równie długo.

Dessie mocno ją przytulił. Wmawiał sobie nawet, że próbuje ją w ten sposób uchronić przed ześlizgnięciem się z łóżka, ale tak naprawdę po prostu chciał ją mieć przy sobie najbliżej, jak się dało. Wolałby stracić własne życie niż ją.

– A, nic takiego. Zapomnijmy o tym. Po prostu jestem od ciebie starszy o dziesięć lat i kiedy miałaś sześć, to ja już miałem szesnaście. Znałem twojego ojczyma, Alfa. Zaciągnęliśmy się razem do wojska. Ty tego nie pamiętasz, ale wszyscy faceci z okolicy trafili do tego samego regimentu.

Emily nic nie odpowiedziała. Potrzebowała chwili, żeby trochę ochłonąć.

– Przykro mi, że on trafił do domu weterana. Odwiedziłem go raz czy dwa, ale kiedy wypuścili mnie z wojska, on już nie najlepiej się czuł i mnie nie poznawał. Chyba wziął mnie za jednego z lekarzy.

– To byłeś ty! – Emily uniosła głowę znad poduszki, ale szybko ją opuściła.

– Tak, to byłem ja. Jak się pewnie domyślasz, doskonale wiem, że wieczorami chodzisz go odwiedzać.

Emily znów nic nie odpowiedziała. Bardzo kochała swoją rodzinę i bardzo cierpiała z powodu śmierci matki i braci, którzy stracili życie podczas nalotu bombowego, ale nigdy o tym nie mówiła. Przez pewien czas wydawało jej się, że nie będzie w stanie żyć z tym bólem, a gdy czasem wspominała Richarda i Henry'ego, to potem słyszała po nocach ich głosy i nie mogła spać. Myślała, że to cierpienie wpędzi ją w szaleństwo, ale Alf ją uprzedził i musiała się nim zaopiekować. Z konieczności ukryła więc swój własny smutek gdzieś głęboko na dnie serca.

– Nie wiedziałam o tym – wyszeptała.

– Wiem. Nie zamierzałem tego zmieniać. Nic nie mówiłem, bo nie chciałem, żebyś musiała wracać myślami do przeszłości.

– A ty tęsknisz za swoją żoną? – Tamtej nocy Emily widziała, jak niebo nad portem rozbłysło płomieniami.

– Nie. Ona była wtedy w dokach. Wszystkim się wydaje, że ja nie mam pojęcia, co ona kombinowała w czasie mojej nieobecności. A ja nawet się nie łudziłem. W sumie to nie wiem, czy my w ogóle kiedykolwiek się kochaliśmy. Ona chyba wtedy po prostu kogoś potrzebowała.

Emily westchnęła głęboko. W pokoju unosił się piżmowy zapach seksu i herbaty Darjeeling. Dla niej to był zapach nieznany, ale przyjemny. Od tamtego pierwszego razu spędzali wspólnie prawie każdą noc. Choć musieli cały czas wystrzegać się przenikliwych oczu panny Van Gilder, nie chcieli się rozdzielać, a Emily nie wyobrażała sobie już, że miałaby spać w nocy sama.

Zaczęło się tak samo jak zawsze. Słowa nie były potrzebne. Przestrzeń między nimi wypełniała zupełnie naturalna, kojąca cisza. Oboje dzięki temu mogli się uporać z przeszłością i zmierzyć z teraźniejszością. On leżał na boku i wodził palcem po obrysie jej piersi, a potem patrząc jej w oczy, zaczął się kierować w stronę ud.

– Nie zamykaj oczu – wyszeptał. – Patrz na mnie.

Ona odwróciła głowę. Wstydziła się.

– Nie potrafię. To dla mnie nowe. – Gdy po chwili na niego spojrzała, z trudem powstrzymała chichot. – Ja naprawdę nie wiem, co robić.

– Ależ wiesz… – powiedział. – Dobrze wiesz, bo jesteś najlepszą kochanką, jaką sobie można wyobrazić.

Oczarował ją. Szaleli z miłości do siebie i ona ani przez chwilę się nie wahała. Gdy założyła mu ręce na szyję, a on ją do siebie przyciągnął, poczuła pewność siebie, jaką czuje kobieta, która wie, że jest kochana.

Hattie Lloyd pierwsza pojawiła się na mszy. Zajrzała do kościoła i stwierdziła, że ani Biddy, ani Elsie jeszcze nie przyszły. Postanowiła więc zapalić papierosa i poczekać przy barierkach przed brudnym od sadzy budynkiem.

St Angelus nie był może najpiękniejszym z liverpoolskich kościołów, ale przyciągał najszersze grono wiernych. Biddy narzekała kiedyś na to, że w bogatszych dzielnicach miasta świątynie są bardziej zadbane.

– Biedni chodzą do kościoła modlić się o pomoc, a bogaci zapominają pójść i podziękować. Z jakiegoś jednak powodu to ich potem biskup nagradza odwiedzinami i to oni kładą Biblie na skrzydłach złotego orła. W St Angelus jest tylko drewniany postument. To chyba nie w porządku…

Elsie oczywiście nie wiedziała, co powiedzieć. Kochała przez to swój kościół jeszcze bardziej niż wcześniej i poświęcała w tygodniu dodatkową godzinę na to, żeby kwiaty pod ołtarzem prezentowały się choć odrobinę lepiej.

Biddy przeszła przez bramę i wtedy dostrzegła uniesioną w górę rękę Hattie, która przed chwilą rzuciła papierosa na chodnik i zagasiła go czubkiem buta.

– A tobie co się stało? – zapytała Biddy. – Wyglądasz, jakbyś wygrała na loterii. Albo jakbyś miała mole w gaciach.

– Jezu Chryste, Biddy, nie bądź wulgarna – napomniała ją Elsie. – Stoimy przed kościołem.

– To nie wzywaj imienia nadaremno – odcięła się Biddy.

– Na litość boską, przestańcie się kłócić! – wtrąciła się Hattie. – Czasami można odnieść wrażenie, że jesteście siostrami, a nie przyjaciółkami. Słuchajcie, mam dla was ważną informację. Mówię poważnie.

Rozległo się głośne bicie dzwonów, więc rozmowa na chwilę ucichła.

Na Biddy i Elsie, które na co dzień pochłonięte były rutynową ciężką pracą, hasła typu „ważna informacja" działały jak lekkie porażenie prądem.

Biddy zmrużyła oczy i spojrzała podejrzliwie.

– Informację? A cóż ty możesz mieć dla nas za informację? – zapytała z niedowierzaniem.

Hattie Lloyd nie należała do mafii i Biddy nie zamierzała jej do tego grona zapraszać. Niech sobie Hattie nie myśli, że przyniesie jakąś plotkę i od razu znajdzie się tam dla niej miejsce.

Kątem oka Biddy dostrzegła coś czerwonego i na krótką chwilę zapomniała o ważnej informacji Hattie, ponieważ ze zdumieniem przyglądała się nowej odważnej kreacji Madge, która właśnie przeszła przez bramę prowadzącą do kościoła.

– A skąd ty, na Boga, wytrzasnęłaś ten płaszcz? – zapytała Elsie na widok długiego, czerwonego palta z kapturem obszytym futrem. – Mamy przecież słoneczny letni dzień. To wygląda absurdalnie!

– Natychmiast przestań, Elsie. Mam ochotę, to nakładam czerwony płaszcz i już. Kupiłam go w George Henry Lee's. Był na wyprzedaży, za niespełna połowę ceny. Jak inaczej kobieta w moim wieku miałaby sobie znaleźć faceta? Zostają mi tylko stroje, które przyciągają wzrok.

– Nieprawda! – odparła Hattie. – Można nosić stare ciuchy i kogoś usidlić. Emily Haycock już coś o tym wie!

Biddy o mało co nie upuściła torebki na ziemię. W sumie może i dobrze, że jej wypadła z rąk, bo w pierwszym odruchu chciała nią przywalić Hattie.

– Co ty gadasz? – zapytała. – Po co rozpowiadasz takie rzeczy?

Na chwilę zapadła między nimi cisza, bo akurat nadszedł młody ksiądz.

– Dzień dobry paniom, Bóg z wami – powiedział, a potem zniknął w drzwiach.

Żadna z nich nie zwróciła na niego uwagi. Wszystkie wpatrywały się w Hattie Lloyd.

– No? – zagadnęła Biddy. – O czym ty mówisz?

– Jak to o czym? Naprawdę nie wiecie? Czyżbym się dowiedziała pierwsza? No proszę, kto by pomyślał?! Ale na pewno zgodzicie się ze mną, że ona zasłużyła sobie na odrobinę dobrej zabawy. On w sumie też. Moim zdaniem świetnie do siebie pasują i tylko się dziwię, że wam nie powiedzieli. Wychodzi na to, że przyjdzie mi strzec tego ich sekretu jak oka w głowie. Skoro nie chcą, żeby świat o tym wiedział, to ja przecież nie powinnam go nikomu zdradzać. Mam tylko nadzieję, że nie będą się z tym za długo ociągać, bo już po dziurki w nosie mam tego chowania się za zasłoną.

Nagle wszystko stało się jasne. Hattie mieszkała przecież z Dessiem po sąsiedzku. Tylko że to nie mogła być prawda. Emily na pewno powiedziałaby Biddy. Mimo to Hattie tak bardzo jej nie zaskoczyła. Przecież Emily już od jakiegoś czasu chodziła cała rozpromieniona. Biddy domyślała się, że coś się zmieniło, ale przypuszczała, że to w związku z pracą. Przecież dla Emily wszystko zawsze miało związek z pracą.

Hattie wyglądała tak, jakby miała ochotę odgryźć sobie język.

– Jak mogłam być tak głupia? – powiedziała na głos. – Wiedziałaś, co?

Wypuściła kota z worka i straciła swoją chwilę chwały.

– Hattie Lloyd, przecież ty to ćwiczysz od pięćdziesięciu czterech lat. Jak się ma tyle wprawy, po jakimś czasie to już staje się banalnie proste. – Biddy szykowała odpowiedni grunt. – Oczywiście, że wiedziałam. Już mogę być z tobą całkiem szczera. Oczywiście, że wiedziałam. Przypuszczałam, że to Dessie, ale ponieważ chodzi o moją szefową, nie chciałam napędzać plotek. Skoro jednak ty też już wiesz, Hattie, nie da się raczej tego zatrzymać, co?

– Ależ nic z tych rzeczy, Biddy – powiedziała Hattie zupełnie szczerze. – Mną nie musisz się przejmować.

Rozdział 32

Lily siedziała na długiej drewnianej ławce na klasztornym korytarzu. Trzymała matkę za rękę. Siostra Therese powiedziała tego ranka, że policji nie udało się zlokalizować jej ojca.

– Pewnie też nie żyje – odparła Lily zbolałym głosem. Było jej wszystko jedno.

Matka siedziała obok niej i łkała. Całe rano chodziła za Lily jak małe dziecko.

– Weź ją za rękę – poleciła Lily siostra Therese, więc dziewczyna tak właśnie zrobiła, choć wydawało jej się to zupełnie nie na miejscu.

Dla niej to był obcy gest. Próbowała sobie przypomnieć, kiedy ostatnio matka trzymała za rękę ją albo choćby biednego Joego, ale nie pamiętała. To ona karmiła brata butelką, jak był malutki. To ona go nosiła miesiącami na biodrze. Kochała Joego całym sercem. Tymczasem ta kobieta obok niej, jej matka, zapewne nie potrafiłaby sobie nawet przypomnieć uśmiechu chłopca, dawno nie czuła dotyku jego palców na swojej twarzy, a na pewno nie widziała jego miny tamtego bożonarodzeniowego poranka, gdy siostra Therese przyniosła mu rowerek na trzech kółkach i gdy malec śmiał się z radości tak bardzo, że dostał napadu kaszlu. Wszystkie te wspomnienia należały do Lily. To ona zachowa je w sercu na zawsze. Matka nie miała nic, ale też nie odczuje żadnego braku. Lily dobrze wiedziała, że już za chwilę nie będzie tego wszystkiego nawet pamiętać.

Zakonnice okazały jej matce bardzo dużo pomocy, a ona chętnie z niej skorzystała. Lily powoli odwróciła głowę i przez chwilę patrzyła na nią. Próbowała odnaleźć w sobie współczucie, lecz na próżno. Jej serce przepełniały ból po stracie Joego i troska o Katie. Matka nie budziła w niej żadnych uczuć.

Przeniosła wzrok na Katie, która w oczekiwaniu na karawan ukryła się w połach habitu siostry Therese. Obie spały w klasztorze, odkąd Joe umarł. Lily poczuła lekkie ukłucie bólu. Katie tak dobrze teraz wyglądała – i to był niezbity dowód na to, że wszystkie jej zabiegi o utrzymanie rodziny pod jednym dachem były błędem i wynikały z egoizmu. Joe umarł i to była jej wina. Gdyby pozwoliła siostrze Therese zabrać ich oboje do przyklasztornego domu dziecka, być może Joe nadal by żył. Tylko że ona za nic w świecie nie chciała żyć z upokarzającą myślą, że jej rodzeństwo trafiło do sierocińca, chociaż miało rodzinę. Uparcie wierzyła w to, że dopóki jest ich w stanie kochać i o nich zadbać, powinni zostać w domu. Jakże się myliła. Od dawna ledwo dawała radę. Ból gniótł ją w piersiach. Poczucie winy, smutek i wyrzuty sumienia tylko czekały, żeby dojść do głosu, ale dzisiaj nie zamierzała ich do siebie dopuszczać. Dzisiaj w jej sercu było miejsce tylko na ból i żałobę, tylko dla Joego.

Matka znów zaczęła łkać, ale Lily ją zignorowała. Nie miała jej nic do zaoferowania. Sama czuła się winna, ale przecież ta kobieta, która w pubie spędzała dwa razy więcej czasu niż we własnym domu, też zdecydowanie miała sobie coś do zarzucenia. Minęło prawie dwanaście godzin, zanim wytrzeźwiała na tyle, żeby zrozumieć, co się właściwie stało – a kiedy to do niej dotarło, poszła z powrotem do pubu, żeby o wszystkim opowiedzieć swoim kompanom od kielicha i naciągnąć ich na kolejkę. Lily wiedziała, że wkrótce smutek i ból trochę ustąpią, a jej serce wypełni nienawiść do tej kobiety, która teraz siedzi obok niej. Ale to dopiero jutro.

– Jedzie karawan. Słyszę podkowy. Lily, dopilnuj matki. Idźcie naprzód. Ja pójdę z Katie.

Dziewczyna uniosła się z ławki i podciągnęła w górę matkę.

– Już jest, Lily? – zapytała tamta żałosnym, płaczliwym tonem, którego Lily nigdy wcześniej nie słyszała.

W odpowiedzi Lily skinęła głową. Nieoczekiwanie zalała ją fala litości dla matki. Dziewczyna wzięła głęboki oddech i mocno ścisnęła jej dłoń.

Zmusiła nogi, aby poniosły ją do drzwi. Słyszała toczące się koła i prychanie zatrzymujących się koni. Serce waliło jej jak oszalałe. Wbiła wzrok w mozaikę na podłodze i przez chwilę się w nią wpatrywała, żeby odzyskać równowagę i uspokoić oddech. Wcześniej była gotowa otworzyć drzwi i na niego spojrzeć, ale gdy nadeszła chwila, aby to zrobić, panika niemalże wzięła górę. Lily uniosła głowę. Miała przed sobą pomalowane na czarno drzwi z dwoma łukowatymi witrażami. Przez barwne szybki ułożone w skomplikowany wzór było widać ruch na podwórzu.

– Poczekaj chwilę, Lily. – Siostra Therese podeszła do niej i zakryła jej twarz czarnym welonem.

Lily nie pamiętała, skąd się wzięły te ubrania, które teraz miała na sobie. Siostra Therese na pewno jej powiedziała, ale w pamięci nie zapisało się nic z tego, co się wydarzyło w ciągu kilku ostatnich dni.

Matka schyliła głowę, jakby przygniatał ją ciężar wstydu albo strachu przed tym, co miało się ukazać jej oczom, gdy

Lily otworzy drzwi. Na żwirowym podjeździe rozbrzmiały kroki. Ktoś szedł w ich stronę. Lily pomyślała o Joem, który czekał na nią tam na zewnątrz. Niczego więcej nie potrzebowała, aby zebrać się na odwagę i zrobić to, co zrobić należało. Położyła dłoń na dużej mosiężnej klamce i szybkim ruchem otworzyła drzwi.

Ojciec Brennan zatrzymał się w połowie podjazdu. Był księdzem, ale był też mężczyzną i w związku z tym nie przepadał za widokiem kobiecych łez. Nad głową Lily rzucił siostrze Therese pytające spojrzenie: „Czy są gotowe? Możemy wyruszać?". Potem spojrzał na Lily, która przygotowywała się do poprowadzenia procesji pogrzebowej.

Lily wbiła wzrok w jakiś punkt za jego plecami, w malutką trumnę, która leżała na płaskiej powierzchni otwartego karawanu. Posmutniała straszliwie na jej widok.

– Nie ma dla niego kwiatów – wyszeptała. – Nie ma kwiatów – powiedziała, odwracając się lekko w stronę siostry Therese, jak gdyby spodziewała się, że ona jakieś wyczaruje. Oczywiście, że nie ma kwiatów. Skąd niby miałyby się wziąć pieniądze na zakup kwiatów, na jakie zasługiwałby anioł? Skąd pieniądze na kwiaty dla najsłodszego i najżyczliwszego z małych chłopców?

Lily nigdy wcześniej nie widziała karawanu bez kwiatów i teraz miała ochotę krzyczeć z bezsilności. Chciała dla Joego tego, co najlepsze. Chciała otoczyć go najpiękniejszymi kwiatami i poprowadzić na cmentarz jak kogoś bardzo ważnego. Tymczasem kwiatów nie było, bo jej nie było na to stać. Zaczęła się zastanawiać, kto właściwie zapłacił za karawan. Przez cały ten czas nikt nie wspominał o pieniądzach, a w każdym razie ona nic takiego nie pamiętała. Odwróciła się do matki. Chciała jej sprawić przykrość.

– Nie ma kwiatów. Równie dobrze mógłby jechać na wózku śmieciarza.

Za jej plecami rozległ się delikatny szum. Lily dobrze ten dźwięk znała. To był odgłos powiewających habitów i miękkich butów sunących po podłogowych płytkach.

– Lily, spójrz na siostry – wyszeptała Katie.

Dziewczyna niechętnie oderwała wzrok od trumny Joego, a wtedy zobaczyła, że za ich plecami w dwóch rzędach ustawiają się zakonnice. Głowy miały pochylone i nagle bez słowa zaczęły recytować modlitwę. Wrażenie było oszałamiające. Gdy tylko dźwięki dotarły do uszu Lily, od razu poczuła coś, co one ze sobą niosły i zabierały do nieba. Wyraźnie to czuła. To było ciężkie i przesycone bólem, ale zarazem radosne. To był Duch Święty. Otaczał ją. Lily miała wrażenie, że może wyciągnąć rękę i go dotknąć, że może go zamknąć w dłoni i trzymać. Przyszedł po Joego, żeby go zaprowadzić do kościoła, a potem tam, gdzie odtąd będzie spał spokojnym i nieprzerwanym snem.

W przeciwieństwie do matki Lily nie płakała. Ciągle jeszcze tłumiła łzy. Ojciec Brennan gestem przekazał siostrze Therese, że powinny zejść na ścieżkę, więc ona najdelikatniej, jak się dało, pchnęła Lily naprzód. Dopiero przy bramie, gdy znalazła się blisko trumny, Lily zaczęła się cała trząść. Jej ukochany Joe, ten mały chłopczyk, o którego martwiła się nieustannie, odkąd tylko przyszedł na świat, znajdował się teraz na wyciągnięcie ręki. Dzieliła ją od niego tylko trumienna deska. Nawet w tym momencie nie pozwoliła sobie zapłakać.

Poczuła, że siostra Therese wyciąga rękę i chwyta ją za płaszcz. W ten sposób dawała jej znać, że należy się zatrzymać. Teraz Lily wszystko sobie przypomniała. Miała zaczekać przy końcu ścieżki na trzaśnięcie bicza, aż konie ruszą. Tak zrobiła. Wpatrywała się intensywnie w malutką trumienkę, a gdy Joe zaczął od niej odjeżdżać, o mało co nie zawyła z bólu. Za sprawą nagłego szarpnięcia Joe się oddalał, a jej instynkt nakazywał biec za nim i kurczowo go trzymać. Wiedziała, że gdyby uniosła wieko trumny, to mogłaby go wyjąć i raz jeszcze, ostatni raz wziąć w ramiona i przytulić. Tymczasem teraz on się jej wymykał. Tym razem to jej matka ją ścisnęła za rękę. Nagłym ruchem odwróciła głowę, żeby na nią spojrzeć, a wtedy usłyszała wypowiedziane szeptem słowa: „Bądź dzielna, Lily". Potem powietrze wypełniły stukot podków na bruku, terkot kół i rytmiczna modlitwa. Lily poczuła delikatne pchnięcie na plecach. Znów ruszyła przed siebie.

W pewnym momencie karawan skręcił za róg i na horyzoncie ukazały się Clare Cottages. Wtedy ich zobaczyła. Tych dobrych i złych sąsiadów, tych starych i tych młodych. Stali tam wszyscy, z tą co najmniej setką swoich dzieci. Wszyscy co do jednego milczeli. Pani McGuffy się przeżegnała, a potem podeszła do jadącego powoli karawanu i położyła przy trumnie zielono-biały wieniec poprzetykany różami. Gdy się cofnęła, jakaś inna kobieta wzięła na ręce małego chłopca, który się przyjaźnił z Joem. On położył na wozie bukiecik stokrotek. W oczach Lily stanęły łzy. Jak przez mgłę widziała teraz sylwetki mężczyzn, kobiet i dzieci, którzy zasypywali trumnę Joego naręczami kwitnących krzewów, dzikich kwiatów i różnobarwnych liści. Lily wiedziała, że te okwiecone gałązki pochodziły z parku, a cięte rośliny zostały zebrane w porcie podczas rozładunku statków.

Kobiety wykonywały znak krzyża i pochylały głowy, a mężczyźni uchylali czapek w geście szacunku dla małego chłopca, który niedawno obchodził czwarte urodziny. Ich dzieci sprawiały wrażenie smutnych, Lily widziała łzy w ich oczach. To były dzieci, które bawiły się z Joem jego ukochanym rowerkiem, dopóki matka go w końcu nie sprzedała. Zamieniła tę jego dumę, to jego źródło radości i godności na wieczór w pubie. „Żegnaj,

Joe", rozbrzmiał głos jednego z małych chłopców. Zaraz potem ktoś inny powtórzył: „Żegnaj, Joe". Powietrze wypełnił cichy jęk kobiet płaczących na widok przejeżdżającej trumienki.

– Nie zasługujemy na to – powiedziała matka Lily, która przestała płakać i z nieskrywanym podziwem przyglądała się zachowaniu sąsiadów.

– On na to zasługiwał. To dla niego, nie dla nas. On był od nas lepszy. – Lily prawie pluła, wypowiadając te słowa. Aż się w niej zagotowało, ale szybko poskromiła gniew.

Karawan zatrzymał się, żeby kobiety mogły ułożyć kwiaty. Gdy skończyły, powietrze ponownie przeciął bicz i konie ruszyły w stronę kościoła.

Po drodze Lily usłyszała kroki. Odwróciła głowę i przez czarną siateczkę welonu zobaczyła mieszkańców Clare Cottages – dzieci, których radosnych zabaw nigdy nie mogła słuchać, kobiety, które zawsze okazywały jej tyle pogardy, i mężczyzn, którzy nie poszli dzisiaj do pracy – jak ustawiają się za zakonnicami, aby pokonać kolejnych sto metrów do kościoła. Postanowili odprowadzić Joego. Chcieli mu towarzyszyć w jego ostatniej drodze. Łzy popłynęły z oczu Lily dopiero wtedy, gdy karawan zatrzymał się przed kościołem. Przy bramie czekali na nich Lockie, państwo McConaghy i ich szwagier, a także robotnicy z fabryki oraz Amy, chyba też we łzach. Lockie bez słowa zrobił krok naprzód i skinął głową na pana McConaghy'ego, a potem wspólnie unieśli trumnę i zanieśli Joego do kościoła. Pani McConaghy trzymała w rękach największy wieniec, jaki Lily kiedykolwiek widziała, przepleciony metrami błękitnej satynowej wstążki.

Lily spojrzała na tłum ludzi za nimi.

– To wszystko jest dla Joego – powiedziała do matki. – Ci ludzie przyszli tutaj dla niego. Ależ by było wspaniale, gdyby on mógł to zobaczyć.

– Przecież może, Lily – odezwała się Katie. – On tu jest. On to widzi. Lockie go niesie. Nie widziałaś. Siedzi u Lockiego na ramionach. Widziałam go, machał do mnie.

W tym momencie Lily zupełnie się rozpadła. Przecież Joe faktycznie był niesiony. Niosła go fala potężnych emocji. Tylu ludzi przyszło, żeby go pożegnać. Obsypali go kwiatami. Joe był kochany.

Po mszy żałobnicy się rozeszli, a siostra Therese delikatnie wyprowadziła Lily z kościoła.

– Pan i pani McConaghy zapraszają wszystkich na poczęstunek do Irish Centre – powiedziała. – Zabiorę Katie i twoją matkę, bo wydaje mi się, że ktoś tam czeka, żeby zamienić z tobą słowo.

Lily pomyślała, że to pewnie Lockie. Uniosła głowę i spojrzała w stronę cmentarza. Jakże była zaskoczona, gdy zobaczyła lekarza, który leczył Joego w szpitalu St Angelus, doktora Mackintosha. Uniósł rękę i ruszył w jej stronę. Wyglądał na poruszonego. Głowę miał pochyloną, twarz bladą, a oczy zaczerwienione. Najwyraźniej i on uronił łzę. Na tę myśl Lily bardzo się wzruszyła.

Rozdział 33

Amy bała się, że zaraz zemdleje. Z całej siły przyciskała rękę do ściany, by się nie przewrócić. Stała na najniższym stopniu schodów prowadzących do zakładu produkcyjnego i czekała na Lockiego. Ciotka pozwoliła jej wyjść kilka minut wcześniej niż zwykle, ale nie była zadowolona.

– Nie przypominam sobie, żeby Lily kiedykolwiek prosiła o możliwość wcześniejszego wyjścia – powiedziała. – A ty skończyłaś dzisiejsze zamówienia, Amy?

– Oczywiście – odparła Amy, wbijając szpilkę w kapelusz. Pomyślała, że musi pamiętać, żeby koniecznie zająć się tym jutro. Ponieważ jednak to samo zrobiła już wczoraj, w szufladzie jej biurka kłębiła się teraz cała sterta niewypełnionych formularzy ukrytych pieczołowicie przed dociekliwym wzrokiem ciotki. Kiedy wróci Lily, szybko się z tym wszystkim upora, pomyślała Amy, ale powoli nawet i ona zaczynała się martwić, że to nigdy nie nastąpi.

– A myślisz, że Lily wróci na dniach? – zapytała ciotkę.

Z niecierpliwością wyczekiwała jej powrotu. Radziła sobie zdecydowanie gorzej od niej, co pani McConaghy przyjmowała z wielkim rozczarowaniem. Odkąd została sama na posterunku, jej status siostrzenicy i dziedziczki jakby tracił na znaczeniu.

– Jak ty sobie z tym poradzisz, Amy? – zapytała pewnego razu pani McConaghy, gdy dziewczyna postanowiła wybrać się na spacer w porze lunchu. – Kiedy to wszystko już będzie twoje.

Amy rozejrzała się wokół siebie. Sprzedam to, pomyślała odruchowo, ale oczywiście na głos tego nie powiedziała.

Pani McConaghy nie czekała na odpowiedź.

– Lily nigdy nie robi przerwy na lunch – stwierdziła. – Posila się w trakcie pracy. Swoją drogą ona prawie nic nie je. Codziennie dawałam jej lunch. Myślała, że nie wiem, ale przecież wystarczyło, żebym się odwróciła, a ona czym prędzej chowała większość jedzenia do tego swojego koszyka.

– Na pewno niedługo wróci do pracy – powiedziała Amy. – Przecież bez pieniędzy sobie nie poradzi. Dałabym jej jeszcze tydzień. Potem po prostu przyjdzie.

– Miejmy nadzieję, Amy, bo ja się strasznie martwię, że ty w ogóle do tej pracy się nie nadajesz. Oczywiście winą za to obarczam twoją matkę. Ona sama nigdy jakoś szczególnie pracowita nie była, no ale… – Pani McConaghy nawet specjalnie nie kryła rozczarowania.

Gdy Amy poprosiła o zgodę na wcześniejsze wyjście, pani McConaghy wiedziała, że chodzi o spotkanie z Lockiem. Tylko dlatego się zgodziła.

– Nikt go nie prosił, żeby niósł tę trumnę, tak samo zresztą jak twojego wuja. Oni tak sami z siebie. Dobrze to o nich świadczy – powtórzyła już chyba setny raz od czasu pogrzebu Joego.

Amy stała na schodach. Nagle poczuła, że Lockie się zbliża. Odwróciła się i dostrzegła go w oddali, jak szedł od strony doków. Za jego plecami pracowały dźwigi, a srebrna wstęga rzeki Mersey połyskiwała w blasku słońca. Przesłoniła oczy, żeby go lepiej widzieć. Szedł pod górę, więc lekko się nachylał. Czapkę miał naciągniętą na czoło, a ręce wciśnięte głęboko w kieszenie. Choćby nie wiadomo jak się starała, Amy nie była w stanie zafascynować się tym chłopakiem. Za dobry był, za czysty, zbyt chętnie spełniał wszystkie jej zachcianki.

Uniosła rękę do góry i pomachała. Spodziewała się, że jej odmacha, bo zwykle tak robił. Tym razem jednak było inaczej. Widocznie coś innego pochłania jego uwagę, pomyślała. Jego biznes rozkręcał się tak szybko, że chłopak ledwo panował nad sytuacją. Powiedział Amy, że rozważa zatrudnienie dwóch pomocników i być może kupi drugiego konia z wozem.

– Mówi się, że wkrótce konie zostaną zastąpione przez wozy silnikowe, ale tutaj nikogo na coś takiego nie stać – powiedział.

Lockie się zastanawiał, co zrobić, żeby zawsze wyprzedzać konkurencję o krok.

– Witaj, co słychać? Jak ci mija dzień? – zapytała z entuzjazmem.

Czas płynął. Ona zaczęła ostatnio zakładać luźniejsze ubrania, żeby ukryć brzuszek. Stale nosiła też apaszkę, którą spuszczała wzdłuż sukienki. Nie raz zdarzyło jej się też słyszeć, jak ktoś dopatruje się związku między jej rozmiarami a zakupami cukierniczymi jej ciotki. Lada moment ludzie zaczną coś podejrzewać i gadać. Jeśli nie zdoła nakłonić Lockiego do małżeństwa, nie będzie miała wyboru. Równie dobrze mogłaby się zabić na miejscu. Jej życie zamieniłoby się przecież w koszmar, a ona tego by nie zniosła. Gdyby z jej ust padły słowa: „Jestem w ciąży", rodzice bez zastanowienia wysłaliby ją do domu matki i dziecka. Musiałaby na zawsze pożegnać się z domem i dotychczasowym życiem. Dziecko trafiłoby do adopcji, a ją by wysłano do Irlandii, do staroświeckich i surowych krewnych. Żyłaby tam w zamknięciu, a wypuszczano by ją najwyżej wtedy, gdyby trzeba było pomóc w tym czy innym gospodarstwie wuja. Rodzice nigdy by jej nie wybaczyli. Mamusia i tatuś zapadliby się pod ziemię ze wstydu. Ciotka i wuj by ją wydziedziczyli. Straciłaby wszystko.

Nie miała dokąd zwrócić się o pomoc. Gdy kilka tygodni wcześniej poszła do Doreen, ojciec dawnej przyjaciółki zatrzasnął jej drzwi przed nosem. Lily od śmierci Joego nie wróciła do pracy i ponoć wraz ze swoją siostrą mieszkała w klasztorze St Chad's.

Serce waliło jej jak młotem. Amy znów zaczynała panikować. Od paru tygodni panikowała niemal codziennie, za każdym razem, gdy nie dopinała spódnicy i gdy ręka wędrowała w kierunku twardego wzgórka w dole brzucha. Lockie musiał zostać jej wybawcą! Innego wyjścia nie było, ale też należało się pospieszyć. Musiała go wreszcie usidlić, bo czas jej się kończył. Musiała to zrobić jeszcze dziś.

– Nic się nie zmieniło, odkąd widzieliśmy się rano w biurze – powiedział.

Amy już miała na końcu języka, że rano wyglądał okropnie i prawie się nie odzywał. Liczyła na to, że do wieczora humor mu się poprawi.

– Jakoś nie zrobiłeś na mnie wrażenia szczególnie szczęśliwego, Lockie. Czy od tamtej pory coś się zmieniło na lepsze? Co cię gryzie?

Lockie nie odpowiedział, spojrzał tylko w stronę rzeki.

– Co robimy? – zapytał. – Idziemy zjeść do knajpy, a potem na drinka?

W głowie kłębiły mu się najróżniejsze myśli, a on próbował robić dobrą minę do złej gry. Raz po raz przypominał sobie to, co Lily powiedziała mu tamtego wieczoru w szpitalu.

Lily jest po prostu zazdrosna, uznał wtedy. Chciałaby mnie mieć dla siebie. Próbuje mnie zniechęcić do Amy. Nie wierzy, że ktokolwiek inny mógłby mnie chcieć. Powtarzał to sobie w kółko, ale im dłużej to robił, tym trudniej mu było w to uwierzyć. Cały czas słyszał w głowie jej słowa: „Ona potrzebuje kogoś, kto by się zechciał z nią ożenić, a ty dajesz się bardzo łatwo w to wrobić".

Gdyby Joe nie umarł tak nagle, Lockie pewnie by poszedł do niej do St Chad's. Zażądałby wyjaśnień, domagał się, by przestała oczerniać Amy. Wyszło jednak tak, że stracił cierpliwość w najgorszą noc jej życia, a teraz nie mógł przestać o tym myśleć. Cały czas dręczyły go też inne pytania: czy Lily chce mnie dla siebie? Czy to dlatego opowiada takie paskudne kłamstwa? Czyżby była aż taka zdesperowana? Czyżby liczyła na to, że ją uratuję od nieszczęśliwego życia w Clare Cottages? Czy Lily chce, żebym ją ratował?

– Świetny pomysł – odparła Amy, ukrywając dreszcz, który przeszedł jej po plecach.

Nie cierpiała tej knajpy. Najbardziej lubiła Granda, ale gdy zaproponowała kiedyś Lockiemu, żeby poszli tam na drinka, on omal nie roześmiał jej się prosto w twarz.

– Do Granda? Przecież to miejsce dla jaśniepaństwa. Moja noga nigdy tam nie postanie.

Poszli więc do knajpy, która mieściła się w okolicy doków. Niezamężni mężczyźni i ekspedientki po całym dniu pracy przychodzili tu na przypalone na czarno podwójne jajko z frytkami.

Amy miała ochotę zwymiotować już na samą myśl o jajku z frytkami, a gdy po posiłku ruszyli w stronę Grapes, jedzenie ciążyło jej w żołądku jak twarda grudka.

Ostatecznie do pubu nie doszli, bo Lockie zmienił plany.

– Amy, muszę iść pogadać z jednym facetem na temat konia.

– A od kiedy musisz? – oburzyła się.

– Od teraz. Trafisz sama do domu?

Nie czekając na odpowiedź, oddalił się i popędził drogą w dół.

Matkę Lily zastał samą w ich mieszkaniu w Clare Cottages. Nie było nawet siódmej, ale światło było wyłączone, a ona spała pijana w fotelu. Po wyjściu z mieszkania Lockie zobaczył panią McGuffy. Stała przed swoimi drzwiami z papierosem w ręku w towarzystwie trzech innych kobiet. Na pierwszy rzut oka było widać, że plotkują. Po podwórzu biegała gromada rozwrzeszczanych dzieci. Niektóre się bawiły, inne płakały. Po korytarzu chodziły małe dziewczynki, nosząc na rękach jeszcze mniejsze dzieci.

– Szukasz Lily?! – krzyknęła do niego. – Tu jej nie znajdziesz, Lockie. Nie wróciła już, nie wróciła. Od śmierci małego Joego opiekuje się nią siostra Therese.

Lockie podszedł do grupki kobiet.

– A co z panią Lancashire? Ona tu jest zupełnie sama. Wygląda, jakby sporo wypiła.

– Owszem, wypiła. Ją też zabrali do St Chad's, próbowali ją doprowadzić do porządku, ale stale uciekała. Twierdziła, że nie chce tam być. Sam wiesz, Lockie, jaka jest łasa na drinka. Z pubu nie da się jej wyciągnąć. Trzeba by ją pewnie zamknąć, żeby nie piła.

Lockie raz jeszcze spojrzał w kierunku drzwi Lily.

– Niewykluczone, że do tego dojdzie – powiedział. – Bo inaczej znów kogoś trzeba będzie pochować.

– Ja do tego nie dopuszczę, chłopcze – obiecała pani McGuffy życzliwym tonem. – Zajrzę tam później i położę ją do łóżka tak jak wczoraj wieczorem i tak jak przedwczoraj. My tu dbamy o swoich. Musimy, bo nikt inny tego nie zrobi.

Lockie uchylił czapki i zbiegł po schodach. Dwie minuty później stał już u drzwi klasztoru.

Siostra Therese od razu mu powiedziała, że go nie wpuści.

– Zepsuję sobie reputację – zażartowała. – Nasza Lily ma ostatnio tylu gości!

Lockie uniósł brwi. Jakich gości? Kto do niej przychodzi? Doszedł do wniosku, że pewnie odwiedzają ją państwo McConaghy, chociaż Amy nic nie wspominała.

– Dzisiaj nie możesz się z nią zobaczyć, Lockie. Ale wróć w niedzielę. Dopilnuję, żeby na ciebie czekała.

Nie mówiąc nic więcej, siostra Therese zamknęła drzwi.

W niedzielę!? Lockie dreptał nerwowo tam i z powrotem. Koniecznie musiał porozmawiać z Lily. Czy wytrzyma tak długo?

Oparł się o porośnięty mchem mur klasztorny i myślał o Lily. Ileż ona przeszła! A przecież nigdy nie narzekała, zawsze dbała o swoich bliskich bardziej niż o siebie. Potem pomyślał o Amy. Zgasił papierosa. Już wiedział, co musi zrobić.

Rozdział 34

Dessie stał w korytarzu tuż przy frontowych drzwiach swojego domu. Pocałował Emily. Wychodził właśnie na spotkanie mafii do domu Biddy.

– Czuję się jak oszust – stwierdził, gdy wziął głęboki wdech i mocno ją przytulił. – Komuś takiemu jak ja, normalnemu facetowi z Dock Road, to się nie powinno przydarzyć.

Emily objęła go w pasie i wtuliła twarz w jego tors. Uwielbiała jego zapach. Uwielbiała też bliskość, piżmowość i męskość. Od tak dawna żyła w żałobie po swojej rodzinie, tyle czasu poświęciła Alfowi, że dotąd właściwie nigdy nie interesowała się mężczyznami.

Wełniana wzorzysta kamizelka zaczęła ją drapać po policzkach, więc Emily odsunęła się nieco i spojrzała na Dessiego. Wieczór był ciepły, ale jemu do głowy by nie przyszło, żeby wychodzić z domu w bezrękawniku.

– A jak się stąd wydostanę? – zapytała z szelmowskim uśmiechem. – Mam nasłuchiwać trzasku tylnej furtki?

Przyszła pod osłoną ciemności poprzedniego wieczoru. Cały dzień spędzili w środku, szczęśliwi, że mają czas i miejsce, aby się cieszyć własnym towarzystwem.

– Sporo się nad tym zastanawiałem – powiedział Dessie. – I mam plan.

– Brzmi intrygująco. – Emily uniosła brodę po kolejnego całusa. – A zamierzasz mnie w ten plan wtajemniczyć?

– Będę musiał, bo inaczej zostaniesz tu uwięziona na zawsze. No więc, mój piękny aniele – Dessie znów ją pocałował – proponuję, żebyśmy przestali się kryć i po prostu poszli do Biddy razem. No bo właściwie po cóż my się kryjemy? Możesz też wyjść tylnymi drzwiami, kiedy moja droga sąsiadka Hattie uda się na bingo.

Emily się cofnęła i chwyciła go za obie ręce.

– Chyba wybiorę drugą opcję z Hattie i bingo, bo przecież nie chcemy stać się obiektem plotek, prawda? Nie wiemy, co będzie dalej.

Dessie się nachmurzył.

– Spodziewałem się, że chętnie przystaniesz na tę moją propozycję postawienia sprawy jasno. Całe te podchody chyba nie są do końca normalne, jak sądzisz?

– Wiem, Dessie, ale przecież pracujemy w tym samym miejscu i to się nie zmieni pewnie jeszcze przez długi czas. Sam wiesz, że to skomplikowane. A my nie wiemy, co z nami będzie dalej.

Dessie westchnął ciężko i odsunął pukiel włosów, który jej opadł na czoło. Chciał widzieć całą jej twarz. Zastanawiał się, czy Emily próbuje zmienić temat, czy może raczej wnosi do tej rozmowy coś bardzo sensownego. Teoretycznie wszystko, co mówiła, niewątpliwie było prawdą, tylko że…

Spojrzał na nią. Patrzył w piękne niewinne oczy w twarzy kobiety, która powinna już być matką. Jeśli kiedykolwiek miała nią zostać, musiała się pospieszyć. Mówił, że jest jego aniołem, ponieważ właśnie anioła w niej widział. Dokładnie z tego powodu obawiał się, że pewnego dnia po prostu od niego odleci i zostawi go na pastwę samotności oraz smutku jego dawnego życia.

– Próbuję sobie wyobrazić, jakie było moje życie, zanim się w nim pojawiłaś, ale nie potrafię – wyznał. – A przecież jesteś w moim życiu tylko króciutką chwilę. Byłem samotny. Moje łóżko było zawsze równo i porządnie zasłane, ale zimne. Teraz już rozumiem pewne rzeczy, z których wcześniej nie zdawałem sobie sprawy.

– Ja też – odparła Emily. – Tak długo sypiałam sama, że w ogóle sobie nie wyobrażałam, że można z kimś dzielić łóżko. Nikt mi nigdy nie powiedział, jak to jest zasypiać wieczorem w czyichś ramionach i budzić się w nich następnego ranka. Pewnie powinnam była więcej czytać. Być może wtedy bym się bardziej postarała, żeby kogoś poznać, może nawet wyjść za mąż. Żyłam w nieświadomości, Dessie. Pielęgniarstwo i biedny Alf pochłonęli mnie do tego stopnia, że zupełnie zapomniałam o sobie.

Dessie przyciągnął ją do siebie i pocałował w czubek głowy. Nagle sobie wyobraził, jak by to było, gdyby jutro się obudził i stwierdził, że to wszystko to był tylko sen. Przeraziła go ta myśl. Rozkoszował się każdą chwilą spędzoną w towarzystwie Emily. Uwielbiał ich rozmowy i pogawędki, uwielbiał seks. Uwielbiał budzić się, tuląc ją w ramionach.

– Emily, my nie jesteśmy parą zalotników. My jesteśmy parą, która uprawiała seks już nie wiadomo ile razy…

– Ponad dwadzieścia – zaświergotała Emily.

Dessie wybuchnął śmiechem.

– Naprawdę policzyłaś?

Emily zarumieniła się i skinęła głową. On też poczerwieniał. Jak niby miałby jej wyjaśnić, że nigdy nie ma jej dość i że najbardziej na świecie pragnie nadrobić cały stracony czas?

– Wiem, że nie powinnam – powiedziała. – Ale nie potrafię się powstrzymać.

W tym momencie Dessie właściwie jej nie słuchał, gdyż po głowie kołatała mu się jedna impulsywna myśl. Od razu wiedział, że dokładnie to powinien zrobić – i w żaden sposób nie potrafił się powstrzymać. Nie zastanawiał się nad tym, co powiedzieć. Słowa same pchały mu się na usta. Nie potrzebował czasu do namysłu, niczego nie musiał rozważać. Kochał ją i tyle. Uznał, że to najbardziej naturalne, co może powiedzieć i… zrobić. Choćby jutro, gdyby to było możliwe.

– Emily, wyjdziesz za mnie? – zapytał. – Tak szybko, jak tylko się da, żebyśmy mogli przestać się ukrywać i powiedzieć o nas światu.

Emily ogarnął nagle przygnębiający smutek. Nieproszone łzy same cisnęły się jej do oczu, i to z taką siłą, że nie była w stanie ich powstrzymać. Przez chwilę poczuła wielkie uniesienie, ale to uczucie prysło tak szybko, jak się pojawiło.

– Och nie – wypowiadała te słowa z wyrazem rozpaczy na twarzy.

– Och nie co? – Dessie się zaśmiał. – To chyba nie jest odpowiedź, co?

Emily potrząsnęła głową. Kochała Dessiego. Co do tego nie miała wątpliwości. Już nie pamiętała, jakie było jej życie bez niego, ale o jednej ważnej i oczywistej rzeczy najwyraźniej na chwilę zapomniała – że St Angelus nie zatrudnia zamężnych pielęgniarek i że jeśli zgodzi się wyjść za mąż, będzie musiała zrezygnować z pracy zawodowej. To zaś oznaczało, że nie doprowadzi swoich podopiecznych do egzaminu. A przecież jej dzieło nie było jeszcze skończone. Nie mogła zostawić szkoły, gabinetu, studentek pielęgniarstwa i Biddy. Nie mogła z dnia na dzień rozstać się z tym wszystkim, co dotychczas stanowiło treść jej życia.

Zaczęła łkać.

– Dessie, ja nie mogę. Nie mogę za ciebie wyjść. Nie wiem dlaczego, ale po prostu nie mogę.

Biddy wściekle wrzasnęła na kota, który porwał z kuchni kanapkę z pastą łososiową i zwiał.

– Ty parszywy mały złodzieju! – zawołała i ruszyła w pogoń, po drodze chwytając stojącego przy drzwiach mopa. Pędziła przez ogródek, wymachując kijem tak intensywnie, że o mały włos nie uderzyła Madge i Elsie.

– Rany, odstaw tego brudnego mopa, Biddy. Mało brakowało, a rozwaliłabyś biszkopt.

Branna szła tuż za nimi. Weszła przez tylną furtkę, zanim Elsie zdążyła ją zamknąć.

– Jesteśmy w komplecie? – zapytała, oglądając się w kierunku wyjścia.

– Czekamy jeszcze na Dessiego i siostrę Haycock – odparła Biddy.

– Oni pojawią się tylko pod warunkiem, że na chwilę zechcą wyjść z łóżka.

Biddy oparła mopa o ścianę i wzięła od Elsie biszkopt. Zaraz tego pożałowała, bo omal go nie upuściła, gdy padły te słowa.

– Jakiegoś łóżka? Czyjego? O czym wy mówicie? Jak można w ogóle opowiadać takie rzeczy?! – wrzasnęła.

– Można, bo to prawda – odparła Branna. – Bryan zaniósł Dessiemu do domu karty czasu pracy i ją widział, chociaż ona o tym nie wie. Bryan wchodził od tyłu i nagle zauważył Dessiego, który dziwnie się zachowywał. Postanowił pokręcić się tam przez moment, żeby zorientować się w sytuacji, i już chwilę później zobaczył ich, jak się całowali w kuchni. A Hattie Lloyd twierdzi, że z sypialni dochodzą dziwne dźwięki.

– Jeśli cokolwiek z tego faktycznie jest prawdą, zorientujemy się, kiedy on przyjdzie. Jeśli tak bardzo mu się poszczęściło w alkowie, będzie się, farciarz jeden, zachowywał jak kot, który dostał śmietankę – powiedziała Madge.

– Czy z wami jest coś nie tak? Macie bzika na punkcie seksu. Najpierw Hattie rozsiewa plotki, a teraz jeszcze ty, Branna! Czy biedna siostra Haycock nie zasługuje choć na namiastkę życia prywatnego? Straszne z was wiedźmy!

Weszły do kuchni przez tylne drzwi. Madge z trudem radziła sobie na kamienistej ścieżce w butach na obcasie, a Branna szła z rękami założonymi na piersi na znak oburzenia. Elsie właśnie zaczynała rozwiązywać szalik, pod którym kryły się włosy ułożone w staranne loki, gdy do środka wszedł Dessie.

– Dobry wieczór paniom – odezwał się dokładnie tym samym tonem co zawsze.

Gdy odwrócił się do nich plecami, żeby odwiesić kurtkę na gwóźdź wbity w kuchenne drzwi, Biddy ruchem warg powiedziała do zdumionej Branny: „A nie mówiłam?!".

Branna odsunęła włosy do tyłu i usiadła.

– Ktoś może wie, czy siostra Haycock do nas dołączy? – zapytała tak niepozornie, jak się tylko dało.

Dessie chwycił oparcie sąsiedniego krzesła, obrócił je i usiadł na nim okrakiem, ręce zakładając na górnej krawędzi. Uważnie wpatrywał się w coś, co dostrzegł na grzbietach swoich dłoni. Nie odezwał się ani słowem.

W pokoju zapanowała cisza. Cztery kobiety, zupełnie nie zdając sobie z tego sprawy, gapiły się na Dessiego.

– Ciasto wygląda pysznie. Poproszę kawałek – odezwał się Dessie, nachylając się w stronę stołu i spoglądając na lukrową polewę. – Taki jestem głodny, że zjadłbym konia z kopytami.

Biddy ukroiła mu kawałek ciasta i pchnęła po stole talerzyk w jego kierunku.

– Zrobię herbatę. Napijesz się, Dessie?

– Chętnie – odparł. – Umieram z pragnienia. Czy to będzie zachłanność z mojej strony, jeśli poproszę o jeszcze kawałek ciasta? Choć ono wygląda tak pysznie, że aż szkoda je jeść.

Elsie pękała z dumy.

– Jedz, ile chcesz, Dessie. Częstuj się. Ja staram się dbać o figurę.

– Jesteś głodny, co, Dessie? – zapytała Madge.

– O tak, jak wilk – powiedział Dessie, zupełnie nieelegancko oblizując widelec.

Dessie skupił się na jedzeniu, a cztery pary brwi uniosły się w pytającym geście. Podczas zalewania i słodzenia herbaty panie wymieniały między sobą zdezorientowane spojrzenia. Branna powiedziała ruchem warg: „Mam rację jak nic".

Powoli nadchodził wieczór, w kuchni robiło się coraz ciemniej, więc odnosząc czajnik, Biddy przekręciła włącznik światła. Nad głową Dessiego rozbłysła pojedyncza żarówka. To mamy teraz nawet lepsze warunki do prowadzenia przesłuchania, pomyślała Madge, która dotychczas milczała. Jeśli między nim a siostrą Haycock coś jest, to Biddy na pewno się o tym dowie. Co do tego Madge nie miała najmniejszych wątpliwości.

Biddy usiadła naprzeciwko Dessiego i ukroiła mu następny kawałek ciasta. Co prawda ciasto upiekła Elsie, ale znajdowali się przecież w jej kuchni. Wszyscy znali zasady. To Biddy była gospodynią. A Dessie był gościem. Każdy znał swoje miejsce.

– A cóż dzisiaj porabiałeś? Miałeś wolne, prawda? – Biddy od razu przeszła do rzeczy.

Elsie nalała herbatę do filiżanek. To wolno jej było zrobić. Gdzieś w oddali czajnik cicho gwizdał na kuchence. Miał chyba ochotę odezwać się głośniej, ale ciężko mu szło. Tykanie ściennego zegara informowało o upływie kolejnych sekund, a panie cały czas czekały na odpowiedź Dessiego. Czajnik w końcu rozpoczął swoją uwerturę na cześć wiszącej na ścianie ikony Matki Bożej. Wszystkie czekały, aż Dessie przełknie kęs ciasta.

– To i tamto – powiedział, przygotowując się do zjedzenia kolejnej porcji. – Tu i tam. Same wiecie.

– Hattie Lloyd twierdzi, że ostatnio prawie nie wyściubiasz nosa z domu. Mówi, że często masz zasłonięte okna. Martwi się o ciebie. Czyżbyś się źle czuł, Dessie?

– Ponoć słyszała jakieś hałasy z sypialni – wypaliła Branna.

Biddy musiała się powstrzymywać, żeby nie sięgnąć po imbryk i nie wylać jej herbaty na głowę.

Madge za wszelką cenę starała się nie uśmiechnąć głupkowato. Bała się, że Biddy odgryzie jej głowę.

– Robię remont sypialni – powiedział Dessie. – Zdzieram stare tapety. Mam już dość piwonii na ścianach.

Żadnej z pań nie umknęło to, że Dessie sam w tym momencie był czerwony jak piwonia.

Coś faktycznie zdzierasz w sypialni, ale nie tapety ze ścian, pomyślała Madge.

Dessie czym prędzej włożył do ust widelczyk z następnym kawałkiem ciasta. Chciał za wszelką cenę uniknąć kolejnego pytania.

W końcu ciszę przerwała Madge, głęboko przekonana, że podczas tego spotkania to ona będzie miała najwięcej do powiedzenia, a w związku z tym niecierpliwie wyczekiwała odpowiedniej chwili. Dla niej było jasne, że z Dessiego nic się nie da wycisnąć, więc kontynuowanie tematu uważała za stratę czasu.

– Może przejdziemy już do kolejnych spraw? – zaproponowała. – Moi drodzy, mam bardzo ważną informację.

Dessie spojrzał na nią z wdzięcznością, na co odpowiedziała lekkim uśmiechem. Chciała w ten sposób dać mu do zrozumienia, że ona jego sekretu nie zdradzi.

Poczynania Dessiego i jego nagły niezaspokojony apetyt raptem zeszły na dalszy plan. Panie z głośnym szuraniem przysunęły krzesła do stołu i zaczęły się niecierpliwie wiercić.

– Co? Co takiego masz? – zapytały naraz trzy głosy.

– Pozwólcie, że wam wszystko opowiem. – Madge wyjęła notatki z torby. – Otóż nie tak dawno temu nasza panna Van Gilder odbyła bardzo ciekawą rozmowę ze swoim synem.

– Z synem? – Głośny krzyk wypełnił całą kuchnię. Kot przycupnięty na parapecie poderwał się nerwowo i wyprężył plecy w łuk.

Madge uśmiechnęła się od ucha do ucha. Rozkoszowała się tą chwilą.

– Tak, z synem. Na dodatek ten jej syn jest nie tylko jej synem, ale również właścicielem agencji sprzątającej Acme. Nazwa coś wam mówi?

– To ten człowiek, który wizytował oddziały z notatnikiem i długopisem w dłoni. Ten, który tak wszystkim przeszkadzał w pracy – powiedziała Branna.

– Właśnie tak! Cokolwiek tych dwoje knuje, ona ma zamiar zagarnąć z tego dwadzieścia procent dla siebie. Tu chodzi tylko o pieniądze. Ona była dla niego przez ten telefon tak samo wredna jak dla wszystkich innych.

– O rany! – powiedziała Branna. – Kto by pomyślał, że to po prostu złodziejka.

– Nie, to niemożliwe. Nie wierzę, że ona by mogła zrobić coś nielegalnego – powiedziała Elsie. – Nie znam nikogo, kto by był bardziej akuratny. Że niby ona ma syna? – Zmarszczyła brwi z niedowierzaniem.

– Aż mi się wierzyć nie chce. A co ty sądzisz, Dessie? – zapytała Branna.

Dessie odstawił ciasto i już miał odpowiedzieć, gdy odezwała się Madge:

– Ale to jeszcze nie wszystko.

– Chwila! – krzyknęła Elsie, która pragnęła przeciągnąć nieco ten ekscytujący moment. – Dolejmy sobie herbaty. Nie możemy się zachowywać jak w gorącej wodzie kąpani. Trzeba się skupić. Pojawiły się dobre wieści i teraz potrzebny nam jest plan. Nie spieszmy się!

Elsie podkręciła gaz na kuchence Biddy, a Branna poszła po sterylizowane mleko do kredensu, który Biddy kupiła kiedyś na pchlim targu i od tamtej pory darzyła wielkim sentymentem. Kojarzył jej się z domem, więc nie chciała się z nim rozstawać, i za nic miała nowoczesne sprzęty kuchenne.

– Może wezmę świeże liście? – zapytała Elsie.

– Pewnie, to w końcu wielka okazja!

Elsie umyła imbryk, nucąc cicho przy akompaniamencie wody płynącej z kranu. Na chwilę uniosła wzrok znad zlewu i wtedy zobaczyła, jak tylna furtka się otwiera i na podwórko wchodzi Emily Haycock. Wyglądała na zdenerwowaną. Elsie uśmiechnęła się serdecznie, odsłaniając swoje bezzębne dziąsła, po czym energicznie jej pomachała. Odpowiedziała jej uniesiona dłoń.

– Biddy, jeszcze jedną filiżankę. Przyszła siostra Haycock.

Dessie uniósł do ust prawie już puste naczynie i udawał, że pije. Niepotrzebnie się martwił. Jego towarzyszki przejęły się głównie tym, że Emily zaraz tu wkroczy i przyćmi zachwyt nowiną Madge.

Biddy podeszła do Elsie, która ciągle jeszcze stała przy zlewie i płukała filiżankę.

– Widzisz, mówiłam ci, że to wszystko bzdury. Przecież gdyby coś faktycznie między nimi było, to ona by tu teraz nie przychodziła…

– Siostra Haycock! Zapraszamy! Proszę wejść i siadać.

Branna wstała i wyciągnęła spod okna siedzisko, które następnie przystawiła do gęsto już obsadzonego stołu. Spojrzała badawczo na Dessiego, który cały czas udawał, że pije z pustej filiżanki. To było dla niego nietypowe, że nie zachował się jak dżentelmen. Zawsze pierwszy podrywał się na równe nogi i rzucał się po krzesło. Żadna z nich nie musiałaby tego robić. Taki już był.

– Coś tu nie gra – szepnęła Elsie do Biddy. – Tych dwoje nie czuje do siebie mięty, nic z tych rzeczy. Przecież prawie ze sobą nie rozmawiają. On jeszcze na nią nie spojrzał.

– Bo nie może, Elsie. Coś tu nie gra, ale teraz, jak ich widzę razem, to już nie mam żadnych wątpliwości. Przyznaję to z przykrością, ale Hattie Lloyd miała rację. Tylko zakochani ludzie ze sobą nie rozmawiają. Tu chodzi o coś więcej niż tylko o sprawy łóżkowe.

Branna opowiadała coś Madge, a w tym czasie Emily zajęła miejsce przy stole. Sprawiała wrażenie nienaturalnie ożywionej i chętnej do rozmowy.

– Zakochani? Chyba nie mówisz poważnie? – Elsie zadrżała ręka podczas napełniania imbryka wodą.

– Uważaj, gapo. Prawie nas obie poparzyłaś. Owszem, mówię najzupełniej poważnie. I wiesz co, ja się cieszę ich szczęściem. Oboje zasługują na odrobinę miłości.

– Biddy, czyś ty oszalała? – syknęła Elsie. – Przecież ona przywitała się ze wszystkimi, a do Dessiego nie powiedziała ani słowa.

– A co ty myślisz, że ja tego nie zauważyłam? Nie jestem głucha. Ale właśnie to mnie w tym moim przekonaniu utwierdziło.

Gdy wszystkie filiżanki zostały napełnione i wszyscy zasiedli przy stole, Biddy relacjonowała Emily, co się dotychczas wydarzyło.

– Zajęliśmy się sprawą panny Van Gilder. Madge twierdzi, że dokonała bardzo znaczącego odkrycia. Prawda, Madge?

– Owszem – przyznała tamta. – Właśnie wszystkim opowiadałam, jak przypadkiem usłyszałam fragment rozmowy telefonicznej…

– Też mi przypadek – wtrąciła Biddy.

Madge spłonęła rumieńcem i posłała Biddy wściekłe spojrzenie.

– W każdym razie okazuje się, że właścicielem agencji sprzątającej Acme jest syn panny Van Gilder.

– Syn? – powtórzyła Emily. – Przecież to jest panna Van Gilder. Podczas rozmowy kwalifikacyjnej ani słowem nie wspomniała o synu. – Odstawiła filiżankę i pobladła. – Zresztą nigdy o żadnym synu nie mówiła. I pomyśleć, że ktoś taki jest kategorycznie przeciwny zniesieniu zakazu pracy dla zamężnych pielęgniarek. To mnie w tym wszystkim najbardziej denerwuje.

– Ale to najprawdopodobniej jeszcze nie wszystko, siostro Haycock – powiedziała Madge. – Można odnieść wrażenie, że oni razem prowadzą tę agencję sprzątającą Acme. Słyszałam, jak panna Van Gilder mówiła synowi, że się pomylił w obliczeniach i że musi odpowiednie pozycje poprawić, bo się wybiera z tym dokumentem do przełożonej pielęgniarek, a potem zamierza uzyskać zgodę zarządu na zmianę wydatkowania środków. No i powiedziała, że weźmie z tego dla siebie dwadzieścia procent.

Przy stole zapadła cisza. W każdych innych okolicznościach Emily skakałaby z radości, że oto właśnie dostała do ręki taką broń przeciwko pannie Van Gilder.

– Ale i to nie koniec…

– Rany boskie! Jest jeszcze coś? – zapytała Emily, która właśnie miała zaproponować zgłoszenie sprawy na policję.

– Dzwoniła też do jakiegoś człowieka z Kornwalii i wypytywała o chatkę, którą on wystawił na sprzedaż. Powiedziała mu, że połowę pieniędzy wpłaci za miesiąc, a resztę za kolejne trzy.

Wtedy uczestniczki zebrania zaczęły już mówić jedna przez drugą.

– No to mamy wśród nas parę złodziei – stwierdziła Biddy.

– Nie możemy jej pozwolić tego planu zrealizować! Może poinformujmy o sprawie przełożoną pielęgniarek? – zaproponowała Branna. – Sami zadzwonimy na policję i będzie po sprawie. Niech ich oboje wsadzą do pierdla i już.

– Nie! – wykrzyknęła Madge. – Nie możemy powiedzieć przełożonej, straciłaby do mnie zaufanie. Uzna, że podsłuchuję wszystkie rozmowy. Ani mi się ważcie jej mówić, jasne? Muszę dbać o reputację. Nie jestem szpiegiem i nie chcę, żeby ktokolwiek tak o mnie myślał.

– Ale co w takim razie zrobimy? – zapytała Branna. – Przecież ten list z St Dunstan's to za mało. Nie ma w nim żadnych konkretów i nie jest dowodem na nic, co by się wiązało z jej działalnością tutaj. Jedyny dowód masz ty, Madge.

Branna była zła, że nie udało jej się znaleźć niczego ciekawego na temat panny Van Gilder. Jako salowa na oddziale drugim nie miała dużego pola do popisu. Docierały do niej wyłącznie ploteczki dotyczące byłej szefowej, siostry Antrobus, wiedziała więc tylko, że się nie lubią z panną Van Gilder – ale to akurat doskonale wiedzieli wszyscy w całym szpitalu, więc nie miała się czym pochwalić. Odkąd siostra Antrobus przestała być jej przełożoną, Branna bardziej doceniała jej przywiązanie do reguł. Ona by się na żadne złodziejstwo nie zgodziła, pomyślała.

To na pewno. Gdyby więc jakimś sposobem dowiedziała się prawdy o pannie Van Gilder…

– W tej kwestii chyba mogę pomóc – włączyła się Emily. – Wezmę udział w najbliższym zebraniu zarządu. Mogę ją zapytać, co się dzieje. Mogę ją sondować tak długo, aż się wygada, a potem wyciągnę z niej interesujące nas odpowiedzi.

– Genialny pomysł! – uznała Biddy. – A myśli siostra, że uda się ją w ten sposób zdemaskować? Przecież jeśli to ma być oszustwo, muszą naliczyć szpitalowi zawyżone opłaty i zwolnić personel pomocniczy. Boże, jakiż to byłby dla nas wszystkich kłopot…

– Nie wypuszczę jej z sali posiedzeń, dopóki mi wszystkiego nie wyjaśni – powiedziała Emily i uśmiechnęła się po raz pierwszy, odkąd przyszła.

Pozostałe uczestniczki zebrania potrzebowały chwili, żeby przyswoić sobie te wszystkie nowe informacje, więc Emily, korzystając z okazji, zerknęła ukradkiem na Dessiego. On uniósł głowę i uśmiechnął się do niej smutno. Emily myślała, że jej serce pęknie. Miała ochotę podbiec do niego, ująć jego twarz w dłonie i zasypać pocałunkami. Sprawiła mu przykrość. Zraniła go. Tylko że nic nie mogła na to poradzić. Nie była w stanie zrezygnować z całego swojego życia w imię małżeństwa. Była przecież siostrą Haycock, dyrektorką szkoły pielęgniarstwa St Angelus. Była powierniczką doktora Gaskella i od niedawna przyjaciółką przełożonej pielęgniarek. Była mentorką studentek pielęgniarstwa. To były jej dziewczyny. Nie była natomiast żoną. Dessie to najcudowniejszy człowiek na świecie, a ona go zraniła. Był pierwszym mężczyzną, którego do siebie dopuściła. Pierwszym, przed którym otworzyła serce. Leżeli razem w łóżku zaledwie kilka godzin temu, a ona już miała poczucie, że nic ich nie łączy.

Dessie źle przyjął jej odmowę.

– Zapomniałem o tym – powiedział, gdy wyjaśniła mu swoją decyzję. Był wyraźnie zaskoczony. – Ale przecież wszystkie kobiety rezygnują z pracy po ślubie. Gdybyś dalej pracowała, ludzie by pomyśleli, że coś jest ze mną nie tak i nie potrafię utrzymać rodziny.

Wyzwolił się z jej uścisku i ruszył w kierunku drzwi. Przeczesując nerwowo włosy, stopniowo zwiększał dystans między nimi.

– Dessie, to nie tak. Ja po prostu pracowałam całe życie. Nikt mnie nigdy nie utrzymywał. Poza tym kocham swoją pracę tak samo jak ty swoją. Musiałam pokonać wiele przeszkód, żeby osiągnąć to, co ostatecznie osiągnęłam. W wielu szpitalach w całym kraju za szkolenie pielęgniarek ciągle jeszcze odpowiadają przełożone.

– Widocznie się pomyliłem – powiedział Dessie. – Zobaczyłem w tobie kobietę, która pragnie mieć dom i rodzinę. Myślałem, że się ucieszysz, że już nie musisz pracować.

– Ja to widzę zupełnie inaczej, Dessie. Owszem, gdybym miała rodzinę, chciałabym opiekować się dziećmi i je wychowywać. Ale skąd niby pewność, że my w ogóle będziemy mieli dzieci? Nie mogę zrezygnować z pracy i całymi dniami siedzieć w domu, czekając na twój powrót. Poza tym zgodnie z zasadami obowiązującymi w St Angelus jeśli wyjdę za mąż, muszę zrezygnować z pracy. Przecież wiesz…

Dessie sprawiał wrażenie załamanego, ale nie miał potrzeby wylewnie tego wyrażać.

– Ale ze mnie idiota, Emily! Przepraszam.

Zanim ona zdążyła cokolwiek odpowiedzieć, jego już nie było.

Teraz siedziała naprzeciwko niego przy stole i nie mogła nic zrobić, żeby to wszystko naprawić. Zacisnęła zęby, żeby się nie rozpłakać, i wstała.

– Pożegnam się już, bo jutro czeka mnie dużo pracy. Na zebraniu postaram się zrobić, co trzeba. Przyprę ją do muru. Jeszcze nie wiem, jak to zrobię, ale coś wymyślę.

Płaszcz nakładała jakby z ociąganiem, powoli wsuwając ramiona w rękawy. Zerkała na Dessiego w nadziei, że może pójdzie za nią. On jednak siedział z rękami rozłożonymi na stole i wpatrywał się w okruszki na swoim pustym talerzyku.

– No dobrze, więc do zobaczenia – powiedziała Emily.

– Do zobaczenia jutro w pracy – odparła Biddy.

– Do widzenia, siostro Haycock. I trzymamy kciuki! Liczymy na panią – rzuciła Branna.

– Jeśli czegoś więcej się dowiem, od razu dam pani znać – powiedziała Madge, dotykając palcem płatka nosa.

Emily jeszcze nigdy od nikogo tak długo nie wychodziła. Bardzo chciała, żeby Dessie wstał, rzucił jakąś wymówkę i zaproponował, że ją odprowadzi do domu. On jednak ani myślał się ruszyć.

Dwie minuty później Emily stała na dworze. Czuła się potwornie smutna i zagubiona. Znów była zupełnie sama. Tylko że teraz dokuczało jej to bardziej niż przez te wszystkie lata, bo już wiedziała, co traci. Poczucie samotności aż ją gniotło w dołku. Z trudem łapała oddech. Serce waliło jej jak oszalałe, a ból piekł do żywego. Biegła w kierunku furtki z oczami pełnymi łez, potykając się o własne nogi. Potem usłyszała za plecami głos, którego nie słyszała od wielu, wielu lat… Od tamtej nocy w schronie przeciwlotniczym.

– Emily, czy to ty, kochanie? Emily, kochana, podejdź no tu. To ty, prawda?

Emily zobaczyła Maisie Tanner, która biegła w jej kierunku. Przed sobą trzymała owiniętą w gazetę porcję ryby z frytkami.

– Wyściskałabym cię, ale frytki by mi się rozsypały. Co to ma być, że mi nie odpowiadasz, jak cię wołam! Chodź ze mną. No już, weź mnie pod rękę. O tak! – Maisie wplotła sobie rękę Emily pod ramię. – Pamiętasz drogę, prawda?

Emily, owszem, pamiętała, chociaż minęło już sporo czasu, odkąd ostatnio szła Arthur Street.

Godzinę później siedziała już w saloniku Tannerów, z filiżanką herbaty na kolanach i talerzem frytek przed sobą na stoliku. W domu panował straszny harmider, choć dla Emily szybko stało się jasne, że dzieci – upominane stanowczym szeptem przez Maisie – starają się za bardzo nie hałasować.

– Czy to jest siostra Haycock, która uczy naszą Pammy w szpitalu? – zapytała Lorraine.

Emily zastanawiała się, co jej odpowie Maisie. Czy powie: „Tak, a poza tym była też ze mną w schronie przeciwlotniczym tamtej nocy, kiedy się urodziłaś. Przez cały czas trzymała mnie za rękę, aż zechciałaś się pojawić na świecie"? Maisie jednak niczego takiego nie powiedziała.

– Tak, zgadza się – przyznała. – A teraz weźcie frytki i biegnijcie je zjeść do sąsiadów. Ja w tej chwili jestem zajęta.

Emily się uśmiechnęła. Sporo czasu minęło, odkąd się wyprowadziła z tej okolicy. Dobrze jednak pamiętała, jak ludzie wpadali do siebie nawzajem i wypadali jak gdyby nigdy nic. W tej kwestii chyba niewiele się zmieniło.

Pięć minut później dzieci Tannerów gdzieś zniknęły. Maisie usiadła z herbatą na krześle naprzeciwko Emily.

– Miło panią widzieć, Maisie. – Emily uśmiechnęła się z zakłopotaniem.

– Ciebie też, kochana. Jedz frytki, no dalej, bo wystygną. Często o tobie myślałam. Kiedy Pammy dostała się na kurs dla dyplomowanych pielęgniarek, od razu wiedziałam, że to twoja sprawka. My ze Stanem nie wierzyliśmy, że ona ma jakiekolwiek szanse się dostać. Powtarzałam mu, że dziewczyny z tych okolic nie zostają pielęgniarkami. Nam to w życiu pisane jest sprzątanie i robienie prania. Nawet nie wiesz, jacy jesteśmy dumni.

– Szczerze powiem, że ona po prostu się dostała – odparła Emily. – Nie ukrywam natomiast, że należy do moich ulubionych studentek. – Rozglądała się po pokoju, który kiedyś tak dobrze znała. Wiele się tu nie zmieniło. – Pani mamy nie ma? – zapytała.

– Mojej mamy? O Boże, nie. Zmarła dziesięć lat temu. Moja mama zawsze cię uwielbiała i strasznie ci współczuła po tamtej nocy. Wyznam ci, Emily, że ona nigdy się po tym nie otrząsnęła. Nie potrafiła się pogodzić z tym, że tylu ludzi, których znała, już wśród nas nie ma. Nie potrafiła zrozumieć, dlaczego ktoś zrzucał na nas bomby. Powtarzałam jej, że to przez bliskość portu, ale ona nie chciała słuchać. Zdarzało jej się mówić o zmarłych tak, jakby nadal byli wśród nas, a potem zaczynała płakać, gdy do niej dotarło, że ich już nie ma. To było okropne, po prostu okropne. Nikt tak naprawdę nie ma ochoty o tym rozmawiać, wiesz… To ciągle jeszcze świeża rana. Zwłaszcza dla ludzi takich jak ty. Chcesz może jeszcze herbaty? No, kochana, jedz te frytki!

– Nie mogę, Maisie. Chciałabym, ale naprawdę nie mogę.

– To przez nerwy. Chodź, kochanie, naleję ci jeszcze herbaty, a ty mi wszystko opowiesz. Stan jeszcze długo nie wróci. Dzisiejszy wieczór spędza w pubie. Wszyscy mężczyźni z jego regimentu, a w każdym razie z tych okolicznych ulic, co tydzień o tej samej porze spotykają się w Irish Centre. Stan twierdzi, że chodzą tam, bo nikt nie chce rozmawiać o wojnie w domu. Przy dzieciach. Nie chcą też, żeby ich żony wiedziały, jak niewiele brakowało, żeby straciły mężów. Poza tym ja bym pewnie niewiele rozumiała z ich rozmów. Przecież tu było strasznie, a co dopiero tam…

Maisie dolała Emily herbaty.

– Słuchaj, od razu widać, że tu chodzi o mężczyznę – ciągnęła. – A to jest akurat coś, w czym jestem dobra. U nas w okolicy to ja rozwiązuję wszystkie problemy sercowe. Jestem z tego znana. Nikt nam nie będzie przeszkadzać. Nasza Pammy mieszka na Lovely Lane, ale tego ci oczywiście mówić nie muszę, bo akurat z nią pewnie dość często się spotykasz. Więc mów starej Maisie, co jest grane.

Stan spotkał synów na ulicy, w pewnej odległości od domu. Czekali tam na niego. Maisie nie kłamała, że tego wieczoru wybierał się do pubu z innymi weteranami, ale zawsze najpierw zaglądał do domu, żeby się umyć w cynowej wannie i przebrać. Stan i jego koledzy bardzo starali się trzymać poziom.

– Chłopaki, co wy tu robicie? Czemu nie jesteście w domu i nie pijecie herbaty z mamą?

– Mama powiedziała, że dzisiaj nie możesz przyjść się umyć. Ma jakiegoś zapłakanego gościa i zabroniła ci wracać do domu.

– Zabroniła mi wracać do domu? – Stan się roześmiał. – A co to za zapłakany gość?

Takie wizyty różnych kobiet z problemami wcale nie należały do rzadkości. Maisie słynęła w okolicy z tego, że można wypłakać jej się w ramię.

– To dlatego, że sama masz idealnego męża – żartował czasem Stan. – One wszystkie chcą się dowiedzieć, jak sobie znaleźć kogoś takiego jak ja. Ja to sobie myślę, Maisie, że to cię tylko powinno utwierdzać w przekonaniu, że masz wielkie szczęście, że mnie znalazłaś.

Zwykle w tym momencie Stan dostawał prztyczka w nos albo ścierką po nogach.

– Tatku, tym razem to nie żarty, tylko jakaś poważna sprawa. Przyszła ta siostra ze szpitala, która uczy Pammy.

Stan zdjął czapkę, podrapał się po głowie, a potem znów ją nałożył. Spojrzał w dół ulicy w kierunku domu.

– No proszę, proszę. Emily Haycock. Zawsze wiedziałem, że jeszcze kiedyś pojawi się u nas w domu.

Mały Stan skakał na jednej nodze z jednej płytki chodnikowej na drugą, starając się unikać linii i pęknięć.

– No dobrze, to idę do pubu. Powiedzcie mamie, że długo tam nie zabawię.

Dziesięć minut później Stan przekroczył próg Irish Centre i podszedł do baru. Okazało się, że nie jest pierwszy. Uprzedził go kolega, który wrócił z wojny bardziej obwieszony medalami niż on, a w trakcie walk przeżył więcej niż ktokolwiek w okolicy. To był dobry człowiek. Stan go lubił.

– Dobry wieczór, Dessie. A już myślałem, że dziś wieczorem to ja będę pierwszy. Jakiś czas cię nie widziałem.

Dessie odwrócił się do Stana. Jedną ręką opierał się o bar, w drugiej trzymał szklankę.

– Fakt, ostatnio byłem… dość zajęty.

Zmrużył oczy. Owszem, był zajęty. Miłością. Teraz jednak wrócił na ziemię i do normalnego życia. Wrócił do starych zwyczajów.

– Co słychać, stary? Wyglądasz, jakby świat ci się zawalił. Kłopoty z kobietą? Zgadłem? No dobra, to może kupię ci jeszcze jedną kolejkę, a ty mi wszystko opowiesz, zanim przyjdzie reszta.

Rozdział 35

Mieszkańcy Belmullet na palcach jednej ręki mogli liczyć słoneczne dni, których doświadczyli tego roku. Niestety, żaden z nich nie przypadł na okres wizyty Dany w domu. Zaraz po wyjściu z łóżka dziewczyna wyglądała przez okno i wzdychała w stronę jasnego nieba.

– Specjalnie to robisz, co? – powiedziała głośno.

W pokoju było chłodno i wilgotno. Dana pomyślała o swoim pokoju w Lovely Lane, gdzie miała śliczne zasłony i gdzie w każdej chwili mogła pójść do łazienki na końcu korytarza albo usiąść przy ogromnym kominku w holu. Tam nigdy w powietrzu nie było czuć wilgoci. Włożyła spodnie i gruby sweter, w którym chodziła niemal codziennie, odkąd przyjechała. Odciągnęła zasłony.

Dziś miała wyruszyć w długą podróż powrotną do Liverpoolu. Przed wyjazdem zamierzała zdjąć pościel z łóżka i sprzątnąć pokój. Matka i tak miała dużo rzeczy na głowie. Dana nie chciała jej przysparzać dodatkowej pracy.

Wyjrzała przez okno w kierunku obory i zobaczyła matkę, która w drodze do domu musiała wspiąć się na niewielkie wzniesienie. W jednej ręce niosła kankę z mlekiem, a drugą oganiała się od atakujących ją wściekle muszek. Dana zastukała w okno, ale matka była tak pochłonięta walką z owadami, że jej nie usłyszała. Zbiegła więc po schodach i wyszła jej naprzeciw kuchennymi drzwiami.

– Daj, wezmę od ciebie kankę. Przecież przyjechałam po to, żeby cię trochę odciążyć.

– Daj spokój – powiedziała matka. – Po lunchu już cię nie będzie. A ty niby myślisz, że ja sobie radzę, gdy cię nie ma, a kiedy przyjeżdżasz, to już nie?

Odrobina mleka chlapnęła na tenisówki Dany.

– O Boże – jęknęła dziewczyna. – Przyjadę do Liverpoolu śmierdząca starym mlekiem.

– Tak jest, i do tego irlandzkim... Cóż za piękny zapach!

Ich oczy się spotkały i obie wybuchnęły gromkim śmiechem.

– Radzę sobie bez twojej pomocy, Dano, ale bardzo za tobą tęsknię – wyznała Nancy tonem, którego używała tylko podczas mszy żałobnych.

Dana się zatrzymała i odstawiła kankę na ziemię, żeby zmienić ręce. Metalowa rączka wrzynała jej się w dłoń. Nie po raz pierwszy zaczęła przy tej okazji się zastanawiać, jak to właściwie jej, że jej matka od tak dawna znosi ten deszcz, ten cały znój i jej ojca.

– Zobaczymy cię jeszcze kiedyś? – Nancy chciała wypowiedzieć to pytanie możliwie swobodnie, ale ono jej przecież tak mocno ciążyło.

– Mamuś! – Dana udała oburzenie, ale dobrze wiedziała, że oto stoi przed nią jedyna osoba na świecie, której nie jest w stanie oszukiwać. – Naprawdę pytasz, czy jeszcze kiedykolwiek przyjadę do rodzinnego domu?

Nancy chwyciła kankę i z lekkością właściwą komuś, kto robi to codziennie przez całe życie, ruszyła ścieżką przed siebie. Dana podążyła za nią.

– Czemu się dziwisz? Przecież to zupełnie normalne pytanie. Tylu ludzi wyjeżdża z Mayo i już nigdy tu nie wraca. O swoim chłopaku prawie nic mi nie powiedziałaś. Czyżbyś się nas wstydziła?

– Boże, mamuś, nie! Nic z tych rzeczy – skłamała Dana.

Matka jednak, jak zwykle zresztą, trafiła w sedno. Oczywiście chodziło i o to, ale absolutnie nie tylko. Chodziło również o wielkie oczekiwania. Gdyby pojawiła się w domu w towarzystwie lekarza, i to jeszcze tak urzekającego, miłego i zabawnego jak Teddy, jej matka już następnego dnia dałaby na zapowiedzi, a pani Kennan sama z siebie, bez pytania kogokolwiek o cokolwiek, rzuciłaby się do pieczenia tortu.

– Chciał przyjechać, naprawdę chciał – niemal wyszeptała. – To była moja decyzja, nie jego. Ja chciałam najpierw upewnić się co do niego, zanim go sprowadzę do domu.

– A co ci stanęło w takim razie na przeszkodzie? – Matka spojrzała Danie w oczy i od razu ją rozgryzła. – Dano, swojej przeszłości nie zmienisz. Jesteś tym, kim jesteś. Wyrosłaś na farmie na mokradłach, ale zdołałaś odmienić swoje życie, bo zostałaś pielęgniarką i w ogóle. Powiem ci tylko, że jeśli jakiemuś mężczyźnie to przeszkadza, to na ciebie nie zasługuje. Liczy się to, kim jesteś, kiedy jesteś z nim, a nie to, gdzie się urodziłaś. Owszem, wiem, co się teraz dzieje w tej twojej główinie. Od plotek o ślubie na pewno by huczało, pewnie by dotarły aż do Sligo, ale co z tego? Może by mu się to nawet spodobało. Może by go to bawiło. No, chyba że się nas wstydzisz…

Tych kilka zdań w zupełności wystarczyło, żeby Danie zrobiło się naprawdę głupio. Nancy powiedziała na głos to, czego Dana się bała, a jednocześnie wykpiwała. Dana poczuła lekkie zażenowanie, ale też przestała się martwić.

– Mamuś, jakże miałabym się ciebie wstydzić? Może przyjadę z nim na Boże Narodzenie? Chciałabyś?

– Na Boże Narodzenie? Masz wtedy wolne?

– Nie do końca, ale tydzień później. Jeśli Teddy też wtedy dostanie wolne, zaproszę go i ci przedstawię.

W oczach Nancy stanęły łzy.

– No proszę, proszę… Nasza Dana przywiezie do nas lekarza. Będę musiała zaprosić na herbatkę ojca Michaela i uprzedzić panią Kennan, żeby się zaopatrzyła.

Obie kobiety znów wybuchnęły śmiechem, tym razem w szczerym uścisku.

Teddy raz jeszcze obejrzał rachunek, zanim go oddał i podpisał czek.

– Wszystko wydaje się być w porządku – powiedział, odbierając paragon od kierownika hotelu.

– Dziękuję, doktorze Davenport. Czy pani Davenport się pakuje?

– Tak, właśnie sprawdza, czy niczego nie zapomnieliśmy z pokoju.

– A, rozumiem. Panie zawsze to robią. Cóż byśmy zrobili bez tych naszych zapobiegliwych żon?

Teddy poczuł, że się rumieni, więc odwrócił głowę i skierował wzrok w stronę dużego wykuszowego okna. Teraz mógł udawać, że podziwia kwiaty i fontannę na trawniku przed budynkiem.

– Ogrodnika macie wybornego – powiedział, zmieniając temat.

– Przekażę mu słowa uznania, doktorze Davenport. On zawsze bardzo się cieszy z pochwał gości.

Na szczęście zjawiła się Sarah Makebee i Teddy nie musiał już silić się na pogawędki.

– Jestem, kochanie – powiedziała, dysząc ciężko i zakładając na piersi ręce otulone rękawiczkami. – Zapakowałeś torby do samochodu?

– Owszem – odparł Teddy i zapalił papierosa.

– Doktorze Davenport, oto i ogrodnik we własnej osobie. Może ma pan ochotę osobiście podzielić się z nim swoimi uwagami. To doskonale wpływa na morale naszego personelu.

Teddy się zawahał. Odkąd został lekarzem, raz po raz przekonywał się, że ludzie traktują przedstawicieli jego zawodu niemal jak członków rodziny królewskiej. Bynajmniej mu to nie przeszkadzało. Wprost przeciwnie, uwielbiał to. Tyle że akurat w tym momencie czuł się dość niezręcznie, bo na parkingu pojawiła się rudowłosa kobieta i on przez moment myślał, że to Dana. Przypomniało mu się inne życie, to prawdziwe życie. Życie w Liverpoolu, w St Angelus, z Daną. Spodziewał się, że zdrada, której się dopuścił wobec Dany z nieco nachalną w sposobie bycia siostrą Sarah Makebee, zostanie źle odebrana przez wszystkich bez wyjątku. Dana była powszechnie lubiana. On zresztą też, ale to się wkrótce miało zmienić.

Sarah wsunęła się zwinnie na obite skórą przednie siedzenie samochodu, a on poszedł do ogrodnika, który na jego widok niemal wypuścił taczkę z rąk.

– Piękny ogród. Kwiaty prezentują się wspaniale. Doglądanie tego wszystkiego wymaga zapewne sporo czasu. – Teddy wskazał dłonią na rozległy teren i idealnie przystrzyżone drzewa.

– Dziękuję, doktorze Davenport. Powiem panu, że ja też jestem z Liverpoolu.

Najwyraźniej wszyscy tu wiedzieli, że w hotelu zatrzymał się lekarz.

– A tak, faktycznie zwróciłem uwagę na pański akcent – odparł Teddy z porozumiewawczym mrugnięciem.

– Sprowadziłem się tu po wojnie, kiedy zwolnili mnie z wojska. Lubię ciszę tego życia, już bym nie zniósł zgiełku Liverpoolu. Po nalotach miasto wyglądało gorzej niż niektóre pola bitewne, na których byłem. Ale powiem panu, że właśnie jutro wybieram się z wizytą do siostry i jej męża. Będę pomagać usuwać gruzy z jednego z kościołów. Tak się składa, że to był akurat mój dawny kościół. Sporo czasu minęło, a wszędzie jeszcze pełno gruzów po bombach. Nie do wiary. Bywam tam dwa razy do roku i zawsze się cieszę, gdy wracam. Tak czy owak, mam nadzieję, że tam pana nie spotkam. Absolutnie nie chciałbym trafić do St Angelus.

– Ja też nie chcę tam pana widzieć. – Teddy się zaśmiał, ściskając mu dłoń. Zaraz potem wsiadł do samochodu i odjechał.

– Strasznie ci się spieszyło do wyjazdu – zauważyła Sarah, malując usta szminką. Zaraz potem powiedziała coś, co tak zdumiało Teddy'ego, że omal nie zatrzymał samochodu: – Teddy, kochanie, przez tych kilka dni było naprawdę słodko i w ogóle, ale może nie miałbyś nic przeciwko temu, żebyśmy nikomu o tym nie mówili?

– Owszem, nie miałbym – parsknął Teddy. – Ale o co właściwie chodzi?

Sarah otworzyła torebkę, żeby schować lusterko, a potem znów ją zamknęła.

– No cóż… Chodzi o to, że mój chłopak zaczyna w przyszłym tygodniu pracę u nas w szpitalu. Teraz jest specjalistą w Londynie. Nie byłby szczęśliwy, gdyby się o tym dowiedział.

Teddy'ego na chwilę zatkało.

– No proszę, proszę. Mój egoizm kazał mi myśleć, że zamierzasz wszem wobec opowiadać o naszych wakacjach i wszyscy w szpitalu szczerze mnie znienawidzą za to, że zdradziłem Danę.

Sarah się roześmiała.

– Rany boskie, nic z tych rzeczy. Czemu miałabym coś takiego zrobić?

Teddy poczuł się dotknięty. Nie bardzo wiedział, co o tym myśleć. Czyżby jednak chciał, żeby ona się tym chwaliła?

– W sumie nie wiem, ale dziewczęta chyba tak postępują.

– Naprawdę? Mam zupełnie inne doświadczenia. Ja w każdym razie do nich nie należę.

Zapadła cisza, więc Teddy miał czas, żeby poukładać to sobie w głowie. Z pewnym zaskoczeniem odkrył, że Sarah zdecydowanie nie jest dziewicą, mało tego – nauczyła go paru miłosnych sztuczek. Przy okazji tego wyjazdu przekonał się również, że kobiety rzeczywiście są zdolne do przeżywania orgazmu. Wcześniej żył w najwyraźniej niezbyt mądrym przekonaniu, że one raczej znoszą seks, niż czerpią z niego radość. Do Krainy Jezior przyjechał jako nieopierzony młokos, a wyjeżdżał jako prawdziwy mężczyzna.

– Znakomicie, skoro tak się sprawy mają, zapewne nie masz nic przeciwko temu, że będę nadal spotykał się z Daną?

– Ależ nie, absolutnie – odparła Sarah. – W ogóle mi to nie przeszkadza.

Teddy'emu się wydawało, że w tych okolicznościach humor powinien mu dopisywać. Miał za sobą rewelacyjne dwa tygodnie. Już nawet nie liczył, ile razy kochał się z Sarah. Choć właściwie chyba trudno było w tym wypadku mówić o kochaniu. Tak naprawdę to był jedynie seks okraszony wzajemną życzliwością i kilkoma wspólnie zjedzonymi posiłkami.

– A, i jeszcze spacer… – dokończył na głos Teddy.

– Co takiego, kochanie? – zapytała Sarah.

– Nic, nic takiego. Tylko głośno myślę. Przepraszam.

Przed oczami stanęła mu twarz Dany, uśmiechnięta i wystawiona do pocałunku. Redukując bieg przed zakrętem, Teddy uświadomił sobie nagle, że o mały włos nie stracił tego, na czym mu zależało najbardziej na świecie. O mało co nie przekreślił swoich szans na szczęśliwą przyszłość u boku doskonałej żony. Na szczęście okazało się, że nie był aż tak dobrą partią, jak sądził, i Sarah jednak wolała swojego obecnego chłopaka. Jaki fart, pomyślał Teddy.

W tym momencie już wiedział, że będzie czekał w porcie na statek, którym przypłynie Dana. A gdy następnym razem ona wybierze się do Irlandii, on pojedzie z nią, choćby nie wiadomo jak się temu sprzeciwiała.

Rozdział 36

Zróbmy zdjęcie rentgenowskie tej młodej pannie – powiedział doktor Mackintosh do Pammy. – Obustronnie kość piszczelowa i strzałkowa. – Pammy właśnie miała iść do Doreen po formularz zlecenia badania, gdy lekarz szepnął: – Ojciec jest cały, samochód jest cały, ale ta mała będzie miała szczęście, jeśli jeszcze kiedyś stanie na własnych nogach. Ojciec twierdzi, że zahamował, żeby nie przejechać psa, a wtedy ona wpadła na deskę rozdzielczą. Nos ma roztrzaskany na drobne kawałeczki, nogi też nie wyglądają najlepiej.

Dziewczynka krzyczała na cały oddział. Przeraził ją widok własnego ciała zbroczonego krwią, a jeszcze bardziej to, że nie była w stanie poruszać nogami. Skutecznie opierała się działaniu diamorfiny, więc doktor Mackintosh osobiście próbował ją uspokajać. Ujął pacjentkę za rękę i przemawiał do niej łagodnie w nadziei, że organizm zareaguje na lek, gdy nieco się uspokoi. Nie chciał podawać większej dawki w obawie, że mogłoby to być dla niej niebezpieczne. W końcu krzyki ustały i odtąd dziewczynka już tylko żałośnie kwiliła. Na oddział powrócił spokój.

Pammy dotarła do kontuaru sekretariatu, gdzie zastała bardzo zmartwioną Doreen.

– Czy ta mała wydobrzeje? – zapytała, podając Pammy formularz i kalkę. – Koniecznie proszę włożyć kalkę między arkusze. Potrzebujemy tego w trzech egzemplarzach.

– Biedactwo, ma dopiero pięć lat… Mogę pożyczyć od pani długopis, Doreen? Znowu swój gdzieś zapodziałam.

– Siostro Tanner, siostra to chyba nigdy nie miała długopisu! Nikt nie jest w stanie zgubić tylu długopisów, co pani.

– Ależ ja mam długopis, naprawdę! Mało brakowało, a wczoraj zostawiłabym go między bandażami podczas opatrywania złamanej ręki. – Pammy z niepokojem spojrzała w stronę stanowiska, na którym leżała mała pacjentka, której na szczęście udało się zasnąć. – Bez przerwy mi się to przytrafia. Na szczęście zawsze ktoś się w porę zorientuje, albo ja, albo pacjent.

Doreen potrząsnęła głową z uśmiechem. Pracowała na oddziale nagłych wypadków już na tyle długo, żeby wiedzieć, że o pomyślności różnych przedsięwzięć częściej decyduje łut szczęścia niż dobre zarządzanie.

– Dziewczynka przeżyje, ale doktor Mackintosh twierdzi, że trzeba cudu, by mogła jeszcze kiedyś normalnie chodzić. Te nowe samochody są okropnie szybkie i niebezpieczne – oznajmiła Pammy. – Mój tatko chce coś takiego kupić. Mama mówi, że nigdy się nie zgodzi. Ona by najpierw chciała telewizor, ale nawet na to ich nie stać. Tata mówi, że kupi jej telewizor, jak tylko wymyślą takie, które bez wysiłku rozpędzą się do pięćdziesięciu mil na godzinę, jak samochody…

– Cieszę się, że dziewczynka przeżyje. To najważniejsze – powiedziała Doreen.

Doktor Mackintosh podał roztrzęsionemu ojcu małej pacjentki filiżankę z herbatą i usiadł obok niego na twardym drewnianym krześle.

– Pańska córeczka wyzdrowieje, kiedy ją zoperujemy. Tylko że na razie nie możemy. Najpierw musimy opanować ból i zrobić czytelne zdjęcia rentgenowskie.

Ojciec dziewczynki, elegancko ubrany i elokwentny mężczyzna, z trudem powstrzymywał łzy.

– Ja nie wiem, jak to się stało, doktorze. Nawet nie jechałem szczególnie szybko.

– Proszę wypić herbatę. Zabierzemy ją na oddział dziecięcy na prześwietlenie. Ustalimy dokładny zakres obrażeń, a wtedy porozmawiamy bardziej konkretnie. Ja wiem, że to nie jest pańska wina. Nikt pana nie wini.

Anthony lekko poklepał eleganckiego mężczyznę po ramieniu, a potem uniósł wzrok i spostrzegł kobietę, która biegła przez oddział z dzieckiem w ramionach. Zmierzała prosto do Pammy.

– Siostro, siostro! On ściągnął na siebie garnek do smażenia frytek.

Kobieta krzyczała, a cały zespół oddziału nagłych wypadków od razu rzucił się do pomocy, jak zawsze, gdy pojawiał się pacjent z oparzeniami – co miało miejsce mniej więcej codziennie.

– Powiedziałam mu, że frytki nie są jeszcze gotowe, ale on jest wiecznie głodny i nie chciał czekać. Proszę mu pomóc. Proszę mu szybko pomóc! – wrzeszczała kobieta.

Anthony spojrzał na zegar na ścianie. Umówił się z siostrą Therese, że za niespełna godzinę odwiedzi Lily w St Chad's. Chciał sprawdzić, co u niej słychać, nic więcej. Cały czas prześladował go obraz jej zapłakanej twarzy, którą ostatni raz widział na cmentarzu po pogrzebie jej brata. Czarne żałobne ubranie tylko dodatkowo podkreślało bladość jej cery. Gdy podszedł, żeby z nią porozmawiać, stała w milczeniu i wydawała mu się niezwykle krucha. Chciał ją wtedy przytulić i pocieszyć, ale oczywiście nie mógł tego zrobić. Dzisiaj zamierzał sprawdzić, jak Lily sobie radzi. Wiedział jednak, że nic z tego nie wyjdzie, jeśli nikt nie przyjdzie zastąpić go na oddziale.

Lily nie zauważyła, że siostra Therese weszła do pokoju. Całkowicie pochłonięta bólem i wspomnieniami, żyła niemal we własnym świecie. W tym świecie zakonnice budziły ją i Katie, karmiły je obie, a potem Katie posyłały do szkoły, Lily zaś pozwalały przesiadywać w kaplicy albo w surowo urządzonym pokoju. Czasem się odzywała, ale rzadko. Jadła, ale niewiele. Płakała za to, najpierw całymi dniami, a potem z przerwami, bo od czasu do czasu dopadało ją poczucie winy albo bezdenny żal.

– Lily, masz gościa. – Siostra Therese dała jej chwilę na odpowiedź, a ponieważ żadnej nie otrzymała, dodała jeszcze: – Przyszedł Lockie. Był tu już wcześniej, powiedziałam mu, że ma wrócić dzisiaj. Przypuszczam, że czeka na ulicy.

Wyjęła z szafy sweter Lily i pomogła jej go nałożyć.

– No chodź, wstawaj. Miło z kimś porozmawiać. On ci opowie, co się dzieje w fabryce. Na pewno ma dla ciebie ploteczki. Pamiętaj, Lily, że świat nie przestał istnieć. Życie płynie dalej.

Lily spojrzała na nią z zaskoczeniem. Siostra Therese okazywała jej bezgraniczne współczucie i życzliwość, teraz jednak w jej głosie pobrzmiewało chyba zniecierpliwienie. Lily nie miała ochoty rozmawiać z Lockiem. Była zmęczona na samą myśl o tym, że musiałaby pójść aż do kościelnej bramy. Nie miała mu nic do powiedzenia. Państwo McConaghy w ogóle jej nie interesowali, podobnie jak fabryka i ploteczki. Nic jej nie interesowało. Siostra Therese najwyraźniej tego nie rozumiała… Joe umarł i został pochowany. Świat się zatrzymał. Ten słodki, dzielny i dojrzały jak na swój wiek mały Joe, ze swoimi jasnymi włosami i niebieskimi oczami, z całą swoją ufną niewinnością i bezwarunkową, doskonałą miłością… nie żył! Najpierw zaczęła łkać, a potem z jej oczu popłynęły łzy. Jak zwykle…

– No już, już… Chodź, przestań płakać. Strasznie się tu wszystkie o ciebie martwimy, ale ty też sama sobie nie pomagasz. Wiesz o tym, prawda? Czy myślisz, że Joe się tam na górze cieszy, widząc, jak jego siostra wypłakuje sobie oczy całymi dniami?

Siostra Therese objęła Lily ramieniem. Przyciągnęła ją do siebie i mocno przytuliła, jak to miała w zwyczaju. Łzy wsiąkły w jej habit. Sama nie miała dzieci, ale teraz coś jej mówiło, że Bóg celowo postawił ją w tej sytuacji, żeby mogła ulżyć nieco Lily w jej bólu. Żeby go zaniosła do kościoła, żeby przesiąkł trochę do jej serca. Żeby mogła go zanieść do Boga i powierzyć jego opiece. „Umniejsz nieco ciężar tego smutku, bo ona sama nie jest go w stanie unieść", modliła się na klęczkach pięć razy dziennie, na ramieniu czując jeszcze chłód i wilgoć łez wypłakanych przez Lily. „Boże, weź od niej to poczucie winy", brzmiały słowa drugiej prośby. Bo Lily cały czas obwiniała się o śmierć Joego.

Odczekała chwilę, aż dziewczyna się uspokoi, a potem delikatnie ją popchnęła.

– Lockie przyszedł się z tobą zobaczyć. To uprzejme z jego strony, nie sądzisz? Dzisiaj ma też przyjść do ciebie ten miły doktor Mackintosh. Pamiętasz?

Lily skinęła głową. Pamiętała. To był dobry człowiek. Zawsze robiło jej się trochę lżej na duszy, gdy przypominała sobie, co jej powiedział na cmentarzu zaraz po pogrzebie.

– Przyjdę do pani do St Chad's, jeśli nie ma pani nic przeciwko temu. Zajrzę, co u pani słychać. Sprawdzę, jak się pani miewa.

– Ale ja nie jestem chora – odparła Lily.

– No, to może w takim razie po prostu przyjdę z wizytą. Żeby się upewnić, że u pani wszystko dobrze. Myśli pani, że mogę?

Lockie uważnie obserwował zmierzającą w jego kierunku Lily. Ręce miała schowane głęboko w kieszeniach swetra, głowę schyloną, twarz niemal całkowicie schowaną pośród włosów rozwiewanych przez wiatr. Ledwo podnosiła stopy nad ziemię, chodzenie wyraźnie ją męczyło. Roztaczała wokół siebie tak silną aurę zniechęcenia, że Lockiego ścisnęło w gardle. To nie była ta Lily, którą znał całe swoje życie. To nie była Lily, która chodziła sprężystym krokiem, a jej kucyk kołysał się na boki. To nie była Lily, która z uśmiechem witała go zawsze w biurze McConaghych. To była Lily zahukana, załamana, udręczona i zbolała. Lockie oczywiście tego wszystkiego się spodziewał. Nie spodziewał się jednak, że zobaczy tylko ducha dawnej Lily.

Aż mu serce przestało bić, gdy nagle na ulicy pojawił się tramwaj, a ona w ogóle nie zwróciła na to uwagi.

– Lily! – krzyknął, ale go nie usłyszała. – Lily! – krzyknął głośniej, również bez skutku. – Lily! – wrzasnął w końcu, ale ponieważ i tym razem odpowiedzi nie było, puścił się biegiem w jej stronę. Nie było chwili do stracenia, nie miał czasu do namysłu. Lily szła przecież prosto pod tramwaj. Musiał coś zrobić.

Cały czas głośno ją wołał i skracał dzielący ich dystans, biegnąc szybciej niż kiedykolwiek wcześniej w swoim życiu. Wpatrywał się cały czas w jej pochyloną postać i rozwiane włosy. W duszy dziękował Bogu, że ona tak powoli idzie. Płuca paliły go z wysiłku, a serce waliło jak oszalałe. Motorniczy zaczął wściekle na niego dzwonić, ale on przecież nie miał czasu się na niego oglądać. Musiał dotrzeć do Lily, musiał się znaleźć przy niej. Nagle wszystko nabrało sensu! Jakże on był głupi, że wcześniej nie zdawał sobie z tego sprawy. Ileż mógł jej oszczędzić bólu, ileż chciał jej dać miłości! Pragnął przecież stworzyć dla niej dom.

– Lily!

Tym razem uniosła wzrok. Tramwaj znów zadzwonił i wtedy Lily zobaczyła Lockiego na torach. Z przerażenia zasłoniła ręką usta, ale potem on skoczył naprzód i znalazł się przy niej. Chwycił ją za ramiona i oboje się cofnęli. Zdumieni pasażerowie tramwaju wyglądali przez okna i kiwali głowami z niedowierzaniem, a motorniczy wygrażał im pięścią.

Lockie położył dłonie na kolanach i się nachylił. Łapczywie nabierał powietrza w płuca.

– Lily, myślałem, że już po tobie, naprawdę. – Nagle sobie jednak uświadomił, jak dramatycznie mogła zabrzmieć jego deklaracja, więc szybko dodał: – Nie, nie, przepraszam, nie to miałem na myśli. Głupio powiedziałem, Lily, przepraszam.

Spodziewał się, że ona się odwróci i odejdzie.

– Lockie, twoja czapka... – powiedziała ona. – Leży na torach.

Odwrócił się, rozejrzał, czy nie nadjeżdża tramwaj, i poszedł ją podnieść. Lily poszła za nim, nieco szybszym krokiem niż wcześniej.

– Jak się miewasz? – zapytał. Postanowił rozpocząć rozmowę od klasycznego powitania członków irlandzkiej społeczności, do której całe życie należał. – Czy wszystko u ciebie dobrze? – Znów ugryzł się w język. – Przepraszam. Idiota ze mnie, ale akurat to już przecież wiesz, co, Lily?

Skinęła głową. Jego pytanie było tak absurdalne, że niemal ją rozbawiło. Jak się miewa? Nigdy w życiu nie czuła się gorzej.

– Ludzie zawsze chętnie się chwalą, gdy wszystko u nich w porządku, prawda? – Impuls kazał Lockiemu wypełnić pustkę słowami. – Za to niechętnie cokolwiek mówią, jak jest inaczej, jak nie jest świetnie. Można śmiało powiedzieć: „Mam udany poranek", ale jakoś nikt nigdy nie mówi: „To najgorszy dzień mojego życia". Ciekawe czemu.

Urwał z żywopłotu gałązkę ligustru i zaczął ją odzierać z liści.

– Dziękuję, że przyszedłeś. – Tylko na tyle zdobyła się Lily.

– Nie musisz mi dziękować. Chciałem przyjść. Od kiedy mieszkasz w klasztorze? Byłem w Clare Cottages, u ciebie w domu. Pani McGuffy dogląda twojej mamy. Jak wszedłem, to akurat spała w fotelu. Swojej mamie nie jesteś w stanie pomóc, Lily. Powinnaś teraz myśleć o sobie i o Katie. Państwo McConaghy płacą wasz czynsz.

Lily otworzyła szeroko oczy ze zdumienia.

– Jak to?

– No cóż, siostra Therese poszła do fabryki i o wszystkim im powiedziała. Oni wtedy zadeklarowali, że chętnie zapłacą za czynsz, dopóki nie wrócisz do siebie. Siostra Therese twierdzi, że jeszcze nigdy z nikim tak łatwo jej nie poszło.

Lily zdawała sobie sprawę, że powinna teraz czuć co najmniej wdzięczność – ale nie czuła zupełnie nic. Skinęła głową. Gdzieś w głębi duszy wściekała się na tę swoją niedobrą matkę alkoholiczkę, ale z ulgą przyjęła wiadomość, że u niej wszystko w porządku. Być może gdzieś głęboko w sercu zachowała jeszcze miłość do tej kobiety, ale w tym momencie nie zdołała jej odnaleźć, a co dopiero okazać.

– Nie mogę wrócić do domu, Lockie. – Najpierw zaczęła łkać, a potem z jej oczu popłynęły łzy.

Lockie rozłożył ramiona, a ona dała się przytulić, tak samo jak dawała się przytulić siostrze Therese. Chłopak przyciągnął ją do siebie. Chciał scałować łzy z jej policzków, ale to nie był odpowiedni moment. Chciał, żeby się w niego wtuliła, żeby stopili się w jedno. Ona była taka drobna, że czuł na piersi bicie jej serca. Nagle poczuł pokusę nie do odparcia. Chwycił ją delikatnie za podbródek, odchylił jej głowę do tyłu, a potem przez dłuższą chwilę spoglądał jej w oczy, by w końcu się nachylić i delikatnie ją pocałować.

Prawie nie zareagowała. Lockie nie chciał się za bardzo spieszyć, żeby jej nie przestraszyć, więc na tym poprzestał i znów ją do siebie przytulił. Schował ją pod kurtkę i otulił tak szczelnie, że tylko głowa jej wystawała.

Lily poczuła ciepło, które przenikało ją aż do kości. Chciała, żeby ta chwila trwała wiecznie.

– Przepraszam, Lily – powiedział Lockie.

Zanurzona w kurtce, Lily ledwo go słyszała, ale też niespecjalnie chciała go słyszeć. Przytuliła policzek jeszcze mocniej do jego piersi.

– To było głupie, skończony idiota ze mnie. Jak mogłem myśleć, że mówiłaś to wszystko, żebym nie chciał być z Amy? Przecież ty nigdy o nikim złego słowa nie powiedziałaś, więc dlaczego miałabyś nagle zacząć, akurat gdy Joe zachorował? Nie zrobiłabyś czegoś takiego! Chodziło ci o mnie. Martwiłaś się o mnie. Ty się zawsze o kogoś martwisz, a do mnie to nie dotarło. Wybaczysz mi, Lily? – Mówił z ustami wciśniętymi w jej włosy. – Wybaczysz mi?

Lily nie miała mu nic do powiedzenia. Mówienie strasznie ją męczyło, a dodatkowo musiałaby gdzieś głęboko we własnym wnętrzu szukać czegoś sensownego, co mogłaby powiedzieć. Brakowało jej sił. Skinęła tylko głową.

To mu wystarczyło. Na razie niczego więcej nie potrzebował.

– Nie martw się już o mnie, Lily. Ja teraz się zatroszczę o ciebie i Katie, a potem znajdziemy sposób na to, żeby i twoją mamą się zająć. Zamieszkamy we własnym domu. Teraz już jestem na to gotowy, mogę zatrudnić pracowników. W przyszłym roku o tej porze powinienem mieć już własną fabrykę. Lily, będziemy pracować na siebie. Na nas. Ty, ja, Katie i nasze własne dzieci. Pewnego dnia, Lily, już niedługo, poczujesz się lepiej i znowu będziesz szczęśliwa.

Lily milczała. Jak miała teraz powiedzieć Lockiemu, że już nigdy nie będzie szczęśliwa? Przecież on by tego nigdy nie zrozumiał.

Anthony Mackintosh wcisnął gaz do dechy i popędzał swoje auto pod górę. Na oddziale pojawił się jeden z asystentów i zaopiekował się chłopcem, który ściągnął na siebie garnek z olejem. Odbywał szkolenie jeszcze w czasie wojny, więc potrafił sobie radzić z oparzeniami. Mała dziewczynka ze złamanym nosem i nogami połamanymi w czterech miejscach odpoczywała, czekając na zdjęcia rentgenowskie. Anthony umówił się z siostrą Therese i nie zamierzał się spóźnić. Był słownym człowiekiem i bardzo mu zależało na tym, żeby zrobić na zakonnicy dobre wrażenie.

Na miejscu się okazało, że nie musi nawet pukać do klasztoru, bo Lily stała już przed bramą. Ucieszył się. Pomyślał, że ona najwyraźniej faktycznie chce się z nim spotkać. Że humor jej się poprawił, że już jej tak nie dręczą smutek i łzy. Lockiego z początku nie zauważył. Potem jednak dostrzegł postać w ciemnej kurtce za jej plecami. Coś mu kazało wcisnąć hamulec i zatrzymać samochód. Wyłączył silnik. Lily go nie widziała, podobnie jak Lockie, który nie odrywał od niej wzroku. Wiatr przyniósł do samochodu ciche słowa pożegnania. Lockie odchodził. Uśmiechał się. Odwrócił się jeszcze do Lily, objął ją, przyciągnął do siebie i pocałował w czubek głowy.

Przyjaciele czasem się całują, pomyślał Anthony. Zdarza się. Przecież Lily mu powiedziała, że ona i Lockie są tylko przyjaciółmi. Że znają się od lat, że razem dorastali, a teraz razem pracują. Tyle że żołądek mu się ścisnął, bo instynkt podpowiadał mu zupełnie inną interpretację.

Anthony patrzył, jak Lily żegna Lockiego półuśmiechem. Lekko tylko rozchylała usta, ale to niewątpliwie był uśmiech. Gdyby tylko spojrzała teraz w stronę samochodu i posłała mu choćby ułamek takiego uśmiechu, byłby szczęśliwym człowiekiem. Odniósł wrażenie, że bardzo jej dobrze w ramionach Lockiego i w tej jego kurtce, że tam czuje się na miejscu.

Potem Lockie, jeszcze zanim odszedł, pochylił głowę i pocałował ją delikatnie w usta. Przyjaciele nie całują się w usta. Co do tego doktor Mackintosh nie miał najmniejszych wątpliwości. Spóźnił się. Lockie był pierwszy.

Lily odprowadzała wzrokiem przyjaciela, który szedł w dół wzgórz. Z jej twarzy zniknął już uśmiech. Nie odmachała mu, ale też nie spojrzała w drugą stronę.

Anthony położył dłoń na chromowanej dźwigni. Wystarczyło za nią pociągnąć, aby rozległ się klik, a drzwi się otworzyły. Miał zamiar wysiąść z samochodu i przejść na drugą stronę ulicy, gdzie stał klasztor. Chciał unieść rękę w geście powitania, zapytać Lily, co u niej słychać, i powiedzieć, że od pogrzebu cały czas się o nią martwił. Potem doszedł do wniosku, że jednak powinien jej powiedzieć prawdę: że od pogrzebu o niczym i o nikim innym nie był w stanie myśleć, że ona zawładnęła jego sercem i umysłem, że za nią szaleje.

Ostatecznie jednak za klamkę nie pociągnął. Ręka spoczywająca na dźwigni tylko lekko mu drgnęła. Lily się nie odwróciła. Schowała ręce do kieszeni, odchyliła głowę, żeby wiatr mógł jej zwiać włosy z twarzy, a potem jeszcze przez chwilę wpatrywała się w tę drogę, którą właśnie odszedł Lockie.

Anthony wcisnął dźwignię, która się lekko ugięła. „Spójrz tu, spójrz! Zobacz mnie", szeptał. Próbował się zmusić do wyjścia z samochodu, ale nie był w stanie. Tyle lat przeżył w samotności, że teraz nie potrafił wykazać się inicjatywą. Przerastało go to.

Serce mu podpowiadało, że powinien przejść na drugą stronę ulicy, rozum tymczasem przekonywał, żeby odjechać. Przegrał, to było dla niego jasne. Zdjął rękę z klamki, przekręcił kluczyk w stacyjce, żeby uruchomić silnik, po czym odjechał z powrotem do swojego dobrze znanego, samotnego, ale bezpiecznego życia.

Lily zawróciła w stronę klasztoru. Odprowadziła Lockiego wzrokiem, a gdy tak za nim patrzyła, nagle ją olśniło, że ona też go kocha. Nie miała siły się tym cieszyć, żadne motylki jej w brzuchu nie łaskotały, ale za to nagle poczuła się bezpiecznie, jak gdyby ktoś zdjął jej z ramion wielki ciężar. Ona i Katie jakoś przeżyją. Lockie się o nie zatroszczy i ona nie będzie już musiała wracać do pracy u McConaghych. Będzie mogła spokojnie wrócić do siebie i od nowa nauczyć się kochać Lockiego. Pewnego dnia się obudzi i jej życie zacznie się od nowa. Gdy ten dzień w końcu przyjdzie, Lockie będzie na nią czekać.

Usłyszała samochód i odwróciła się w jego stronę. Rozpoznała kierowcę, choć widziała go tylko z profilu i choć miał kapelusz na głowie. To był doktor Mackintosh. Siostra Therese wspominała, że dziś ma się zjawić. Wyjaśniła też powody jego wizyty. Lily wiedziała, że zawsze będzie żywiła szczególne uczucia dla człowieka, który był z Joem w chwili jego śmierci i próbował go ratować. Ale to nie była miłość taka jak ta, którą pewnego dnia mogła poczuć do Lockiego. Doktor Mackintosh należał do innego świata. Ileż lat by musiało minąć, zanim by zrozumiał, jak wielkiego bólu ona zaznała? Tymczasem Lockie ją rozumiał. Znał ją i chronił, odkąd była dzieckiem. To z nim Lily miała związać swoją przyszłość. To akurat wiedziała na pewno i dzięki tej świadomości udało jej się otrząsnąć z pierwszej z wielu warstw smutku.

Rozdział 37

Kilka minut później Anthony wszedł z powrotem na oddział nagłych wypadków. Nie było go niespełna godzinę. Siostra Tanner pomachała do niego z gabinetu, gdzie właśnie rozmawiała z doktorem Gaskellem. Anthony, który zmierzał właśnie w kierunku Doreen, zobaczył, jak doktor Gaskell wychodzi z gabinetu i ze stertą kart pacjentów znika za fałdami zaciągniętych zasłon.

Doreen przepisywała na maszynie jakieś notatki.

– Coś dla mnie? – zapytał lekarz.

– Nie, doktorze Mackintosh. Myśleliśmy, że pan już dziś nie wróci. Na razie wszystko się uspokaja.

Anthony się zmartwił. Wolał, gdy się więcej działo.

– Siostra Tanner pomaga doktorowi Gaskellowi. Może pan sprawdzić, czy czegoś nie potrzebują.

Anthony poszedł do gabinetu. Ledwo przekroczył próg, a Pammy zaczęła do niego gadać jak nakręcona.

– Nie spodziewaliśmy się, że pan tak szybko wróci, doktorze. Pracoholizm to jest choroba, wie pan? Sprawdzę, może znajdzie się ktoś, kto mógłby się panem zająć, co doktor na to?

Normalnie Anthony by się uśmiechnął, słysząc coś takiego. Siostra Tanner miała specyficzny urok. Z każdym rozmawiała tak, jakby go znała całe życie. Podobało mu się to. Wiele pielęgniarek traktowało go jak Boga, a on tego nie lubił. Czuł się przez to wyalienowany i jeszcze bardziej samotny.

– Doktor wie, czego mu potrzeba, prawda? – zapytała Pammy. Na twarzy Anthony'ego odmalowało się zdumienie.

– A kto powiedział, że mi w ogóle czegoś potrzeba?

– Ja! – odparła. – Wystarczy na doktora spojrzeć, pan już się nawet nie potrafi uśmiechnąć. Potrzeba doktorowi skosztować pieczeni mojej mamy. Normalnie siadają do stołu o trzeciej, ale ze względu na mnie dzisiaj obiad będzie później. Oboje wiemy, że doktora tu już nie powinno być, więc nalegam. Niech doktor przyjdzie do nas na pieczeń. Bóg mi świadkiem, że wszyscy chwalą pieczenie Maisie Tanner. Idę o zakład, że kiedy doktor spróbuje, to też ją będzie wszystkim zalecał jako najlepsze lekarstwo.

Anthony'ego zatkało.

– Świetnie, uznam to milczenie za zgodę. Wychodzimy za dwadzieścia minut. Uprzedzam jednak z góry, że jak się sąsiedzi dowiedzą, że gościmy u nas lekarza, ustawią się w kolejce przed drzwiami.

Nagle przed oczami stanęła mu Lily. Pammy Tanner była zupełnie inna niż Lily Lancashire. Ale może właśnie tego mu teraz było trzeba. Pammy proponowała mu swoją przyjaźń. Dla kogoś takiego jak on to był bardzo dobry punkt wyjścia.

– Świetnie, dziękuję. Podjadę samochodem przed główne wyjście – powiedział. – A pani rodzice na pewno nie będą mieli nic przeciwko temu?

– Dlaczegóż by mieli mieć coś przeciwko? – zdziwiła się Pammy. – Absolutnie! Będą mieli temat do rozmowy na wiele tygodni. Wcale bym się nie zdziwiła, gdyby mama postanowiła wysłać w tej sprawie anons do „Echo". Samochód, powiada pan? Boże, jak fajnie! Mama jeszcze ataku serca dostanie! Nie dość, że lekarz, to jeszcze lekarz w samochodzie!

Anthony szeroko się uśmiechnął, po raz pierwszy od dłuższego czasu.

– Mam nadzieję, że jednak nie dostanie, ale jeśli tak, to chyba będę w stanie pomóc.

– A, no tak, oczywiście. O proszę, i już się doktor uśmiecha. Do twarzy panu z uśmiechem. No dobrze, to ja idę przekazać karty Doreen. Widzimy się przed wejściem za dwadzieścia minut.

W drodze do Doreen Pammy zajrzała za zasłony, gdzie doktor Gaskell siedział na łóżku z kółkami. Z racji wieku wyglądał trochę niepoważnie.

– Jeszcze nigdy na tym nie siedziałem – powiedział. – Jakie to niewygodne!

– Dobrze pan zrobił – powiedziała Pammy. – Dobrze, że się pan schował, zanim przyszedł doktor Mackintosh. Należało się tego spodziewać. Pewnie pan wie, co mówią o tym, że licho nie śpi. Jak tylko doktor o nim wspomniał, od razu się powinnam była domyślić, że on zaraz przyjdzie i nas przyłapie. Ja to jestem dość przesądna, muszę powiedzieć. Ale na szczęście się udało. Łatwo poszło. Przychodzi dzisiaj do nas na pieczeń. Już go moja mama urobi. Domowy posiłek i gadka mojej mamusi powinny zdziałać cuda!

Doktor Gaskell się uśmiechnął.

– Zuch dziewczyna! To naprawdę świetny pomysł, właśnie tego nam trzeba. Doskonale sobie siostra poradziła. Przy okazji proszę pozdrowić mamę.

Pammy właśnie miała wyjść zza zasłony, gdy nagle się odwróciła.

– Moją mamę? Doktor ją zna?

– A jakże! Leczyłem pani babcię, kiedy chorowała na zapalenie płuc.

– A tak, oczywiście – powiedziała Pammy. – Ale to było dawno temu, prawda? Pan się zawsze o wszystkich troszczył i ludzie pana za to kochali. U nas na ulicy jest pan bohaterem. Naprawdę!

Uśmiechnęła się – bardzo poważnie jak na swój wiek – po czym zniknęła za zasłoną.

Maisie Tanner chodziła tam i z powrotem po kuchni, czekając na powrót Stana. Na kuchence stał rondel po brzegi wypełniony marchewką i brukwią. Obok czekał drugi garnek, pełen zielonych liści.

– Gdzie, do licha, jest twój ojciec? – rzuciła gniewnie do Lorraine, która właśnie weszła do kuchni, co prawda z książką w ręce, ale też i z wyrazem całkowitej bezmyślności na twarzy.

– O ile mi wiadomo, był w Irish Centre z kolegami z wojska. O której przyjdzie Pammy? Umieram z głodu. Nie cierpię tego niedzielnego czekania na obiad! Stan poszedł do wychodka?

– Wiesz co, Lorraine, ja nie znam nikogo innego, kto by zadawał tyle pytań naraz. Tak, mały Stan jest w wychodku. Z każdym dniem coraz bardziej upodabnia się do swojego ojca. Poszedł tam z godzinę temu, wziął ze sobą komiks *The Beano*.

Lorraine uchyliła kuchenne drzwi.

– Stan, wyłaź stamtąd! – wrzasnęła na cały głos. – Zaraz nie wyrobię!

– Lorraine, trochę ciszej. Naprawdę chcesz, żeby wszyscy na Arthur Street się o tym dowiedzieli?

Ledwo Maisie skończyła mówić, gdy Stan otworzył tylną furtkę i wszedł do środka.

– Nie wyrobisz, kochanie? – powiedział do Lorraine. – No, to teraz już wszyscy w pubie o tym wiedzą. Ktoś już biegnie do ciebie z nocnikiem.

– Tato! – pisnęła Lorraine. – Przestań! Nikt nie biegnie. Wywal małego Stana z ubikacji.

– Z największą przyjemnością, kochanie! Stanley! – Duży Stan otworzył na oścież drzwi do wychodka. Ich oczom ukazał się mały Stan ze spodniami wokół kostek, pogrążony w lekturze *The Beano*.

– No, tato! Bez takich! – Rzucił czasopismo na podłogę i na chwilę wstał, żeby ponownie zamknąć drzwi.

Między małym Stanem a Lorraine wybuchła ostra sprzeczka. Duży Stan uchylił się przed gazetą, która fruwając po podwórku, o mały włos go nie uderzyła. Wszedł do kuchni i ucałował wystawiony w jego stronę policzek żony.

– Ech, tych dwoje, co my z nimi mamy! – Stan zdjął czapkę, wycelował starannie i wprawnym ruchem posłał ją na gwóźdź wbity w drzwi. – Tak jest! – wykrzyknął, po czym uniósł pięść w geście triumfu. – Jeżeli kiedyś nie trafię, będziesz wiedziała, że się zestarzałem.

Na Maisie nie zrobiło to większego wrażenia.

– Gdzieś ty się podziewał, Stan? Już myślałam, że obiad mi się przypali.

– Ale widzę, że wszystko wygląda równie smakowicie, jak pachnie – odparł Stan. – Szponder, mój ulubiony! Mam zrobić sos?

– Absolutnie nie! Już ja cię znam. Szukasz sposobu, żeby zgarnąć wszystkie zasługi, mimo że w kuchni pojawiłeś się na ostatnią chwilę. Ale zamierzam przygotować talerz dla pani Cunliffe, więc możesz wybrać się do niej z miską owiniętą w serwetkę. Ja w tym czasie nakryję stół, a ona będzie mogła zjeść, póki ciepłe.

– Jak sobie życzysz, Maisie. – Stan uniósł poduszkę leżącą na krześle i wyciągnął spod niej egzemplarz „Daily Post", który ukrył tam poprzedniego dnia.

– Co to, to nie! – powiedziała Maisie. – Zabieraj tę gazetę. Zaraz będą ziemniaki do ugniecenia. Stan, rozmawiałeś już z Dessiem? Może mógłbyś go tu ściągnąć na herbatę? Ja zaproszę Emily Haycock. To chyba mogłoby się udać, jak myślisz?

Stan uniósł pokrywkę znad garnka z ziemniakami i powąchał.

– Gotowe już są? – zapytał, a następnie odłożył pokrywkę na miejsce i obrócił się tyłem do kuchenki. Potrzebował chwili do namysłu. – Możemy spróbować. Zaprosimy ich oboje, ale nas tu nie będzie. Pójdziemy z dzieciakami do kina, a dla nich zostawimy talerze na stole. I zapalimy świece. Co myślisz? – Zaśmiał się. – Bo ja myślę, że to absurdalne.

– Więc co możemy zrobić, Stan? Na pierwszy rzut oka widać, że mają się ku sobie. Szkoda, gdyby nic z tego nie wyszło, a oni już nawet ze sobą nie rozmawiają. Spotkałam Biddy na bingo i przyznałam się jej, że widziałam Emily, jak od niej wychodziła, i że ją do siebie zaprosiłam. Ona mi wtedy powiedziała, że mogę już sobie nie zawracać głowy, bo oni w ogóle ze sobą nie rozmawiają. Twierdzi, że już cały szpital o wszystkim wie, bo unikają się nawzajem jak zarazy, a przecież to do nich niepodobne. Strasznie się to skomplikowało. Dlaczego oboje są tacy uparci?

– A ty niby jaka jesteś, Maisie? Mały Kupidynek z ciebie, ot co. Ciągle próbujesz wszystkich swatać. – Stan otoczył żonę ramieniem i mocno przytulił. – Nam to było łatwo, nie? Chodziliśmy razem do szkoły. Urodziliśmy się zaledwie kilka domów od siebie. Nie pamiętam, jak to było bez ciebie.

– Miłość nie powinna być trudna. Nie powinna być skomplikowana ani taka dziwaczna jak u tych dwojga – powiedziała Maisie.

– Gdyby na każdego mężczyznę czekał w domu ktoś taki jak ty, toby nie było wojen. Wiesz o tym, prawda? Tylko że nie każdy ma tyle szczęścia, co my.

Nagle kuchnię wypełnił wrzask dobiegający z podwórza. Maisie uniosła głowę i zobaczyła Lorraine siedzącą w toalecie przy otwartych drzwiach oraz małego Stana uciekającego z miejsca zbrodni.

– Skoro mowa o wojnach, zawsze możemy liczyć na naszego małego Stana i Lorraine – zauważyła Maisie. Oboje uśmiechnęli się na myśl o okazjonalnych wybrykach swoich na co dzień dobrze ułożonych dzieci.

Lorraine wrzeszczała i wymachiwała nogami, usiłując zrzucić ze stóp buty i trafić nimi w brata.

– Tato! Tato! – krzyczała. – Łap go!

Stan nic nie odpowiedział, ponieważ nagle i jego, i Maisie zatkało. Oto bowiem w progu ich kuchni pojawił się wysoki mężczyzna, którego nigdy wcześniej nie widzieli na oczy. U jego boku stała Pammy z miną osoby, która pragnie zapaść się pod ziemię.

– Mamo, tato, to jest doktor Mackintosh z oddziału nagłych wypadków. Przyprowadziłam go na obiad.

Maisie już miała coś odpowiedzieć, gdy nagle u jej stóp wylądowała rolka papieru toaletowego.

Rozdział 38

Emily otworzyła okno i rozwinęła pergaminowe zawiniątko, po czym wyjęła ze środka okruszki i wyłożyła na zewnętrznym parapecie.

– Gdzie jesteś, Mewciu? – zapytała, wystawiając głowę i rozglądając się na boki.

Z rynny nie wystawał żaden niecierpliwy dziobek. Małe oczka nie wypatrywały jej niecierpliwie, tupot nóg się nie rozległ. Ptak zniknął.

Emily spojrzała na baldachim gęstych białych chmur, które wisiały nad dachem szpitala i szarą wstęgą ziejącej chłodem rzeki Mersey. Uśmiechnęła się.

– Powodzenia, Mewciu – powiedziała.

Już miała zamknąć okno, gdy ptak nagle się odezwał. Stał na dachu portierni, w kierunku której ona już od dobrych kilku dni starała się nie spoglądać. Wolała nie ryzykować. Gdyby Dessie akurat stamtąd wyszedł, musiałaby mu spojrzeć prosto w oczy.

– No dalej! Dalej! – powiedziała do ptaka. – Odlatuj! Leć i znajdź sobie kogoś, z kim będziesz wychowywać małe mewy.

W tym momencie ptak sfrunął z dachu, po czym wzniósł się w niebo i poleciał w stronę doków. Emily prawie się popłakała. Ta mewa czekała na nią, żeby się pożegnać przed odlotem.

Nagle za plecami Emily pojawiła się Biddy. Emily aż podskoczyła.

– I co, odleciała w końcu? Ta siostry mała mewa?

– Wiedziała pani?

Biddy spojrzała na nią z politowaniem.

– Czy wiedziałam? Pewnie, że wiedziałam. Ja wszystko wiem. To co najmniej druga siostry mewa w tym roku, prawda? Czasami za wcześnie opuszczają gniazdo, a wtedy muszą gdzieś chwilę przycupnąć i zadowolić się resztkami jedzenia, żeby nabrać sił do lotu. Dobrze sobie siostra z nimi poradziła. Tylko proszę pamiętać, że ich tu wszędzie pełno, więc lepiej za często tego nie robić. W końcu pracujemy w szpitalu, a nie w ptasim azylu. Gotowa siostra na zebranie? Teraz wszystko w pani rękach, niech siostra o tym pamięta. Wszyscy na panią liczą.

Emily mocno przełknęła ślinę.

– Jestem gotowa, Biddy.

– To dobrze. A jaki ma siostra plan?

– No, planu to ja żadnego nie mam.

Emily wyglądała na zbitą z tropu. Biddy aż za dobrze znała tę minę.

– Nie ma siostra planu? To jak siostra zamierza zdemaskować oszustkę?

– Nie wiem jeszcze, Biddy, ale jakoś to zrobię.

– Siostro Haycock, kiedy ostatnio poszła pani na spotkanie zarządu, to oni postanowili zatrudnić na stanowisko zastępczyni siostry przełożonej pannę Van Gilder. Takie „niewiedzenie" to chyba nie najlepsza strategia.

Emily nie miała ochoty na dyskusje.

– Innej w tej chwili nie mamy, Biddy, więc przepraszam, ale muszę już iść, bo się spóźnię – żachnęła się i obróciła na pięcie, po czym ruszyła w kierunku drzwi. Przed wyjściem zatrzymała się jeszcze na chwilę, żeby wyrzucić do śmietnika kuleczkę pergaminu.

Biddy wpatrywała się w zamknięte drzwi i nasłuchiwała stukotu obcasów Emily na schodach.

Po chwili podniosła słuchawkę telefonu stojącego na biurku dyrektorki szkoły pielęgniarstwa.

Madge odebrała niemal natychmiast.

– Madge, wyszła już. Idę teraz do Elsie, żeby posłuchać z kuchni. Zadzwonię, gdy tylko będę miała jakieś wieści. Wszystko jasne? – Ostatnie słowa Biddy niemal wykrzyczała.

– Biddy, to jest telefon, a nie przesłuchanie. Oczywiście, że jasne. Trzymajmy kciuki, co? A czy ona ma jakiś dobry plan w zanadrzu?

– Czy ma plan? Oczywiście. Przecież znasz siostrę Haycock. Ona co minutę ma jakiś plan.

Biddy odłożyła słuchawkę na widełki, a potem wyjęła z kieszeni ściereczkę i dokładnie ją wypolerowała. Śniadanie stało jej na żołądku i cisnęło, jakby połknęła kamień. Strasznie jej było ciężko na sercu. Z głębi kieszeni wydobyła różaniec.

– Proszę, niech jej się uda. Jeśli się jej nie uda, wiele rodzin nie będzie miało co do garnka włożyć.

Panie reprezentujące zarząd szpitali okręgu liverpoolskiego były już na miejscu. Popijając herbatę zaparzoną przez Elsie, dywagowały o propozycjach dotyczących budowy nowego wielkiego szpitala. Pani Jolly promieniała blaskiem i sprawiała wrażenie niesamowicie z siebie zadowolonej.

– Strasznie jest dumna z tego, że została przewodniczącą zarządu – powiedziała Emily do doktora Gaskella.

– Wie pani co, Emily? Tak ogólnie to chyba lepiej iść z duchem czasu. Nie ma sensu się opierać zmianom. Będziemy musieli wypracować sobie jakiś model współpracy z nimi. W sumie jestem zdziwiony, że akurat pani muszę to tłumaczyć. Przecież pani sama od dłuższego czasu zabiega o wprowadzenie najróżniejszych zmian.

– No tak, ale czy pan to czytał, doktorze? – Emily wskazała ręką na stół. Przed każdym krzesłem leżała nieskazitelnie biała kartka z porządkiem obrad zebrania, a obok kopia propozycji panny Van Gilder.

– Czytałem. Pierwszy punkt porządku obrad dotyczy strukturalnej reorganizacji zatrudnienia. Potem mamy rozmawiać o ofercie dotyczącej sprzątania szpitala. – Emily zrobiła wielkie oczy. – Powiem pani, że ja to nie tylko przeczytałem, ale wręcz uważnie przestudiowałem.

Emily miała ochotę mu powiedzieć, co wie i co wiedzą inni. Gdyby to jednak zrobiła, to naraziłaby Madge na poważne konsekwencje.

– Musimy coś zrobić, żeby do tego nie dopuścić – wyszeptała. – Czy mogę liczyć na pańskie wsparcie? Pytam, czy mnie pan poprze, jeśli spróbuję powstrzymać te zmiany.

Doktor Gaskell uśmiechnął się znad filiżanki.

– Emily, przyjmuję to pytanie z wielką ulgą. Liczyłem na panią.

W tym momencie rozległ się brzęk filiżanek. Panie z zarządu zajęły miejsca przy stole. Pani Jolly rzuciła niezbyt przychylne spojrzenie Emily, po czym usiadła obok doktora Gaskella.

Najwyraźniej bardzo jej przeszkadza, że jestem w zarządzie, pomyślała Emily, ponownie spoglądając na porządek obrad. Potem uniosła głowę i zobaczyła, że doktor Gaskell mruga do niej porozumiewawczo.

– Dzień dobry, siostro Haycock – przywitała ją Elsie, która właśnie podjechała do niej wózkiem. – Dolać pani herbaty?

– Tak, poproszę.

– Świetnie. Niech się siostra porządnie wzmocni przed zebraniem.

Podając Emily pełną filiżankę wraz ze spodkiem, Elsie puściła do niej oko.

– Powodzenia – wyszeptała. – Wrzuciłam siostrze dodatkową łyżeczkę cukru.

Emily przełknęła ślinę i niepewnie się uśmiechnęła.

Do sali weszła, krokiem bardzo żwawym jak na swój wiek, przełożona pielęgniarek. Zajęła miejsce przy stole.

Czy mi się tylko zdawało, czy ona też do mnie mrugnęła? – zastanawiała się Emily. Może doktor Gaskell już zdążył jej powiedzieć, że ja coś kombinuję. Emily opuściła głowę i dalej wczytywała się w szczegółowy plan zebrania.

– Zaczynamy? – rozległ się donośny głos pani Jolly zza szczytu dużego dębowego stołu.

Jej autorytet mocno ucierpiał, gdy w odpowiedzi zapiszczały kółka wózka do herbaty, a Elsie, która zamiast otworzyć drzwi do kuchni, po prostu je nim staranowała, bąknęła ciche „przepraszam".

Pani Jolly zmarszczyła brwi. Elsie ją irytowała. Przeszkadzało jej, że czuje się tu jak u siebie. To był jeden z tych dinozaurów z czasów przed NHS, które wszystko robiły po staremu. Czyli nie tak, jak trzeba.

– Siostro przełożona, z przyjemnością przeczytałam w porządku obrad zebrania, że będziemy zajmować się propozycją zmian kadrowych w szpitalu. Domyślam się, że to zasługa panny Van Gilder. W moim przekonaniu część pracowników szpitala nie jest już tak naprawdę potrzebna, a na swoich posadach zostaje niejako na mocy tradycji.

Spojrzała przy tym wymownie na wychodzącą właśnie Elsie, która z trudem przepychała ciężki drewniany wózek przez drzwi. Elsie poczuła na sobie to spojrzenie i aż się skurczyła.

– Mnie pani ma na myśli, pani Jolly? – zapytał doktor Gaskell, który sprawiał wrażenie jednocześnie zaskoczonego i urażonego.

Rząd pochylonych głów, dotychczas w pełni pochłoniętych lekturą harmonogramu, uniósł się jak na komendę. Jeszcze nawet nie rozpoczęło się omawianie punktu pierwszego, a już robiło się ciekawie.

– Ależ nie – odparła pani Jolly, wyraźnie zbulwersowana. Zaraz potem zarumieniła się ze wstydu.

– To może chodziło pani o siostrę przełożoną? Bo widzi pani, my tu oboje pracujemy od bardzo, bardzo dawna. Proszę mi wybaczyć, ale dotychczas długi staż był zawsze liczony na plus. Zdarzało się, że nasze doświadczenie okazywało się bardzo cenne – dodał doktor.

– Oczywiście, doktorze Gaskell, w pełni zgadzam się z panem. Ale przecież sam pan przyzna, że niektórzy członkowie szpitalnego personelu odgrywają ważniejszą rolę niż inni. Nie ulega wątpliwości, że siostra przełożona, jak również pan, doktorze, dysponujecie doświadczeniem absolutnie bezcennym na etapie przechodzenia od formuły szpitala fundacyjnego do działania w ramach NHS. Ostatecznie każdy z nas w pewnym momencie przestaje się sprawdzać, czyż nie? Mnie samej też to oczywiście dotyczy.

– Zaiste, pani Jolly. Pani to również dotyczy. – Doktor Gaskell nachylił się i oparł założone ręce na blacie stołu.

Pani Jolly poczuła się nieswojo.

Pani Twigg wyjęła z torebki chusteczkę, żeby odkaszlnąć. Emily uśmiechnęła się do niej. Pani Twigg wierciła się niespokojnie na krześle. Na pierwszy rzut oka było widać, że nie znosi burzliwych konfrontacji. Zapewne zgodziła się zasiąść w radzie z poczucia obowiązku wobec zmarłego męża i ojczyzny.

Pozostałe panie z zarządu szpitali okręgu liverpoolskiego siedziały prosto, jakby kij połknęły. Głowy miały lekko pochylone, ale kapelusze tkwiły nieskazitelnie prosto na ich głowach. Emily próbowała sobie przypomnieć, czy któraś z nich w ogóle się kiedykolwiek odezwała. Zawsze mówiła tylko pani Jolly. Pozostałym albo brakowało odwagi, albo też wyrażały stuprocentowe poparcie dla nowych planów. Być może im nie przeszkadzało, że społeczność lokalnego szpitala przestanie istnieć. Być może ślepo podążały za panią Jolly i jej politycznymi mocodawcami z wszechwładnej NHS.

– Może najlepiej będzie, jeśli zaprosimy pannę Van Gilder i wysłuchamy, co ma nam do powiedzenia – zaproponowała pani Jolly. – Co pan o tym sądzi, doktorze Gaskell?

Konsultowanie się z nim po fakcie to na pewno celowa zniewaga, pomyślała Emily. Doktor Gaskell przez lata przewodniczył tym zebraniom, pani Jolly zastępowała go dopiero drugi raz.

Zgromadzeni aż się wzdrygnęli, gdy pani Jolly krzyknęła do Elsie:

– Proszę zaprosić do środka drugą przełożoną pielęgniarek.

Elsie otworzyła drzwi. Oczekująca po drugiej stronie panna Van Gilder zatrzymała się w pół kroku i spojrzała na nią wymownie. Twoje dni są policzone, można było wyczytać z tego spojrzenia.

Elsie nic nie powiedziała, tylko głową wskazała jej stół, przy którym odbywało się zebranie. Na jej twarzy pojawił się złowrogi uśmiech. Twoje dni są policzone, można było z niego wyczytać. Potem Elsie skręciła w prawo i korytarzem udała się do kuchni.

Panna Van Gilder jakby na chwilę zwątpiła. Dlaczego Elsie tak na nią spojrzała? Teraz nie miała czasu się nad tym zastanawiać. Zarząd czekał.

– O, panno Van Gilder – powitała ją entuzjastycznie pani Jolly, która chciała jak najszybciej zabrać się do pracy i jak najszybciej uwolnić St Angelus od najróżniejszych zaszłości. I teraz właśnie miała przed sobą kogoś, kto miał te wszystkie niezbędne zmiany wprowadzić.

– To był świetny wybór, ta panna Van Gilder na stanowisku drugiej przełożonej pielęgniarek – powiedziała do pani Twigg, gdy razem jechały samochodem na zebranie. – W pełni oddana pracy. Wprowadzi te wszystkie zmiany, których St Angelus tak bardzo potrzebuje. To prawdziwy anioł.

Teraz zaś zaczęła:

– Panno Van Gilder, doceniamy to, że już zdołała pani sporządzić kompleksowy raport dotyczący modernizacji St Angelus i reorganizacji pracy personelu. Bardzo szybko pani się z tym uporała. Siostro przełożona, ma pani niezwykłe szczęście, że trafił się pani do pomocy ktoś taki jak panna Van Gilder. Teraz ma pani zapewne zdecydowanie mniej spraw na głowie.

Przełożona pielęgniarek niestety nie mogła się z nią zgodzić. W rzeczywistości było dokładnie na odwrót. W ciągu kilku ostatnich tygodni musiała rozładować wiele napięć. Panna Van Gilder zachowywała się tak niegrzecznie i tak wszystkim narzucała swoje zdanie, że w całym szpitalu nie było chyba nikogo, komu by nie zalazła za skórę.

Postanowiła jednak się nie odzywać i tylko bez przekonania skinęła głową.

Doktor Gaskell gotów był przysiąc, że w tym momencie Emily lekko westchnęła. Ku jego zaskoczeniu podobnie zareagowała również pani Twigg. Doktor przez całe swoje zawodowe życie wsłuchiwał się we wdechy i wydechy, więc nie miał większych wątpliwości. Skoro pani Twigg jest po ich stronie, to może jednak się uda. Chociaż decydujący głos cały czas należał do pani Jolly.

Uważnie przyglądał się pannie Van Gilder, która otworzyła notatki. Doktor dobrze znał anioły z St Angelus, pracował z nimi od zawsze. Ona do nich nie należała. Na pierwszy rzut oka było widać, że to raczej skrzydlata Nemezis. On i przełożona nie byli w stanie jej pokonać i odbić swojego ukochanego szpitala, bo panna Van Gilder miała misję – a w oczach blask typowy dla kogoś, kto niezmordowanie dąży do celu.

– Może najpierw powinniśmy omówić punkt drugi? – zaproponowała pani Jolly. – Mam wrażenie, że ograniczenie zatrudnienia stanowić będzie naturalną konsekwencję wdrożenia propozycji z punktu drugiego. Czy słusznie się domyślam, panno Van Gilder?

Panna Van Gilder zdjęła okulary i ostrożnie odłożyła je na stół. Odczekała kilka sekund, a potem zaczęła mówić:

– Zaiste, pani Jolly. Zamieściłam jednak reorganizację zatrudnienia na pierwszym miejscu, ponieważ wydaje się to być głównym celem działań podejmowanych przez siostrę przełożoną. Chodzi przecież o to, aby szpital funkcjonował możliwie sprawnie i oszczędnie.

Sprytne posunięcie, pomyślała Emily. Odpowiedzialność zostaje zrzucona na przełożoną pielęgniarek, a ona jest kryta. Tylko że wszyscy wiedzą, kto za tym wszystkim stoi. Przełożona nigdy by nie pozwalniała ludzi z pracy, nie pozwoliłaby, żeby dzieci poległych żołnierzy chodziły głodne.

– Sposób realizacji tego celu to kwestia drugorzędna. Dzisiaj dołączyłam do dokumentacji ofertę agencji Acme, ale równie dobrze wybór może paść na dowolną inną. Ja przestudiowałam szczegółowo różne oferty i mnie ta się wydaje najlepsza, ale państwo mogą mieć oczywiście inne zdanie.

Panna Van Gilder wstrzymała oddech i rozejrzała się po sali. W oczach zgromadzonych ujrzała podziw. Gdy ostatnio dotarła do tego punktu, jakiś głupiec z zarządu St Dunstan's rzucił nagle, że on zna kogoś, z kimś służył w wojsku i kto właśnie zakłada firmę sprzątającą, w której zamierza zatrudniać żony poległych żołnierzy. Musiała wtedy improwizować i na poczekaniu wymyślić argument o odpowiedzialności budżetowej, która rzekomo wymaga zatrudnienia firmy o ugruntowanej pozycji na rynku zamiast początkującej i niepewnej. „W końcu to nie są nasze pieniądze", podkreślała stanowczo. Wtedy udało jej się skompromitować tamtego mężczyznę i jego propozycję. Dziś była gotowa w razie potrzeby zrobić to samo.

– Panno Van Gilder, nie ulega wątpliwości, że włożyła pani bardzo dużo pracy w przygotowanie tego raportu. Ze świecą by szukać drugiej takiej osoby, skłonnej poświęcić tyle czasu na pozyskanie najlepszej oferty dla St Angelus – powiedziała przewodnicząca zebrania.

– Dziękuję, pani Jolly. Owszem, trzeba było przecież znaleźć agencję, która nie tylko najlepiej poradzi sobie z tym konkretnym wyzwaniem, ale również rozumie rolę najnowszych technologii w procesie sprzątania. Szukałam agencji, która nie będzie się wzdragać przed zastosowaniem najnowszego sprzętu w miejsce nieefektywnych pracowników, czyli w tym szpitalu starszych kobiet, z których wiele często zgłasza problemy zdrowotne i z racji licznych nieobecności naraża pracodawcę na koszty. Jestem przekonana, że właśnie taką firmę udało mi się znaleźć i że jest to agencja Acme.

– Pani Jolly, chciałbym o coś zapytać. – Doktor Gaskell uniósł rękę i wychylił się w jej stronę, prosząc o głos.

– Oczywiście – zgodziła się pani Jolly, która bardzo ściśle przestrzegała protokołu i bezceremonialnie przerywała każdemu, kto odważył się odezwać, uprzednio nie zapytawszy o jej zgodę.

– Interesuje mnie, panno Van Gilder, ilu pracowników trzeba będzie zwolnić, jeśli przyjmiemy ofertę tej agencji.

– Wszystkich, doktorze Gaskell.

– Wszystkich? – Doktor Gaskell podniósł głos. – Chce pani zwolnić wszystkie kobiety, z których wiele pracowało tu lojalnie całe swoje życie, w czasie wojny i po wojnie? Wszystkie?

Pannie Van Gilder nawet nie drgnęła powieka.

– Doktorze Gaskell, wszystkie te kobiety będę miały oczywiście pierwszeństwo w rekrutacji do agencji. Podczas negocjacji właściciel firmy podkreślał, że preferują panie, które już znają szpital, jego korytarze i oddziały.

– Czyżby? Jakże to łaskawe z jego strony. Ale jaką cenę trzeba będzie za to zapłacić? Czy nasze zaufane i lojalne pracownice mogą liczyć na podwyżki?

Pannie Van Gilder nie spodobał się ton doktora Gaskella. Przestała się uśmiechać.

– Wszystkie koszty zostały wyszczególnione w punkcie drugim – odparła krótko.

– Pani Jolly, czy mogę? – Emily dała przewodniczącej sygnał, że również chciałaby zabrać głos.

– Tak, oczywiście – odparła pani Jolly, choć bez entuzjazmu. Dla niej Emily była niższym rangą członkiem zarządu, a w związku z tym niespecjalnie liczyła się z jej zdaniem. Postanowiła zaproponować wprowadzenie dodatkowego punktu do porządku obrad. Chciałaby, aby od kolejnego zebrania miejsce panny Haycock zajęła panna Van Gilder.

Emily wierciła się nerwowo.

– Panno Van Gilder, bardzo wnikliwie zapoznałam się z tą ofertą. Doktor Gaskell zapewne chętnie się o tym dowie... – Spojrzała w jego stronę, aby się upewnić, że jej słucha. – Mam wrażenie, że wkradł się tam jakiś błąd. Moim zdaniem obecnie wynika z niego, że pracownicy zatrudnieni przez właściciela agencji będą zarabiać o połowę mniej niż obecnie.

Panna Van Gilder wzięła do ręki okulary, założyła je na nos i spojrzała w dokument, jak gdyby chciała sprawdzić, czy spostrzeżenia Emily znajdują pokrycie w rzeczywistości.

– Tak, no cóż, siostro Haycock, wojna skończyła się prawie dziewięć lat temu. Pora wreszcie za priorytet uznać szpital.

– Zgadzam się – odparła natychmiast Emily, nie zawracając sobie głowy uzyskaniem zgody przewodniczącej na zabranie głosu. – Wszyscy w tym szpitalu zawsze traktowali go priorytetowo, w każdym razie odkąd ja tu pracuję. Korytarze lśnią czystością, a z podłogi na oddziałach można by jeść. Panno Van Gilder, nasz szpital to najczystsza placówka spośród wszystkich, w jakich pracowałam i jakie miałam okazję odwiedzić, a to dlatego, że sprzątają go ludzie, którzy się tu urodzili, których dzieci tutaj przyszły na świat i których bliscy tu z niego odeszli, i w którym być może oni również kiedyś umrą. Nasz personel jest emocjonalnie zaangażowany w sprawne funkcjonowanie tego szpitala. Każdy, kto tu pracuje, całym sercem dba o to, żeby wszędzie było czysto i porządnie. A pamiętajmy, że St Angelus nie leży na południowym wybrzeżu, tylko nad brzegiem Mersey, w brudnym mieście, w którym powietrze jest potwornie zanieczyszczone, a ludzie straszliwie biedni. Przecież… Przecież… – Emily załamał się głos. Musiała na chwilę przerwać, żeby zaczerpnąć powietrza. – Przecież właściciel agencji nie może oczekiwać, że te kobiety będą pracować z takim samym zaangażowaniem i sercem, jeśli pensję, z której utrzymują swoje rodziny, obetnie się im o połowę!

W sali zapadła cisza. Doktor Gaskell, gdyby tylko mógł, najchętniej nachyliłby się teraz do Emily i ją ucałował. Przełożona pielęgniarek myślała, że serce jej zaraz pęknie. Nikt z uczestników zebrania nie zdawał sobie natomiast sprawy, że za drzwiami obitymi zielonym suknem Biddy i Elsie ściskają się za ręce, a pierwsza z nich jeszcze dodatkowo ociera łzy wzruszenia.

– Cokolwiek się dzisiaj stanie, nikt jej nie będzie mógł zarzucić, że o nas nie walczyła – oznajmiła Biddy. – Jeśli ktokolwiek powie coś innego, to Bóg mi świadkiem, że będzie miał ze mną do czynienia.

Zaraz potem ponownie przyłożyły uszy do odwróconych do góry dnem kieliszków, które Elsie wyjęła z kredensu przełożonej, żeby łatwiej im było podsłuchiwać przebieg zebrania.

– Mogę coś powiedzieć, pani Jolly? – odezwała się przełożona pielęgniarek. – Panno Van Gilder – ciągnęła pospiesznie, nie czekając na oficjalne pozwolenie – czy pani może zwróciła uwagę na to, że między naszymi oddziałowymi toczy się rywalizacja?

Na twarzy panny Van Gilder malowało się zdumienie.

– Proszę mi wybaczyć, trudno się dziwić, że ktoś zupełnie nowy nie wszystko zdołał zaobserwować w tak krótkim czasie – wytknęła jej siostra przełożona. – Sama przyznam, że zorientowałam się w tym wszystkim dopiero po kilku latach. – Zaśmiała się. – Powiem pani, pani Jolly, że zawsze szczyciłam się nieskazitelną czystością, która panuje w tym szpitalu. Dopiero jednak po pewnym czasie dotarło do mnie, że żadna w tym moja zasługa, że to wszystko dzięki siostrom przełożonym. Każda z nich chce kierować najczystszym oddziałem w całym szpitalu. Wszystkie starają się utrzymywać jak najwyższe standardy i jak najniższe wskaźniki infekcji pooperacyjnych, a w związku z tym stawiają swoim biednym sprzątaczkom, jak również pielęgniarkom praktykantkom bardzo wysokie wymagania. Dlatego właśnie do każdego oddziału przydzielone są konkretne salowe i konkretny personel pomocniczy. Nie tylko bowiem siostry oddziałowe i pielęgniarki są dumne z czystości panującej na oddziałach, szczycą się tym również sprzątaczki. Z tego też powodu, jak pani być może wie, nasze pielęgniarki, zwłaszcza te w trakcie szkolenia, również uczestniczą w sprzątaniu. Na początku nauki staramy się im wpoić poczucie dumy wynikające z tego, że pracują w czystym otoczeniu. Chciałabym więc zapytać, panno Van Gilder, czy pani agencja będzie w stanie ten system utrzymać? Czy każda z sióstr oddziałowych nadal będzie mogła współpracować stale z tymi samymi sprzątaczkami?

Choć ogólnie zebranie przebiegało nie do końca po jej myśli, na to pytanie panna Van Gilder akurat miała gotową odpowiedź.

– Nowymi sprzątaczkami będą maszyny, siostro przełożona. Miejsce mopów i wiader zajmą urządzenia czyszczące i polerujące podłogi. Sprzątaczki nie będą się już musiały wykazywać takim zaangażowaniem jak dotychczas. Zostaną wysyłane tam, gdzie akurat będą potrzebne.

Emily uznała, że nadeszła pora na ostateczny cios.

– Panno Van Gilder…

Pani Jolly odchrząknęła z dezaprobatą.

– Przepraszam, pani przewodnicząca. Pani Jolly, pozwoli pani, że zadam jeszcze jedno, ostatnie pytanie? – Nie czekając na odpowiedź, Emily od razu przeszła do rzeczy: – Panno Van Gilder, czy pani zna właściciela agencji sprzątającej Acme?

Elsie chwyciła Biddy za ramię tak mocno, że ta o mały włos nie kwiknęła z bólu.

– Auć, przestań! Chcę usłyszeć odpowiedź.

– O Boże, Biddy, prawie popuściłam. Rita Hayworth by sobie z tym lepiej nie poradziła. – Elsie niemal podskakiwała z ekscytacji.

– Siostro przełożona, czy ktoś jest w kuchni? – Pani Jolly rzuciła pytające spojrzenie w kierunku zielonych drzwi.

– Tylko personel pomocniczy, panie przygotowujące lunch – wyjaśniła przełożona.

Elsie nawet nie zdawała sobie sprawy, że zupełnie niechcący dała pannie Van Gilder cenną chwilę na przemyślenie sytuacji.

– Oczywiście, że znam właściciela. Spotkaliśmy się wiele razy. Wizytował szpital i poszczególne oddziały. Musiał mi przecież szczegółowo opowiedzieć, co da się zrobić oraz ile to będzie kosztować.

Błyskotliwa odpowiedź, pomyślała Emily.

Doktor Gaskell zmarszczył brwi i spojrzał prosto na Emily. Było dla niego jasne, że miała powód, by zadać to pytanie. Przypuszczał, że coś się za nim kryło, nie wiedział tylko co.

– Czy tylko z tego powodu zna pani właściciela firmy, panno Van Gilder? Nie spotkała go pani wcześniej, przed podjęciem pracy w St Angelus?

– Siostro Haycock! – W sali zadudnił donośny głos pani Jolly. – Po raz drugi zabiera pani głos, nie prosząc uprzednio o zgodę przewodniczącego zebrania. Odmawiam pani prawa zadawania kolejnych pytań.

Doktor Gaskell wymownie odkaszlnął, a pani Jolly zrozumiała aluzję.

– Panno Van Gilder, proszę odpowiedzieć na pytanie. Siostro Haycock, uprzedzam, że nie ma pani już prawa do zadawania żadnych pytań. To ja prowadzę zebranie, żadnej samowoli tolerować nie zamierzam!

Panna Van Gilder unikała patrzenia jej prosto w oczy. Wiedziała, że teraz będzie musiała skłamać.

Zanim jednak zdążyła się odezwać, ku zdumieniu wszystkich odezwał się jakiś inny, nieśmiały głos:

– Pani Jolly, czy ja mogłabym pomóc pannie Van Gilder z tym pytaniem?

Głos należał do pani Twigg, która rzadko się odzywała, choć chyba sympatyzowała z Emily. Tamtego dnia, gdy panna Van

Gilder otrzymała posadę, uścisnęła jej dłoń jakby ze współczuciem. Emily była jej wtedy za ten gest bardzo wdzięczna.

– Ależ oczywiście, pani Twigg. Biedna panna Van Gilder znalazła się w krzyżowym ogniu pytań. Muszę powiedzieć, że trochę mi z tego powodu wstyd. Włożyła przecież tyle pracy w przygotowanie tego dokumentu, a teraz jej propozycja spotyka się z wrogim przyjęciem. – Pani Jolly uśmiechnęła się zachęcająco do pani Twigg.

Pani Twigg podniosła ofertę, jak gdyby zamierzała skupić się na konkretnym punkcie. Wszyscy przy stole zamilkli i wpatrywali się w nią w napięciu. Niewiele o niej wiedzieli, poza tym, że zarówno jej mąż, jak i jedyny syn polegli w walce, tyle że mąż podczas pierwszej wojny światowej, a syn na froncie drugiej. Doktor Gaskell kilkakrotnie miał okazję porozmawiać z nią przy kawie przed zebraniami. Wspominała mu wtedy, że teraz stara się poświęcać czas pracy, dzięki której świat może się stać lepszym miejscem.

– Już nigdy więcej nie powinno być żadnej wojny – powiedziała mu wtedy.

Emily miała poczucie, że atmosfera zgęstniała w sposób niemal namacalny. Biddy i Elsie odsunęły kieliszki od drzwi i przez chwilę przyglądały im się podejrzliwie. Dlaczego nagle przestały cokolwiek przez nie słyszeć? Po chwili jednak Biddy wzruszyła ramionami i przyłożyła swój z powrotem w dawne miejsce.

Pani Twigg uniosła głowę i spojrzała pannie Van Gilder prosto w oczy. Nagle przestała się słodko uśmiechać i przybrała surowy wyraz twarzy. Emily naszła zaskakująca myśl, że pióra wystające z jej kapelusza wyglądają skrajnie absurdalnie. Zaczęła się zastanawiać, kiedy kobiety zrezygnują z noszenia nakrycia głowy w pomieszczeniach.

Doktor Gaskell pomyślał, że to bardzo miłe z jej strony, że próbuje im pomóc.

Przełożona pielęgniarek spoglądała na nią podejrzliwie. Przecież to była jedna z przybocznych pani Jolly. To z jej nominacji trafiła do zarządu. Wydawało jej się niemożliwe, żeby ta kobieta miała w jakikolwiek sposób pomóc ich szpitalowi.

– Panno Van Gilder… – Nie najmłodsza już pani Twigg mówiła drżącym głosem, który wcale nie budził respektu. – Czy aby nie jest tak, że właściciel agencji Acme to pani syn, a z poprzedniego szpitala odeszła pani, żeby nie przyłapano pani na nieuczciwości?

Trzask pękającego w kuchni szkła dało się słyszeć w sali posiedzeń zarządu nawet przez zamknięte drzwi.

Rozdział 39

Przełożona pielęgniarek i doktor Gaskell stali w oknie saloniku jej mieszkania. Czekali na Emily. Przełożona wyjęła karafkę z sherry, a doktor napełnił kieliszki. Pokój zrobił na Emily wrażenie bardzo przytulnego. Stare fotele obite wiśniową skórą, ogromny kominek. To wszystko miało za chwilę zniknąć, żeby ustąpić miejsca nowemu oddziałowi ratunkowemu. Smutne to, ale powojenny Liverpool dynamicznie się rozwija i nic się nie da na to poradzić, pomyślała, zmierzając w ich stronę po sporych rozmiarów dywanie.

Doktor Gaskell podał jej kieliszek.

– Mamy kilka rzeczy do uczczenia. Musimy jednak pamiętać, że choć odzyskaliśmy na krótką chwilę kontrolę nad sytuacją, to pewne zmiany trzeba będzie wprowadzić.

– Zaznaczam, że nie ze wszystkimi w pełni się zgadzam – dodała przełożona.

Doktor Gaskell szeroko się uśmiechnął.

– Margaret, przecież jeszcze się nie zdarzyło, żeby zgodziła się pani z czymkolwiek, co ja zaproponuję. Nigdy. Mimo to uważam, że ten szpital wiele zawdzięcza pani trudnemu charakterowi.

Uniósł kieliszek.

– Emily!

– Jak widać, wszyscy od teraz jesteśmy ze sobą po imieniu – powiedziała przełożona. – Chociaż ja osobiście nigdy się nie wyrzeknę formy „doktorze Gaskell".

– Ja też nie – dodała Emily, wznosząc w górę kieliszek i uśmiechając się do doktora Gaskella. Na pierwszy rzut oka było widać, że on do czegoś zmierza.

– Emily, chciałem pani pogratulować. Gdyby nie poruszyła pani tego wątku, to nie wiadomo, jak to zebranie by się skończyło. Nie zapytam o to, jak pani wpadła na ten trop ani dlaczego postanowiła pani nim podążyć, ani też jak pani zdołała zawiązać spisek z panią Twigg, bo chyba wcale nie chcę znać szczegółów, ale wyszło to naprawdę rewelacyjnie.

Emily upiła duży łyk sherry. Też chętnie by się dowiedziała, jak to się stało, że pani Twigg podjęła poruszony przez nią wątek. Wcześniej miały okazję rozmawiać zaledwie kilka razy. Jeśli ktokolwiek spiskował z panią Twigg, to bez jej udziału.

– Policja już odjechała? – zapytała.

– Tak, dzięki Bogu. Szczerze nie lubię, gdy policja pojawia się w szpitalu gdziekolwiek indziej niż na oddziale nagłych wypadków. Ani się obejrzymy, a do naszych drzwi zastuka reporter „Echo". Ja nie wiem, jak ci dziennikarze to robią. Kiedy wybuchł pożar w fabryce, oni zjawili się przed pacjentami. Wszędzie ich było pełno. Jednego zastałam nawet w kuchni.

– No cóż, niektórzy twierdzą, że pieniądze są źródłem wszelkiego zła… – Doktor Gaskell uniósł kieliszek do ust i łyknął odrobinę sherry.

– W wypadku panny Van Gilder to niewątpliwie się potwierdziło – zauważyła Emily. Choć dzień obfitował we wrażenia, zdawała się być przygnębiona i zniechęcona. Wyraźnie brakowało jej energii.

Przełożona pielęgniarek spojrzała na Emily, a doktor Gaskell wymownie odkaszlnął.

– No, proszę mówić – rzucił. – Czy może ja mam powiedzieć?

– Na litość boską! – odparła przełożona. – Naprawdę nie rozumiem, co w pana ostatnio wstąpiło, doktorze. Emily, doktor Gaskell i ja mamy pani coś do powiedzenia.

– Ale mówić będzie siostra przełożona. – Doktor Gaskell uśmiechnął się szelmowsko.

– Postanowiliśmy, że dopóki mamy względną przewagę nad panią Jolly i zarządem szpitali, to jedną rzecz chcielibyśmy zmienić. W tej kwestii jednak ustąpię. Być może nieco zbyt długo upierałam się przy utrzymaniu w mocy zasady, którą wprowadziłam bardzo dawno temu. Teraz więc osobiście chciałabym się z tego postanowienia wycofać, żeby w przyszłości nie zrobiła tego za mnie pani Jolly w ramach wprowadzania najróżniejszych nowych rozwiązań. Otóż od dziś znosimy zakaz pracy dla zamężnych pielęgniarek.

Emily przez chwilę nie wierzyła własnym uszom. Czuła się trochę tak, jakby wylądowała właśnie na zupełnie obcej planecie.

– Czy ja śnię i zaraz się obudzę? – zapytała. – Siostro przełożona, czy pani powiedziała do mnie po imieniu? Czy pani powiedziała, że znosi zakaz pracy dla zamężnych pielęgniarek? Nie wierzę, to musi być sen.

Doktor Gaskell wszystko potwierdził.

– Gdyby dziś nie zrobiła pani tego, co pani zrobiła… To naprawdę był przebłysk geniuszu, żeby w sprawę zaangażować panią Twigg, tę najbardziej niemrawą ze wszystkich uczestniczek zebrania. Z pewnością zasłużyła pani na nagrodę, a przecież to jest coś, o co pani już od dawna zabiegała.

– A państwo zdają sobie sprawę, że będziemy w tej kwestii pionierami? – zapytała Emily. – Nawet w Londynie większość szpitali ciągle jeszcze nie zatrudnia zamężnych pielęgniarek.

– No właśnie, „ciągle jeszcze" nie – odparł doktor Gaskell. – Jak jednak pani doskonale wie, biorę udział w posiedzeniach różnych gremiów w Londynie i bardzo dużo się tam mówi o dążeniu NHS do powszechnego zniesienia tego zakazu. Czemu więc nie mielibyśmy zrobić tego pierwsi? St Angelus zdecydowanie może być w tej kwestii pionierem.

Przełożona wyciągnęła do Emily rękę po jej kieliszek.

– Proszę dopić sherry, Emily. Mam przemożne wrażenie, że ma pani dzisiaj coś jeszcze do załatwienia.

Emily ze łzami w oczach pomyślała, że teraz będzie mogła spróbować naprawić swoje stosunki z Dessiem. Było jasne, że to właśnie ma na myśli przełożona. Emily podejrzewała, że to sprawka Biddy, ale teraz postanowiła się tym nie zajmować. Z jej punktu widzenia decyzja przełożonej wszystko zmieniała, tylko czy Dessie będzie podzielać jej zapatrywania. Być może zniechęciła go do siebie raz na zawsze? Przekazała kieliszek siostrze przełożonej. To niewątpliwie był dzień wielkich niespodzianek.

– Nie mogę – wyszeptała.

– Ależ może pani. Udowodniła pani dziś, że na wiele panią stać. Na jedno „przepraszam" na pewno też. Naprawdę chce pani skończyć jak ja i wszystkie inne stare panny, które poświęciły całe życie pielęgniarstwu? Chce pani w ostatnich dniach życia mieszkać w domu dla emerytowanych przełożonych pielęgniarek albo w jakiejś nędznej kawalerce przy Scotland Road, bo na nic innego nie będzie pani stać? – Przełożona westchnęła i podeszła do okna. – Wie pani, Emily, to pani uparte dążenie do zmiany zasad skłoniło mnie do refleksji nad tym wszystkim. Nie bez powodu pielęgniarkami zostają dziewczyny z klasy średniej. Ja akurat nie mam tak źle, odziedziczę coś po matce, więc gdy przyjdzie pora rozstać się ze szpitalem, jakoś sobie poradzę. Ale jak pani miałaby przeżyć sama, Emily? Z czego i z kim będzie pani żyć? Jak pani zapewne wie, pielęgniarka to jeden z najgorzej opłacanych zawodów w tym kraju. Smutna prawda jest taka, że nawet jeśli ktoś wykazuje się wielką rozwagą i gospodarnością i przez cały okres pracy odkłada każdy pens, to na godne życie na emeryturze i tak raczej mu nie wystarczy.

Przełożona pielęgniarek się nie myliła. Emily nie miała nic i nikogo.

– A skąd pani wie? – zapytała.

– To nieistotne. Czy ja panią pytam, skąd pani zna panią Twigg?

– Ale…

– Żadnych „ale", Emily! On czeka u mnie w gabinecie. Myśli, że go wezwałam na spotkanie. Proszę do niego iść, no już!

Elsie i Biddy czym prędzej uprzątnęły szkło, które rozsypało się po podłodze, gdy pierwszej z nich kieliszek wypadł z ręki. Zaraz potem puściły w obieg wieści o upadku panny Van Gilder. W porze lunchu mafia miała już gotowy plan działania. Tego samego wieczoru w szpitalnym pokoju socjalnym zaplanowano uroczyste spotkanie dla całego personelu pomocniczego i ekipy portiera.

Podczas gdy przełożona pielęgniarek, doktor Gaskell i Emily raczyli się sherry, Branna w pokoju socjalnym smarowała chleb margaryną i nakładała pastę na kanapki. W chwili przerwy sięgnęła po słuchawkę, żeby porozmawiać z Madge.

– Madge, a przyślą tu beczkę?

– Tak, Branno. Dessie już o to zadbał. Wysłał po nią czterech chłopców z wózkiem. Mają też przywieźć trochę guinnessa w butelkach dla pań. Po pannę Van Gilder przysłali policyjną karetkę, widziałaś?

– Widziałam, aż nie do wiary! To będzie najwspanialsze przyjęcie w historii tego szpitala. Przeżyłyśmy, co, Madge? Widziałaś gdzieś Biddy i Elsie?

– Ostatnio pół godziny temu. Była z nimi siostra Tanner, szły razem do przełożonej. Siostra przełożona powiedziała doktorowi Gaskellowi przez telefon, że ma czym prędzej przyjść do jej mieszkania. Powiedziała też, że gdyby siostra Haycock weszła frontowymi drzwiami, to one mają z siostrą Tanner wyjść od tyłu. Jeśli dobrze pójdzie, to wieczorem będziemy mieć jeszcze jeden powód do świętowania, Branno. Czyż to nie wspaniale?

– Tak, owszem! Dobrze, to ja wracam do robienia kanapek.

– Świetny pomysł, Branno. – Madge się zaśmiała. – Tylko zostaw trochę guinnessa na wieczór, co? – Wyjęła wtyczkę i rozłączyła aparat stojący w pokoju socjalnym. – No dobrze, to komu by teraz powiedzieć, że starej wiedźmy już nie ma i nasze posady są bezpieczne… Już wiem, kostnica.

Branna stanęła przed stertą suchych kromek chleba i mruknęła z zadowoleniem. Właśnie wzięła do ręki nóż, gdy tylnymi drzwiami wszedł Tom z kolejną porcją zaopatrzenia z głównej szpitalnej kuchni.

– Mam więcej chleba, Branno. Kucharka przysyła do tego blok sera. Powiedziała, żeby oprócz kanapek z pastą zrobić też kilka z serem. Wydaje jej się, że ludzie pomyślą, że to ona to wszystko przygotowała.

– Może go zetrę, Tom. A jak myślisz, ilu chłopaków dzisiaj przyjdzie? Zrobię po dwie porcje dla każdego. Myślisz, że to wystarczy?

Tom słuchał Branny, nie odrywając wzroku od sterty kanapek.

– No śmiało, poczęstuj się – powiedziała, smarując pastą rybną dwie kromki chleba.

Tom o mało co nie upuścił zawartości tacy z chlebem na blat, tak mu było spieszno do kanapek. Sam z siebie nigdy by się nie odważył zapytać, ale Branna rozpoznawała głodnego chłopca z kilometra.

– Widziała pani więźniarkę, Branno? Policja zabrała starą Wampirzycę. Wyobraża to pani sobie? Co ona takiego zrobiła? – zastanawiał się między kolejnymi kęsami.

– To była zła kobieta, Tom. Próbowała zawłaszczyć pieniądze szpitala i nas wszystkich pozbawić pracy.

Tom nie wiedział, o co ma dalej pytać.

– Poczekaj – przykazała Branna, nalewając mu herbaty do kubka. – Proszę. Tylko umyj go, zanim wrócisz do pracy. Co u twojej mamy?

Tom najpierw wypił herbatę i otarł usta grzbietem dłoni, a dopiero potem jej odpowiedział.

– Dzięki, Branno. To było pyszne. U mamy nie najlepiej. Musiała zrezygnować ze sprzątania w szkole. Niedługo przychodzi do St Angelus na operację. Powiedziała, że się nie przejmuje, bo przynajmniej tutaj będzie mnie widywać codziennie.

– Tak powiedziała? Jak uroczo. Na pewno jest zazdrosna, bo ja cię widuję na okrągło. Dobry z ciebie chłopak, Tom.

Tom uśmiechnął się od ucha do ucha, a potem chwycił tacę, którą miał zanieść z powrotem do kuchni.

– Widzimy się później na imprezie – rzuciła Branna. – Oby nam tylko szczęście dopisało i nic się wielkiego w szpitalu nie wydarzyło.

Branna odprowadziła go wzrokiem do drzwi. Była zadowolona z siebie. Pozostawiła Biddy, Elsie i Madge zbieranie najróżniejszych informacji o pannie Van Gilder, ale za ich plecami przeprowadziła jeszcze jedną akcję na własną rękę. Po ostatnim spotkaniu mafii cały czas myślała o tym, że być może siostra Antrobus mogłaby im się jakoś przysłużyć. Doskonale wiedziała, że wszyscy w szpitalu mają ją za tyrankę, zresztą Brannie nieraz też się od niej oberwało, gdy jeszcze kierowała oddziałem drugim. Być może jednak dałoby się wykorzystać jej reputację w obronie szpitala. Powszechnie było wiadomo, że siostra Antrobus ma na pieńku z panną Van Gilder. W szpitalu krążyły wieści, że wióry leciały za każdym razem, gdy się spotykały. Branna postanowiła zwrócić się do niej po pomoc.

– Mamy problem z panną Van Gilder – zagadnęła. – Nie mogę siostrze powiedzieć, skąd o tym wiem, bo to poufna informacja i ktoś mógłby mieć kłopoty, gdyby wyszła na jaw, ale być może siostra mogłaby jakoś pomóc?

Po tym wstępie Branna zdradziła siostrze Antrobus wszystko, co udało im się ustalić na temat panny Van Gilder i jej syna.

– Dobrze, że pani z tym do mnie przyszła – powiedziała siostra Antrobus z błyskiem w oku. – Chyba mam pomysł, co z tym fantem zrobić. Tylko na razie nie mogę go jeszcze zdradzić. Proszę nikomu nie mówić, że pani ze mną rozmawiała.

– Z żadnej możliwości nie należy rezygnować – mamrotała teraz pod nosem Branna, smarując kanapki. – Z żadnej…

Nie zamierzała na razie nikomu wspominać o tym, że zaangażowała siostrę Antrobus do współpracy. Zakładała, że jeszcze przyjdzie na to czas. Doskonale rozumiała, że w St Angelus wiedza to cenna waluta, a ona właśnie zdołała nieco wzmocnić swoją pozycję.

– Niech no tylko Madge znowu spróbuje… – powiedziała do siebie, nakładając porcję margaryny na kolejną kromkę chleba.

Rozdział 40

Amy z początku lekceważyła ból. Wmawiała sobie, że coś jej po prostu zaszkodziło. Niechętnie skubała pudding, który przygotowała gospodyni, ale w pewnym momencie dopadły ją tak silne mdłości, że odłożyła łyżeczkę i odsunęła od siebie miseczkę.

– Takie pyszności, a ty nie jesz? – zapytała matka. – A może to i lepiej. Mam wrażenie, że ostatnio przybyło ci parę kilogramów. Na pewno zresztą sama zauważyłaś, moja droga. Musisz mieć świadomość, że jeśli zamiast jeść pudding, będziesz się do niego upodabniać, to może ci być trudno znaleźć męża.

– Już nic więcej nie przełknę. Objadłam się – powiedziała Amy. – Idę się położyć.

– Cóż to za maniery? Od kiedy wstaje się od stołu bez pytania o pozwolenie?

Amy puściła uwagę matki mimo uszu i wyszła, zostawiwszy rodziców przy stole. Doskonale wiedziała, że zaraz zaczną się kłócić.

– To twoja wina, to ty ją za bardzo rozpieszczasz. Ona już nawet nie udaje, że wie, co to dobre maniery.

Matka Amy winą za wszystkie słabości córki niezmiennie obarczała jej ojca.

– Poczekaj, jeszcze będziesz nas błagać, żebyśmy pozwolili ci z nami posiedzieć do późna – powiedział ojciec do wychodzącej córki. – Zamierzam kupić telewizor.

– Cóż, ja i tak nie dam rady go oglądać, w każdym razie nie za dużo – rzuciła matka Amy między kolejnymi kęsami. – Nie jestem w stanie długo wysiedzieć w jednym miejscu. Przez tę moją rwę.

Spojrzała w kierunku miseczki Amy. Zastanawiała się, czy zostało tam dość puddingu, żeby warto go było dojeść.

– Jakoś sobie z tym radzisz, gdy ja jestem w pracy – odparł jej mąż. – Ostatnio codziennie ktoś do ciebie przychodzi. Co niby porabiacie, najpewniej siedzicie? Ty już nawet nie pamiętasz, jak się gotuje ziemniaki. Kuchnia to dla ciebie obce terytorium.

Amy niemal się cieszyła, że rodzice się pokłócili, ponieważ ból stał się nie do zniesienia. Jakby ktoś ujął jej brzuch w imadło i zaczął dokręcać. Oparła dłoń, żeby nie stracić równowagi. Mało brakowało, a zawyłaby z bólu. Zacisnęła dłoń w kurczowym uścisku. Trzymaj się w pionie, w pionie! Tylko o tym była w stanie myśleć. Zrobiło jej się słabo. Ból, który pojawił się znienacka, po chwili równie szybko zaczął znikać.

Jej rodzice pochłonięci byli wymianą zdań, która zasługiwała już na miano poważnej kłótni. Do tego stopnia skupili się na wbijaniu sobie szpil, że w ogóle zapomnieli o córce. Ojciec zarzucał matce lenistwo, ona zaś oskarżała go o okrucieństwo i obojętność. Na szczęście zadawali sobie te razy z bezpiecznej odległości, bo dzielił ich ciemny dębowy stół marki Stag, kupiony zupełnie niedawno w domu handlowym George Henry Lee's.

Przez chwilę ból był naprawdę otępiający, ale gdy nieco zelżał, Amy wyszła w końcu z jadalni, żeby zejść im z oczu. Oddychała ciężko, była zmęczona i przerażona. Przeszło jej nawet przez myśl, że umiera. To niemożliwe, pomyślała. Coś takiego nie może mi się przytrafić. Przeraziła się tak bardzo, że mało brakowało, a zaczęłaby głośno krzyczeć. Przez całe swoje życie miała to, czego chciała. A teraz nagle Lockie zostawił ją na lodzie i nie miała do kogo się zwrócić. „Nie chcę tego, nie chcę!", łkała. Gdy ból odpuścił, w jej głowie pojawiły się palące pytania: dokąd iść i co zrobić? Nic jednak nie wymyśliła.

Korytarz wypełniało kojące pomarańczowe światło. Pochodziło z ulicznych latarni przed domem, a do środka wpadało przez witraż zamontowany w okrągłym okienku we frontowych drzwiach. Amy spojrzała na wieszak, na którym wisiały jej czarny płaszcz do kościoła i kapelusz. Miała wrażenie, że ją wołają. Zdjęła płaszcz i przyłożyła sobie kołnierz do ust, żeby poczuć jego zapach. Zaraz potem zarzuciła go na plecy i szczelnie się nim owinęła. Delikatna satynowa podszewka przyjemnie chłodziła płonącą skórę. Od drzwi dzieliło ją tylko kilka kroków. Rodzice darli się teraz na siebie tak głośno, że nie mieli szans usłyszeć szczęku zamka.

Dana zeszła z pokładu i odstawiła walizkę na chodnik. Czekała na Teddy'ego, który miał po nią przyjechać samochodem. Przed wyjazdem z Belmullet zgodnie z obietnicą dzwoniła z poczty na Lovely Lane. Odebrała Victoria.

– Kiedy dopłyniesz, nie ruszaj się stamtąd, aż przyjedzie po ciebie Teddy. Podkreślał, że koniecznie masz na niego zaczekać. Bardzo za tobą tęskni. Chyba bardzo się niecierpliwi. Wychodzi na to, że powinnaś częściej wyjeżdżać.

Dana zbyła tę uwagę śmiechem, ale na myśl o tym, że Teddy faktycznie za nią tęsknił, poczuła w środku przyjemne ciepło – tym przyjemniejsze, że wieczór był chłodny. W sumie wolała zaczekać w porcie. Pogoda nie sprzyjała podróżom morskim i Dana dwukrotnie wymiotowała. Z niecierpliwością myślała o tym, kiedy znowu znajdzie się na Lovely Lane pod troskliwą opieką pani Duffy.

Przez chwilę przeszło jej przez myśl, że mogłaby zajrzeć do słynnej kawiarni z drewnianym dachem i napełnić zmaltretowany żołądek ciepłą i słodką herbatą, ale w ostatniej chwili z tego pomysłu zrezygnowała. Już stała przy drzwiach, gdy przez okno przystrojone zasłonkami w kratę zobaczyła siostrę Antrobus. Po drugiej stronie stolika siedziała kobieta w śmiesznym kapeluszu z piórkiem na czubku.

Dana postanowiła jednak zawrócić i po prostu przysiąść na walizce. Nie była w pracy, nie była nawet w pobliżu St Angelus, ale siostrze Antrobus to zapewne w niczym by nie przeszkadzało. Na pewno znalazłaby pretekst, żeby ją zbesztać. Poza tym Teddy pracował na oddziale nagłych wypadków, więc tym bardziej nie chciała spotykać się oko w oko z tamtejszą oddziałową.

Spojrzała w kierunku ulicy i przesłoniła oczy, bo wydawało jej się, że słyszy silnik. Na jej twarzy pojawił się uśmiech, a serce zabiło mocniej.

Siostra Antrobus zamówiła herbatę i ciasteczko eccles. Pani Twigg piła kawę, przekąszając białym chlebem z masłem i odrobiną soli.

– Pani sobie pewnie nawet nie zdaje sprawy, ilu rodzinom pomogła – powiedziała siostra Antrobus. – Kiedy dotarły do mnie wieści o tym, co się dzieje, wiedziałam, że muszę zwrócić się z tym do pani. Zobowiązałam się nie ujawniać źródła moich informacji, więc nie mogę po prostu zgłosić sprawy przełożonej. – To mówiąc, siostra Antrobus nalała sobie herbaty.

– Gdyby poszła pani z tym do przełożonej, mogłaby pani liczyć na szczodre wyrazy uznania. Niewykluczone, że w nagrodę przywrócono by panią na stanowisko na oddziale drugim. – Pani Twigg zamieszała herbatę, nie odrywając wzroku od siostry Antrobus.

Panią Twigg zmartwiła wieść o tym, że siostra Antrobus została przeniesiona z oddziału drugiego na oddział nagłych wypadków. Ogólnie jednak uważała, że na oddziale kobiecym nie trzeba utrzymywać rygoru jak w wojsku.

– Zdaję sobie z tego sprawę, ale względy słuszności podpowiadały mi coś innego.

Siostra Antrobus była zaskoczona wylewnością Branny. Wcześniej nieźle się dogadywały. Co prawda rzadko zdarzało im się rozmawiać, ale obie miały ten sam cel – obu zależało na tym, aby oddział drugi był najczystszym oddziałem w całym szpitalu. Obie konsekwentnie do tego celu dążyły, więc nie miały potrzeby ze sobą rozmawiać. Gdy Branna podzieliła się z nią rewelacjami na temat panny Van Gilder, siostra Antrobus dokładnie wiedziała, do kogo należy się z tym zwrócić. Nie potrafiła odgadnąć, skąd Branna dowiedziała się o oszustwach zastępczyni przełożonej pielęgniarek, lecz ani przez chwilę nie wątpiła w prawdziwość jej słów.

Pani Twigg niespiesznie popijała herbatę. Gdy siostra Antrobus poprosiła ją o zabranie głosu, miała twardy orzech do zgryzienia. Siostrę Antrobus darzyła jednak wielkim szacunkiem, odkąd to właśnie ona opiekowała się jej synem. Między innymi ze względu na nią pani Twigg w ogóle zgodziła się zasiąść w zarządzie St Angelus z ramienia zarządu szpitali okręgu liverpoolskiego. Jej świętej pamięci syn trafił do tego szpitala na początku wojny, a siostra Antrobus troskliwie się nim opiekowała. Pani Twigg miała wobec siostry Antrobus dług wdzięczności.

Nie zastanawiała się, skąd siostra Antrobus ma informacje na temat panny Van Gilder. Zadała sobie natomiast inne pytanie: gdyby mój syn albo mąż przyszli do mnie z taką informacją, co bym wtedy zrobiła? Było dla niej oczywiste, czego by od niej oczekiwali. Nie mogła odmówić. Zdecydowanie nie miała ochoty zabierać głosu podczas zebrania, ale czuła się zobligowana.

– Po zebraniu zgłosili się do mnie policjanci. Powiedziałam, że otrzymałam anonimowy donos w tej sprawie. Resztę już wyjaśniła panna Van Gilder. W zasadzie nawet specjalnie się nie broniła. Jej syna Luuka aresztowano ponoć niespełna godzinę później.

– Jest pani bohaterką, pani Twigg. Bohaterką – oznajmiła siostra Antrobus.

– Nic z tych rzeczy. Siostra Haycock przygotowała mi świetny grunt swoimi pytaniami. Niewykluczone, że ona posiadała te same informacje co i ja. Tak czy owak, zarząd szpitali okręgu liverpoolskiego poprosił mnie o poprowadzenie kolejnego zebrania. To dla mnie wielki zaszczyt. Nie wiem tylko, co się stało z panią Jolly. Napije się siostra jeszcze herbaty?

Teddy jechał szybciej niż zwykle. Chciał dotrzeć do Dany. Uznał, że los dał mu drugą szansę. Raz po raz tylko zadawał sobie w głowie pytanie: jak mogłem być taki głupi? Jak mogłem ulec urokowi siostry Makebee i tak potraktować Danę? „Ty durniu, ty skończony durniu!", powiedział do siebie, uderzając pięścią w lakierowaną drewnianą deskę rozdzielczą. Widział ją już, siedziała na nabrzeżu na walizce. Brodę miała opartą na dłoniach, a włosy rozwiewał jej wiatr. Spojrzał, czy może przejechać przez linię tramwajową, a gdy stwierdził, że nic nie jedzie, zmienił bieg, nacisnął na gaz i przemierzył szeroką drogę.

Ciężarnej dziewczyny w czarnym płaszczu nie zauważył. Nie wiedział, skąd się wzięła. Zupełnie jakby wyrosła spod ziemi i nagle po prostu szła przez ulicę. Krzyknął, żeby ją ostrzec, i z całej siły wcisnął hamulec. Zobaczył jej twarz na krótką chwilę przed tym, jak jej ciało uderzyło w przednią szybę samochodu. Potem nastała całkowita cisza.

Siostra Antrobus widziała wypadek przez okno kawiarni. Widziała dziewczynę, która wyszła zza jednego z budynków portowych, a potem, w ogóle nie patrząc, przeszła przez tory, jakby szła w kierunku St Angelus.

Nie wahała się ani chwili. Skoczyła na równe nogi, rozlewając przy tym herbatę, po czym w pośpiechu opuściła lokal. Była zaskoczona, gdy na miejscu zastała siostrę Brogan, a jeszcze bardziej się zdziwiła, gdy stwierdziła, że za kierownicą siedział doktor Davenport. Widząc poruszenie młodej pielęgniarki, szybko się zorientowała, że to nie przypadek. Siostra Brogan najwyraźniej czekała na doktora Davenporta. Siostra Antrobus od razu przejęła kontrolę nad sytuacją, wydając stosowne polecenia pani Twigg i właścicielowi kawiarni.

– Dzwonić po dwie karetki – krzyknęła. – I to szybko!

– Proszę, niech pan to weźmie – powiedziała zaskoczonemu kierowcy pierwszej karetki. Wrzuciła walizkę Dany na przednie siedzenie auta. – Siostra Brogan pojedzie z wami z tyłu. Proszę włączyć syreny i mocno wciskać gaz.

Pomogła Danie wspiąć się po stromych schodkach prowadzących do wnętrza karetki.

– Siostra pojedzie z doktorem Davenportem – wydawała polecenia. – Ja pojadę z tą dziewczyną. Jeszcze żyje, ale ledwo, ledwo, no i jest w zaawansowanej ciąży. Trzeba będzie pilnie zrobić cesarkę, gdy tylko dotrzemy na miejsce. Być może uda się uratować dziecko. Moim zdaniem doktor Davenport lada moment odzyska przytomność. Proszę ciągle do niego mówić.

– To powiedziawszy, udała się do drugiej karetki, w której miała do uratowania jeszcze dwa inne istnienia.

Powietrze przeszył dźwięk podwójnej syreny. Obie karetki ruszyły w kierunku St Angelus.

– Teddy, słyszysz mnie? – Dana klęczała przy nim w tylnej części karetki.

Był zamocowany do łóżka pasami, zupełnie jakby próbowano go obezwładnić. Na pierwszy rzut oka było widać, że ma złamane obie nogi i wiele innych obrażeń. Pod jego oczami pojawiły się wielkie fioletowe siniaki i nie był w stanie unieść powiek, ale mógł mówić.

– Dana, to ty?

– Tak, kochanie. Jestem przy tobie. Jedziemy karetką. Miałeś wypadek, ale wszystko będzie dobrze.

– Na pewno? – Na wyschniętych ustach krzepły mu krople krwi. Mówił z coraz większym trudem.

Dana otworzyła ostatnią paczkę gazy, którą udało jej się znaleźć w karetce. Uznała, że powinna ucisnąć ranę na czole.

– Tak, na pewno. Nie zamierzam cię okłamywać, jesteś dość mocno pokiereszowany, bo to był paskudny wypadek, ale żyjesz i masz dużo siły, kochanie. – Przy tych ostatnich słowach już jej się łamał głos. Tak wielką czuła ulgę…

Łzy z jej oczu zaczęły kapać na jego twarz, ale szybko je otarła.

– Szybciej, proszę, szybciej – wyszeptała, bo zauważyła, że on znów traci przytomność.

Poczuła, że samochód ostro skręca, niemal na dwóch kołach. Zaraz potem usłyszała pisk hamulców i pojazd raptownie się zatrzymał.

Dana pochyliła się do przodu.

– Jesteśmy na miejscu, Teddy. Zaraz stąd wyjdziemy. Będę z tobą przez cały czas. Ubłagam przełożoną, żeby mnie przeniosła na męski oddział ortopedyczny. Nie opuszczę cię ani na chwilę, mój kochany. Wszystko będzie dobrze.

Nagłe hamowanie karetki przywróciło Teddy'emu świadomość. Ścisnął Danę za rękę.

– Boli – wymamrotał, a potem dodał jeszcze: – Przepraszam cię, Dana, tak bardzo cię przepraszam.

– Boże, co ty wygadujesz? – załkała. – Przecież to nie twoja wina, kochanie. Nic nie mogłeś na to poradzić, ona weszła prosto…

W tym momencie otworzyły się tylne drzwi karetki i na tle zachodzącego słońca pojawiła się sylwetka doktora Mackintosha.

– Nie marnujmy czasu. Jedziemy prosto na salę operacyjną! – krzyknął do Jake'a i Bryana, którzy zmierzali w jego stronę z wózkiem.

Dana nie mogła się ruszyć. Nie chciała ani na krok odstępować Teddy'ego.

Anthony Mackintosh nie potrzebował schodków. Jednym susem wskoczył do karetki i po chwili był u boku Dany. Wsunął jej ręce pod łokcie i pchnął ją w kierunku Jake'a.

– Jake, ty zaprowadź siostrę Brogan do środka – powiedział. – Bryan i ja zajmiemy się doktorem Davenportem.

Dana miała oczy pełne łez i nic nie widziała. Pozwoliła zaprowadzić się na oddział nagłych wypadków.

– Możesz przejąć ode mnie siostrę Brogan, Doreen? – poprosił Jake.

– Oczywiście – odparła Doreen. – Zmykaj już.

Tuż obok nich pospiesznym krokiem przeszedł chirurg ortopeda, pan Mabbutt*.

---

* Zgodnie z tradycją angielską w odniesieniu do lekarzy specjalności chirurgicznych nie używa się grzecznościowego zwrotu „doktor", lecz „pan" (przyp. tłum.).

– Wieźcie go prosto na salę operacyjną! – krzyknął przez otwarte drzwi, wspinając się po schodach prowadzących na oddział chirurgii.

– Już tam jadą – poinformowała go siostra Antrobus, która właśnie wprowadzała łóżko na kółkach do pomieszczenia gospodarczego. Wciąż jeszcze miała na sobie prywatne ubranie, ale w ciągu dwudziestu minut zdołała zaprowadzić na oddziale nagłych wypadków porządek i rygor jak w szpitalu polowym.

Olivera Gaskella wieść o wypadku zastała na położnictwie. Wbiegł na oddział nagłych wypadków dokładnie w momencie, gdy pan Mabbutt udał się na chirurgię.

– Matka? Dziecko? – zapytał siostrę Antrobus, zatrzymując się tuż obok niej.

– Oboje żyją, panie Gaskell, ale na razie nie ma sali operacyjnej – odparła siostra Antrobus. – Planowe zabiegi jeszcze trwają, operacja wyrostka jest w połowie. A rezerwowa sala operacyjna będzie przez dłuższy czas zajęta przez doktora Davenporta. Obawiam się, że on jest w bardzo kiepskim stanie. Kto pierwszy, ten lepszy, a jego karetka dotarła przed nami.

– O Boże! Tylko nie Teddy! Jak bardzo jest z nim źle?

– Nie wiem, panie Gaskell. Jestem tylko pielęgniarką, nie lekarzem. A jeśli chodzi o tę matkę, to przygotowałam wszystko w pomieszczeniu gospodarczym. Wprowadziłam łóżko, jest zestaw do przyjmowania porodu. Cesarka nie będzie konieczna, dziecko samo pcha się na świat. Tyle że trzeba użyć kleszczy. Siostra Tanner będzie panu asystować. Lekarz asystent podłączył matkę do respiratora i robi, co w jego mocy, żeby ją utrzymać przy życiu. – Potem ściszonym głosem dodała jeszcze: – Ale obawiamy się, że to już długo nie potrwa.

Oliver Gaskell przyjął to do wiadomości.

– Uraz głowy? – zapytał.

– Tak, poważny. Doktor Mackintosh przeprowadził badanie neurologiczne. Nic nie stwierdził. Źrenice nie reagują, brak reakcji na bodźce, nic. Nie widać żadnych fizycznych obrażeń, ale…

– No dobrze, skoro nie ma czasu do stracenia, zabieram się do pracy. A wiemy, kim jest mąż?

– Nie mamy żadnych informacji. Nie miała przy sobie torebki, a w kieszeniach płaszcza znaleźliśmy tylko rachunek od fryzjera. Policja będzie to sprawdzać.

Oliver Gaskell zniknął za drzwiami pomieszczenia gospodarczego. Siostra Antrobus spojrzała na siostrę Tanner i doktora Mackintosha. Oboje właśnie nakładali strój ochronny. Ten widok ją ucieszył. Siostra Tanner robiła niesamowicie szybkie postępy. Nikt jej nie kazał nakładać odzieży ochronnej, sama na to wpadła. Swego czasu siostra Antrobus zbeształaby taką pielęgniarkę za wychodzenie przed szereg, ale dziś nie zamierzała już tego robić. Poza tym siostra Tanner naprawdę świetnie sobie radziła. Siostra Antrobus podeszła do sekretarki.

– Doreen, proszę zadzwonić do domu pielęgniarek przy Lovely Lane i powiedzieć pani Duffy, że potrzebujemy tu siostry Baker. O ile mi wiadomo, jej narzeczony jest krewnym doktora Davenporta. Niech tu przyjdzie zająć się siostrą Brogan i niech powiadomi swojego narzeczonego o wypadku, bo zdaje się, że to właśnie on jest najbliższym krewnym pacjenta. Potem proszę zadzwonić do siostry przełożonej i poprosić ją, aby poinformowała doktora Gaskella, że jeden z naszych lekarzy trafił na salę operacyjną w poważnym stanie. Nie wiem na razie, jakie są rokowania. Proszę też dać znać oddziałowej z chirurgii, że chcielibyśmy otrzymywać telefonicznie regularne wieści z sali operacyjnej, abyśmy na bieżąco mogli o wszystkim informować siostrę Brogan, siostrę Baker i rodzinę, no i żebyśmy sami też wiedzieli. On jest przecież jednym z nas – dodała. – A kiedy pani skończy, proszę zajrzeć do pomieszczenia gospodarczego, czy siostra Tanner potrzebuje pomocy przy dziecku z porodu. I niech ktoś przyniesie z oddziału dziecięcego pieluszkę i becik.

– Wszystkim się zajmę, siostro – zapewniła Doreen. – A czy może siostra zajrzeć na stanowisko drugie? Jest tam ogrodnik z Krainy Jezior, który przyjechał tu w odwiedziny do siostry i twierdzi, że nabawił się przez nią szumów usznych. Nie ma nikogo innego, kogo bym mogła poprosić. Wszyscy są zajęci.

– Dobrze, zajrzę. Dzięki Bogu, że doktor Gaskell jeszcze ma dyżur – powiedziała siostra Antrobus, ruszając w kierunku stanowiska drugiego. Nie ona jedna cały czas jeszcze traktowała Olivera Gaskella głównie jako syna swojego ojca.

– Siostro…

Siostra Antrobus odwróciła się na dźwięk głosu Doreen.

– A wiemy, kim jest ta młoda kobieta? Mam zadzwonić do kogoś jeszcze oprócz policji?

– Nie wiemy. Nie miała przy sobie torebki, co w sumie jest bardzo dziwne. Jakby chciała wejść pod ten samochód. Albo pod tramwaj. Więc odpowiedź brzmi: nie, na razie nie wiadomo, do kogo zadzwonić. Swoją drogą szkoda, bo akurat w tym przypadku chyba znam rokowania.

Siostra Tanner wybiegła z pomieszczenia gospodarczego z kwilącym dzieckiem na rękach. Było malutkie, ale ruchliwe. Żyło!

– Doreen, weź maleństwo, dobrze? – powiedziała. – Nie mam go nawet na czym położyć, a matka mnie potrzebuje.

Miała oczy pełne łez i ledwo co widziała. Doreen też się wzruszyła, gdy dzieciątko otworzyło szeroko powieki i spojrzało na nią jakby ze zrozumieniem.

– Dziewczynka – oznajmiła Pammy. – Możesz ją zanieść na oddział trzeci? Wiem, że to niezgodne z zasadami nosić noworodki, ale mamy tu dziś tylko dwóch portierów. Wszyscy pozostali świętują w pokoju socjalnym. Muszę też zajrzeć do Dany.

– Oczywiście, dziecko zaniosę, ale siostrą Brogan proszę się nie przejmować. Są z nią siostra Baker, siostra Harper i pani Duffy. Siostra Antrobus udostępniła im swój gabinet i zamknęła drzwi. Przed chwilą Jake zaniósł im tacę z herbatą.

Łzy rozpuściły tusz do rzęs, którego czarne strużki zdążyły już zaschnąć na policzkach Pammy.

– Pewnie wyglądam okropnie, co? – powiedziała, ocierając twarz.

– To dziś chyba siostry najmniejsze zmartwienie, prawda? – odparła Doreen, przytulając dziecko.

Pammy ruszyła z powrotem do pomieszczenia gospodarczego. Jej dyżur skończył się już dwie godziny temu, ale nie chciała iść do domu. Na oddziale nagłych wypadków jeszcze nigdy tyle się nie działo.

– Niech już siostra idzie – powiedział do niej doktor Mackintosh. – Zaraz przyjdzie nocna zmiana, poradzimy sobie.

Stali przed drzwiami do pomieszczenia gospodarczego, skąd mieli doskonały widok na cały oddział.

– Nie ma w ogóle o czym mówić – odparła. – Tam siedzi moja przyjaciółka. Dopóki Dana jest w takim stanie, nigdzie się stąd nie ruszam.

A mój przyjaciel leży na sali operacyjnej, pomyślał Anthony.

– Przepraszam – odezwała się znów Pammy. – Nie chciałam, żeby to tak zabrzmiało. Pan przecież przyjaźni się z doktorem Davenportem.

– Nie ma za co przepraszać – odparł i bez zastanowienia wyciągnął do niej ręce. Pammy chętnie pozwoliła się przytulić i przez chwilę pozostali w objęciach, czerpiąc pocieszenie z bliskości drugiego człowieka. – No dobrze, wracajmy do pracy – powiedział w końcu. – Zobaczmy, czy jesteśmy w stanie coś zrobić dla tej matki. Tylko że pani jest w pracy już od czternastu godzin…

Doktor Mackintosh cofnął się lekko, tak na odległość wyprostowanych ramion, a potem powiedział coś, co jego samego zaskoczyło. Pewnie mógłby sobie wmawiać, że to przez zmęczenie, stres i najróżniejsze zewnętrzne okoliczności, ale tak naprawdę sam nie wiedział.

– Siostro Tanner, jak to się wszystko skończy, to może dałaby się pani gdzieś zaprosić? – zapytał. – Uwielbiam pani mamę.

Pammy najpierw się roześmiała, a potem z jej oczu znów popłynęły łzy.

– Chce pan umówić się ze mną, bo uwielbia moją mamę?

Anthony się skrzywił.

– Aj, to nie tak miało zabrzmieć.

– Wiem, wiem. Proszę się nie martwić. Wiem, co doktor miał na myśli. Moja mama to prawdziwa czarodziejka. Dzisiaj wysłała mnie do gabinetu siostry przełożonej. Chciała dokonać małego cudu moimi rękami. Nie uwierzy doktor, o czym musiałam rozmawiać z przełożoną pielęgniarek. Chętnie dam się zaprosić, ale najpierw uporajmy się z tym wszystkim. Kiedy możemy spodziewać się wieści z sali operacyjnej?

– Ech, to potrwa całe wieki. – Wziął głęboki oddech. – Trzeba będzie sporo się napracować, żeby Teddy'ego poskładać i naprawić, a do wszystkich obrażeń dochodzi jeszcze szok. Zasadnicze pytanie brzmi, jak on sobie z tym poradzi. Pan Mabbutt i anestezjolog mierzą się tam na górze z trudnym wyzwaniem.

Kilka minut później siostra Tanner i doktor Mackintosh znów stali na oddziałowym korytarzu.

– Zmarła? – zapytała siostra Antrobus.

Pammy wyjęła z fartucha chusteczkę i otarła kąciki oczu.

– Wyglądało trochę tak, jakby się trzymała, dopóki to było konieczne, żeby dziecko mogło bezpiecznie przyjść na świat – powiedziała. – No i oczywiście poród wymagał od niej ogromnego wysiłku – dodała, widząc zmarszczone czoło siostry Antrobus.

– To zdecydowanie bardziej prawdopodobne wyjaśnienie. Na profesjonalnym oddziale nagłych wypadków nie ma miejsca na sentymentalizm, siostro Tanner. Choć oczywiście rozumiem, że dzisiaj wiele się wydarzyło. Ogólnie chciałabym siostrze pogratulować. Świetnie sobie siostra poradziła. Zabiera pani noworodka na oddział trzeci? – zapytała, zwracając się do Doreen i spoglądając na zawiniątko w jej ramionach. – Jakie maleństwo. Na górze je zważą.

Doreen zatrzymała się przy drzwiach do pomieszczenia gospodarczego i zajrzała do środka. Asystent wypisywał właśnie akt zgonu i zasłaniał twarz matki.

– Zmarła? – zapytała Doreen. – Policja przyjechała. Straszne tu zamieszanie – dodała.

Noworodek zaczął się wiercić, jak gdyby wyczuwał obecność matki. Wzrok Doreen zatrzymał się na odkrytych dłoniach młodej kobiety, które leżały wzdłuż jej ciała. Takie były delikatne, z eleganckim manikiurem. Wyglądały znajomo. Doreen nagle dziwnie się poczuła, choć w żaden sposób nie potrafiła tego wyjaśnić. Przeszedł ją zimny dreszcz.

– Nie jestem ekspertem w tej dziedzinie, ale wydaje mi się, że najlepiej będzie zabrać stąd dziecko – odezwał się za jej plecami doktor Mackintosh. – Niektórzy twierdzą, że niemowlęta rozpoznają zapach swojej matki.

– Wszystko w porządku, Doreen? – zapytała Pammy, która właśnie czyściła wózek z opatrunkami.

– Tak. Aż ciarki mi przeszły po plecach. Straszna szkoda, że nie mogła ani przez chwilę przytulić swojego dziecka – powiedziała Doreen, spoglądając na zmarłą leżącą na szpitalnym łóżku. – To takie piękne maleństwo.

– Nie słyszała pani?! Na oddziale nagłych wypadków nie ma miejsca na sentymentalizm. Proszę natychmiast zanieść dziecko na oddział trzeci. Mam szczerą nadzieję, że przygotowali tam już dla niego łóżeczko – przywróciła ją do porządku siostra Antrobus.

– Tak, siostro, już idę. – Doreen przemknęła obok niej z dzieckiem w ramionach.

Oddziałowa jednak miała jeszcze coś do powiedzenia.

– Siostro Tanner, czy ja dobrze widzę makijaż na jej twarzy? – zapytała.

Na oddziale nagłych wypadków panowała dziś atmosfera jak na polu bitwy, a mimo to czujnemu oku siostry Antrobus nic nie umknęło.

Doreen wchodziła po schodach z przeświadczeniem, że już zna tę malutką dziewczynkę. Nie mogła oderwać od niej wzroku. Mała wpatrywała się w nią wielkimi niebieskimi oczami.

– Nie martw się, zaraz dostaniesz butelkę – obiecała, gdy zauważyła, że noworodek nerwowo ssie własną piąstkę.

Gdy weszła na oddział, etatowa pielęgniarka wskazała jej łóżeczko.

– Na razie proszę ją położyć tam. Obiecuję ją nakarmić, gdy tylko znajdę chwilę.

Doreen popatrzyła na wielkie, ziejące pustką łóżeczko, a potem na butelkę, która czekała w kubku na szafce. Na oddziale panował straszliwy rozgardiasz. Dziewczyna rozejrzała się, żeby sprawdzić, czy nikt jej nie widzi, a potem wzięła do ręki butelkę, rozsiadła się wygodnie w fotelu do karmienia i podała dziewczynce jedzenie.

Malutka piła łapczywie, cały czas wpatrując się w Doreen. Doreen zupełnie nie rozumiała, dlaczego akurat w tym momencie – gdy głaskała maluteńkie, idealnie ukształtowane paluszki zakończone delikatnymi jak papier paznokietkami – pomyślała o swojej dawnej przyjaciółce Amy. Tęskniła za nią. Czas mijał, mijał też ból. To nie była wina Amy, że ją ktoś zaatakował, ale Doreen mieszkała z rodzicami, a po wypadku ojciec stanowczo zabronił jej jakichkolwiek rozmów z Amy.

Teraz opuściła głowę i wciągnęła do płuc powietrze pachnące noworodkiem.

– Skradłaś mi serce, wiesz? – wyszeptała do jedzącego dziecka. – Będę sprawdzać, co u ciebie słychać.

Coś jej podpowiadało, że ta mała dziewczynka stanie się częścią jej życia.

Pół godziny później znów pojawiła się pielęgniarka etatowa, gotowa przejąć dziecko od Doreen.

– Zastanawiam się, jak ją nazwać – stwierdziła obojętnie. – Muszę coś wpisać do dokumentacji. Ma pani jakieś pomysły? Może Doreen? – Pielęgniarka uśmiechnęła się do Doreen i uniosła dziecko, żeby mu się odbiło po jedzeniu.

– O Boże, nie. Proszę jej tego nie robić – powiedziała Doreen, a potem zaskoczyła sama siebie, dodając: – Może nazwiemy ją Amy? To ładne imię.

Pielęgniarka nie miała czasu się nad tym zastanawiać, bo dziecko w łóżeczku obok zaczęło kwilić.

– Świetnie. Niech będzie Amy. Ma pani rację, to bardzo ładne imię.

Doktor Mackintosh udał się do pacjenta z ostatniego stanowiska, żeby dokończyć rozpoczęte wcześniej badanie. Pammy poszła do Dany i pozostałych koleżanek.

– Tutaj, zapraszam panie do mojego saloniku! – zawołała siostra Antrobus. – Siostro Brogan, siostro Tanner, pani Duffy! Możecie śmiało z niego korzystać, dopóki się nie dowiemy, jak się sprawy mają. Siostro Baker, może siostra oczywiście zaprosić również narzeczonego.

Doreen usiadła za swoim biurkiem, choć ciężko jej było zostawić małą Amy na oddziale trzecim. Przepisywała właśnie na maszynie notatki dotyczące ogrodnika, którego doktor Mackintosh zwolnił do domu. Kończyła, gdy zadzwonił telefon.

– Halo? Tu oddział nagłych wypadków – powiedziała do słuchawki, w duchu dziękując Bogu za to, że to nie czerwony aparat się rozdzwonił. Czerwony aparat obsługiwał bezpośrednie połączenie z dyspozytorem karetek. Poczucie ulgi szybko miało się jednak ulotnić.

– Dobry wieczór, tu oddziałowa z sali operacyjnej. Pan Mabbutt chce pilnie rozmawiać z doktorem Mackintoshem.

Zdumiona Doreen odłożyła słuchawkę na biurko.

Doktor Mackintosh zajmował się złamanym biodrem starszej pani, którą przyjęto na oddział już po ofiarach wypadku samochodowego. Poza tym czekało na niego dziecko, które oberwało w głowę kamieniem. Zdenerwowani bliscy chłopca popłakiwali w poczekalni, bo byli przekonani, że w wyniku uderzenia stracił oko. Tyle mieli dzisiaj na głowie. Za czasów Doreen na tym oddziale jeszcze nigdy tyle się nie działo!

Ucieszyła się na widok doktora Mackintosha wyłaniającego się zza zasłony otaczającej stanowisko badań.

– Doktorze Mackintosh! – zawołała. – Proszę ze mną! Telefon do pana. Dzwoni przełożona z sali operacyjnej. Mówi, że to pilne.

Podała mu słuchawkę i obserwowała z mocno bijącym sercem, jak on z każdą sekundą coraz bardziej blednie.

– Za szybko – powiedział niemal do siebie, spoglądając na wielki zegar na ścianie nad głową Doreen i odbierając połączenie.

Dokładnie w tym momencie, ku wielkiemu zaskoczeniu Doreen, na oddział weszła przełożona pielęgniarek. Doreen pospieszyła jej na spotkanie, zadowolona, że nie będzie przeszkadzać doktorowi Mackintoshowi w rozmowie.

– Dobry wieczór, Doreen, przyszłam pomóc – powiedziała siostra przełożona.

Doreen nie mogła się skupić. Na tyle długo pracowała na oddziale nagłych wypadków, że potrafiła wyczuć wiszącą w powietrzu katastrofę. W takich momentach można było odnieść wrażenie, że ktoś wyssał z pomieszczenia całe powietrze i czas się zatrzymał. Doktor Mackintosh bez słowa rzucił słuchawkę i pobiegł w kierunku schodów prowadzących do sali operacyjnej. Przez otwarte drzwi do saloniku Doreen zobaczyła, że biała jak ściana siostra Brogan ze zdumieniem w oczach odprowadza go wzrokiem i kurczowo chwyta za rękę siostrę Tanner. W pokoju oprócz nich byli też siostra Baker ze swoim narzeczonym i pani Duffy. Doreen usłyszała rozpaczliwe i pełne bólu łkanie, a zaraz potem pani Duffy wstała i lekko uśmiechając się do Doreen, zamknęła drzwi.

Teddy leżał na łóżku w sali anestezjologicznej. Jego serce dwukrotnie się zatrzymało i doktor Mackintosh dwukrotnie z powodzeniem zastosował swoją nową procedurę przywracania tętna.

– Niesamowite – stwierdził pan Mabbutt. – Uważam, że wszyscy w tym szpitalu powinni się tego nauczyć, doktorze Mackintosh.

Dana, Victoria i Roland zostali wpuszczeni na blok operacyjny dopiero przed świtem.

– Zrobiłem wszystko, co na ten moment dało się zrobić – zapewnił pan Mabbutt. Victoria stała pomiędzy Daną i Rolandem, trzymając oboje za ręce. – Na razie więcej nie jestem w stanie zdziałać. Musimy go ustabilizować, inaczej nie odważę się znów go otwierać. Dobra wiadomość jest taka, że jeśli przeżyje następne dwadzieścia cztery godziny, będzie miał szansę powalczyć. Doznał złamań obu nóg i pęknięcia śledziony. Na razie pozostaje nam się modlić.

Dana próbowała coś powiedzieć, ale słowa uwięzły jej w gardle. Roland poradził sobie lepiej.

– A co pan o tym wszystkim myśli, panie Mabbutt? Wyjdzie z tego? – Z miny Rolanda można było wyczytać, że boi się odpowiedzi. Z niepokojem czekał na ocenę lekarza.

– Przyznam, panie Davenport, że owszem. To młody człowiek, silny, w dobrej kondycji. Udało nam się zatamować krwawienie wewnętrzne, podaliśmy mu cztery jednostki krwi i ciśnienie mu wzrasta. Puls też ma silniejszy. Moim zdaniem rokowania są niezłe.

Dana tak mocno łkała, że nie mogła złapać tchu.

– O Boże, dziękuję panu, panie Mabbutt! – wykrzyknęła.

– Już dobrze, siostro Brogan. Proszę mi jeszcze nie dziękować. Przed nami długa droga. Doktora Davenporta czeka co najmniej pół roku rekonwalescencji, a poza tym, jak już powiedziałem, za wcześnie, żeby cokolwiek przewidywać. Na pewno trzeba mu będzie zapewnić bardzo staranną opiekę. Nie jestem w stanie przewidzieć nawet, jak te złamania się będą zrastać, o pozostałych urazach nie wspominając.

– Wszystko się zagoi – odparła Dana z determinacją w głosie. – Wszystko się zagoi, bo ja będę go codziennie doglądać. Jeśli trzeba, zrezygnuję z pracy pielęgniarki i zabiorę go do mamy. On wydobrzeje, panie Mabbutt.

Roland i Victoria zostawili Danę z Teddym, a sami poszli po samochód.

– Wracasz na Lovely Lane, żeby się przespać, Dano – powiedziała Victoria stanowczym tonem. – Natychmiast. W tym stanie nikomu na nic się nie przydasz. Przyjdziemy tu później.

Dana odgarnęła Teddy'emu włosy z twarzy i ucałowała grzbiet jego dłoni. Przez chwilę wpatrywała się w kroplówkę, a potem sprawdziła puls. Zrobiła wszystko to, co by zrobiła, gdyby opiekowała się nim jako pacjentem wymagającym intensywnej opieki. Jak to często bywało, gdy nocą przesiadywała przy czyimś łóżku, również teraz zwróciła uwagę na upiorną ciszę panującą w szpitalu. Te pogrążone w mroku korytarze, nocne oświetlenie na oddziałach i wszechobecna cisza we wczesnych godzinach rannych tworzyły bardzo specyficzny klimat. Wkrótce St Angelus znów będzie tętnić życiem. Za chwilę rozbłysną jasne światła na suficie, a zaraz potem rozlegnie się szum wody nalewanej do misek i brzęk basenów ustawianych na metalowych wózkach.

– Muszę iść, kochany – wyszeptała Teddy'emu we włosy.

W jego oddechu wyraźnie dało się wyczuć woń leków anestezjologicznych. Tuż obok krzątał się też lekarz asystent, któremu nakazano nie odstępować pacjenta nawet na krok. To wszystko jednak zupełnie Danie nie przeszkadzało. Ona go prawie straciła, więc wszystko inne zupełnie nie miało znaczenia. Poczuła delikatny uścisk dłoni, dostrzegła leciuchne drżenie powiek.

– To dobry znak – wyszeptał asystent.

– Tak, bardzo dobry – przyznała Dana z oczami pełnymi łez. – Śpij, kochany, bo już jutro zaczynamy ciężko pracować nad tym, żebyś wydobrzał – wyszeptała. – A ja przez cały czas będę ci w tym towarzyszyć. Nie odstąpię cię ani na krok.

– Przepraszam – odezwał się Teddy. Próbował obrócić głowę i szarpnął kroplówkę zamocowaną do dłoni. Słowa wypowiedziane przez wyschnięte i spękane usta wybrzmiały zaledwie szeptem. – Dana, przepraszam.

– Teddy, ja już nie chcę tego więcej słyszeć, ty idioto.

Teddy próbował unieść głowę.

– Nie, Teddy. Proszę, nie ruszaj się. Nie wiem, za co ty mnie próbujesz przeprosić, ale w ogóle mnie to nie interesuje. Mamy przed sobą miesiące rekonwalescencji, wtedy będziesz mógł sobie gadać do woli. Odtąd liczy się tylko przyszłość, rozumiesz? Nic więcej. Tylko przyszłość. Ja też przepraszam, Teddy. Ja też przepraszam. Nie powinnam była zostawiać cię samego.

Pięć minut później do sali weszła Victoria. Przyszła zabrać Danę do domu. Uśmiechnęła się, widząc przyjaciółkę śpiącą z głową na dłoni Teddy'ego. Sam Teddy wyglądał za to na bardziej wypoczętego niż wcześniej.

– Powiedziałbym, że już w ciągu ostatniej pół godziny znacznie mu się poprawiło – stwierdził asystent, sprawdziwszy puls.

– Doskonale – ucieszyła się Victoria. – Wolniejsze tempo rekonwalescencji nie zadowoliłoby Dany.

Betty Hutch wsunęła wiadro do schowka na mopy. Nucić pod nosem przestała chwilę wcześniej. Nałożyła i zapięła płaszcz, a potem zawiązała sobie chustkę pod brodą. Otwierając drzwi, przez cały czas trzymała dłoń na klamce, żeby zamek nie szczęknął. Po drodze do domu zamierzała zatrzymać się w mleczarni przy końcu Arthur Street po pintę ciepłego mleka. Najpierw jednak musiała przekazać wiadomość, komu trzeba. Przełożona pielęgniarek i siostra Antrobus się pogodziły. To siostrze Antrobus szpital zawdzięczał swoje ocalenie. Jej i siostrze Haycock. Betty słyszała każde słowo. Myła podłogę tuż za drzwiami saloniku, a one jej nawet nie zauważyły. Jeśli się pospieszy, to być może zdoła złapać swoją sąsiadkę Biddy, zanim ta wyjdzie do pracy. Wtedy będzie mogła jej o wszystkim powiedzieć. Może da radę złapać również Elsie, w drodze na przystanek. Nic nie przysparzało Betty Hutch tak wielkiej radości jak rozpowiadanie najnowszych ploteczek.